ଉଜୁଡ଼ା ଆଧାର

Things Fall Apart

ବିଶ୍ୱ ସାହିତ୍ୟର ଅନନ୍ୟ ଗ୍ରନ୍ଥ:

ଚିନୁଆ ଏଚିବିଙ୍କ

ଉଜୁଡ଼ା ଆଧାର

Things Fall Apart

(ଆଫ୍ରିକୀୟ ଉପନ୍ୟାସ)

ଅନୁବାଦ:

ସ୍ନେହ ମିଶ୍ର

ବ୍ଲାକ୍ ଇଗଲ୍ ବୁକ୍ସ
ଭୁବନେଶ୍ୱର, ଓଡ଼ିଶା

BLACK EAGLE BOOKS
Dublin, USA

ଉଜୁଡ଼ା ଆଧାର / ଚିନୁଆ ଏଚିବି

ଅନୁବାଦ: **ସ୍ନେହ ମିଶ୍ର**

ବ୍ଲାକ୍ ଇଗଲ୍ ବୁକ୍ସ : ଭୁବନେଶ୍ୱର, ଓଡ଼ିଶା • ଡବ୍‌ଲିନ୍, ଯୁକ୍ତରାଷ୍ଟ୍ର ଆମେରିକା

BLACK EAGLE BOOKS

USA address:
7464 Wisdom Lane
Dublin, OH 43016

India address:
E/312, Trident Galaxy, Kalinga Nagar,
Bhubaneswar-751003, Odisha, India

E-mail: info@blackeaglebooks.org
Website: www.blackeaglebooks.org

First International Edition Published by
BLACK EAGLE BOOKS, 2023

UJUDA AADHARA (THINGS FALL APART)
by Chinua Achebe
Translated by **Sneha Mishra**

Original Copyright © **Chinua Achebe**
Translation Copyright © **Sneha Mishra**

Cover & Interior Design: Ezy's Publication

ISBN- 978-1-64560-442-6 (Paperback)

Printed in the United States of America

ଉପନିବେଶବାଦ ଓ ଧର୍ମାନ୍ତରଣ ବିରୁଦ୍ଧରେ ଲଢ଼େଇ କରୁଥିବା ସେନାନୀମାନଙ୍କୁ ସମର୍ପିତ...

ଅନୁବାଦ ସଂପର୍କରେ

'Things Fall Apart' ଶିରୋନାମାଟି ୱିଲିଅମ୍ ବଟଲର୍ ୟିଟ୍‌ସଙ୍କ The Second Coming କବିତାର ପ୍ରଥମ ପଦରୁ ନିଆଯାଇଛି । ଚିନୁଆ ଏଚିବି ଏହାକୁ ଉପନ୍ୟାସରେ ଏକ ସାଙ୍କେତିକ ଆଲେଖ ରୂପରେ ପ୍ରୟୋଗ କରିଛନ୍ତି । କବିତାଟିରେ ଭାରସାମ୍ୟ ହରାଇ ଭୁଷୁଡି ପଡିଥିବା ଏକ ବ୍ୟବସ୍ଥାର ବିପର୍ଯ୍ୟୟର ଅବତାରଣା କରାଯାଇଛି । ଏଇ ଉପନ୍ୟାସରେ ବର୍ଣ୍ଣିତ ପାରମ୍ପରିକ ସମାଜ ଓ ବ୍ୟକ୍ତିଗତ ସ୍ତରରେ ଉପନ୍ୟାସର ନାୟକ ଓକୋଙ୍କୋର ଜୀବନରେ ଠିକ୍ ସେଇୟା ହିଁ ଘଟିଛି ।

ପ୍ରାୟ ଦେଢ଼ ଶହରୁ ଊର୍ଦ୍ଧ୍ୱ ବର୍ଷ ତଳେ ଆଫ୍ରିକାର ନାଇଜେରିଆରେ ଇଂରେଜୀ ଉପନିବେଶ ସ୍ଥାପନ ହେବା ସହିତ ଇଂରେଜୀ ଶିକ୍ଷା ଓ ଖ୍ରୀଷ୍ଟଧର୍ମର ପ୍ରଚାର ଓ ପ୍ରସାର ହେଲା । ଏହାର ପ୍ରଭାବରେ ନାଇଜେରିଆର ପାରମ୍ପରିକ ସମାଜ ବ୍ୟବସ୍ଥାର ଭିତ୍ତି ଭୁଷୁଡ଼ି ଗଲା । ସାଧାରଣ ଜନଜୀବନ ଦୋହଲି ଗଲା । ସଂସ୍କାର ଓ ପରିବର୍ତ୍ତନର ଦ୍ୱାହି ଦେଇ ଖ୍ରୀଷ୍ଟିଆନ୍ ମିଶନାରୀ ଓ ସାମ୍ରାଜ୍ୟବାଦୀ ଶାସକ ଗୋଷ୍ଠୀ ଏକ ନୂଆଁ ସମାଜ ଗଠନ କରିବାକୁ ଚାହିଁଲେ । ହେଲେ ସଫଳ ହେଲେ ନାହିଁ । ଯୁଗଯୁଗ ଧରି ଧର୍ମ, ପରମ୍ପରାରେ ବାନ୍ଧି ହେଇ ଆସିଥିବା ଜନତା ନିଜର ସମାଜ ଓ ସଂସ୍କୃତିର ଆଧାର ଶିଳାରୁ ବିଚ୍ୟୁତ ହେଇ ଛିଟିକି ପଡ଼ିଲା । ଏଇ ସାଂସ୍କୃତିକ ଆକ୍ରମଣର ପ୍ରଭାବ ଆଜି ମଧ୍ୟ ଆଫ୍ରିକାର ଦିଶାହୀନ, ନିଶାଗ୍ରସ୍ତ ଓ ବାଟବଣା ଯୁବ ଗୋଷ୍ଠୀକୁ ଦେଖିଲେ ଜଣାପଡ଼େ । ଏପରି ଏକ ପୃଷ୍ଠଭୂମିରେ ଉପନ୍ୟାସଟି ରଚିତ ।

ଓକୋଙ୍କୋ ଉପନ୍ୟାସର ନାୟକ । ପହିଲ୍‌ମାନ ଭାବରେ ଉମୋଫିଆର ବେଶ୍ ପରିଚିତ ମୁହଁ । ବଳିଷ୍ଠ ଶରୀର, କର୍ମପ୍ରବଣ, ସାହସୀ, ଲାଜୁଆ ମନୋଭାବ ସହିତ

ବଳିଷ୍ଠ ନେତୃତ୍ୱର ଅଧିକାରୀ । ସଂକ୍ଷେପରେ ଶକ୍ତି ଓ ସାହସର ମୂର୍ତ୍ତିମନ୍ତ ପ୍ରତୀକ । କୌଣସି ବି ମାନବିକ ଦୁର୍ବଳତା ତା ପାଇଁ ଭୀରୁତାର ଚିହ୍ନ । ଦୁର୍ବଳ ବ୍ୟକ୍ତିତ୍ୱ ଓ ଅପାରଗତା ପାଇଁ ସେ ତାର ବାପାଙ୍କୁ ମଧ୍ୟ ମନ ଭିତରେ ସମ୍ମାନ ଦେଉ ନ ଥିଲା । ପ୍ରଚଣ୍ଡ ପୌରୁଷ ହିଁ ତାର ସଫଳତା – ସେଇ ମାପ କାଠିରେ ସେ ତାର ଜାତିର ନାୟକ ।

ଘଟଣା କ୍ରମରେ ଦୁର୍ଭାଗ୍ୟବଶତଃ ବୟସ୍କ ଇଜେଡୁର ଶବ ଶୋଭାଯାତ୍ରାରେ ଭାଗ ନେଲାବେଳେ ନିଜ ଅଜାଣତରେ ତାର ବନ୍ଧୁକରୁ ଗୁଳି ଫୁଟି ଇଜେଡୁର ଷୋହଳ ବର୍ଷର ପୁଅର ମୃତ୍ୟୁ ହୁଏ । ପାରମ୍ପରିକ ଦଣ୍ଡ ସ୍ୱରୂପ ଓକୋଙ୍କୋଙ୍କୁ ସାତ ବର୍ଷ ପ୍ରବାସରେ ରହିବାକୁ ପଡ଼ିଲା । ପ୍ରବାସରୁ ଫେରିଲା ପରେ ଉମୋଫାରେ ସେ ଅକଳ୍ପନୀୟ ପରିବର୍ତ୍ତନ ଦେଖିବାକୁ ପାଇଲା । କୋର୍ଟ-ଖବରୀ ସବୁ ଦଲାଲ ହେଇ ସ୍ଥାନୀୟ ଶାସନ ବ୍ୟବସ୍ଥାକୁ ଗୋଟେ ରକମ ଭାଙ୍ଗି ଦେଇଥିଲେ । ମିଶନାରୀ ଓ ସ୍ଥାନୀୟ ଦଲାଲଙ୍କ ଦୌରାତ୍ମ୍ୟରେ ତାର ସମ୍ପ୍ରଦାୟର ଧର୍ମୀୟ ଭିତ୍ତି ଉଜୁଡ଼ି ଗଲା । ଜାତି, କୁଳ, ସମ୍ପ୍ରଦାୟ ସବୁ ଭାଗ ଭାଗ ହେଇଗଲେ । ଏପରିକି ତାର ନିଜ ପୁଅ ମଧ୍ୟ ଖ୍ରୀଷ୍ଟ ଧର୍ମରେ ଦୀକ୍ଷିତ ହେଇ ଘରୁ ବାହାରିଗଲା । କ୍ରମଶଃ ଉଜୁଡ଼ି ଯାଉଥିବା ତାର ପରିବାର, ସମାଜ, ଧର୍ମ ଓ ସଂସ୍କୃତିକୁ ରକ୍ଷା କରିବା ପାଇଁ ସେ ଆଗକୁ ବାହାରିଲା । ବିଦେଶୀ ଶାସନ ଓ ବିଦେଶୀ ଧର୍ମର ଲାଞ୍ଛନା ସତ୍ତ୍ୱେ ସେ ଲୋକଙ୍କୁ ଏକଜୁଟ କଲା । ସଭା ସମିତି ଡାକି ସେ ବିଦେଶୀ ଶାସନ, ଶିକ୍ଷା, ସଭ୍ୟତା ଓ ଧର୍ମ ବିରୁଦ୍ଧରେ ଏକଜୁଟ ହେଇ ଲଢ଼େଇ କରିବାକୁ ଆହ୍ୱାନ ଦେଲା । ଏପରି ଏକ ସଭାକୁ ଭଣ୍ଡୁର କରିବା ପାଇଁ ଆସିଥିବା ତିନି ଜଣ କୋର୍ଟ-ଖବରୀମାନଙ୍କ ଭିତରୁ ଜଣକୁ ସେ ରାଗରେ ହତ୍ୟା କଲା । ତାର ବିଶ୍ୱାସ ଥିଲା ଯେ ବାକି ଦୁଇ ଜଣଙ୍କୁ ସେଠାର ସମବେତ ଜନତା ହତ୍ୟା କରିବେ । କିଂତୁ ସେମିତି କିଛି ହେଲା ନାହିଁ । ବରଂ ସେମାନଙ୍କୁ ଖସିଯିବାକୁ ଜନତା ସୁଯୋଗ ଦେଲା । ସେ ଏବେ ଏକାକୀ ଅଭିମନ୍ୟୁ – ତା ପଛରେ ତାର ସମାଜ, ଗୋଷ୍ଠୀ, ସମ୍ପ୍ରଦାୟ କେହି ନାହିଁ । ତାର ଜାତି ଆଉ ସଂଗଠିତ ନୁହେଁ । ଉମୋଫା ଏବେ ଆତ୍ମ ସମର୍ପଣ ମୁଦ୍ରାରେ – ସେ ଜାଣିଲା ।

ଏକଦା ନିଜ ଜାତି କୁଳ ସମ୍ପ୍ରଦାୟର ଗାରିମାମୟ ପରମ୍ପରା, ଧର୍ମ ଓ ସଂସ୍କୃତିର ବିଭବରେ ଆତ୍ମ ବିମୋହିତ ଓକୋଙ୍କୋ ଦାସତ୍ୱ ଅପେକ୍ଷା ମୃତ୍ୟୁକୁ ଶ୍ରେୟସ୍କର ଭାବିଲା । ଓକୋଙ୍କୋ ଆତ୍ମହତ୍ୟା କଲା । ସାମାଜିକ ମର୍ଯ୍ୟାଦା ଓ ଆତ୍ମ ସମ୍ମାନ ରହିତ ଜୀବନ ତା ପାଇଁ ଆଉ ଜୀବନ ହେଇ ରହିବ ନାହିଁ, ଓକୋଙ୍କୋ ଅନୁଭବ କଲା । ତା ପାଇଁ ଆତ୍ମହତ୍ୟାର ନିଷ୍ପତ୍ତି ଏକ 'ସାଂସ୍କୃତିକ ଜୋହର' ।

ଓକୋଙ୍କୋ ଗଭୀର ଭାବରେ ପରମ୍ପରା ବିଶ୍ୱାସୀ । ସେଥିପାଇଁ ତାରି ଭିତରେ ରହିଥିବା କୁପ୍ରଥା, ଅନ୍ଧବିଶ୍ୱାସ, ହିଂସା ଓ ବର୍ବରତା ପ୍ରତି ସେ ଦୃଷ୍ଟି ଦେଇ ନ ଥିଲା (ଉଦାହରଣ ସ୍ୱରୂପ- ଇକେମେଫୁନାର ହତ୍ୟା, କାଳ ବଣରେ ଜାଆଁଳା ଶିଶୁଙ୍କୁ ଫିଙ୍ଗାଯିବା ଆଦି ଘଟଣା) । ଏଠାରେ ଆମେ ମନେ ରଖିବାର କଥା ଯେ ସମୟକ୍ରମେ ସବୁ ପରମ୍ପରାରେ ମୂଲ୍ୟବୋଧର ଅବକ୍ଷୟ ଘଟେ । ତେଣୁ ସବୁ ସମାଜରେ କିଛି ନା କିଛି କୁପ୍ରଥା, ଅନ୍ଧବିଶ୍ୱାସ ଓ ବର୍ବରତା ରହିଥାଏ । ଏ କଥା ସତ ଯେ ଯେଉଁ ମୂଲ୍ୟବୋଧ ମଣିଷର ଉତ୍ତରଣ ବା ଉନ୍ନତି ପାଇଁ ବାଧା ସୃଷ୍ଟି କରେ ତାକୁ ରୋକାଯିବା କଥା । ତେବେ ଗୋଟିଏ ସମାଜର ଅନ୍ତକରଣଃ ଶୁଦ୍ଧି ମାଧ୍ୟମରେ ଏହା କରାଯାଇ ପାରିବ । ଏଥିପାଇଁ ଧର୍ମ ପରିବର୍ତ୍ତନର ଆବଶ୍ୟକତା ନାହିଁ । କାରଣ ଧର୍ମ କେବଳ ଏକ ଉପାସନା ବିଧି ନୁହେଁ । ସାଂସ୍କୃତିକ ଜୀବନ ଶୈଳୀ ସହିତ ଧର୍ମ ଓତଃପ୍ରୋତଃ ଭାବରେ ଜଡ଼ିତ । ସେହିପରି କୌଣସି ସାମାଜିକ ବ୍ୟବସ୍ଥାର ଚ୍ୟୁତି ବିଚ୍ୟୁତିକୁ ସୁଧାରି ହେବ । ସେଥିପାଇଁ ବ୍ୟବସ୍ଥାକୁ ଭାଙ୍ଗିଦେବାର ଆବଶ୍ୟକତା ନାହିଁ । କାରଣ ଗୋଟେ ବ୍ୟବସ୍ଥା ଭାଙ୍ଗିଦେବାଟା ସହଜ । କିଂତୁ ତାର ପୁର୍ନଗଠନ ସେତେ ସହଜ ନୁହେଁ ।

ବହିଟିକୁ ଅନୁବାଦ କଲାବେଳେ ନାଇଜେରିଆ ପରି ଆମ ଦେଶର ଠିକ୍ ଏଇ ପରିସ୍ଥିତି ଆପଣା ଛାଏଁ ବାରମ୍ବାର ମନକୁ ଆସିଯାଏ । ଏବେ ଧାର୍ମିକ ସ୍ୱାଧୀନତା ନାଁରେ ଆମ ଦେଶରେ ଚାଲିଥିବା ବେଆଇନ୍ ଧର୍ମାନ୍ତରଣ ଗୋଟେ ରକମ ବ୍ୟବସାୟ ପାଲଟି ଯାଇଛି । ଏବେ ମଧ୍ୟ ଆମେ (ବିଶେଷତଃ ଶିକ୍ଷିତ ବର୍ଗ) ଉପନିବେଶବାଦୀ ଚିନ୍ତାଧାରାରୁ ନିଜକୁ ମୁକ୍ତ କରିପାରି ନାହୁଁ । ଆମ ଜାଣତରେ / ଅଜାଣତରେ ନବ୍ୟ ଉପନିବେଶବାଦ ସୂକ୍ଷ୍ମ ସ୍ତରରେ ଆମ ଜୀବନର ପ୍ରତିଟି କ୍ଷେତ୍ରରେ ତାର ଦୌରାତ୍ମ୍ୟ ଜାରି ରଖିଛି । କଳା ଓ ସାହିତ୍ୟ ମଧ୍ୟ ସେଥିରୁ ମୁକ୍ତ ନୁହଁନ୍ତି । ଆମର ସାଂସ୍କୃତିକ ସଂହତି ଅନେକାଂଶରେ ଭୁଷୁଡ଼ି ଯାଇଛି । ଫଳରେ ଯୁବଗୋଷ୍ଠୀ ଦିଗଭ୍ରଷ୍ଟ ହେବା ସହିତ ଆମର ସାଧାରଣ ଜନ ଜୀବନ ମଧ୍ୟ କ୍ରମଶଃ ଦୁର୍ବିସହ ହେବାରେ ଲାଗିଛି । ଏ ପରିପ୍ରେକ୍ଷୀରେ ଚିନୁଆ ଏଚିବିଙ୍କ ଏଇ ବହିଟି ଆମ ପାଇଁ ଏକ ସତର୍କ ବାଣୀ ପରି ମନେହୁଏ । ଉପନିବେଶବାଦ ଓ ଧର୍ମାନ୍ତରଣରେ ଆମେ ଯାହା ହରାଇଛୁ ତାକୁ ଓଡ଼ିଆ ପାଠକଙ୍କୁ ଅବଗତ କରିବାରେ ଓ ବାକି ଯାହା ରହିଛି ତାର ରକ୍ଷଣାବେକ୍ଷଣ ପାଇଁ ସଚେତନ କରିବା ଦିଗରେ ଏଇ ଅନୁବାଦଟି ଏକ ବୌଦ୍ଧିକ ପ୍ରୟାସ ମାତ୍ର ।

ସ୍ନେହ ମିଶ୍ର

ପ୍ରଥମ ଭାଗ

॥ ୧ ॥

ସାରା ନଅ ଖଣ୍ଡ ଗାଁରେ ଆଉ ତା ବାହାରେ ବି ଓକୋଙ୍କୋ ବେଶ୍ ଜଣାଶୁଣା। ତାର ଏଇ ଯଶ ନିଜସ୍ୱ ଦମ୍‌ଦାର୍ ସଫଳତା ପାଇଁ। ଅଠର ବର୍ଷର ଯୁବକ ହିସାବରେ ଭୁଆ ଆମେଲିଞ୍ଜାକୁ ତଳେ ଗଡ଼ାଇ ସେ ତାର ଗାଁ ପାଇଁ ଗର୍ବ ଗୌରବ ଆଣିଥିଲା। ଆମେଲିଞ୍ଜା ବଡ଼ ପହିଲ୍‌ମାନ। ଉମୋଫାରୁ ଏମ୍ବାନୋ ଯାଏଁ ସାତବର୍ଷ ପର୍ଯ୍ୟନ୍ତ ତାକୁ କେହି ହରାଇ ପାରି ନ ଥିଲେ। ଲୋକେ ତାକୁ ଭୁଆ ଡ଼ାକୁଥିଲେ। କାରଣ କୁସ୍ତି ଲଢ଼ିଲାବେଳେ ତା ପିଠିଟା କେବେ ମାଟିରେ ଲାଗେ ନାହିଁ। ଏଇ ଲୋକଟାକୁ ହିଁ ଓକୋଙ୍କୋ ମଲ୍ଲଯୁଦ୍ଧରେ ଟେକି ଫିଙ୍ଗି ଦେଲା। ଥରେ ସାତ ଦିନ ସାତ ରାତି ଯାଏଁ ଏଠାର ବଜାର ଛକ ବସେଇଥିବା ଲୋକଟା ଗୋଟେ ଜଙ୍ଗ୍‌ଲୀ ପିଶାଚ ସହିତ ସବୁଠୁ ଭୟଙ୍କର ଲଢ଼େଇ ଜାରି ରଖିଥିଲା। ତା ପରଠୁ ଏଇ ଇଲାକାରେ ସେମିତି ଲଢ଼େଇ କେହି କେବେ ଦେଖିଥିବା ନଜିର ନ ଥିଲା। ଏଥର ଓକୋଙ୍କୋର ଲଢ଼େଇଟା ଠିକ୍ ସେହିଭଳି ଉଗ୍ର ଆଉ ଭୟାନକ ଲାଗୁଥିଲା। ଏକଥା ଗାଁର ପୁରୁଖା ଲୋକେ ମାନିଲେ।

ଢ଼ୋଲ ବାଜିଲା, ବଂଶୀରେ ସୁର ଉଠିଲା। ଦେଖଣାହାରୀଏ ବିସ୍ମୟରେ ନିଶ୍ୱାସ ରୋକି ଧରିଲେ। ଆମେଲିଞ୍ଜା ଥିଲା କୁଶଳୀ କାରିଗର। ହେଲେ ଓକୋଙ୍କୋ ପାଣିରେ ମାଛ ପରି ପିଚ୍ଛିଳ। ଦୁହିଁଙ୍କ ବାହୁରେ, ପିଠିରେ, ଜଙ୍ଘରେ ପ୍ରତିଟି ସ୍ନାୟୁ, ପ୍ରତିଟି ମାଂସପେଶୀ ଉପରକୁ ଫୁଟି ଉଠିଲା – ଯେମିତି ଛିଣ୍ଡି ଯିବା ଉପରେ। ଶେଷରେ ଓକୋଙ୍କୋ ଭୁଆଟାକୁ ତଳେ ପକାଇଦେଲା।

ଏଇଟା ଅନେକ ବର୍ଷ ତଳର କଥା, କୋଡ଼ିଏ କି ତା ଉପରେ ହେବ। ଆଉ ଏଇ ସମୟ ଭିତରେ ବୈଶାଖି ଝଡ଼ରେ ବଣ ନିଆଁ ପରି ତାର ଯଶ ଖ୍ୟାତି ଚାରିଆଡ଼େ ବ୍ୟାପିଗଲା। ଡ଼େଙ୍ଗା ପୁରିଲା ପାଞ୍ଚହତା ମର୍ଦ୍ଦ, ଗହଳ ଭ୍ରୁଲତା ଆଉ ଚଉଡ଼ା ନାକ ତା

ଚେହେରାକୁ ଅତି କଠିଣ କରିଦିଏ। ଗହୀର ପ୍ରଶ୍ୱାସ ଟାଣେ। ଶୋଇଲା ବେଳେ ସିଏ ଏତେ ଜୋର୍‌ରେ ନାକି ମାରେ ଯେ ହତା ଭିତରେ ଅଳ୍ପ ଦୂରରେ ନିଜ ନିଜ ବସାରେ ରହୁଥିବା ତାର ତାର ସ୍ତ୍ରୀ ଓ ପିଲାମାନେ ବି ଶୁଣି ପାରନ୍ତି। ଚାଲିଲାବେଳେ ତାର ଗୋଇଠି କ୍ୱଚିତ୍ ମାଟିକୁ ଛୁଏଁ। ଲାଗେ, ଯେମିତି ସେ ସ୍ପ୍ରିଂ ଉପରେ ଚାଲୁଛି ଆଉ କାହା ଉପରେ ଏଇକ୍ଷୀଣା ଝାମ୍ପ ମାରିବ। ଏମିତିରେ ସେ ଲୋକଙ୍କ ଉପରେ ପ୍ରାୟ ଝାମ୍ପି ବସେ। ତାର ପାଟି ଟିକେ ଖନାଏ। ରାଗିଗଲେ ହଠାତ୍ ପାଟିକୁ କଥା ପଇଟେ ନାହିଁ। ତହୁଁ ସେ ମୁଥ ଉଠାଇଦିଏ। ନିପାରିଲା ମରଦଙ୍କୁ ସେ ଜମାରୁ ସହି ପାରେ ନାହିଁ। ତାର ନିପାରିଲା ବାପାକୁ ସେ ସହି ପାରୁ ନ ଥିଲା।

ଉନୋକା, ତାର ବାପାର ନାଁ। ସିଏ ମରିବାର ଦଶ ବର୍ଷ ହେଇଗଲାଣି। ତା ସମୟରେ ସେ ଥିଲା ଅଳସୁଆ ଆଉ ଭାରି ବଦ୍‌ଖର୍ଚ୍ଚୀ। ଆଗତ ନିଗତକୁ ତାର କେବେ ଦକ ନ ଥାଏ। ପଇସା ତ ସହଜରେ ତାର ହାତକୁ କେବେ ଆସେ ନାହିଁ। ଯଦିବା କେବେ କେମିତି କିଛି ହାତରେ ପଡ଼ିଯାଏ, ସେ ସଙ୍ଗେ ସଙ୍ଗେ ସେଥିରେ ଖଜୁରି ତାଡ଼ି କିଣି ସାଇ ପଡ଼ିଶାଙ୍କ ମେଳରେ ମଉଜ ମଜଲିସ୍ କରି ଉଡ଼େଇ ଦିଏ। ସବୁବେଳେ କଥା ପଡ଼ିଲେ କହେ – ମଲା ମଣିଷର ପାଟିଟାକୁ ଦେଖିଲା କ୍ଷଣି ଜୀବନସାରା କିଛି ଭଲମନ୍ଦ ଚାଖି ପାରି ନ ଥିବାର ମୁର୍ଖାମୀଟା କୁଆଡ଼େ ତାର ଆଖିରେ ଆଗ ପଡ଼େ। ଉନୋକାର ତଣ୍ଟିଯାଏଁ ଧାର କରଜ। ସବୁ ସାଇ ପଡ଼ିଶାଙ୍କ ପାଖରୁ ସେ ହାତ ଉଧାରୀ କରିଥାଏ। କଉଡ଼ିଟାଏ ପାହୁଲାଟାଏଠୁ ଆରମ୍ଭ କରି ମୋଟା ଅଙ୍କ ଯାଏଁ କିଛି ନା କିଛି ସେ ସଭିଙ୍କଠୁ କରଜ କରିଥିଲା।

ଦେଖିବାକୁ ସେ ଢ଼େଙ୍ଗା, ପତଳା ଆଉ ଟିକେ ବାଙ୍କିଲା। ପିଆପିଇ କଲାବେଳେ ଓ ବଂଶୀ ବଜାଇବାବେଳେ ଛାଡ଼ି ଦେଇ ବାକି ସମୟରେ ତାର ମୁହଁଟା ଥକା ଓ ବିଷର୍ଣ୍ଣ ଦିଶୁଥାଏ। ବଂଶୀ ବଜାଇବାରେ ସେ ଥିଲା ବେଶ୍ ପଟୁ। ଫସଲ ଅମଳ ପରେ ଦୁଇ ତିନି ମାସ ଥିଲା ତାର ସବୁଠୁ ଖୁସିର ସମୟ। ସେତେବେଳେ ଗାଁର କଳାକାର ମାନେ ଚୂଲି ଉପରେ ଟଙ୍ଗା ବାଦ୍ୟଯନ୍ତ୍ର ସବୁକୁ ତଳକୁ ଓହ୍ଲାଇ ଆଣନ୍ତି। ଉନୋକା ସେଇ ସବୁକୁ ବଜାଉ ବଜାଉ ତାର ମୁହଁଟା ଦିପ୍ତୀ ଓ ପ୍ରଶାନ୍ତିରେ ଉଜଳି ଉଠେ। କେବେ କେବେ ଅନ୍ୟ ଗାଁ ମାନ ଉନୋକାର ନଚ୍‌ନିଆ ଓ ବଜ୍‌ନିଆ ଦଳକୁ ତାଙ୍କ ପାଖରେ ରହି ଗାନା ବାଜଣା ଶିଖାଇବାକୁ ଡ଼ାକିଥାନ୍ତି। ପ୍ରାୟ ତିନି ଚାରି ହାଟ-ପାଳି ଯାଏଁ ସେମାନେ ଏମିତି ନିମନ୍ତ୍ରଣରେ ଗୀତ, ନାଚ ଓ ଭୋଜିଭାତର ଆସର ଜମାଇ ଘୁରି ବୁଲନ୍ତି। ପରଷା ଖାନା, ସାଙ୍ଗସାଥୀ ଆଉ ମେଳା ମଉଛବରେ ଉନୋକାର ଭାରି ସଉକ। ବର୍ଷର ଏଇ ଋତୁଟା ତାର ସବୁଠୁ ବଡ଼ ପ୍ରିୟ – ଏଇ

ସମୟରେ ବର୍ଷା ଛାଡ଼ିଯାଇଥାଏ। ନିତି ସକାଳେ ସୂର୍ଯ୍ୟ ଆପଣା ତେଜରେ, ରୂପରେ ଉଏଁ। ବେଶୀ ଗରମ ବି ପଡୁ ନ ଥାଏ। କାରଣ କାଲୁଆ ଶୁଖିଲା ଧୂଳିଆ ପବନ ଉତ୍ତରପଟୁ ତଳକୁ ବହୁଥାଏ। କେଉଁ କେଉଁ ବର୍ଷ ଧୂଳି-ପବନଟା ଭାରି ପ୍ରଖର ହୁଏ ଆଉ ଚାରିଆଡ଼େ ଗୋଟେ ଘନ କୁହୁଡ଼ି ଛାଇଯାଏ। ବୁଢ଼ାଲୋକ ଓ ପିଲାଛୁଆଯାକ ନିଆଁ ପୋଇଁବାକୁ ଜଳନ୍ତା କାଠ ଗଣ୍ଡି ଚାରିପଟେ ଘେରି ବସନ୍ତି। ଉନୋକା ଏଇ ସବୁ ଭଲ ପାଏ। ଶୁଖିଲା ଋତୁ ସାଙ୍ଗରେ ଫେରନ୍ତା ପହିଲା ପତାଙ୍ଗୀ ଓ ସେଥିରେ ମସ୍‌ଗୁଲ ସଙ୍ଗୀତ ମୁଖର ପିଲାମାନଙ୍କୁ ସେ ଭଲ ପାଏ। ତାର ପିଲାଦିନ ମନେ ପଡ଼େ। କେମିତି ସେ ନୀଳ ଆକାଶରେ ଅଳସ ଗତିରେ ପହଁରା ମାରୁଥିବା ପତାଙ୍ଗୀଟାଏ ପାଇଁ ଚାରିଆଡ଼େ ଘୁରି ବୁଲୁଥାଏ, ସେଇ କଥା ମନକୁ ଆସେ। ପତାଙ୍ଗୀଟିଏ ଦେଖିଲା ମାତ୍ରେ ସେ ମସୁଗୁଲ୍ ହୋଇ ଗୀତ ବୋଲେ, କାହିଁ ଦୂର ଦୂରାନ୍ତର ଯାତ୍ରାରୁ ଫେରନ୍ତା ପତାଙ୍ଗୀ ପାଇଁ ସ୍ୱାଗତ ସଙ୍ଗୀତର ଲହର ଛୁଟାଏ। ସାଙ୍ଗରେ ଘରକୁ କନା ଖଣ୍ଡେ ଲମ୍ୱେଇ ଆଣିଛି କି ନା ସେଇ କଥା ଗୀତରେ ପଚାରେ।

ଏଇଟା ଅନେକ ବର୍ଷ ତଳର କଥା, ସିଏ ସେତେବେଳେ ପିଲା ଥିଲା।ବଢ଼ିଲା ଉନୋକା ନିପାରିଲା ହେଲା। ଅଭାବ ଅନଟନ। ତାର ସ୍ତ୍ରୀ ଛୁଆମାନେ ମୁଠେ ଖାଇବାଟା କାଠିକର ହେଲା। ଲୋକେ ତାକୁ ଟାହି ଟାପରା କଲେ। କହିଲେ, ଲଫଙ୍ଗାଟା। ଏକ୍‌ବାର ନିକମ୍ମା। ତାକୁ କେହି ଧାର ନ ଦେବାକୁ ପଣ କଲେ। କାରଣ ସେ କେବେ ଉଧାର ସୁଝେ ନାହିଁ। ହେଲେ ଗୋଟେ କଥାରେ ଉନୋକା ଭାରି ପାରିବାର – ସେଇଟା ହେଲା ଧାର କରିବା। ଆଉ ଏମିତି କରଜ ଉପରେ କରଜ ତାର ଗଦା ହେଇ ଚାଲେ।

ଦିନେ ପଡ଼ିଶାଘରୁ ଓକୋୟେ ତାକୁ ଭେଟିବାକୁ ଆସିଲା। ତା କୁଡ଼ିଆ ଭିତରେ ମାଟି ପିଢ଼ାଟା ଉପରେ ବସି ଉନୋକା ବଂଶୀ ବଜାଉଥାଏ। ସେ ସଙ୍ଗେ ସଙ୍ଗେ ଉଠି ପଡ଼ି ଓକୋୟେ ସହିତ ହାତ ମିଳାଇଲା। ଓକୋୟେ ତାର କାଖରେ ଜାକିଥିବା ଛେଳି ଚମଡ଼ା ଆସନିଟାକୁ ତଳେ ପାରିଲା। ଉନୋକା ଭିତର କୋଠିକୁ ଗଲା ଓ ଜଲ୍‌ଦି ଗୋଟେ କାଠ ଡ଼ାଲାଟାରେ 'କୋଲା' ଚଣା, ପୁଞ୍ଜାଏ ବଡ଼ ଅଳେଇଚ ଓ ଖଣ୍ଡେ ଧଳା ମୁଣ୍ଡା ଖଡ଼ି ନେଇ ଆସିଲା।

'ମୋଠି 'କୋଲା' ଅଛି', ସେ ବସୁ ବସୁ କହିଲା ଆଉ ତାର ଅତିଥି ହାତକୁ ଡ଼ାଲାଟା ବଢ଼େଇ ଦେଲା।

'ଭଲ କଥା। ଯିଏ 'କୋଲା' ଦିଏ, ସିଏ ଜିନ୍ଦେଗୀ ଦିଏ ଜାଣ। କିନ୍ତୁ ମୋ ହିସାବରେ ତମେ ୟାକୁ ଭାଙ୍ଗିବା କଥା', ଓକୋୟେ ଡ଼ାଲାଟାକୁ ଫେରାଇ ଦେଇ କହିଲା।

'ନା, ନା, ଏଇଟା ତମ ପାଇଁ।' ଘଡ଼ିଏ ଯାଏଁ ସେମାନେ ଏମିତି ହଁ ନାଇଁ ହେଲେ। ଶେଷରେ ଉନୋକା କୋଲା ଭାଙ୍ଗିବାର ବିଶେଷ ଅଧିକାରଟା ମାନି ନେଲା। ଯା ଭିତରେ ଓକୋୟେ ଖଡ଼ି ମୁଣ୍ଡାରେ ତଳେ କେଇଟା ଗାର ଟାଣିଲା ଆଉ ତା ପରେ ତାର ପାଦର ବୁଢ଼ା ଆଙ୍ଗୁଠିକୁ ରଙ୍ଗେଇଲା। କୋଲାଟା ଭାଙ୍ଗି ଉନୋକା ଦୀର୍ଘ ନିରାମୟ ଜୀବନ ଓ ଶତ୍ରୁ କବଳରୁ ସୁରକ୍ଷା ପାଇଁ ତାର ପୂର୍ବ ପୁରୁଷ ପାଖରେ ଗୁହାରି କଲା। ଖାଇଲାବେଳେ ସେମାନେ ନାନା କଥା ଗପିଲେ- ଦେଶୀ ଆଳୁକୁ ଭସେଇ ଦେଇଥିବା ଭାରି ବର୍ଷା, ଆସନ୍ତା କୁଳ ଭୋଜି ଆଉ ଏମ୍ବାନୋ ଗାଁ ସହିତ ଆସନ୍ନ ଲଢ଼େଇ, ଏମିତି କେତେ କଥା। ଲଢ଼େଇ କଥା ପଡ଼ିଲେ ଉନୋକାର ମନଟା ଖରାପ ହେଇଯାଏ। ସେ ଭାରି ଡ଼ରୁଆ ସ୍ୱଭାବର। ରକ୍ତ ଦେଖିଲେ ସହି ପାରେ ନାହିଁ। ସେଥିପାଇଁ ସେ କଥାବାର୍ତ୍ତାର ମୋଡ଼ ବଦଳେଇ ଦେଲା। ସଙ୍ଗୀତ ଚର୍ଚ୍ଚା ହେଲା। ସେଇ କ୍ଷଣି ଉନୋକାର ମୁହଁ ଉଜଳି ଗଲା। ତାର କଳ୍ପନାର ଶୃତି ପଟଳରେ ରକ୍ତରେ ଉଦ୍ଦୀପନା ଆଣିଲା ପରି 'ଇକ୍‌ୱି', 'ଉଡୁ' ଆଉ 'ଓଜିନ୍' ର ଜଟିଳ ଛନ୍ଦ, ତାଳ, ଲୟ-ସବୁକୁ ଶୁଣି ପାରିଲା। ତାରି ଭିତରେ ତାର ନିଜର ବଂଶୀର ତାନ ଯୋଖି ହେଇ ଗୋଟେ ରଙ୍ଗମୟ ବିଷାଦ ମୂର୍ଚ୍ଛନା ଉଚ୍ଛୁଟି ଆସିବାର ଶୁଣିପାରିଲା। ତେବେ ସେଇ ସମ୍ମିଳିତ ସୁରଟା ଚଞ୍ଚଳ ଓ ପ୍ରଫୁଲ୍ଲିତ ଶୁଣାଗଲେ ହେଁ ତା ଭିତରୁ ବଂଶୀର ସ୍ୱନଟିକୁ ଗୋଟିକିଆ କରି କାଢ଼ି ଆଣିଲେ ସେଇଟା କରୁଣ ଓ ବେଖାପ ଶୁଭୁଥାଏ।

ଓକୋୟେ ବି ଜଣେ କଳାକାର ଥିଲା। 'ଓଜିନ୍'ବଜାଇବାରେ ସେ ନିପୁଣ ଥିଲା। ହେଲେ ଉନୋକା ପରି ସେ ଏମିତି ଅଗାଡ଼ି ନ ଥିଲା। ଦେଶୀ ଆଳୁରେ ଭର୍ତ୍ତି ଗୋଟେ ବଡ଼ ଅମାର ସହିତ ତିନିଟା ସ୍ତ୍ରୀ ବି ଥିଲେ। ସେଇ ମୂଳକରେ ତିନି ନମ୍ବର ମାନ୍ୟତା ପାଇଥିବା ଉପାଧି 'ଇଡ଼େମିଲି' ଏବେ ତାକୁ ମିଳିବ। ଏଇ ଉତ୍ସବରେ କାହିଁରେ କଣ ଖର୍ଚ୍ଚ ହେବ। ସେଥିପାଇଁ ସେ ପାରୁ ପର୍ଯ୍ୟନ୍ତ ତାର ସବୁ ସମ୍ବଳ ଜୁଟେଇବାରେ ଲାଗି ପଡ଼ିଥାଏ। ପ୍ରକୃତରେ ସେଇ କାରଣରୁ ହିଁ ସେ ଉନୋକାକୁ ଭେଟିବାକୁ ଆସିଥିଲା। ଏଥର ଗଳା ସଫା କରି ସେ ଆରମ୍ଭ କଲା:

'କୋଲା ପାଇଁ ତମକୁ ଶୁକ୍ରିଆ। ମୁଁ ଏଇ ନିକଟରେ ଯୋଉ ଉପାଧି ପାଇବି, ତା ବିଷୟରେ ତମେ ତ ଶୁଣିଥିବ।'

ଏ ଯାଏଁ ସିଧା ସଳଖ କଥା କହୁଥିବା ଓକୋୟେ ଏଥର ବାକି ଅଧା ଡ଼ଜନ ବାକ୍ୟ ଢ଼ଗଢ଼ମାଳିରେ କହିଲା। ଇବୋମାନଙ୍କ ଭିତରେ ବାକ୍ ଚାତୁରୀକୁ ଖାସ୍ ଗୁରୁତ୍ୱ ଦିଆଯାଏ। ଏଥିରେ ଢ଼ଗଢ଼ମାଳି ସବୁ ପାମ୍-ତେଲ ପରି ଯୋଉଥିରେ ଶବ୍ଦମାନ ରାନ୍ଧି ଖିଆଯାଏ। ଓକୋୟେ ବେଶ୍ ବାକ୍‌ପଟୁ। ସେ ଗୁଡ଼ାଏ ସମୟ ଗପିଲା। ଏଣୁତେଣୁ

ଗୁଡ଼ାଏ ଗପି ଶେଷରେ ସେ ଅସଲ କଥାକୁ ଆସିଲା। ସଂକ୍ଷେପରେ, ଦୁଇ ବର୍ଷ ତଳେ ଉନୋକା ତାଠୁ ଧାର ନେଇଥିବା ଦୁଇ ଶହ କଉଡ଼ି ଫେରାଇବା ପାଇଁ ସେ କହିଲା। ତାର ବନ୍ଧୁର ଅସଲ ଉଦ୍ଦେଶ୍ୟ ବୁଝିଲା କ୍ଷଣି ଉନୋକା ହସରେ ଫାଟି ପଡ଼ିଲା। ସେ ବହୁତ ଜୋର୍‌ରେ ଗୁଡ଼ାଏ ବେଳ ଯାଏଁ ହସିଲା। 'ଓଜିନ୍' ପରି ତାର ସ୍ୱରଟା ସ୍ପଷ୍ଟ ବାଜିଲା। ହସୁ ହସୁ ତାର ଆଖିକୁ ଲୁହ ଆସିଗଲା। ତାର ଅତିଥି ଆଶ୍ଚର୍ଯ୍ୟଚକିତ। ଶେଷରେ ସଦ୍ୟ ଉଲ୍ଲାସର ସତେଜ ଉଦ୍‌ଗୀରଣ ଭିତରେ ଉନୋକା ଉତ୍ତର ଦେବାକୁ ସମର୍ଥ ହେଲା।

'ସେଇ କାନ୍ଥକୁ ଦେଖ', ତାର କୁଡ଼ିଆର ଶେଷ ମୁଣ୍ଡର କାନ୍ଥକୁ ଦେଖାଇ କହିଲା। ଚମକ ଆସିବା ପାଇଁ କାନ୍ଥଟା ଲାଲ ମାଟିରେ ଘଷା ହେଇଥାଏ। 'ଖଡ଼ିରେ ଟଣା ସେଇ ଗାର ଯାକ ଦେଖ।' ଆଉ ଓକୋୟେ ଖଡ଼ିରେ ଟଣା ହେଇ ଉପରକୁ ଉଠିଥିବା ସରଳ ରେଖାର ପଂକ୍ତି କେଇଟା ଦେଖିଲା। ସେଠି ପାଞ୍ଚଟା ପଂକ୍ତି ଥିଲା। ସବୁଠୁ ସାନ ପଂକ୍ତିଟାରେ ଦଶଟା ଗାର ଥିଲା। ଉନୋକାର ଗୋଟେ ରକମର ନାଟକୀୟ ଭଙ୍ଗୀ ଥିଲା। ତେଣୁ ସେ ଟିକେ ରହିଗଲା, ତା'ପରେ ଚିମୁଟେ ନାଶ ଦେଇ ଜୋର୍‌ରେ ଶୁଙ୍ଘିଲା ଆଉ ତାପରେ କହି ଚାଲିଲା; 'ବୁଝିଲ, ସେଥିରୁ ପ୍ରତ୍ୟେକ ଭାଗ ଜଣେକ ପାଖରୁ କରଜକୁ ବୁଝାଏ। ପ୍ରତ୍ୟେକ ଦାଗର ମାନେ ଶହେ କଉଡ଼ି। ତମେ ଦେଖ, ସେଇ ଲୋକଟା ପାଖରୁ ମୁଁ ହଜାରେ କଉଡ଼ି ଧାର କରିଛି। ହେଲେ ସେ ଏଥିପାଇଁ ଆସି ମୋତେ ନିଦରୁ ଉଠାଇନି। ମୁଁ ତମଟା ଶୁଝି ଦେବି, କିନ୍ତୁ ଆଜି ନୁହଁ। ପୁରୁଖା ଲୋକେ କହନ୍ତି, ସୂର୍ଯ୍ୟ ସେଇମାନଙ୍କ ଉପରେ ଆଶିର୍ବାଦର ଆଲୁଅ ଢ଼ାଳେ ଯୋଉମାନେ ତାଙ୍କରି ପାଖରେ ଆଣ୍ଠେଇଥିବା ଲୋକଙ୍କ ଆଗରୁ ଉଠି ପଡ଼ନ୍ତି। ବଡ଼ ବଡ଼ ଋଣ ତକ ମୁଁ ଆଗ ଶୁଝି ଦେବି।' ତା'ପରେ ସେ ଆଉ ଟିପେ ନାଶ ନେଲା, ଯେମିତିକି ସେ ବଡ଼ କରଜଟାଏ ପ୍ରଥମେ ଶୁଝିବାକୁ ଯାଉଛି। ଓକୋୟେ ତାର ଛେଳି ଛାଲର ଆସନି ଖଣ୍ଡିକ ଗୋଟାଇ ଧରି ସେଠୁ ଚାଲିଗଲା।

ମଲାବେଳେ ଉନୋକାର କିଛି ପଦ ପଦବୀ ନ ଥିଲା। ଋଣ ଭାରରେ ସେ ଗୋଟାପଣେ ବୁଡ଼ି ଯାଇଥିଲା। ଆଉ ତାର ପୁଅ ଓକୋଙ୍କୋ ତାରି ପାଇଁ ଲଜ୍ଜିତ ହେଲେ ସେଥିରେ ଆଶ୍ଚର୍ଯ୍ୟ ହେବାର କ'ଣ ବା ଅଛି ? ସୌଭାଗ୍ୟକୁ ଜଣେ ଲୋକର ଗୁରୁତ୍ୱ ତାର ବାପାର ଗୁଣଗ୍ରାମକୁ ନେଇ ନୁହେଁ, ବରଂ ତାର ନିଜସ୍ୱ ଗୁଣକୁ ନେଇ ନିରୂପଣ କରାଯାଏ। ଓକୋଙ୍କୋର ହାବଭାବ ମୂଳରୁ ବଡ଼ ଛାଞ୍ଚର। ଅଳ୍ପ ବୟସରୁ ନଅ ଖଣ୍ଡ ଗାଁର ସବୁଠୁ ବଡ଼ ପହିଲମାନ ହେବାର ସୁନାମ ଅର୍ଜି ସାରିଛି। ଚାଷୀ ହିସାବରେ ବେଶ୍ ଧନୀ। ଖମ୍ୱଆଳୁ ଭର୍ତ୍ତି ଦୁଇଟା ଅମାର। ଏଇ ଏବେ ତୃତୀୟ

ସ୍ତ୍ରୀ ବାହା ହେଇଛି । ସର୍ବୋପରି ଦୁଇଟା ଉପାଧି ହାସଲ କରି ପାରିଛି ଆଉ ଜନଜାତିଙ୍କ ଅର୍ନ୍ତଯୁଦ୍ଧରେ ଅବିଶ୍ୱାସ୍ୟ ପରାକ୍ରମ ପ୍ରଦର୍ଶନ କରିଛି । କମ ବୟସର ହେଲେ ହେଁ ଓକୋଙ୍କୋ ତାରି ସମୟର ଜଣେ ବିଖ୍ୟାତ ମାନ୍ୟଗଣ୍ୟ ବ୍ୟକ୍ତି ହେଇ ପାରିଥିଲା । ତାରି ସମାଜରେ ବୟସକୁ ମାନ୍ୟ କରାଯାଏ, କିଂତୁ ସଫଳତାକୁ ପୂଜା କରାଯାଏ । ବଡ଼ମାନେ କହନ୍ତି, ଛୁଆଟାଏ ତାର ହାତଟା ଧୋଇଦେଲେ ରଜା ସାଙ୍ଗରେ ଖାଇ ପାରିବ । ଓକୋଙ୍କୋ ପରିଷ୍କାର ଭାବରେ ତାର ହାତ ଧୋଇ ସାରିଥାଏ । ତେଣୁ ସେ ରାଜା ଓ ବଡ଼ ବଡ଼ ମାନ୍‌ତା ଲୋକଙ୍କ ସାଙ୍ଗରେ ଖାଇ ପାରିଲା । ଆଉ ଏଇ ହିସାବରେ ସେଇ ହତଭାଗ୍ୟ ପିଲାଟିର ଦେଖାରେଖା ଦାୟିତ୍ୱ ତାକୁ ସଁପି ଦିଆଗଲା । ଲଢ଼େଇ ଓ ଖୁନ୍ ଖରାବିରୁ ବର୍ତ୍ତିବା ପାଇଁ ଉମୋଫୋର ପାଖ ପଡ଼ିଶା ଗାଁ ଲୋକେ ତାକୁ ଉମୋଫା ଗାଁକୁ ଟେକି ଦେଇଥିଲେ । ସେଇ ହତଭାଗା ପିଲାଟିର ନାଁ ଇକେମେଫୁନା ।

॥ ୨ ॥

ଓକୋଙ୍କୋ ସେଇ ମାତ୍ର ପାମ୍ ତେଲର ଦୀପଟାକୁ ଲିଭେଇ ଦେଇ ବାଉଁଶ ଖଟିଆରେ ଗଡ଼ିଥାଏ। ସେତିକିବେଳେ ନିସ୍ତବ୍ଧ ରାତି ପବନକୁ ଚିରି ଢ଼ଗରାର ନାଗରା ଶୁଭିଲା। ଗୁମ୍, ଗୁମ୍, ଗୁମ୍ – ଗୁରୁ ଗମ୍ଭୀର ଧ୍ୱନି ବାଜିଲା। ତାପରେ ଢ଼ଗରା ତାର ଖବର ଡ଼ାକିଲା। ଆଉ ଶେଷରେ ପୁଣି ନାଗରା ପିଟିଲା। ଢ଼ଗରା ପାଟି କରି କହୁଥାଏ – 'ଆସନ୍ତାକାଲି ସକାଳେ ଉମୋଫିଆର ସବୁ ଲୋକ ହାଟ-ପଦାରେ ଜମା ହେବେ। କଣ କିଛି ଅଘଟଣ ହେଲା କି ଆଉ, ଓକୋଙ୍କୋ ଆଶ୍ଚର୍ଯ୍ୟ ହେଲା। କଣ ଗୋଟେ ବିପଦ ପଡ଼ିଚି ଗାଁ ଉପରେ – ସେ ଗୋଟେ ରକମ ନିଶ୍ଚିତ ହେଇଗଲା। ଢ଼ଗରାର ଗଳାରୁ ମହାବିପତ୍ତିର ସ୍ୱର ସେ ସ୍ପଷ୍ଟ ବାରି ପାରିଲା। ଦୂରରୁ କ୍ରମଶଃ କ୍ଷୀଣରୁ କ୍ଷୀଣତର ଶୁଭୁଥିବା ସେଇ ସ୍ୱରରେ ସେ ଏବେ ବି ତାହା ବାରି ପାରୁଥାଏ।

ନିଶୂନ ରାତି। ଜହ୍ନ ରାତି ଛାଡ଼ିଦେଲେ ବାକି ସବୁ ରାତିମାନ ଏମିତି ନିଶ୍ଚୁପ। ଏଠିକା ଲୋକଙ୍କ ପାଇଁ ଅନ୍ଧାରଟା ଗୋଟେ ଅନିଶ୍ଚିତ ଭୟ। ଏମିତି ତାଙ୍କ ଭିତରେ ସବୁଠୁ ସାହସୀ ଲୋକ ବି ଅନ୍ଧାରକୁ ଡରେ। ରାତିରେ ଭୂତ ପ୍ରେତ ଭୟରେ ପିଲାଙ୍କୁ ସୁସୁରୀ ମାରିବାକୁ ବାରଣ କରାଯାଏ। ଅନ୍ଧାରରେ ଭୟଙ୍କର ଜନ୍ତୁଗୁଡ଼ା ଆହୁରି ଖତରନାକ୍ ଆଉ ରହସ୍ୟମୟ ହେଇଯାନ୍ତି। କାଳେ ଶୁଣି ପକାଇବ ବୋଲି ରାତିରେ ସାପର ନାଁ ଉଚ୍ଚାରଣ କରାଯାଏ ନାହିଁ। ତା ବଦଳରେ ତାକୁ ଦଉଡ଼ି ବୋଲାଯାଏ। ଆଉ ଖାସ୍ ଏମିତି ରାତିଟାରେ ଢ଼ଗରାର କଣ୍ଠସ୍ୱର କାହିଁ କେତେ ଦୂରରେ ଧୀରେ ଧୀରେ ହଜି ଯାଉ ଯାଉ ନୀରବତା ପୁଣି ପୃଥିବୀକୁ ଲେଉଟି ଆସିଲା। ଏକ ସ୍ପନ୍ଦିତ ନୀରବତା - ଯାହା କୋଟି କୋଟି ଜଙ୍ଗଲୀ କୀଟ ପତଙ୍ଗର ଚାରିଆଡ଼େ ବିସ୍ତରି ଯାଉଥିବା ଥର ଥର ଡ଼ାକରେ ଆହୁରି ଗାଢ଼େଇ ଗଲା।

ଜହ୍ନ ରାତିରେ ଏଇଟା ଅଲଗା ହୋଇଥାନ୍ତା। ସେତେବେଳେ ଖୋଲା

ମୈଦାନରେ ଖେଳୁଥିବା ପିଲାମାନଙ୍କର ହସ କୌତୁକ ଶୁଣାଯାଏ। ତାଙ୍କଠୁ ଟିକେ ବଢ଼ିଲା ବୟସରଙ୍କ ପିଲାଏ ଯୋଡ଼ି ହେଇ ଅଙ୍କ ଆଡୁଆଳରେ ଖେଳୁଥାନ୍ତି। ବୁଢ଼ାବୁଢ଼ୀମାନେ ତାଙ୍କର ହଜିଲା ଦିନ ହେତୁ କରନ୍ତି। ଇବୋ କଥାରେ : 'ଜହ୍ନ ଚିକ୍‌ମିକ୍ କଲେ ଲଙ୍ଗଡ଼ା ବି ଚାଲିବାକୁ ହାଇଁ ପାଇଁ ହୁଏ।'

କିଂତୁ ଏ ତ ନିଶ୍ଚୁପ ଅନ୍ଧାର ରାତି। ଆଉ ଉମୋଫିଆର ସାରା ନଅ ଖଣ୍ଡ ଗାଁର ପ୍ରତି ଲୋକକୁ କାଲି ସକାଳେ ଆସିବାକୁ ଡ଼ଗରା ନାଗରା ବଜାଇ ଡ଼ାକୁଥାଏ। ବାଉଁଶ ଖଟିଆରେ ଶୋଇ ରହି ଓକୋଙ୍କୋ ଜରୁରୀ ପରିସ୍ଥିତିଟା କି ପ୍ରକାର ହେଇଥାଇପାରେ ସେ ବିଷୟରେ ଅନୁମାନ ଲଗାଇଲା - ପଡ଼ୋଶୀ ଗୋଷ୍ଠୀ ସାଙ୍ଗରେ ଲଢ଼େଇ? ସମ୍ଭବତଃ ସେଇୟା ହୋଇପାରେ। ଲଢ଼େଇକୁ ସେ ଡ଼ରେ ନା। ସେ କାମର ଲୋକ, ଯୁଝିଲା ମରଦ। ତାର ବାପା ପରି ରକ୍ତ ଦେଖିଲେ ସେ ଝାଉଁଳି ପଡ଼େ ନାହିଁ। ଉମୋଫିଆ ଏବକାର ଲଢ଼େଇରେ ଘରକୁ କଟା ମଣିଷ ମୁଣ୍ଡ ଧରି ଫେରିବାର ଗୌରବରେ ସେ ପ୍ରଥମ। ଏଇଟା ତାର ପାଞ୍ଚ ନମ୍ବର ମୁଣ୍ଡ। ତାର ତ ଆହୁରି ବୟସ ହେଇନି। ଗାଁର ମାନ୍ୟତା ଲୋକର ଶୁଦ୍ଧିକ୍ରିୟା ପରି ଅବସରରେ ସେ ତାର ପହିଲା ମୁଣ୍ଡର ଖପୁରୀରେ ତାଡ଼ି ପିଏ।

ସକାଳେ ହାଟ ପଡ଼ିଆରେ ଲୋକ ଭର୍ତ୍ତି। ପ୍ରାୟ ଦଶ ହଜାର ହେବେ। ସମସ୍ତେ ଫିସ୍ ଫିସ୍ ହେଇ କଥା ହେଉଥାନ୍ତି। ଶେଷରେ ଉବେଫି ଇଜେଗୋ ତାଙ୍କ ଭିତରୁ ଠିଆ ଉଠିଲା ଓ ବଡ଼ ପାଟିରେ ଚାରି ଥର ରଡ଼ି ଛାଡ଼ିଲା - 'ଉମୋଫିଆ କ୍ୱେନୁ'। ପ୍ରତି ଥର ସେ ବିଭିନ୍ନ ଦିଗକୁ ମୁହାଁଇ ଶୂନ୍ୟକୁ ହାତମୁଠି ଛାଟୁଥାଏ। ଆଉ ପ୍ରତି ଥର ଦଶ ହଜାର ଲୋକ ଏକାସାଙ୍ଗରେ ପ୍ରତି-ଉତ୍ତର ଦଉଥାନ୍ତି – 'ୟା !'। ତାପରେ ସମ୍ପୂର୍ଣ୍ଣ ନୀରବତା ଛାଇଗଲା। ଉବେଫି ଇଜେଗୋ ଭାଷଣ ଦେବାରେ ବେଶ୍ ପାରଙ୍ଗମ। ଏମିତି ବିଶେଷ ଘଟଣା ମାନଙ୍କରେ କହିବା ପାଇଁ ତାକୁ ବଛାଯାଇଥାଏ। ସେ ତାର ପାଚିଲା ମୁଣ୍ଡରେ ହାତଟା ବୁଲାଇ ଆଣି ପାଚିଲା ଦାଢ଼ିକୁ ଆଉଁସିଲା। ଡ଼ାହାଣ କାଖ ତଳୁ ଯାଇ ବାଁ କାନ୍ଧରେ ବନ୍ଧା ହେଇଥିବା ତାର ଲୁଗାକୁ ସେ ସଜାଡ଼ିଲା।

'ଉମୋଫିଆ କ୍ୱେନୁ', ସେ ପଞ୍ଚମ ଥର ପାଇଁ ଚିତ୍କାର କଲା ଆଉ ସମବେତ ଜନତା ପ୍ରତିଉତ୍ତରରେ ପାଟି କଲେ। ତାପରେ ହଠାତ୍ କାଳିସୀ ଲାଗିଲା ପରି ସେ ତାର ବାଁ ହାତକୁ ଏମ୍ବାନୋ ଆଡ଼କୁ ନିକ୍ଷେପ କଲା ଆଉ ଚିକିମିକି ଦଳା ଦାନ୍ତ ଦି ପାଟି ରଗଡ଼ି ପୁରା ଜୋର୍ ଲଗାଇ କହିଲା, 'ସେଇ ଜଙ୍ଗଲୀ ଜାନୁଆର... ସବୁ ଶୂଅର୍‌କା ବଚ୍ଚା... ତାଙ୍କର ବହପ ଦେଖ ! ଉମୋଫିଆର ଝିଅଟାର ଜାନ୍ ନେଇଗଲେ !' ସେ

ମୁଣ୍ଡ ତଳକୁ କରି ଦାନ୍ତ କଡ଼ମଡ଼ କଲା ଓ ଲୋକଙ୍କ ଭିତରେ ଅବଦମିତ ରାଗର ଗୁଞ୍ଜରଣଟିଏ ପହଁରି ଯିବାକୁ ସୁଯୋଗ ଦେଲା। ଏଥର ପୁଣି କହିବା ଆରମ୍ଭ କଲାବେଳେ ତାର ମୁହଁରେ ଆଉ ରାଗ ନ ଥିଲା। ତା ପରିବର୍ତ୍ତେ ଗୋଟେ ରକମ ହସ ଲାଖି ରହିଥାଏ। ରାଗ ଅପେକ୍ଷା ସେଇ ହସଟା ବେଶୀ ଭୟଙ୍କର ଆଉ ବେଶୀ ମାରାତ୍ମକ ଲାଗୁଥାଏ। ଏଥର ସ୍ପଷ୍ଟ ଭାବଶୂନ୍ୟ ଗଳାରେ ସେ ଉମୋଫିଆକୁ ବୁଝାଇଦେଲା – କେମିତି ତାଙ୍କରି ବଂଶର ଝିଅ ଏମ୍ବାନୋକୁ ବଜାର କରିଯାଇଥିବା ବେଳେ ହତ୍ୟାର ଶିକାର ହେଲା। ସେଇ ତିର୍ଲୋଟା ଉବେଫି ଉଡ଼ୋର ସ୍ତ୍ରୀ। ତଳକୁ ମୁଣ୍ଡ ଝୁଙ୍କାଇ ବସିଥିବା ଜଣେ ଲୋକଙ୍କୁ ଇଜେଗୋ ଆଙ୍ଗୁଠି ଦେଖାଇ କହିଲା। କ୍ରୋଧ ଓ ରକ୍ତ ପୀପାସାରେ ଜନତା ଚିତ୍କାର କଲେ।

ଏ ସଂକ୍ରାନ୍ତରେ ଆହୁରି ଅନ୍ୟମାନେ ମଧ୍ୟ କହିଲେ। ଶେଷରେ ଏପରି ଘଟଣାରେ ଯାହା ସ୍ୱାଭାବିକ କାର୍ଯ୍ୟପନ୍ଥା ତାକୁ ଅନୁସରଣ କରିବାକୁ ସ୍ଥିର ହେଲା। ଗୋଟିଏ ପକ୍ଷରେ ଲଢ଼େଇ ଓ ଆଉ ଗୋଟେ ପକ୍ଷରେ କ୍ଷତିପୂରଣ ସକାଶେ ଜଣେ ଯୁବକ ଓ ଜଣେ କୁଆଁରୀର ସମର୍ପଣ – ଏ ଦୁଇଟି ପ୍ରସ୍ତାବ ଭିତରୁ ଗୋଟିକୁ ବାଛିବା ପାଇଁ ସଙ୍ଗେ ସଙ୍ଗେ ଏମ୍ବାନୋକୁ ଗୋଟେ ଚରମ ଚେତାବନୀ ପଠାଗଲା।

ଉମୋଫିଆକୁ ଆଖ ପାଖ ସବୁ ପଡ଼ୋଶୀଙ୍କର ଭୟ ଥାଏ। ଲଢ଼େଇ ଓ ଯାଦୁ ବିଦ୍ୟାରେ ୟେ ଗାଁ ବେଶ୍ ପାରିବାର। ଗୁଣିଗାରେଡ଼ିରେ ଏଠାର ନାଁ କରା ଦିଶାରୀ ଆଉ ଜଡ଼ିବୁଟି ଔଷଧିରେ ମାହିର ଜାନୀ ଓଗେରଙ୍କୁ ପାଖାପାଖି ସବୁ ଇଲାକାର ଲୋକେ ଭାରି ଡ଼ରନ୍ତି। ଲଢ଼େଇରେ କାମ ଦେଉଥିବା ଏ ଗାଁର ସବୁଠାରୁ ଦମ୍‌ଦାର୍ କୁହୁକ ଔଷଧି ଠିକ୍ ଏଇ ଜାତିଟା ପରି ବହୁତ ପୁରୁଣା। କେତେ ଯେ ପୁରୁଣା ତାହା କେହି କହି ପାରନ୍ତିନି। କିଂତୁ ଗୋଟେ କଥାରେ ସମସ୍ତେ ଏକମତ ଯେ ସେଇ ଔଷଧିର ଅସଲ ମଞ୍ଜଟା ହେଉଛି ଗୋଟେ ଏକେନ୍-ଗୁଡ଼ି (ଏକ ଗୋଡ଼ିକିଆ) ବୁଢ଼ୀ। ସେଇ ଔଷଧିର ନାଁ ଟା ବି ଅଗାଡ଼ି-ଏନ୍‌ୱାୟି ଅଥବା ବୁଢ଼ୀଟାଏ। ଉମୋଫିଆର ଠିକ୍ ମଝା ମଝି ପଦର ଭୂଇଁରେ ତାର ଆସ୍ଥାନ। ମୁହଁ ସଞ୍ଜରେ ଯିଏ ବି ଯଦି ସେଇ ଜାଗା ପାରି ହେଇ ଯିବାର ବଦ୍‌ସାହସ କରିଥାଏ, ତା ହେଲେ ସେଠି ବୁଢ଼ୀଟାଏ ଏକେନ୍‌ଗୁଡ଼ି ହେଇ ଡ଼େଉଁଥିବାର ନିଶ୍ଚେ ଦେଖେ।

ପଡ଼ୋଶୀ ଜାତି-ଗୋତ୍ରର ଲୋକ ଏସବୁ କଥା ଜାଣିଥିବାରୁ ଉମୋଫିଆକୁ ଡ଼ରିବା ସ୍ୱାଭାବିକ। କେହି ବି ହଠାତ୍ ତା ବିରୋଧରେ ଲଢ଼େଇକୁ ବାହାରନ୍ତି ନାହିଁ। ବରଂ ବୁଝି ବିଚାରି ଆପୋଷ ଆଲୋଚନା ମାଧ୍ୟମରେ ଯା ସହିତ କୌଣସି ବିବାଦର ସମାଧାନ କରିଥାନ୍ତି। ଉମୋଫିଆର ବିଚାର ଧାରାରେ ଏକଥା ମଧ୍ୟ ଲିପିବଦ୍ଧ ହେଇ

ରହିବା କଥା ଯେ କୌଣସି ବି ବିବାଦର ରୂପରେଖ ପୁରାପୁରି ସ୍ପଷ୍ଟ ଓ ନ୍ୟାୟସଙ୍ଗତ ନ ହେବା ଯାଏଁ ତଥା ତାର ଦେ-ବକ୍‌ତା ପାଖରେ – ଗିରି ଗୁମ୍ଫାର ଦୈବବାଣୀ ପାଖରେ ଗୃହୀତ ନ ହେଲା ଯାଏଁ ଉମୋଫିଆ ଲଢ଼େଇ ପାଇଁ ଆଗେ ବାହାରେ ନାହିଁ। ପ୍ରକୃତରେ ଅନେକ ଘଟଣାରେ ଉମୋଫିଆକୁ ଦୈବବାଣୀ ଯୁଦ୍ଧରୁ ବିରତ କରିଥିବାର ନଜିର ରହିଛି। ଯଦି ଏ ବଂଶଟା ଦେ-ବକ୍ତାର ଆଜ୍ଞାକୁ ଅବଜ୍ଞା କରିଥାନ୍ତା, ଯାର ଲୋକମାନେ ସବୁ ନିଶ୍ଚିତ ଭାବରେ ହାରିଥାନ୍ତେ। କାରଣ ତାଙ୍କର ଭୟାନକ ଅଗାଡ଼ି ଏନ୍‌ଓ୍ୱାୟି କୌଣସି ଅପନିନ୍ଦାର ଲଢ଼େଇ କେବେ ଲଢ଼ିବନି। ଇବୋ ବୋଲିରେ ସେଇଟା ଅଧର୍ମ ଯୁଦ୍ଧ।

କିଂତୁ ଏବର ଆସନ୍ନ ଲଢ଼େଇଟା ନ୍ୟାୟ ସଙ୍ଗତ। ଏପରିକି ଶତ୍ରୁ ମଧ୍ୟ ଏକଥା ମାନିବ। ଶେଷରେ ସେମାନେ ଚିରାଚରିତ ଢ଼ଙ୍ଗରେ ନିଷ୍ପତ୍ତି ନେଲେ ଯେ ଝିଅଟା ଉବେଫି ଇଡ଼ୋର ସ୍ତ୍ରୀ ବଦଳରେ ତା ପାଖକୁ ଯିବ। ପିଲାଟା ଏବେ ସାରା ବଂଶର ଅଧୀନରେ। ତାର ଭବିଷ୍ୟତ ବିଷୟରେ ତର ତର ହେଇ ନିଷ୍ପତ୍ତି ନେବାର କୌଣସି ଆବଶ୍ୟକତା ନାହିଁ। ଏଇ ସମୟ ଭିତରେ କୁଳ ତରଫରୁ ପିଲାଟାକୁ ପାଖରେ ରଖିବା ପାଇଁ ଓକୋଙ୍କୋକୁ କୁହାଗଲା। ତେଣୁ ତିନି ବର୍ଷ ହେଲା ଇକେମେଫୁନା ଓକୋଙ୍କୋ ଘରେ ରହୁଥାଏ।

ଘରେ ଓକୋଙ୍କୋର କଡ଼ା ଶାସନ। ତାର ସ୍ତ୍ରୀମାନେ, ବିଶେଷତଃ ତାର ସବା ସାନ ସ୍ତ୍ରୀ ତା ବଦ୍‌ମିଜାଜ୍ ଭୟରେ ସବୁବେଳେ କୁଙ୍କୁରି କାଙ୍କରି ହେଇ ରହିଥାଏ। ତାର ଛୋଟ ପିଲାଛୁଆମାନେ ବି ସେମିତି ଡ଼ରି ମରି ରହିଥାନ୍ତି। ବୋଧହୁଏ ଅନ୍ତର ଭିତରେ ଓକୋଙ୍କୋ ଜଣେ କଠୋର ମଣିଷ ନ ଥିଲା। କିନ୍ତୁ ତାର ସାରା ଜୀବନ ଗୋଟେ ଭୟର ପ୍ରାଦୁର୍ଭାବରେ କଟିଗଲା – ବିଫଳତାର ଭୟ ଆଉ ଦୁର୍ବଳତାର ଭୟ। ସୈତାନର ଭୟ, ଖାମଖିଆଲୀ ଦେବଦେବୀର ଭୟ, ତନ୍ତ୍ରମନ୍ତ୍ରର ଭୟ, ବଣର ଭୟ ଆଉ ଲାଲ୍ ପନ୍‌ଝାରେ ଧ୍ୱଂସମୁଖୀ ପ୍ରକୃତିର ଭୟଠାରୁ ବି ଏଇଟା ଆହୁରି ଗଭୀର, ଆହୁରି ଅନ୍ତରଙ୍ଗ, ଆହୁରି ଘନିଷ୍ଠ। ଏଇସବୁ ଭୟଯାକରୁ ଓକୋଙ୍କୋର ଭୟଟା ବହୁତ ବେଶୀ ଭାରୀ ଥିଲା। ଏଇ ଭୟଟା ବାହାରେ କୋଉଠି ନ ଥିଲା। ବରଂ ଏଇଟା ତାରି ଭିତରର ଛିପିଲା ଭୟ। ତାର ନିଜକୁ ନେଇ ଭୟ, କାଳେ ସେ ତାର ବାପା ପରି ହେଇଯିବାର ଭୟ। ଛୋଟଥିଲାବେଳୁ ସେ ତାର ବାପାର ଅକ୍ଷମତା ଓ ଦୁର୍ବଳତା ପାଇଁ ରାଗୁଥିଲା। ପିଲାଦିନେ ତାର ଜଣେ ସାଙ୍ଗ କେମିତି ତାର ବାପାକୁ 'ଅଗବାଲା' କହି ଛିଗୁଲେଇଥିଲା, ସେ କଥା ତାର ଏ ଯାଏଁ ମନେ ଅଛି। ସେତେବେଳେ ହିଁ ଓକୋଙ୍କୋ ପ୍ରଥମ କରି ଜାଣିବାକୁ ପାଇଲା ଯେ 'ଅଗବାଲା'

ମାନେ ଖାଲି ଜଣେ ସ୍ତ୍ରୀ ଲୋକର ଆଉ ଗୋଟେ ନାଁ କି ପ୍ରତିଶବ୍ଦ ନୁହଁ। ଯାର ଆଉ ଗୋଟେ ଅର୍ଥ କିଛି ପଦପଦବୀ ବା ପୁରୁଷାର୍ଥ ଅର୍ଜି ପାରି ନ ଥିବା ଜଣେ ପୁରୁଷକୁ ବୁଝାଏ। ଆଉ ତା'ପରେ ଓକୋଙ୍କୋ ଉପରେ ଗୋଟେ ଆବେଗର ଉତ୍ତେଜନା ସବାର ହେଲା – ତାର ବାପା ଯାହା ସବୁ ଭଲ ପାଉଥିଲା ତାକୁ ଘୃଣା କରିବା। ତା ଭିତରୁ ଗୋଟେ ହେଲା କୋମଳତା ଆଉ ଅନ୍ୟଟି ହେଲା ଅଳସୁଆମୀ।

ପହ୍ଲା ରୁଆବେଳେ ଓକୋଙ୍କୋ ନିତି ତା ଜମିରେ କାଉ ରାବଠୁ କୁକୁଡ଼ା ଘୁମେଇବା ଯାଏଁ ଦିନ ରାତି ହାଡ଼ଭଙ୍ଗା ମେହେନତ କରେ। ବେଶ୍ ମଜବୁତ୍ ଦିହ, ସହଜରେ ସେ ଥକି ଯାଏନି। ହେଲେ ତାର ସ୍ତ୍ରୀ ଓ ପିଲାଙ୍କର ସ୍ୱାସ୍ଥ୍ୟ ସେତେଟା ବଳିଷ୍ଠ ନ ଥିବାରୁ ବାରବାର ଦେହ ଖରାପ ହେଇଥାଏ। ହେଲେ ବି ସେମାନେ ମୁହଁ ଖୋଲି କହିବାକୁ ଡ଼ରନ୍ତି। ନୋୟେ, ଓକୋଙ୍କୋର ବଡ଼ ପୁଅ। ବୟସ ବାର ବର୍ଷ। ହେଲେ ଆରମ୍ଭରୁ ତାର ଅଳସୁଆ ପ୍ରକୃତି ଯୋଗୁଁ ତାର ବାପାର ମୁଣ୍ଡବ୍ୟଥାର କାରଣ ହେଇ ସାରିଲାଣି। ସେ ଯାହା ବି ହେଇଥାଉ, ତା ବାପା ଆଖିକୁ ସିଏ ସେଇୟା ଦିଶେ। ସବୁବେଳେ ତାର ଦୋଷ ବାଛି, ଗାଳିମନ୍ଦ ମାଡ଼ପିଟ କରି ଓକୋଙ୍କୋ ତାକୁ ସୁଧାରିବାରେ ଲାଗିଥାଏ। ଆଉ ସେଇଥିପାଇଁ ନୋୟେ ଏଇ ବୟସରେ ବି ମୁହଁଟା ଶୁଖାଇଥାଏ।

ଓକୋଙ୍କୋ ଘରେ ତାର ସମ୍ପତ୍ତି ଜଣାପଡ଼ିଯାଏ। ଘର ଚାରିକଡ଼େ ଲାଲ ମାଟିର ବିରାଟ ହତା। ହତା ବେଢ଼ାରେ ଗୋଟେ ମାତ୍ର ଫାଟକ। ସେଇ ଗୋଟିକିଆ ଫାଟକ ପଛକୁ ତାର ନିଜର ବସା ବା 'ଓବି'। ତାର ତିନିଟା ସ୍ତ୍ରୀଙ୍କର ଅଲଗା ଅଲଗା ବସା – 'ଓବି' ପଛକୁ ବାଙ୍କୁଲି ଜହ୍ନ ପରି ରହିଥାଏ। ଲାଲ କାନ୍ଥର ଗୋଟେ ମୁଣ୍ଡରେ ଖମାର ଘର। ସେଠି ବଡ଼ ବଡ଼ ବୋଝ ମାଟି ଆଳୁ ଭର୍ତ୍ତି ହେଇଥାଏ। ହତାର ଆର ମୁଣ୍ଡରେ ଛେଳି ଗୁହାଳ। ତାର ସବୁ ସ୍ତ୍ରୀମାନେ ନିଜ ନିଜ ବସାକୁ ଲାଗି ଗୋଟେ ଲେଖାଏଁ କୁକୁଡ଼ା ଘର ତିଆରି କରିଥାନ୍ତି। ଖମାରକୁ ଲାଗି ଛୋଟିଆ ଘରଟିଏ – ଔଷଧି ଶାଳ ବା ପୂଜା କୁଠି। ସେଠି ଓକୋଙ୍କୋ ତାର ଇଷ୍ଟଦେବତା ଓ ପୂର୍ବପୁରୁଷର ଆତ୍ମା ସ୍ୱରୂପ କାଷ୍ଠ ପ୍ରତିମା ରଖିଥାଏ। ତାଙ୍କ ପାଖରେ କୋଲା, ଚଣା, ଖାଇବା ଜିନିଷ, ଖଜୁରୀ ତାଡ଼ି ଭୋଗ ଲଗାଇ ଓକୋଙ୍କୋ ନିଜ ପାଇଁ ଆଉ ତାର ତିନିଟା ସ୍ତ୍ରୀ ଓ ଆଠଟା ପିଲାଛୁଆଙ୍କ ମଙ୍ଗଳ ପାଇଁ ଗୁହାରି କରେ।

ଉମୋଫିଆର ଝିଅଟା ଏମ୍ବାନୋରେ ନିହତ ହେଲାରୁ ଇକେମେଫୁନା ଓକୋଙ୍କୋର ଘରକୁ ଆସିଲା। ସେଦିନ ସେ ତାକୁ ଘରକୁ ଆଣି ତାର ସବା ବଡ଼ ସ୍ତ୍ରୀ ହାତରେ ସଁପି ଦେଲା।

‘ଇଏ ଏବେ ଆମ ବଂଶର ହେଇଗଲା, ତାର ଦେଖାଶୁଣା କରିବୁ’, ସେ କହିଲା।

‘ସେ ଆମ ସାଙ୍ଗରେ ରହିବ ନା କ’ଣ ?’ ତାର ସ୍ତ୍ରୀ ପଚାରିଲା।

‘ଏଃ ମାଇକିନା, ତତେ ଯାହା କୁହାଗଲା ସେଇୟା କର କହୁଛି’, ଓକୋଙ୍କୋ ଗର୍ଜିଉଠି ଖନେଇଲା। ‘ତୁ କେବେଠୁ ଉମୋଫିଆର କୁଳଦେବୀ ହେଇଗଲୁଣି ?’

ନୋୟେର ମା ଆଉ କିଛି ନ ପଚାରି ଇକେମେଫୁନାକୁ ତାରି ବସାକୁ ନେଇଗଲା।

ପିଲାଟା ଭୀଷଣ ଡ଼ରି ଯାଇଥାଏ। ଏସବୁ କଣ ହେଉଛି ଆଉ ସେ ବା କଣ କରିଛି ସେ କଥା ସେ କିଛି ଜାଣି ପାରୁ ନ ଥାଏ। ଉମୋଫିଆ ଝିଅଟାକୁ ମାରିବାରେ ତାର ବାପାର ହାତ ଅଛି କି ନାହିଁ ସେ ଭଲା ଜାଣିବ କେମିତି ? ସେ ଖାଲି ଏତିକି ଜାଣେ ଯେ କେତେ ଜଣ ଲୋକ ତାଙ୍କ ଘରକୁ ଆସି ପହଞ୍ଚିଲେ ଆଉ ତା ବାପା ସହିତ ଧୀମା ଆବାଜ୍‌ରେ କଣ ସବୁ କଥା ହେଲେ। ଶେଷରେ ତାକୁ ବାହାର କରି ଜଣେ ଅଚିହ୍ନା ଲୋକ ହାତରେ ଟେକି ଦିଆଗଲା। ତା ମାଁ ବିକଳ ହେଇ କାନ୍ଦୁଥାଏ। ସେ ନିଜେ ଏମିତି ଡ଼ରି ଯାଇଥାଏ ଯେ କାନ୍ଦି ସୁଦ୍ଧା ପାରୁ ନ ଥାଏ। ଅଚିହ୍ନା ଲୋକଟି ତାକୁ ଓ ଆଉ ଗୋଟେ ଝିଅକୁ ନିଛାଟିଆ ଜଙ୍ଗଲୀ ରାସ୍ତା ଦେଇ ଘରୁ କାହିଁ କେତେ ଦୂରକୁ ନେଇ ଆସିଲା। ସେ ଝିଅଟା କିଏ ସିଏ ଜାଣି ନ ଥିଲା କି ତାକୁ ପୁଣିଥରେ ଆଉ କେବେ ଦେଖି ନ ଥିଲା।

॥ ୩ ॥

ତାରି ବୟସର ଅନ୍ୟ ଜୁଆନ୍ ଯବାନ୍ ମାନଙ୍କ ପରି ଓକୋଙ୍କୋ ତା ଜୀବନରେ ବୁନିଆଦି ହିସାବରେ କିଛି ପାଇ ନ ଥିଲା। ଉତ୍ତରାଧିକାର ସୂତ୍ରରେ ସେ ତାର ବାପାଠୁ ଅମାରଟେ ବି ପାଇ ନ ଥିଲା। ଅମାର ଥିଲେ ସିନା ପାଇବ। କେବେ ବି ଭଲ ଫସଲ ହେଉ ନ ଥିବା କାରଣରୁ ତାର ବାପା ଇନୋକା କେମିତି ଗିରି ଗୁମ୍ଫାର ଦେ-ବକ୍ତା ପାଖରେ ଅଧିଆ ପଡୁଥିଲା ସେ କଥା ଉମୋଫିଆର ଘରେ ଘରେ ଚର୍ଚ୍ଚା ହୁଏ।

ସେଇ ଦେ-ବକ୍ତାର ନାଁ ଏଗ୍ବାଲା। ଆଖପାଖ ଆଉ କାହିଁ କେତେ ଦୂର ଦୂରାନ୍ତରୁ ଲୋକେ ସେଠିକି ହାରି ଗୁହାରି ପାଇଁ ଆସନ୍ତି। ମୁଣ୍ଡରେ ଦୁର୍ଯୋଗ ଛିଣ୍ଡିଲେ କି ସାଇ ପଡ଼ିଶା ସାଙ୍ଗରେ କଳି ତକରାଳ ହେଲେ ସେମାନେ ଆସନ୍ତି। ଏ ସଂକ୍ରାନ୍ତରେ ତାଙ୍କର ଭାଗ୍ୟ ଓ ଭବିତବ୍ୟ ଜାଣିବା ପାଇଁ ଆର ପାରିରେ ଥିବା ତାଙ୍କର ପିତୃପୁରୁଷଙ୍କ ଡୁମା ସହିତ ବିଚାର ବିମର୍ଷ କରିବା ପାଇଁ ସେମାନେ ଆସନ୍ତି।

ଗୋଟେ ପାହାଡ଼ କଡ଼ରେ ଗାତଟିଏ। କୁକୁଡ଼ା-ଘରର ମୁହଁରୁ ଟିକିଏ ବଡ଼ ହେବ ଗାତର ମୁହଁ। ସେଇଟା କଲାସୀ କୁଠିକୁ (ପୂଜା ପୀଠ) ଯିବା ରାସ୍ତା। ଶ୍ରଦ୍ଧାଳୁ ଭକ୍ତ ଓ ଦେବତା ପାଖରୁ ନିଜର ଆଗତ ନିଗତ ଜାଣିବାକୁ ସେଠିକି ଆସିଥିବା ଲୋକେ ସେଇ ବାଟରେ ପେଟେଇ ପେଟେଇ ଗୁରୁଣ୍ଡି ଯାଇ ଗୋଟେ ଅସରନ୍ତି ଅନ୍ଧାରୁଆ ଜାଗାରେ ପହଞ୍ଚନ୍ତି। ସେଠି ଏଗ୍ବାଲା ବିଦ୍ୟମାନ। ବେଜୁଣୀକୁ ଛାଡ଼ି ଦେଲେ ଆଉ କେହି ବି ଏଗ୍ବାଲାକୁ ସ୍ୱଚକ୍ଷୁରେ ଦେଖି ନାହିଁ। କିନ୍ତୁ ଯିଏ ସେଇ ଭୟାନକ ପୀଠକୁ ଗୁରୁଣ୍ଡି ଗୁରୁଣ୍ଡି ଯାଇଛି, ସେଠୁ ତାର ଦୈବୀଶକ୍ତିର ପ୍ରକୋପରେ ସଂତ୍ରସ୍ତ ନ ହେଇ ଫେରି ନାହିଁ। ଗୁମ୍ଫା ମଝିରେ ନିଜେ ଜଳାଇଥିବା ହୋମ ନିଆଁ ପାଖରେ ବେଜୁଣୀ ଠିଆ ହେଇ ଦୈବୀ-ଇଚ୍ଛା ଘୋଷଣା କରେ। ନିଆଁରୁ ଶିଖା ଉଠୁ ନ ଥାଏ। ଜଳନ୍ତା କାଠଗଣ୍ଡି ଖାଲି ବେଜୁଣୀର କଳା ଅବୟବକୁ ଅସ୍ପଷ୍ଟ ଭାବରେ ପ୍ରକାଶ କରେ।

କେବେ କେମିତି କୋଉ ଲୋକ ତାର ମୃତ ବାପା କିମ୍ବା ସଂପର୍କୀୟର ପ୍ରେତ ସହିତ ବିଚାର ବିମର୍ଷ କରିବାକୁ ଆସେ। ଏମିତି ପ୍ରେତ ଉଭା ହେଲେ ସେଇ ଲୋକଟା କୁଆଡ଼େ ଅନ୍ଧାରରେ ଝାପ୍‌ସା ଦେଖିପାରେ। କିଂତୁ ତାର ସ୍ୱର କେବେ ଶୁଣି ପାରେ ନାହିଁ। ଗୁମ୍ଫାର ଛାତରେ ପ୍ରେତମାନେ ଡ଼େଣା ପିଟି ଉଡୁଥିବାର ଦେଖିଥିବା କଥା କେତେ ଲୋକ କହନ୍ତି।

ଅନେକ ବର୍ଷ ଆଗେ, ଓକୋଙ୍କୋ ଯେତେବେଳେ ପିଲା ଥିଲା ତାର ବାପା ଉନୋକା ଏଗ୍‌ବାଲା ପାଖରେ ଗୁହାରି କରିବା ପାଇଁ ଯାଇଥିଲା। ସେତେବେଳେ ସେଠି ପୂଜା କରୁଥିବା ବେଜୁଣୀର ନାଁ ଥିଲା ଚିକା। ତାକୁ ତାର ଦେବତାର ଦୈବୀ ଶକ୍ତି ପ୍ରାପ୍ତି ହେଇଥିଲା। ତାକୁ ସମସ୍ତଙ୍କର ଡ଼ର ଥାଏ। ବେଜୁଣୀ ସାମ୍ନାରେ ଛିଡ଼ା ହେଇ ଇନୋକା ତାର କଥାନୀ ଆରମ୍ଭ କଲା।

'ଫି' ସନ' ସେ ମନ ଦୁଃଖରେ କହିଲା', ଜମିରେ କିଛି ବି ଚାଷ ସୁରୁ କଲା ଆଗରୁ ସାରା ଜଗତର ମାଲିକ ଦରତନୀ ଅନୀ ପାଖରେ ପଟେ ଗଞ୍ଜା ବଳି ଚଢ଼ାଇଥାଏ। ଏଟା ଆମର ପିତୃପୁରୁଷର ନିୟମ। ଫସଲ ପେନୁ ଆଇଫେଜିଓକୁ ତୁଷ୍ଟି କରିବା ପାଇଁ ବି ଗଞ୍ଜା ପଟେ ବଳି ଦିଏ। ଶୁଖା ଋତୁରେ ବୁଦା ଅରମା ସଫା କରି ତାକୁ ପୋଡ଼ି ଦିଏ। ପହିଲି ବର୍ଷା ପଡ଼ିଲା ପରେ ଦେଶୀ ଆଳୁ ରୁଏ ଆଉ ତାର ଲହର ଆଙ୍କୁଡ଼ି ବାହାରିବା ମାତ୍ରେ ଢ଼ିରା ଖୁଣ୍ଟି ପୋତି ପକାଏ।

ମୁଁ ବାଲୁଙ୍ଗା ଓପାଡ଼ି- 'ଥୟ ଧର!' ବେଜୁଣୀ ଚିତ୍କାର କଲା। ଶୂନ୍ୟ ଅନ୍ଧାର ଭିତରେ ପ୍ରତିଧ୍ୱନିତ ତାର ସ୍ୱର ଭୟଙ୍କର ଶୁଭିଲା। 'ତୁ ଦେବତା କି ତୋର ପିତୃ ପୁରୁଷ କାହାରିକୁ ଅପମାନ କରିନାହୁଁ। ଦେବତା, ପିତୃ ପୁରୁଷକୁ ସନ୍ତୋଷ କରି ରଖିଥିବା ଜଣେ ଲୋକର ଫସଲ ଆଦାଏ ନିଜର ଖଟଣି ଉପରେ ନିର୍ଭର କରେ। ଉନୋକା, ସାରା ବଂଶରେ ତୁ କୋଡ଼ି-କୁରାଢ଼ୀରେ କେତେ କୋଢ଼ିଆ ତା ସଭିକୁ ଜଣା। ତୋରି ସାଇ ପଡ଼ିଶା ଲୋକ କୁରାଢ଼ୀ ଧରି ବଣ ଅରମା କାଟି ନୂଆଁ ଜମି ତୟାରିରେ ଲାଗିଲାବେଳେ ତୁଟା ତୁହାକୁ ତୁହା ଚାଷ ହେଇଥିବା ଜମିରେ ପହ୍ଳା ରୋଇ ପକାଉ। କାରଣ ତତେ ସେଥିରେ ବେଶୀ ମେହେନତ କରିବାକୁ ପଡ଼େ ନାଇଁ। ସେମାନେ ସାତ ନଈ ପାରି ହେଇ କୁଆଁରୀ ଜମି ଠାବ କଲାବେଳକୁ ତୁଟା ଘରେ ବସି ଉପୁଜା ଜୋର ନ ଥିବା ମାଟି ଅରାକ ଉପରେ ବଳି ଚଢ଼ାଉଥାଉ। ଘରକୁ ଯା ଆଉ ଗୋଟେ ପୁରୁଷ ପରି କାମ କର।'

ଉନୋକାଟା ଫଟା କପାଳିଆ। ତାର ଅମଙ୍ଗଳିଆ ଚି ବା ଇଷ୍ଟଦେବତା ଯୋଗୁଁ କବରକୁ ଯିବା ଯାଏଁ ବଦ୍‌କିସ୍‌ମତି ତାର ପିଛା କରୁଥିଲା। କବର ଅପେକ୍ଷା

ମରିବାଯାଏଁ କହିଲେ ଠିକ୍ ହେବ। କାରଣ ତାର ସମାଧି ନ ଥିଲା। ଗୋଟେ ଫୁଲା ରୋଗରେ ସେ ମରିଗଲା। ସେଟା ଧରତୀ ଦେବୀ – ଦର୍ତନୀର କୋପ। ଯଦି କା'ର ପେଟ କି ଅଙ୍ଗ ପ୍ରତ୍ୟଙ୍ଗରେ ଫୁଲା ଧରେ ତାକୁ ଘରେ ମରିବାକୁ ଦିଆଯାଏ ନାହିଁ। ତାକୁ ବୋହି ନେଇ 'କାଳ ବଣ'ରେ ଏକ୍‌ଲା ମରିବାକୁ ଛାଡ଼ି ଦିଆଯାଏ। ଥରେ କୁଆଡ଼େ ସେମିତି ଜଣେ ଜିଦ୍‌ଖୋର ଲୋକ ଘୋଷାରି ହେଇ ବଣରୁ ତାର ଘରକୁ ଫେରି ଆସିଲା। ତାକୁ ପୁଣି ବୋହି ନେଇ 'କାଳ ବଣ'ର ଗୋଟେ ଗଛରେ ବାନ୍ଧି ଦିଆଗଲା। ଦର୍ତ୍ତନୀର ଯେତେକ ବିର୍‌ଝା-ବିଷ୍ମାଦ ସବୁ ଦିହରେ ଏଇ ରୋଗ ହେଇ ଫଳିଯାଏ। ତେଣୁ ତାରି ପେଟରେ ଏମିତିଆ ରୋଗୀକୁ ପୋତା ଯାଇ ପାରିବ ନାଇଁ। ମାଟି ଉପରେ ମରି ପଡ଼ି ସେ ପଚି ସଢ଼ି ଯାଏ। ତାର ଶବ ସତ୍କାର କରାଯାଏ ନାହିଁ। ଇନୋକାର ଭାଗ୍ୟଟା ସେଇୟା ଥିଲା। ସେ ବୁହା ହେଇ ଗଲାବେଳେ ସାଙ୍ଗରେ ତାର ବଂଶୀଟା ନେଇକି ଗଲା।

ଉନୋକା ପରି ବାପା ହେତୁରୁ ଅନ୍ୟ ଯୁବକଙ୍କ ପରି ଓକୋଙ୍କୋ ଦାୟାଦ ହିସାବରେ ଜୀବନରେ କିଛି ପାଇ ନ ଥିଲା। ଉତ୍ତରାଧିକାର ସୂତ୍ରରେ ସେ ଅମାର କିମ୍ବା କୌଣସି ଉପାଧି ଏପରିକି ଯୁବା ସ୍ତ୍ରୀଟିଏ ମଧ୍ୟ ପାଇ ନ ଥିଲା। କିଂତୁ ଏ ସବୁ ଅସୁବିଧା ସତ୍ତ୍ୱେ ସେ ତାର ବାପାର ଜୀବଦ୍ଦଶା ଭିତରେ ଗୋଟେ ସମୃଦ୍ଧ ଭବିଷ୍ୟତର ଭିତ୍ତି ପକାଇବା ଆରମ୍ଭ କରି ଦେଇଥିଲା। କାମଟା ସମୟ ସାପେକ୍ଷ ଓ କଷ୍ଟକର। ତେବେ ବି ସେ କାଳିସୀ ଲାଗିଲା ପରି ଏଥିରେ ମାତିଗଲା। ପ୍ରକୃତରେ ତାର ବାପାର ନିକୁଛିଆ ଜୀବନ ଓ ଲଜ୍ଜାକର-ଘୃଣିତ ମୃତ୍ୟୁର ଭୟଟା ତା ଉପରେ କାଳିସୀ ପରି ସବାର ହେଇଥିଲା।

ଓକୋଙ୍କୋର ଗାଁରେ ଜଣେ ଧନୀ ଲୋକ ଥିଲା। ତାର ତିନିଟା ବଡ଼ ଅମାର, ନଅଟା ସ୍ତ୍ରୀ ଓ ତିରିଶଟି ପିଲାପିଲି ଥିଲେ। ତାର ନାଁ ନ୍ୱାକିବେ। ସେ ସବୁଠୁ ବଡ଼ କୁଳ ମର୍ଯ୍ୟାଦାର ଉପାଧି ପାଇ ସାରିଥିଲା। ପହିଲି ଆଳୁ ବିହନ ପାଇବା ପାଇଁ ଓକୋଙ୍କୋ ଏଇ ଲୋକଟା ଲାଗି ଗୋଟେ କାମ କଲା।

ସେ ନ୍ୱାକିବେ ଲାଗି ହାଣ୍ଡିଏ ଖଜୁରୀ ତାଡ଼ି ଓ ପଟେ ଗଞ୍ଜା ନେଇକି ଗଲା। ଦୁଇ ଜଣ ବୟସ୍କ ପଡ଼ୋଶୀଙ୍କୁ ଡ଼କାଗଲା। ନ୍ୱାକିବେ ର ବଢ଼ିଲା ପୁଅ ଦି ଜଣ ବି ତାର 'ଓବି' (ବସା) ରେ ଥିଲେ। ସେ ଗୋଟେ କୋଲା ଚଣା ଓ ବଡ଼ ଅଳେଇଚ ନେଇ ତାକୁ ଭେଟି ଦେଲା। ହାତରୁ ହାତ ହେଇ ସେଇଟାକୁ ସମସ୍ତେ ଦେଖି ସାରିଲା ପରେ ପୁଣି ତାରି ପାଖକୁ ଫେରି ଆସିଲା। କୋଲା ଭାଙ୍ଗି ସେ କହିଲା, 'ଆମେ ସମସ୍ତେ ବଞ୍ଚିବା। ଆମର ଜୀବନ, ପିଲାଛୁଆ, ଭଲ ଫସଲ ଓ ସୁଖ ଶାନ୍ତି ପାଇଁ ଆମେ ପ୍ରାର୍ଥନା

କରିବା। ତମ ପାଇଁ ଯାହା ଭଲ ତାହା ତମର ହେବ, ମୋ ପାଇଁ ଯାହା ଭଲ ତାହା ମୋର ହେବ। ଗୋଟେ ଡ଼ାଳରେ ଚିଲ ଆରାମରେ ବସୁ, ଆଉ ତା ସହିତ ଶାଗୁଣା ବି ଆରାମରେ ରହୁ। ଆଉ ଯଦି ଜଣେ ଅନ୍ୟକୁ ମନା କରେ, ତା ହେଲେ ତାର ଡ଼େଣା ଭାଙ୍ଗିଯାଉ।

କୋଲା ଖିଆ ସରିଲା ପରେ ଓକୋଙ୍କୋ କୁଡ଼ିଆ କଣରେ ରଖା ହେଇଥିବା ଖଜୁରୀ ତାଡ଼ିକୁ ଆଣିଲା ଓ ଦଳ ମଝିରେ ଛିଡ଼ା ହେଇ ନ୍ୱାକିବେକୁ ସମ୍ବୋଧନ କଲା, 'ବାବା'।

'ଏନ୍ନା ଆୟି', ସେ କହିଲା, 'ମୁଁ ତମ ପାଇଁ ଏଇ ଛୋଟ କୋଲାଟିଏ ଆଣିଥିଲି। ଲୋକେ କହନ୍ତି, ଯିଏ ବଡ ଲୋକକୁ ସମ୍ମାନ ଦିଏ, ସେ ତା ପାଇଁ ନିଜେ ବଡ଼ ହେବାର ବାଟ ଫିଟାଏ। ମୁଁ ତମକୁ ମୋର ସମ୍ମାନ ଜଣାଇବାକୁ ଆସିଛି ଆଉ ତା ସହିତ ଗୋଟେ ଅନୁଗ୍ରହ ଭିକ୍ଷା ମଧ୍ୟ କରୁଛି। ତେବେ ଆଗ ସଭିଏଁ ମିଶି ଟିକେ ପିଇବା।

ସମସ୍ତେ ଓକୋଙ୍କୋକୁ ବାହାବା ଦେଲେ। ସେଠି ଜମା ସାଇ ପଡ଼ିଶା ତାଡ଼ି ପିଇବା ପାଇଁ ନିଜ ନିଜ ପିଇବା ଶିଙ୍ଗାମାନ ଛେଳି ଛାଲର ମୁଣାରୁ କାଢ଼ି ବାହାର କଲେ। ନ୍ୱାକିବେ ଘର ବରଗାରେ ବନ୍ଧା ନିଜର ଶିଙ୍ଗା ବାହାର କଲା। ସେଠି ଜମା ଲୋକଙ୍କ ଭିତରେ ସବୁଠୁ ଅଳ୍ପ ବୟସ୍କ ତାର ସାନ ପୁଅଟା ତାର ବାଁ ଆଣ୍ଠୁରେ ମଦ ଘଡ଼ିଟା ଉଠାଇ ମଦ ଢ଼ାଳିଲା। ପ୍ରଥମ ମଦ ସରାଟା ଓକୋଙ୍କୋକୁ ଦିଆଗଲା। ଆଉ କେହି ପିଇବା ଆଗରୁ ସେ ପ୍ରଥମେ ମଦଟା ଚାଖିବା ଦରକାର। ତାପରେ ସବୁଠୁ ବୟସ୍କ ଲୋକଠୁ ଆରମ୍ଭ କରିଦେଇ ବାକିମାନେ ପିଇଲେ। ସମସ୍ତେ ଦୁଇ ତିନି ଶିଙ୍ଗା ପିଇଲା ପରେ ନ୍ୱାକିବେ ତାର ସ୍ତ୍ରୀ ମାନଙ୍କୁ ଡ଼କାଇଲା। ତାଙ୍କ ଭିତରୁ କେତେ ଜଣ ଘରେ ନ ଥିଲେ। ଖାଲି ଚାରି ଜଣ ଆସିଲେ।

'ଅନାସି ଘରେ ନାହିଁ କି ?' ସେ ତାକୁ ପଚାରିଲା। ସେମାନେ ସିଏ ଆସୁଥିବାର କହିଲେ। ଅନାସି ତାର ପ୍ରଥମ ସ୍ତ୍ରୀ। ସେ ପିଇବା ଆଗରୁ ଅନ୍ୟମାନେ ପିଇ ପାରିବେ ନାହିଁ। ତେଣୁ ସେମାନେ ଅନାସିକୁ ଟାକି ରହିଲେ।

ଅନାସି ଜଣେ ମଧ୍ୟବୟସ୍କା ସ୍ତ୍ରୀ ଲୋକ। ଡ଼େଙ୍ଗା, ବେଶ୍ ମଜବୁତ୍ ଗଢ଼ଣ। ତାର ଚେହେରାରେ ଗୋଟେ ରକମ ଦମ୍‌ଦାର ମୁରବିପଣିଆ ବାରି ହେଉଥାଏ। ସେଇ ବିରାଟ ବିଭବଶାଳୀ ପରିବାରରେ ସବୁ ମାଇକିନାଙ୍କର ଲଗାମ ଡ଼ୋରି ତାରି ହାତରେ। ଏକଥା ବେଶ୍ ଜଣାପଡୁଥାଏ। ସିଏ ତାର ସ୍ୱାମୀର ଉପାଧିର ସନ୍ତକ-ପାଁଝୁଲି ପିନ୍ଧିଥାଏ। ସେଇଟା ଖାଲି ପ୍ରଥମ ସ୍ତ୍ରୀ ହିଁ ପିନ୍ଧିପାରେ।

ଅନାସି ତାର ସ୍ୱାମୀ ପାଖକୁ ଯାଇ ଶିଙ୍ଗାଟା ଗ୍ରହଣ କଲା । ତାପରେ ଗୋଟେ ଗୋଡ଼ ଆଣ୍ଠେଇ ପଡ଼ି ଟିକେ ପିଇଲା ଓ ଶିଙ୍ଗାଟା ପୁଣି ତା ହାତକୁ ଫେରାଇ ଦେଲା । ସେ ଉଠି ପଡ଼ି ତା ସ୍ୱାମୀକୁ ନାଁ ଧରି ଡ଼ାକିଲା ଆଉ ତାପରେ ନିଜ ବସାକୁ ଫେରିଗଲା । ଅନ୍ୟ ସ୍ତ୍ରୀମାନେ ଠିକ୍ ସେଇପରି ବିଧିରେ ପିଇସାରି ଫେରିଗଲେ ।

ପୁରୁଷମାନେ ପିଆପିଇ ଗପସପ ଚାଲୁ ରଖିଲେ । ଉବେଫି ଇଡ଼ିଗୋ ହଠାତ୍ କାମ ଛାଡ଼ି ଦେଇଥିବା ଖଜୁରିଆ ଓଡ଼ିକୋ ବିଷୟରେ ଗପୁଥାଏ ।

'ତା ପଛରେ ନିଶ୍ଚେ କିଛି କାରଣ ଅଛି', ବାଁ ହାତର ଓଲଟ ପଟେ ନିଶରୁ ତାଡ଼ିର ଫେଣ ପୋଛି ସେ କହିଲା । 'ତା ଭିତରେ ନିଶ୍ଚେ ଗୁମରଟେ ଅଛି । ଦିନ ବେଳେ ବେଙ୍ଗଟାଏ ତୁଚ୍ଛାଟାରେ ଖପ୍‌ଖପ୍ ଡ଼ିଏଁ ନାହିଁ ।'

'କେତେ ଲୋକ କହୁଛନ୍ତି ଯେ ଗଛରୁ ପଡ଼ି ମରିଯିବ ବୋଲି ଦୈବୀବାଣୀ ହେଲା କୁଆଡ଼େ', ଆକୁଲିଆ କହିଲା ।

'ଓବିକୋ ସବୁଦିନ ସେମିତି ଅଜବ ରକମର' ନ୍ୱାକିବେ କହିଲା, 'ଅନେକ ବର୍ଷ ଆଗରୁ ମୁଁ କଥାଟିଏ ଶୁଣିଛି । ତାର ବାପା ମରିବାର ବେଶୀ ଦିନ ହେଇ ନ ଥାଏ । ସେ କଲାସୀ କୁଠିକୁ ପରାମର୍ଶ ପାଇଁ ଯାଇଥିଲା । ସେଠି ତାକୁ ଦୈବୀବାଣୀ ହେଲା – 'ତୋର ମୃତ ବାପା ତତେ ଗୋଟେ ଛେକି ବୋଦା ମାଗୁଛି' । ସେ କଣ ଉତ୍ତର ଦେଲା ଜାଣିଛ ? ସେ କହିଲା, ମୋର ମଲାବାପକୁ ପଚାର ଜିଇଁଥିଲା ବେଳେ ତା ପାଖରେ କେବେ କୁକୁଡ଼ା ପଟେ ଥିଲା କି ? ଓକୋଙ୍କୋକୁ ଛାଡ଼ି ସମସ୍ତେ ହୋ ହୋ ହୋଇ ହସିଲେ । ସେ ଟିକେ ହଡ଼ବଡ଼େଇ ଯାଇ ହସିଲା । କଥା ଛଳରେ ଢ଼ଗ ଢ଼ମାଳିରେ ଶୁଖିଲା ହାଡ଼ କଥା ପଡ଼ିଲେ ବୁଢ଼ୀଟାଏ ଯେମିତି ଥତମତ ହେଇଯାଏ, ଓକୋଙ୍କୋ ସେମିତି ହେଲା । ତାର ବାପାକୁ ସେ ମନେ ପକାଇଲା ।

ଶେଷରେ ତାଡ଼ି ପରଷୁଥିବା ପିଲାଟା ଅଧ ସିଙ୍ଗାଏ ତଳତଳିଆ ବହଳିଆ ଧଳା କାଣ୍ଟି ଧରି କହିଲା, 'ଏଥର୍ ସରିଗଲା' । 'ହଁ ଆମେ ଦେଖି ସାରିଲୁଣି,' 'ଅନ୍ୟମାନେ କହିଲେ । 'କାଣ୍ଟି କିଏ ପିଇବ ?' ସେ ପଚାରିଲା । 'ଯା ପାଖରେ କାମ ଅଛି', ନ୍ୱାକିବେର ବଡ଼ ପୁଅ ଇଗ୍ୱେଲୋ ଆଡ଼କୁ ଚାହିଁ ଆଖି ମିଟିକା ମାରୁ ମାରୁ ଇଡ଼ିଗୋ କହିଲା ।

ଇଗ୍ୱେଲୋ କାଣ୍ଟିତକ ପିଇବା କଥାରେ ସମସ୍ତେ ରାଜି ହେଲେ । ସେ ତା ଭାଇ ପାଖରୁ ଅଧ ସିଙ୍ଗା କାଣ୍ଟି ଆଣି ପିଇଲା । ଇଗ୍ୱେଲୋ ପାଖରେ କାମ ଥିବାର ଇଡ଼ିଗୋ କହିଲା । କାରଣ ମାସେ କି ଦି ମାସ ତଳେ ସେ ତାର ପ୍ରଥମ ତିର୍ଲା ଘରକୁ ଆଣିଛି । ସ୍ତ୍ରୀ ସହବାସ ପାଇଁ ଖଜୁରୀ ତାଡ଼ିର ବହଳ କାଣ୍ଟି ପୁରୁଷକୁ ବେଶ୍ କାମ ଦିଏ ।

ପିଆପିଇ ସରିଲା ପରେ ନ୍ୱାକିବେ ପାଖରେ ଓକୋଙ୍କୋ ତାର ଅସୁବିଧା କହିଲା।

'ମୁଁ ତମ କତିକି ଗୋଟେ ମଦତ୍ ମାଗିବା ପାଇଁ ଆସିଛି,' ସେ କହିଲା, 'ବୋଧହୁଏ ତମେ ସେଇଟା ଅନୁମାନ କରି ସାରିଥିବ।' ମୁଁ ଖଣ୍ଡେ ଅରମା ପଦା କରି ଜମି ଖଣ୍ଡେ ତିଆରିଛି। ହେଲେ ବୁଣିବା ପାଇଁ ମୋ କତିରେ ଦେଶୀ ଆଳୁ ବିହନ ନାହିଁ। ଆଜିକାଲିକା ଦିନରେ ଜୁଆନ୍ ଜବାନ୍ ମାନେ ଖଟଣିକୁ ଡ଼ରୁଛନ୍ତି। ଆଉ ସେଥିରେ ପୁଣି ଅନ୍ୟ ଜଣକୁ ତାର ମେହେନତର ବିହନ ମାଗିବାଟା କେତେ ବଡ଼ କଥା, ମୁଁ ଜାଣେ। ଖଟଣିକୁ ମୋର ଡ଼ର ନାହିଁ। ଉଚ୍ଚା ଇରୋକୋ ଗଛରୁ ତଳକୁ ଡ଼ିଆଁ ମାରି ଏଣ୍ଡୁଅ ମନକୁ ମନ କହେ - ଯଦି ଆଉ କେହି ଏମିତି ଡ଼ିଆଁ ମାରି ନ ପାରେ ତା ହେଲେ ନିଜ ବାହାବା ନିଜେ ନେବି। ପିଲାଦିନେ ମୋରି ବୟସର ପିଲା ମାଁ ଦୁଧ ଛାଡ଼ି ନ ଥିଲା ବେଳେ ମୁଁ ନିଜ ଦାନା କନା ନିଜେ ଯୋଗାଡ଼ କରିଛି। ମତେ କିଛି ବିହନ ଧାର ଦେଲେ, ମୁଁ କଥା ଦଉଛି, ମୁଁ ନିଶ୍ଚେ ତମକୁ ଶୁଝିଦେବି।'

ନ୍ୱାକିବେ ଗଳା ସଫା କଲା। 'ଆମ ପିଲାମାନେ ମାନ୍ଦା ହେଇ ବସିଲା ବେଳେ ତମ ପରି ମେହେନତି ଯୁବକ ଦେଖି ମୁଁ ବହୁତ ଖୁସି। ଏମିତି ଅନେକ ଟୋକା ମତେ ବିହନ ଧାର ମାଗିଛନ୍ତି। ହେଲେ ମୁଁ ମନା କରିଦେଇଛି। କାରଣ ମୁଁ ଜାଣେ ଯେ ସେମାନେ ବିହନ ନେଇ ମାଟିରେ ପୋତିଦେବେ ଆଉ ବାଲୁଙ୍ଗା ଉଠି ସେତକ ଖାଇଦେବ। ମନା କରେ ବୋଲି ସେମାନେ ମତେ ନିର୍ଦ୍ଦୟ ସ୍ୱଭାବର ଭାବନ୍ତି। କିଂତୁ ସେଇୟା ନୁହଁ। ଏନେକେ ଚଢ଼େଇ କହେ ଯୋଉ ଦିନଠୁ ମଣିଷ ଲକ୍ଷ୍ୟ ଭେଦି ଶୀକାର କରିବା ଶିଖିଛି, ସେଇ ଦିନଠୁ ସେ ବିନା ବିଶ୍ରାମରେ ଅନବରତ ଉଡ଼ିବା ଶିଖିଛି। ମୋ ଖମ୍ବ ଆଳୁ ଦେବାରେ ମୁଁ ଟିକେ କୁଛି (କୃପଣ)। କିଂତୁ ତୋ ଉପରେ ମୋର ଭରସା ଅଛି। ତତେ ଦେଖିଲା କ୍ଷଣି ଜାଣି ପାରିଛି। ଆମର ପୁରୁଖା ଲୋକେ କହନ୍ତି କି କୋଉଟା ପାଚିଲା ଶସ୍ୟ ଦେଖୁ ଦେଖୁ କହିଦେଇ ହେବ। ତତେ ମୁଁ ଦୁଇ ଥର କରି ଚାରି ଶହ ଲେଖାଏଁ ବିହନ ଦେବି। ଯା ଚାଷ ପାଇଁ ଜମି ତୟାରି କର।'

ଓକୋଙ୍କୋ ତାକୁ ବାରମ୍ବାର ଧନ୍ୟବାଦ ଜଣାଇ ଖୁସି ମନରେ ଘରକୁ ଫେରିଲା। ସେ ଜାଣିଥିଲା ଯେ ନ୍ୱାକିବେ ତାକୁ କେବେ ମନା କରିବନି। କିଂତୁ ତା ପାଇଁ ସେ ଯେ ଏତେ ଖୋଲା ହାତ କରିବ, ସେ ଭାବି ନ ଥିଲା। ଚାରି ଶହରୁ ଅଧିକ ବିହନ ସେ ଆଶା କରି ନ ଥିଲା। ଏବେ ତାକୁ ବଡ଼ ଜମି ଖଣ୍ଡେ ତୟାର କରିବାକୁ ପଡ଼ିବ। ଇସୁଜୋରେ ରହୁଥିବା ତାର ବାପାର ଜଣେ ସାଙ୍ଗଠାରୁ ଆଉ ଚାରିଶହ ବିହନ ଯୋଗାଡ଼ କରିବାକୁ ସେ ଭାବିଲା।

ଭାଗ ଚାଷ କରି ଜଣେ ନିଜର ଖଣ୍ଡେ ଅମାର ଏତେ ସହଜରେ କରି ପାରିବ ନାହିଁ। ଏତେ ଖଟି ଖଟି ଶେଷରେ ଅମଳର ତିନି ଭାଗରୁ ଭାଗେ ମିଳିବ। କିନ୍ତୁ ଯାର ବାପର ବିହନ ନାଇଁ, ତାର ବା ଅନ୍ୟ ଚାରା କଣ। ତା ଉପରେ ପୁଣି ଓକୋଙ୍କୋଙ୍କୁ ତାର ମାଁ ଓ ଦୁଇ ଭଉଣୀଙ୍କ ଭାର ବୋହିବାକୁ ପଡ଼େ। ଆଉ ମାଁର ଦାୟିତ୍ୱ ନେବା ଅର୍ଥ ବାପାର ବି ଦାୟିତ୍ୱ ମୁଣ୍ଡେଇବା। ନିଜ ସ୍ୱାମୀ ଭୋକ ଉପାସରେ ଥିଲାବେଳେ ସେ ତ ରାନ୍ଧି ବାଢ଼ି ନିଜେ ଖାଇ ପାରିବନି। ଏତ ଅଳ୍ପ ବୟସରୁ ଅମାର ଖଣ୍ଡେ ବନାଇବା ପାଇଁ ଭାଗ ଚାଷରେ ଦିନରାତି ଖଟୁଥିଲା ବେଳେ ତାକୁ ବାପାର ଦାୟିତ୍ୱ ବି ତୁଲାଇବାକୁ ପଡୁଥିଲା। କଥାଟା କଣା ବସ୍ତାରେ ଶସ୍ୟ ଢ଼ାଳିଲା ପରିକା। ତାର ମାଁ ଓ ଭଉଣୀମାନେ ଦିନ ମିହନ୍ତରେ ଖଟନ୍ତି। ହେଲେ ସେଗୁଡ଼ା ସବୁ ମାଇକିନିଆ ଉପୁଜା ଫସଲ – କୋକୋ-କନ୍ଦା, ଶିମ୍ବ, କନ୍ଦମୂଳ ଇତ୍ୟାଦି। ଫସଲ ଭିତରେ ରଜା ଖମ୍ବ ଆଳୁ, ମରଦିଆ ଚାଷ।

ଯୋଉ ବର୍ଷ ଓକୋଙ୍କୋ ନ୍ୱାକିବେ ଠାରୁ ଆଠ ଶହ ବିହନ ଧାର କରି ନେଇଥିଲା, ସେତେବେଳର ସାଂଘାତିକ ଅବସ୍ଥା ଏ ଯାଏଁ ମଣିଷର ମନ ଗହୀରରେ ଚାପି ହେଇ ରହିଛି। କୋଉଟା ବି ଠିକଣା ବେଳରେ ହେଲା ନାହିଁ। ଯାହା ବି ହୁଏ ଅତି ଜଲ୍‌ଦି ହୁଏ ନ ହେଲେ ଅତି ଡ଼େରିରେ ହୁଏ। ଯେମିତି ସାରା ଦୁନିଆଁଟା ପାଗଳା ହେଇ ଯାଇଥିଲା। ପହିଲି ବର୍ଷାଟା ଡ଼େରିରେ ଆସିଲା। ତା ବି ନିହାତି କମ୍ ସମୟ ପାଇଁ। ମୁଣ୍ଡଫଟା ଖରା। ଏମିତି ତାତି ଆଗରୁ କେବେ ଜଣାଶୁଣା ନ ଥିଲା। ବର୍ଷାରେ କଅଁଳିଥିବା ଯେତେ ଗଛ ପତ୍ର ସବୁକୁ ଜାଳିପୋଡ଼ି ଦେଲା। ତାତିଲା କୋଇଲା ପରି ପୃଥିବୀ ଢ଼ହ ଢ଼ହ ହେଇ ଜଳିଲା ଆଉ ମାଟିରେ ଲଗା ହେଇଥିବା ସବୁତକ ଖମ୍ବ ଆଳୁକୁ ପୋଡ଼ି ଦେଲା। ସବୁ ବୁଦ୍ଧିଆ ଚାଷୀ ପରି ପହିଲି ବର୍ଷାରେ ଓକୋଙ୍କୋ ଚାରା ଲଗାଇବା ଆରମ୍ଭ କରିଥିଲା। ବର୍ଷା ଶୁଖି ଖରା ଆସିଲା ପରେ ସେ ଚାରି ଶହ ମଞ୍ଜି ବୁଣି ପକାଇଲା। ଯା ପରେ ଓକୋଙ୍କୋ ସାରା ଦିନ ଖଣ୍ଡି ମେଘରେ ବର୍ଷାର ସୂଚନା ପାଇଁ ଆକାଶକୁ ଚାହିଁ ରହେ। ସାରା ରାତି ଚେଇଁ ରହେ। ସକାଳୁ ଜମିକୁ ଯାଇ ଝାଉଁଳି ପଡ଼ିଥିବା ଲତା ଆଙ୍କୁଡ଼ି ଦେଖେ। ଚାରା ଚାରିପଟେ ସିସାଲ୍ ପତ୍ରର ବେଢ଼ା ଘୋଡ଼ଣୀ ଦେଇ ତାକୁ ତାତି ଦାଉରୁ ରକ୍ଷା କରିବାକୁ ଚେଷ୍ଟା କରେ। କିଂତୁ ଦିନ ଶେଷରେ ସିସାଲ ପତ୍ର ସବୁ ଖରାରେ ଶୁଖି ମୋଡ଼ି ମରକଟି ଯାଇ ପାଉଁଶିଆ ଦିଶିଯାନ୍ତି। ସବୁଦିନ ସେ ପତ୍ର ଘୋଡ଼ଣୀ ବଦଳାଇ ଚାଲେ ଆଉ ରାତିରେ ବର୍ଷା ପାଇଁ ଆକୁଳ ହେଇ ଡ଼ାକେ। ଛଅଟା ହାଟ-ପାଳି ଯାଏଁ ମରୁଡ଼ି ପଡ଼ିଲା। ତା ଭିତରେ ଖମ୍ବ ଆଳୁ ତକ ମରିଗଲା।

କେତେଜଣ ଚାଷୀ ସେ ଯାଏଁ ଚାରା ଲଗାଇ ନ ଥିଲେ। ସେମାନେ ସବୁ ଅଳସୁଆ ପ୍ରକୃତିର। ଜମି ଚାଷ କାମରେ ମାନ୍ଦା ଯେମିତି, ଢ଼ିଲା ସେମିତି। ସେଇ ବର୍ଷ ତାଙ୍କରି ଯୋଗ ଭଲ ପଡ଼ିଲା। ସେମାନେ ସବୁ ଚାଲାକ ଚାଷୀରେ ଗଣା ହେଲ। ମୁଣ୍ଡ ହଲାଇ ତାଙ୍କର କ୍ଷତିଗ୍ରସ୍ତ ପଡ଼ୋଶୀମାନଙ୍କୁ ଆହା କଲେ। କିନ୍ତୁ ଭିତରେ ଭିତରେ ନିଜ ବୁଦ୍ଧିର ତାରିଫ କରି ଖୁସି ହେଉଥିଲେ।

ଶେଷରେ ପୁଣି ବର୍ଷା ଆସିବାରୁ ଓକୋଙ୍କୋ ବାକିତକ ବିହନ ଲଗାଇଲା। ତା ପାଇଁ ଗୋଟିଏ ସାନ୍ତ୍ୱନା ଥିଲା ଏଇ ଯେ ନଷ୍ଟ ହେଇଥିବା ବିହନତକ ଗଲା ବର୍ଷର ତାର ନିଜର ଅମଳ ଥିଲା। ତା ପାଖରେ ଆହୁରି ନ୍ୱାକିବେ ପାଖରୁ ଆଣିଥିବା ଆଠଶ' ଓ ତା ବାପାର ସାଙ୍ଗ ପାଖରୁ ଆଣିଥିବା ଚାରିଶ' ବିହନ ଥିଲା। ସେ ପୁଣି ଥରେ ନୂଆଁ କରି ଚାଷ ଆରମ୍ଭ କଲା।

କିନ୍ତୁ ବର୍ଷାଟା ଗୋଟେ ରକମ ବାଉଳା ହେଇ ଯାଇଥିଲା। ବର୍ଷା ହେଲା ଯେ କାହିଁରେ କଣ। ଏମିତି ଛେଚା କୁଟା ଅନ୍ଧାଧୁନିଆ ବର୍ଷା କେବେ ଦେଖି ନ ଥିଲା। ଦିନ ଦିନ ରାତି ରାତି ଧରି ମୂଷଳ ଧାରାରେ ବର୍ଷା କୁଟିଲା। ସେଥିରେ ମାଟି-ଆଳୁ ବିହନ ମନ୍ଦାର ମାଟିତକ ଧୋଇ ଗଲା। ଗଛମାନ ଉପୁଡ଼ି ଯାଇ ସବୁଆଡ଼େ ଖାଲ ଖମା ହେଇଗଲା। ତାପରେ ବର୍ଷାର ପ୍ରକୋପ ଟିକେ କମିଲା। ହେଲେ ବି ପ୍ରତିଦିନ ଅନବରତ ବର୍ଷା ଲାଗି ରହିଥାଏ। ସବୁଥର ପରି ବର୍ଷା ଋତୁ ମଝିରେ ସୂର୍ଯ୍ୟକିରଣର ଯାଦୁ ଆଉ ଦେଖାଗଲା ନାହିଁ। ଖମ୍ଭ ଆଳୁରେ ଲସଲସିଆ ସାଗୁଆ ପତ୍ର ଧରିଲା। ହେଲେ ସବୁ ରଇତ ଜାଣନ୍ତି ଯେ ଖରା ନ ପାଇଲେ କନ୍ଦା ବଢ଼ିବ ନାହିଁ।

ସେଇ ବର୍ଷ ଫସଲ ଅମଳଟା ଶବ ଯାତ୍ରା ପରି ଶୋକାର୍ତ୍ତ ଲାଗୁଥିଲା। ଚାଷୀମାନେ ପଚା ଆଳୁ ଖୋଳୁ ଖୋଳୁ ଲୁହ ପୋଛୁଥିଲେ। ଜଣେ ଗଛ ଡ଼ାଳରେ ପିନ୍ଧା ଲୁଗା ଦେଇ ଆତ୍ମହତ୍ୟା କଲା।

ସେଇ ବର୍ଷର ଦୁର୍ଦ୍ଦଶା ମନେ ପଡ଼ିଲେ ଏବେ ସୁଦ୍ଧା ଓକୋଙ୍କୋର ଦେହ ଶୀତେଇ ଉଠେ। ନିରାଶାର ବୋଝରେ ସେ କେମିତି ଦାବି ହେଇ ନ ଗଲା ସେ କଥା ଭାବିଲେ ସେ ନିଜେ ଆଶ୍ଚର୍ଯ୍ୟ ହୁଏ। ସେ ଜାଣେ, ସେ ଜଣେ ଦମ୍ଭିଲା ଲଢୁଆ ଲୋକ। କିନ୍ତୁ ସେଇ ବର୍ଷଟା ସିଂହର ଦମ୍‌କୁ ବି ଚୂରି ଦେବା ପରି ଥିଲା।

ସେଇ ସମୟଟାକୁ ମୁଁ ଟାଳି ଦେଇ ପାରିଲି ମାନେ ମୁଁ ଯେ କୌଣସି ବିପତ୍ତିକୁ ଟାଳି ଦେଇ ପାରିବି, ତାର ଟାଣୁଆ ମନର ଜୋର୍‌କୁ ଜାହିର କରି ସେ ସବୁବେଳେ କହେ।

ସେତେବେଳେ ତାର ବାପା ଉନୋକା ବେମାର ପଡ଼ିଥାଏ। ଭୟଙ୍କର

ଫସଲହାନୀ ଦେଖି କହିଲା, 'ନିରାଶ ହ'ନା। ମୁଁ ଜାଣେ ତୁ କେବେ ହତାଶ ହେବୁ ନାହିଁ। ତୋ ପାଖରେ ପୁରୁଷର ଦମ୍ ଆଉ ଆତ୍ମ-ଅଭିମାନ ଅଛି। ଜଣେ ଅଭିମାନୀ ପୁରୁଷ ସାର୍ବଜନୀନ ବିଫଳତାକୁ ଟାଳି ଦେଇପାରେ। କାରଣ ଏଇଟା ତାର ଆତ୍ମ ସମ୍ମାନରେ ଆଞ୍ଚ ଆଣେ ନାହିଁ। ଜଣେ ପୁରୁଷ ନିଜେ ଏକୁଟିଆ ବିଫଳ ହେଲେ ତାର ସାମ୍ନା କରିବାଟା ଆହୁରି କଟୁ ଆଉ କଷ୍ଟକର। ଶେଷ ଅବସ୍ଥାରେ ଉନୋକା ସେମିତି ହେଇଯାଇଥାଏ। ବୟସ ଓ ରୋଗ ସାଙ୍ଗକୁ ତାର ଗପୁଡ଼ି ସ୍ୱଭାବ ବଢ଼ି ଚାଲିଥାଏ। ଯେମିତିକି ଓକୋଙ୍କୋର ଧୈର୍ଯ୍ୟ ପରଖେ।

॥ ୪ ॥

'ରଜାର ପାଟିକି ଦେଖିଲେ ଲାଗେ ନାହିଁ ଯେ ସେ ତା ମାଁ ଛାତିରୁ କ୍ଷୀର ଖାଇଛି, ବୁଢ଼ା ଜଣେ କହିଲା। ଦାରିଦ୍ର୍ୟ ଓ ଦୂର୍ଦ୍ଦଶାରୁ ଉଠି ବଂଶର ଜଣେ ମାନ୍ୟତା ସାଆନ୍ତ ହେଇ ପାରିଥିବା ଓକୋଙ୍କୋ ବିଷୟରେ ସେ ଟୀପ୍ପଣୀ ଦେଇ କହୁଥାଏ। ଓକୋଙ୍କୋ ପ୍ରତି ବୁଢ଼ା ଲୋକଟାର ସେମିତି କିଛି ବୈର ଭାବ ନ ଥିଲା। ପ୍ରକୃତରେ ତାର ପରିଶ୍ରମ ଓ ପାରିବାପଣ ପାଇଁ ଲୋକଟା ତାକୁ ମାନେ। କିଂତୁ ଅଧିକାଂଶ ଲୋକଙ୍କ ପରି ତଳିଆ ଲୋକଙ୍କ ପ୍ରତି ଓକୋଙ୍କୋର ରୁକ୍ଷ ଆଚରଣ ପାଇଁ ସେ ମନ ଖରାପ କରୁଥାଏ। ଏଇ ହପ୍ତାଏ ତଳର କଥା। କୁଳ ସଭାରେ ପରବର୍ତ୍ତୀ ଜାତି-ପଙ୍ଗତ ବିଷୟରେ ଆଲୋଚନା କଲା ବେଳେ ଜଣେ ଲୋକ ତା କଥାକୁ କାଟିଲା। ଲୋକଟାର ମୁହଁକୁ ସୁଦ୍ଧା ନ ଚାହିଁ ଓକୋଙ୍କୋ କହିଲା, 'ଏଇଟା ପୁରୁଷଙ୍କ ସଭା। ତାକୁ ବିରୋଧ କରିଥିବା ଲୋକଟା କୌଣସି ଉପାଧି ଅର୍ଜି ନ ଥିଲା। ସେଥିପାଇଁ ସେ ତାକୁ ପରୋକ୍ଷରେ ମାଇଚିଆ କହିଲା। ଜଣେ ଲୋକର ଦମ୍ କେମିତି ହାଣିବାକୁ ହୁଏ ତାହା ଓକୋଙ୍କୋକୁ ଜଣା।

ଓକୋଙ୍କୋ ତାକୁ ମାଇକିନା କହିବା ପ୍ରସଙ୍ଗ ଉପରେ ସେଇ କୁଳ ସଭାରେ ସମସ୍ତେ ଓସୁଗୋର ପକ୍ଷ ନେଲେ। ସେଠି ଥିବା ସବୁଠୁ ବର୍ଷିୟାନ ଲୋକଟା ରୋକ୍‌ଠୋକ୍ ଶୁଣାଇ ଦେଲା ଯେ ଭାଗ୍ୟ ଦେବୀ ପ୍ରସନ୍ନ ହେବା ବଳରେ ଜଣେ ଉପରକୁ ଉଠିଗଲା ବୋଲି ସେ ନିଜର ନମ୍ରତା ଭୁଲି ଯିବା କଥା ନୁହଁ। ଓକୋଙ୍କୋ ନିଜର ଦୋଷ ମାନିଲା ଆଉ ସଭା ଚାଲୁ ରହିଲା।

କିନ୍ତୁ ଭାଗ୍ୟଦେବୀ ଯେ ଓକୋଙ୍କୋକୁ ଏତେ ଉପରକୁ ଉଠେଇଚି, ଏ କଥା ଠିକ୍ ନୁହେଁ। ସେଥିପାଇଁ ସେ ନିଜେ ଲଢ଼ିଛି। ଦାରିଦ୍ର୍ୟ ଓ ଦୁର୍ଭାଗ୍ୟ ବିରୋଧରେ ତାର କଠୋର ଲଢ଼େଇ ଯିଏ ଦେଖିଛି ସେ ତାକୁ କେବେ ଭାଗ୍ୟବାନ କହିପାରିବ ନାହିଁ।

ଯଦି କେହି ବି ସଫଳତାର ହକ୍‌ଦାର, ତା ହେଲେ ସିଏ ଓକୋଙ୍କୋ। ଅଳ୍ପ ବୟସରୁ ସେ ଖଣ୍ଡ ମଣ୍ଡଳରେ ସବୁଠୁ ବଡ଼ ପହିଲିମାନ ହେବାର ସୁନାମ ଅର୍ଜିଲା। ସେଇଟା ଭାଗ୍ୟ ନୁହେଁ। ଅତି ବେଶୀରେ ତାର 'ଚି' ବା ଇଷ୍ଟ ଦେବତା ପ୍ରସନ୍ନ ଥିବାର ଜଣେ କହି ପାରିବ। କିନ୍ତୁ ଇବୋ ଲୋକ କଥାରେ ଜଣେ ଲୋକ ହଁ କହିଲେ ତାର ଇଷ୍ଟ ଦେବତା ହଁ ମାରେ। ଓକୋଙ୍କୋ ଜୋର୍‌ରେ ହଁ କହିବାରୁ ତାର 'ଚି' ସେଥିରେ ରାଜି ହେଇଗଲା। ଖାଲି ତାର 'ଚି' ନୁହଁ, ତାର ସାରା ବଂଶ ମଧ୍ୟ ରାଜି ପଡ଼ିଲା। କାରଣ ଜଣେ ଲୋକର ହାତ ମେହେନତକୁ ନେଇ କୁଳ ତାର ମୂଲ୍ୟ ନିରୂପଣ କରେ। ସେଥିପାଇଁ ଉଡ଼ୋର ସ୍ତ୍ରୀର ହତ୍ୟାର ପ୍ରାୟଶ୍ଚିତ ପାଇଁ ଜଣେ କୁମାରୀ ଓ ଜଣେ ଯୁବକ ଦେବାକୁ ନଚେତ ଲଢ଼େଇର ସାମ୍ନା କରିବାକୁ ଥିବା ବାର୍ତ୍ତାଟା ଶତ୍ରୁପକ୍ଷକୁ ଦେବା ପାଇଁ ନଅ ଖଣ୍ଡ ଗାଁରୁ ଓକୋଙ୍କୋକୁ ବଛାଗଲା। ଉମୋଫା ପ୍ରତି ଶତ୍ରୁପକ୍ଷର ଏମିତି ଭୟ ଥିଲା ଯେ ସେମାନେ ଓକୋଙ୍କୋକୁ ରଜା ପରି ସତ୍କାର କଲେ ଓ ତା ସହିତ ଉଡ଼ୋର ସ୍ତ୍ରୀ ହେବା ପାଇଁ ଜଣେ କୁଆଁରୀ ଓ ସେଇ ଇକେମେଫୁନା ପିଲାଟାକୁ ପଠାଇଦେଲେ।

ବଂଶର ବୟସ୍କ ଲୋକମାନେ ଇକେମେଫୁନାକୁ ଓକୋଙ୍କୋର ହେପାଜତରେ କିଛି ଦିନ ରଖିବାକୁ ସ୍ଥିର କଲେ। କିନ୍ତୁ ସେଇଟା ତିନି ବର୍ଷ ହେଇଯିବ ସେ କଥା କେହି ଭାବି ନ ଥିଲେ। ନିଷ୍ପତ୍ତି ନେଲା ପରେ ପରେ ସେମାନେ ତା କଥା ଭୁଲିଗଲା ପରି ମନେ ହେଲା।

ପ୍ରଥମେ ଇକେମେଫୁନା ଭାରି ଡ଼ରୁଥିଲା। ଥରେ ଦୁଇ ଥର ସେ ଖସି ପଳାଇବାକୁ ଚେଷ୍ଟା ବି କଲା। ହେଲେ କୋଉଠିକି ଯିବ ଜାଣି ପାରିଲାନି। ତାର ମାଁ ଓ ତିନି ବର୍ଷର ଭଉଣୀଟାର କଥା ମନେ ପକାଇ ବିକଳ ହେଇ କାନ୍ଦିଲା। ନୋୟେର ମାଁ ତାକୁ ଆହା କରି ନିଜ ଛୁଆ ପରି ରଖିଥିଲା। କିନ୍ତୁ ତାର ସେଇ ଗୋଟିଏ ପ୍ରଶ୍ନ 'ମୁଁ କେବେ ଘରକୁ ଯିବି?' ସେ ଖାଉ ନ ଥିବାର ଶୁଣି ଓକୋଙ୍କୋ ହାତରେ ବଡ଼ ବାଡ଼ିଟାଏ ଧରି ବସା ଭିତରକୁ ପଶି ଆସିଲା ଓ ତା ସମ୍ନାରେ ଛିଡ଼ା ହେଲା। ପିଲାଟା ଥରି ଥରି ଖମ୍ଭ ଆଳୁ ତକ ଗିଳି ପକାଇଲା। ଘଡ଼ିଏ ପରେ ଘର ପଛ ପଟକୁ ଯାଇ ଭାରି କଷ୍ଟରେ ବାନ୍ତି କଲା। ନୋୟେର ମାଁ ତା ପାଖକୁ ଯାଇ ତା ପିଠି, ଛାତି ଆଉଁସିଲା। ତିନି ସପ୍ତାହ ପର୍ଯ୍ୟନ୍ତ ସେ ବେମାର ପଡ଼ିଲା। ଭଲ ହେଲା ପରେ ତାର ମନଦୁଃଖ ଆଉ ନ ଥିଲା ପରି ଲାଗିଲା।

ପିଲାଟା ସ୍ୱଭାବରେ ଭାରି ଫୁର୍ତ୍ତି ଥିଲା। ଓକୋଙ୍କୋର ଘରେ ବିଶେଷ କରି ପିଲାମାନଙ୍କ ଭିତରେ ସେ ଧୀରେ ଧୀରେ ପ୍ରିୟଭାଜନ ହେଲା। ତାଠୁ ଦୁଇ ବର୍ଷ ସାନ

ଓକୋଙ୍କୋର ପୁଅ ନୋୟେ ତାକୁ ଦଣ୍ଡେ ଛାଡ଼ି ରହିପାରେ ନାହିଁ। କାରଣ ତାକୁ ସବୁ କଥା ଜଣା। ବାଉଁଶ ନଳୀର ଏପରିକି ହାତୀଆ ଘାସରୁ ବି ସେ ବଂଶୀ ତିଆରି କରିପାରେ। ସବୁ ଚଢ଼େଇଙ୍କ ନାଁ ସେ ଜାଣେ। ବୁଦା ଗୁଣ୍ଡୁଚିକୁ କେମିତି ଚାଲାଖରେ ଫାନ୍ଦରେ ଫସେଇବାକୁ ହୁଏ ସେ ଜାଣେ। କୋଉ ଗଛର ଡ଼ାହିରୁ ସବୁଠୁ ଟାଣୁଆ ଧନୁ ତିଆରି ହେଇପାରେ ତା ବି ସେ ଜାଣେ।

ଏପରିକି ଓକୋଙ୍କୋ ନିଜେ ବି ପିଲାଟାକୁ ଭଲ ପାଏ ଅବଶ୍ୟ ମନେ ମନେ। ଓକୋଙ୍କୋ ମନର ଭାବ ବାହାରକୁ ଜଣାଏ ନାହିଁ, କେବଳ ରାଗ ବ୍ୟତୀତ। କାହାକୁ ଖୋଲାଖୋଲି ଭଲ ପାଇବାର ଅର୍ଥ ନିଜର ଦୁର୍ବଳତା ଜଣାଇବା। କେବଳ ଗୋଟେ ଜିନିଷ ଦେଖାଇବାର କଥା, ଆଉ ସେଇଟା ହେଲା – ବଳ, ସାମର୍ଥ୍ୟ। ସେଥିପାଇଁ ଅନ୍ୟମାନଙ୍କ ପରି ଇକେମେଫୁନାକୁ ସେ କଡ଼ା ଶାସନ ଭିତରେ ରଖେ। କିଂତୁ ସେ ଯେ ପିଲାଟିକୁ ସୁଖ ପାଏ, ଏଥିରେ ସନ୍ଦେହ ନାହିଁ। ବେଳେ ବେଳେ ବଡ଼ ବଡ଼ ଗାଁ ସଭାକୁ ଅଥବା କୁଳଭୋଜି କି ଜାତିଭୋଜିକୁ ଗଲାବେଳେ ସେ ଇକେମେଫୁନାକୁ ସାଙ୍ଗରେ ନେଇକି ଯାଏ। ତା ପୁଅଟିଏ ପରି ଛେଳି ଚମଡ଼ାର ମୁଣାଟା ଆଉ କାଠର ଆସନିଟାଏ ଧରି ତା ପଛେ ପଛେ ଚାଲିଥାଏ। ଆଉ ସତରେ ବି ଇକେମେଫୁନା ତାକୁ ବାପା ଡ଼ାକେ।

ଫସଲ ଅମଳ ଆଉ ପୁଣି ତା ପର ଚାଷ କାମ ମଝିର ଫାଙ୍କା ସମୟରେ ଇକେମେଫୁନା ଉମୋଫାକୁ ଆସିଲା। ଶାନ୍ତି-ସପ୍ତାହର କେତେ ଦିନ ଆଗରୁ ସେ ଦିହ ବାଧିକାରୁ ଭଲ ହେଇଥାଏ। ସେଇ ବର୍ଷ ଶାନ୍ତି ଭଙ୍ଗ କରିବା ଦୋଷରୁ ଓକୋଙ୍କୋକୁ ପ୍ରଥା ଅନୁସାରେ ଦର୍‌ତନୀର ବେଜୁଣୀ ଇଜେନି ଶାସ୍ତି ବିଧାନ କରିଥିଲା।

ତାର ସାନ ସ୍ତ୍ରୀର ଆଚରଣ ଯୋଗୁଁ ଓକୋଙ୍କୋ ବି ରାଗିବାର ଯଥେଷ୍ଟ କାରଣ ଥିଲା। ସେଦିନ ସିଏ ତାର ସାଙ୍ଗ ଘରକୁ ବେଣୀ ବାନ୍ଧିବାକୁ ଗଲା ଆଉ ଦି ପହର ରନ୍ଧାରନ୍ଧି ପାଇଁ ଠିକଣା ସମୟରେ ଘରକୁ ଫେରିଲାନି। ସେ ଘରେ ନାହିଁ ବୋଲି ଓକୋଙ୍କୋ ପ୍ରଥମେ ଜାଣି ପାରିଲାନି। ଖାଇବା ପାଇଁ ଘଡ଼ିଏ ଅପେକ୍ଷା କରି ସେ ଘରେ କଣ କରୁଛି ଦେଖିବାକୁ ଗଲା। ଘର ଭିତରେ କେହି ନ ଥିଲେ। ଚୂଲି ବି ଲାଗି ନ ଥିଲା।

'ଓଜୁଗୋ କାହିଁ ?' ସେ ତାର ଦ୍ୱିତୀୟ ସ୍ତ୍ରୀକୁ ପଚାରିଲା। ଯିଏ ହତା ମଝିରେ ଛୋଟ ଗଛ ତଳେ ଥିବା ବଡ଼ ହାଣ୍ଡିଟାରୁ ପାଣି ନେବା ପାଇଁ ଘରୁ ବାହାରି ଆସିଲା।

'ସିଏ ତାର ମୁଣ୍ଡ ବାନ୍ଧିବାକୁ ଯାଇଛି।'

ରାଗରେ ଓକୋଙ୍କୋ ଓଠ କାମୁଡ଼ିଲା।

'ପିଲାମାନେ କୁଆଡ଼େ ଗଲେ ? ସେ ସାଙ୍ଗରେ ନେଇଛି କି ?'ସେ ଗୋଟେ ରକମ ଅସ୍ୱାଭାବିକ ସଂଯମ ରକ୍ଷା କରି ଶାନ୍ତ ଭାବରେ ପଚାରିଲା।

'ସେମାନେ ଏଠି ଅଛନ୍ତି', ତାର ପ୍ରଥମ ସ୍ତ୍ରୀ ନୋୟେର ମା କହିଲା। ଓକୋଙ୍କୋ ନଇଁ ପଡ଼ି ତା ଘର ଭିତରକୁ ଅନାଇଲା। ତା ପ୍ରଥମ ସ୍ତ୍ରୀର ପିଲାଙ୍କ ସହିତ ଓଜୁଗୋର ଛୁଆମାନେ ଖାଉଥିଲେ।

'ଗଲା' ଆଗରୁ ପିଲାଙ୍କୁ ଖାଇବାକୁ ଦେବା ପାଇଁ ତତେ କହିଥିଲା କି?'

'ହଁ', ଓଜୁଗୋର ଅଣହେଳାକୁ ଟିକିଏ ଦବେଇ ଦେବା ପାଇଁ ସେ ମିଛ କହିଲା।

ଓକୋଙ୍କୋ ଜାଣିଲା ଯେ ସେ ସତ କହୁନି। ନିଜ ବସାକୁ ଯାଇ ସେ ଓଜୁଗୋକୁ ଟାକିଲା। ଆଉ ଓଜୁଗୋ ଫେରିଲା ପରେ ତାକୁ ନିର୍ଘାତ ପିଟିଲା। ରାଗରେ ସେ ଭୁଲିଗଲା ଯେ ଏଇଟା ଶାନ୍ତି-ସପ୍ତାହ। ମଙ୍ଗଳ ଯୋଗ ଥିବାରୁ ତାର ପ୍ରଥମ ଦୁଇ ସ୍ତ୍ରୀ ବାହାରି ଆସି ତାକୁ ନେହୁରା ହେଇ ବାରଣ କଲେ। କିଂତୁ ଓକୋଙ୍କୋ ତା ରାଗଟା ପୁରା ନ ଶୁଝାଇ ଏମିତି ଛାଡ଼ିବାର ଲୋକ ନୁହେଁ। ଏମିତିକି ଠାକୁରାଣୀ ଭୟରେ ବି ସେ ପାଦେ ଘୁଞ୍ଚିବାର ଲୋକ ନୁହେଁ।

ସାଇ ପଡ଼ିଶା ତା ସ୍ତ୍ରୀ କାନ୍ଦୁଥିବାର ଶୁଣି ପାରିଲେ। ପାଚିରୀ ସେ ପଟୁ କଥା କଣ ପଚାରିଲେ। କେତେଜଣ ଘଟଣାଟା ବୁଝିବା ପାଇଁ ନିଜେ ସେଠିକି ଚାଲି ଆସିଲେ। ମଙ୍ଗଳ-ଯୋଗରେ ଏମିତି କିଏ କାହାକୁ ପିଟିବାର ଆଗରୁ ଶୁଣାଯାଇ ନ ଥିଲା।

ସଞ୍ଜ ଆଗରୁ ଦରତନୀ-ଅନୀର ପୂଜାରୀ ଇଜେନି ଓକୋଙ୍କୋକୁ ତା ଓବିରେ ଭେଟିଲା। ଓକୋଙ୍କୋ ତାକୁ କୋଲା ଯାଚିଲା।

'ତୋର କୋଲା ରଖ ସିଆଡ଼େ। ଆମର ଦେବାଦେବୀ ପିତୃପୁରୁଷ ପ୍ରତି ଯୋଉ ଲୋକର ସମ୍ମାନ ନାହିଁ ମୁଁ ତା ଘରେ ଖାଇବିନି।'

ଓକୋଙ୍କୋ ତାର ସ୍ତ୍ରୀ କଣ କରିଛି ତାହା ଇଜେନିକୁ ବୁଝେଇବାକୁ ଚେଷ୍ଟା କଲା। ହେଲେ ଇଜେନି ଶୁଣିଲାନି। ତାର କର୍ତ୍ତୃତ୍ୱ ଦେଖାଇବା ପାଇଁ ସେ ହାତରେ ଗୋଟେ ଛୋଟ ବାଡ଼ି ଧରିଥାଏ।

ଏଥର ଓକୋଙ୍କୋର କଥା ମଝିରେ ଜୋର୍ ଦେଇ ଇଜେନି କହିଲା, 'ମୋ କଥା ଶୁଣ୍। ଉମୋଫାରେ ତୁ ତ ନୂଆଁ ନୁହଁ। ତୁ ବି ଜାଣୁ ଆଉ ମୁଁ ବି ଜାଣେ ଯେ ଚାଷ ଅନୁକୂଳ କଲା ବେଳେ ଅକ୍ଷି-ମୁଠି ଧରିବା ଆଗରୁ ଗୋଟେ ହପ୍ତା ଶାନ୍ତି ବଜାୟ ରଖାଯାଏ। ଏଇ ମଙ୍ଗଳ-ଯୋଗ ପାଳନଟା ଆମ ପୂର୍ବପୁରୁଷାର ନିୟମ। ଏତିକି

ବେଳେ ସାଇ ପଡ଼ିଶା ସାଙ୍ଗରେ ଝଗଡ଼ାଝାଟି କିମ୍ବା କାହାକୁ ମାଡ଼ପିଟ କରିବା କଥା ନୁହଁ। ମାଟି ଦେବତାକୁ ମାନି ଘେନି ଆମେ ସମସ୍ତେ ମେଳ୍‌ଜୁଲ୍ ହେଇ ଶାନ୍ତିରେ ରହିବା ଦରକାର। ତା ହେଲେ ଯାଇ ଆମେ ମାଟି ଦେବତାର ଆଶିର୍ବାଦ ପାଇ ପାରିବା। କାରଣ ତାର ଆର୍ଶିବାଦ ବିନା ଭଲ ଫସଲ ଉପୁଜାଇ ପାରିବାନି। ତୁ ଗୋଟେ ମସ୍ତବଡ଼ ଅପରାଧ କରିଛୁ। ସେ ତାର ବାଡ଼ିଟାକୁ ଚଟାଣରେ ଜୋର୍‌ରେ ବାଡ଼େଇଲା। 'ତୋର ସ୍ତ୍ରୀର ଦୋଷ ଥିଲା। କିନ୍ତୁ ଯଦି ତୋରି 'ଓବି' ରେ ତୋ ମାଇକିନା ତା ପ୍ରେମିକ ସହିତ ଶୋଇଥିବାର ଦେଖି ତାକୁ ପିଟିଥାନ୍ତୁ, ତେବେ ବି ସେଇଟା ତୋର ଗୋଟେ ବଡ଼ ଅପରାଧ ହୋଇଥାନ୍ତା। ସେ ପୁଣିଥରେ ବାଡ଼ିଟାକୁ କଚାଡ଼ି ପିଟିଲା। 'ତୋରି ପାପ ସାରା ବଂଶକୁ ଧ୍ୱଂସ କରିଦେବ। ଦରତନୀକୁ ଅପମାନ କରିଥିବାରୁ ସେ ବେଶୀ ଅମଳ ଦେବାକୁ ନାରାଜ ହେଇପାରେ। ଆଉ ଆମେ ସେଥିରେ ଖତମ୍ ହେଇଯିବା। ବୁଝିଲୁଟି ? କାଲି 'ଅନୀ' ର ପୂଜା-କୁଠିକୁ ଛେଳି ପଟେ, କୁକୁଡ଼ା ପଟେ, କନା ଖଣ୍ଡେ ଆଉ କଉଡ଼ି ଶହେ ନେଇକି ଆସିବୁ। ଏତିକି କହି ସେ ଉଠି ଚାଲିଗଲା।

ଇଜେନି ଯେମିତି କହିଲା, ଓକୋଙ୍କୋ ସେଇୟା କଲା। ତା ସାଙ୍ଗରେ ସେ ହାଣ୍ଡିଏ ତାଡ଼ି ନେଇକି ଗଲା। ମନ ଭିତରେ ସିଏ ଅନୁତାପ କରୁଥାଏ। ହେଲେ ସାଇପଡ଼ିଶା ପାଞ୍ଚଲୋକଙ୍କ ସାମ୍ନାରେ ନିଜର ଦୋଷ ମାନିବା ଲୋକ ସେ ନୁହଁ। ତାର ଏଇ ଅବିଗୁଣ ଲାଗି ଲୋକେ କହିଲେ, କୁଳ-ଦେବତା ପ୍ରତି ତାର ସମ୍ମାନ ନାହିଁ। ତାର ଶତ୍ରୁମାନେ କହିଲେ, ଧନ ଗର୍ବରେ ସେ ଅନ୍ଧ ହେଇ ଯାଇଛି। ସେମାନେ ତାକୁ ଏଞ୍ଚା ଚଢ଼େଇ ଡ଼ାକିଲେ ଯିଏ ପେଟେ ଖାଇଦେଲା ପରେ ଏମିତି ହିତାହିତ ଜ୍ଞାନ ହରାଇ ଦେଲା ଯେ ସିଏ ତାର 'ଚି'କୁ ବି ହୁଙ୍କାର ଦେଲା।

ମଙ୍ଗଳ-ଯୋଗରେ କିଛି କାମ ଦାମ ହୁଏ ନାଇଁ। ଲୋକ ସାଇ ଭାଇ ମେଳରେ ବସି ତାଡ଼ି ପିଇଲେ। ଏଥର ସେମାନେ ଆଉ କିଛି ଗପିଲେ ନାହିଁ। ଖାଲି ଓକୋଙ୍କୋର ଅନୀ-ଅପରାଧର ଚର୍ଚ୍ଚା ହେଲା। ଅନେକ ବର୍ଷ ପରେ ଜଣେ ଲୋକ ପୁଣି ଶାନ୍ତି ଭଙ୍ଗ କଲା। କାହିଁ କେତେ ବର୍ଷ ତଳେ ଜଣେ ଦୁଇ ଜଣ ଏମିତି କରିଥିବା କଥା ବର୍ଷିୟାନ ଲୋକେ ଝାପ୍‌ସା ମନେ ପକାଇ କହିଲେ।

ଉବେଫି ଇଜେଡୁ ଗାଁର ସବୁଠୁ ପୁରୁଖା ଲୋକ। ଦି'ଚାରିଜଣ ତାକୁ ଭେଟିବାକୁ ଆସିଥିଲେ। ତାଙ୍କ ବଂଶରେ ଏବେ ଅନୀର ଶାନ୍ତି ଭଙ୍ଗ ଦୋଷର ଦଣ୍ଡଟା ଟିକେ କୋହଳ ହେଇଯାଇଥିବାର ତାଙ୍କୁ ସେ କହିଲା।

'ଆଗେ ଏମିତି ନ ଥିଲା। ଆଗ କାଳେ ଶାନ୍ତି-ଭଙ୍ଗ ପାପରେ ଦୋଷୀକୁ

ମରିବା ଯାଏଁ ଗାଁରେ ତଳେ ଘୋଷାରି ନିଆ ଯାଇଥିବା କଥା ମୋ ବାପା ନିଜେ ଶୁଣିଥିବାର ମତେ କହିଥିଲେ। ତେବେ ପରେ ପରେ ସେଇ ପ୍ରଥା ବନ୍ଦ ହେଇଗଲା। କାରଣ ସେମିତି ଦଣ୍ଡ ଖୋଦ୍ ଶାନ୍ତି ଭଙ୍ଗ କଲା।

'କାଲି ଜଣେ ମତେ କହିଲା', ତାଙ୍କ ଭିତରୁ ଜଣେ କହିଲା, 'ଯେ କେତେଟା ବଂଶରେ ଏମିତି ମଙ୍ଗଳ-ଯୋଗରେ ମରିବାଟା ଗୋଟେ ଦୈବୀକୋପ।'

'କଥାଟା ସତ', ଇଜେଡୁ କହିଲା। 'ଓବୋଡ଼ୋନିରେ ସେମିତି ଚଳଣି ଅଛି। ଏଇ ସମୟରେ ଯଦି କେହି ମରିଯାଏ ତା ହେଲେ ତାକୁ କବର ଦିଆଯାଏ ନାହିଁ। 'କାଳ-ବଣ' ଭିତରେ ନେଇ ଫିଙ୍ଗି ଦିଆଯାଏ। ପ୍ରଥାଟା ଭଲ ନୁହେଁ। ଲୋକେ ବୁଝି ପାରୁ ନାହାନ୍ତି। କବର ନ ଦେଇ ଗୁଡ଼ାଏ ସ୍ତ୍ରୀ ପୁରୁଷଙ୍କୁ ସେମାନେ ଖୋଲା ମେଲାରେ ଫୋପାଡ଼ି ଦିଅନ୍ତି। ଆଉ ତାର ଫଳ କଣ ହୁଏ ? ମାଟି ମୁଠେ ନ ପାଇଁ ସେମାନେ ଦୁଷ୍ଟ ପ୍ରେତ ହେଇଯାନ୍ତି। ବଂଶଟା ଭିତରେ ଏମିତିଆ ପ୍ରେତ ଭରିଯାନ୍ତି ଆଉ ଜିଇଁଲା ଲୋକଙ୍କୁ ହଇରାଣ ହରକତ କରନ୍ତି।

ମଙ୍ଗଳ-ଯୋଗ ପରେ ପରେ ଲୋକେ ନିଜ ନିଜ ପରିବାର ଧରି ନୂଆଁ ଜମି ତୟାରି ପାଇଁ ଲଟା ବୁଦା ସଫା କରିବା ଆରମ୍ଭ କରିଦେଲେ। କଟା ବୁଦା ସବୁ ଶୁଖିଗଲା ପରେ ସେଥିରେ ନିଆଁ ଲଗାଇ ଦେଲେ। ଆକାଶକୁ ଧୂଆଁ ଉଠିଲା। ନାନା ଦିଗରୁ ଚିଲମାନେ ଉଡ଼ି ଆସିଲେ। ଜଳନ୍ତା ଭୂଇଁ ଉପରେ ନୀରବ ବିଦାୟ ପର୍ବରେ ସାମିଲ ଚିଲମାନେ ଚକ୍କର   କାଟିଲେ। ବର୍ଷା ଋତୁ ପାଖେଇ ଆସୁଥାଏ। ସେମାନେ ଚାଲିଯିବେ। ପୁଣିଥରେ ଗ୍ରୀଷ୍ମ ଋତୁ ଲେଉଟିବା ଯାଏଁ ସେମାନେ ଉଭାନ୍ ହେଇଯିବେ।

ତା'ପର କେତେଦିନ ଓକୋଙ୍କୋ ବିହନ-ମଞ୍ଜି ସଜାଡ଼ିବାରେ ଲାଗିଲା। ଗୋଟି ଗୋଟି କରି ବିହନକୁ ସେ ଭାରି ଯତ୍ନରେ ପରଖିଲା। ଲଗାଇବା ପାଇଁ ସେଗୁଡ଼ା ଠିକ୍ ଅଛି ନା ନାଇଁ ବାଛି ବାଛି ଦେଖିଲା। ଗୋଟେ ଗୋଟେ ତଳି ରୋଇବା ପାଇଁ ବେଶ୍ ବଡ଼ ହେଇଥିବାରୁ ସେ ଛୁରୀରେ ନିଖୁଣ କରି ଦୁଇ ଖଣ୍ଡରେ କାଟିଲା। ତାର ବଡ଼ ପୁଅ ନୋୟେ ଓ ଇକେମେଫୁନା ତାକୁ କାମରେ ହାତ ବଢ଼ାଇଲେ। ବଡ଼ ଲମ୍ବା ଝୁଡ଼ିରେ ଅମାର ଘରୁ ବିହନତକ ଆଣି ଗଣିଲେ। ବଛା ନିଛା ବିହନକୁ ଚାରି ଶହ କରି ଭାଗ କଲେ। ଓକୋଙ୍କୋ ଦିହିଁଙ୍କୁ ମେଞ୍ଚାଏ ଲେଖାଏଁ ବିହନ ବାଛି ସଜାଡ଼ିବା ପାଇଁ ଦେଲା। କଣ ଟିକେ ଭୂଲ୍ ଭାଲ୍ କରି ଦେଲାରୁ ଓକୋଙ୍କୋ ଦି'ଜଣଙ୍କୁ ବହେ ଶୋଧି ପକାଇଲା।

'କଣ ଖାଇବା ପାଇଁ ଆଳୁ କାଟୁଛୁ କି ?' ସେ ନୋୟେକୁ ପଚାରିଲା।

‘ଏମିତି ବଡ଼ ବଡ଼ ଆଳୁର ଗଜା ଯଦି ଭାଙ୍ଗିଦଉ, ତା ହେଲେ ତୋର ଥୋମଣି ଭାଙ୍ଗିଦେବି ଜାଣିଥା। ମନେ ମନେ ଆହୁରି ପିଲା ହେଉଛୁ ନାଇଁ କି? ତୋରି ବୟସରେ ମୁଁ ନିଜର ଚାଷ ଜମି ଖଣ୍ଡେ କରି ସାରିଥିଲି। ‘ଆଉ ତୁ’, ସେ ଇକେମେଫୁନାକୁ କହିଲା, ‘ତୋ ଗାଁରେ କଣ ଆଳୁ ଚାଷ କେବେ ହେଇନି କି?’

ଓକୋଙ୍କୋ ଜାଣେ ଯେ ଏଇ କାମ ପାଇଁ ସେମାନେ ନିହାତି ଛୋଟ। କାରଣ ସେ ଭାବେ ଯେ ଅଳ୍ପ ବୟସରୁ ଜଣେ ଏ କାମ ପାରିବନି। ଖାମ୍ବ ଆଳୁର ଅର୍ଥ ଉତ୍ତୁଙ୍ଗ ପୌରୁଷ। ଯିଏ ଗୋଟେ ଫସଲରୁ ଆଉ ଗୋଟେ ଫସଲ ଅମଳ ଯାଏଁ ତାର ସାରା ପରିବାରକୁ ଭରପୂର ଆଳୁ ଖାଇବାକୁ ଦେଇ ପାରିଲା ସେ ହିଁ ପ୍ରକୃତରେ ପାରିବାର ଲୋକ। ତାର ପୁଅ ସେମିତି ଜଣେ ସଫଳ ଚାଷୀ ଆଉ ପାରିବାର ଲୋକ ହେଉ ବୋଲି ଓକୋଙ୍କୋର ଇଚ୍ଛା। ତା ଭିତରେ ସେ ନଜର କରି ପାରିଥିବା ଅଳସୁଆମି ଅବିଗୁଣଟାକୁ ସେ କାଢ଼ିକି ମିଟେଇ ଦବ ଯେ।

‘କୁଳ-ସଭାରେ ମୁଣ୍ଡ ଟେକି ପାରୁ ନ ଥିବା ପରି ପୁଅ ମୋର ଲୋଡ଼ା ନାହିଁ। ମୁଁ ନିଜେ ମୋରି ହାତରେ ତାକୁ ତଣ୍ଟି ଚିପି ମାରି ଦେବି। ଆଉ ଏମିତି ଯଦି ହାଁ ଟି କରି ମତେ ଅନାଇ ରହୁ, ତା ହେଲେ ଶାପ ଦେଇ କହୁଛି ଯେ ‘ଆମାଡ଼ିଓରା’ ତୋରି ଦୋଷ ଲାଗି ତୋର ବେକଟାକୁ ମୋଡ଼ି ଦଉ।’

କିଛି ଦିନ ପରେ ଦୁଇ ତିନିଟା ଭାରି ବର୍ଷା ଖାଇ ମାଟି ଓଦା ହେଇଗଲା। ଓକୋଙ୍କୋ ଓ ତାର ପରିବାର ଆଳୁ ବିହନ ଭର୍ତ୍ତି ଝୁଡ଼ିମାନ, କୋଦାଳ ଖଣତି ଧରି ବିଲକୁ ଗଲେ। ପୁରା ଜମିଟାରେ ଧାଡ଼ିକି ଧାଡ଼ି ମାଟି-ମନ୍ଦା ତିଆରି କଲେ ଓ ସେଥିରେ ମଞ୍ଜି ପୋତିଲେ।

ଫସଲ ଭିତରେ ରଜା ଖାମ୍ବ ଆଳୁ। ଖଟଣି ଲୋଡୁଥିବା ରଜାଟିଏ। ତିନି ଚାରି ମାସ ଯାଏଁ ସକାଳର କାଉରାବଠୁ ସଞ୍ଜର ପକ୍ଷୀ-ରାବ ଯାଏଁ ଦିନ ରାତି ପରିଶ୍ରମ ଓ ନିଘା ଦରକାର। ସିସାଲ୍ ପତ୍ର ଠୋଲାରେ ଖରା ଦାଉରୁ କଷି ଲତା ଆଙ୍କୁଡ଼ିକୁ ଘୋଡ଼ାଇ ରଖାହୁଏ। ବର୍ଷା ପଡ଼ିଲେ ମାଇକିନାମାନେ ମନ୍ଦା ମଝିରେ ମକା, ତରଭୁଜ, ଶିମ୍ବ ଆଦି ଲଗେଇଥାନ୍ତି। ତା ପରେ ଛୋଟ ଛୋଟ ବାଡ଼ିରେ ରଞ୍ଜା ଦିଆ ହୁଏ। ପରେ ବଡ଼ ବଡ଼ ଗଛର ଡ଼ାହିରେ ଢ଼ିରା ଦିଆହୁଏ। ତିନି ଥର କରି ଠିକଣା ବେଳରେ ସ୍ତ୍ରୀ ଲୋକମାନେ ବାଳୁଙ୍ଗା ଓପାଡ଼ନ୍ତି। ଏଥିରେ ଆଗ ପଛ ହେଲେ ଚଳେ ନାହିଁ।

ଏଥର ସତରେ ବର୍ଷା ଆସିଲା। ଏତେ ଭାରି ଆଉ ଲଗାଣ ବର୍ଷା ଯେ ଗାଁରୁ ବର୍ଷା-ଘଟକ ଜାନି ବି ଏଥିରେ ଦଖଲ ଦେଇ ପାରିଲାନି। ଦିହକୁ ବାଧିଲା ପରି ଜପ ତପ କରି ଜାନି ଗ୍ରୀଷ୍ମ ଋତୁ ମଝିରେ ଯେମିତି ବର୍ଷା ଆରମ୍ଭ କରି ପାରିଲାନି, ସେମିତି

ଏବେ ସେ ଏଇ ବର୍ଷାଟାକୁ ଅଟକେଇ ପାରିଲାନି। ପାଣିପାଗର ଏମିତି ଚରମ ଶକ୍ତିକୁ ପ୍ରତିହତ କରିବା ପାଇଁ ଯେଉଁ ପ୍ରକାର ବ୍ୟକ୍ତିଗତ ଶକ୍ତି ସାମର୍ଥ୍ୟ ବା ତତ୍ପରତା ଦରକାର ତାହା ମଣିଷର ସାଧାରଣ ଶରୀର ପକ୍ଷରେ ବହୁତ ଭାରୀ।

ତେଣୁ ବର୍ଷାଋତୁ ମଝିରେ ପ୍ରକୃତି ଉପରେ ଆଉ ହସ୍ତକ୍ଷେପ କରାଗଲା ନାହିଁ। ବେଳେ ବେଳେ ଅସ୍ରାକୁ ଅସ୍ରା ଏମିତି ମୂଷଳ ଧାରା ଛୁଟିଲା ଯେ ମାଟି ଓ ଆକାଶ ଧୂସର ଜଳାର୍ଣ୍ଣବରେ ଏକାକାର ଦିଶିଲେ। 'ଅମାଡ଼ିଓରା' ର ଘଡ଼ଘଡ଼ି ତଳୁ ଉଠିଲା ନା ଉପରୁ ଖସିଲା ଜଣା ପଡୁ ନ ଥାଏ। ସେତିକି ବେଳେ ଉମୋଫିଆର ଅସଂଖ୍ୟ ଚାଳ ଘରେ ପିଲାମାନେ ଚୂଲି ନିଆଁରେ ରାନ୍ଧୁଥିବା ମାଁ ପାଖରେ ବସି ଗପ ଶୁଣୁଥାନ୍ତି କିମ୍ବା ଓବିରେ ଜଳନ୍ତା କାଠ ଗଣ୍ଡି ପାଖରେ ବସି ନିଆଁ ପୋଉଁଥିବା ବାପା ପାଖରେ ବସି ମକା ପୋଡ଼ି ଖାଉଥାନ୍ତି। ପହ୍ଲରୁଆ, ଲଟା ବଛା ପରି ଖଟଣି ମଝିରେ, ଫସଲ ଅମଳର ଖଟଣି ମଝିରେ ଏଇଟା ସୁସ୍ଥିର ବେଳ।

ଯା ଭିତରେ ଇକେମେଫୁନା ଓକୋଙ୍କୋ ପରିବାରର ଜଣେ ପରି ହେଇଯାଇ ଥାଏ। ଏବେ ବି ତାର ମାଁ ଓ ତିନି ବର୍ଷର ଭଉଣୀ କଥା ମନେ ପଡ଼ିଲେ ତାର ମନଟା ଉଦାସ ହେଇଯାଏ। ତେବେ ନୋୟେ ଓ ସେ ଦୁହେଁ ଏମିତି ସାଙ୍ଗ ମେଳ ହେଇ ରହନ୍ତି ଯେ ସେଇ ବେଳଟା ଛାଆଁକୁ ଛାଆଁ କଟିଯାଏ। ଇକେମେଫୁନା ଢ଼େର୍ କଥାଣୀ ଜାଣେ। ଦୁନିଆଁଯାକର ଲୋକ-କଥା ତାରି ପାଖରେ। ଏପରିକି ନୋୟେ ଆଗରୁ ଶୁଣିଥିବା କାହାଣୀକୁ ସେ ଅନ୍ୟ ଗୋଟେ ବଂଶର ଗୁଣରେ ରୂପରେ ଏମିତି ଫାନ୍ଦି ବଖାଣି ଦିଏ ଯେ କଥାଣୀଟା ଏକ୍‌ବାର୍ ନୂଆଁ ପରି ଲାଗେ। ଏଇ ସମୟର ସ୍ମୃତିଟା ଶେଷ ଯାଏଁ ନୋୟେ ଭିତରେ ଦପ୍ ଦପ୍ ହେଇ ରହିଥିଲା। ଏଠି ସେଠି ଦି ଚାରିଟା ମକା ଦାନା ଥିବା ମକା-ମଞ୍ଜିର ଅସଲ ନାଁ ଇଜେ-ଅଗାଡ଼ି-ନ୍ୱାଇ ମାନେ ବୁଢ଼ୀ ଦାନ୍ତ। ଇକେମେଫୁନାର ମୁହଁରୁ କଥାଟି ଶୁଣୁ ଶୁଣୁ କେମିତି ନୋୟେ ହସରେ ଲୋଟି ପଡ଼ିଲା ଆଉ ସଙ୍ଗେ ସଙ୍ଗେ ଉଡ଼ାଲା ଗଛ ତଳେ ରହୁଥିବା ନ୍ୱାଇକେ ବୁଢ଼ୀ କଥା ତା ମନକୁ ଆସିଗଲା। ବୁଢ଼ୀ ପାଟିରେ ଜମାରୁ ତିନିଟା ଦାନ୍ତ। ସବୁବେଳେ ବସି ପିକା ଟାଣୁଥାଏ। ଏଇ ସବୁ ହଜିଲା-ହେଜିଲା କଥା ତାର ଶେଷ ଯାଏଁ ମନେଥିଲା।

ଧୀରେ ଧୀରେ ବର୍ଷା କମି ଆସିଲା। ମାଟି ଓ ଆକାଶ ପୁଣି ଅଲଗା ହେଲେ। ଖରାରେ ପୁଣି ଧୀର ପବନରେ ଦି ଚାରି ତୁହା ପାଣି ଗଡ଼େଇ ବର୍ଷା କ୍ଷୀଣ ହେଇ ଆସିଲା। ପିଲାମାନେ ଆଉ ଘର ଭିତରେ ନ ରହି ବାହାରେ ଗୀତ ଗାଇ ଧାଁ ଧଉଡ଼ି ବୁଲିଲେ :

'ବର୍ଷା ପଡ଼େ ଟୁପୁର୍ ଟାପର୍, ସୂରୁଜ ଉଠେ ଝଲ୍‌ସି

ଏକେଣା ଘରେ ନାଦି ରାନ୍ଧେ, ଖାଏ ଏକ୍‌ଲା ବସି।

ନୋୟେ ସବୁବେଳେ ଆଶ୍ଚର୍ଯ୍ୟ ହେଇ ଭାବେ – ଏଇ ନାଦି କିଏ, ପୁଣି ନିଜେ ଏକ୍‌ଲା ରାନ୍ଧି ବାଢ଼ି ଖାଏ ଆଉ ଏକ୍‌ଲା କଣ ପାଇଁ ରହେ। ଶେଷରେ ସେ ମନ ଭିତରେ ଠାନି ନିଏ ଯେ ଇକେମେଫୁନାର ପ୍ରିୟ କାହାଣୀ ରାଇଜରେ ହିଁ ନାଦି ରହେ। ସେଇ ରାଇଜରେ ପିମ୍ପୁଡ଼ି ଶାନ୍‌ମାନ୍‌ରେ, ଜାକଜମକରେ ତାର ଅନୁଚର ଆଉ ଅନ୍ତରଙ୍ଗ ମାନଙ୍କୁ ନେଇ ଦରବାର ବସାଏ। ଆଉ ପୁଣି ସେଠି ଅନବରତ ବାଲି ନାଚର ଆସର ଜମିଥାଏ।

॥ ୪ ॥

ନୂଆଁ ଫସଲ ଅମଳର ଭୋଜି 'ନୂଆଖାଇ' ପାଖେଇ ଆସୁଥାଏ। ସାରା ଉମୋଫା ପରବ୍ ମିଜାଜ୍‌ରେ। ସବୁ ଉପୁଜା ଶକ୍ତିର ଉତ୍ସ ମାଟି ମାଁ-ଅନୀଙ୍କୁ ଏଇ ଅବସରରେ କୃତଜ୍ଞତା ନିବେଦନ କରାଯାଏ। ଅନ୍ୟ ଦେବୀ ଅପେକ୍ଷା ଲୋକମାନଙ୍କ ଜୀବନରେ 'ଅନୀର' ଭୂମିକା ବେଶୀ। ମଣିଷର ଚାଲିଚଳନ ଓ ଚରିତ୍ରର ସେ ବିଚାର କରେ। ସର୍ବୋପରି, ମାଟି ପ୍ରତି ସମର୍ପିତ ବଂଶର ମୃତ ପୂର୍ବପୁରୁଷଙ୍କ ସହିତ ତାର ଘନିଷ୍ଠ ସମ୍ପର୍କ।

ସବୁ ବର୍ଷ ଫସଲ ଅମଳ ହେବା ଆଗରୁ ମାଟି ଦେବତା ଆଉ ପିତୃ ପୁରୁଷଙ୍କ ସମ୍ମାନରେ ନୂଆଁ ଫସଲର ଭୋଜି - ନୂଆଁଖାଇ ହେଇଥାଏ। ଏଇ ଦେବଦେବୀ ଓ ପିତୃପୁରୁଷ ପାଖରେ ଭୋଗ ନ ଲାଗିବା ଯାଏଁ ନୂଆଁ ଦେଶୀ ଆଳୁ ଖିଆଯାଏ ନାହିଁ। ସ୍ତ୍ରୀ, ପୁରୁଷ, ପିଲା, ବୁଢ଼ା ସଭିଏଁ ନୂଆଁ ଫସଲ ପରବ୍‌କୁ ଚାହିଁ ବସିଥାନ୍ତି। କାରଣ ଏଇଟା ପ୍ରାଚୁର୍ଯ୍ୟର ଋତୁ ନୂଆଁ ବର୍ଷ। ପରବ୍ ଆଗରୁ ଶେଷ ରାତିଟାରେ ପୁରୁଣା ମାଟି ଆଳୁ ଥିଲେ ସେସବୁକୁ ଫିଙ୍ଗି ଦିଆଯାଏ। ନୂଆଁ ବର୍ଷଟା ସୁଆଦିଆ ଟଟକା ଆଳୁଖିଆରେ ସିନା ଆରମ୍ଭ ହେବ। ଗଲା ବର୍ଷର ଶୁଖିଲା ସେମେଟା ଚେରୁଆ ଆଳୁକୁ ଭଲା ଆଉ କିଏ ଖାଇବ ଯେ। ରନ୍ଧା ବାସନ କୁସନ, କାଠର ତାଟିଆ ଗିନା ସବୁକୁ ଭଲ କରି ମାଜି ଘଷି ସଫା କରାଯାଏ। କାଠ ବେଲାରେ ମାଟି ଆଳୁ କୁଟା ହୁଏ। ପରିବା ଝୋଳ ସାଙ୍ଗରେ ଆଳୁ ଭରତା ଭୋଜିର ସବୁଠୁ ସ୍ୱାଦିଷ୍ଟ ଖାଦ୍ୟ। ଏତେ ପରିମାଣରେ ରନ୍ଧା ହେଇଥାଏ ଯେ ଘରଲୋକ ଯିଏ ଯେତେ ଖାଇଲେ ବି ଆଉ ବନ୍ଧୁବାନ୍ଧବ, ଆଖ ପାଖ ଗାଁରୁ ନିକଟ ସଂପର୍କୀୟ ଯେତେ ଲୋକଙ୍କୁ ଡ଼ାକି ଖୁଆଇଲେ ମଧ୍ୟ ଦିନ ଶେଷରେ କିଛି ବଳକା ରହିଯାଏ। ଏ ବିଷୟରେ ଗୋଟେ କଥା ଶୁଣାଯାଏ। ଥରେ ଜଣେ ଧନୀ ଲୋକ ତାର କୁଣିଆଁ ମଇତ୍ରଙ୍କ ସାମ୍ନାରେ ଏତେ

ଉଈରେ ଆଳୁ ଭରତା ଗଦା କରିଦେଲା ଯେ ଏ ପାଖର ଲୋକ ଆର ପାଖେ କଣ ହେଉଛି ଦେଖି ପାରିଲେନି। ସନ୍ଧ୍ୟା ଗଡ଼ିବା ପରେ ଯାଇ ସେଠିକି ଭୋଜିକୁ ଆସିଥିବା ଜଣେ ଲୋକ ତାର ଶ୍ୱଶୁରକୁ ପହିଲା କରି ଦେଖିଲା। ତାର ଶ୍ୱଶୁର ଆର ପାଖେ ରହି ଯାଇଥିଲେ। ଖିଆ ପିଆ ସରିଲା ପରେ ଭରତାର ଗଦା ଭାଙ୍ଗିଲା ଆଉ ସେତେବେଳେ ଯାଇ ସେମାନେ ପରସ୍ପର ଭେଟ୍‌ଘାଟ୍ ହେଲେ।

ସାରା ଉମୋଫୀରେ ଏଇ ପରବରେ ହସ କୌତୁକର ପସରା ଛୁଟେ। ଇବୋ ଲୋକଙ୍କ କଥାରେ ଯୋଉ ଲୋକର ନିଜ ବାହାରେ ଟିକିଏ ବି ଦମ୍ ଥାଏ ସେ ହିଁ ଦୂର ଦୂରାନ୍ତରରୁ ବନ୍ଧୁ ବାନ୍ଧବ କୁଣିଆଁ ମଇତ୍ରକୁ ନିମନ୍ତ୍ରଣ କରିଥାଏ। ଓକୋଙ୍କୋ ସବୁବେଳେ ତାର ସ୍ତ୍ରୀ ମାନଙ୍କର ସଂପର୍କୀୟମାନଙ୍କୁ ଡ଼ାକି ଥାଏ। ଏବେ ତାର ତିନିଟା ସ୍ତ୍ରୀ ହେଇଥିବାରୁ କୁଣିଆଁ ସଂଖ୍ୟା ସେଇ ଅନୁପାତରେ ବଢ଼ି ବେଶ୍ ଭିଡ଼ ଜମେ।

ତେବେ କାହିଁକି କେଜାଣି ଅନ୍ୟମାନଙ୍କ ପରି ଏମିତି ଭୋଜିଭାତରେ ଓକୋଙ୍କୋ ନିଜକୁ ସହଜ ମନେ କରେ ନାଇଁ। ସେ ବେଶ୍ ଖାନେବାଲା। ବେଶ୍ ବଡ଼ ତୁମ୍ବାଟାର ତାଡ଼ିକୁ ଥରେ କି ଦୁଇ ଥରରେ ପିଇ ଦେଇପାରେ। କିନ୍ତୁ ଭୋଜି ପାଇଁ ଏମିତି ଦିନ ଦିନ ଟାକି ବସିବା ଭଳି ଲୋକ ସେ ନୁହଁ। ବରଂ କ୍ଷେତରେ କାମ କରିବାକୁ ତାକୁ ଭଲ ଲାଗେ।

ପରବ୍‌କୁ ଆଉ ତିନି ଦିନ ବାକି। ଓକୋଙ୍କୋର ସ୍ତ୍ରୀମାନେ ଘର କାନ୍ଥକୁ ଘଷି ପୋଛି ନାଲି ମାଟିରେ ଚମକ ଆସିବା ଯାଏଁ ଲିପିଲେ। ତା ଉପରେ ଧଳା, ହଳଦିଆ ଓ ଗାଢ଼ ସାଗୁଆ ରଙ୍ଗରେ ନାନା କିସମର ଝୋଟି ଆଙ୍କିଲେ। ତାପରେ ନିଜକୁ ନାନା ରଙ୍ଗରେ ସଜେଇ ପେଟରେ, ପିଠିରେ କଳା ରଙ୍ଗର ସୁନ୍ଦର ଚିତା କୁଟିଲେ। ପିଲାମାନଙ୍କୁ ବି ସେମିତି ସଜ କରାଗଲା। ବିଶେଷ କରି ସୁନ୍ଦର ଢ଼ଙ୍ଗରେ କଟା ହେଇଥିବା ତାଙ୍କର ବାଳକୁ ନାନା ରୂପରେ ସଜାଗଲା। କୋଉ କୋଉ ବନ୍ଧୁବାନ୍ଧବମାନେ ଆସିବେ ତାଙ୍କ ବିଷୟରେ ତିନି ଜଣ ଯାକ ବେଶ୍ ଉତ୍ସାହରେ ଗପୁଥାନ୍ତି। ଇକେମେଫୁନା ବି ବେଶ୍ ଖୁସି ଥାଏ। ଏଠି ନୂଆଁଖିଆ ପରବ୍‌ଟା ତାର ଗାଁ ଅପେକ୍ଷା ଢ଼େର୍ ବଡ଼ ଆକାର ପ୍ରକାରରେ ହେଇଥାଏ। ଏବେ ତାର ଗାଁଟା କ୍ରମଶଃ ମନ ଭିତରୁ ଦୂରେଇ ଯାଇ କଳ୍ପନାରେ ଝାପ୍‌ସା ଦିଶେ।

ଏତିକିବେଳକୁ ହଠାତ୍ ଝଡ଼ଟା ମାଡ଼ିଆସିଲା। ତା ହତା ଭିତରେ ଓକୋଙ୍କୋ ଚାପା ରାଗରେ ଏପଟ ସେପଟ ହେଉଥାଏ। ହଠାତ୍ ସେ ବାହାନାଟେ ପାଇଗଲା।

'ଏଇ କଦଳୀ ଗଛ କିଏ ହାଣିଲା ?'

ସଙ୍ଗେ ସଙ୍ଗେ ହତା ଭିତରେ ନୀରବତା ଛାଇଗଲା ।

'ଗଛଟାକୁ କାଟିଲା କିଏ ? ତମେ ସବୁ କଣ କାଲା ଆଉ ଘୁଙ୍ଗା ?'

ପ୍ରକୃତରେ ଗଛଟା କଟା ହେଇ ନ ଥିଲା। ଓକୋଙ୍କୋର ଦ୍ୱିତୀୟ ସ୍ତ୍ରୀ ଖାଲି କିଛି ଖାଇବା ନିନିଷ ଗୁଡ଼ାଇବା ପାଇଁ ସେଥିରୁ କେତେଟା ପତ୍ର କାଟିଥିଲା। ସେ ସେଇୟା କହିଲା। ଓକୋଙ୍କୋ ତାକୁ ଧରି ଟାଙ୍କେ ଛେଚିଲା। ସ୍ତ୍ରୀ ଲୋକଟା ଓ ତାର ଗୋଟେ ବୋଲି ଝିଅଟା ଦୁହେଁ କାନ୍ଦିଲେ। ଅନ୍ୟ ସ୍ତ୍ରୀ ଦୁଇଜଣଙ୍କ ଭିତରୁ କେହି ମଝିରେ ପଡ଼ିବାର ସାହସ କୁଳାଇଲେ ନାହିଁ। ଟିକିଏ ଦୂରରେ ରହି ଖାଲି 'ବହୁତ ହେଲା, ଆଉ ନାଇଁ ଓକୋଙ୍କୋ' କହି ନେହୁରା ହେଉଥାନ୍ତି।

ତା ରାଗ ଶୁଝିଗଲା ପରେ ଓକୋଙ୍କୋ ଶୀକାର କରି ଯିବାକୁ ବାହାରିଲା। ତା ପାଖରେ ଗୋଟେ କଳଙ୍କିଲଗା ପୁରୁଣା ବନ୍ଧୁକ ଥିଲା। ଅନେକ ଦିନ ତଳେ ଉମୋଫାରେ ରହିବାକୁ ଜଣେ ଚାଲାଖ୍ ବୁଦ୍ଧିଆ କମାର ଆସିଥିଲା। ସେଇ ଏକା ବନ୍ଧୁକଟାକୁ ବନେଇ ଥିଲା। ଯଦିଓ ଓକୋଙ୍କୋର ପାରିବାପଣିଆକୁ ସାରା ଦୁନିଆରେ ସମସ୍ତେ ମାନୁଥିଲେ, ସେ କିନ୍ତୁ ଶୀକାରୀ ନ ଥିଲା। ପ୍ରକୃତରେ ତାର ବନ୍ଧୁକରେ ଏ ଯାଏଁ ମୂଷାଟିଏ ସୁଦ୍ଧା ମରି ନ ଥିଲା। ତେଣୁ ସେ ଯେତେବେଳେ ଇକେମେଫୁନାକୁ ବନ୍ଧୁକଟା ଆଣିବା ପାଇଁ କହିଲା, ସେଇନେ ମାଡ଼ ଖାଇଥିବା ତାର ସ୍ତ୍ରୀ କେଉଁ ଫୁଟି ନ ଥିବା ସେଇ ବନ୍ଧୁକଟା ବିଷୟରେ ଗୁଣୁଗୁଣେଇ କଣ ପଦେ ଟିହେଇ ଦେଲା। ଦୁର୍ଯ୍ୟୋଗକୁ ସେଇ ପଦଟା ଓକୋଙ୍କୋ କାନରେ ପଡ଼ିଗଲା। ପାଗଳ ପରି ଓକୋଙ୍କୋ ଗୁଳିଭର୍ତ୍ତି ବନ୍ଧୁକଟା ଆଣିବା ପାଇଁ ତା କୋଠିକୁ ଧାଇଁଲା। ପବନ ବେଗରେ ବନ୍ଧୁକଟା ଧରି ବାହାରି ଆସିଲା। ସ୍ତ୍ରୀ ଲୋକଟା ପ୍ରାଣ ବିକଳରେ ଅମାର ଘର ବାଙ୍ଗରା କାନ୍ଥକୁ ଉଠିଲା ବେଳକୁ ସେ ତା ଆଡ଼କୁ ବନ୍ଧୁକ ଉଠାଇଲା। ବନ୍ଧୁକର ଘୋଡ଼ା ଟିପି ଦେଲା ଆଉ ତାରି ସହିତ ତା ସ୍ତ୍ରୀ ଓ ପିଲାପିଲିଙ୍କର ବୋବାଳିରେ ଜାଗାଟା ଫାଟି ପଡ଼ିଲା। ବନ୍ଧୁକଟା ତଳେ ପକାଇ ଦେଇ ଓକୋଙ୍କୋ ଅମାର ଭିତରକୁ ଡ଼େଇଁ ପଡ଼ିଲା। ସ୍ତ୍ରୀ ଲୋକଟି ସେଠି ଭୟରେ କମ୍ପି ପଡ଼ିଥାଏ। ଯା ହେଉ, କିଛି ଆଘାତ ହେଇ ନ ଥାଏ। ଓକୋଙ୍କୋ ଦୀର୍ଘଶ୍ୱାସ ଛାଡିଲା ଆଉ ବନ୍ଧୁକଟା ଧରି ବାହାରି ଗଲା।

ଏଇ ଘଟଣା ସତ୍ତ୍ୱେ ଓକୋଙ୍କୋର ଘରେ 'ନୂଆଁ ଖାଇ' ପରବ୍‌ଟା ବେଶ୍ ଧୂମଧାମ୍‌ରେ ମନାଗଲା। ସେଦିନ ସକାଳେ ପିତୃପୁରୁଷଙ୍କ ପାଖରେ ନୂଆ ଦେଶୀ ଆଳୁ ଓ ପାମ୍ ତେଲ ଭୋଗ ଲଗାଇ ସେ ତାକୁ ଓ ତାର ପିଲା କୁଟୁମ୍ବକୁ ରକ୍ଷା କରିବା ପାଇଁ ଡ଼ାକିଲା।

ଦିନ ସରି ଆସିଲାବେଳେ ପାଖ ତିନିଟା ଗାଁରୁ ତାର ଶଶୁର ଘର ଲୋକ ଆସି ପହଞ୍ଚିଲେ। ସମସ୍ତେ ସାଙ୍ଗରେ ହାଣ୍ଡିଏ ଲେଖାଏଁ ତାଡ଼ି ନେଇକି ଆସିଥିଲେ। ରାତି ଯାଏଁ ଖାନା ପିନା ଚାଲିଲା। ଏଥର ଶ୍ୱଶୁରଘର ଲୋକ ଯିବାକୁ ବାହାରିଲେ।

ନୂଆଁ ବର୍ଷର ଦ୍ୱିତୀୟ ଦିନ ଓକୋଙ୍କୋର ଗାଁ ଆଉ ଆଖ ପାଖ ଗାଁ ଭିତରେ କୁସ୍ତି କସରତ ହୁଏ। ଲୋକଙ୍କର କୋଉଟା ପସନ୍ଦ ତା କହିବା କାଠିକର - ପହିଲା ଦିନର ଭୋଜିଭାତ ସାଙ୍ଗ ସୁଖ କି ଦ୍ୱିତୀୟ ଦିନର କୁସ୍ତି ଖେଳ। ତେବେ ଏ ନେଇ ଜଣେ ସ୍ତ୍ରୀ ଲୋକର ଟିକିଏ ବି ଦୁଡ଼୍‌ଗୁଡ଼୍ ନାହିଁ। ସେ ଓକୋଙ୍କୋର ଦ୍ୱିତୀୟ ସ୍ତ୍ରୀ ଏକ୍ୱେଫି ଯିଏ ଗୁଳିମାଡ଼ରୁ ଅଳ୍ପକେ ରକ୍ଷା ପାଇଗଲା। କୁସ୍ତି ଖେଳରେ ସେ ଯେତିକି ମଜା ଲୁଟେ, ବର୍ଷ ତମାମ ଆଉ କୋଉ ଋତୁର ଆଉ କୋଉ ପରବ୍ ତା ପାଇଁ ସେତିକି ଖୁସି ଆଣି ଦେଇପାରେ ନାହିଁ। ଅନେକ ବର୍ଷ ଆଗେ ସେ ଥିଲା ଗାଁର ସବୁଠୁ ସୁନ୍ଦରୀ ଝିଅ। ଏ ଯାଏଁ ମନେ ରହିଲା ପରି ସବୁଠୁ ବଡ଼ କୁସ୍ତି ଲଢ଼େଇରେ ଭୁଆକୁ ତଳେ ପକାଇ ଓକୋଙ୍କୋ ତାର ମନ ଜିଣି ନେଇଥିଲା। ହେଲେ ସେ ତାକୁ ବିଭା ହେଲା ନାହିଁ। କାରଣ ସେତେବେଳେ ଓକୋଙ୍କୋ ଏତେ ଗରୀବ ଥିଲା ଯେ ଝୋଲା-ଟଙ୍କା ଦେବା ପାଇଁ ତା ପାଖରେ ପଇସା ନ ଥିଲା। କିନ୍ତୁ କିଛି ବର୍ଷ ପରେ ଓକୋଙ୍କୋ ସହିତ ରହିବାକୁ ସେ ତାର ସ୍ୱାମୀକୁ ଛାଡ଼ି ଭାଗି ଆସିଲା। ଏଇଟା ଅନେକ ବର୍ଷ ତଳର କଥା। ଏବେ ଏକ୍ୱେଫି ପଇଁଚାଳିଶ ବର୍ଷର ସ୍ତ୍ରୀ ଲୋକ। ଜୀବନର କେତେ ଦୁଃଖ କଷ୍ଟ ସେ ଅଙ୍ଗେ ନିଭେଇଛି। କିନ୍ତୁ କୁସ୍ତି ଖେଳ ପ୍ରତି ତାର ସଉକ ଏବେ ବି ସେମିତି ଅତୁଟ ରହିଛି, ଠିକ୍ ତିରିଶ ବର୍ଷ ଆଗର ପରି।

ନୂଆଁଖିଆ ପରବ୍‌ର ଦୁଜେ ଦିନର ମଧ୍ୟାହ୍ନ ଆହୁରି ହେଇ ନ ଥାଏ। ଏକ୍ୱେଫି ଆଉ ତାର ଗୋଟେ ବୋଲି ଝିଅ ଏଜିନ୍‌ମା ଚୂଲି ମୁଣ୍ଡରେ ବସି ହାଣ୍ଡିର ପାଣିଟା କେତେବେଳେ ଫୁଟିବ ଚାକିଥାନ୍ତି। ଏକ୍ୱେଫି ସେଇନେ ମାରିଥିବା କୁକୁଡ଼ାଟା କାଠ-ଖଲରେ ଥାଏ। ପାଣି ଫୁଟିବାକୁ ଲାଗିଲା। ଅତି ନିପୁଣ ଭାବରେ ଚଟ୍‌କିନା ସେ ଫୁଟନ୍ତା ପାଣି ହାଣ୍ଡିଟାକୁ ଉଠେଇ ଆଣି କଣରେ ଥିବା ଅହିରା(ମଳା) ଉପରେ ରଖି ଦେଲା। ଆଉ ହାଣ୍ଡି କଳାରେ ରଁଚି ଯାଇଥିବା ତାର ହାତ ପାପୁଲିକୁ ଅନେଇଲା। ଖାଲି ହାତରେ ଚୂଲିରୁ ତାର ମାଁ ଗରମ ହାଣ୍ଡି ଟେକି ଆଣିବାର ଦେଖି ଏଜିନ୍‌ମା ସବୁବେଳେ ଆଶ୍ଚର୍ଯ୍ୟ ହେଇଯାଏ।

'ଏକ୍ୱେଫି, ସତରେ ବଡ଼ ହେଇଗଲେ କଣ ନିଆଁ ଆଉ କାଟେନା?' ଅନ୍ୟ ପିଲାଙ୍କର ଠିକ୍ ଓଲଟାରେ ଏଜିନ୍‌ମା ତାର ମାଁକୁ ନାଁ ଧରି ଡ଼ାକେ।

'ହଁ', କାମ ବ୍ୟସ୍ତରେ ଆଉ କିଛି ନ ବୁଝାଇ ଏକ୍ୱେଫି ହୁଁ ମାରିଦେଲା। ତାର ଝିଅଟାର ବୟସ ମାତ୍ର ଦଶ ବର୍ଷ। ହେଲେ ସେ ତାଠୁ ବୁଦ୍ଧିଆ।

'ତା ହେଲେ ସେଦିନ କେମିତି ନୋୟେର ମାଁ ତାତିଲା, ଝୋଳ ହାଣ୍ଡି ତଳେ ପକାଇ ଭାଙ୍ଗି ଦେଲା?'

ଏକ୍ୱେଫି ଖଲରେ କୁକୁଡ଼ାଟିକୁ ଓଲଟାଇ ପର ଟାଣିବାକୁ ଲାଗିଲା ।

'ଏକ୍ୱେଫି' ମୋର ଆଖି ପତା ଫଡ଼କୁଛି, 'ମାଁ ସାଙ୍ଗରେ ପର ଟାଣୁ ଟାଣୁ ଏଜିନ୍‌ମା କହିଲା ।

'ତା ମାନେ ଅଶୁଭ, ତୋର କାନ୍ଦିବାର ଯୋଗ ଅଛି', ତା ମାଁ କହିଲା ।

'ନା, ଏଇ ଆଖିପତା, ଉପରଟା ।'

'ତା ମାନେ ତୁ କିଛି ଗୋଟେ ଦେଖିବୁ ।'

'କଣଟା ଦେଖିବି ?' ସେ ପଚାରିଲା ।

'ମୁଁ କେମିତି ଜାଣିବି ?' ସେ ନିଜେ ସେ କଥା ବାହାର କରୁ, ଏକ୍ୱେଫି ଭାବିଲା ।

'ଓହୋ, ସେଇଟା କଣ ମୁଁ ଜାଣେ । ସେଇଟା ହେଲା – କୁସ୍ତି ଖେଳ' । ଶେଷରେ ଏଜିନ୍‌ମା କହିଲା ।

କୁକୁଡ଼ାର ରୁମ ଉପୁଡ଼ା ସରିଗଲା । ଏକ୍ୱେଫି ତାର ଶିଙ୍ଗ ପରି ଟାଣୁଆ ଅଣ୍ଟଟାକୁ ଟାଣି ବାହାର କରିବାକୁ ଚେଷ୍ଟା କଲା । କିନ୍ତୁ ସେଇଟା ଭାରି ଟାଣ ଥିଲା । ବସିଥିବା ପିଢ଼ାଟାରେ ସେ ବୁଲି ପଡ଼ିଲା ଓ ସେଇ ଅଣ୍ଟଟାକୁ ନିଆଁରେ ଘଡ଼ିଏ ରଖିଲା । ତାପରେ ଟାଣୁ ଟାଣୁ ସେଇଟା ବାହାରି ଆସିଲା ।

'ଏକ୍ୱେଫି !' ଆଉ ଗୋଟେ କୁଡ଼ିଆରୁ ଡ଼ାକ ଆସିଲା । ସେ ଥିଲା ନୋୟେର ମାଁ, ଓକୋଙ୍କୋର ପ୍ରଥମ ସ୍ତ୍ରୀ ।

'ମତେ ଡ଼ାକିଲ କି ?' ଏକ୍ୱେଫି ପାଲଟା ପଚାରିଲା । ବାହାରୁ କିଏ ଡ଼ାକିଲେ ଲୋକେ ଏମିତି ଜବାବ ଦେଇଥାନ୍ତି । କାଳେ ଦୁଷ୍ଟ ପ୍ରେତ ଡ଼ାକୁଥିବା ଭୟରେ ସେମାନେ ହଁ ମାରନ୍ତିନି ।

'ଏଜିନ୍‌ମା ହାତରେ ଟିକେ ନିଆଁ ପଠେଇ ଦେବୁ କି ?' ତାର ପିଲାମାନେ ଓ ଇକେମେଫୁନା ଝୋଲା ଆଡ଼େ ଯାଇଥିଲେ ।

ଏକ୍ୱେଫି ଗୋଟେ ଭଙ୍ଗା ଖପରାରେ କେତେ ଖଣ୍ଡ ଜଳନ୍ତା ଅଙ୍ଗାର ଦେଲା । ଏଜିନ୍‌ମା ସଫା ସୁତୁରା ଖୋଲା ଅଗଣା ଦେଇ ସେଇଟା ନୋୟେର ମାଁ ପାଖକୁ ନେଇଗଲା ।

'ନିକ ଝିଅଟା ଏନ୍‌ମା', ସେ କହିଲା । ସେ ନୂଆଁ ଆଳୁର ଚୋପା ଛଡ଼ାଉଥାଏ । ପାଖରେ ଗୋଟେ ଝୁଡ଼ିରେ ପନି ପରିବା ଆଉ ଶିମ୍ବ ରଖା ହେଇଥାଏ ।

'ତମ ପାଇଁ ଚୂଲି ଜାଳି ଦେବି', ଏଜିନ୍‌ମା ନିଜ ଆଡୁ କହିଲା ।

'ଶୁକ୍ରିୟା, ଇଜିଗ୍‌ବୋ,' ସେ କହିଲା । ସେ ବେଳେ ବେଳେ ତାକୁ ଇଜିଗ୍‌ବୋ ଡ଼ାକେ । ତା ମାନେ 'ସୁନାପିଲା' ।

ଏଜିନ୍‌ମା ବାହାରକୁ ଯାଇ ଗୋଟେ ବଡ଼ ବୋଝ ଜାଲରୁ କେତେଖଣ୍ଡ ଡ଼ାଙ୍ଗ ନେଇ ଆସିଲା। ତଳି ପାଦରେ ସେ ସବୁ ଭାଙ୍ଗିଲା। ତା ପରେ ପାଟିରେ ଫୁଙ୍କି ଫୁଙ୍କି ନିଆଁ ଧରାଇଲା।

'ଆଖିରେ ଧୂଆଁ ପଶି ପୋଡ଼ିବ। ହାତ ପଙ୍ଖାଟା ଧର', ଆଳୁ ଚୋପାଛଡ଼ାରୁ ମୁହଁ ଉଠାଇ ନୋୟେର ମାଁ କହିଲା। ଗୋଟେ ରୁଅରେ ବନ୍ଧା ହାତ ପଙ୍ଖାଟାକୁ ସେ ଠିଆ ଉଠି ନେଇ ଆସିଲା। ସେ ଉଠିଲା କ୍ଷଣି ମନ ଦେଇ ଚୋପା ଖାଉଥିବା ବଦ୍‌ମାସ୍ ମାଈ ଛେଳିଟା ଆଳୁରୁ ପୁଳାଏ ମୁହଁରେ ମାରିନେଲା ଆଉ ଛେଳି ଗୁହାଳକୁ ପଳାଇ ସେଠି ପାକୁଳି କଲା। ନୋୟେର ମାଁ ତାକୁ ସମ୍ଭାଳିଲା। ଆଉ ପୁଣି ଆଳୁ ଛଡ଼େଇବା ପାଇଁ ବସି ପଡ଼ିଲା। ଏଜିନ୍‌ମା ଲଗାଉଥିବା ଚୂଲିରୁ ବହଳ ମେଘ ଉଠୁଥାଏ। ନିଆଁ ଧାସ ଉଠିବା ଯାଏଁ ସେ ପଙ୍ଖାରେ ଧୁକୁଥାଏ। ନୋୟେର ମାଁ'ଠୁ ବାହାବାଟେ ପାଇ ସେ ତାର ମାଁର ବସାକୁ ଚାଲିଗଲା।

ଠିକ୍ ସେତିକିବେଳେ ଦୂରରୁ ବାଜା ବାଜିବାର ଶୁଭିଲା। ବାଜାଟା ଗାଁର ମେଳଣ ପଡ଼ିଆ – 'ଆଇଲୋ' ଆଡୁ ଶୁଭୁଥାଏ। ସବୁ ଗାଁର ନିଜ ନିଜର ଆଇଲୋ ରହିଥାଏ। ଗାଁ ପରି ସେଇଟା କାହିଁ କେତେ କାଳର ପୁରୁଣା। ଗାଁର ଯେତେକ ମେଳା ମଉଛବ, ଯାନି ଯାତରା ସେଠି ହେଇଥାଏ। ବାଜାରେ କୁସ୍ତି ନାଚର ବାଜଣା ସ୍ପଷ୍ଟ ଶୁଭିଲା – ଚଞ୍ଚଳ, ହାଲୁକା ଆଉ ମନ ମତାଣିଆ। ସେଇଟା ପବନରେ ଭାସି ଆସୁଥିଲା।

ଓକୋଙ୍କୋ ଗଳା ସଫା କଲା ଓ ବାଜା ତାଳରେ ପାଦ ଟିପିଲା। ବାଦ୍ୟଟା ତା ଭିତରେ ନିଆଁ ଭରିଦେଲା, ଯେମିତି ଯୌବନରେ ତାର ହେଉଥିଲା। ମାଡ଼ି ବସି କାବୁ କରିବାର ଗୋଟେ ବଳବତୀ କାମନାରେ ସେ ଥରି ଉଠିଲା – ଯେମିତିକି ଜଣେ ନାରୀ ପାଇଁ ଜାଗି ଉଠୁଥିବା କାମନାଟିଏ।

'କୁସ୍ତିକୁ ଯାଉ ଯାଉ ଆମର ଡ଼େରି ହେବ', ଏଜିନ୍‌ମା ତାର ମାଁକୁ କହିଲା।

'ସୂର୍ଯ୍ୟ ଅସ୍ତ ନ ହେଲା ଯାଏଁ ସେମାନେ ସୁରୁ କରିବେନି।'

'କିଂତୁ ବାଜା ବଜାଉଛନ୍ତି ଯେ।'

'ହଁ ମଇଧାନ୍‌ରୁ ବାଜା ବାଜୁଥାଏ। ହେଲେ ସୂର୍ଯ୍ୟ ବୁଡି ଆସିଲାବେଳକୁ ଯାଇ କୁସ୍ତି ହୁଏ। ଗଲୁ ଟିକେ ଦେଖିଲୁ ଉପରଓଳି ପାଇଁ ତୋ ବାପା ଖମ୍ଭଆଳୁ ଆଣିଛନ୍ତି କି ନାହିଁ।

'ସେ ଆଣିଛନ୍ତି। ନୋୟେର ମାଁ ରାନ୍ଧି ସାରିଲେଣି।

'ଯା ଭାରି ଆମରଟା ନେଇ ଆସିବୁ। ଜଲ୍‌ଦି ରୋଷେଇ ସାରିଲେ ଯାଇକି। ନ ହେଲେ କୁସ୍ତିକୁ ଗଲାବେଳେ ଡ଼େରି ହେବ।'

ଏଜିନ୍‌ମା ଅମାର ଘର ଆଡ଼କୁ ଧାଇଁଗଲା। ବାଙ୍ଗରା କାନ୍ଥରୁ ଦୁଇଟା ଖମ୍ବଆଳୁ ନେଇ ଅସିଲା।

ଏକ୍ୱେଫି ଜଲ୍‌ଦି ଜଲ୍‌ଦି ଆଳୁର ଚୋପା ଛଡ଼େଇ ପକାଇଲା। ଖୁଜୁବୁଜିଆ ମାଈ ଛେଳିଟା ଆଳୁର ଚୋପା ଖାଉ ଖାଉ ନାକି ମାରୁଥାଏ। ଆଳୁର ଛୋଟ ଛୋଟ ଖଣ୍ଡ କରି କାଟି ସେଥିରେ କିଛି କୁକୁଡ଼ା ମାଂସ ମିଶାଇ ବହଳିଆ ଝୋଳ ତିଆରି କରିବାରେ ସେ ଲାଗିଲା।

ସେତିକିବେଳେ ପାଚେରୀ ବାହାରୁ କେହି ଜଣେ କାନ୍ଦୁଥିବାର ସେମାନେ ଶୁଣି ପାରିଲେ। ନୋୟେର ଭଉଣୀ ଓବେଲି ପରି ଲାଗିଲା।

ଓବେଲି କାନ୍ଦୁ ନାହିଁ ତ ? ଏକ୍ୱେଫି ଅଗଣା ପାରି ନୋୟେର ମାଁକୁ ଡ଼ାକ ପକାଇଲା।

'ହଁ, ସେ ଉତ୍ତର ଦେଲା। 'ସିଏ ନିଶ୍ଚେ ତାର ପାଣି ମାଠିଆ ଭାଙ୍ଗି ଦେଇଥିବ।'

କାନ୍ଦଣାଟା ଏଥର ପାଖେଇ ଆସିଲା। ଦେଖୁ ଦେଖୁ ନିଜ ବୟସର ମାପରେ ହାଣ୍ଡି ଧରିଥିବା ଛୁଆମାନେ ସେଠି ଜମା ହେଇଗଲେ। ସବୁଠୁ ବଡ଼ ହାଣ୍ଡିଟା ନେଇ ଇକେମେଫୁନା ସବା ଆଗ ଆସିଲା। ତା ପଛେ ପଛେ ନୋୟେ ଆଉ ତାର ସାନ ଦୁଇ ଭାଇ। ଲୁହ ଲୁତୁପୁତୁ ମୁହଁରେ ସବା ଶେଷରେ ଆସିଲା ଓବେଲି। ହାତରେ କନାର ଗନ୍ଦାଟାଏ ଧରିଥାଏ। ମୁଣ୍ଡରେ ସେଇ ଗନ୍ଦାଟା ଉପରେ ହାଣ୍ଡି ବୋହିଥିଲା।

କଣ ହେଲା ? ତା ମାଁ ପଚାରିଲା। ଓବେଲି ତାର ଅଘଟଣଟା ବଖାଣିଲା। ତାର ମାଁ ତାକୁ ବୋଧ ଦେଇ ଆଉ ଗୋଟେ ନୂଆଁ ହାଣ୍ଡି କିଣି ଦେବା ପାଇଁ କଥା ଦେଲା।

ନୋୟେର ଦୁଇ ଭାଇ ଅଘଟଣର ଅସଲ କଥାଟା କହିବା ଉପରେ ଥିଲେ। ହେଲେ ଇକେମେଫୁନାର ନାଲି ଆଖି ଦେଖି ତୁନି ପଡ଼ିଗଲେ। ଅସଲ କଥାଟା ହେଲା ଓବେଲି ହାଣ୍ଡିଟା ଧରି 'ଇନ୍‌ୟାଙ୍ଗା' କରୁଥିଲା। ସିଏ ହାଣ୍ଡିଟାକୁ ମୁଣ୍ଡରେ ଥାପି ରଖିଲା। ତା ପରେ ନିଜ ହାତ ଦୁଇଟାକୁ ଛାତିରେ ଛନ୍ଦିଲା ଆଉ ମାଇକିନାଙ୍କ ପରି ଅଣ୍ଟା ମଲ୍‌କେଇଲା। ଏମିତି ହାଣ୍ଡି-ସଳଖ ନାଟ ଦେଖାଉ ଦେଖାଉ ହାଣ୍ଡିଟା ତଳେ ପଡ଼ି ଭାଙ୍ଗିଗଲା। ଓବେଲି ଫେଁ ଫେଁ ହେଇ ହସିଲା। ଆଉ ଏଇ ପାଚେରୀ କଡ଼ ଇରୋକୋ ଗଛ ପାଖକୁ ଆସିଲା କ୍ଷଣି ତାର କନ୍ଦାକଟା ସୁରୁ କରିଦେଲା।

ବାଜା ସେମିତି ଅନବରତ ବାଜୁଥାଏ। ତାଳରେ ଟିକିଏ ବି ଏପଟ ସେପଟ ନାହିଁ। ଚଳଚଞ୍ଚଳ ଗାଁ ଠାରୁ ବାଦ୍ୟର ଧ୍ୱନିଟା ଆଉ ଅଲଗା ହୋଇ ରହି ନ ଥିଲା।

ଏକବାର ଅଭିନ୍ନ । ସତେ ଅବା ଗାଁର ହୃତ୍‌କମ୍ପନ । ପବନରେ, ସୂର୍ଯ୍ୟ କିରଣରେ, ଗଛ ପତ୍ରରେ ସ୍ପନ୍ଦନ ଖେଳାଇ ଗାଁଟି ଭିତରେ ଅପୂର୍ବ ଉତ୍ତେଜନା ଭରି ଦେଉଥିଲା ।

ଏକ୍ୱେଫି ତାର ସ୍ୱାମୀ ଭାଗର ବହଳ ଝୋଳକୁ ଢ଼ଙ୍କିରେ କାଢ଼ି ଗୋଟେ ଗିନାରେ ରଖିଲା ଓ ତା ଉପରେ ଢ଼ାଙ୍କୁଣିଟେ ଘୋଡ଼ାଇ ଦେଲା । ଏଜିନ୍‌ମା ସେଇଟାକୁ ତା ବାପା ବସାକୁ ନେଇଗଲା ।

ସେତେବେଳକୁ ଓକୋଙ୍କୋ ଛେଳି ଚମଡ଼ାର ଆସନିଟାରେ ବସି ତାର ପ୍ରଥମ ସ୍ତ୍ରୀର ରନ୍ଧା ଖାଉଥାଏ । ତା ପାଇଁ ଖାଇବାଟା ନେଇକି ଯାଇଥିବା ଓବିଆଗେଲି ତାର ଖିଆ ସରିବା ଯାଏଁ ସେଠି ଟାକି ବସିଥାଏ । ଏଜିନ୍‌ମା ତା ମାଁର ରନ୍ଧା ବାପା ସାମ୍ନାରେ ରଖି ଦେଇ ଓବିଆଗେଲି ସାମ୍ନାରେ ବସି ପଡ଼ିଲା ।

'ମାଇକିନା ପରି ବସ ! ଓକୋଙ୍କୋ ପାଟି କଲା । ଏଜିନ୍‌ମା ତାର ଫାଙ୍କଟା ଗୋଡ଼ ଦୁଇଟାକୁ ଜାକି ଆଣି ବସିଲା ।

'ବାପା, ତମେ କୁସ୍ତି ଦେଖି ଯିବ ?' ଟିକିଏ ତୁନି ପଡ଼ି ମଉକା ଦେଖି ପଚାରିଲା ।

'ହଁ, ତୁ ଯିବୁ କି ?'

'ହଁ' । ଟିକିଏ ପରେ ପୁଣି ପଚାରିଲା : 'ତମର ଚୌକିଟା ମୁଁ ନେଇ ଆସିବି ?'

'ନା, ସେଇଟା ପୁଅ ପିଲାଙ୍କ କାମ ।' ଓକୋଙ୍କୋ ଏଜିନ୍‌ମାକୁ ଭାରି ଭଲପାଏ । ଝିଅଟା ଦେଖିବାକୁ ଠିକ୍ ତା ମାଁ ପରି । ମାଁ ତ ଦିନେ ଗାଁର ସବୁଠୁ ସୁନ୍ଦରୀ ଟିର୍ଲା ଥିଲା । ତେବେ ତାର ସ୍ନେହଟା ସେ କଦବା କେମିତି ବାହାରକୁ ପ୍ରକାଶ କରେ ।

'ଓବିଆଗେଲି ତାର ହାଣ୍ଡି ଆଜି ଭାଙ୍ଗି ଦେଲା', ଏଜିନ୍‌ମା କହିଲା ।

'ହଁ, ମତେ ସେ କହି ସାରିଛି', ଗୁଣ୍ଡା ଟେକୁ ଟେକୁ ତାକୁ ଓକୋଙ୍କୋ କହିଲା ।

'ବାପା', ଓବିଆଗେଲି କହିଲା, 'ଖାଇଲାବେଳେ କଥାବାର୍ତ୍ତା କରିବା କଥା ନୁହଁ । ନ ହେଲେ ଗୋଲମରିଚ ଏଣେ ତେଣେ ଗିଳି ହେଇଯାଏ ।'

'ସତ କଥା । ଏଜିନ୍‌ମା ଶୁଣିଲୁ ତ ? ତୁ ଓବିଆଗେଲିଠୁ ବଡ଼ । ହେଲେ ତାର ବୁଦ୍ଧି ବେଶୀ ।'

ଢ଼ାଙ୍କୁଣୀ ଖୋଲି ସେ ତାର ଦ୍ୱିତୀୟ ସ୍ତ୍ରୀର ରନ୍ଧା ଖାଇବା ଆରମ୍ଭ କଲା । ଓବିଆଗେଲି ପହିଲା ଖାଲି ଗିନାଟା ଧରି ତାର ମାଁର ବସାକୁ ଚାଲିଗଲା । ତା'ପରେ ଏନ୍‌କେବି ତୃତୀୟ ଗିନା ଧରି ପହଞ୍ଚିଲା । ଏନ୍‌କେବି ଓକୋଙ୍କୋର ତୃତୀୟ ସ୍ତ୍ରୀର ଝିଅ ।

ଦୂରରେ ସେମିତି ଲଗାଣ ବାଜା ବାଜୁଥାଏ ।

।। ୬ ।।

ପୂରା ଗାଁ ଖଣ୍ଡିକ ମେଳଣ ପଡ଼ିଆକୁ ମୁହାଁଇଲା । ମରଦ, ମାଇକିନା, ଛୁଆ ପିଲା ସମସ୍ତେ । ପଡ଼ିଆର ମଝି ଜାଗାଟିକୁ ଖୋଲା ଛାଡ଼ି ଦେଇ ସବୁଲୋକ ଗୋଲେଇ ଘେରାରେ ଛିଡ଼ା ହେଇଗଲେ । ଗାଁର ଯେତେକ ପୁରୁଖା ଲୋକ ଆଉ ଅଜା ଆଈ ମାନେ ତାଙ୍କ ପାଇଁ ପୁଅମାନେ କିମ୍ବା ତାଙ୍କରି ଗୋଲାମ ମାନେ ବୋହିକି ଆଣିଥିବା ଖଟୁଲିମାନ ଉପରେ ବସି ପଡ଼ିଲେ । ତାଙ୍କ ଗହଣରେ ଓକୋଙ୍କୋ ଥିଲା । ଦୁଇକାନିଆ ଖୁମ୍ବର ଠେସ ଉପରେ ଚିକ୍‌ଣ କାଠ ପଟା ଖଞ୍ଜି ବସିବା ପାଇଁ ଥାକ କେତେଟା ତିଆରି ହେଇଥିଲା । ତେବେ ଆଗତୁରା ଆସି ସେଇ ଜାଗା ସବୁ ଲୋକେ ଆବୋରି ବସି ଯାଇଥିଲେ, ବାକିମାନେ ଠିଆ ହୋଇ ରହିଲେ ।

କୁସ୍ତି ଯୋଦ୍ଧାମାନେ ସେ ଯାଏଁ ଆହୁରି ପହଞ୍ଚି ନ ଥାନ୍ତି । ଢ଼ୋଲିଆମାନେ ବାଜାର ଦମ୍‌ରେ ପଡ଼ିଆଟାକୁ ଧରି ରଖିଥାନ୍ତି । ଦେଖଣାହାରୀଙ୍କ ଗୋଲେଇ ସାମ୍ନାରେ ପୁରୁଣା ଲୋକଙ୍କ ଆଡ଼କୁ ମୁହଁ କରି ସେମାନେ ବି ବସିଥାନ୍ତି । ତାଙ୍କ ପଛକୁ ଗୋଟେ ବିରାଟ ପୁରୁଣା ଶିମିଳି ଗଛ । ଗଛଟା ଖୁବ୍ ଶୁଭ, ପୁଣିଥରେ ଜନ୍ମ ନେବା ପାଇଁ ଅପେକ୍ଷା କରିଥିବା ଭଲ ଛୁଆ ମାନଙ୍କର ଆତ୍ମା ସେଠି ରହନ୍ତି । ଅନ୍ୟ ଦିନ ମାନରେ ପିଲା ପିଲି ଚାହୁଁଥିବା ଜୁଆନ୍ ସ୍ତ୍ରୀଲୋକମାନେ ସେଇ ଗଛ ଛାଇ ତଳେ ଆସି ବସନ୍ତି ।

ଗୋଟେ ବଡ଼ କାଠ ଡ଼ାଲାରେ ସାତଟା ଢ଼ୋଲ ଆକାର ଅନୁସାରେ ଗୋଟେ ପରେ ଗୋଟେ ସଜଡ଼ା ହେଇଥାଏ । ତିନି ଜଣ ଲୋକ କାଠିରେ ତାକୁ ବଜାଉଥାଆନ୍ତି । ଗୋଟେ ଢ଼ୋଲରୁ ଆଉ ଗୋଟେ ଢ଼ୋଲକୁ ଅସ୍ଥିର ଉଦ୍‌ବେଳ ହେଇ ହାତ ଉଠୁଥାଏ । ଢ଼ୋଲର କାଳିସୀ ତାଙ୍କୁ ଘାରିଥାଏ ।

ଏଇ ଦିନ ସବୁରେ ଶାନ୍ତି ଶୃଙ୍ଖଳା ପରିଚାଳନା କରୁଥିବା ଯୁବକମାନେ ଧାଁ ଧଉଡ଼ କରି ନିଜ ନିଜ ଭିତରେ ଆଲୋଚନା କରୁଥାନ୍ତି । ପୁଣି ଭିଡ଼ ପଛରେ,

ଗୋଲେଇ ବାହାରେ ଠିଆ ହେଇଥିବା ଦୁଇ କୁସ୍ତି ଦଳର ମଙ୍ଗୁଆଳଙ୍କ ସହିତ ବିଚାର ବିମର୍ଷ କରୁଥାନ୍ତି। କେତେବେଳେ କେମିତି ଟୋକା ଦୁଇଜଣ ତାଳ ବରଡ଼ାରେ ଭୂଇଁକୁ ପିଟି ପିଟି ଗୋଲେଇ ଚାରିକଡ଼େ ଦୌଡ଼ି ଦୌଡ଼ି ଭିଡ଼କୁ ପଛକୁ ହଟିବାକୁ କହୁଥାନ୍ତି। ତାଙ୍କ କଥାକୁ ଖାତିର ନ କଲେ ପାଦ ଓ ଗୋଡ଼କୁ ବରଡ଼ାରେ ଖେଞ୍ଚି ଦଉଥାନ୍ତି।

ଶେଷରେ ଦୁଇ ଦଳ ଗୋଲେଇ ମଝିକୁ ଡ଼େଇଁ ଆସିଲେ। ସମବେତ ଜନତା ଗର୍ଜିଲେ ଓ ତାଳି ମାରିଲେ। ଢ଼ୋଲ ବାଜା ଉନ୍ମତ୍ତ ହେଲା। ଲୋକେ ଢ଼େଉ ପରି ଆଗକୁ ମାଡ଼ି ଆସିଲେ। ଶୃଙ୍ଖଳା ଦାୟିତ୍ୱରେ ଥିବା ଯୁବକମାନେ ତାଳ ବରଡ଼ା ହଲାଇ ହଲାଇ ଚାରିଆଡ଼େ ଖେଦି ବୁଲିଲେ। ବୁଢ଼ାମାନେ ଢ଼ୋଲ ବାଜାର ତାଳରେ ମୁଣ୍ଡ ହଲାଇଲେ ଆଉ ଏମିତି ଦିନର ଏଇ ମାଦକ ଛନ୍ଦରେ ମାଲ କୁସ୍ତିରେ ମାତିବାର ସ୍ମୃତି ସାଉଁଟିଲେ।

ପନ୍ଦର ଷୋହଳ ବର୍ଷର ପିଲାଙ୍କୁ ନେଇ କୁସ୍ତି ଖେଳ ଆରମ୍ଭ ହେଲା। ପ୍ରତି ଦଳରେ ମାତ୍ର ତିନିଜଣ ଲେଖାଏଁ ଥିଲେ। ସେମାନେ ଅସଲ ଯୋଦ୍ଧା ନ ଥିଲେ। ସେମାନେ ଖେଳର ଖାଲି ଉପକ୍ରମଣିକା ମାତ୍ର। ଅଳ୍ପ ସମୟ ଭିତରେ ମୁଷ୍ଟି ଯୁଦ୍ଧର ଦୁଇଟା ପାଳି ସରିଗଲା। କିନ୍ତୁ ତୃତୀୟ ପାଳିଟା ବେଶ୍ ହଲଚଲ ମଚେଇ ଦେଲା। ସାଧାରଣତଃ ବାହାରକୁ ନିଜର ଉଦ୍ଦୀପନା ସେତେଟା ପ୍ରକାଶ କରୁ ନ ଥିବା ବୟସ୍କ ଲୋକମାନେ ବି ସେଥିରୁ ବାଦ୍ ପଡ଼ିଲେନି। ଅନ୍ୟ ଦୁଇଟା ପରି ଏଇ ଥରଟା କ୍ଷୀପ୍ର ଥିଲା, ବରଂ ତାଠୁ ଆହୁରି କ୍ଷୀପ୍ର ଥିଲା କହିଲେ ହେବ। କିନ୍ତୁ ଏମିତିକା ମୁଷ୍ଟିଯୁଦ୍ଧ ବହୁତ କମ୍ ଲୋକ ଯା ଆଗରୁ ଦେଖିଥିବେ। ପିଲା ଦୁଇଟା ପାଖା ପାଖି ହେଲାକ୍ଷଣି ଜଣେ ପିଲା କଣ କଲା କେଜାଣି ତାହା କେହି ବତେଇ ପାରିବେନି। କାରଣ ସେଇଟା ଆଖି ପିଛୁଳାକେ ହେଇଗଲା। ଆଉ ଆର ପିଲାଟା ସିଧା ଯାଇ ତା ପିଠି ଉପରେ ପଡ଼ିଲା। ଜନତା ଜୋର୍‌ରେ ପାଟିକଲେ ଓ କରତାଳି ଦେଲେ। କୋଳାହଳର ଉତ୍ତେଜନାରେ ଘଡ଼ିକ ପାଇଁ ଉନ୍ମତ୍ତ ଢ଼ୋଲବାଜା ବି ବୁଡି ଗଲା। ଓକୋଙ୍କୋ ପାହା ଉଠେଇ ଠିଆ ଉଠିଲା ଓ ପୁଣି ବସି ପଡ଼ିଲା। ବିଜୟୀ ପିଲାଟାର ଦଳରୁ ତିନି ଜଣ ଯୁବକ ଧାଇଁ ଆସିଲେ। ପିଲାଟାକୁ କାନ୍ଧ ଉପରକୁ ଟେକି ଧରିଲେ ଆଉ ଉଲ୍ଲସିତ ଜନତାର ଭିଡ଼ ଭିତରେ ନାଚି ନାଚିକା ଗଲେ। ପିଲାଟାକୁ ସେଇକ୍ଷଣି ସମସ୍ତେ ଜାଣି ଗଲେ। ତାର ନାଁ ମାଡୁକା। ଓବିରିକାର ପୁଅ।

ଅସଲ ଖେଳ ଆରମ୍ଭ ହେବା ଆଗରୁ ଢ଼ୋଲିଆମାନେ ଘଡ଼ିଏ ଥକା ମାରିଲେ। ଦିହଟି ମାନ ଝାଳରେ ଚିକ୍‌ମିକ୍ କରୁଥାଏ। ହାତରେ ପଙ୍ଖା ଧରି

ସେମାନେ ନିଜେ ବିନ୍ଛି ହେବାକୁ ଲାଗିଲେ। ଛୋଟିଆ ଘଡ଼ାରୁ ପାଣି ପିଇଲେ। କୋଲା ଖାଇଲେ। ପୁଣି ସେମାନେ ନିତିଦିନିଆ ସହଜ ସାଧାରଣ ମଣିଷ ହେଇଗଲେ। ନିଜ ନିଜ ଭିତରେ ଆଉ ପାଖରେ ଠିଆ ହେଇଥିବା ଲୋକଙ୍କ ସହିତ ଗପସପ କଲେ। ହସିଲେ। ଉତ୍ତେଜନାରେ ଟାଣି ଟୁଣି ହେଇଥିବା ଅବହାଓ୍ୱାଟା ଏଥର ଟିକେ ହାଲୁକା ହେଇଗଲା। ଯେମିତିକି ଢ଼ୋଲର ଟଣା ଚମଡ଼ା ଉପରେ କିଏ ଜଣେ ପାଣି ଢ଼ାଳି ଦେଲା। ଅନେକ ଲୋକ ଚାରିଆଡ଼େ ମୁହଁ ବୁଲାଇଲେ। ବୋଧହୁଏ ପହିଲା କରି ପାଖରେ ଠିଆ ଉଠିଥିବା କି ବସିଥିବା ଲୋକଙ୍କୁ ଦେଖିଲେ।

'ତୁ ଏଠି ବୋଲି ମୁଁ ଏ ଯାଏଁ ଜାଣି ପାରି ନ ଥିଲି', ଖେଳ ଆରମ୍ଭରୁ ତା ସହିତ କାନ୍ଧକୁ କାନ୍ଧ ଯୋଡ଼ି ଠିଆ ହେଇଥିବା ସ୍ତ୍ରୀଲୋକଟିକୁ ଏକ୍କେଫି କହିଲା।

'ତୋର କିଛି ଦୋଷ ନାଇଁ ଯେ', ସ୍ତ୍ରୀ ଲୋକଟି କହିଲା। ଏତେ ଗହଳି ମୁଁ ଆଗରୁ କେବେ ଦେଖି ନଥିଲି। ଆଚ୍ଛା, ସତରେ ଓକୋଙ୍କୋ କଣ ତା ବନ୍ଧୁକରେ ତତେ ମାରିଦେବା ଉପରେ ଥିଲା ?'

'ହଁ ଲୋ ସତ କଥା। କୋଉ ମୁହଁରେ ଭଲା ସେ କଥା ତତେ କହିବି ଜାଣି ପାରୁନି।'

'ବୁଝିଲୁ ସଙ୍ଗାତ, ତୋର ଇଷ୍ଟ ଦେବୀଟି ଭଲ ଆଉ ମୋର ଝିଅ ଏଜିନ୍ମା କେମିତି ଅଛି ?'

'ଏଥର ତ ଭଲ ରହୁଛି। ବୋଧହୁଏ ସେ ଏଥର ତିଷ୍ଟିଯିବ।'

'ମୁଁ ବି ଭାବୁଛି ସେ ରହିଯିବ। ଏବେ କେତେ ବର୍ଷ ହେଲାଣି ତାକୁ ?

'ଏଇ ଦଶ ବର୍ଷ ହେବ।

'ସେ ବଞ୍ଚିଯିବ। ଯିବାର ଥିଲେ ଛଅ ବର୍ଷ ଆଗରୁ ଯାଇ ସାରନ୍ତାଣି।

'ହେ ଭଗବାନ୍ ତାକୁ ଆଇଷ ଦିଅ', ଏକ୍କେଫି ଦୀର୍ଘଶ୍ୱାସ ଛାଡ଼ି କହିଲା।

ଯା ସହିତ ସେ କଥା ହେଲା ସେ ହେଉଛି ଚିଲୋ। ପାହାଡ଼ ଆଉ ଗୁମ୍ଫାର ଦେବୀ ଅଗ୍ବାଲାର ବେଜୁଣୀ। ନିତିଦିନିଆ ଜୀବନରେ ଚିଲୋ ଜଣେ ବିଧବା ଆଉ ଦୁଇଟା ଛୁଆର ମାଁ। ଏକ୍କେଫି ସାଙ୍ଗରେ ତାର ଭଲ ପଡ଼େ। ହାଟରେ ଦୁହେଁ ଗୋଟେ ଚାଳରେ ବସନ୍ତି। ଏକ୍କେଫି ଗୋଟେ ବୋଲି ଝିଅ ଏଜିନ୍ମାକୁ ସେ ଭାରି ସୁଖ ପାଏ। ତାକୁ 'ମୋ ଝିଅ' ବୋଲି ଡ଼ାକେ। ପ୍ରାୟ ତା'ପାଇଁ ଶିମ୍ବ ପିଠା ଆଣି ଏକ୍କେଫି ହାତରେ ପଠାଇ ଦିଏ। ଏମିତି ସାଧାରଣ ଜୀବନରେ ଚିଲୋକୁ ଦେଖିଲେ କେହି ବିଶ୍ୱାସ କରିବନି ଯେ ଇଏ ହେଉଛି ସେଇ ସ୍ତ୍ରୀ ଲୋକ ଯିଏ ଅଗ୍ବାଲାର କାଳିସୀ ଘାରିଲେ ଭୂତ ଭବିଷ୍ୟତ ସବୁ ବଖାଣିଯାଏ।

ଢ଼ୋଲିଆମାନେ ପୁଣି ତାଙ୍କର ପିଟଣା କାଠି ଧରିଲେ। ପବନ ଥରି ଉଠିଲା। ଆଉ ଟଣା ଧନୁଟିଏ ପରି ଉତ୍ତେଜିତ ହେବାକୁ ଲାଗିଲା।

ମଝିର ପଦା ଜାଗାରେ ଦୁଇ ଦଳ ପରସ୍ପର ମୁହାଁ ମୁହିଁ ହୋଇ ବସିଥିଲେ। ଗୋଟେ ଦଳରୁ ଜଣେ ଯୁବକ ମଝିରେ ନାଚି ନାଚିକା ସେ ପାଖକୁ ଗଲା ଓ ଯାହା ସାଙ୍ଗରେ ଲଢ଼ିବାକୁ ଚାହୁଁଥିଲା ତା ଆଡ଼କୁ ଆଙ୍ଗୁଠି ଦେଖାଇଲା। ଦୁହେଁ ପୁଣି ଏକାଠି ନାଚି ମଝିକୁ ଆସିଲେ ଓ ଏଥର ସାମ୍ନାସାମ୍ନି ହେଲେ।

ପ୍ରତି ଦଳରେ ବାର ଜଣ ଲେଖାଏଁ ଥିଲେ। ଦୁଇ ଦଳ ପରସ୍ପରକୁ ହୁଙ୍କାର ଦଉଥାନ୍ତି। ଲଢୁଥିବା ଯୋଦ୍ଧାମାନେ ପରସ୍ପର ସମକକ୍ଷ ବୋଲି ହୃଦ୍‌ବୋଧ ହେଲାପରେ ଦୁଇଜଣ ବିଚାରକ ତାଙ୍କ ପାଖକୁ ଯାଇ ଅଟକାଉଥାନ୍ତି। ଏଇ ପରି ଭାବରେ ପାଞ୍ଚଟା ପ୍ରତିଯୋଗିତା ଶେଷ ହେଲା। ତେବେ ଜଣେ ତଳେ ପଡ଼ିଗଲା ପରେ ହିଁ ଖେଳର ଅସଲ ମଜା ଜଣାପଡୁଥାଏ। ଚାରିଆଡ଼େ ଲୋକେ ଆକାଶ ଫଟା ଚିତ୍କାର କରୁଥାନ୍ତି। ଏପରିକି ଆଖ ପାଖ ଗାଁ ଯାଏଁ ସେଇଟା ଶୁଭୁଥାଏ।

ଶେଷ ଖେଳଟା ଦୁଇ ଦଳର ନେତାଙ୍କ ଭିତରେ ହେଲା। ନଅ ଖଣ୍ଡ ଗାଁ ଭିତରେ ସେମାନେ ସବୁଠୁ ଭଲ ଯୋଦ୍ଧା। ଏ ବର୍ଷ କିଏ କାହାକୁ କାବୁ କରିବ ତାହା ଦେଖିବାକୁ ଜନତା ଉତ୍ସୁକ। କେତେଜଣ କହିଲେ ଓକାଫୋ ବେଶୀ ପାରିବାର। ଆଉ ଥୋକେ କହିଲେ ଇକେଜୁର ସମାନ ସେ ଜମା ନୁହଁ। ଗତ ବର୍ଷ କେହି କାହାକୁ ତଳେ ଗଡ଼ାଇ ପାରି ନଥିଲେ, ଯଦିଓ ବିଚାରକମାନେ ନିୟମରୁ ଅଧିକ ସମୟ ଲଢ଼େଇ ଜାରି ରଖିବାକୁ ଅନୁମତି ଦେଇଥିଲେ। ଦୁହିଁଙ୍କର ଲଢିବା ଶୈଳୀ ସମାନ। ସେଥିପାଇଁ ଜଣେ ଆର ଜଣଙ୍କର କୌଶଳକୁ ଆଗରୁ ବାରି ନେଉଥିଲା। ଏ ବର୍ଷ ବି ପୁଣି ସେମିତି ହୋଇପାରେ।

ତାଙ୍କର ଲଢ଼େଇ ଆରମ୍ଭ ହେଲା ବେଳକୁ ଗୋଧୂଳି ବେଳା। ଢ଼ୋଲମାନ ଉନ୍ମତ୍ତ ହେଲେ। ତା ସହିତ ସମବେତ ଜନତା ବି। ଗୋଲେଇ ମଝିକୁ ଯୁବକ ଦୁଇ ଜଣ ନାଚି ନାଚି ଆସିଲା ବେଳକୁ ଭିଡ଼ର ସୁଅ ଢ଼େଉ ପରି ଆଗକୁ ମାଡ଼ିଗଲେ। ତାଳ ବରଡ଼ା ଆଉ ତାଙ୍କୁ ରୋକି ପାରିଲା ନାହିଁ।

ଇକେଜୁ ତାର ଡ଼ାହାଣ ହାତ ଉଠାଇଲା। ଓକାଫୋ ତାକୁ ଧରି ପକାଇଲା। ଆଉ ଏଥର ଦୁହେଁ ଦୁହିଁଙ୍କୁ ଯୁଝିଲେ। ଇଗେ-କୌଶଳ ଚାତୁରୀରେ ଓକାଫୋକୁ ପଛକୁ ଠେଲି ଦବା ପାଇଁ ଇକେଜୁ ତା ପଛରେ ଡ଼ାହାଣ ଗୋଇଠିରେ ଖେଞ୍ଚିବା ପାଇଁ ଚେଷ୍ଟା କଲା। ହେଲେ ଦୁହେଁ ଦୁହିଁଙ୍କର ମନର କଥା ଘଡ଼ିକେ ଜାଣି ନଉଥାନ୍ତି। ଅସମ୍ଭାଳ ଭିଡ଼ ଚାରିପଟେ ଘେରି ଢ଼ୋଲିଆଙ୍କୁ ଗର୍ଭସ୍ଥ କରି ସାରିଥାନ୍ତି। ଢ଼ୋଲର ତାଳ

ଲୟ ଆଉ କେବଳ ଦେହାତୀତ ଶବ୍ଦର ଲହରୀ ହୋଇ ରହିଲା ନାହିଁ। ଲୋକଙ୍କର ହୃତ୍‌କମ୍ପନ ପାଲଟିଗଲା।

ଯୋଦ୍ଧା ଦୁଇଜଣ ଏବେ ପରସ୍ପରର ମୁଷ୍ଟି ଭିତରେ ଗୋଟେ ରକମ ସ୍ଥିର। ବାହୁରେ, ଜଙ୍ଘରେ, ପିଠିରେ ମାଂସପେଶୀ ବାହାରକୁ ଫୁଟି ଆସି ଟଣକି ଉଠୁଥାଏ। ସମକକ୍ଷ ପ୍ରତିଦ୍ୱନ୍ଦ୍ୱିତା। ବିଚାରକ ଦୁଇଜଣ ଦୁହିଁଙ୍କୁ ଅଲଗା କରିବାକୁ ଆଗେଇ ଆସିଲେ। ସେତିକି ବେଳେ ବ୍ୟସ୍ତ ବିବ୍ରତ ହୋଇ ଇକେଜୁ ଆରଟାକୁ ମୁଣ୍ଡ ଉପର ଦେଇ ପଛକୁ ଫିଙ୍ଗି ଦେବା ପାଇଁ ଗୋଟେ ଆଣ୍ଠୁରେ ନଇଁଗଲା। ଆମାଡ଼ିଓରା ର ବିଜୁଳୀ ପରି ଆଖି ପିଛୁଳାକେ ଓକାଫୋ ତାର ଡ଼ାହାଣ ଗୋଡ଼ ଉଠାଇ ତାର ପ୍ରତିଦ୍ୱନ୍ଦ୍ୱୀର ମୁଣ୍ଡ ଉପରେ ଘୁରାଇଦେଲା। ସମବେତ ଜନତା ଗର୍ଜନରେ ଫାଟି ପଡ଼ିଲେ। ଓକାଫୋକୁ ତାର ସମର୍ଥକମାନେ ସିଧା ଉଠାଇ କାନ୍ଧରେ ଟେକି ଟେକି ଘରକୁ ନେଇଗଲେ। ଓକାଫୋର ଜୟଗାନରେ ମସ୍‌ଗୁଲ ଲୋକଙ୍କ ଗୀତରେ ଯୁବତୀମାନେ କରତାଳି ଦେଲେ :

ଆମ ଗାଁ ପାଇଁ ଲଢ଼ିବ କିଏ ?
ଓକାଫୋ - ଆମ ଗାଁ ପାଇଁ ଲଢ଼ିବ ସିଏ।
ଶହେ ମରଦକୁ ସେ ତଳେ ଦେବ ପକେଇ
ଚାରି ଶହଙ୍କୁ ସେ ତଳେ ଦେବ ଗଡ଼େଇ
ଶହେ ଭୁଆଙ୍କୁ ସେ ପାରେ ତଳେ ଗଡ଼େଇ ?
ଚାରି ଶହ ଭୁଆଙ୍କୁ ସେ ତଳେ ଦେବ ପକେଇ।
ତା ହେଲେ ତାକୁ ବାରତା ଦିଅ
ଆମରି ପାଇଁ ଲଢ଼ିବ କହ।

॥ ୭ ॥

ତିନି ବର୍ଷ ହେଲା ଇକେମେଫୁନା ଓକୋଙ୍କୋ ଘରେ ରହିଲାଣି। ଉମୋଫିଆର ବୟସ୍କ ଲୋକେ ତା ବିଷୟରେ ଭୁଲିଗଲା ପରି ଲାଗୁଥାଏ। ବର୍ଷା ଦିନେ ଲସଲସିଆ ଦେଶୀ ଆଳୁର ଲତା ଆଙ୍କୁଡ଼ି ପରି ଦେଖୁ ଦେଖୁ ବଢ଼ିଗଲା। ତା ନୂଆଁ ପରିବାର ଭିତରେ ସେ ଗୋଟାପଣେ ମିଶିଗଲା। ନୋୟେ ପାଇଁ ସେ ଜଣେ ବଡ଼ ଭାଇ ପରି। ଆରମ୍ଭରୁ ହିଁ ସାନ ଭାଇ ଭିତରେ ସେ ସେ ଗୋଟେ ଚମକ ଆଣି ଦେଇଛି । ତାରି ପାଇଁ ନୋୟେ ବଢ଼ନ୍ତି ବୟସର ଅନୁଭବ ଜାଣିପାରୁଛି। ଏବେ ସନ୍ଧ୍ୟାରେ ସେମାନେ ଆଉ ମାଁର ଚୂଲି ମୁଣ୍ଡ ପାଖରେ ବସୁନାହାନ୍ତି। ଓକୋଙ୍କୋ ସହିତ ତାରି 'ଓବି' ରେ ବସନ୍ତି କିମ୍ବା ସଞ୍ଜରେ ପିଇବା ପାଇଁ ସେ ଖଜୁରୀ ଗଛରୁ ରସ କାଢ଼ିଲା ବେଳେ ତାକୁ ନିଘା କରନ୍ତି। ଘରେ ତାର ମାଁ କିମ୍ବା ତାର ବାପାର ଅନ୍ୟ କୋଉ ସ୍ତ୍ରୀ ତାକୁ କାଠ ଚିରା କି ଘଣା ପେଲା ପରି ମରଦିଆ କାମ ବରଗିଲେ ନୋୟେର ଖୁସି କହିଲେ ନ ସରେ। ସାନ ଭାଇ କି ଭଉଣୀ ହାତରେ ସେମିତିଆ କାମର ବରାଦ ପାଇଲା କ୍ଷଣି ନୋୟେ ବିରକ୍ତ ହେବାର ବାହାନା କରେ। ମାଇକିନାଙ୍କ ଝାମେଲା ବିଷୟରେ ବେଶ୍ ବଡ଼ ପାଟିରେ ଭଡ଼୍ ଭଡ଼୍ ହୁଏ।

ପୁଅର ଏଇ ବଢ଼ତିରେ ଓକୋଙ୍କୋ ମନେ ମନେ ଖୁସି ହୁଏ। ଏଇଟା କେବଳ ଇକେମେଫୁନା ଯୋଗୁଁ ହୋଇପାରିଛି, ସେ ଠିକ୍ ଜାଣେ। ନୋୟେକୁ ଜଣେ ଦମ୍‌ଦାର ଜୁଆନ୍ ରୂପରେ ସେ ଦେଖିବାକୁ ଚାହେଁ। ଯେମିତିକି ସେ ନିଜେ ପିତୃ ପୁରୁଷରେ ମିଶିଗଲା ପରେ ନୋୟେ ତାର ଘରର ସବୁ ଦାୟିତ୍ୱ ମୁଣ୍ଡାଇ ପାରିବ। ନୀତି ନିୟମରେ ପିତୃ ପୁରୁଷଙ୍କୁ ଅର୍ପଣ ତର୍ପଣ ପାଇଁ ତାର ଅମାର ଘର ଭରିଥିବ। ତାକୁ ସେ ଜଣେ ବିଭବଶାଳୀ ପୁରୁଷ ରୂପେ ଦେଖିବାକୁ ଚାହେଁ। ଆଉ ସେଥିପାଇଁ ନୋୟେକୁ ମାଇକିନାଙ୍କ ଉପରେ ଉଡ଼ଉଡ଼େଇ ହେବାର ଦେଖିଲେ ସେ ଭାରି ଖୁସି

ହୁଏ। ଏଥିରୁ ଜଣାପଡ଼େ ଯେ ଠିକଣା ବେଳରେ ସେ ତାର ତିର୍ଲାଙ୍କ ଉପରେ ଲଗାମ ଯୋଖିବ। ଜଣେ ଲୋକ ଯେତେ ଧନୀ ହେଲେ ବି ସେ ଯଦି ତାର ସ୍ତ୍ରୀ ଆଉ ପିଲାପିଲିଙ୍କୁ (ବିଶେଷତଃ ତାର ସ୍ତ୍ରୀ ମାନଙ୍କ ଉପରେ) ଶାସନ କରି ନ ପାରିଲା, ତା ହେଲେ ସେ ଭଲା କି ପୁରୁଷରେ ଗଣା। ବରଂ ସିଏ ମୁହଁ ବୋଲା ଗୀତର ଅଣ୍ଡିରା ଯାର ଗୋଟି ଗୋଟି କରି ଏଗାର ତିର୍ଲା, ହେଲେ ଖାଇବାକୁ ଭର୍ତ୍ତା ଟିକେ ସୁଦ୍ଧା ପାଉ ନ ଥିବ।

ସେଥିପାଇଁ ଓକୋଙ୍କୋ ତାର ପୁଅମାନଙ୍କୁ ତାରି 'ଓବି' ରେ ବସା ଉଠା କରିବା ପାଇଁ ସାହସ ଦିଏ। ସେମାନଙ୍କୁ ସେ ଜାତିର କାହାଣୀ ଶୁଣାଏ – ହିଂସା ଓ ରକ୍ତପାତର ପୁରୁଷୋଚିତ କାହାଣୀ। ନୋୟେ ଜାଣେ ଯେ ପୁରୁଷ ପରି ହେବା ଆଉ ହିଂସ୍ର ହେବାଟା ଠିକ୍ ତେବେ କାହିଁକି କେଜାଣି ତାର ମାଁ ମୁହଁର କାହାଣୀମାନ ସେ ଏବେ ବି ପସନ୍ଦ କରେ। ଯୋଉ କାହାଣୀ ତାର ମାଁ ଏବେ ବି ଛୋଟ ପିଲାଛୁଆଙ୍କୁ ନିଶ୍ଚେ କହୁଥିବ - ଧୂର୍ତ୍ତ କଇଁଛର କାହାଣୀ, ପୁଣି ଇନେକେ-ଏଣ୍ଟି-ଓବା ଚଢ଼େଇର କାହାଣୀ ଯିଏ ସାରା ଦୁନିଆଁକୁ କୁସ୍ତି ଲଢ଼େଇ ପାଇଁ ହୁଙ୍କାର ଛାଡ଼ିଲା ଆଉ ଶେଷରେ ଗୋଟେ ବିଲେଇ ପାଖରେ ହାରିଲା। ମାଟି ଓ ଆକାଶର ଝଗଡ଼ା କାହାଣୀ ମାଁ ପ୍ରାୟ କହେ। ତାର ଏ ଯାଏଁ ସେଇଟା ମନେ ଅଛି। କେମିତି ଆକାଶ ସାତ ବର୍ଷ ଯାଏଁ ପାଣି ବର୍ଷା କଲା ନାହିଁ। ଫସଲ ମରିଗଲା। ଶବଯାକ ପୋତା ହେଇ ପାରିଲାନି। କାରଣ ପଥୁରିଆ ଶୁଖିଲା ମାଟିରେ ଖଣତି କୋଦାଳ କିଛି ଖୁପିଲାନି। ଶେଷରେ ଆକାଶ ପାଖରେ ନେହୁରା ହେବାକୁ ଶାଗୁଣାକୁ ପଠାଗଲା। ଗୀତରେ ମରଦ ପୁଅମାନଙ୍କର ଦୁଃଖ ଯନ୍ତ୍ରଣା ବାହୁନି ବାହୁନି ସେ ଆକାଶର ହୃଦୟ ତରଳାଇବାକୁ ଲାଗିଲା। ଯେତେବେଳେ ବି ମାଁ ମୁହଁରୁ ସେଇ ଗୀତଟା ଶୁଣେ ନୋୟେର ମନଟା କାହିଁ କେତେଦୂରରେ ସେଇ ଦୃଶ୍ୟଟାରେ ଲାଖିଯାଏ। ସେଇଠି ମାଟିର ଶାନ୍ତିଦୂତ ଶାଗୁଣା ଆକାଶ ପାଖରେ କରୁଣା ଭିକ୍ଷା କରୁଥାଏ। ଶେଷରେ ଆକାଶ ଦୟା ପରବଶ ହେଲା। ଆଉ ବର୍ଷାକୁ କୋକୋ-କନ୍ଦାର ପତ୍ରରେ ଗୁଡ଼ାଇ ଶାଗୁଣା ହାତରେ ଦେଲା। ହେଲେ ଘରକୁ ଗଲା ବାଟରେ ତାର ଲମ୍ବା ମୁନିଆଁ ନଖ ପତ୍ରକୁ ଭେଦି ଯିବାରୁ ବର୍ଷା ଏକାଥରକେ କଚାଡ଼ି ହେଇ ପଡ଼ିଲା। ଆଗରୁ କେବେ ଏମିତି ବର୍ଷା ଦେଖା ନ ଥିଲା। ଶାଗୁଣା ଉପରେ ବର୍ଷା ଏମିତି ଅଜାଡ଼ି ହେଲା ଯେ ସେ ଖବରଟା ଦେବା ପାଇଁ ଘରକୁ ଆଉ ଫେରିଲା ନାହିଁ। ସେ ଗୋଟେ ଦୂର ଜାଗାକୁ ଉଡ଼ିଗଲା। ସେଠି ହଠାତ୍ ଦୂରରୁ ନିଆଁ ଜଳିବା ଦେଖିପାରିଲା। ପାଖକୁ ଗଲାରୁ ସେଠି ଜଣେ ଲୋକ ବଳି ଚଢ଼ାଉଥିବାର ଦେଖିଲା। ସେ ନିଆଁ ପୋଇଁଲା ଆଉ ବୋଦାର ଅନ୍ତ ଖାଇଲା।

ସେଇ ରକମ କାହାଣୀ ହିଁ ନୋୟେକୁ ଭଲ ଲାଗେ। କିନ୍ତୁ ଏବେ ସେ ଜାଣେ ଯେ ସେଇ କଥାନି ନିର୍ବୁଦ୍ଧିଆ ମାଈକିନା ଆଉ ଛୁଆ ପିଲାଙ୍କ ପାଇଁ। ଆଉ ବି ଜାଣେ ଯେ ତା ବାପା ସାମ୍ନାରେ ସେ ଜଣେ ପକ୍କା ମରଦ ହେବା ଋହିଁ। ସେଥିପାଇଁ ସେଗୁଡ଼ା ଆଉ ତାକୁ ଭଲ ଲାଗୁ ନ ଥିବାର ବାହାନା କରେ। ତାର ଏଇ ଢ଼ଙ୍ଗଢ଼ାଙ୍ଗରେ ତାର ବାପା ଖୁସି ହେବାର ସେ ଠିକ୍ ଜାଣିପାରେ। ଏବେ ସେ ତାକୁ ଆଉ ମାଡ଼ପିଟ କି ଗାଳିଗୁଲଜ କରୁନି। ଏଣିକି ନୋୟେ ଆଉ ଇକେମେଫୁନା ଦୁହେଁ ଓକୋଙ୍କୋର କାହାଣୀ ଶୁଣନ୍ତି - ଆଦିବାସୀ ଲଢ଼େଇର ଗାଥା, ପୁଣି କେମିତି ଅନେକ ବର୍ଷ ତଳେ ସେ ଶତ୍ରୁର ପିଛା କରି କାବୁ କରିନେଲା ଆଉ ତାର ପ୍ରଥମ ମଣିଷ ମୁଣ୍ଡ ହାସଲ କରିଥିଲା – ସେଇ କାହାଣୀ। ଅନ୍ଧାରରେ କିମ୍ବା ଜଳନ୍ତା କାଠଗଣ୍ଡିର ଧୀମା ଆଲୁଅରେ ଦୁହେଁ ପିଛିଲା ଦିନର କଥା ଶୁଣୁ ଶୁଣୁ ରୋଷେଇ ସରିବାଟାକୁ ଟାକି ବସିଥାନ୍ତି। ରୋଷେଇ ସରିଗଲେ ମାଈକିନା ଯାକ ବେଲା ମାନରେ ଝୋଳ ଆଉ ଭରତା ଆଣି ପରଷି ଦିଅନ୍ତି। ତେଲ ଡ଼ିବିରିଟିଏ ଜଳା ହୁଏ। ଓକୋଙ୍କୋ ସବୁ ବେଲାରୁ କିଛି କିଛି ଚାଖେ ଆଉ ନୋୟେ ଓ ଇକେମେଫୁନାକୁ ସେଥିରୁ ଦୁଇ ଭାଗ ବଢ଼ାଇ ଦିଏ।

ଏମିତି ମାସ ମାସ ଆଉ ଋତୁ ମାନ ଗଡ଼ିଗଲା। ତାପରେ ପଙ୍ଗପାଳ ମାଡ଼ି ଆସିଲେ। ବହୁତ ବର୍ଷ ହେଲା ଏମିତି ଘଟି ନ ଥିଲା। ପୁରୁଖା ଲୋକଙ୍କ କଥାରେ ପଙ୍ଗପାଳ ଗୋଟେ କାଳ ଖଣ୍ଡରେ ଥରେ ଆସନ୍ତି। ସାତ ବର୍ଷ ଯାଏଁ ପ୍ରତି ବର୍ଷ ଆସନ୍ତି। ତାପରେ ପୁଣି ଆଉ ଗୋଟେ କାଳ ଖଣ୍ଡ ଯାଏଁ ଉଭାନ୍ ହେଇଯାନ୍ତି। କାହିଁ ଦୂର ଦୂରାନ୍ତର ଗୁମ୍ଫା ଭିତରକୁ ଫେରିଯାନ୍ତି। ସେଠି ବାଙ୍ଗରା ଜାତିର ଲୋକମାନେ ତାଙ୍କୁ ଜଗି ରହନ୍ତି। ଗୋଟେ ପିଢ଼ି ପରେ ସେଇ ଲୋକମାନେ ଗୁମ୍ଫାର ମୁହଁ ପୁଣି ଖୋଲି ଦେବାରୁ ପଙ୍ଗପାଳ ଉମୋଫିଆକୁ ଚାଲି ଆସିଲେ।

ଫସଲ ଅମଳ ହେଲାପରେ କାଲୁଆ ଧୂଳିଆ ଋତୁରେ ସେମାନେ ଆସି କ୍ଷେତର ଯେତେକ ଅନାବନା ଘାସ ସବୁ ଖାଇଗଲେ।

ଓକୋଙ୍କୋ ଆଉ ପିଲା ଦୁଇଟା ପାଚିରୀ ହତା ବାହାରେ ନାଲି କାନ୍ଥ ଉପରେ କାମ କରୁଥାନ୍ତି। ଫସଲ ଅମଳ ପରେ ଏଇ ସବୁ ଉଣାସିଆ କାମ ଚାଲେ। କାନ୍ଥ ଉପରେ ତାଳ ଖଜୁରୀର ନୂଆଁ ଡ଼ାଳ ପତ୍ର ଛାପି ଦୋରସ୍ତ କରାହୁଏ। ଯେମିତି ଆର ବର୍ଷାକୁ କାନ୍ଥ ଠିକ୍ ଠାକ୍ ରହିଥିବ। ଓକୋଙ୍କୋ କାନ୍ଥ ବାହାରେ ଲାଗିଥାଏ। ପିଲାମାନେ ଭିତର ପଟେ କାମରେ ଲାଗିଥାନ୍ତି। କାନ୍ଥର ଉପର ପାଖରେ ଦୁଇ ପଟୁ ଛୋଟ ଛୋଟ କଣା ଥାଏ। ସେଇ କଣ ବାଟେ ଓକୋଙ୍କୋ ରସି ବା ଟାଇ-ଟାଇ

ଗଳାଇ ଆରପଟକୁ ଦଉଥାଏ। ପିଲା ଦୁହେଁ ତାକୁ କାଠର ଢିରା ଉପରେ ଗୁଡ଼ାଇ ପୁଣି ଓକୋଙ୍କୋ ଆଡ଼କୁ ଗଳାଇ ଦଉଥାନ୍ତି। ଏଇ ରକମ କାନ୍ଥ ଉପର ଛାଉଣିକୁ ମଜବୁତ୍ କରାହେଲା।

ମାଈକିନାମାନେ ଜାଳେଣି ପାଇଁ ଝାଡ଼ ବୁଦା ଆଦେ ଯାଇଥାନ୍ତି। ପିଲାମାନେ ପଡ଼ିଶାଘର ହତାରେ ସାଙ୍ଗସାଥୀଙ୍କ ମେଳରେ ଥାନ୍ତି। ଧୂଳିଆ ପବନଟା ପୃଥିବୀ ଉପରେ ନିଜର କୁହୁଡ଼ି ନିଥିରି ପକାଉଥାଏ ଯେମିତି। ଓକୋଙ୍କୋ ଆଉ ପିଲା ଦୁହେଁ ଏକଦମ୍ ଚୁପ୍‌ଚାପ୍ ହେଇ କାମରେ ଲାଗିଥାନ୍ତି। ମଝିରେ ମଝିରେ ତାଳ ବରଡ଼ା ଉଠାଇବାର ଶବ୍ଦ ଓ ଶୁଖିଲା ପତ୍ର ଉପରେ ଖସଖାସ୍ କରି କୁକୁଡ଼ାମାନେ ଲାଗି ପଟି ଚରା ଖୁମ୍ପିବାର ଶବ୍ଦ ଖାଲି ଶୁଭୁଥାଏ।

ତାପରେ ହଠାତ୍ ପୃଥିବୀ ଉପରେ ଛାଇଟିଏ ପଡ଼ିଗଲା। ଆଉ ସୂର୍ଯ୍ୟଟା ବହଳ ମେଘ ଉହାଡ଼ରେ ଲୁଚିଗଲା। ଓକୋଙ୍କୋ କାମରୁ ମୁହଁ ଉଠାଇ ଉପରକୁ ଚାହିଁଲା। ଅଦିନିଆ ବର୍ଷା କୁଟି ଦବନି ତ, ମନେ ମନେ ଭାବିଲା। କିନ୍ତୁ ସେଇଲାଗେ ଚାରିପଟୁ ହସଖୁସିର ହୋ ହାଲ୍ଲା ଫାଟି ପଡ଼ିଲା। ଆଉ ଅଳସ ଅପରାହ୍ନରେ ନିଦ ଢୁଲୁଢୁଲୁ ଉମୋଫା ସତେଜ ହେଇ ଚେଇଁ ଉଠିଲା।

'ହେଇ, ପଙ୍ଗପାଳ ଆସିଲେଣି', ସବୁଆଡ଼େ ଗୀତ ଗାଇଲା ପରି ପାଟି ଶୁଭିଲା। ସ୍ତ୍ରୀ, ପୁରୁଷ, ପିଲାଛୁଆ ସମସ୍ତେ କାମ ଦାମ, ଖେଳକୁଦ ଛାଡ଼ି ଏଇ ଅଭୂତପୂର୍ବ ଦୃଶ୍ୟ ଦେଖିବାକୁ ଖୋଲା ଜାଗାକୁ ଧାଇଁଲେ। ବହୁତ ବହୁତ ବର୍ଷ ହେଲା ପଙ୍ଗପାଳ ଆସି ନ ଥିଲେ। ଖାଲି ବୁଢ଼ା ଲୋକମାନେ ଆଗରୁ ଦେଖିଥିଲେ।

ପ୍ରଥମେ ସେମାନେ ଛୋଟ ଛୋଟ ଦଳରେ ଆସିଲେ। ମାଟିର ସର୍ବେକ୍ଷଣ ପାଇଁ ସେମାନଙ୍କୁ ଅଗ୍ରଦୂତ ରୂପେ ପଠାଯାଇଥାଏ। ତାପରେ ସେମାନେ ଦିଗ୍‌ବଳୟରେ କଳା ବାଦଲର ଅସରନ୍ତି ଚାଦର ପରି ଧୀର ଚଳମାନ ସ୍ତୁପଟିଏ ହେଇ ଉମୋଫା ଆଡ଼କୁ ଭାସି ଆସିଲେ। ଦେଖୁ ଦେଖୁ ସେଇଟା ଆକାଶର ଅଧା ଆବୋରି ପକାଇଲା। ଭେଳାବନ୍ଧା ସ୍ତୁପଟି ଏକେ ଉଜ୍ଜ୍ୱଳ ତାରାର କଣିକା ପରି ଛୋଟ ଛୋଟ ଚିକ୍‌ମିକ୍ ଆଖି ହେଇ ବିଛୁଡ଼ି ଗଲା। ସୌନ୍ଦର୍ଯ୍ୟ ଓ ଅଫୁରନ୍ତ ତେଜରେ ଭରପୂର ଚମତ୍କାର ଦୃଶ୍ୟଟିଏ।

ଏବେ ଭାରି ଉତ୍ସାହ ଉଦ୍ଦୀପନାରେ ସମସ୍ତେ ସେଇ କଥା ହେଉଥାନ୍ତି ଓ ଉମୋଫାରେ ପଙ୍ଗପାଳ ଶିବିରର ରାତି ରହଣି ମନାସୁଥାନ୍ତି। କାରଣ ଯଦିଓ ଉମୋଫାକୁ ଅନେକ ବର୍ଷ ଧରି ସେ ଗୁଡ଼ା ଆସି ନ ଥିଲେ, ତେବେ ବି ସମସ୍ତେ ନିଜ ସହଜାତ ଗୁଣରୁ ଝିଣ୍ଟିକାଟା ସ୍ୱାଦିଷ୍ଟ ଖାଦ୍ୟ ବୋଲି ଜାଣିଥିଲେ। ଶେଷରେ ପଙ୍ଗପାଳ

ଉତୁରି ଆସିଲେ। ସବୁ ଗଛ ବୁଦା ଘାସ ପତ୍ର ଉପରେ ବସିଗଲେ। ଚାଳରେ ବସିଗଲେ। ଭୂଇଁ ଉପରେ ବସି ଖୋଲା ପଡ଼ିଆକୁ ଛାଇଗଲେ। ମେରୁ ଗଛର ଡ଼ାଳମାନ ତାଙ୍କରି ଭାରାରେ ଭାଙ୍ଗିଗଲା। ସାରା ଗାଁଟା ସେଇ ବିରାଟ ବୁଭୁକ୍ଷୁ ଦଳର ମାଟିଆ ବାଦାମୀ ରଙ୍ଗରେ ରଙ୍ଗେଇଗଲା।

କେତେ ଲୋକ ଟୋକେଇ ପାଛିଆ ଧରି ତାଙ୍କୁ ଧରିବାକୁ ବାହାରିଲେ। କିନ୍ତୁ ରାତି ହେବା ଯାଏଁ ଧୈର୍ଯ୍ୟ ଧରିବାକୁ ବୟସ୍କ ଲୋକମାନେ ବୁଝାଇ କହିଲେ। ପଙ୍ଗପାଳ ରାତିରେ ବୁଦା ଭିତରେ ରହିଯିବାରୁ କାକରରେ ଡ଼େଣା ଓଦା ହୋଇ ଲାଖିଗଲା। ଧୂଳିଆ ପବନ ସତ୍ତ୍ୱେ ପୂରା ଗାଁ ଖଣ୍ଡିକ ଝିଣ୍ଟିକା ପାରିଧିରେ ବାହାରି ଗଲା। ହାଣ୍ଡି, ମୁଣା, ଭୁଗା, ଟୁପା ସବୁଥିରେ ଝିଣ୍ଟିକା ଗୋଟାଇ ଆଣିଲେ। ତା ପରଦିନ ମାଟି ହାଣ୍ଡିରେ ଭାଜି ଖରାରେ ଶୁଖା ଓ ଚୁନା ଚୁନା ହେବା ଯାଏଁ ବିଛେଇଲେ। ଅନେକ ଦିନ ଧରି ପାମ୍-ତେଲରେ ଏଇ ବିରଳ ସ୍ୱାଦିଷ୍ଟ ଖାଦ୍ୟର ନିଆରା ମଜା ଚାଖିଲେ।

ଓକୋଙ୍କୋ ତା ଓବିରେ ବସି ନୋୟେ ଓ ଇକେମେଫୁନା ସାଙ୍ଗରେ ବେଶ୍ ଖୁସିରେ କଡ଼ କଡ଼ ଚୋବାଉଥାଏ ଆଉ ପ୍ରଚୁର ମଦ ପିଉଥାଏ। ଏତିକି ବେଳେ ଓଗ୍‌ବୁଏଫି ଇଜେଡୁ ଭିତରକୁ ପଶି ଆସିଲା। ଉମୋଫିଆର ସେଇ ଅଞ୍ଚଳରେ ଓଗ୍‌ବୁଏଫି ସବୁଠୁ ବୟସ୍କ ଲୋକ। ତା ସମୟରେ ବେଶ୍ ନିଡ଼ର ଲଢୁଆ ଜୁଆନ୍ ଥିଲା। ସବୁ କୁଳରେ ଆଜି ବି ତାର ସ୍ୱତନ୍ତ୍ର ମାନ ମର୍ଯ୍ୟାଦା ରହିଛି। ଖାଇବାଟା ଯାଚିଲାରୁ ସେ ମନାକଲା। ବାହାରେ ଓକୋଙ୍କୋ ସହିତ କଣ ଦି ପଦ କଥା ଅଛି କହିଲା। ଦୁହେଁ ଭିତରୁ ବାହାରି ଆସି ଚାଲିଲେ। ବାଡ଼ିଟା ଉପରେ ଭରାଦେଇ ବୁଢ଼ା ଚାଲିଥାଏ। କାହାରି କାନ ନ ପାଇଲା ପରି ଜାଗାରେ ଆସିଲାରୁ ସେ ଓକୋଙ୍କୋକୁ କହିଲା:

'ପିଲାଟା ତତେ ବାପା ଡ଼ାକେ। ତାକୁ ମାରିବାରେ ତୋର ହାତ ରହିବା କଥା ନୁହଁ।' ଓକୋଙ୍କୋ ଆଶ୍ଚର୍ଯ୍ୟ ହୋଇଗଲା ଆଉ କଣ କହିବାକୁ ଯାଉଥିଲା ବେଳେ ବୁଢ଼ା ପୁଣି କହି ବସିଲା :

'ହଁ, ତାକୁ ମାରିଦେବାକୁ ଉମୋଫିଆ ନିଷ୍ପତ୍ତି ନେଇଛି। ପାହାଡ଼ ଆଉ ଗୁମ୍ଫାର ଦୈବୀବାଣୀ ଘୋଷଣା କରିଛି। ନିୟମ ଅନୁସାରେ ସେମାନେ ତାକୁ ଉମୋଫିଆ ବାହାରକୁ ନେଇଯିବେ ଆଉ ସେଇଠି ମାରିବେ। କିଂତୁ ମୋର କଥା ହେଉଛି, ତୋର ସେଥିରେ କିଛି କରିବା କଥା ନୁହେଁ। ସେ ତତେ ବାପା ଡ଼ାକେ।'

ତା ପରଦିନ ବଡ଼ି ସକାଳୁ ଉମୋଫିଆର ସବୁ ନଅ ଖଣ୍ଡ ଗାଁରୁ ଦଳେ ବୟସ୍କ ଲୋକ ଆସି ଓକୋଙ୍କୋ ଘରେ ପହଞ୍ଚିଲେ। ସେମାନେ କଣ ଫିସ୍ ଫିସ୍ ହେବା

ଆଗରୁ ନୋୟେ ଓ ଇକେମେଫୁନାକୁ ସେଠୁ ବାହାରକୁ ପଠାଇ ଦେଲେ। ସେମାନେ ବେଶୀ ବେଳ ସେଠି ରହିଲେ ନାହିଁ। କିନ୍ତୁ ସେମାନେ ଗଲାପରେ ଓକୋଙ୍କୋ ଗୁଡ଼ାଏ ବେଳ ଧରି ଗାଲରେ ହାତ ମାରି ବସି ରହିଲା। ପରେ ଦିନ ବେଳା ଇକେମେଫୁନାକୁ ଡ଼ାକି ସେ ତା ନିଜ ଘରକୁ ଯିବା କଥା କହିଲା। କଥାଟା ଶୁଣିପାରି ନୋୟେ କାନ୍ଦି ପକାଇଲା। ସେଥିରେ ରାଗିଯାଇ ତାର ବାପା ତାକୁ ନିସ୍ତୁକ ପିଟିଲା। ଇକେମେଫୁନା ଗୋଟେ ରକମ ହତବୁଦ୍ଧି ହେଇଗଲା। ତାର ନିଜ ଘରଟା ଯା ଭିତରେ ଝାପ୍‌ସା ହେଇଯାଇଥାଏ। ତଥାପି ସେ ତାର ମାଁ ଓ ଭଉଣୀକୁ ଝୁରି ହେଉଥାଏ। ଏଥର ତାଙ୍କ ପାଖକୁ ଯିବ। କିନ୍ତୁ କଣ ପାଇଁ କେଜାଣି ତାର ମନ ଡ଼ାକୁଥାଏ ଯେ ସେ ଆଉ ତାଙ୍କୁ ଦେଖି ପାରିବ ନାହିଁ। ଲୋକମାନେ ତା ବାପା ସହିତ ଫିସ୍‌ଫିସ୍ ହେଲା ବେଳେ ତାକୁ ଲାଗିଲା ଯେମିତି ପୁଣି ସେଇଟା ଘଟିବାକୁ ଯାଉଛି।

ଟିକିଏ ପରେ ନୋୟେ ତା ମାଁ ବସାକୁ ଗଲା ଓ ଇକେମେଫୁନା ତା ଘରକୁ ଯିବା କଥା କହିଲା। ସେଇକ୍ଷଣି ମରିଚ କୁଟୁଥିବା ଦସ୍ତାଟାକୁ ହାତରୁ ପକାଇ ଦେଇ ସେ ତାର ବାହା ଦୁଇଟାକୁ ଛାତିରେ ଭାଙ୍ଗି ଦୀର୍ଘଶ୍ୱାସ ଛାଡ଼ି କହିଲା, 'ବିଚରା ଛୁଆଟା'।

ତା ପରଦିନ ଲୋକମାନେ ହାଣ୍ଡିଏ ମଦ ନେଇ ସେଠିକି ଆସିଲେ। ବେଶଭୂଷାରୁ ଲାଗୁଥାଏ ଯେମିତି କୋଉ କୁଳ ସଭାକୁ ଅଥବା ପାଖ ଗାଁକୁ କୁଣିଆଁ ହେଇ ଯାଉଛନ୍ତି। ଡ଼ାହାଣ କାଖ ତଳେ ଲୁଗାକୁ ବୁଲେଇ ଥାନ୍ତି ଆଉ ବାଁ କାନ୍ଧରେ ଛେଳି ଚମର ମୁଣା ଓ କମାଣ ପେଡ଼ି ଝୁଲାଇଥାନ୍ତି। ଓକୋଙ୍କୋ ଶିଘ୍ର ପ୍ରସ୍ତୁତ ହେଇଗଲା। ଇକେମେଫୁନା ହାତରେ ମଦ ହାଣ୍ଡି ଧରାଇ ଦଳ ବାହାରିଲା। ଓକୋଙ୍କୋର ହତା ଭିତରେ ମଶାଣିଆ ନୀରବତା ମାଡ଼ି ବସିଲା। ଏପରିକି ଛୋଟ ଛୁଆମାନେ ବି କଥାଟା ଜାଣିଲା ପରି ମନେ ହେଲା। ସାରା ଦିନ ନୋୟେ ଲୁହ ଛଳ ଛଳ ଆଖିରେ ତା ମାଁର ବସାରେ ଠିଆ ହେଇ ରହିଲା।

ଯାତ୍ରା ଆରମ୍ଭରେ ଉମୋଫିଆର ମରଦମାନେ ପଙ୍ଗପାଳ, ଘରର ଡିର୍ଲା, ଆଉ ତାଙ୍କ ସହିତ ଆସିବାକୁ ମନା କରିଥିବା ମାଇଚିଆଙ୍କୁ ନେଇ ଥଟ୍ଟା କୌତୁକ କରୁଥାନ୍ତି। କିନ୍ତୁ ଉମୋଫିଆ ଉପକଣ୍ଠ ପାଖେଇ ଆସିଲାକ୍ଷଣି ତାଙ୍କ ଭିତରେ ବି ନୀରବତା ଛାଇଗଲା।

ଧୀରେ ଧୀରେ ସୂର୍ଯ୍ୟେ ମଝି ଆକାଶକୁ ଉଠିଲା। ଶୁଖିଲା ବାଲିଆ ପାଦଚଲା ରାସ୍ତାଟା ତା ଭିତରେ ଛିପିଲା ତାତିକୁ ବାହାରକୁ ଫୋପାଡ଼ିଲା। ପାଖ ଜଙ୍ଗଲରେ ପକ୍ଷୀ କେଇଟା କିଚିରି ମିଚିରି କଲେ। ବାଲିରେ ଶୁଖିଲା ପତ୍ର ଉପରେ ମରଦମାନେ ପାଦ

ପକାଇଲେ । ସବୁକିଛି ନିଶ୍ଚୁପ । ଦୂରରୁ ଅସ୍ପଷ୍ଟ 'ଇକ୍‌ୱେ' ବାଜା ଶୁଭୁଥାଏ । ପବନରେ ଭାସି ଆସି ପୁଣି ପବନରେ ମିଳେଇ ଯାଉଥାଏ ଦୂରର କେଉଁ କୁଳର ଖୁସି ବାସିଆ ନାଚ ।

'ଏଟା 'ଓଜୋ' ନାଚ', ପୁରୁଷ ମାନେ ନିଜ ଭିତରେ କୁହା କୁହି ହେଲେ । କିନ୍ତୁ କୋଉ ପଟୁ ଆସୁଛି କେହି ଠିକ୍‌ରେ କହି ପାରୁ ନ ଥିଲେ । କେତେଜଣ କହିଲେ ଇଜିମିଲି, ଅନ୍ୟମାନେ କହିଲେ ଆବାମେ ନ ହେଲେ ଅନିଷ୍ଟା । ଘଡ଼ିଏ ତାକୁ ନେଇ ଯୁକ୍ତି ତର୍କ କଲେ ପୁଣି ଚୁପ୍‌ଚାପ୍ ହେଇଗଲେ । ଆଉ ଧରା ଦଉ ନ ଥିବା ନାଚଟା ସେମିତି ପବନରେ ଉଠୁଥାଏ ପୁଣି ପଡୁଥାଏ । କେଉଁଠାର କୁଳ ପୁରୁଷ ଜଣେ ଗୀତ ନାଚ ଓ ଭୋଜିଭାତର ଆସର ଭିତରେ ତାର କୁଳ ଉପାଧି ନଉଥାଏ ।

ଜଙ୍ଗଲ ମଝିରେ ପାଦଚଲା ରାସ୍ତାଟା ଏଥର ସରୁ ହେଇଗଲା । ପୁରୁଷଙ୍କର ଗାଁକୁ ଘେରି ରହିଥିବା ଅନୁଚ୍ଚ ଗଛ, ବୁଦି ବୁଦିକା ଘାସଲଟାମାନ ଏଥର କେବେ କୁରାଢ଼ୀ କି ବଣନିଆଁ ଛୁଇଁ ନ ଥିବା କୋଉ ଆବହମାନ କାଳରୁ ଠିଆ ବିରାଟ ଗଛ ଲତାକୁ ବାଟ ଛାଡ଼ିଦେଲେ । ପାଦଚଲା ରାସ୍ତା ଉପରେ ଡ଼ାଳପତ୍ର ସନ୍ଧିରୁ ସୂର୍ଯ୍ୟ ପଡ଼ି ଛାଇ ଆଲୁଅର ନକ୍‌ସାଟିଏ ଖେଳେଇ ଦଉଥାଏ ।

ପଛରୁ ଫିସ୍ ଫିସ୍ ଶବ୍ଦ ଶୁଣି ଇକେମେଫୁନା ଧାଏଁ କିନା ବୁଲି ପଡ଼ିଲା । ଫିସ୍ ଫିସ୍ ହେଉଥିବା ଲୋକଟା ଏବେ ଅନ୍ୟମାନଙ୍କୁ ଚଞ୍ଚଳ ଆସିବା ପାଇଁ ପାଟିକଲା ।

'ଆମକୁ ଆହୁରି ଗୁଡ଼େ ବାଟ ଯିବାର ଅଛିଟି', ସେ କହିଲା । ତାପରେ ସେ ଓ ଆଉ ଜଣେ ଲୋକ ଇକେମେଫୁନା ଆଗରେ ତର ତର ପାହୁଣ୍ଡ ପକାଇ ଚାଲିଲେ ।

ଏଇ ରକମ ଉମୋଫିଆର ପୁରୁଷମାନେ କମାଣ ପେଡ଼ିରେ ସାଜି ହେଇ ତାଙ୍କ ବାଟରେ ଚାଲିଲେ । ମୁଣ୍ଡରେ ତାଳ-ମଦ ହାଣ୍ଡିଟା ବୋହି ଇକେମେଫୁନା ତାଙ୍କ ମଝିରେ ଚାଲିଥାଏ । ପ୍ରଥମେ ତାକୁ ଭାରି ଅବାଗିଆ ଲାଗିଲା । ଏବେ ତାକୁ ଆଉ ଡ଼ର ଲାଗୁନି । ଓକୋଙ୍କୋ ତାରି ପଛରେ ଚାଲୁଥାଏ । ଓକୋଙ୍କୋ ଯେ ତାର ନିଜ ବାପା ନୁହଁ, ଏ କଥା ସେ କେବେ ବିଶ୍ୱାସ କରିପାରେନି । ସେ ତାର ନିଜ ବାପାକୁ କେବେ ଭଲ ପାଇନି । ଆଉ ତିନି ବର୍ଷ ଭିତରେ ସେ ଗୋଟେ ରକମ ଅଚିହ୍ନା ହୋଇ ଯାଇଥିଲା । କିନ୍ତୁ ତାର ମାଁ ଆଉ ତାର ତିନି ବର୍ଷର ଛୋଟ ଭଉଣୀଟା ... ସେ ତ ଆଉ ତିନି ବର୍ଷର ହେଇ ନ ଥିବ, ଏବେ ଛଅ ବର୍ଷର ହେଇ ଯାଇଥିବ । ଏମେ କଣ ତାକୁ ସେ ଚିହ୍ନି ପାରିବ ? ସେ ନିଶ୍ଚେ ବେଶ୍ ବଡ଼ ହେଇଯାଇଥିବ । ତାର ମାଁ ଖୁସିରେ କାନ୍ଦି ପକାଇବ । ପୁଅକୁ ଭଲରେ ଦେଖାରେଖା କରି ପୁଣି ତା ପାଖକୁ ଫେରାଇ ଆଣିଥିବାରୁ ସେ ଓକୋଙ୍କୋ ପାଖରେ କୃତ୍ୟକୃତ୍ୟ ହେଇ ଲୋଟିଯିବ । ଏତେ ଦିନ ଭିତରେ ତାର

କଣ ହେଲା ନ ହେଲା ସବୁ ତାଠୁ ଶୁଣିବାକୁ ଚାହିଁବ। ସେ କଣ ସବୁ କଥା ମନେ ପକାଇ କହି ପାରିବ ? ସେ ତାକୁ ନୋୟେ ଆଉ ତାର ମାଁ କଥା କହିବ, ପୁଣି ପଙ୍ଗପାଳ କଥା... ତା ପରେ ହଠାତ୍ ତାର ମନକୁ ଗୋଟେ କଥା ଆସିଲା। ତାର ମାଁ ମରି ଯାଇଥାଇପାରେ। ମନରୁ କଥାଟିକୁ ବାହାର କରିବା ପାଇଁ ସେ ବହୁତ ଚେଷ୍ଟା କଲା। ହେଲାନି। ଛୋଟ ଥିଲାବେଳେ ସେ ଯେମିତି ଏ ସବୁ କଥାର ସମାଧାନ କରୁଥିଲା, ସେମିତି କରିବାରେ ଲାଗିଲା। ଗୀତଟା ଏବେ ବି ତାର ମନେ ଅଛି :

ଇଜେ, ଇଲିନା, ଇଲିନା !
ସାଲା
ଇଜେ ଇଲିକ୍ୱା, ୟା
ଇକ୍ୱାବା ଆକ୍ୱା ଓଲିଗୋଲି
ଇବେ ଡ଼ାଣ୍ଡା ନେଚି ଇଜେ
ଇବେ ଉଜୁଜୁ ନେଟେ ଇଗୱୁ
ସାଲା

ମନେ ମନେ ଗାଇଲା ଆଉ ତାରି ତାଳରେ ପାଦ ଟିପେଇଲା। ଯଦି ଗୀତଟା ଡ଼ାହାଣ ପାଦରେ ଛିଣ୍ଡେ, ତା ହେଲେ ତାର ମାଁ ବଞ୍ଚିଛି। ଆଉ ଯଦି ତାର ବାଁ ପାଦରେ ଛିଣ୍ଡେ, ତା ହେଲେ ମରିଯାଇଛି। ନା, ମରି ନାଇଁ, କିନ୍ତୁ ବେମାର ଅଛି। ଗୀତଟା ଡ଼ାହାଣ ପଟେ ଛିଣ୍ଡିଲା। ତା ମାନେ ବଞ୍ଚିଛି, ଭଲରେ ଅଛି। ସେ ପୁଣି ଥରେ ଗାଇଲା ଆଉ ସେଇଟା ବାଁ ପଟେ ଛିଣ୍ଡିଲା। କିଂତୁ ଦ୍ୱିତୀୟ ଥର ସେ ଆଉ ଗଣିଲା ନାହିଁ। ପ୍ରଥମ ସ୍ୱରଟା ଚୁକୁ ଅଥବା ଈଶ୍ୱରଙ୍କ ଘରକୁ ନିଏ। ଏଇଟା ପିଲାମାନଙ୍କ ମନଲାଖି କଥା। ଇକେମେଫୁନା ନିଜେ ପୁଣି ଛୁଆଟିଏ ହେଇଗଲା ପରି ମନେକଲା। ଏଟା ନିଶ୍ଚେ ଘରକୁ, ମାଁ ପାଖକୁ ଫେରିବାର ଭାବନା।

ତା ପଛରୁ ଜଣେ ଗଳା ଛାଡ଼ିଲା। ଇକେମେଫୁନା ପଛକୁ ଚାହିଁଲା। ଲୋକଟା ରାଗରେ ଘାଉଁ କରି ଗର୍ଜି ଉଠିଲା। ପଛକୁ ନ ଚାହିଁ ଆଗକୁ ଚାଲିବାକୁ କହିଲା। ହେଲେ କଥାଟିକୁ ସେ ଯେଉଁଭଳି କହିଲା, ଇକେମେଫୁନା ଭୟରେ ଶିହରି ଉଠିଲା। କଳାହାଣ୍ଡି ଧରିଥିବା ହାତଟା ଟିକେ ଥରିଗଲା। ଓକୋଙ୍କୋ ପଛରେ କାହିଁକି ରହିଗଲା ? ଇକେମେଫୁନାକୁ ଲାଗିଲା, ତାର ପାଦ ତଳର ଭୂଇଁ ଖସୁଛି। ଆଉ ସେ ପଛକୁ ଚାହିଁବାକୁ ଡ଼ରିଲା।

ଗଳା ଝାଡ଼ିଥିବା ଲୋକଟା ପାଖେଇ ଆସି ତାର ଭୁଜାଲି ଉଠାଇଲା। ଓକୋଙ୍କୋ ମୁହଁ କୁ ବୁଲାଇ ନେଲା। ଆଘାତଟା ସେ ଶୁଣିଲା। ହାଣ୍ଡିଟା ଫାଟିଯାଇ

ବାଲି ଉପରେ ପଡ଼ିଗଲା । ତା ଆଡ଼କୁ ଧାଇଁ ଆସୁଥିବା ଇକେମେଫୁନାର ଚିତ୍କାର ସେ ଶୁଣି ପାରିଲା । ମୋ ବାପା, ସେମାନେ ମତେ ମାରି ଦେଲେ, ଭୟରେ ସ୍ତବ୍ଧ ଓକୋଙ୍କୋ ତାର ଭୁଜାଲି କାଢ଼ି ତାକୁ ଚୋଟ ମାରିଲା । ପିଲାଟା ତଳେ ଟଳି ପଡ଼ିଲା । କାଳେ କେହି ତାକୁ ଦୁର୍ବଳ ଭାବିନେବ, ଏଇ ଭୟରେ ସେ ଡ଼ରିଗଲା ।

ସେଦିନ ରାତିରେ ତାର ବାପା ଘରକୁ ଆସିଲା କ୍ଷଣି ନୋୟେ ଜାଣିଲା ଯେ ଇକେମେଫୁନାକୁ ମାରିଦିଆଯାଇଛି । ଧନୁର ଆକର୍ଷୀଟା ଛିଣ୍ଡିଗଲା ପରି ତା ଭିତରେ କଣଟାଏ ଯେମିତି ହେଇଗଲା । ସେ କାନ୍ଦିଲା ନାହିଁ । ଖାଲି ଦୁର୍ବଳ ହେଇ ଲହକି ଗଲା । ବେଶୀ ଦିନର କଥା ନୁହଁ, ଏଇ ଫସଲ ଅମଳ ବେଳେ ତାକୁ ଏମିତି ଲାଗିଥିଲା । ଅମଳ ଋତୁକୁ ସବୁ ଛୁଆଙ୍କର ପସନ୍ଦ । ଛୋଟ ଝୁଡ଼ିରେ ଦୁଇ ଚାରିଖଣ୍ଡ ଖମ୍ବ ଆଳୁ ବୋହି ପାରିଲା ଭଳି ଛୁଆମାନେ ବି ବଡ଼ମାନଙ୍କ ସାଙ୍ଗରେ କ୍ଷେତକୁ ଯାଆନ୍ତି । ଖମ୍ବ ଆଳୁ ଖୋଳି ନ ପାରିଲେ ବି କାଠି କୁଟା ଗୋଟାନ୍ତି । ସେଥିରେ ଆଳୁକୁ ପୋଡ଼େଇ କ୍ଷେତରେ ଖିଆ ହୁଏ । ଖୋଲା କ୍ଷେତରେ ନାଲି ପାମ୍ ତେଲରେ ପୋଡ଼ା ଆଳୁ ବୁଡ଼େଇ ଖାଇବାର ମଜା ନିଆରା । ଘର ରନ୍ଧାରେ ସେଇ ସୁଆଦ ମିଳେ ନାଇଁ । ଅମଳ ଋତୁର ସେମିତି ଦିନଟାରେ ନୋୟେ ପ୍ରଥମ ଥର ପାଇଁ ତା ଭିତରେ କଣଟାଏ ଛିଣ୍ଡିଯିବାର ଅନୁଭବ କରିଥିଲା । ଦୂର କ୍ଷେତରୁ ଝୋଲା ବାଟ ଦେଇ ସେମାନେ ଝୁଡ଼ିରେ ଖମ୍ବ ଆଳୁ ବୋହି ଘରକୁ ଫେରୁଥାନ୍ତି । ଆଉ ସେତିକିବେଳେ ଘଞ୍ଚ ଜଙ୍ଗଲ ଭିତରୁ କଅଁଳା ଛୁଆର ସ୍ୱର ଶୁଣିଲେ । ଗପସପରେ ମାତିଥିବା ସ୍ତ୍ରୀ ଲୋକମାନେ ହଠାତ୍ ଚୁପ୍ ହେଇଗଲେ ଆଉ ଚଞ୍ଚଳ ପାଦ ପକାଇଲେ । ମାଟି ହାଣ୍ଡିରେ ଜାଆଁଳା ଛୁଆଙ୍କୁ ପୁରାଇ ବଣ ଭିତରକୁ ଫୋପାଡ଼ି ଦେବା କଥା ନୋୟେ ଶୁଣିଥିଲା । କିନ୍ତୁ ଏ ଯାଏଁ ତାହା ଦେଖି ନ ଥିଲା । ଗୋଟେ ଅସ୍ପଷ୍ଟ ଶୀତଳ ନିରାଶା ତାକୁ ମାଡ଼ିବସିଲା । ରାତିଟାରେ ରାସ୍ତାରେ ଏକୁଟିଆ ଚାଲୁ ଚାଲୁ ଭୂତ ଦେଖିଲା ପରି ତାର ମୁଣ୍ଡଟା ଦମ୍କି ଉଠିଲା । ସେତେବେଳେ ତା ଭିତରେ କଣ ଗୋଟେ ଭୁଷୁଡ଼ି ଗଲା । ସେଇ ରାତିରେ ଇକେମେଫୁନାକୁ ମାରି ସାରି ତାର ବାପା ଘରକୁ ପଶିଲା ବେଳେ ତାକୁ ପୁଣି ସେଇଟା ମାଡ଼ିବସିଲା, ପୁଣି ସେମିତି ଲାଗିଲା ।

॥ ୮ ॥

ଇକେମେଫୁନାର ମୃତ୍ୟୁ ପରେ ଓକୋଙ୍କୋ ଦୁଇ ଦିନ ଯାଏଁ କିଛି ମୁହଁରେ ଦେଲାନି। ସକାଳୁ ରାତିଯାଏଁ ଖାଲି ମଦ ପିଇଲା। ମୂଷାର ଲାଞ୍ଜକୁ ଧରି ତଳେ କଚି ଦେଲେ ତାର ଆଖି ଯେମିତି ଦେଖାଯାଏ, ଠିକ୍ ସେମିତି ଓକୋଙ୍କୋର ଆଖି ଭୀଷଣ ଲାଲ୍ ଆଉ ଭୟଙ୍କର ଦେଖା ଯାଉଥାଏ। ତାରି ଓବିରେ ତା ପାଖରେ ବସିବାକୁ ସେ ତାର ପୁଅ ନୋୟେକୁ ଡ଼ାକିଲା। କିନ୍ତୁ ପିଲାଟା ତାକୁ ଡ଼ରିଲା। ତାକୁ ଢୁଲାଇବା ଦେଖିଲା କ୍ଷଣି ସେ ଚୁପ୍‌କିନା ବସାରୁ ଖସି ପଳାଇଲା।

ସେ ରାତିରେ ସେ ଶୋଇଲା ନାହିଁ। ଇକେମେଫୁନାକୁ ମନରୁ କାଢ଼ି ଦେବାକୁ ଚେଷ୍ଟା କଲା। କିନ୍ତୁ ସେ ଯେତିକି ବେଶୀ ଚେଷ୍ଟା କଲା, ଇକେମେଫୁନା ତା ଭିତରକୁ ସେତିକି ବେଶୀ ଧସେଇ ପଶିଲା। ଥରେ ଖଟରୁ ଉଠି ପଡ଼ି ହତା ଚାରିପଟେ ଚାଲିବସିଲା। ହେଲେ ସେ ଏତେ ଦୁର୍ବଳ ହେଇଯାଇଥିଲା ଯେ ଗୋଡ଼ ଦୁଇଟା ଘୋଷାରି ହେଲା ପରି ଲାଗିଲା। ମଶାଟିଏର ଅଙ୍ଗ ପ୍ରତ୍ୟଙ୍ଗରେ ଜଣେ ବିରାଟ ମଦୁଆ ଚାଲୁଥିବା ପରି ତାକୁ ଲାଗିଲା। ବେଳେ ବେଳେ ଗୋଟେ ଶୀତଳ ଶିହରଣ ତାର ମୁଣ୍ଡରୁ ଯାଇ ସାରା ଦିହରେ ଖେଳିଗଲା।

ତୃତୀୟ ଦିନ ସେ ତାର ଦ୍ୱିତୀୟ ସ୍ତ୍ରୀ ଏକ୍ୱେଫିକୁ ତା ପାଇଁ କିଛି କଦଳୀ ଭଜା କରିବା ପାଇଁ କହିଲା। ସେ କଦଳୀରେ ଶିମ୍ବ ଓ ମାଛ ପକାଇ ଓକୋଙ୍କୋର ମନ ପସନ୍ଦ ତରକାରୀ ରାନ୍ଧିଲା।

'ଦୁଇ ଦିନ ହେଲା ତମେ କିଛି ଖାଇନ। ଏବେ ସବୁ ତକ ଖାଇ ଦିଅ', ତା'ପାଇଁ ଖାଇବାଟା ଆଣି ଝିଅ ଏଜିନ୍‌ମା କହିଲା ଆଉ ସେଠି ତା ସାମ୍ନାରେ ଗୋଡ଼ ଲମ୍ବେଇ ବସି ପଡ଼ିଲା। ଓକୋଙ୍କୋ ଅନ୍ୟମନସ୍କ ହେଇ ଖାଇଲା। 'ଇଏ ପୁଅଟେ ହେବାର ଥିଲା', ଦଶ ବର୍ଷର ଝିଅକୁ ଚାହିଁ ସେ ଭାବିଲା। ସେ ତାକୁ ମାଛ ଖଣ୍ଡେ ବଢ଼ାଇ ଦେଲା।

'ଯା, ମୋ ପାଇଁ ଟିକେ ଥଣ୍ଡା ପାଣି ଆଣ', ସେ କହିଲା। ମାଛ ଖଣ୍ଡିକୁ ଚୋବାଇ ଚୋବାଇ ଏଜିନ୍‌ମା ଚଟାପଟ ବସାରୁ ବାହାରି ଗଲା ଓ ତାର ମାଁର ବସାରେ ଥିବ ମାଠିଆରୁ କଂସାଏ ଥଣ୍ଡା ପାଣି ନେଇ ଆସିଲା।

ଓକୋଙ୍କୋ ତା ହାତରୁ ପାଣି ନେଇ ଢ଼କ ଢ଼କ ପିଇଦେଲା। ଆଉ କେତେଖଣ୍ଡ କଦଳୀ ଭଜା ଖାଇ ବେଲାଟାକୁ ଆଡ଼େଇ ଦେଲା। 'ମୋ ମୁଣାଟା ଆଣିଲୁ' ସେ କହିଲା। ବସାର ସବାଶେଷ ମୁଣ୍ଡରୁ ଏଜିନ୍‌ମା ଛେଳି-ଚମର ମୁଣାଟାକୁ ନେଇ ଆସିଲା। ତା ଭିତରେ ସେ ତାର ନାଶ ବୋତଲ ଅଣ୍ଡାଳିଲା। ମୁଣାଟା ଗାତୁଆ ହେଇଥିବାରୁ ସେ ତାର ପୁରା ବାହାକୁ ପଶାଇ ଦରାଣ୍ଡିଲା। ନାଶ-ଶିଶି କୁ ଛାଡ଼ି ସେଥିରେ ଆହୁରି ଗୁଡ଼ାଏ ଜିନିଷ ଥିଲା। ତା ଭିତରେ ଥିବା ପିମ୍ପା, ଲାଉ ତୁମ୍ବା ଦରାଣ୍ଡିଲା ବେଳେ ଠକର ଠକର ହେଇ ବାଜୁଥାଏ। ନାଶ ବୋତଲଟାକୁ ବାହାର କରି ସେ ଆଣ୍ଠୁ ହାଡ଼ରେ ଦୁଇ ଚାରି ଥର ଟିକେ ଠୁକୁଡ଼େଇ ଦେଲା ଓ ବାଁ ହାତରେ ଟିପେ ନାଶ କାଢ଼ି ଧରିଲା। ତାର ସେ ନାଶ-ଦାନି କାଢ଼ି ନ ଥିବା ମନେ ପକାଇଲା ଓ ମୁଣାକୁ ପୁଣି ଅଣ୍ଡାଳି ହାତୀ ଦାନ୍ତର ଗୋଟେ ଛୋଟିଆ ଚଟକା ନାଶ-ଦାନିଟିଏ କାଢ଼ିଲା। ସେଥିରେ ନାଶ ରଖି ନାକ ଫୁଡ଼ାକୁ ନେଲା।

ଏଜିନ୍‌ମା ଗୋଟେ ହାତରେ ବେଲା ଓ ଆର ହାତରେ ଖାଲି ପାଣି ତାଟିଆ ଧରି ତା ମା'ର ବସାକୁ ଫେରିଗଲା। 'ସେ ପୁଅଟେ ହେବାର କଥା', ଓକୋଙ୍କୋ ପୁଣି ନିଜକୁ ନିଜେ କହିଲା। ତାର ମନଟା ଇକେମେଫୁନା ପାଖକୁ ଚାଲିଗଲା ଆଉ ସେ ଥରି ଉଠିଲା। ସେମିତି କିଛି କାମ ଜୁଟିଗଲେ ସେ କଥାଟାକୁ ପାଶୋରି ଦିଅନ୍ତା। ହେଲେ ଏଇଟା ବର୍ଷର ଢ଼ିଲା ସମୟ। ଫସଲ ଅମଳ ସରିଥାଏ, ପୁଣି ଆର ଫସଲ ଆରମ୍ଭ ହେଇ ନ ଥାଏ। ଏଇ ମଝିରେ କାମ କହିଲେ ତାଳ ବରଡ଼ାରେ କାନ୍ଥ ଛୁଆଁଣି କରିବାଟା। ସେଇ କାମଟାତ ଓକୋଙ୍କୋ କରି ସାରିଥିଲା। ଯୋଉଦିନ ପଙ୍ଗପାଳ ଆସିଲେ, ସେଇଦିନ ପାଚେରୀ କାନ୍ଥର ଗୋଟେ ପଟ ସେ କରିଥିଲା। ଆର ପଟଟା ଇକେମେଫୁନା ଆଉ ନୋୟେ କରିଥିଲେ।

'ତୁ କେବେଠୁ ଥୁରୁଥୁରୁ ବୁଢ଼ୀଟେ ହେଇ ଗଲୁଣି', ଓକୋଙ୍କୋ ନିଜକୁ ନିଜେ ପଚାରିଲା। 'ସାରା ନଅ ଖଣ୍ଡ ଗାଁ ଭିତରେ ତୋର ବୀରତ୍ୱର ନାଁ ରହିଛି। ତୁ ଜଣେ ସାହସୀ ଲଢୁଆ ମରଦ। ଯେଉଁ ଲୋକ ଯୁଦ୍ଧରେ ପାଞ୍ଚଟା ମଣିଷ ମାରିପାରିଛି, ସେଥିରେ ଆଉ ଗୋଟେ ପିଲାର ସଂଖ୍ୟାଟା ଅଧିକା ଯୋଡ଼ି ହେଇଗଲା ବୋଲି ସେ କେମିତି ଭାଙ୍ଗି ପଡ଼ିବ ? ଓକୋଙ୍କୋ, ତୁ ଟା ସତରେ ମାଇକିନା ହେଇଗଲୁଣି।'

ସେ ପାଦ ଉଠାଇଲା। କାନ୍ଧରେ ଛେଳି ଚମର ମୁଣାଟା ଝୁଲାଇ ତାର ସାଙ୍ଗ ଓବେରିକା ଘରକୁ ବୁଲି ବାହାରିଲା।

ଓବେରିକା ବାହାରେ ଗୋଟେ କମଳା ଗଛ ଛାଇ ତଳେ ବସି ତାଳ ପତ୍ରର ତାଟିଟାଏ ବୁଣୁଥାଏ। ଓକୋଙ୍କୋ ସହିତ ଜୁହାର ଭେଟ ହେଇ ସେ ତାର ଓବି ଆଡ଼କୁ କଢ଼େଇ ନେଲା।

'ତାଟି ଖଣ୍ଡିକ ବୁଣି ସାରି ମୁଁ ତତେ ଭେଟିବାକୁ ଯାଇଥାନ୍ତି ଯେ', ଜଙ୍ଘରେ ଲଟକିଥିବା ଧୂଳିକୁ ଝାଡୁ ଝାଡୁ ସେ କହିଲା।

'ଆଉ ସବୁ ଭଲ ତ ?' ଓକୋଙ୍କୋ ପଚାରିଲା।

'ହଁ' ଓବେରିକା ଉତ୍ତର ଦେଲା। 'ଆଜି ମୋ ଝିଅର ବାହାଘର ପାଇଁ ବର ପକ୍ଷର ଲୋକ ଆସିବେ। ଆମେ ଝୋଲା ଟଙ୍କା କଥା ଛିଣ୍ଡେଇ ଦେବା ଭାବୁଛି। ତୁ ସେଠି ରହିବା ଦରକାର।'

ଠିକ୍ ସେତିକିବେଳେ ଓବେରିକାର ପୁଅ ମାଡୁକା ବାହାରୁ ଓବି ଭିତରକୁ ଆସିଲା। ଓକୋଙ୍କୋକୁ ଓଲଗି ହେଇ ହତା ଆଡ଼କୁ ମୁହାଁଇଲା।

'ଆସିଲୁ, ମୋ ସହିତ ହାତ ମିଳାଇବୁ ଆସ', ଓକୋଙ୍କୋ ପିଲାଟିକୁ କହିଲା। 'ତୋର କୁସ୍ତି ଖେଳ ଦେଖି ମୁଁ ଭାରି ଖୁସି ସତରେ। ପିଲାଟା ଟିକେ ହସିଲା ଆଉ ଓକୋଙ୍କୋ ସହିତ ହାତ ମିଳାଇ ପାଚେରୀ ଆଡ଼କୁ ଚାଲିଗଲା।

'ସେ ଭାରି ନାଁ କରିବ', ଓକୋଙ୍କୋ କହିଲା। 'ମୋର ଏମିତି ପୁଅଟାଏ ଥିଲେ ମୁଁ ଭାରି ଖୁସି ହେଇଥାନ୍ତି। ନୋୟେ ପାଇଁ ମୋର ବଡ଼ ଚିନ୍ତା। କୁସ୍ତିରେ ଗିନାଏ ଆଳୁ ଫିଙ୍ଗି ଦେଲେ ସେ ତଳେ ପଡ଼ିଯିବ। ତାର ସାନ ଭାଇ ଦୁଇଟା ବରଂ ତାଠୁ ଟିକେ ଭଲ ବାହାରିବେ ପରି ଲାଗୁଛି। ହେଲେ ବୁଝିଲ ଓବେରିକା, ମୋ ପିଲାମାନେ କେହି ମୋରି ଭଳିଆ ହେଲେ ନାହିଁ। କଦଳୀ ଗଛ ମରିଗଲା ପରେ ତାରି ଜାଗାରେ ଭଲ ପୁଆ ନ ବାହାରିଲେ କଣ ହେବ ? ଏଜିନ୍ମା ପୁଅଟାଏ ହେଇଥିଲେ ମୁଁ ସତରେ ଖୁସି ହେଇଥାନ୍ତି। ସେ ବେଶ୍ ଫୁର୍ତ୍ତି ଅଛି।'

'ତୁ ତୁଚ୍ଛାଟାରେ ଚିନ୍ତା କରୁଛୁ। ଓବେରିକା କହିଲା। 'ତୋର ପିଲାମାନେ ତ ଏବେ ଛୋଟ।'

'ନୋୟେ ବେଶ୍ ବଡ଼ ହେଲାଣି। ତିର୍ଲାଟାର ପେଟ କରିଦେବା ଭଳି ତାର ବୟସ ହେଇଗଲାଣି। ତାରି ବୟସରେ ମୁଁ ମୋର ନିଜ କମାଣି ଖାଉଥିଲିଟି। ନାଇଁରେ ସଙ୍ଗାତ, ସେ ଆଉ ଛୋଟ ନୁହେଁ। ଅଣ୍ଡା ଫୁଟିଲା ଦିନ ହିଁ ଚିଆଁଟା ଗଞ୍ଜା ହେବ ବୋଲି ଜଣାପଡ଼ିଯାଏ। ନୋୟେକୁ ଜଣେ ମରଦ ପରି

ବାହାର କରିବାକୁ ମୁଁ ମୋର ପାରୁପର୍ଯ୍ୟନ୍ତ ଚେଷ୍ଟା କରିଛି। କିନ୍ତୁ ସେ ବେଶୀ ତାର ମାଁର ପାଣି ଆଣିଛି।'

'ତାର ଅଜାର ପାଣି ଆଣିଛି', ଓବେରିକା ଭାବିଲା କିନ୍ତୁ କହିଲା ନାହିଁ। ଓକୋଙ୍କୋର ମନକୁ ବି ସେଇ କଥାଟା ପଶି ଆସିଲା। କିନ୍ତୁ ସେଇ ଭୂତକୁ କେମିତି ଠିକଣା କରିବାକୁ ହୁଏ ସେଇ କଳାଟା ସେ ଅନେକ ଦିନରୁ ଅକ୍ତିଆର କରି ସାରିଥିଲା। ତାର ବାପାର ଦୁର୍ବଳତା ଓ ବିଫଳତା ତାକୁ ଘାରିଲା ମାତ୍ରେ ସେ ତାର ସାମର୍ଥ୍ୟ ଓ ସଫଳତା କଥା ଭାବି ତାକୁ ଘଉଡ଼ାଇ ଦିଏ। ଏଥର ବି ସେ ଠିକ୍ ସେଇୟା କଲା। ସଦ୍ୟ ସମାପନ କରିଥିବା ସେ ତାର ପୌରୁଷର ପ୍ରସଙ୍ଗ ପକାଇଲା।

'ସେଇ ପିଲାଟାକୁ ମାରିବା ପାଇଁ ଆମ ସହିତ କଣ ପାଇଁ ଆସିଲୁ ନାହିଁ, ମୁଁ ବୁଝିପାରୁନି', ସେ ଓବେରିକାକୁ ପଚାରିଲା।'

'କାରଣ ମୁଁ ଯିବାକୁ ଚାହିଁଲିନି,' ଓବେରିକା ରୋକ୍‌ଠୋକ୍ ଉତ୍ତର ଦେଲା। 'ମୋ ଅନ୍ୟ କାମ ଥିଲା।'

'ତୋ କଥାରୁ ତୁ ଦୈବୀ ବାଣୀକୁ ବେଖାତିର କଲାପରି ଲାଗୁଛି। ତାକୁ ମାରିବାଟା ଦୈବୀ ନିଷ୍ପତ୍ତି ଥିଲା।'

'ନା, ମୁଁ କରୁନି। ମୁଁ ଭଲା କାଇଁ ବେଖାତିର କରିବି ? କିନ୍ତୁ ସେଇ ନିଷ୍ପତ୍ତିକୁ ପାଳନ କରିବା ପାଇଁ ଦୈବୀ-ବାଣୀରେ ମତେ କୁହାଯାଇ ନ ଥିଲା।

'କିନ୍ତୁ କେହି ଜଣେ ତ ସେଇଟା କରିବାର ଥିଲା। ଯଦି ଆମେ ସମସ୍ତେ ରକ୍ତକୁ ଡ଼ରିବା, ତା ହେଲେ କାମଟା ହେଇପାରିବ ନାହିଁ। ତା ପରେ ଦୈବୀ-ବାଣୀର କଣ ହେବ କହ ?'

'ତୁ ଭଲ ଭାବରେ ଜାଣୁ ଓକୋଙ୍କୋ ଯେ ମୁଁ ହାଣକାଟକୁ ଡ଼ରେ ନାଇଁ। ଯଦି କେହି ମତେ ଡ଼ରୁଆ କହେ ତା ହେଲେ ସେଇ ଏକା ଡ଼ାହା ମିଛୁଆ। ହେଲେ ଭାଇ ମୋର କଥାଟା ଶୁଣ। ମୁଁ ତୋ ଜାଗାରେ ଥିଲେ ମୁଁ ବରଂ ଘରେ ରହି ଯାଇଥାନ୍ତି। ଯାହା କଲୁ ସେଇଟା ଦର୍ତ୍ତନୀକୁ ତୁଷ୍ଟି କରିବ ନାହିଁ। ଏମିତି ଦୁଷ୍କର୍ମ ପାଇଁ ପରା ଦେବୀ ଗୋଟା ଗୋଟା ପରିବାର ମୂଳପୋଛ କରିଦିଏ।'

'କାଳିଶିର କଥା ମାନି କାମଟା କଲି। ସେଥିରେ ଦର୍ତ୍ତନା ମତେ ଭଲା କିଆଁ ଦଣ୍ଡିବ ଯେ', ଓକୋଙ୍କୋ କହିଲା। ଛୁଆଟା ହାତରେ ତାର ମାଁ ଖଣ୍ଡେ ଗରମ ଖମ୍ଭ ଆଳୁ ଧରାଇଦେଲା ବୋଲି ସେଥିରେ ଫୋଟକା ହେଇଯାଏନି ତ।'

'ସେଇଟା ସତ', ଓବେରିକା ମାନିଲା। କିନ୍ତୁ ଯଦି ଦୈବୀ ବାଣୀ ମୋର

ପୁଅକୁ ମାରିବା ପାଇଁ କହିଥାନ୍ତା, ମୁଁ ତାର ବିରୋଧ କରି ନ ଥାନ୍ତି କି ସେଇ କାମଟା ନିଜେ କରି ନ ଥାନ୍ତି।'

ତାଙ୍କର କଥା କଟା କଟି ଆହୁରି ଲମ୍ବିଥାନ୍ତା। କିନ୍ତୁ ସେତିକିବେଳକୁ ଓଫୋଡୁ ଆସି ପହଞ୍ଚିଗଲା। ତାର ଆଖି ମିଟିକାରୁ କଣ ଗୋଟେ ସରଗରମ ଖବରର ସୂଚନା ମିଳୁଥାଏ। ତେବେ ତାକୁ ତର ତର ହେଇ ପଚାରିବାଟା ଠିକ୍ ନୁହଁ। ଓକୋଙ୍କୋ ସହିତ ଭାଙ୍ଗିଥିବା କୋଲାରୁ ଚିରୁଡ଼ାଏ ଓବେରିକା ତାକୁ ଦେଲା। ଓଫୋଡୁ ତାକୁ ଧୀରେ ଧୀରେ ଖାଉ ଖାଉ ପଙ୍ଗପାଳ କଥା ଗପିଲା। ଖାଇସାରି କହିଲା:

'ଆଜି କାଲି ଯେମିତି ଅଜବ କଥା ଘଟୁଛି ନା କହିବା କଥା ନୁହଁ।'

'କଣ ହେଲା କି?' ଓକୋଙ୍କୋ ପଚାରିଲା।

'ଓଗ୍‌ବୁଏଫି' ଏଣ୍ଡୁଲେକୁ ଜାଣିଛ ତ ?' ଓଫୋଡୁ ପଚାରିଲା।

'ଇରେ ଗାଁର ଓଗ୍‌ବୁଏଫି ଏଣ୍ଡୁଲେ ତ', ଓକୋଙ୍କୋ ଓ ଓବେରିକା ଏକା ସାଙ୍ଗରେ କହିଲେ।

'ସେ ଆଜି ସକାଳେ ମରିଗଲା।'

'ସେଇଟା କିଛି ଅଜବ ଘଟଣା ନୁହଁ। ସେ ତ ଗାଁର ସବୁଠୁ ବୟସ୍କ ଲୋକ ଥିଲା' ଓବେରିକା କହିଲା।।

'ତମ କଥାଟା ଠିକ୍ ଯେ', ଓଫୋଡୁ ସହମତ ହେଲା। 'କିନ୍ତୁ ତାର ମଲା ଖବରଟା ନାଗରା ବଜାଇ ଉମୋଫାରେ କିଆଁ ଜଣାଇ ଦିଆଗଲା ନାହିଁ ସେଇଟା ବିଚାର କରିବା କଥା।

'କାହିଁକି?' ଓବେରିକା ଓ ଓକୋଙ୍କୋ ଏକା ସାଙ୍ଗରେ ପଚାରିଲେ।

'ସେଇଟା ତ ତାଜୁବ କଥା। ତମେ ତାର ପହିଲା ସ୍ତ୍ରୀକୁ ଜାଣ ତ? ବାଡ଼ି ଖଣ୍ଡେ ଧରି ସେ ଚାଲେ।'

'ହଁ, ତାର ନାଁ, ଓଜୋମେନା।'

'ହଁ ସେଇୟା, ଓଫୋଡୁ କହିଲା।' ତମେ ତ ଜାଣ ଓଜୋମେନା ବହୁତ ବୁଢ଼ୀ ହେଇ ଯାଇଥିଲା। ଏଣ୍ଡୁଲେ ଦିହ ବାଧିକାରେ ସେ ସେବା ସୁଶ୍ରୁଶା କଲା ଅବସ୍ଥାରେ ନ ଥିଲା। ତାର ପିଛିଲା ସ୍ତ୍ରୀମାନେ ସେ ସବୁ କାମ କଲେ। ଆଜି ସକାଳେ ସେ ଯେତେବେଳେ ମରିଗଲା, ତାଙ୍କ ଭିତରୁ ଜଣେ ଖବରଟା ଦେବା ପାଇଁ ଓଜୋମେନାର ବସାକୁ ଗଲା। ଖବରଟା ଶୁଣୁଶୁଣୁ ସେ ମଶିଣାରୁ ଉଠି ବସିଲା। ତା ବାଡ଼ି ଖଣ୍ଡକ ଧରି ଓବିକୁ ଗଲା। ଏରୁଣ୍ଠି ବନ୍ଧରେ ଆଣ୍ଠୁ ମାଡ଼ି ହାତ ଭାଙ୍ଗି ବସି ମଶିଣା ଉପରେ ରଖା ହେଇଥିବା ତା ସ୍ୱାମୀକୁ ଡ଼ାକିଲା, 'ଓଗ୍‌ବୁଏଫି ଏଣ୍ଡୁଲେ'। ତିନି ଥର

ଡାକି ସେ ତାର କୁଡ଼ିଆକୁ ଫେରିଗଲା । ଶବ-ସ୍ନାନରେ ଉପସ୍ଥିତ ରହିବା ପାଇଁ ସବା ସାନ ସ୍ତ୍ରୀ ତାକୁ ପୁଣି ଡ଼ାକିବାକୁ ଗଲାରୁ ସେ ତାକୁ ମଶିଣାଟା ଉପରେ ମରି ପଡ଼ିଥିବାର ଦେଖିଲା ।

'କଥାଟା ସତେ ଅଜବ', ଓକୋଙ୍କୋ କହିଲା । ତାର ସ୍ତ୍ରୀକୁ କବର ଦେବା ଯାଏଁ ସେମାନେ ଏଣ୍ଡୁଲେର ଅନ୍ତ୍ୟେଷ୍ଟି କ୍ରିୟା ସ୍ଥଗିତ ରଖିବେ ।'

'ସେଥିପାଇଁ ଉମୋଫିଆରେ ଏକଥା ଜଣାଇବାକୁ ନାଗରା ବଜା ହେଇନାହିଁ ।'

'ଏଣ୍ଡୁଲେ ଆଉ ଓଜୋମେନା ଦୁହେଁ ସବୁବେଳେ ଏକ ମନ, ଏକ ପ୍ରାଣ ଥିବାର ଲୋକେ କହନ୍ତି । ପିଲାଦିନେ ମୋର ମନେ ଅଛି ସେ ଦୁହିଁଙ୍କୁ ନେଇ ଗୀତଟାଏ ଫନ୍ଦା ଦେଇଥିଲା । ସ୍ତ୍ରୀକୁ ନ କହି ସେ କିଛି ବି କରି ପାରୁ ନ ଥିଲା' ଓବେରିକା କହିଲା ।

'ମୁଁ ସେଇଟା ଜାଣି ନ ଥିଲି', କହିଲା ଓକୋଙ୍କୋ 'ମୁଁ ଭାବୁଥିଲି ସେ ତା ଦିନରେ ନିଶ୍ଚେ, ଜଣେ ଦମଦାର୍ ମରଦ ଥିବ ।'

'ହଁ, ସେ ସତରେ ସେମିତି ଥିଲା', ଓଫୋଡୁ କହିଲା ।

'ଓକୋଙ୍କୋ କଥାଟିକୁ ପରତେ ନ କଲା ବାଗରେ ମୁଣ୍ଡ ହଲାଇଲା ।' ସେତେବେଳେ ଲଢ଼େଇରେ ସେ ଉମୋଫିଆର ଆଗୁଆ ନେତା ଥିଲା', ଓବେରିକା କହିଲା ।

ଓକୋଙ୍କୋକୁ ତାର ପୁରୁଣା ଭୂତ ପୁଣି ମାଡ଼ି ବସିଲା ପରି ଲାଗିଲା । ତାର ମନଟା ମାଡ଼ି ମକଚି ରଖିବାପାଇଁ କିଛି କାମ ଦରକାର । ତଳି ରୁଆ କିମ୍ବା ଫସଲ ଅମଳ ସମୟରେ ଇକେମେଫୁନାକୁ ମାରିଥିଲେ ଅବସ୍ଥା ଏମିତି ହେଇ ନ ଥାନ୍ତା । ତାର ମନଟା କାମରେ ଲାଖି ରହିଥାନ୍ତା । ଓକୋଙ୍କୋ ଚିନ୍ତା ବିଚାରର ଲୋକ ନୁହଁ । ସେ କାମର ମଣିଷ । ହେଲେ କାମ ନ ଥିଲେ ଖାଲି ଗପିବା କଥା ।

ଓଫୋଡୁ ଗଲା ପରେ ପରେ ଓକୋଙ୍କୋ ତାର ଛେଳି ଚମଡ଼ା ମୁଣାଟିକୁ ଉଠାଇ ଯିବାକୁ ବାହାରିଲା ।

'ଯାଏ ଭାରି ଏଥର । ଉପର ଓଳି ପାଇଁ ଖଜୁରୀ ଗଛରୁ ରସ କାଢ଼ିବାର ଅଛି ।'

'ବଡ଼ ବଡ଼ ଗଛରୁ ତମ ପାଇଁ କିଏ ରସ କାଢ଼ି ଦିଏ ?' ଓବେରିକା ପଚାରିଲା ।

'ଉମେଜୁଲିକ୍', ଓକୋଙ୍କୋ ଉତ୍ତର ଦେଲା ।

'ବେଳେ ବେଳେ ମୁଁ ଭାବେ ଯେ ମୁଁ ଏଇ ଓଜୋ ଉପାଧିଟା ନେଇ ନ

ଥିଲେ ଭଲ ହେଇଥାନ୍ତା। ରସ କାଢ଼ିବା ବାହାନାରେ ଏଇ ଟୋକା ମାନେ ଯେମିତି ଗଛ ସବୁକୁ ମାରୁଛନ୍ତି, ଦେଖିଲେ ଭାରି ବାଧୁଛି।

'ସତ କଥା', ଓକୋଙ୍କୋ ସହମତ ହେଲା।' କିନ୍ତୁ ନୀତି ନିୟମ ତ ମାନି ଚଳିବାକୁ ହେବ।'

'ଆମକୁ ଏଇ ନୀତି ନିୟମ କୋଉଠୁ ମିଳିଲା କେଜାଣି। ଏମିତି ଅନେକ କୁଳରେ ଉପାଧି ପାଇଥିବା ଲୋକଟାକୁ ତାଳ କି ଖଜୁରୀ ଗଛ ଚଢ଼ିବାରେ କିଛି ବାରଣ ନାହିଁ। କିନ୍ତୁ ଆମ ଏଠି ସିଏ ତଳେ ଛିଡ଼ା ହେଇ ଛୋଟ ଗଛରୁ ରସ କାଢ଼ି ପାରିବ। ହେଲେ ବଡ଼ ଗଛ ଚଢ଼ି ପାରିବ ନାହିଁ। ଯେମିତି ଡିମ୍ବାଗାନା କୁକୁର ମାଂସ କାଟିବା ପାଇଁ ତାର ଛୁରୀ ଦିଏ ନାହିଁ। କାରଣ କୁକୁରଟା ତା ପାଇଁ ଅଶୁଦ୍ଧ। ହେଲେ ଦାନ୍ତରେ କୁକୁର ମାଂସ ଛିଣ୍ଡାଇବାରେ କିଛି ନିଷେଧ ନାହିଁ। କଥାଟା ଠିକ୍ ସେଇପରି।'

'ଆମ କୁଳରେ ଓଜୋ ଉପାଧିଟାକୁ ଏମିତି ମାନ୍ୟରେ ରଖିବାଟା ଭଲ। ଯୋଉ କୁଳ କଥା କହୁଛୁ ସେଠି ଓଜୋଟା ଏତେ ଛୋଟକାଟିଆ ଯେ ଗଲା ଆଇଲା ଭିକାରୀ ବି ସେଇଟା ହାସଲ କରିନିଏ।'

'ମୁଁ ଏମିତି ମଜାରେ କହୁଥିଲି ହୋ।' ଆବାମେ ଆଉ ଅନିଣ୍ଟା ଉପାଧିର ଦାମ ଦୁଇ କଉଡ଼ିରୁ ବି କମ୍। ଯାହାକୁ ଦେଖ ବଳା ଗଣ୍ଠିରେ ଉପାଧିର ବ୍ରତ ସୂତା ଖଣ୍ଡେ ବାନ୍ଧିଥିବେ। ଚୋରି ଡ଼କେଇତି କଲେ ବି ସେଇ ଉପାଧିଟା ଆଉ କାହାଠୁ କଢ଼ା ହଉନି', ଓବେରିକା କହିଲା।

'ଓଜୋ ନାଁରେ ସେମାନେ ସତରେ କଳା ବୋଳି ଦେଲେଣି।' ଓକୋଙ୍କୋ କହିଲା ଓ ଯିବାକୁ ଉଠିଲା।

'ଆଉ ବେଶୀ ଡ଼େରି ନାଇଁ ଯେ। ମୋ ସମୁଦିଘର ଲୋକ ଆସିଯିବେ।' ଓବେରିକା କହିଲା।

'ମୁଁ ଏଇକ୍ଷଣି ଚାଲିଆସିବି', ସୂର୍ଯ୍ୟର ଘଡ଼ି ବେଳା ଚାହିଁ ଓକୋଙ୍କୋ କହିଲା।

ଓକୋଙ୍କୋ ଫେରିଲା ବେଳକୁ ଓବେରିକାର ଘରେ ସାତଜଣ ଲୋକ ଥାଆନ୍ତି। ବରପାତ୍ରର ବୟସ ଏଇ ପଚିଶ ପାଖାପାଖି ହେବ। ତା ସାଙ୍ଗରେ ତାର ବାପା ଓ ମାମୁଁ ଆସିଥାନ୍ତି। ଓବେରିକା ଆଡୁ ତାର ଦୁଇ ବଡ଼ ଭାଇ ଆଉ ତାର ଷୋଳ ବର୍ଷର ପୁଅ ମାଡୁକା।

'ଆମ ଲାଗି କିଛି କୋଲା ପଠାଇବା ପାଇଁ ଆକ୍ୱିକେର ମାଁକୁ ଯାଇ

କହିଦେ', ଓବେରିକା ତାର ପୁଅକୁ କହିଲା। ମାଡୁକା ପାଚିରୀ ଭିତରକୁ ବିଜୁଳି ପରି ଧାଇଁଗଲା। କଥାର ସୁଅଟା ଏଥର ତା ଆଡ଼କୁ ମୁହାଁଇଲା। ଖୁର ପରି ତାର ଚଞ୍ଚଳ ସ୍ଫୁର୍ତ୍ତି ବିଷୟରେ ସମସ୍ତେ ଏକମତ ହେଲେ।

'ବେଳେ ବେଳେ ମତେ ଲାଗେ ସେ ଟିକେ ବେଶୀ ଚଞ୍ଚଳ। ସେ ତ କେବେ ଚାଲେ ନାହିଁ କହିଲେ ଚଳେ। ସବୁ ବେଳେ ତର ତର। କୋଉ କାମରେ ପଠାଇଲେ, ତମ ମୁହଁରୁ ଅଧା କଥା ଶୁଣିଥିବ କି ନାଇଁ ସେ ଧାଇଁ ପଳାଇ ଯାଏ,' ଓବେରିକା ଗୋଟେ ରକମ ନରମ ହେଇ କହିଲା।

'ତୁ ନିଜେ ବି ସେମିତି ଥିଲୁ ଯେ। ଲୋକେ କହନ୍ତି ପରା ଗାଈ ଘାସ ପାକୁଳି କରୁଥିଲେ ବାଛୁରୀ ଚାହିଁଥାଏ। ମାଡୁକା ତୋରି ପାକୁଳି ଦେଖି ଆସୁଛି।' ଓବେରିକାର ବଡ଼ ଭାଇ କହିଲା।

ଏମିତି କଥାବର୍ତ୍ତା ଚାଲିଥିଲା ବେଳେ ପିଲାଟା ଆସିଗଲା। ତା ପଛରେ ତାର ସାବତ ଭଉଣୀ ଆକୁକେ ଗୋଟେ କାଠ ବେଲାରେ ତିନିଟା କୋଲା ଓ ପୁଞ୍ଜାଏ ବଡ଼ ଅଳେଇଚ ଧରି ଆସିଲା। ବେଲାଟାକୁ ତାର ବଡ଼ ବାପା ହାତକୁ ବଢ଼ାଇ ଦେଲାପରେ ସେ ବରପାତ୍ର ଓ ତାର ସଂପର୍କୀୟ ମାନଙ୍କ ସହିତ ଭାରି ଲାଜ ଲାଜ ହେଇ ହାତ ମିଳାଇଲା। ତାର ବୟସ ଷୋହଳ। ବାହାଘର ପାଇଁ ଠିକ୍ ସମୟ। ବରପାତ୍ର ଓ ତାର ସମ୍ପର୍କୀୟମାନେ ପୋଖତ ଆଖିରେ ତାର ଗଜା ଦିହକୁ ଚାହିଁଲେ। ସୁନ୍ଦର ଓ ବାଉରିବା ଭଳି (ବ୍ୟବହାରଯୋଗ୍ୟ) ହେଇଛି କି ନାଇଁ ପରଖିଲେ।

ବାଳକୁ ସେ ଏମିତି ବାନ୍ଧି ସଜ କରିଥାଏ ଯେ ମୁଣ୍ଡର ଠିକ୍ ମଝିରେ ଚୂଳଟା ଉଠିଥାଏ। କାମ କାଠର ପାଉଡ଼ର ରେ ଦିହର ମାଜଣା ହେଇଥାଏ। 'ଉଲି' ରେ ଦିହଟା ସାରା କଳା ଚିତା କୁଟା ହେଇଥାଏ। ବେକରୁ ତାର ପରିପୂର୍ଣ୍ଣ ମାଂସଳ ସ୍ତନ ଉପରେ ତିନି ସରି କଳା ମାଳି ଝୁଲିଥାଏ। ହାତରେ ଲାଲ ହଳଦିଆ ରଙ୍ଗର ଚୁଡ଼ି। ଅଣ୍ଟାରେ ଚାରି ପାଞ୍ଚ ମାଳ ଜିଗିଡ଼ା କିମ୍ବା କଣ୍ଠିମାଳିର କମରପଟି।

ହାତ ମିଳାଇ ସାରିଲା ପରେ, ବରଂ ଠିକ୍‌ରେ କହିଲେ ମିଳାଇବା ହାତଟାକୁ ବଢ଼େଇ ଦେଲା ପରେ ସେ ତାର ମା'ର ବସାକୁ ରୋଷେଇରେ ସାହାଯ୍ୟ କରିବା ପାଇଁ ଚାଲିଗଲା।

'ଆଗ ତୋର ଜିଗିଡ଼ା ଓହ୍ଲାଇପକା', କାନୁକୁ ଆଉଜି ଖଳର ଦସ୍ତାଟିକୁ ଆଣିବାକୁ ଚୂଳି ପାଖକୁ ଗଲା ବେଳେ ତାର ମାଁ ତାକୁ ତାଗିଦ୍ କଲା। 'ସବୁଦିନ ସେଇ ଗୋଟେ କଥା କହୁଛି ଯେ ନିଆଁ ପାଖରେ ଜିଗିଡ଼ାମାନେ ବିପଦ। ହେଲେ ତୁ ଶୁଣିବାକୁ ନାଇଁ। ବେଶ ଭୂଷାରେ ତୋର ମନ। ହେଲେ ଏ କଥା ଶୁଣିବାକୁ ତୋର

କାନ ନାଇଁ । ଏମିତି କୋଉଦିନ ତୋ ଜିଗିଡ଼ାରେ ନିଆଁ ଲାଗି ଅଣ୍ଟାଟି ପୋଡ଼ିଲେ ଯାଇ ତୁ ଜାଣିବୁ ।'

ଆକୁକେ କୁଡ଼ିଆର ଆର ମୁଣ୍ଡକୁ ଯାଇ କଣ୍ଠିମାଳିର କମରପଟି ଖୋଲିବାକୁ ଲାଗିଲା । ସେଇଟା ଖୁବ୍ ଧୀରେ ଆଉ ଯତ୍ନରେ ଖୋଲିବାକୁ ପଡ଼େ । ପ୍ରତିଟି ମାଳ ଅଲଗା କରିବାକୁ ହୁଏ । ନ ହେଲେ ଭାଙ୍ଗିଯିବ ଆଉ ପୁଣିଥରେ ହଜାର ହଜାର କଣ୍ଠି ସବୁକୁ ଗୁନ୍ଥିବାକୁ ପଡ଼ିବ । ସରିକି ସରି ମାଳିକୁ ସେ ପାପୁଲିରେ ଘଷି ପିଟା ଉପରୁ ସିଧା ପାଦ ତଳକୁ ଲମ୍ୱେଇ ଛାଟିଲା ।

ଓବିରେ ପୁରୁଷମାନେ ଆକୁକେର ବରପାତ୍ର ଆଣିଥିବା ମଦ ପିଇବା ଆରମ୍ଭ କରି ଦେଇଥିଲେ । ବେଶ୍ ଭଲ ଆଉ ଦମ୍‌ଦାର ମଦ । କାରଣ ମାଠିଆ ମୁହଁରେ ଉଚ୍ଛୁଳା ମଦକୁ ଛେକିବା ପାଇଁ ଖଜୁରୀ କୋଳି ଝୁଲା ହେଇଥିବା ସତ୍ତ୍ୱେ ତଟକା ମଦରୁ ଫେଣ ଉପୁଲି ପଡ଼ି ଢ଼ାଳି ହେଉଥାଏ ।'

'ଏଇ ମଦଟା ଜଣେ ବେଶ୍ ପାରିବାର ଖଜୁରୀଆର କାମ', ଓକୋଙ୍କୋ କହିଲା ।

ପାତ୍ରଟିର ନା ଇବେ । ମୁହଁରେ ଟିକେ ନିର୍ମଳ ହସ ଖେଳାଇ ସେ ତାର ବାପାକୁ କହିଲା, 'ଶୁଣିଲ ତ ?', ତା ପରେ ବାକି ମାନଙ୍କୁ କହିଲା, 'ମୁଁ ଯେ ଜଣେ ପାରିବାର ଖଜୁରୀଆ, ଏ କଥା ସେ କେଉଁ ମାନିବେ ନାଇଁ ପରା ।'

'ଇଏ ତ ମୋର ସବୁଠୁ ଭଲ ତିନିଟା ଗଛର ରସ ଉତାରି ମାରିଦେଲା', ତାର ବାପା ଉକେବୁ କହିଲା ।

'ସେଇଟା ତ ପାଞ୍ଚ ବର୍ଷ ତଳର କଥା । ରସ ଉତାରିବାଟା ସେତେବେଳେ ଜାଣି ନ ଥିଲି', ମଦ ଢ଼ାଳୁ ଢ଼ାଳୁ ଇବେ କହିଲା । ପ୍ରଥମ ଶିଙ୍ଗାଟା ଭରି ସେ ତାର ବାପାକୁ ଦେଲା । ତା ପରେ ଅନ୍ୟମାନଙ୍କ ପାଇଁ ଭରିଲା । ଓକୋଙ୍କୋ ତାର ଛେଳି ଚମଡ଼ା ମୁଣାରୁ ବଡ଼ ଶିଙ୍ଗାଟା କାଢ଼ିଲା । କାଳେ ଧୂଳି ଥିବ ବୋଲି ଫୁଙ୍କି ଦେଲା ଓ ଭରିବା ପାଇଁ ବଢ଼ାଇ ଦେଲା ।

ମଦ ପିଉ ପିଉ ପୁରୁଷମାନେ ଯେଉଁଥିପାଇଁ ଆସିଥିଲେ ତାକୁ ଛାଡ଼ି ଦେଇ ସବୁ କଥା ଗପିଲେ । ମାଠିଆଟା ଖାଲି ହେଇ ସାରିଲା ପରେ ଯାଇ ବରପିତା ଗଳା ଝାଡ଼ି ତାଙ୍କର ଆସିବାର ଉଦ୍ଦେଶ୍ୟଟା ଜଣାଇଲା ।

ତାପରେ ଓବେରିକା ତାକୁ ବୋଝେ ହେବ ଛୋଟ ଛାଞ୍ଚୁଣି ବଢ଼େଇ ଦେଲା ।

'ତିରିଶ ଟା ?'

ମୁଣ୍ଡ ହଲାଇ ହଁ କହିଲା ।

'ଯା ହେଉ ଶେଷରେ ଆମେ ଠିକଣା କଥାକୁ ଆସିଲା', ଉକେବୁ କହିଲା। ଭାଇ ଓ ପୁଅ ଆଡ଼କୁ ବୁଲି ପଡ଼ି ପୁଣି କହିଲା, 'ଚାଲ ଟିକେ ବାହାରକୁ ଯିବା, ଆମ ଭିତରେ ଟିକେ କଥା ହେବ।' ତିନିଜଣ ଯାକ ଉଠିପଡ଼ି ବାହାରକୁ ଗଲେ। ବାହାରୁ ଆସି ଉକେବୁ ଝାଡୁ ମୁଠି କେତେଟା ଓବେରିକା ହାତକୁ ଫେରାଇ ଦେଲା। ସେ ଗଣିଲା। ତିରିଶ ବଦଳରେ ସେଥିରେ ପନ୍ଦରଟା ଝାଡୁ ଥିଲା। ସେ ତାର ବଡ଼ ଭାଇ ମଛି ହାତକୁ ବଢ଼ାଇ ଦେଲା। ତାକୁ ଗଣିସାରି ମଛି କହିଲା :

'ଆମେ ତିରିଶ ତଳକୁ ଖସିବାକୁ ଚାହିଁ ନ ଥିଲୁ। ହେଲେ ଯେମିତି କୁକୁର କହେ, 'ମୁ ଯଦି ତମ ପାଇଁ ଖସି ପଡ଼େ ଆଉ ଯଦି ତମେ ମୋ ପାଇଁ ଖସି ପଡ଼ ତା ହେଲେ ସେଇଟା ମଜାଦାର ଖେଳ।' ବାହାଘରଟା ବାଦ ବିବାଦ ନୁହଁ, ବରଂ ଗୋଟେ ହସ କୌତୁକ ହେବା କଥା। ସେଥିପାଇଁ ଆମେ ଆଉ ଟିକେ ତଳକୁ ଖସୁଛୁ। ତା ପରେ ସେ ସେଇ ପନ୍ଦରଟାରେ ଆଉ ଦଶଟା ଝାଡୁମୁଠି ମିଶାଇ ଉକେବୁକୁ ବଢ଼େଇ ଦେଲା।

ଏମିତି ହେଇ ଶେଷରେ କୋଡ଼ିଏ ମୁଣି କଉଡ଼ିରେ ଝୋଲା ଟଙ୍କା ଛିଣ୍ଡିଲା। ଦୁଇ ପକ୍ଷ ଏଥିରେ ରାଜି ହେଉ ହେଉ ମୁହଁ ସଞ୍ଜ ହେଇଗଲା।

'ଯା ଭାରି, ଆକୁକେର ମାଁ କୁ ଆମର କଥା ଛିଣ୍ଡିଲା ବୋଲି କହି ଦେଇ ଆସ', ଓବେରିକା ତାର ପୁଅ ମାଡୁକାକୁ କହିଲା। ସଙ୍ଗେ ସଙ୍ଗେ ମାଇକିନା ଯାକ ଗୋଟେ ବଡ଼ ହାଣ୍ଡିରେ ଭର୍ତା ନେଇ ଆସିଲେ। ତାଙ୍କ ପଛେ ଓବେରିକାର ଦ୍ୱିତୀୟ ସ୍ତ୍ରୀ ହାଣ୍ଡିଏ ଝୋଳ ନେଇ ଆସିଲା। ମାଡୁକା ହାଣ୍ଡିରେ ମଦ ନେଇ ଆସିଲା।

ପୁରୁଷମାନେ ଖାନା ପିନା ସହିତ ତାଙ୍କର ସାଇ ପଡ଼ିଶାଙ୍କର ଚାଲି ଚଳଣି, ଆଚାର ବିଚାର ବିଷୟରେ ଗପିଲେ।

'ଆଜି ସକାଳେ ତ ମୋର ଆଉ ଓକୋଙ୍କୋ ଭିତରେ ଏଇ କଥା ପଡ଼ିଥିଲା। ଆବାମେ ଆଉ ଅନିଷ୍ଟା କୁଳରେ କେମିତି ମାନ୍ତା ଲୋକମାନେ ଗଛ ଚଢୁଛନ୍ତି, ପୁଣି ଡିର୍ଲାଙ୍କ ପାଇଁ ଭର୍ତା ଚକଟୁଛନ୍ତି ମୁଁ ସେଇକଥା କହୁଥିଲି।

'ତାଙ୍କର ନୀତି ନିୟମର କିଛି ଠିକଣା ନାହିଁ। ଆମ ପରିକା ଝାଡୁ ମୁଠିରେ ସେମାନେ ଝୋଲାଟଙ୍କା ଛିଣ୍ଡାଇ ନ ଥାନ୍ତି। ଏମିତି ମୂଲଚାଲ ଆଉ ଦର କଷାକଷି ହୁଅନ୍ତି ଯେମିତିକି ବଜାରରେ ଛେଳିଟାଏ କି ଗାଈଟାଏ କିଣୁଛନ୍ତି।'

'ସେଟା ନିହାତି ଖରାପ କଥା', ଓବେରିକାର ବଡ଼ ଭାଇ କହିଲା। 'ତେବେ ଗୋଟେ ଜାଗାରେ ଯୋଉଟା ଭଲ, ଆଉ ଗୋଟେ ଜାଗାରେ ସେଇଟା ଖରାପ। ଉମୁନ୍‌ସୋରେ ଲୋକେ ଜମାରୁ ମୂଲଚାଲ କରନ୍ତି ନାହିଁ। ଏମିତିକି ଝାଡୁ ମୁଠିରେ ବି

ନୁହଁ। ବର ପାତ୍ର ଗୁଡ଼ାଏ ମୁଣି ଭର୍ତ୍ତି କଉଡ଼ି ଧରି ଆସିଯାଏ ଆଉ ତାର ଶ୍ୱଶୁର ଘର ଲୋକ ହଁ କହିବା ଯାଏଁ ଦେଇ ଚାଲିଥାଏ। ଏଇ ଚଳଣିଟା ଭଲ ନୁହଁ। କାରଣ ଏଥିରେ ସବୁବେଳେ କଳି ଝଗଡ଼ା ହେଇଥାଏ।'

'ଏତେ ବଡ଼ ଦୁନିଆଁ। କୋଉଠି କଣ କେତେ କଥା। ମୁଁ ତ ଶୁଣିଛି କେତେ ଜାତିରେ ନିଜର ଛୁଆପିଲା ଉପରେ ପୁରୁଷର କିଛି ଅଧିକାର ନ ଥାଏ। ସେମାନେ ସବୁ କୁଆଡ଼େ ତାର ସ୍ତ୍ରୀର ଓ ତାର ପରିବାର ଲୋକଙ୍କର।' ଓକୋଙ୍କୋ କହିଲା।

'ସେଇଟା କେବେ ହେଇ ନ ଥିବ। ତା ହେଲେ ତମେ କେତେବେଳେ ପୁଣି କହିବ ଯେ ପିଲା କରିବା ପାଇଁ ତିର୍ଲାଟା ମରଦ ଉପରେ ଚଢ଼େ।' ମଛି କହିଲା।

'ଏଇଟା ସେଇ ଗୋରା ଲୋକଙ୍କ କଥା ପରି। ଲୋକେ କହନ୍ତି, ଗୋରା ଲୋକେ କୁଆଡ଼େ ଖଡ଼ି ପରି,' କହିଲା ଓବେରିକା। ସବୁ ଲୋକ ତା ଓବିରେ ଖଣ୍ଡେ ଖଡ଼ି ରଖିଥାନ୍ତି। କୋଲା ଖାଇବା ଆଗରୁ ସେଥିରେ ସେମାନେ ଗାର ଟାଣିଥାନ୍ତି। ସେଇ ଖଡ଼ିରୁ ଖଣ୍ଡେ ଧରି ଓବେରିକା ପୁଣି କହିଲା, ' ଆଉ ପୁଣି ଏଇ ଗୋରା ଲୋକଙ୍କର କୁଆଡ଼େ ପାଦର ଆଙ୍ଗୁଳି ନ ଥାଏ।'

'ତୁ କଣ କେବେ ଦେଖିନୁ?' ମଛି ପଚାରିଲା।

'ତୁ ଦେଖିଛୁ କି ?' ପଚାରିଲା ଓବେରିକା।

'ତାଙ୍କ ଭିତରୁ ଜଣେ ଏପଟେ ପ୍ରାୟ ଯା ଆସ କରିଥାଏ। ତାର ନାଁ ଅମାଡ଼ି, ମଛି କହିଲା।

ଯେଉଁମାନେ ଅମାଡ଼ିକୁ ଜାଣିଥିଲେ ସେମାନେ ହସିଲେ। ସେ ଜଣେ, କୁଷ୍ଠ ରୋଗୀ। କୁଷ୍ଠ ରୋଗକୁ ଶିଷ୍ଟାଚାରରେ 'ଗୋରା ଚମ' କୁହାଯାଏ।

॥ ୯ ॥

ତିନି ରାତି ପରେ ପ୍ରଥମ କରି ଓକୋଙ୍କୋ ଶୋଇଲା। ଥରେ ସେ ମଝି ରାତିରେ ଉଠି ପଡ଼ିଲା ଆଉ ବିଗତ ତିନି ଦିନର କଥା ବେଶ୍ ସହଜ ହେଇ ଭାବିଲା। ସେ ଏମିତି କାହିଁକି ଘାରି ହେଉଥିଲା ସେ କଥା ଭାବି ଆଶ୍ଚର୍ଯ୍ୟ ହେଲା। ପରିଷ୍କାର ଦିନର ଆଲୁଅରେ ଜଣେ ଲୋକ ସେ ରାତିରେ ଦେଖିଥିବା ଭୟଙ୍କର ସ୍ୱପ୍ନର କାରଣ ଖୋଜିଲା ପରି ସେ ମନକୁ ମନ ପଚାରିଲା। ଭିଡ଼ିମୋଡ଼ି ହେଇ ଶୋଉ ଶୋଉ ଜଙ୍ଘରେ କାମୁଡୁଥିବା ମଶାଟିକୁ ରଗଡ଼ି ମାରିଲା। ଆଉ ଗୋଟେ ଡ଼ାହାଣ କାନ ପାଖେ ଭଁ ଭଁ ହେଉଥାଏ। କାନକୁ ଚାପୁଡ଼େ ମାରି ଭାବିଲା ମଶାଟା ନିଶ୍ଚେ ମରିଯାଇଥିବ। ସବୁବେଳେ ଏଗୁଡ଼ା ମଣିଷର କାନ ପାଖକୁ କାହିଁକି ଆସନ୍ତି ? ପିଲାଦିନେ ତାର ମାଁ ଏ ନେଇ ଗୋଟେ କଥାନି କହିଥିବାର ତାର ମନେ ଅଛି। ହେଲେ ସେଇଟା ମାଈକିନାଙ୍କ ସବୁ ଗପ ପରି ଅଲରା ବଲରା କଥାନି ଗୋଟେ। ମାଁ କହିଥିଲା, ଥରେ କୁଆଡ଼େ ମଶା କାନକୁ ବାହା ହେବା ପାଇଁ ପ୍ରସ୍ତାବ ଦେଲା। ମଶାର କଥା ଶୁଣି କାନ ହସି ହସି ବେଦମ ହେଇ ତଳେ ପଡ଼ିଗଲା। ପଚାରିଲା, 'ତୋର ଜୀବନ କେତେ ଦିନର କି? ତୁ ତ ଏମିତିରେ ଗୋଟେ କଙ୍କାଳ।' ମଶା ଅପମାନିତ ହେଇ ଚାଲିଗଲା। ତା ପରଠୁ ଯେତେବେଳେ ବି କାନ ପାଖେ ଯାଏ ମଶା ତାକୁ ଜଣାଇଦିଏ ଯେ ସେ ଏଯାଏଁ ବଞ୍ଚିଛି।

ଓକୋଙ୍କୋ କଡ଼ ଲେଉଟି ଶୋଇଲା। କବାଟରେ କାହାର ଅବାଜ ଶୁଣି ସେ ଧଡ଼ ପଡ଼ ହେଇ ଉଠିଲା।

'କିଏ ସେ ?' ସେ ଗର୍ଜି ଉଠିଲା। ସେ ଜାଣେ, ଇଏ ନିଶ୍ଚେ ଏକ୍ୱେଫି। ତିନି ଜଣ ସ୍ତ୍ରୀ ଭିତରୁ କେବଳ ତାରି ଏକା ତା କବାଟରେ ହାତ ମାରିବାର ସାହସ ଅଛି।

'ଏଜିନ୍‌ମା ପୁରା ବେହାଲ, ସେ ମରିଯିବ।' ତାର ସ୍ୱର ଶୁଭିଲା ଆଉ ତାର ଜୀବନର ସବୁ ଦୁଃଖ କଷ୍ଟ ସେଇ କେଇଟା ପଦରେ ଭରି ରହିଥିଲା।

ଓକୋଙ୍କୋ ଖଟରୁ ଧଡ଼କିନା ଉଠି ପଡ଼ିଲା। କବାଟର ଶିକୁଳି ଖୋଲି ଏକ୍ୱେଫିର ବସାକୁ ଧାଇଁଲା।

ସାରା ରାତି ତା ମାଁ ଜଳେଇ ରଖିଥିବା ବଡ଼ ନିଆଁ ଧୂନି ପାଖରେ ଗୋଟେ ସପ ଉପରେ ପଡ଼ି ଏଜିନ୍‌ମା କାନ୍ଦୁଥାଏ।

'ଏଇଟା ଇବା', ଓକୋଙ୍କୋ କହିଲା ଆଉ ତାର ହତିଆର ମୁଣାଟା ଧରି 'ଇବା' ର ଉପଶମ ପାଇଁ ଦିଆଯାଇଥିବା ଔଷଧ ତିଆରି କରିବାକୁ ଚେରମୂଳି, ଗଛର ଛେଲି ଆଣିବା ପାଇଁ ଜଙ୍ଗଲ ଭିତରକୁ ଗଲା।

ଏକ୍ୱେଫି ତାର ବେମାର ଛୁଆଟା ପାଖରେ ଆଣ୍ଠୁ ମାଡ଼ି ବସିଥାଏ। ମଝିରେ ମଝିରେ ତାର ତାତିରେ ଖଇଫୁଟା କପାଳ ଉପରକୁ ହାତ ମାରୁଥାଏ।

ଏଜିନ୍‌ମା ତାର ମାଁର ଗୋଟେ ବୋଲି ଛୁଆ। ମାଁର ଆଖିର ଡ଼ୋଳା। ପ୍ରାୟ ଏଜିନ୍‌ମାର ଫରମାସି ଅନୁସାରେ ତାର ମାଁ ରୋଷେଇ କରେ। ଏପରିକି ଏକ୍ୱେଫି ଅଣ୍ଡା ପରି ସୁଆଦିଆ ଜିନିଷ ବି ଝିଅକୁ ଖାଇବାକୁ ଦେଇଥାଏ। ଏମିତିରେ ଛୁଆମାନଙ୍କୁ ଅଣ୍ଡା ପରି ପାଟି ସୁଆଦି ଜିନିଷ ଦିଆଯାଇ ନ ଥାଏ। କାରଣ ଜିଭ ଲାଳସାରେ ଚୋରୀ ଆଡ଼କୁ ମନ ଯିବ। ଦିନେ ଏଜିନ୍‌ମା ଅଣ୍ଡା ଖାଉଥିଲା ବେଳେ ଓକୋଙ୍କୋ ହଠାତ୍ ଆସି ଦେଖି ପକାଇଲା। ସେ ଚମକି ପଡ଼ି ଜୋର୍ ରାଗିଗଲା। ଆଉ ଦିନେ ଯଦି ସେ ଛୁଆଟାକୁ ଅଣ୍ଡା ଦେବାର ଦେଖେ ତା ହେଲେ ତାକୁ ବହେ ଛେଚିବ ବୋଲି ରାଣ ଖାଇ ଧମକ ଦେଲା। ତେବେ ଏଜିନ୍‌ମାକୁ କୋଉ ଜିନିଷ ମନା କରିବାଟା ଭାରି କାଠିକର। ତାର ବାପାଠୁ ଗାଳି ଖାଇଲା ପରେ ବରଂ ଅଣ୍ଡା ଖାଇବା ପାଇଁ ତାର ମନଟା ଆହୁରି ଉଚ୍ଛନ୍ନ ହେଲା। ତା ଛଡ଼ା ଏବେ ଲୁଚେଇ ଛିପେଇ ଖାଇବାର ନିଆରା ମଜା ବି ଚାଖିଲା। ସବୁବେଳେ ତାର ମାଁ ଶୋଇବା ଘର କବାଟ କିଳି ତାକୁ ଦିଏ।

ଅନ୍ୟ ଛୁଆମାନଙ୍କ ପରି ଏଜିନ୍‌ମା ତାର ମାଁକୁ ଏବେ ଡ଼ାକେ ନାହିଁ। ତାକୁ ତାର ନାଁ ଧରି ଡ଼ାକେ – ଏକ୍ୱେଫି। ଯେମିତି ତାର ବାପା ଆଉ ବଡ଼ମାନେ ଡ଼ାକନ୍ତି। ଦୁହିଁଙ୍କ ଭିତରେ ସମ୍ପର୍କଟା ଖାଲି ମାଁ ଝିଅର ନୁହେଁ। ଗୋଟେ ରକମ ଦୁଇ ଜଣ ସମବୟସୀଙ୍କ ସମ୍ପର୍କର ଡ଼ୋରି ପରି। ଶୋଇବା ଘରେ ଲୁଚାଛପାରେ ଅଣ୍ଡା ଖାଇବା ପରି ଛୋଟ ଛୋଟ କଳ କଉଶଳରେ ସେଇ ଡ଼ୋରିଟା ଆହୁରି ମାଣ୍ଟେଇ ଧରେ।

ଏକ୍ୱେଫି ତା ଜୀବନରେ ବହୁତ କଷ୍ଟ ଭୋଗିଥିଲା। ସେ ଜନ୍ମ ଦେଇଥିବା ଦଶଟା ଛୁଆ ଭିତରୁ ନଅଟା ଛୁଆ ତିନି ବର୍ଷ ପୁରିବା ଆଗରୁ ମରି ଯାଇଥିଲେ। ଗୋଟେ ପରେ ଗୋଟେ ଛୁଆକୁ କବର ଦେଇ ଦେଇ ତାର ଦୁଃଖଟା ହତାଶାକୁ ବାଟ

ଛାଡ଼ି ଦେଲା ଆଉ ତା ପରେ ଗୋଟେ ବିଷର୍ଣ୍ଣ ନିର୍ବିକାରବୋଧ ମାଡ଼ି ଆସିଲା। ମାଁ ହେବାର ମୁହୂର୍ତ୍ତଟା ସବୁ ସ୍ତ୍ରୀ ପାଇଁ ଗର୍ବ ଗୌରବର ବେଳ। ଏକ୍ୱେଫି ପାଇଁ ସେଇଟା ଖାଲି ନିଷ୍ଫଳା ଦେହ କଷ୍ଟ ହେଲା। କିଛି ବି ପ୍ରତିଶ୍ରୁତି ନାଇଁ ସେଥିରେ। ସାତଟା ହାଟ ପାଳି ପାର ହେଉଥିବା ନାମକରଣ ଉତ୍ସବଟା ଖାଲି ନାଁକୁ ମାତ୍ର ପୂଜାବିଧିରେ ଯାଏ। ସେ ତାର ପିଲାଗୁଡ଼ାଙ୍କୁ ଦେଇଥିବା ନାଁ ସବୁରେ ତା ଭିତରର କୋହ ଆଉ ହତାଶା ବାରି ହେଇପଡ଼େ। ତା ଭିତରୁ ଜଣକର ନାଁ, ବିକଳ କାନ୍ଦଣା, ଓମ୍ନିକୋ – 'ମୃତ୍ୟୁ, ତତେ ନେହୁରା ହେଉଛି'। ହେଲେ ମୃତ୍ୟୁ ତା ଡ଼ାକ ଶୁଣିଲା ନାହିଁ। ଓମ୍ନିକୋ ପନ୍ଦର ମାସରେ ମରିଗଲା। ତା ପର ଛୁଆଟା ଝିଅଟାଏ, ଓନ୍ଦୋମେନା – 'ପୁଣି ସେଇୟା ନ ଘଟୁ'। ସେ ତେର ମାସରେ ମରିଗଲା। ତାରି ପଛେ ପଛେ ଆହୁରି ଦୁଇଟା। ବିବଶ ଅଥଚ ବିଦ୍ରୋହୀ ଏକ୍ୱେଫି ଏଥର ତାର ପରବର୍ତ୍ତୀ ଛୁଆର ନା ଦେଲା ଓନୁମା – 'ମୃତ୍ୟୁର ମନୋକାମନା ପୂରଣ ହେଉ।' ଆଉ ସେଇୟା ହେଲା।

ଦ୍ୱିତୀୟ ଛୁଆଟା ମରିଗଲା ପରେ ଓକୋଙ୍କୋ ଅସୁବିଧାଟି କଣ ଜାଣିବା ପାଇଁ ଜଣେ ଗୁଣିଆଁ ପାଖକୁ ଗଲା। ଲୋକଟା ଆଫା-ଦୈବବାଣୀର ଗଣକ। ତାରି ଗଣନା ଅନୁସାରେ ସେଇ ଛୁଆଟା ଗୋଟେ ଓବାଞ୍ଜେ-ଦୁଷ୍ଟ ପ୍ରେତ ଶିଶୁରୁ ଜଣେ, ଯୋଉମାନେ କି ମରିଗଲା ପରେ ପୁଣି ଜନ୍ମ ନେବା ପାଇଁ ମାଁର ଗର୍ଭାଶୟକୁ ପ୍ରବେଶ କରିଥାନ୍ତି।

'ଏଥର ତୋର ସ୍ତ୍ରୀର ଗର୍ଭ ହେଲେ, ତାକୁ ତା ନିଜ ବସାରେ ଶୋଇବାକୁ ଦେବୁ ନାହିଁ। ସେ ବରଂ ଯାଇ ତା ନିଜ ଲୋକବାକଙ୍କ ଭିତରେ ରହୁ। ସେଇ ଉପାୟରେ ସେ ତାର ଦୁଷ୍ଟ ଶିଶୁ ପ୍ରେତକୁ ଏଡ଼େଇ ଯିବ ଆଉ ତାର ଜନ୍ମ ମୃତ୍ୟୁର କାଳ ଚକ୍ରକୁ ଭାଙ୍ଗି ଦେଇପାରିବ।' ଗୁଣିଆଁ କହିଲା।

ଏକ୍ୱେଫିକୁ ଯାହା କୁହାଗଲା, ସେ ଠିକ୍ ସେଇୟା କଲା। ଏଥର ପେଟ ହେଲା କ୍ଷଣି ସେ ପାଖ ଗାଁରେ ତାର ମାଁ ବୁଢ଼ୀଟା ସାଙ୍ଗରେ ଯାଇ ରହିଲା। ସେଇଠି ତାର ତୃତୀୟ ଛୁଆଟା ଜନ୍ମ ନେଲା। ଆଠ ଦିନରେ ଛୁଆଟାର ଲିଙ୍ଗ ଅଗ ଚମ କଟା ହେଲା। ନାମକରଣ ଉତ୍ସବର ତିନି ଦିନ ଆଗରୁ ସେ ଓକୋଙ୍କୋର ହତାରେ ପାଦ ଦେଲା। ଛୁଆଟାର ନାଁ ରଖା ହେଲା ଓମ୍ନିକୋ।

ଓମ୍ନିକୋ ମରିଗଲାରୁ ବିଧିମତେ ତାକୁ ଯେମିତି କବର ଦେବା କଥା, ସେମିତି ଦିଆଗଲା ନାହିଁ। ଓକୋଙ୍କୋ ତାର କୁଳର ଆଉ ଜଣେ ଦେହେରୀ ପାଖକୁ ଗଲା। କାଳ ଶିଶୁ ବିଷୟରେ ତାର ବହୁତ ଜ୍ଞାନ। ତାର ନାଁ ଓଗୋବେ ଉନ୍ଦା। ଲୋକଟାର ଚେହେରା ଆଖିରେ ପଡ଼ିଲା ଭଳି। ଢ଼େଙ୍ଗା, ଲମ୍ବା ଦାଢ଼ି ଆଉ ଚନ୍ଦା ମୁଣ୍ଡ। ଦିହର ରଙ୍ଗ

ଫିକା। ଆଖି ଦୁଇଟା ଲାଲ, ନିଆଁହୁଳା। ତାରି ପାଖକୁ ଆସିଥିବା କଷ୍ଟିର କଥା ଶୁଣୁଶୁଣୁ ସେ ସବୁବେଳେ ଦାନ୍ତ ରଗଡୁଥାଏ। ମଲା ଛୁଆଟା ବିଷୟରେ ସେ ଓକୋଙ୍କୋକୁ କେତେଟା ପ୍ରଶ୍ନ ପଚାରିଲା। ତାକୁ ସଙ୍ଖୋଳିବାକୁ ଆସିଥିବା ସାଇ ପଡ଼ିଶା ଓ ବନ୍ଧୁବାନ୍ଧବ ସମସ୍ତେ ତାଙ୍କୁ ଘେରିଗଲେ।

'କୋଉ ହାଟପାଳି ଦିନ ସେ ଜନ୍ମ ହେଇଥିଲା ?' ସେ ପଚାରିଲା।

'ଓୟେ', ଓକୋଙ୍କୋ ଉତ୍ତର ଦେଲା।

'ଆଉ ଆଜି ସକାଳେ ମରିଗଲା ?'

ଓକୋଙ୍କୋ ହଁ ଭରିଲା ଆଉ ସେତିକିବେଳକୁ ଜାଣି ପାରିଲା ଯେ ଛୁଆଟା ଯୋଉ ହାଟ ପାଳି ଦିନ ଜନ୍ମ ହେଇଥିଲା ପୁଣି ସେଇ ହାଟପାଳି ଦିନ ମରିଗଲା। ସେଠି ଜମା ସାଇ ପଡ଼ିଶା ବନ୍ଧୁ ବାନ୍ଧବ ସମସ୍ତେ ଏଇ ଅଦ୍ଭୁତ ସଂଯୋଗର ତାତ୍ପର୍ଯ୍ୟ ବିଷୟରେ କୁହାକୁହି ହେଲେ।

'ତୋ ସ୍ତ୍ରୀ, ସାଙ୍ଗରେ ତୁ କୋଉଠି ଶୋଉ, ତୋରି ଓବିରେ ନା ତାରି ବସାରେ ?' ଦେହେରୀ ପଚାରିଲା।

'ତାରି ବସାରେ।'

'ଏଥର ତାକୁ ତୋର ଓବିକୁ ଡ଼ାକିବୁ।'

ମଲା ଛୁଆଟା ପାଇଁ କନ୍ଦାକଟା ନ କରିବାକୁ ଦେହେରୀ ହୁକୁମ ଦେଲା। ତାର ବାଁ କାନ୍ଧରେ ଛେଳିଚମ ମୁଣାରୁ ସେ ଗୋଟେ ଧାରୁଆ କାତି ବାହାର କଲା ଓ ସେଥିରେ ଛୁଆଟାକୁ କାଟିକୁଟି ବିକଳାଙ୍ଗ କରି ପକାଇଲା। ତାପରେ ତାର ବଳାଗଣ୍ଠିକୁ ଧରି କାଳ ବଣରେ ପୋତିବା ପାଇଁ ତାକୁ ତଳେ ଘୋଷାରି ନେଇଗଲା। ଏଇ ଦଶା ଭୋଗିଲା ପରେ ପୁଣି ଏଠିକି ଆସିବା ପାଇଁ ସେ ଚିନ୍ତା ସୁଦ୍ଧା କରିବ ନାହିଁ। ଆଉ ଯଦି ନିହାତି ଜିଦିଆ ପ୍ରେତ ହେଇଥାଏ, ତାହେଲେ ସେଇ କଟା ଚିହ୍ନ, ଖଣ୍ଡିଆ ପାପୁଲି କି ଖଣ୍ଡିଆ ଆଙ୍ଗୁଠି, ଦେହେରୀର କଳା କାତି ଦାଗ ନେଇ ପୁଣି ଆସିବ।

ଓମ୍ଫିକୋ ମଲାବେଳକୁ ଏକ୍ୱେଫିର ମନଟା ଗୋଟେ ରକମ ଦୁଃଖରେ ବିଷେଇ ଯାଇଥାଏ। ତା ସ୍ୱାମୀର ପହିଲା ତିର୍‌ଲାର ତିନି ତିନିଟା ଗୋଲ ମଟୋଲ ପୁଅ। ସଭିଏଁ ତନ୍ଦୁରସ୍ତ। ଗୋଟାକ ପରେ ଗୋଟାଏ ତିନିଟା ପୁଅ ଜନ୍ମ ଦେଲା ବେଳେ ଓକୋଙ୍କୋ ତା ପାଇଁ ରୀତି ଅନୁଯାୟୀ ଗୋଟେ ଛେଳି ବୋଦା ଦେଇଥିଲା। ଶୁଭ ମନାସି ଗୁହାରି କରିବା ଛଡ଼ା ଏକ୍ୱେଫିର ଆଉ କିଛି କରିବାର ନ ଥିଲା। ନିଜ 'ଚି' ଉପରେ ତାର ମନଟା ଏମିତି ଛାଡ଼ି ଯାଇଥିଲା ଯେ ସେ ଆଉ କାହାରି ସୁଖ ସୌଭାଗ୍ୟରେ ହସ ଖୁସି ମନାଇ ପାରୁ ନ ଥିଲା। ସେଇଲାଗି ନୋୟେର ମାଁ ତାର

ତିନି ପୁଅର ଜନ୍ମ ଉତ୍ସବ ମନାଇ ଭୋଜି ଭାତ କଲାବେଳେ ଏକ୍ୱେଫି ସେ ଭିଡ଼ ଭିତରେ ଜଣେ ଲୋକ ଯିଏ ମୁହଁ ଶୁଖାଇ ବସିଥାଏ। ତାର ସଉତୁଣୀ ସେଇଟାକୁ ଇର୍ଷା ଭାବିଲା। ସଉତୁଣୀମାନେ ସେମିତି କଥା ଟାଣନ୍ତି। ସେ ଭଲା କେମିତି ଜାଣିବ ଯେ ଏକ୍ୱେଫି ର ମାନ ଅରମାନଟା ତାରି ନିଜ ପାଇଁ, ବାହାର ଆଉ କାହାରି ପାଇଁ ନୁହଁ। ତାର ଦୁଃଖଟା ତା ମନ ଭିତରେ ଗୁମୁରି ହେଇ ମାରୁଛି। ଅନ୍ୟ କାହାରି ସୁଖ ସୌଭାଗ୍ୟ ଉପରେ ସେ ଦୋଷ ଲଦୁ ନାହିଁ। ତାର କର୍ମକୁ ନିନ୍ଦୁଛି। ତାର ଅମଙ୍ଗଳି 'ଚି' ହେତୁରୁ ସେ ପାଇଲା କ'ଣ ?

ଶେଷରେ ଏଜିନ୍‌ମା ଜନ୍ମ ହେଲା। ବେମାରିଆ ହେଲେ ବି ଜିଇଁବାର ଦମ୍ ନେଇକି ସେ ଯେମିତି ଏଠିକି ଆସିଛି। ପ୍ରଥମେ ଏକ୍ୱେଫି ତାକୁ ଗୋଟେ ରକମର ନିର୍ବିକାର ହେଉ ଗ୍ରହଣ କରିନେଲା – ଯେମିତି ସେ ଆରଟା ମାନଙ୍କୁ କରିଥିଲା। କିନ୍ତୁ ଚାରି ବର୍ଷ, ପାଞ୍ଚ ବର୍ଷ ଗଡ଼ି ଛଅ ବର୍ଷ ହେଲାରୁ ମାଁ ଭିତରକୁ ସ୍ନେହର ପୁଲକ ପୁଣି ଥରେ ଫେରି ଆସିଲା। ଆଉ ସ୍ନେହ ସହିତ ଉଦ୍‌ବେଗ ବି। ସେ ମନପ୍ରାଣ ଦେଇ ଛୁଆଟିକୁ ପାଳିବାରେ ଲାଗିଗଲା। ଡ଼ଉଲଡ଼ାଉଲ ହେଇ ଏଜିନ୍‌ମା ଫେନିଲ ତାଜା ଖଜୁରୀ ତାଡ଼ି ପରି ଝଟକି ଉଠେ। ରୋଗ ବଇରାଗର ଛାଇ ସୁଦ୍ଧା ପଡ଼ିପାରେ ନାହିଁ। ପୁଣି କ'ଣ ହୁଏ କେଜାଣି ହଠାତ୍ ଦିହଟା ତାର ବିଗିଡ଼ି ଯାଏ। ସେ ଯେ ଗୋଟେ 'ଓବାଞ୍ଜେ' ଏକଥା ସମସ୍ତେ ଜାଣନ୍ତି। ଏମିତି ଅଜଣା ଦିହ ବାଧିକାଟା ହଠାତ୍ ଏଇ ପରି ପିଲାଙ୍କୁ ମାଡ଼ିବସେ। ହେଲେ ଏତେ ଦିନ ଧରି ବିପଦ ଟାଳି ପାରିଥିବାରୁ ସେ ତିଷ୍ଠିଯିବ ନିଶ୍ଚେ। ଯାଙ୍କ ଭିତରୁ କେତେକେ ଜନ୍ମ ମୃତ୍ୟୁର କାଳ ଚକ୍ରରେ ନିଜେ ଥକି ଯାନ୍ତି ଆଉ ବିଚାରୀ ମାଁଟି ଉପରେ ଦୟା ପରବଶ ହେଇ ବଞ୍ଚିକି ରହିଯାନ୍ତି। ଏକ୍ୱେଫିର ମନ ଗହୀରର କୋଣଟାରେ ପୁରା ବିଶ୍ୱାସ ଥିଲା ଯେ ଏଜିନ୍‌ମା ବଞ୍ଚିଯିବ। ତାର ଏଇ ବିଶ୍ୱାସ ହିଁ ତାର ନିଜ ଜୀବନକୁ କିଛି ଗୋଟେ ରାହା ଆଉ ମାନେ ଦେଇଛି। ବର୍ଷେ କି ତାଠୁ ବେଶୀ ହେବ ଜଣେ ଗଣକ ଏଜିନ୍‌ମାର ଇୟି-ଓ୍ୱା ଖୋଳିଲାବେଳେ ତାର ଏଇ ବିଶ୍ୱାସଟା ଆହୁରି ଦୃଢ଼ୀଭୂତ ହେଲା। ସମସ୍ତେ ଜାଣିଲେ ଏଜିନ୍‌ମା ବଞ୍ଚି ରହିବ। କାରଣ 'ଓବାଞ୍ଜେ' ଦୁନିଆଁ ସହିତ ତାର ସମ୍ପର୍କ ଛିନ୍ନ ହେଇ ସାରିଲାଣି। ଏକ୍ୱେଫି ତାର ବିଶ୍ୱାସରେ ନିର୍ଭର ନିଶ୍ଚିତ ହେଲା। ତେବେ ଝିଅଟା ପାଇଁ ତାର ଏତେ ଚିନ୍ତା ଆଉ ଦକ ଯେ ସେ ସେଥିରୁ ପୁରାପୁରି ନିଶ୍ଚିନ୍ତ ହେଇ ରହି ପାରୁ ନ ଥାଏ। ଆଉ ଯଦିଓ ତାର ବିଶ୍ୱାସ ଯେ ସେଦିନ ଖୋଳା ହୋଇଥିବା 'ଇୟି-ଓ୍ୱା' ଟା ଅସଲି, ହେଲେବି ବେଳେ ବେଳେ କେତେ ଦୁଷ୍ଟ ଛୁଆ ଠିକଣା ଜିନିଷ ଖୋଳିଲାବେଳକୁ ଲୋକଙ୍କୁ ଭୁଟେଇ ଦଗା ଦେଇଦିଅନ୍ତି।

କିନ୍ତୁ ଏଜିନମାର 'ଇୟି-ଓ୍ୱା' ଟା ପ୍ରକୃତରେ ଅସଲି। ଖଣ୍ଡେ ମଇଳା କନାରେ ଗୁଡ଼ା ଛୋଟ ଚିକ୍‌କଣ ପଥରଟାଏ। ସେଇ ଓଗ୍‌ବୁଏ ତାକୁ ଖୋଲି ବାହାରକଲା। ଏଇ ସବୁ ମାମଲାରେ ତାର ଦଖଲ ରହି ଥିବାରୁ ସବୁ କୁଳରେ ତାର ନାଁ ରହିଛି। ଏଜିନ୍‌ମା ପ୍ରଥମେ ତାକୁ ସେଥିରେ ସହଯୋଗ କଲା ନାହିଁ। ସେମିତି ହୁଏ। ପ୍ରାୟତଃ କୌଣସି 'ଓବାଞ୍ଜେ' ନିଜର ଗୁପ୍ତ ରହସ୍ୟ ସହଜରେ ଖୋଲନ୍ତି ନାହିଁ। ତାଙ୍କ ଭିତରୁ ଅଧିକାଂଶ କେବେ ଖୋଲନ୍ତିନି – କାରଣ ତାଙ୍କୁ କିଛି ପ୍ରଶ୍ନ ପଚରା ହେବା ଆଗରୁ ଅତି ପିଲାବେଳୁ ସେମାନେ ମରି ଯାଇଥାନ୍ତି।

'ତୁ ତୋର 'ଇୟି-ଓ୍ୱା' କୋଉଠି ପୋତିଛୁ ? 'ଏଜିନ୍‌ମା ଓଲଟି ପଚାରିଲା।

'ସେଇଟା କୋଉଠି ଅଛି ତୁ ଠିକ୍ ଜାଣୁ। ମାଟି ତଳେ ସେଇଟାକୁ କୋଉଠି ତୁ ପୋତି ରଖିଛୁ ଯେମିତିକି ମଲା ପରେ ତୋ ମାଁ ଉପରେ ଦାଉ ସାଧିବାକୁ ତୁ ପୁଣି ଫେରି ଆସିବୁ।'

ଏଜିନ୍‌ମା ତା ମାଁକୁ ଚାହିଁଲା। ମାଁର ଉଦାସ ଆଖି ଦୁଇଟା ବିକଳ କାକୁତିରେ ତାରି ଉପରେ ଲାଖି ରହିଥାଏ।

'ଏଇକ୍ଷିଣା ଜବାବ୍ ଦେ', ସେଠି ତା ପାଖରେ ଛିଡ଼ା ହେଇଥିବା ଓକୋଙ୍କୋ ଗର୍ଜି ଉଠିଲା। କୁଟୁମ୍ବର ସବୁ ଲୋକ ଆଉ କେତେ ସାଇପଡ଼ିଶା ସେଠି ଜମା ହେଇଥିଲେ।

'ତାକୁ ମତେ ଛାଡ଼ିଦିଅ', ଗୁଣିଆଁ ଜଣକ ସଂଯତ ଅଥଚ ଦମ୍ଭିଲା ସ୍ୱରରେ କହିଲା। ସେ ପୁଣି ଏଜିନ୍‌ମା ଆଡ଼କୁ ବୁଲିପଡ଼ି ପଚାରିଲା, 'ତୋର ଇୟି-ଓ୍ୱା କୋଉଠି ପୋତିଛୁ ?'

'ଯୋଉଠି ଛୁଆମାନଙ୍କୁ ପୋତାହୁଏ', ସେ ଉତ୍ତର ଦେଲା। ଏ ଯାଏଁ ଚୁପ୍‌ଥିବା ଦେଖଣାହାରୀଏ ଆପଣା ଭିତରେ ଫୁସୁର ଫାସର ହେଲେ।

'ମୋ ସାଥିରେ ଆ, ସେଇ ଜାଗାଟା ମୋତେ ଦେଖାଇଦେ' ଦେହେରୀ କହିଲା।

ଏଜିନ୍‌ମା ପଛରେ ସାରା ଭିଡ଼ ଉଠିଗଲା। ସବା ଆଗରେ ଏଜିନ୍‌ମା ବାଟ କଢ଼ାଉଥାଏ। ଠିକ୍ ତାରି ପଛକୁ ଓଗ୍‌ବୁଏ ତାକୁ ଲାଗି ଲାଗି ଚାଲିଥାଏ। ତା ପଛକୁ ଓକୋଙ୍କୋ ଆଉ ଏକ୍ୱେଫି। ମୁଖ୍ୟ ରାସ୍ତାକୁ ଆସିଲାପରେ ଏଜିନ୍‌ମା ବାଁ ପଟକୁ ବୁଲି ପଡ଼ିଲା, ଯେମିତିକି ସେ ଝୋଲା ଆଡ଼କୁ ଯାଉଛି।

'କିନ୍ତୁ ତୁ ତ ପିଲାଙ୍କ ପୋତା ହେବା ଜାଗା କଥା କହିଥିଲୁ ?' ଦେହେରୀ ପଚାରିଲା।

'ନା', କହିଲା ଏଜିନ୍‌ମା। ତାର ନିଜର ସିଆଣିଆ ଭାବଟା ତା ଫୁର୍ତ୍ତି ଚାଲିରେ ବାରି ହେଉଥାଏ। କେତେବେଳେ ସେ ଧାଇଁ ଯାଉଥାଏ ତ ପୁଣି ହଠାତ୍ ଥମ୍‌କିନା ଠିଆ ହେଇ ପଡୁଥାଏ। ଭିଡ଼ଟା ଚୁପ୍‌ଚାପ୍ ତା ପଛରେ ଚାଲିଥାଏ। ମୁଣ୍ଡରେ ପାଣି ମାଠିଆ ଧରି ଝୋଲାରୁ ଫେରୁଥିବା ସ୍ତ୍ରୀ ପିଲାମାନେ ଘଟଣା କଣ ଜାଣିବା ପାଇଁ ଆବାକାବା ହେଇ ଚାହିଁଲେ। ଓଗ୍‌ବୁଏଙ୍କୁ ଦେଖିଲାକ୍ଷଣି ସେମାନେ 'ଓବାଞ୍ଜେ' ମାମଲା ବୋଲି ଜାଣିଗଲେ। ଏକ୍ୱେଫି ଓ ତାର ଝିଅ ବିଷୟରେ ସେମାନେ ସମସ୍ତେ ଜାଣିଥାନ୍ତି।

ବଡ଼ ଉଡ଼ାଲା ଗଛ ପାଖକୁ ଗଲାରୁ ଏଜିନ୍‌ମା ବାଁ ପଟକୁ ବୁଲିପଡ଼ି ବୁଦା ଗହଳିକୁ ପଶିଲା। ତା ପଛେ ପଛେ ଭିଡ଼ ବି। ଛୋଟିଆଟିଏ ହେଇଥିବାରୁ ଗଛ ଲଟା ବୁଦା ଗହଳ ଭିତରେ ବେଶ୍ ଆରାମ୍‌ରେ ବାଟ କାଟି ବାକିମାନଙ୍କୁ ପଛରେ ପକାଇ ଦଉଥାଏ। ଶୁଖିଲା ପତ୍ର ଉପରେ ପାଦ ଶବ୍ଦ ଆଉ ବାଡ଼ିରେ ଡ଼ାଳ ପତ୍ରର ଅରମା ଆଡ଼େଇବାର ଶବ୍ଦରେ ବୁଦିବୁଦିକିଆ ଜଙ୍ଗଲଟା ଚଞ୍ଚଳ ହେଇଉଠିଲା। ଏଜିନ୍‌ମା ଆହୁରି ଭିତରକୁ ଭିତରକୁ ଗଲା। ତା ସହିତ ଭିଡ଼ ବି। ତା ପରେ ହଠାତ୍ ସେ ବୁଲିପଡ଼ି ରାସ୍ତା ଉପରକୁ ଫେରିବାକୁ ଲାଗିଲା। ସମସ୍ତେ ତାକୁ ତା ବାଟରେ ଯିବାକୁ ଛାଡ଼ି ଦେଲେ ଓ ତା ପରେ ତାରି ପଛେ ପଛେ ଲମ୍ବିଲେ।

'ଯଦି ତୁଚ୍ଛାଟାରେ ଏତେ ବାଟ ବୁଲାଇଛୁ, ତା ହେଲେ ପିଟି ପିଟି ତୋର ମୁଣ୍ଡ ଠିକଣା କରିଦେବି।' ଓକୋଙ୍କୋ ଧମକେଇଲା।

'ମୁଁ ତତେ କହିଲି ନା ତାକୁ ଏକୁଟିଆ ଛାଡ଼ିଦେ। ଏ ଗୁଡ଼ାଙ୍କୁ କେମିତି ବାଗେଇବାକୁ ହୁଏ ମତେ ଜଣା।' ଓଗ୍‌ବୁଏ କହିଲା।

ଏଜିନ୍‌ମା ଫେରନ୍ତା ରାସ୍ତା ଧରିଲା। ବାଁ ପଟକୁ ଚାହିଁଲା, ପୁଣି ଡ଼ାହାଣକୁ ଆଉ ଡ଼ାହାଣ ଆଡ଼କୁ ବୁଲି ପଡ଼ିଲା। ଆଉ ଶେଷରେ ସେମାନେ ପୁଣି ଆସି ଘରେ ପହଞ୍ଚିଲେ।

'ତୋର 'ଇୟି-ଓ୍ୱା' କୋଉଠି ପୋତିଛୁ ? ତାର ବାପାର ଓବି ସାମ୍ନାରେ ଏଜିନ୍‌ମାକୁ ଅଟକିବାର ଦେଖି ଓଗ୍‌ବୁଏ ପଚାରିଲା। ତାର ସ୍ୱରଟା ଟିକିଏ ବି ବଦଳି ନ ଥିଲା। ସେମିତି ସଂଯତ ଅଥଚ ଦମ୍ଭିଲା।

'ସେଇ କମଳା ଗଛ ପାଖରେ', କହିଲା ଏଜିନ୍‌ମା।

'ତା ହେଲେ କହୁ ନ ଥିଲୁ କାହିଁକି ? ଆକାଲୋଗୋଲିର ବଦ୍‌ମାସ୍ ଝିଅଟା ତୁ।' ଓକୋଙ୍କୋ ରାଗରେ ଗର୍ଜିଲା। ଦେହେରୀ ତା କଥାକୁ ଧ୍ୟାନ ଦେଲା ନାହିଁ।

'ଆ, ଠିକଣା ଜାଗାଟା ମତେ ବତେଇ ଦେ', ସେ ଏଜିନ୍‌ମାକୁ ଧୀର ଭାବରେ କହିଲା।

'ସେଇଠି', କମଳା ଗଛ ପାଖକୁ ଗଲାରୁ ଏଜିନ୍‌ମା କହିଲା।

'ତୋ ଆଙ୍ଗୁଠିରେ ଜାଗାଟିକୁ ଟିପେଇ ଦେଖେଇ ଦେ', ଓଗ୍‌ବୁଏ କହିଲା।

'ଏଇଠି'। ଆଙ୍ଗୁଠିରେ ମାଟିକୁ ଛୁଇଁ ଏଜିନ୍‌ମା କହିଲା। ବର୍ଷା ଦିନେ ଘଡ଼ଘଡ଼ି ପରି ଓକୋଙ୍କୋ ପାଖରେ ଛିଡ଼ା ହେଇ ଗର୍ଜୁଥାଏ।

'ମତେ ଗୋଟେ ଖଣତି ଦିଅ', ଓଗ୍‌ବୁଏ କହିଲା।

'ଏକ୍ୱେଫି କୋଦାଳ ଖଣ୍ଡିଏ ଧରି ପହଞ୍ଚିଲା ବେଳକୁ ସେ ତାର ଛେଳିଚମ ମୁଣା ଆଉ ଲୁଗା ଖଣ୍ଡିକ କାଢ଼ି ରଖି ସାରିଥାଏ। ସରୁ ପତଳା ଲୁଗା ଖଣ୍ଡିକୁ ଅଣ୍ଟାରେ ଗୁଡ଼େଇ ଗୁଡ଼େଇ ଦୁଇ ଗୋଡ଼ ଭିତରେ ଗଳେଇ କଛା ମାରିଥାଏ। ଏଜିନ୍‌ମା ଦେଖାଇଥିବା ଜାଗାଟିକୁ ସେ ସଙ୍ଗେ ସଙ୍ଗେ ଖୋଳିବାରେ ଲାଗିଗଲା। ସେଠି ଘେରି ବସିଥିବା ସାଇପଡ଼ିଶା ବଢ଼ନ୍ତି ଗାତର ଗହୀରକୁ ଖାଲି ଅନେଇଥାନ୍ତି। ଉପରର କଳା ମାଟି ଯାଇ ଉଜ୍ଜ୍ୱଳ ନାଲି ମାଟି ଆସିଲା ଯୋଉଥିରେ ମାଇକିନାମାନେ ଘର କାନ୍ଥ, ଚଟାଣ ଲିପାପୋଛା କରନ୍ତି। ଓଗ୍‌ବୁଏ ଥକା ନ ମାରି ଚୁପ୍‌ଚାପ୍ କାମ କରି ଚାଲିଥାଏ। ତାର ପିଠିରେ ଗମ ଗମ ଝାଳ ଫିଟି ଚିକ୍ ଚିକ୍ ମାରୁଥାଏ। ଓକୋଙ୍କୋ ଗାତ ପାଖରେ ଛିଡ଼ା ହେଇଥାଏ। ଓଗବୁଏକୁ ଟିକେ ବସି ଥକା ମାରିବା ପାଇଁ କହିଲା। ବରଂ ନିଜେ ସେଥିରେ ହାତ ଲଗାଇବ। ହେଲେ ଓଗ୍‌ବୁଏ ତାକୁ ଆହୁରି ହାଲିଆ ଲାଗି ନ ଥିବାର କହିଲା।

ଏକ୍ୱେଫି ଆଳୁ ରାନ୍ଧିବା ପାଇଁ ତା କୁଡ଼ିଆକୁ ଗଲା। ତା ସ୍ୱାମୀ ସବୁଦିନ ଅପେକ୍ଷା ବେଶୀ ଗୁଡ଼ାଏ ଖମ୍ବଆଳୁ ଆଣିଥିଲା। କାରଣ ଦେହେରୀ ବି ସେଠି ଖାଇବାର ଥିଲା। ଏଜିନ୍‌ମା ତା ସହିତ ଯାଇ ପରିବା କଟାକଟିରେ ସାହାଯ୍ୟ କଲା।

'କେତେଗୁଡ଼ିଏ ପନିପରିବା ଅଛି', ସେ କହିଲା।

'ହାଣ୍ଡିଟା ଖମ୍ବଆଳୁରେ ଭରି ଯାଇଛି ଦେଖୁନୁ କି ? ଏକ୍ୱେଫି କହିଲା। ସିଝି ଗଲାପରେ ପତ୍ରଯାକ କେମିତି ସୁରୁକୁଟେଇ ଯାଏ ତ ଜାଣୁ।'

'ହଁ, ସେଇଲାଗି ପରା ସାପ ତା ମାଁକୁ ମାରି ଦେଲା।' ଏଜିନ୍‌ମା କହିଲା।

'ସତକଥା' କହିଲା ଏକ୍ୱେଫି।

'ସେ ତାର ମାଁକୁ ସାତ ଟୋକେଇ ପରିବା ରାନ୍ଧିବା ପାଇଁ ଦେଲା ଆଉ ଶେଷରେ ମାତ୍ର ତିନିଟା ଟୋକେଇ ଥିଲା। ସେଥିପାଇଁ ସେ ତାକୁ ମାରିଦେଲା, ଏଜିନ୍‌ମା କହିଲା।

'ଗପଟା ସେତିକିରେ ସରି ନାଇଁ ଯେ'।

'ଓହୋ', କହିଲା ଏଜିନ୍‌ମା। ଏବେ ମନେ ପଡ଼ିଲା। ସେ ଆଉ ସାତ ଝୁଡ଼ି

ସବ୍‌ଜି ଆଣି ନିଜେ ରାନ୍ଧିଲା। ଆଉ ପୁଣି ଦେଖିଲାବେଳକୁ ଆଉ ତିନିଟା ଝୁଡ଼ି ରହିଗଲା। ସେଥିପାଇଁ ସେ ବି ନିଜେ ନିଜକୁ ମାରିଦେଲା।'

'ଓବି' ବାହାରେ ଓକୋଙ୍କୋ ଓ ଦେହେରୀ ଏଜିନ୍‌ମା ପୋତିଥିବା ତାର 'ଇୟି-ଓ୍ୱା' ଖୋଜି ବାହାର କରିବା ପାଇଁ ଖୋଳିବାରେ ଲାଗିଥାନ୍ତି। ସାଇପଡ଼ିଶା ସେଠି ବସି ଦେଖୁଥାନ୍ତି। ଗାତଟା ଏତେ ଗହିରିଆ ହେଇଗଲା ଯେ ସେମାନେ ଆଉ ମାଟି କୋଡ଼ାଳିକୁ ଦେଖି ପାରିଲେନି। ଉପରକୁ ଉପର ଖାଲି ଲାଲ ମାଟିର ଗଦା ତାଙ୍କ ଆଖିରେ ପଡୁଥାଏ। ଓକୋଙ୍କୋର ପୁଅ ନୋୟେ ଗାତ ଧାରରେ ଛିଡ଼ା ହେଇଥାଏ, କାରଣ ଯାହା ସବୁ ଘଟିଗଲା ସେ ସେଥିରେ ସାମିଲ ହେବାକୁ ଚାହୁଁ ଥାଏ।

ଓଗ୍‌ବୁଏ ପୁଣି ଓକୋଙ୍କୋ ହାତରୁ କୋଡ଼ିଟା ନେଇ ଚୁପ୍ ଚାପ୍ ମାଟି କୋଡ଼ିବାରେ ଲାଗିଲା। ସାଇପଡ଼ିଶା ଓ ଓକୋଙ୍କୋର ସ୍ତ୍ରୀମାନେ ଗପସପ କରି ବସିଲେ। ପିଲାମାନେ ସେଥିରେ ଆଉ ବିଶେଷ ଆଗ୍ରହ ନ ଦେଖାଇ ଖେଳକୁଦରେ ମାତିଲେ।

ହଠାତ୍ ଓଗ୍‌ବୁଏ ଗୋଟେ ଚିତାବାଘର ବେଗରେ ଉପରକୁ ଖପ୍‌କିନା ଡ଼େଇଁ ପଡ଼ିଲା।

'ହେଇଟି, ଏଥର ମିଳିଯିବ। ମୋ ହାତରେ ବାଜିଲାଣି।'

ସଙ୍ଗେ ସଙ୍ଗେ ସେଠି ହଇଚଇ ଖେଳିଗଲା। ସେଠି ଜମା ହେଇଥିବା ଲୋକେ ପାହା ଉଠେଇ ଭିତରକୁ ଉଣ୍ଡିଲେ।

'ଯା, ତୋର ସ୍ତ୍ରୀ ଆଉ ଛୁଆକୁ ଡ଼ାକି ଆଣ', ସେ ଓକୋଙ୍କୋକୁ କହିଲା। ହେଲେ ଏକ୍ୱେଫି ଆଉ ଏଜିନ୍‌ମା ପାଣି ତୁଣ୍ଡ ଶୁଣି କଣ ଜାଣିବା ପାଇଁ ସେଠିକି ଧାଇଁ ଆସିଲେ।

ଓଗ୍‌ବୁଏ ପୁଣି ଗାତ ଭିତରକୁ ପଶିଲା। ଗାତ ଚାରିକଡ଼େ ଦେଖଣାହାରୀ ଜମା। ଦି ଚାରି କୋଡ଼ି ମାଟି ଖୋଳି ସାରିଲା ପରେ 'ଇୟି-ଓ୍ୱା' କୁ ଖୋଳି ଆଣିଲା। କୋଦାଳରେ ସନ୍ତର୍ପଣରେ ତାକୁ ଉପରକୁ ଉଠାଇ ଆଣିଲା। ବାହାରକୁ ଫିଙ୍ଗି ଦେଲାକ୍ଷଣି ତିର୍‌ଲା କେଇଟା ଡ଼ରିଯାଇ ଭାଗି ଦୌଡ଼ିଲେ। ହେଲେ ସେଇ କ୍ଷୀଣା ସେମାନେ ପୁଣି ଫେରି ଆସିଲେ। ଟିକିଏ ଦୂରରେ ଥାଇ ସେମାନେ ସମସ୍ତେ ଚିରାକନା ଖଣ୍ଡିକୁ ଚାହିଁଥିଲେ। ଓଗ୍‌ବୁଏ ଫେରି ଆସିଲା। କାହାକୁ ପଦୁଟିଏ କିଛି ନ କହି, ଏପରିକି ଦେଖଣାହାରୀଙ୍କ ଆଡ଼କୁ ସୁଦ୍ଧା ଟିକେ ନ ଚାହିଁ ସେ ସିଧା ତାର ଛେଳି ଚମଡ଼ାରେ ମୁଣା ପାଖକୁ ଗଲା। ମୁଣା ଭିତରୁ ଦୁଇଟା 'ଧୂଆଁ ପତ୍ର' ବାହର କରି ଚୋବେଇଲା। ତାକୁ ଗିଳି ସାରିଲା ପରେ ସେ ବାଁ ହାତରେ ଚିରା କନା ଖଣ୍ଡିକୁ

ଉଠାଇ   ଖୋଲିଲା। ତା ଭିତରୁ ଚିକ୍‌ମିକ୍ କରୁଥିବା ଥଲ୍‌ଥଲିଆ ବାଲିଗରଡ଼ାଟା ଖସି ପଡ଼ିଲା। ସେ ସେଇଟାକୁ ଉଠାଇ ଧରିଲା।

'ଏଇଟା ତୋର?' ସେ ଏଜିନ୍‌ମାକୁ ପଚାରିଲା।

'ହଁ', ସେ ଉତ୍ତର ଦେଲା। ଖୁସିରେ ଡିର୍‌ଲାୟାକ ପାଟି କରି ଉଠିଲେ। ଯା ହେଉ, ଏଥର ଏକ୍ୱେଫିର ଦୁଃଖ ସରିଲା।

ଏଇଟା ବର୍ଷକରୁ ବେଶୀ ଦିନ ତଳର ଘଟଣା। ତା ପରଠୁ ଏଜିନ୍‌ମାର ଦେହ କେବେ ଖରାପ ହେଇ ବି ନ ଥିଲା। ଆଉ ଏବେ ହଠାତ୍ ସେଇ ରାତିରେ ପୁଣି କମ୍ପି ଆସିଲା। ଏକ୍ୱେଫି ତାକୁ ଚୂଲି ପାଖକୁ ଆଣିଲା। ତଳେ ମଶିଣାଟାଏ ବିଛେଇ ଦେଲା ଆଉ ନିଆଁ ଜଳେଇଲା। କିନ୍ତୁ ତାର ଅବସ୍ଥା ଆହୁରି ଆହୁରି ଖରାପ ଆଡ଼କୁ ଯାଉଥାଏ। ତା ପାଖରେ ଆଣ୍ଠୁ ମାଡ଼ି ପାପୁଲିରେ ଛୁଆଟାର ତାତିଲା କପାଳକୁ ଥରକୁ ଥର ଛୁଉଁଥାଏ। ବିକଳରେ ହଜାର ଥର ପ୍ରାର୍ଥନା କରୁଥାଏ। ତାର ସଉତୁଣୀମାନେ କହିଲେ, ଏଇଟା 'ଇବା' ଛଡ଼ା ଆଉ କିଛି ନୁହଁ। ହେଲେ ସେ ତାଙ୍କ କଥା କିଛି ଶୁଣୁ ନ ଥାଏ। ବାଁ କାନ୍ଧରେ ବୋଝେ ଘାସ ପତ୍ର, ଛେଲି, ଚେରମୂଳି ଔଷଧ ଧରି ଓକୋଙ୍କୋ ଝାଡ଼ ଜଙ୍ଗଲରୁ ଫେରିଲା। ସେ ଏକ୍ୱେଫିର କୁଡ଼ିଆକୁ ଗଲା, ବୋଝଟା ରଖିଦେଇ ବସି ପଡ଼ିଲା।

'ଗୋଟେ ହାଣ୍ଡି ଆଣି ଦେ, ଆଉ ଛୁଆକୁ ଏକୁଟିଆ ଛାଡ଼ି ଦେ', ସେ କହିଲା।

ଏକ୍ୱେଫି ହାଣ୍ଡି ଆଣିବାକୁ ଗଲା। ଓକୋଙ୍କୋ ବୋଝରୁ ବାଛି ବାଛି ବାହାର କଲା ଓ ସମାନ ଭାଗ ମାପରେ ତାକୁ କାଟିଲା। ସେସବୁକୁ ହାଣ୍ଡିରେ ପୁରାଇଲା। ଏକ୍ୱେଫି ସେଥିରେ କିଛି ପାଣି ଢ଼ାଳିଲା।

'ସେତିକି ହେଇ ଯିବ ତ?' ହାଣ୍ଡି ଅଧ ଯାଏଁ ପାଣି ଭର୍ତ୍ତି ଧରି ସେ ପଚାରିଲା।

'ଆଉ ଟିକେ ଅଧିକା... ଆଉ 'ଟିକେ' କହିଲି। ତୁ କାଲୁଣୀଟାଏ ନା କ'ଣ?' ସେ ତା ଉପରେ ଗର୍ଜିଲା।

ଏକ୍ୱେଫି ହାଣ୍ଡିଟା ନିଆଁରେ ବସାଇଲା। ଓକୋଙ୍କୋ ହତିଆର ମୁଣାଟା ଧରି ତାର 'ଓବି'କୁ ଫେରିଲା।

'ହାଣ୍ଡି ଉପରେ ନଜର ରଖିଥା। ବେଶୀ ଫୁଟିବାକୁ ଦେବୁ ନାହିଁ। ବେଶୀ ସିଝିଗଲେ ଆଉ ଭଲ କାମ କରିବ ନାହିଁ , ସେ ଯାଉ ଯାଉ କହିଲା। ସେ ତାର ବସାକୁ ଚାଲିଗଲା ଆଉ ଏକ୍ୱେଫି ରୋଗୀଣା ଛୁଆଟିଏ ପରି ଫୁଟନ୍ତା ହାଣ୍ଡିର

ହେପାଜତ କଲା। ତାର ଆଖିଟା ଏଜିନ୍‌ମା ପାଖରୁ ଫୁଟନ୍ତା ହାଣ୍ଡିକୁ ପୁଣି ସେଇଠୁ ଏଜିନ୍‌ମା ପାଖକୁ ଅନବରତ ପହଁଚୁଥାଏ।

ଔଷଧ ସିଝିସିଝି ହେଇ ଯାଇଥିବ ଭାବି ଓକୋଙ୍କୋ ଫେରି ଆସିଲା। ସେଟାକୁ ଦେଖି ପାକ ହେଇ ଯାଇଥିବାର କହିଲା।

'ଏଜିନ୍‌ମା ପାଇଁ ଗୋଟେ ଛୋଟ ଖଟୁଲି ଆଉ ମୋଟା ମଶିଣା ଆଣ'।

ଚୂଲିରୁ ହାଣ୍ଡିଟାକୁ ଉଠାଇ ସେ ଖଟୁଲି ସାମ୍ନାରେ ରଖିଲା। ଏଥର ଏଜିନ୍‌ମାକୁ ଉଠାଇ ଖଟୁଲି ଉପରେ, ହାଣ୍ଡି କଡ଼ରେ ବସାଇଲା, ମୋଟା ପଟି ଖଣ୍ଡିକୁ ଉଭୟ ଇଜିନ୍‌ମା ଓ ହାଣ୍ଡି ଉପରେ ଘୋଡ଼େଇ ଦେଲା। ଧୂଆଁ ଧାସରେ ଏଜିନ୍‌ମା ରୁନ୍ଧି ହେଇଗଲା। କିଲିବିଲା ହେଇ ସେ ସେଥିରୁ ବାହାରି ଆସିବାକୁ ଛାଟିପିଟି ହେଲା। କିନ୍ତୁ ତାକୁ ମାଡ଼ି ବସି ସେଇଠି ରଖା ହେଲା। ସେ କାନ୍ଦିବାରେ ଲାଗିଲା।

ପଟି ଖଣ୍ଡିକ କାଢ଼ି ଆଣିଲା ବେଳକୁ ସେ ଝାଳରେ ଗୋଟାପଣେ ଭିଜି ଯାଇଥିଲା। ଏକ୍‌ୱେଫି କନା ଖଣ୍ଡିକରେ ତାକୁ ପୋଛା ପୋଛି କରିଦେଲା ଆଉ ଶୁଖିଲା ସପ ଖଣ୍ଡିକରେ ଶୁଆଇ ଦେଲା। ଏଜିନ୍‌ମା ଚାହୁଁଚାହୁଁ ଶୋଇ ପଡ଼ିଲା।

॥ ୧୦ ॥

ଖରା ମହଳଣ ପଡ଼ି ଆସିଲାଣି। ତାତିଟା ଦିହକୁ ସେତେ ଆଉ ବାଧୁ ନ ଥାଏ। ଚାହୁଁ ଚାହୁଁ ଗାଁ 'ଆଇଲୋ' ରେ ଭାରି ଭିଡ଼ଟାଏ ଜମା ହେଇ ଗଲା। ଜାତି କୁଳର ପ୍ରାୟ ସବୁ ପରବ୍ ଯାକ ଦିନ ବେଳା ହେଇଥାଏ। ସେଥିଲାଗି 'ଦିନ ଓଳି ଖାଇସାରିଲା' ପରେ ହେବ ବୋଲି ସୂଚନା ଦିଆ ଯାଇଥିଲେ ବି ସମସ୍ତେ ବୁଝିଯାନ୍ତି ଯେ ଖରା ଢ଼ଳିଲା ପରେ ଯାଇ ହିଁ ସେଇଟା ଆରମ୍ଭ ହେବ।

ଭିଡ଼ଟାର ବସା ଉଠାର ଢ଼ଙ୍ଗଢ଼ାଙ୍ଗରୁ ଜଣାପଡୁଥାଏ ଯେ ସେଇଟା ମରଦଙ୍କର ପରବ୍। ବେଶ୍ ଗୁଡ଼ାଏ ମାଇକିନା ସେଠି ଥିଲେ। ହେଲେ ସେମାନେ ବାହାର ଲୋକ ଭଳିଆ ମେଳଣ ପଡ଼ିଆର ତଡ଼େ ତଡ଼େ କରେଇ ହେଇ ବସିଥାନ୍ତି। ଶିରିପା ବନ୍ଧା ମାନ୍ତା ଲୋକ ଆଉ ବୟସ୍କ ମାନେ ନିଜ ଖଟୁଲି ଉପରେ ବସି ବିଚାର ଆରମ୍ଭ ହେବାଟାକୁ ଟାକିଥାନ୍ତି। ତାଙ୍କ ସାମ୍ନାରେ ଗୋଟେ ଧାଡ଼ି ଖଟୁଲି ପକା ହେଇଥାଏ। ସେଠି କେହି ବସି ନ ଥାନ୍ତି। ନଅଟା ହେବ ଖଟୁଲି ପଡ଼ିଥାଏ। ଖଟୁଲି ସେପାଖେ ଟିକେ ସମ୍ଭ୍ରମ ଦୂରତାରେ ଦୁଇଟା ଛୋଟିଆ ଦଳ ଛିଡ଼ା ହେଇଥାନ୍ତି। ମାନ୍ତା ମୁଣ୍ଡମାନଙ୍କୁ ମୁହଁ କରି ସେମାନେ ବସିଥାନ୍ତି। ଗୋଟେ ଦଳରେ ତିନି ଜଣ ମରଦ, ଆଉ ଗୋଟେ ଦଳରେ ତିନିଟା ମରଦ ଆଉ ଗୋଟେ ତିର୍ଲା। ତିର୍ଲାଟା ମଗ୍‌ବାଫୋ ଆଉ ମରଦ୍ ତିନିଟା ତାର ଭାଇମାନେ। ଆର ଦଳରେ ଥିଲା ତାର ସ୍ୱାମୀ ଉଜେଉଲୁ ଆଉ ତାର ସଂପର୍କୀୟମାନେ। ଏମ୍ବାଫୋ ଓ ତାର ଭାଇମାନେ ପଥର ମୂର୍ତ୍ତି ପର ନିଶ୍ଚଳ ହେଇ ଠିଆ ହେଇଥାନ୍ତି। କାରିଗରଟା ତାଙ୍କ ମୁହଁଟି ମାନରେ ଅବଜ୍ଞା ଓ ଉଲଘଂନର ଢଳେଇ କରି ଦେଇଥାଏ ଯେମିତି। ତେଣେ ଉଜେଉଲୁ ଓ ତାର ଲୋକବାକ ଫୁସରୁ ଫାସର ହେଉଥାନ୍ତି। ଉପରକୁ ଫୁସୁରୁଫାସର ଜଣାପଡୁଥିଲେ ହେଁ ପ୍ରକୃତରେ ସେମାନେ ଗଳା ଝାଡ଼ି କଥା କହୁଥାନ୍ତି। ଭିଡ଼ ଭିତରେ ସମସ୍ତେ

ଗପସପରେ ମସ୍‌ଗୁଲ୍। ଜାଗାଟା ବଜାର ହାଟ ପରି ଲାଗୁଥାଏ। ପାଟି ଗୋଳ ପବନରେ ଭାସିଯାଇ ଖଣ୍ଡେ ଦୂରରୁ ଘଡ଼ଘଡ଼ି ପରି ଶୁଭୁଥାଏ।

ଲୁହାର ଘଣ୍ଟ ବାଜିଲା କ୍ଷଣି ଭିଡ଼ ଭିତରେ ଉତ୍କଣ୍ଠାର ଲହଡ଼ିଟାଏ ପହଁରି ଗଲା। ସମସ୍ତେ ଯାକ ଇଗୁ (ଗାଁର ପୂର୍ବ ପୁରୁଷଙ୍କର ଚରିତ୍ରରେ ବିରାଜ ହେଇଥିବା ଲୋକ) ଛାଉଣୀ ଆଡ଼କୁ ଚାହିଁଲେ। ଗୋମ୍, ଗୋମ୍, ଗୋମ୍ - ଘଣ୍ଟ ବାଜି ଚାଲିଥାଏ। ତା ସାଙ୍ଗକୁ ତା ସହିତ ଗୋଟେ ଜୋର୍‌ଦାରିଆ ବଇଁଶୀରୁ କାନଫଟା ସୁର ଛୁଟିଲା। ତା ପରେ ଇଗୁମାନଙ୍କର ମୋଟା ଘାଗଡ଼ା ଭୟଙ୍କର ସ୍ୱର ସବୁ ମିଶିଗଲା। ଶବ୍ଦର କର୍କଶ ଲହଡ଼ିରେ ସ୍ତ୍ରୀ ପିଲା ଛୁଆମାନେ ପଛକୁ ହଟି ଗଲେ। ସେଠି ଗୋଟେ ରକମ ଦଳାଚକଟା ହେଇଗଲା। ହେଲେ ଘଡ଼ିକ ପାଇଁ ସେମାନେ ବେଶ୍ ଦୂରକୁ ହଟି ଠିଆ ହେଇଗଲେ। ଇଗୁରୁ କେହି ତାଙ୍କ ଆଡ଼କୁ ମାଡ଼ିଗଲେ ବି ଧାଇଁ ପଳାଇବାକୁ ଜାଗା ଥିଲା।

ବାଜା ବାଜି ଚାଲିଥାଏ। ତା ସହିତ ବଂଶୀ ବି। ଇଗୁ ଛାଉଁଣୀଟା ଥରିଲା ମୋଟା ସ୍ୱରର ଜୋରଜାରିଆ ଘଣ୍ଟାଗୋଳିଆ ଭେଳାଟିଏ ହେଇଗଲା। ଆରୁ ଓୟିମ୍ ଦେ ଦେ ଦେ ଦେ ଦେଇ ! ଗୁଞ୍ଜନରେ ଗଗନ ପବନ ଭରିଗଲା। ମାଟି ତଳୁ ସେଇମାତ୍ର ଉଠିଥିବା ପୂର୍ବପୁରୁଷଙ୍କର ଅଶରୀର ଆତ୍ମାମାନ କେବଳ ସେମାନେ ବୁଝି ପାରୁଥିବା ଭାଷାରେ ନିଜର ଆବାହନ କରୁଥିଲେ ଯେମିତି। ଇଗୁ ବିରାଜିଥିବା କୁଡ଼ିଆଟା ବଣକୁ ମୁହଁ କରିଥାଏ। ଘରଟା ଗହଳିରୁ ବେଶ୍ ଦୂରରେ। ଲୋକେ ଖାଲି ଘରର ରଙ୍ଗ ବେରଙ୍ଗୀ ପଛ ପଟ ଦେଖି ପାରୁଥାନ୍ତି। ବଛା ବଛା ପାରିଲା ତିର୍ଲାମାନେ ମଝିରେ ମଝିରେ ସେଠିକି ଯାଇ କାନ୍ଥ ଲିପାପୋଛା କରି ତା ଉପରେ ନାନା ରଙ୍ଗର ଝୋଟି ଆଉ କେତେ କିସମର କମକୁଟ କରିଥାନ୍ତି। ଏଇ ସ୍ତ୍ରୀ ଲୋକମାନେ କେହି ଘର ଭିତରଟା ଦେଖି ନ ଥିଲେ। କୌଣସି ତିର୍ଲା କେବେ ଦେଖି ନ ଥିଲା। ମରଦ କେଇଜଣଙ୍କ ହେପାଜତରେ ସେମାନେ ଲିପାପୋଛା କରି ବାହାର କାନ୍ଥରେ ଝୋଟି ଲେଖି ଚାଲି ଆସନ୍ତି। ଭିତରେ କଣ ଥିବ ମନେ ମନେ ଭାବି ଚାଲନ୍ତି। ହେଲେ ମନ କଥା ମନରେ ରହେ। ବଂଶରେ ସବୁଠାରୁ ଶକ୍ତିଶାଳୀ ଆଉ ସବୁଠୁ ଗୋପନ ପୂଜା ବିଧି ବିଷୟରେ କୋଉ ତିର୍ଲା କେବେ କିଛି ପ୍ରଶ୍ନ ପଚାରି ନ ଥିଲା।

'ଆରୁ ଓୟିମ୍ ଦେ ଦେ ଦେଇ!' - ନିଆଁର ଲହ ଲହ ଜିଭ ପରି ଅନ୍ଧାରୁଆ ବନ୍ଦ କୁଡ଼ିଆ ଘରି ଆଡ଼େ ବିଛୁଡ଼ି ମାଡ଼ିଗଲା। ବଂଶର ପିତୃଲୋକଙ୍କର ଡୁମାମାନ ବାହାରେ ଥିଲେ। ଘଣ୍ଟଟା ଲଗାତାର ବାଜି ଚାଲିଥାଏ। ସେଇ ହୋହାଲ୍ଲା ଭିତରେ ବଂଶୀର ତୀକ୍ଷ୍ଣ କର୍କଶ ଧ୍ୱନି ମିଶି ଭାସୁଥାଏ।

ଆଉ ତା ପରେ ଇଗ୍ବୁ ଉଭା ହେଲା । ସ୍ତ୍ରୀ ପିଲାମାନେ ବଡ଼ ପାଟିରେ ଚିତ୍କାର ଛାଡ଼ି ପାହା ଟେକି ଠିଆ ଉଠିଲେ । ଆପଣା ଛାଏଁ ସେ ସବୁ ସେମିତି ହେଉଥିଲା । ଇଗ୍ବୁକୁ ଦେଖିଲା କ୍ଷଣି ତିର୍ଲା ଜଣେ ସେଠୁ ଧାଇଁ ପଳେଇଲା । ଆଉ ସେଦିନ ଯେତେବେଳେ ବଂଶର ନଅ ଜଣ ମହାନ ମୁଖାଧାରୀ ପ୍ରେତ ଏକାଥରକେ ଉଭା ହେଲେ – ଦୃଶ୍ୟଟା ସତରେ ଭୟାନକ ଥିଲା । ଏପରିକି ଏମ୍ବାଫୋ ପାଦ ଉଠାଇଲା । ତାର ଭାଇମାନେ ବାରଣ କରିବାରୁ ସେ ଦବି ଗଲା ।

ନଅଟା ଇଗ୍ବୁର ପ୍ରତ୍ୟେକ ବଂଶର ଗୋଟେ ଲେଖାଏଁ ଗାଁର ପ୍ରତୀକ । ତାଙ୍କ ମୁଖିଆର ନାଁ କାଳ ବଣ । ନଅ ଜଣ ପୁଅଙ୍କ ଭିତରେ ସବୁଠୁ ବଡ଼ ଇରୁ । ତାର ପିଲାଛୁଆ ଉମେରୁ । ଉମେରୁର ଗାଁର ଚିହ୍ନ ହେଉଛି କାଳ ବଣ ।

'ଉମୋଫା କ୍ୱେନୁ !' ଆଗରେ ବାଟ କଢ଼ାଉଥିବା ଇଗ୍ବୁ ତାର ତାଳ ବରଡ଼ା ହାତରେ ପବନକୁ ଆହୁଲା ମାରି ଚିତ୍କାର କଲା । କୁଳର ବୟସ୍କ ଲୋକେ ଉତ୍ତର ଦେଲେ, ୟାଓ !'

'ଉମୋଫା କ୍ୱେନୁ!'

'ୟା !'

'ଉମୋଫା କ୍ୱେନୁ!'

'ୟା !'

ତା ପରେ କାଳ ବଣ ତାର ଖଡ଼ ଖଡ଼ କରୁଥିବା ନ୍ୟାୟ ଦଣ୍ଡର ମୁନକୁ ମାଟି ଭିତରକୁ ଭୁଷ୍‌କିନା ଗେଞ୍ଜିଦେଲା । ତା ପରେ କଣ ଗୋଟାଏ ଧାତୁ ଜିନିଷରେ ଘଷି ହେଲା ପରି ତାକୁ ହଲେଇ ଖଡ଼ର ଖଡ଼ର କଲା । ସେ ଖାଲି ପଡ଼ିଥିବା ପହିଲା କାଠ ଖଟୁଲି ରେ ବସି ପଡ଼ିଲା । ବୟସର କ୍ରମ ଅନୁସାରେ ତା ପଛକୁ ପଛ ଅନ୍ୟମାନେ ମଧ୍ୟ ବାକି ଆଠଟାରେ ବସିଗଲେ ।

ଓକୋଙ୍କୋର ତିର୍ଲାମାନେ, ଆଉ ବୋଧେ ଅନ୍ୟ ତିର୍ଲା ମାନେ ବି ଲକ୍ଷ୍ୟ କରିଥିବେ ଯେ ଦୁଇ ନମ୍ବର ଇଗ୍ବୁର ଚାଲିବା ଢ଼ଙ୍ଗଟା ଓକୋଙ୍କୋର ଦୋହଲା ଚାଲି ପରି । ତା ଛଡ଼ା ଧାଡ଼ି ପଛରେ ବସିଥିବା ଶିରିପା ବନ୍ଧା ଆଉ ମାନ୍ୟତା ମୁଣ୍ଡ ଭିତରେ ଓକୋଙ୍କୋ ନ ଥିବାଟା ବି ସେମାନଙ୍କ ଆଖିରେ ପଡ଼ିଥିବ । ଏ କଥା ମନକୁ ଆସିଲେ ବି ସେମାନେ ମନ ଭିତରେ ଚାପି ରଖିଲେ । ହଲି ଦୋହଲି ଚାଲୁଥିବା ଇଗ୍ବୁ ଜଣକ ବଂଶର ମୃତ ପିତୃପୁରୁଷଙ୍କ ଭିତରୁ ଜଣେ । ତାଳ ବରଡ଼ା ପାଉଁଶରେ ବୋଳା ତାର ଦେହଟା ଭୟଙ୍କର ଦେଖାଯାଉଥାଏ । ଖାଲି ଗୋଲିଆ ଗାଢୁଆ ଆଖି ଓ ପୁରଷର ଆଙ୍ଗୁଠି ପରି ବଡ଼ ବଡ଼ ଅଙ୍ଗାର କଳା ଦାନ୍ତଗୁଡ଼ିକୁ ଛାଡ଼ି ଦେଲେ କାଠର

ବିରାଟ ବଡ଼ ମୁହଁଟା ଧଳା ରଙ୍ଗରେ ରଙ୍ଗା ହେଇଥାଏ। ତା ମୁଣ୍ଡରେ ଦୁଇଟା ବଡ଼ ବଡ଼ ଶିଂଗ ଥାଏ।

ସବୁଯାକ ଇଗ୍ବ୍ୟୁ ଖଟୁଲିରେ ବସି ସାରିଲା ପରେ, ପୁଣି ତାଙ୍କରି ଦେହରେ ବନ୍ଧା ଛୋଟ ଛୋଟ ଘଣ୍ଟି ଘାଗୁଡ଼ିର ଶବ୍ଦ ଥମିଗଲା ପରେ କାଳ ବଣ ପରସ୍ପର ସାମ୍ନାସାମ୍ନି ବସିଥିବା ଦୁଇ ଦଳଙ୍କୁ ଚାହିଁ ତାର ବକ୍ତବ୍ୟ ଆରମ୍ଭ କଲା।

'ଉଜେଉଲୁର ପିଣ୍ଡ, ତତେ ଜୁହାର', ସେ କହିଲା। ପ୍ରେତମାନେ ସବୁବେଳେ ମଣିଷମାନଙ୍କୁ ପିଣ୍ଡ ରୂପରେ ସମ୍ବୋଧନ କରନ୍ତି। ଉଜେଉଲୁ ନଇଁ ପଡ଼ି ବିନୀତ ନିବେଦନରେ ତାର ଡ଼ାହାଣ ହାତରେ ମାଟିକୁ ଛୁଇଁଲା।

'ହେ ଆମର ପିତୃପିତା, ମୁଁ ହାତରେ ମାଟି ଛୁଇଁଲି', ସେ କହିଲା।

'ଉଜେଉଲୁର ପିଣ୍ଡ, ତୁ ମତେ ଜାଣୁ ?' ପ୍ରେତ ପଚାରିଲା।

'ମୁଁ ଭଲା କେତି ଜାଣିବି, ପିତା ? ତମେ ତ ଆମର ବୋଧ ଜ୍ଞାନର ବାହାରେ।'

ଏଥରକ କାଳ ବଣ ଆର ଦଳ ଆଡ଼କୁ ବୁଲି ପଡ଼ି ତିନି ଭାଇ ଭିତରୁ ସବା ବଡ଼ଟାକୁ କହିଲା;

'ଓଡୁକ୍ୱେର ପିଣ୍ଡ, ମୁଁ ତତେ ସ୍ୱାଗତ କରୁଛି'। ଓଡୁକ୍ୱେ ନଇଁ ପଡ଼ି ମାଟି ଛୁଇଁଲା। ତାପରେ ଶୁଣାଣି ଆରମ୍ଭ ହେଲା।

ଉଜେଉଲୁ ଆଗକୁ ଆସି ମାମଲାରେ ତାର ପକ୍ଷ ରଖିଲା।

'ସେଠି ଛିଡ଼ା ହେଇଥିବା ତିର୍ଲା ଜଣକ ମୋର ସ୍ତ୍ରୀ, ଏମ୍ବାଫୋ। ମୁଁ ମୋର ଟଙ୍କା ଆଉ ଖମ୍ବ ଆଳୁ ପଇଠ କରି ତାକୁ ବାହା ହେଇଥିଲି। ଶ୍ୱଶୁର ଘରର ମୁଁ କିଛି ବାକିଆ ରଖି ନାହିଁ। ଆଉ ତାଙ୍କୁ ଖମ୍ବ ଆଳୁ ଦେବାର ନାହିଁ କି କୋକୋ ବି ଦେବାର ନାହିଁ। ଦିନେ ସକାଳେ ସେମାନେ ତିନି ଜଣ ମୋ ଘରକୁ ପଶି ଆସିଲେ। ମତେ ପାଡ଼ ପିଟ କରି ମୋ ସ୍ତ୍ରୀ ଛୁଆଙ୍କୁ ନେଇ ପଳାଇଲେ। ଏଇଟା ବର୍ଷା ଦିନର କଥା। ମୋ ସ୍ତ୍ରୀର ଫେରିବା ବାଟକୁ ମୁଁ ଟାକି ରହିଲି। ହେଲେ ବୃଥା ହେଲା। ଶେଷରେ ମୁଁ ମୋର ଶ୍ୱଶୁର ଘରକୁ ଯାଇ ତାଙ୍କୁ କହିଲି, 'ତମେ ମାନେ ତମର ଭଉଣୀକୁ ନିଜେ ଯାଇ ଘେନି ଆସିଛ। ମୁଁ ତାକୁ ତଡ଼ି ନାହିଁ। ତମେ ନିଜେ ଆଣିଛ। କୁଳର ନୀତି ନିୟମରେ ତମେ ଏଥର ମୋର ଝୋଲା-ଟଙ୍କା ଫେରେଇଦିଅ।' କିନ୍ତୁ ମୋର ମାଇକିନାର ଭାଇମାନେ କହିଲେ ଯେ ସେମାନଙ୍କର କୁଆଡ଼େ ମତେ ଆଉ କିଛି କହିବାର ନାହିଁ। ସେଥିପାଇଁ ମୁଁ ମାମଲାଟିକୁ ବଂଶର ପିତୃପିତାଙ୍କ ପାଖକୁ ଆଣିଲି। ବାସ୍, ମୋର ଏତିକି ମାତ୍ର କହିବାର ଥିଲା। ତମକୁ ମୋର ଦଣ୍ଡବତ।'

‘ତୋର କଥାଟା ଠିକ୍। ଏଥର ଓଡ୍ଡୁକ୍ୱେ ମୁହଁରୁ ଶୁଣିବା। ତାର କଥା ବି ଠିକ୍ ହେଇ ଥାଇପାରେ’, ଇଗୁର ମୁଖିଆ ଜଣକ କହିଲା।

ଓଡ୍ଡୁକ୍ୱେ ଦେଖିବାକୁ ଗେଡ଼ା ଆଉ ମୋଟା ଗଢ଼ଣର। ସେ ଆଗକୁ ବାହାରି ପ୍ରେତମାନଙ୍କୁ ଜୁହାର ହେଲା ଆଉ ତାର କଥା ଆରମ୍ଭ କଲା

‘ମୋର ଭିଣେଇ ତମକୁ କହିଲା ଯେ ଆମେ ତାର ଘରେ ପଶି ତାକୁ ମାଡ଼ପିଟ କଲୁ ଓ ଆମର ଭଉଣୀ ଆଉ ତାର ଛୁଆମାନଙ୍କୁ ନେଇ ଆସିଲୁ। ସବୁ କଥା ସତ। ସେ ତମକୁ କହିଲା ଯେ ସେ ତାର ଝୋଲା ଟଙ୍କା ଫେରାଇ ନେବା ପାଇଁ ଆସିଥିଲା ଆଉ ଆମେ ଦେବାକୁ ମନା କଲୁ। ତା ବି ସତ। ମୋ ଭିଣେଇ ଉଜେଉଲୁ ଗୋଟେ ପଶୁ। ମୋ ଭଉଣୀ ତା ସାଙ୍ଗରେ ନଅ ବର୍ଷ ରହିଛି। ତା ଭିତରେ ଏମିତି ଗୋଟେ ଦିନ ଯାଇ ନାହିଁ ଯୋଉ ଦିନ କି ମୋ ଭଉଣୀ ତା ହାତରୁ ମାଡ଼ ଖାଇ ନାହିଁ। ଆମେ ତାଙ୍କର ଝାମେଲାକୁ ତୁଟାଇବାକୁ କେତେ ଥର ଯେ ଚେଷ୍ଟା କରିଛୁ, ତାର ହିସାବ ନାହିଁ। ହେଲେ ସବୁ ଥର ଦୋଷଟା ଉଜେଉଲୁର ଥାଏ –

‘ଡ଼ାହା ମିଛ!’ ଉଜେଉଲୁ ପାଟିକଲା।

‘ଦୁଇ ବର୍ଷ ତଳେ’, ଓଡ୍ଡୁକ୍ୱେ କହି ଚାଲିଥାଏ, ‘ସେ ଗର୍ଭବତୀ ଥିଲା ବେଳେ, ସେ ତାକୁ ଏମିତି ମାରିଲା ଯେ ଶେଷରେ ତାର ଗର୍ଭପାତ ହେଇଗଲା।’

‘ମିଛ କଥା। ସେ ଯାଇକି ଶୋଇଥିଲା ତାର କୋଉ ନାଗର ସାଙ୍ଗରେ ଆଉ ସେଥିପାଇଁ ତାର ଗର୍ଭ ନଷ୍ଟ ହେଲା।’

‘ଉଜେଉଲୁର ପିଣ୍ଡ, ତତେ ଜୁହାର’, କାଳ ବଣ ତାର ମୁହଁ ବନ୍ଦ କରିବାକୁ ଯାଇ କହିଲା, ‘କି ରକମର ପ୍ରେମିକ ଜଣେ ଗର୍ଭିଣୀ ସାଙ୍ଗରେ ଶୁଏ?’ କଥାର ସମର୍ଥନରେ ଭିଡ଼ ଭିତରେ ଗୋଟେ ସଶବ୍ଦ ଗୁଞ୍ଜରଣ ଖେଳିଗଲା। ଓଡ୍ଡୁକ୍ୱେ କହି ଚାଲିଲା;

“ଗତବର୍ଷ ମୋ ଭଉଣୀ ବେମାରରୁ ଉଠିଥାଏ। ତା ଉପରେ ପୁଣି ତାକୁ ଏମିତି ମାରିଲା ଯେ ସାଇ ପଡ଼ିଶା ଯାଇ ପହଞ୍ଚି ନ ଥିଲେ ମୋର ଭଉଣୀର ଜୀବନ ଆଉ ରହି ନ ଥାନ୍ତା। ଆମେ ଶୁଣିଲୁ, ଆଉ ଯାହା କଲୁ ସେ କଥା ଏବେ ତମକୁ ଶୁଣେଇଲୁ। ଉମୋଫାର ନିୟମ ଅନୁସାରେ ସ୍ତ୍ରୀ ଜଣକ ତା ସ୍ୱାମୀ ପାଖରୁ ପଳେଇ ଆସିଲେ ଝୋଲା-ଟଙ୍କା ଫେରାଇବା କଥା। ହେଲେ ଏଇ ମାମଲାରେ ତ ସେ ତାର ଜୀବନ ବଞ୍ଚାଇବା ପାଇଁ ପଳେଇ ଆସିଛି। ତାର ଛୁଆ ଦୁଇଟା ଉଜେଉଲୁର। ଆମର ସେଥିରେ ବାଦ କରିବାର ନାହିଁ। ହେଲେ ଏତେ ଛୋଟ ଛୁଆ ମାଁକୁ ଛାଡ଼ି ଭଲା ରହିବେ କେମିତି। ତା ସତ୍ତ୍ୱେ ବି, ଯଦି ଉଜେଉଲୁ ତାର ପାଗଲପନ୍ ଛାଡ଼େ ଆଉ

ଠିକଣା ବାଟ ଧରି ତା ସ୍ତ୍ରୀ ଛୁଆଙ୍କୁ ଫେରାଇବା ପାଇଁ ନେହୁରା ହୁଏ, ତା ହେଲେ ସେ ଯିବ। କିନ୍ତୁ ଗୋଟେ ସର୍ତ୍ତ ଯେ ଯଦି ସେ ପୁଣି ତାକୁ ପିଟାମରା କରେ, ଆମେ ସିଧା ତାର ମୁଣ୍ଡ ଛେଦି ଦେବୁ।"

ଗହଳିଟା ହସରେ ଫାଟି ପଡ଼ିଲା। କାଳ ବଣ ପାହା ଡ଼େରି ଉଠିଲା। ଭିଡ଼ ଭିତରେ ସଙ୍ଗେ ସଙ୍ଗେ ଶୃଙ୍ଖଳା ଫେରି ଆସିଲା। ତା ମୁଣ୍ଡରେ ରଖା ହେଇଥିବା ନିଆଁ ଉହ୍ଲେଇରୁ ଅନବରତ ଧୂଆଁର ବାଦଲ ଉଠୁଥାଏ। ସେ ପୁଣି ବସି ପଡ଼ିଲା ଓ ସାକ୍ଷୀ ଗୁହା ଦୁଇ ଜଣଙ୍କୁ ଡ଼ାକିଲା। ସେମାନେ ଦି ଜଣ ଉଜେଉଲୁର ପଡ଼ିଶା। ମାଡ଼ପିଟ କଥା ସେମାନେ ମାନିଲେ। କାଳ ବଣ ଏଥର ଉଠି ପଡ଼ିଲା ଓ ତାର ମୋଟା ବାଡ଼ିଟାକୁ ଝିଙ୍କି ଆଣି ପୁଣି ମାଟି ଭିତରକୁ ଖେଞ୍ଚିଦେଲା। ସେ ସ୍ତ୍ରୀ ଲୋକମାନଙ୍କ ଆଡ଼କୁ ଦି ଚାରି ପାହୁଣ୍ଡ ବଢ଼ିଲା। ସେମାନେ ଭୟରେ ଧାଇଁ ପଳାଇଲେ ଆଉ ପୁଣି ସେଇ ଲାଗେ ଆସି ବସି ପଡ଼ିଲେ। ତାପରେ ନଅ ଜଣ ଯାକ ଇଗ୍ବୁ ଆପଣା ଭିତରେ ବିଚାର କରିବା ପାଇଁ ଟୁଙ୍ଗୀ ଭିତରକୁ ଗଲେ। ଗୁଡ଼ାଏ ବେଳ ଯାଏଁ ସେମାନେ ତୁନି ରହିଲେ। ତା ପରେ ଘଣ୍ଟି ବାଜିଲା। ବଂଶୀ ଫୁଙ୍କା ହେଲା। ପୁଣିଥରେ ଇଗ୍ବୁ ମାନେ ଟୁଙ୍ଗିର ଗୁପ୍ତ ସୁଡ଼ଙ୍ଗରୁ ବାହାରି ଆସିଲେ। ପରସ୍ପରକୁ ଜୁହାର ହେଲେ ଆଉ ତା ପରେ 'ଆଇଲୋ' ରେ ପୁନର୍ବାର ଉଭା ହେଲେ।

'ଉମୋଫା କ୍ୱେନୁ!' ବଂଶର ବୁଢ଼ା ଓ ବୟସ୍କମାନଙ୍କ ଆଡ଼କୁ ମୁହଁ କରି କାଳ ବଣ କହିଲା।

'ୟା!' ଆକାଶଫଟା ଉତ୍ତର ଆସିଲା। ତାପରେ ଆକାଶରୁ ନୀରବତା ଆସି ଛାଇଗଲା ଆଉ ପାଟିଗୋଳକୁ ପୁରା ଗିଳି ଦେଲା।

'ଆମେ ମାମଲାର ଦୁଇ ପକ୍ଷରୁ ଶୁଣିଲୁ। ଆମର କାହାକୁ ନିନ୍ଦା କରିବାର ନାହିଁ କି କାହାକୁ ପ୍ରଶଂସା କରିବାର ନାହିଁ। ସମସ୍ୟାର ସମାଧାନ ହିଁ ଆମର କର୍ତ୍ତବ୍ୟ। ସେ ଉଜେଉଲୁର ଗୋଷ୍ଠୀ ଆଡ଼କୁ ବୁଲି ପଡ଼ିଲା ଓ ଟିକେ ସମୟ ବିରତି ନେଲା।

'ଉଜେଉଲୁର ପିଣ୍ଡ, ତୁ ମତେ ଜାଣୁ ?'

'ମୁଁ କେମିତି ଭଲା ତମକୁ ଜାଣିପାରିବି, ପିତୃପିତା ? ତମେ ଆମର ବୋଧ ଶକ୍ତି ବାହାରେ।'

'ମୁଁ ହେଉଛି କାଳ ବଣ। ଯୋଉ ଦିନ ମଣିଷର ଜୀବନଟା ତାର ସବୁଠୁ ପ୍ରିୟ, ସବୁଠୁ ମଧୁର, ସେଇ ଦିନ ମୁଁ ତାକୁ ମାରିଦିଏ।'

'ସେଇଟା ସତ' ଉଜେଉଲୁ ଉତ୍ତର ଦେଲା।

'ହାଣ୍ଡିଏ ମଦ ନେଇ ତୋର ଶ୍ୱଶୁର ଘରକୁ ଯା ଆଉ ତୋର ସ୍ତ୍ରୀ ଛୁଆଙ୍କୁ

ଫେରାଇ ଦେବା ପାଇଁ ଗୁହାରି କର। ସ୍ତ୍ରୀ ସାଙ୍ଗରେ ଝଗଡ଼ା କରିବାଟା ପୁରୁଷପଣିଆ ନୁହଁ। ସେ ଓଡୁକ୍ୱେ ଆଡ଼କୁ ବୁଲି ପଡ଼ିଲା ଓ ଟିକେ ସମୟ ବିରତି ନେଲା।

'ଓଡୁକ୍ୱେର ପିଣ୍ଡ, ତତେ ଜୁହାର', ସେ କହିଲା।

'ହାତରେ ଭୂଇଁକୁ ଛୁଇଁ ମୁଁ ଦଣ୍ଡବତ କରୁଛି, ଓଡୁକ୍ୱେ ଉତ୍ତର ଦେଲା।

'ତୁ ମତେ ଜାଣୁ ?'

'ତମକୁ ଜାଣିବାର କେଉଁ ମଣିଷର ସାଧ୍ୟ ନାହିଁ', ଓଡୁକ୍ୱେ ଉତ୍ତର ଦେଲା।'

'ମୁଁ ହେଉଛି କାଳ ବଣ, ମୁଁ ହେଉଛି ପାଟିକୁ ଆହାର ହେଉଥିବା ଶୁଖିଲା ମାଂସ, ମୁଁ ହେଉଛି ବିନା ଜାଳରେ ଜଳୁଥିବା ନିଆଁ। ଯଦି ତୋର ଜୋଇଁ ତୋ ପାଖକୁ ମଦ ନେଇ ଯାଏ, ତୋ ଭଉଣୀକୁ ତା ସାଙ୍ଗରେ ଯିବାକୁ ଛାଡ଼ି ଦେବୁ। ତତେ ଜୁହାର।' ସେ ବାଡ଼ିଟାକୁ ଟାଣି ଆଣି ପୁଣି ଥରେ ମାଟି ଭିତରକୁ ଖେଞ୍ଚି ଦେଲା।

'ଉମୋଫିଆ କ୍ୱେନୁ!' ସେ ଚିତ୍କାର କଲା। ସମବେତ ଜନତା ତାର ପ୍ରତି-ଉତ୍ତର ଦେଲା।

'ଏମିତି ଛୋଟ ମୋଟ କଥାକୁ ଇଗ୍ୱୁ ଯାଏଁ ନେବା କଣ ଦରକାର ମୁଁ ବୁଝି ପାରୁନି', ଜଣେ ବୟସ୍କ ଆଉ ଜଣକୁ ପଚାରିଲା।

'ଆରେ ଏଇ ଉଜେଉଲୁଟା କି ରକମର ମଣିଷ ଯେ ତୁ କଣ ଜାଣିନୁ ? ସେ ଆଉ କାହା କଥା ଶୁଣିବ ନାହିଁ ପରା', ଆର ଜଣକ ଜବାବ ଦେଲା।

ସେମାନେ କଥା ହଉ ହଉ ଆଉ ଦୁଇ ଦଳ ଲୋକ ତାଙ୍କ ମାମଲାର ବିଚାର ପାଇଁ 'ଇଗ୍ୱୁ' ପାଖକୁ ଆସିଲେ। ଗୋଟେ ବଡ଼ ଜମିଜମା ମାମଲାର ନିଶାପ ଆରମ୍ଭ ହେଲା।

॥ ୧୧ ॥

ଦୁର୍ଭେଦ୍ୟ ଅନ୍ଧାର ରାତି। କେତେ ଦିନଠୁ ଜହ୍ନଟା ଆହୁରି ଆହୁରି ଡେ଼ରିରେ ଉଠୁଛି। ଆଉ ଏବେ ତ ଜହ୍ନ ଉଠିଲା ବେଳକୁ ପାହାନ୍ତା ପହର। ଯେବେଠୁ ଜହ୍ନଟା ସନ୍ଧ୍ୟା ଛାଡ଼ି ପାହାନ୍ତିଆରେ ଉଠିଲାଣି, ସେବେଠୁ ରାତିଟା ମାନ କୋଇଲା ପରି କଳା।

ରାତିରେ ପିତା ଶାଗ ଝୋଳ, ଖମ୍ବ ଆଳୁ ଭରତା ଖାଇ ସାରି ଏଜିନ୍‌ମା ଓ ତାର ମାଁ ମଶିଣାଟା ଉପରେ ବସିଥାନ୍ତି। ପାମ୍ ତେଲର ଦୀପରୁ ହଳଦିଆ ଆଲୁଅ ଆସୁଥାଏ। ବିନା ଆଲୁଅରେ ଆଦୌ ଖାଇ ହେବନି। ଏତେ ଅନ୍ଧାରରେ ପାଟିଟା କୋଉଠି ଜଣା ପଡ଼ିବନି। ଓକୋଙ୍କୋର ହତା ଭିତରେ ଚାରିଟାଯାକ କୁଡ଼ିଆରେ ଗୋଟେ ଲେଖାଁଏ ତେଲ ଦୀପ ଜଳୁଥାଏ। ଗୋଟେ କୁଡ଼ିଆରୁ ଆରଟାକୁ ଦେଖିଲେ ଲାଗୁଥାଏ ରାତିର ଜମାଟବନ୍ଧା ଘନତା ଭିତରେ ହଳଦିଆ ଧୀମା ଆଲୁଅର ନମନୀୟ ଆଖିଟେ ଖଞ୍ଜା ହେଇଛି।

ସାରା ଦୁନିଆଁ ନିଶ୍ଚୁପ। ଖାଲି ପୋକ ଜୋକ, କୀଟ ପତଙ୍ଗର କର୍କଶ ସ୍ୱର। ତା ସହିତ ନ୍ୱାଇକେର କାଠର ହେମ ଦସ୍ତାରେ ଖମ୍ବଆଳୁ ପେଷିବାର ଶବ୍ଦ। ଚାରିଟା ପାଚିରୀ ଛାଡ଼ି ନ୍ୱାଇକେର ଘର। ଡେ଼ରିରେ ରନ୍ଧାବଢ଼ା କରିବାର ଖଚଡ଼ାମି ତାର ସବୁଦିନ ଚାଲିଥାଏ। ଗାଁର ସବୁ ତିର୍ଲା ଏ କଥା ଜାଣନ୍ତି। ପୋକଜୋକର ଝିଁ ଝିଁ ପରି ତାର କୁଟାକୁଟି ଟା ରାତିର ଗୋଟେ ଅଙ୍ଗ।

ତାର ସ୍ତ୍ରୀ ମାନଙ୍କର ରନ୍ଧାରୁ ଖାଇସାରି ଓକୋଙ୍କୋ କାନ୍ଥକୁ ଆଉଜି ବସିଥାଏ। ମୁଣାଟାକୁ ଦରାଣ୍ଡି ସେ ନାଶ ଡ଼ିବାଟା ଆଣିଲା। ବାଁ ହାତ ପାପୁଲିରେ ବୋତଲଟାକୁ ଝାଡ଼ିଲା। ହେଲେ କିଛି ବାହାରିଲା ନାହିଁ। ବୋତଲଟାକୁ ହଲେଇବା ପାଇଁ ସେ ତାର ଆଣ୍ଠୁରେ ଠୁକୁଡ଼େଇଲା। ଏଇ ଓକେକେର ନାଶଟା ସୁବବେଳେ ଏମିତି। ବେଶୀ ଧଳା ଲୁଣ ପକେଇଦିଏ ନା କଣ ଯେ ଓଦାଳିଆ ହେଇ ଶିଶିରେ ଲଟକି ଯାଏ।

କେତେଦିନ ହେଲାଣି ଓକୋଙ୍କୋ ତା ପାଖରୁ ନାଶ ଆଣି ନାହିଁ। ଇଡ଼ିଗୋକୁ ହିଁ ଅସଲି ନାଶ ତୟାରିର ଗୁମର ଜଣା। ହେଲେ ସେ ତ ଏବେ ଦିହ ବାଧିକାରେ ପଡ଼ିଛି।

ତାର ତିର୍ଲା-ବସାରୁ ଧୀମା ସ୍ୱରରେ କଥା ବାର୍ତ୍ତା ପୁଣି ମଝିରେ ମଝିରେ ଗୁଣୁଗୁଣୁ ଗୀତ ଗାଇବାର ଆବାଜ ସବୁ ଓକୋଙ୍କୋ କାନରେ ବାଜିଲା। କାରଣ ତା ସ୍ତ୍ରୀ ଆଉ ଛୁଆମାନେ ଆପଣା ଅପଣା ଭିତରେ କଥାଣି କୁହାକୁହି ହେଉଥାନ୍ତି। ଏକ୍ୱେଫି ଓ ତାର ଝିଅ ଏଜିନ୍‌ମା ମଶିଣା ଉପରେ ବସିଥାନ୍ତି। ଏଥରକ ଏକ୍ୱେଫିର କଥାନି କହିବାର ପାଳି:

'ଅନେକ ଦିନ ତଳେ ଥରେ', ସେ ଆରମ୍ଭ କଲା, 'ଆକାଶରେ ଗୋଟେ ଭୋଜିକୁ ଯିବା ପାଇଁ ସବୁ ଚଢ଼େଇ ପାଖକୁ ନିଉତା ଗଲା। ସେମାନେ ଭାରି ଖୁସିରେ ସଜବାଜ ହେଲେ। ନାଲି କାଠର ପାଉଡ଼ରରେ ସେମାନେ ଦିହକୁ ରଙ୍ଗେଇ 'ଉଲି'ରେ ସାରା ଦିହରେ ନାନା କିସମର ଝୋଟି ଚିତା ଆଙ୍କିଲେ।

କଇଁଛ ଏ ସବୁ ସଜବାଜ ଦେଖିଲା ଆଉ ଜଲ୍‌ଦି ତାର କାରଣଟା ବି ଜାଣିଗଲା। ସେ ବେଶ୍ ଚାଲାକ। ପଶୁ ରାଇଜର ଏମିତି କିଛି ନାହିଁ ଯାହା ତାର ଆଖିକୁ ଫାଙ୍କି ଦେଇଯିବ। ଆକାଶରେ ଏତେ ବଡ଼ ଭୋଜି ଭାତର ଖବରଟା ଶୁଣୁଶୁଣୁ ତାର ଗଳା କୁଣ୍ଢେଇ ହେଲା। ସେତେବେଳେ ସେଇ ଇଲାକାରେ ଅକାଳ ପଡ଼ିଥାଏ। ଦୁଇ ମାସ ହେବ କଇଁଛକୁ ଭଲକରି ଖାଇବାକୁ ମୁଁହ ମିଳି ନ ଥାଏ। ଶୁଖିଲା ଡ଼ାଙ୍ଗଟିଏ ପରି ଖାଲି ଖୋଳପା ଭିତରେ ତାର ଦିହଟା କଡ଼ କଡ଼ ହେଲା। ତେଣୁ ସେ ଆକାଶକୁ କେମିତି ଯିବ ସେଇ ଯୋଜନା କଲା।'

'କିଂତୁ ତାର ତ ଡ଼େଣା ନାହିଁ, ଏଜିନ୍‌ମା କହିଲା।'

'ଟିକେ ସବୁର୍ କର', ତାର ମା କହିଲା। 'କଥାଟା ତ ସେଇଠି। କଇଁଛର ଡ଼େଣା ନାହିଁ। ହେଲେ ବି ସେ ଚଢ଼େଇଙ୍କ ପାଖକୁ ଗଲା ଆଉ ତାକୁ ସାଙ୍ଗରେ ଆକାଶକୁ ନେବାକୁ କହିଲା।

'ତତେ ଆମେ ବେଶ୍ ଚିହ୍ନିଛୁ। ତୋର ଚାଲାକି ଆମକୁ ଜଣା। ତୁ ହେଉଛୁ ଏକ ନମ୍ବର ନମକ ହରାମ୍। ତତେ ଆମ ସାଙ୍ଗରେ ନେଲେ ତୁ ନିଶ୍ଚେ କିଛି କାଣ୍ଡ କାରଖାନା ସେଠି କରିବୁ', ତା କଥା ଶୁଣି ପକ୍ଷୀମାନେ କହିଲେ।

'ତମେ ଆହୁରି ଜାଣିନ, ୟା ଭିତରେ ମୁଁ ବଦଳି ଗଲିଣି। ଏବେ ମୁଁ ବୁଝି ପାରିଛି ଯେ ଯିଏ ଅନ୍ୟ ପାଇଁ ଗାତ ଖୋଳେ, ସେଇ ଗାତରେ ସେ ନିଜେ ପଡ଼େ,' କଇଁଛ କହିଲା।

କଇଁଛ କଥାରେ ପାଣିରେ ସର ପକାଇ ଦେବ। ଅଳ୍ପ ସମୟ ଭିତରେ

ପକ୍ଷୀମାନେ ବିଶ୍ୱାସ କରିଗଲେ ଯେ ସେ ପ୍ରକୃତରେ ବଦଳି ଯାଇଛି। ସେମାନେ ସମସ୍ତେ ତାକୁ ଗୋଟେ ଲେଖାଏଁ ନିଜର ପର ଦେଲେ। ସେଥିରେ କଇଁଛ ଦୁଇଟା ଡ଼େଣା ତିଆରି କଲା।

ଶେଷରେ ସେଇ ଖାସ୍ ଦିନଟା ଆସିଲା। କଇଁଛ ପ୍ରଥମେ ଯାଇ ଠିକଣା ଜାଗାରେ ପହଞ୍ଚିଲା। ସବୁ ଚଢ଼େଇ ଆସିଲା ପରେ ସେମାନେ ଏକା ସାଙ୍ଗରେ ଗୋଟେ ଦଳ ବାନ୍ଧି ଉଡ଼ିଲେ। ପକ୍ଷୀଙ୍କ ମେଳରେ ଉଡ଼ିଲା ବେଳେ କଇଁଛକୁ ଭାରି ଖୁସି ଲାଗୁଥାଏ। ସେ ଅନର୍ଗଳ ଗପି ଚାଲିଥାଏ। ଅତି ଶିଘ୍ର ତାକୁ ଦଳର ମୁଖପାତ୍ର ରୂପେ ମନୋନୟନ କରାଗଲା। କାରଣ ସେ ଭାରି ବାକ୍‌ପଟୁ।

'ଅସଲ କଥାଟିକୁ ଆମେ ଭୁଲି ଯିବା କଥା ନୁହଁ,' ଉଡ଼ିକି ଯାଉ ଯାଉ ବାଟରେ ସେ କହିଲା। ଯୋଉମାନେ ଏମିତି ବଡ଼ ବଡ଼ ଭୋଜି ଉତ୍ସବକୁ ନିମନ୍ତ୍ରିତ ହେଇ ଯାଆନ୍ତି, ସେମାନେ ଏଇ ଅବସରରେ ନିଜର ଗୋଟେ ନୂଆଁ ନାଁରେ ପରିଚିତ ହୁଅନ୍ତି, ଆକାଶରେ ଏଇ ଭୋଜିରେ ଅତିଥିଙ୍କ ଦେଖାରେଖା କରୁଥିବା ଲୋକଙ୍କ ଦୃଷ୍ଟିରେ ଆମେ ଏଇ ପୁରୁଣା ପରମ୍ପରାକୁ ମାନିବା ଦରକାର।

ଏମିତି ପ୍ରଥାଟିଏ ଥିବାର କୌଣସି ପକ୍ଷୀ ଜାଣି ନ ଥିଲେ। ତେବେ କଇଁଛର ଅଲଗା ଦୁର୍ଗୁଣ ଥିଲେ ବି ସେ ଗୁଡ଼ାଏ ରାଇଜ ବୁଲିଛି ଆଉ ବିଭିନ୍ନ ଲୋକଙ୍କର ନାନା ପ୍ରକାର ନୀତି ନିୟମ ଚାଲିଚଳଣି ବିଷୟରେ ଜାଣିଛି। ସେମାନେ ଭାବିଲେ ଆଉ ନିଜ ନିଜର ଗୋଟେ ନୂଆଁ ନାଁ ରଖିଲେ। ସମସ୍ତେଯାକ ନୂଆଁ ନାଁ ବାଛି ସାରିଲା ପରେ କଇଁଛ ତା ପାଇଁ ଗୋଟେ ରଖିଲା। ତାର ନାଁ ହେଲା – 'ତମେ ସମସ୍ତେ'।

ଶେଷରେ ତାଙ୍କର ଯାତ୍ରୀ ଦଳ ଆକାଶରେ ପହଞ୍ଚିଲେ। ଭୋଜିର କର୍ତ୍ତାମାନେ ତାଙ୍କୁ ଦେଖି ଭାରି ଖୁସି ହେଲେ। କଇଁଛ ତାର ଚିତ୍ରବିଚିତ୍ର ପର ମେଲାଇ ଛିଡ଼ାହେଲା ଆଉ ନିମନ୍ତ୍ରଣ ପାଇଁ ସେମାନଙ୍କୁ ଧନ୍ୟବାଦ ଜଣାଇଲା। ତାର ବାକ୍‌ଚାତୁରୀରେ ସମସ୍ତେ ମୁଗ୍ଧ ହେଲେ। ତାକୁ ସାଙ୍ଗରେ ଆଣିଥିବାରୁ ପକ୍ଷୀମାନେ ମନେ ମନେ ଖୁସି ହେଲେ। ସେ ଯାହା କହୁଥାଏ ସବୁଥିରେ ସେମାନେ ମୁଣ୍ଡ ଟୁଙ୍ଗାରୁଥାନ୍ତି। ଅନ୍ୟମାନଙ୍କଠାରୁ ସେ କେମିତି ଅଲଗା ଦେଖାଯାଉଥିବାରୁ କର୍ତ୍ତାମାନେ ତାକୁ ପକ୍ଷୀଙ୍କର ସର୍ଦ୍ଦାର ଭାବିଲେ।

ସେମାନେ ଭେଟିରେ ଆଣିଥିବା କୋଲା ଖାଇ ସାରିଲା ପରେ ଆକାଶ ରାଇଜର ଲୋକେ ଅତିଥିମାନଙ୍କ ସାମ୍ନାରେ ସବୁଠୁ ସ୍ୱାଦିଷ୍ଟ ଭୋଜନ ଆଣି ରଖିଲେ। କଇଁଛ ସ୍ୱପ୍ନରେ ସୁଦ୍ଧା ଏତେ ଚିଜ ଦେଖି ନ ଥିଲା। ଚୂଲିରୁ ରନ୍ଧା ହାଣ୍ଡି ସହିତେ ଝୋଳ ଆଣି ରଖାହେଲା। ହାଣ୍ଡିଭର୍ତ୍ତି ମାଛ, ମାଂସ। କଇଁଛ ବାସ୍ନା ନାକେଇଲା। ଖାଦ୍ୟ

ଆଳୁର ଭର୍ତ୍ତା, ତଟକା ମାଛ ଆଉ ପାମ୍ ତେଲରେ ରନ୍ଧା ଦେଶୀ ଆଳୁର ବହଳ ଝୋଳ ତରକାରୀ ସାଙ୍ଗକୁ ପୁଣି ହାଣ୍ଡି ହାଣ୍ଡି ଖଜୁରୀ ତାଡ଼ି ଆଉ ମଦ। ଅତିଥିଙ୍କ ସାମ୍ନାରେ ସବୁ ଜିନିଷ ଥୁଆ ହେଲା ପରେ ଆକାଶ ଲୋକଙ୍କ ଭିତରୁ ଜଣେ ଆସି ସବୁଥିରୁ ଟିକେ ଟିକେ ଚାଖି ସ୍ୱାଦ ପରୀକ୍ଷା କଲା। ତାପରେ ସେ ପକ୍ଷୀମାନଙ୍କୁ ଖାଇବା ଆରମ୍ଭ କରିବା ପାଇଁ ଅନୁରୋଧ କଲା। କଇଁଛ ଗୋଡ଼ ଟେକି ପଚାରିଲା, 'ତମେ ଏଇ ଭୋଜିଟା କାହା ପାଇଁ କରିଛ ?'

'ତମ ସମସ୍ତଙ୍କ ପାଇଁ', ଲୋକଟା ଉତ୍ତର ଦେଲା।

କଇଁଛ ପକ୍ଷୀମାନଙ୍କ ଆଡ଼କୁ ବୁଲି ପଡ଼ି କହିଲା, 'ତମର ମନେ ଅଛି ତ ଯେ ମୋ ନାଁ ହେଉଛି 'ତମେ ସମସ୍ତେ'। ଏଠିକାର ରୀତି ଅନୁସାରେ ମୁଖିଆକୁ ପ୍ରଥମେ ପରଷା ହୁଏ। ବାକିମାନେ ପରେ ଖାଆନ୍ତି। ମୁଁ ଖାଇ ସାରିଲା ପରେ ସେମାନେ ତମକୁ ପରଷିବେ।'

ସେ ଖାଇବା ଆରମ୍ଭ କଲା। ପକ୍ଷୀମାନେ ରାଗରେ ଗଡ଼ର ଗଡ଼ର ହେଲେ। ଆକାଶର ଲୋକେ ଭାବିଲେ ମୁଖିଆ ପାଇଁ ସବୁ ଖାଦ୍ୟ ଦେଇଦେବାଟା ନିଶ୍ଚେ ଏମାନଙ୍କର ପ୍ରଥା ହେଇଥିବ। ଆଉ ସେଥିପାଇଁ କଇଁଛ ବାଛି ବାଛି ସବୁ ଭଲ ଜିନିଷ ମନଇଚ୍ଛା ଖାଇଲା। ତା'ପରେ ଦୁଇ ହାଣ୍ଡି ମଦ ପିଇଲା। ଖାନା ପିନାରେ ପେଟ ଭରିଗଲା ପରେ ଖୋଳପା ଭିତରକୁ ପଶିଗଲା।

ପକ୍ଷୀମାନେ ଏକାଠି ବେଢ଼ି ଯାଇ ବାକି ବଳକା ଅଇଁଠା ଖାଇଲେ। ତଳେ ଏଠି ସେଠି ସେ ଛିଞ୍ଚାଡ଼ି ଦେଇଥିବା ହାଡ଼କୁ ସେମାନେ ଖୁମ୍ପିଲେ। ତାଙ୍କ ଭିତରୁ କେତେଜଣ ରାଗରେ ଆଉ ଖାଇଲେନି। ବରଂ ଖାଲି ପେଟରେ ଘରକୁ ଫେରି ଯିବାଟା ଭଲ ଭାବିଲେ। ତେବେ ସେମାନେ ଫେରିବା ଆଗରୁ କଇଁଛକୁ ଧାର ଦେଇଥିବା ପରଟିମାନ ଫେରାଇ ନେଲେ। ଏଥର କଇଁଛ ପେଟ ଭର୍ତ୍ତି କରି ଖୋଳପା ଭିତରେ ପଡ଼ି ରହିଲା। ଘରକୁ ଉଡ଼ି ଆସିବା ପାଇଁ ତାର ଆଉ ଡେ଼ଣା ନ ଥିଲା। ସେ ତାର ସ୍ତ୍ରୀ ପାଖକୁ ଖବର ଦେବା ପାଇଁ ପକ୍ଷୀମାନଙ୍କୁ କହିଲା। ହେଲେ ସେମାନେ ସମସ୍ତେ ରୋକ୍‌ଠୋକ୍ ମନା କରିଦେଲେ। ଶେଷରେ ଶୁଆ, ଯିଏ କି ସବୁଠୁ ବେଶୀ ରାଗିଥିଲା ହଠାତ୍ ତାର ମନ ପରିବର୍ତ୍ତନ କଲା ଓ ଖବର ଦେବା ପାଇଁ ରାଜି ହେଲା।

"ମୋ ସ୍ତ୍ରୀକୁ କହିଦେବ ଯେ ସେ ମୋ ଘରେ ଯେତେକ ନରମ ଜିନିଷ ଅଛି ସବୁକୁ ହତାରେ ବିଛେଇ ଦେବ। ତା ହେଲେ ମୁଁ ଆକାଶରୁ ତଳକୁ ଖପ୍‌କିନା ଡେ଼ଇଁ ପଡ଼ିବି। ସେଥିରେ ବେଶୀ ଆଉ ବିପଦ ରହିବନି।"

ଖବରଟା ଦେଇଦେବା ପାଇଁ ଶୁଆ ପ୍ରତିଶ୍ରୁତି ଦେଲା ଓ ତାପରେ ଉଡ଼ିଗଲା। ତେବେ କଇଁଛ ଘରେ ପହଞ୍ଚି ସେ ତାର ସ୍ତ୍ରୀକୁ ଘରର ସବୁ ଟାଣ ଜିନିଷ କାଢ଼ି ହତାରେ ବିଛେଇ ଦେବା ପାଇଁ କହିଲା। ଆଉ ତାର ସ୍ତ୍ରୀ ତା ସ୍ୱାମୀର କୋଦାଳ, କୁରାଢ଼ୀ, ବର୍ଚ୍ଛା, ଖଣତି, ବନ୍ଧୁକ ଆଉ ଏପରିକି ତାର ଗୁଳିଗୋଳା ସବୁ କାଢ଼ି ଆଣି ବାହାରେ ରଖିଦେଲା। କଇଁଛ ଉପରୁ ଥାଇ ତାର ସ୍ତ୍ରୀକୁ ଘରୁ ଜିନିଷପତ୍ର ବାହାର କରୁଥିବାର ଦେଖିଲା। ହେଲେ ଏତେ ଦୂରରୁ ସେ ସବୁ କି ରକମ ଜିନିଷ ସେଇଟା ଜଣା ପଡ଼ିଲାନି। ସବୁ ପ୍ରସ୍ତୁତ ହେଇଗଲା ପରି ଲାଗିଲାରୁ ସେ ଡ଼େଇଁ ପଡ଼ିଲା। ସେ ଖାଲି ତଳକୁ ଖସୁଥାଏ, ଖସୁଥାଏ ଆଉ ଖାଲି ଖସୁଥାଏ। ତାକୁ ଲାଗିଲା ଯେମିତି ତାର ଖସିବାଟା ଆଉ ବନ୍ଦ ହେବନି। ଆଉ ତାପରେ ଗୁଳି ଫୁଟିଲା ପରି ତାର ଘର ପାଚିରୀରେ ଦୁଲ୍‌କିନା କଚାଡ଼ି ହେଲା।'

'କଣ ସେ ମରିଗଲା ?' ଏଜିନ୍‌ମା ପଚାରିଲା।

'ନା', ଏକ୍ୱେଫି ଉତ୍ତର ଦେଲା। 'ତାର ଖୋଳପଟା ଖଣ୍ଡ ଖଣ୍ଡ ହେଇ ଭାଙ୍ଗିଗଲା। ହେଲେ ପଡ଼ିଶାରେ ଜଣେ ନାମକରା ବଇଦ ଥିଲେ। କଇଁଛର ତିର୍ଲା ତାକୁ ଡ଼କାଇଲା। ଆଉ ଖଣ୍ଡ ଖଣ୍ଡ ଭଙ୍ଗା ଖୋଳପାକୁ ଏକାଠି ଯୋଡ଼ିଲା। ସେଥିପାଇଁ କଇଁଛର ଖୋଳପା ଚିକ୍କଣ ଲାଗେନି।'

'ଏ କଥାଣିରେ କିଛି ବି ଗୀତ ନାଇଁ', ଏଜିନ୍‌ମା ବାଛିଲା।

'ନା, ଗୀତ ଥିବା ଆଉ ଗୋଟେ ଗପ ମୁଁ ଫାନ୍ଦିବି। ବାକି ଏବେ ତୋର ପାଳି', ଏକ୍ୱେଫି କହିଲା।

'ଥରେ କଇଁଛ ଓ ବିଲେଇ ଖମ୍ବ ଆଳୁ ସାଙ୍ଗରେ ଲଢ଼ିବାକୁ ଗଲେ', ଏଜିନ୍‌ମା ଆରମ୍ଭ କଲା। ପୁଣି କହିଲା, 'ନା, ଆରମ୍ଭଟା ସେମିତି ନୁହଁ। ଥରେ ପଶୁ ରାଜ୍ୟରେ ଭୀଷଣ ଦୁର୍ଭିକ୍ଷ ପଡ଼ିଲା। ସମସ୍ତେ ଖାଇବାକୁ ନ ପାଇ ଶୁଖିଗଲେ। ଖାଲି ବିଲେଇକୁ ଛାଡ଼ି, ବିଲେଇର ଦିହଟା ତେଲ ମାଲିସ୍ ହେଲା ପରି ଚିକ୍ ଚିକ୍ ମାରୁଥାଏ...'

ସେ ଅଧାରେ ରହିଗଲା । କାରଣ ରାତିର ବାହାର ନୀରବତାକୁ ଭାଙ୍ଗି ବଡ଼ ପାଟିରେ କାହାର ଚିତ୍କାର ଶୁଭିଲା। ସେ ଚିଏଲୋ, ଏଗ୍‌ବାଲାର ବେଜୁଣୀ, ଆଗତ ନିଗତ କଥା କହିପାରେ। ଏଟା କିଛି ନୂଆଁ ନୁହେଁ। ମଝିରେ ମଝିରେ ତାକୁ ତାର ଠାକୁରାଣୀ ମାଡ଼ି ବସେ ଆଉ ଆଗତ କଥା ବକ୍‌ତେ। କିନ୍ତୁ ଆଜି ରାତିରେ ସେ ଓକୋଙ୍କୋକୁ ଡ଼ାକି ବକ୍‌ତିବା ଆରମ୍ଭ କଲା। ତାର ପରିବାର ଲୋକ ସବୁ ଶୁଣିଲେ। କଥାନିର ସୁଅ ଅଟକିଗଲା।

'ଏଗ୍‌ବାଲା ଢ଼ୋ – ଓ – ଓ ! ଏଗ୍‌ବାଲା ଏକିନିଓ – ଓ – ଓ', ମୁନିଆଁ ଛୁରୀରେ ରାତିର ଛାତି ଚିରି ତା ପାଟିରୁ ବାହାରିଲା। 'ଓକୋଙ୍କୋ ! ଏଗ୍‌ବାଲା ଇକେନେ ଯିଓ – ଓ – ଓ – ଓ ! ଏଗ୍‌ବାଲା ଚୋଲୁ ଇଫୁ ଅଡ଼ା ୟା ଏଜିନ୍‌ମାଓ – ଓ – ଓ – ଓ – ଓ !'

ଏଜିନ୍‌ମାର ନାଁ ଶୁଣି ଏକ୍ୱେଫିର ମୁଣ୍ଡ ଭିତରେ ଗୋଟେ ଝଟ୍‌କା ଲାଗିଲା। ଛାତି ଭିତରଟା କଲବଲ ହେଇ ଧଡ଼୍‌ଧଡ଼୍ କଲା। ପବନରେ ମରଣର ଗନ୍ଧ ବାରି ପାରିଥିବା ପଶୁଟିଏ ପରି ସେ ଛଟପଟ ହେଲା।

ଏବେ ବେଜୁଣୀ ଓକୋଙ୍କୋର ପାଚିରୀକୁ ଆସି ଯାଇଥିଲା। ଓକୋଙ୍କୋ ସହିତ ଘର ବାହାରେ କଥା ହେଲା। ଏଗ୍‌ବାଲା ତାର ଝିଅ ଏଜିନ୍‌ମାକୁ ଦେଖିବାକୁ ଚାହୁଁଛି, ଏକଥା ସେ ଓକୋଙ୍କୋକୁ ବାର ବାର କହୁଥାଏ। ଏଜିନ୍‌ମା ଏଇକ୍ଷୀଣା ଶୋଇ ଥିବାରୁ ଓକୋଙ୍କୋ ତାକୁ ସକାଳେ ଆସିବା ପାଇଁ ନେହୁରା ହେଲା, ହେଲେ ଚିଏଲୋ ତାର କଥାକୁ ଟିକିଏ ବି ଧ୍ୟାନ ନ ଦେଇ ସେଇ ଗୋଟେ କଥା ଦୋହରାଉଥାଏ। ତାର ସ୍ୱରଟା ଧାତୁ ପରି ଟାଣୁଆ, ଦାବିଲା ଓ ପରିଷ୍କାର ଥାଏ। ଓକୋଙ୍କୋର ସ୍ତ୍ରୀ ଛୁଆମାନେ ନିଜ ନିଜ ବସାରୁ ତାର ସବୁ କଥା ଶୁଣିଲେ। ଅଳ୍ପ କିଛି ଦିନ ତଳେ ଝିଅଟାର ଦେହ ଭଲ ନ ଥିଲା। ଛୁଆଟା ପୁଣି ଏବେ ନିଦରେ। ଓକୋଙ୍କୋ ସେଇ କଥା କହି ମିନତି କରୁଥାଏ। ଏକ୍ୱେଫି ସଙ୍ଗେ ସଙ୍ଗେ ତାକୁ ଶୋଇବା ଘରକୁ ନେଇ ଯାଇ ଉଞ୍ଚ ବାଉଁଶ ଖଟିଆଟାରେ ଶୁଆଇ ଦେଲା।

ହଠାତ୍ ବେଜୁଣୀ ଭୟଙ୍କର ଚିତ୍କାର କଲା। 'ଓକୋଙ୍କୋ, ହୁସିଆର!' ସେ ସାବଧାନ କଲା। 'ଏଗ୍‌ବାଲା ସାଙ୍ଗରେ ବାତାବାତିର ଫଳ ଜାଣିଛୁ ତ! ଦେବୀ ମୁହଁରେ କୋଉ ଲୋକ କଥା କହେ ? ହୁସିଆର!'

ସେ ଓକୋଙ୍କୋର ବସା ଦେଇ ଘରର ଗୋଲେଇ ହତାକୁ ଯାଇ ସିଧା ଏକ୍ୱେଫିର ବସାରେ ହାଜର ହେଲା। ଓକୋଙ୍କୋ ତାର ପଛେ ପଛେ ଗଲା।

'ଏକ୍ୱେଫି, ସେ ଡ଼ାକିଲା, 'ଏଗ୍‌ବାଲା ତତେ ସ୍ୱାଗତ କରୁଛି। ମୋ ଝିଅ ଏଜିନ୍‌ମା କାହିଁ? ଏଗ୍‌ବାଲା ତାକୁ ଦେଖିବାକୁ ଚାହେଁ।'

ବାଁ ହାତରେ ଡ଼ିବିରିଟା ଧରି ଏକ୍ୱେଫି ତା କୁଡ଼ିଆରୁ ବାହାରି ଆସିଲା। ହାଲୁକା ପବନ ମାରୁଥାଏ। ଡ଼ାହାଣ ହାତକୁ ଗାଡେଇ ଦୀପକୁ ସମ୍ଭାଳି ରଖିଲା। ନୋୟେର ମାଁ ବି ଡ଼ିବିରିଟାଏ ଧରି ତା ଘରୁ ବାହାରି ଆସିଲା। କୁଡ଼ିଆ ବାହାରେ ଅନ୍ଧାରରେ ଛିଡ଼ା ହେଇ ତା ଛୁଆମାନେ ଏ ଅଦ୍ଭୁତ ଘଟଣାକୁ ଦେଖୁଥାନ୍ତି। ଓକୋଙ୍କୋର ସାନ ସ୍ତ୍ରୀ ବି ବାହାରି ତାଙ୍କ କତିକୁ ଆସିଲା।

'ଏଗ୍‌ବାଲା ତାକୁ କୋଉଠି ଦେଖିବାକୁ ଚାହେଁ ?' ଏକ୍ୱେଫି ପଚାରିଲା।

'ପାହାଡ଼, ଗୁମ୍ଫାର ତାର ସେଇ ଆସ୍ଥାନରେ, ଆଉ ଭଲା କୋଉଠି ?' ବେଜୁଣୀ ଜବାବ ଦେଲା।'

'ମୁଁ ବି ତୋ ସାଙ୍ଗରେ ଯିବି।' ଏକ୍ୱେଫି ଜୋର୍ ଦେଇ କହିଲା।

'ଚୁପିଆ-ଆ!' ବେଜୁଣୀ ଶାପ ଦେଲା। ଖରା ଦିନେ ଶୁଖିଲା ଘଡ଼ଘଡ଼ିର ତମ୍ପ ରଡ଼ି ପରି ତାର ସ୍ୱର ଭାଙ୍ଗିଲା। 'ତୁ ମାଇକିନାଟା, ତୋରି ମନେ ତୁ କେମିତି ଶକ୍‌ତିମତ୍ ଏଗ୍‌ବାଲା ସାମ୍ନାକୁ ଯିବାର ସାହସ କରୁଛୁ? ହୁସିଆର, ନ ହେଲେ କୋପରେ, ସିଏ ତତେ କୋପରେ ଖତମ କରିଦବ, ଜାଣିଥା। ମୋ ଝିଅକୁ ମୋ ପାଖକୁ ଆଣ୍।'

ଏକ୍ୱେଫି ଘର ଭିତରକୁ ଗଲା ତ ଏଜିନ୍‌ମାକୁ ନେଇ ପୁଣି ବାହାରି ଆସିଲା।

'ଆ, ମୋ ଝିଅ', ବେଜୁଣୀ କହିଲା, 'ମୁଁ ତତେ ପିଠିରେ ବୋହିକି ନେବି। ମାଁ ପିଠିରେ ଲାଉ ହେଇ ଗଲେ ଛୁଆକୁ ବାଟ ଜଣା ପଡ଼େନି।'

ଏଜିନ୍‌ମା କାନ୍ଦିବାରେ ଲାଗିଲା। ଚିଏଲୋ ତାକୁ ଆଗରୁ ବି 'ଝିଅ' ଡ଼ାକେ। ହେଲେ ଏବର ଚିଏଲୋ ପୁରା ଭିନେ। ହଳଦିଆ ଧୀମା ଆଲୁଅରେ ସେ ଆଉ ଜଣେ ଅଚିହ୍ନା ଚିଏଲୋକୁ ଦେଖିଲା।

'କାନ୍ଦନା, ମୋ ଝିଅଟା, ନ ହେଲେ ଏଗ୍‌ବାଲା ତୋ ଉପରେ କୋପ କରିବଟି', ବେଜୁଣୀ କହିଲା।

'କାନ୍ଦ ନାଇଁ। ସେ ଏଇ ସଙ୍ଗେ ସଙ୍ଗେ ତତେ ପୁଣି ନେଇ ଆସିବ। ମାଛ ଟିକେ ଦଉଛି, ଖାଇପକା। ଏକ୍ୱେଫି କହିଲା। ସେ ଘର ଭିତରକୁ ଯାଇ ଧୂଆଁ ଧୂଆଁ କଳା ଅଳନ୍ଧୁରେ ସରସର ଝୁଡ଼ିଟାକୁ ତଳକୁ ଆଣିଲା। ଝୁଡ଼ି ଭିତରେ ଶୁଖା ମାଛ ଓ ଝୋଳ ରନ୍ଧା ପାଇଁ ଅନ୍ୟାନ୍ୟ ସାମାନ ରଖା ହେଇଥାଏ। ଖଣ୍ଡି ମାଛ ଗୋଟାକୁ ଦିଖଣ୍ଡ କରି ତା ଦିହରେ ଲଟକିଥିବା ଏଜିନ୍‌ମା ହାତରେ ଧରାଇଦେଲା।

'ଡ଼ର ନାଇଁ', ତାର ମୁଣ୍ଡକୁ ଆଉଁସି ଏକ୍ୱେଫି କହିଲା। ଗୋଟେ ସାଜରେ ବାଳକେରା ଛାଡ଼ି ଦେଇ ଏଠି ସେଠି ମୁଣ୍ଡ ଲଣ୍ଡା ହେଇଥାଏ। ସେମାନେ ପୁଣି ବାହାରିଲେ। ବେଜୁଣୀ ଗୋଟେ ଆଣ୍ଠୁ ଭାଙ୍ଗି ନଇଁ ପଡ଼ିଲା ଆଉ ଏଜିନ୍‌ମା ତା ପିଠି ଉପରେ ଚଢ଼ିଲା। ତା ବାଁ ହାତରେ ମାଛ ଖଣ୍ଡିକୁ ମୁଠେଇ ଧରିଥାଏ। ଆଖିରେ ଲୁହ ଟଳମଳ କରୁଥାଏ।

'ଏଗ୍‌ବାଲା ଓ-ଓ-ଓ-ଓ! ଏଗ୍‌ବାଲା ଇକେନିଓ-ଓ-ଓ-ଓ-ଓ!... ଚିଏଲୋ ପୁଣି ଥରେ ତାର ଦେବତାର ମନ୍ତ୍ର ପଢ଼ିଲା। ସେ ଧାଏଁକିନା ବୁଲି ପଡ଼ି ଓକୋଙ୍କୋର

ଘର ଦେଇ ଚାଲିଲା । ଓଳି ତଳେ ତଳେଇ ନଇଁ ପଡୁଥାଏ । ଏଥର ଏଜିନ୍‌ମା ଜୋର୍‌ରେ ମାଁ-ମାଁ ହେଇ କାନ୍ଦିଲା । ରାତିର ବହଳ ଅନ୍ଧାରରେ ସ୍ୱର ଦୁଇଟା ଅପସରି ଗଲା ।

ମାଈ କୁକୁଡ଼ାର ଗୋଟେ ବୋଲି ଚିଆଁକୁ ଚିଲ ଝାମ୍ପିନେଲେ ସେ ଯେମିତି ଚାହିଁ ରହେ ସେମିତି ଏକ୍ୱେଫି ଛିଡ଼ା ହେଇ ସେଇ ପଟେ ଚାହିଁ ରହିଲା – ଯୋଉ ପଟେ ସ୍ୱର ଦୁଇଟା ଅପସରି ଯାଉଥିଲା । ସେମିତି ଚାହୁଁ ଚାହୁଁ ଗୋଟେ ଅଦ୍ଭୁତ ଅସହାୟତା ତାକୁ ହଠାତ୍ ମାଡ଼ି ବସିଲା । ଏଜିନ୍‌ମାର ସ୍ୱରଟା ଦେଖୁ ଦେଖୁ ଲିଭିଗଲା । ଦୂରକୁ ଦୂରକୁ ଖାଲି ଚିଏଲୋର ପାଟି ଶୁଭୁଥାଏ ।

'ତୁ ଏଠି କଣ ପାଇଁ ଠିଆ ହେଇଛୁ, ଯେମିତି ତାକୁ କିଏ ଉଠେଇ ନେଇଛି ?' ତା ବସାକୁ ଯାଉ ଯାଉ ଓକୋଙ୍କୋ କହିଲା ।

'ତାକୁ ସେ ଜଲ୍‌ଦି ଫେରାଇ ଆଣିବ ଯେ', ନୋୟେର ମାଁ କହିଲା ।

ଏକ୍ୱେଫି ଏସବୁ ବୋଧ ଶୋଧ ଶୁଣିଲା ନାହିଁ । ସେ ଘଡ଼ିଏ ଛିଡ଼ା ହେଲା, ତା ପରେ ହଠାତ୍ ମନ ଭିତରେ ଠାନି ନେଲା । ଓକୋଙ୍କୋର ବସା ବାଟେ ସେ ତର ତର ହେଇ ବାହାରକୁ ଗଲା ।

'କୋଉଠିକୁ ଯାଉଛୁ ?' ସେ ପଚାରିଲା ।

'ଚିଏଲୋର ପିଛା କରୁଛି,' ସେ ଜବାବ୍ ଦେଲା ଆଉ ଅନ୍ଧାରରେ ମିଳେଇଗଲା । ଓକୋଙ୍କୋ ଗଳା ଝାଡ଼ିଲା । ମୁଣାରୁ ନାଶ-ଡ଼ିବାଟା ପାଖକୁ ଆଣିଲା ।

ବେଜୁଣୀର ସ୍ୱରଟା ଦୂରକୁ ଦୂରକୁ ଆହୁରି ଫିକା ପଡ଼ି ଆସୁଥାଏ । ବଡ଼ ପାଦଚଲା ରାସ୍ତା ଉପରେ ତର ତର ହେଇ ଏକ୍ୱେଫି ଆଗକୁ ବଢ଼ିଲା । ପୁଣି ବୁଲିପଡ଼ି ବାଁ ପଟେ ଲିଭି ଆସୁଥିବା ସ୍ୱର ଆଡ଼କୁ ମୁହାଁଇଲା । ଅନ୍ଧାରରେ ଆଖିଟା ତାର କିଛି କାମରେ ଆସୁ ନ ଥାଏ । ହେଲେ ବି ଦୁଇ କଡ଼େ ଓଦା ପତ୍ର ଓ ଡ଼ାଳର ବାଡ଼ ଥିବା ବାଲିଆ ରାସ୍ତାରେ ସେ ତାର ବାଟ ଧରିନେଲା । ଦିହରେ ହଲି ଦୋହଲି କାଳେ ବେଶୀ ଶବ୍ଦ ହେବ ଭାବି ଏକ୍ୱେଫି ହାତରେ ତାର ଥନ ଦୁଇଟାକୁ ଚାପି ଧରି ଧାଇଁବାକୁ ଲାଗିଲା । କଟା ଗଛର ବୁନ୍ଧ ଉପରେ ତାର ବାଁ ପାଦଟା ଝୁଣ୍ଟି ପଡ଼ିଲା । ତାକୁ ଭୟଟେ ମାଡ଼ି ବସିଲା । ଏଇଟା ଅଶୁଭ ଲକ୍ଷଣ । ସେ ଆହୁରି ବେଗରେ ଧାଇଁଲା । ଚିଏଲୋର ସ୍ୱରଟା ଆହୁରି କାହିଁ କେତେ ଦୂରରେ । ସେ ବି ଧାଉଁଛି ନା କଣ ? ଏଜିନ୍‌ମାକୁ ପିଠିରେ ବୋହି ସେ ଏତେ ଜୋର୍‌ରେ କେମିତି ଧାଇଁ ପାରୁଛି ? ଥଣ୍ଡା ରାତି । ହେଲେ ଧାଇଁ ଧାଇଁ ଏକ୍ୱେଫିର ଦେହଟା ଗରମ ଲାଗୁଥାଏ । ରାସ୍ତାର ଦୁଇ କଡ଼େ ଗହଳ ଘାସ ଲଟା ବୁଦା ଅରମା ଭିତରେ ସେ ଖାଲି ଅନବରତ ଧାଇଁ ଚାଲିଲା ।

ଥରେ ସେ ଝୁଣ୍ଟି ଯାଇ ପଡ଼ିଗଲା । ଆଉ ସେତେବେଳେ ଯାଇ ସେ ଜାଣି ପାରିଲା ଯେ ଚିଏଲୋର ମନ୍ତ୍ର ଥମି ଯାଇଛି । ତାର ଛାତିଟା ଜୋର୍‌ରେ ଧଡ଼ ଧଡ଼ କଲା । ସେ ପଥର ପରି ଛିଡ଼ା ହେଲା । କେଇ ପାହୁଣ୍ଡ ଆଗକୁ ଚିଏଲୋ କଥାର ଦୋହରା ଉଦ୍‌ଗାର ଶୁଭିଲା । ହେଲେ ଏକ୍ୱେଫି ତାକୁ ଦେଖି ପାରିଲାନି । ଟିକିଏ ସମୟ ଆଖି ବନ୍ଦ କରି ସେ ପୁଣି ଖୋଲିଲା ଆଉ ତାକୁ ଦେଖିବାକୁ ଚେଷ୍ଟା କଲା । କିନ୍ତୁ ସବୁ ବେକାର । ତାର ନାକ ଟିପ ତଳକୁ ଆଉ କିଛି ଦେଖାଗଲା ନାହିଁ ।

ଆକାଶରେ ତାରା ନାହିଁ । ଉପରେ ବର୍ଷୁକୀ ମେଘ । ଛୋଟ ଛୋଟ ସାଗୁଆ ବତୀ ଜାଳି ଜୁଳୁଜୁଳିଆ ପୋକମାନ ଘୁରୁଥାନ୍ତି । ସେଇ ଆଲୁଅଟା ଅନ୍ଧାରକୁ ଆହୁରି ଘନେଇ ଦଉଥାଏ । ଚିଏଲୋର ମନ୍ତ୍ର ମଝିରେ ଅନ୍ଧାର ଭିତରେ ଛନ୍ଦି ହେଇଥିବା ବଣୁଆ କୀଟ ପତଙ୍ଗର ଝିଁ ଝିଁ କର୍କଶ କମ୍ପନରେ ରାତିଟା ଜୀବନ୍ତ ଲାଗୁଥାଏ ।

'ଏଗ୍‌ବାଲା ଢ଼ୋ-ଓ-ଓ-ଓ !... ଏଗ୍‌ବାଲା ଇକ୍ୱେନିଓ-ଓ-ଓ-ଓ !...' ଏକ୍ୱେଫି ଥକେଇ ଥକେଇ ଚାଲିଲା । ବେଶୀ ପାଖକୁ ଗଲା ନାହିଁ କି ବେଶୀ ପଛରେ ବି ରହିଲା ନାହିଁ । ଏଥର ସେମାନେ ନିଶ୍ଚେ ଗୁମ୍ଫା ଆଡ଼କୁ ମୁହାଁଉଛନ୍ତି, ସେ ଭାବିଲା । ଧୀରେ ଧୀରେ ଚାଲିବାରୁ ସେ ଭାବିବାକୁ ସମୟ ପାଇଲା । ଗୁମ୍ଫାରେ ପହଞ୍ଚିଲା ପରେ ସେ କଣ କରିବ ? ଗୁମ୍ଫା ଭିତରକୁ ପଶିବାକୁ ସେ ସାହସ କରିବନି । ସେଇ ଡ଼ର୍‌ଡ଼ରାନି ଜାଗାରେ ଏକୁଟିଆ ଗୁମ୍ଫା ମୁହଁରେ ଟାକି ରହିବ । ରାତିର ସବୁ ଆତଙ୍କ ବିଷୟରେ ଭାବିଲା । ଏକ୍ୱେଫିର ମନେ ପଡ଼ିଲା, ଅନେକ ଦିନ ତଳେ ରାତିରେ ସେ ଓଗ୍‌ବୁ-ଅଗାଲି-ଓଡୁକୁ ଦେଖିଥିଲା । ଦୁଷ୍ଟ ପିଶାଚରୁ ସେ ଗୋଟିଏ । ଅନେକ ଦିନ ତଳେ ବଂଶ ଲୋକେ ଗୋଟେ କଡ଼ା କାଉଁରୀ ଔଷଧରେ ତାକୁ ଫିଟେଇ ଦୁନିଆଁକୁ ଛାଡ଼ିଥିଲେ । ଶତ୍ରୁ ବିରୁଦ୍ଧରେ ଲଗାଇବା ପାଇଁ ସେମାନେ ସେଇୟା କରିଥିଲେ ହେଁ ଏବେ ତାକୁ କାବୁ କରିବାର ଉପାୟ ଭୁଲି ଯାଇଛନ୍ତି । ଏମିତି ଗୋଟେ ରାତିରେ ଏକ୍ୱେଫି ତା ମା ସାଙ୍ଗରେ ଝୋଲାରୁ ଫେରୁଥାଏ । ଠିକ୍ ସେତିକିବେଳେ ତାର ଚିରୁଗୁଣୀ ଆଲୁଅଟା ତାଙ୍କ ଆଡ଼କୁ ଆସୁଥିବାର ଦେଖିଲେ । ପାଣି ମାଠିଆକୁ ଫିଙ୍ଗିଦେଇ ସେମାନେ ରାସ୍ତା କଡ଼ରେ ପଡ଼ି ରହିଲେ । ଭାବିଲେ, ଏଥରକ ସେଇ କାଳ କୁଟିଳ ଆଲୁଅ ତାଙ୍କ ଉପରେ ମାଡ଼ି ବସିବ ଆଉ ତାକୁ ମାରିଦେବ । ସେଇ ଥରେ କେବଳ ସେ ଓଗ୍‌ବୁ-ଅଗାଲି-ଓଡୁ ଦେଖିଥିଲା । ସେଇଟା କାହିଁ କେତେ ଦିନର କଥା । ହେଲେ ବି ସେଇ ରାତି କଥା ମନେ ପକାଇଲା କ୍ଷଣି ଏକ୍ୱେଫିକୁ ତାର ରକ୍ତ ପାଣି ଫାଟିଗଲା ପରି ଲାଗିଲା ।

ବେଜୁଣୀର ସ୍ୱରଟା ଏଥର ଟିକେ ବେଶୀ ବେଳ ବ୍ୟବଧାନରେ ଶୁଭିଲା ।

କିନ୍ତୁ ତାର ଦମ୍‌ଟା ଟିକେ ବି ଉଣା ହେଇ ନ ଥାଏ। କାକର ଭିଜା ଥଣ୍ଡା ପବନ। ଏଜିନ୍‌ମା ଛିଙ୍କିଲା। ଏକ୍ୱେଫି ଗୁଣୁଗୁଣୁ ହେଇ କହିଲା, 'ବୁଢ଼ୀଟିଏ ହେଇଥା'। ବେଜୁଣୀ ବି ଏକା ସାଙ୍ଗରେ କହିଲା, 'ମୋ ଝିଅ, ବୁଢ଼ୀଟିଏ ହେଇ ଥା'। ଅନ୍ଧାରରେ ଏଜିନ୍‌ମାର ସ୍ୱର ତାର ମାଁ ଛାତିରେ ଆଶା ସଂଚାରିଲା। ସେ ପାଦ ଘୋଷାରି ଚାଲିଲା।

ଆଉ ତା ପରେ ବେଜୁଣୀ ଭୟଙ୍କର ଚିତ୍କାର କଲା। 'କିଏ ଜଣେ ମୋର ପିଛା କରୁଛି!' ସେ କହିଲା, 'ତୁ ଭୂତ ହେଇଥା କି ମଣିଷ ହେଇଥା, ଏଗ୍‌ବାଲା ଗୋଟେ ଦନ୍ତୁରା କାତିରେ ତୋର ମୁଣ୍ଡ ଲଣ୍ଡା କରିଦଉ! ନିଜ ଗୋଇଠିକୁ ନିଜେ ଦେଖିବା ଯାଏଁ ସେ ତୋର ବେକ ମୋଡ଼ି ଦଉ!'

ଏକ୍ୱେଫି ସେଇ ଜାଗାରେ ପାଦ ଥାପି ଠିଆ ହେଲା। ତା ଭିତରୁ ଜଣେ ତାକୁ କହିଲା, 'ବୁଝିଲୁ ତିର୍ଲା', ଏଗ୍‌ବାଲା ତୋର କିଛି ନୁକ୍‌ସାନ୍ କରିବା ଆଗରୁ ଘରକୁ ଫେରିଯା।' କିନ୍ତୁ ସେ ଯାଇ ପାରିଲା ନାହିଁ। ଚିଏଲୋ ତାଠୁ ବେଶ୍ ଦୂରକୁ ଆଗେଇ ଯିବା ଯାଏଁ ସେ ଠିଆ ରହିଲା। ତା ପରେ ପୁଣି ପିଛା କରିବାକୁ ଲାଗିଲା। ଏତେ ବାଟ ଚାଲି ଚାଲି ହାତ ଗୋଡ଼ ଆଉ ତାର ମୁଣ୍ଡଟା ଟିକେ କାଲୁଆ ଲାଗି ବସିଲା। ତା ପରେ ତାର ମନକୁ ଆସିଲା ଯେ ସେମାନେ ଗୁମ୍ପା ଆଡ଼କୁ ଯାଇ ନାହାନ୍ତି। ଅନେକ ବେଳୁ ଗୁମ୍ପାଟା ସେମାନେ ପାର କରି ସାରିଥିବେ। ସେମାନେ ନିଶ୍ଚେ ଉମୁଆଚି ଆଡ଼କୁ ଯାଉଛନ୍ତି। ଉମୁଆଚି କୁଳର ସବୁଠୁ ଦୂର ଗାଁ, ଏଥର ଚିଏଲୋର ସ୍ୱର ଲମ୍ବା ବ୍ୟବଧାନରେ ଆସିଲା।

ଏକ୍ୱେଫିକୁ ଲାଗିଲା କି ରାତିଟା ଟିକେ ଫିକା ପଡ଼ିଆସିଲାଣି। ମେଘ ଉଢ଼େଇ ନେଇଥିଲା। ତାରା କେଇଟା ଦିଶିଲେ। ଜହ୍ନଟା ତାର ଗୁମାନ ଭାଙ୍ଗି ଉଠିବାକୁ ସଜ ହେଉଥିବ। ରାତିରେ ଜହ୍ନ ଉଠିବାରେ ଡ଼େରି କଲେ ଲୋକେ କହନ୍ତି ସେ ରୁଷିକି ଖାଉ ନ ଥିବ। ସ୍ୱାମୀ ସ୍ତ୍ରୀ ଝଗଡ଼ା ହେଲେ ସ୍ୱାମୀ ରୁଷି କରି ସ୍ତ୍ରୀର ହାତରନ୍ଧା ଯେମିତି ଛୁଏଁନି।

'ଏଗ୍‌ବାଲା ଡ଼ୋ-ଓ-ଓ-ଓ! ଉମୁଆଚି! ଏଗ୍‌ବାଲା ଇକ୍ୱେନେ ଉନୁଓ-ଓ-ଓ !' ଠିକ୍ ଯେମିତି ଏକ୍ୱେଫି ଭାବିଥିଲା। ବେଜୁଣୀ ଏବେ ଉମୁଆଚି ଗାଁକୁ ଦଣ୍ଡବତ କରୁଛି। ସେମାନେ ଯେ ଏତେବାଟ ଚାଲି ଆସିଛନ୍ତି, ଏକଥା ବିଶ୍ୱାସ ହଉନି। ସରୁ ଜଙ୍ଗଲୀ ରାସ୍ତାରୁ ବାହାରି ଖୋଲା ଗାଁକୁ ଆସିଲା ବେଳକୁ ଅନ୍ଧାର ଫିକା ପଡ଼ି ଆସିଥିଲ। ଏଥର ଗଛପତ୍ର ଝାପ୍‌ସା ଦେଖା ଯାଉଥିଲା। ଏକ୍ୱେଫି ଆଖିକୁ ରଗଡ଼ି, ତଳ ଉପର ଏପଟ ସେପଟ କରି କରି ତାର ଝିଅକୁ ଓ ବେଜୁଣୀକୁ ଦେଖିବାକୁ ଚେଷ୍ଟା କଲା। କିଂତୁ ଯେତେବେଳେ ବି ତାକୁ ଟିକେ ଦୁହିଁଙ୍କର ଆକୃତି ଦେଖି ପାରିଲା ପରି

ଲାଗେ, ସଙ୍ଗେ ସଙ୍ଗେ ମୁଣ୍ଡା ମୁଣ୍ଡା ଅନ୍ଧାର ପରି ଦୁହେଁ ମିଳେଇଯାନ୍ତି। କାଲୁଆ ପାଦ ଘୋଷାରି ସେ ଚାଲୁଥାଏ।

ଏଥରକ ଚିଏଲୋର ସ୍ୱର ଆଗ ପରି ଲଗାତାର ଉଠୁଥାଏ। ଏକ୍ୱେଫିର ଭିତରଟା ଫରଚା ଫରଚା ଲାଗିଲା। ସେମାନେ ନିଶ୍ଚେ ଗାଁ 'ଆଇଲୋ' କିମ୍ବା ମେଳଣ ପଡ଼ିଆରେ ପହଞ୍ଚିଗଲେଣି, ସେ ଅନୁମାନ କଲା। ଗୋଟେ ଝଟକାରେ ଚମକିଲା ପରି ଜାଣିପାରିଲା ଯେ ଚିଏଲୋ ଆଉ ଆଗକୁ ବଢୁ ନାହିଁ। ପ୍ରକୃତରେ, ସେ ଫେରୁଥିଲା। ଏକ୍ୱେଫି ସଙ୍ଗେ ସଙ୍ଗେ ତା ଫେରିବା ବାଟରୁ ଦୂରେଇ ଗଲା। ଚିଏଲୋ ତାକୁ ପାର ହେଇ ଗଲା। ଦୁହେଁ ଯେମିତି ଆସିଥିଲେ, ପୁଣି ସେମିତି ଯିବାକୁ ଲାଗିଲେ।

ଏତେ ଦୂର ବାଟଚଲା। ଏକ୍ୱେଫିକୁ ପ୍ରାୟ ଲାଗୁଥାଏ ସେ ଯେମିତି ନିଦରେ ଚାଲୁଛି। ଆକାଶରେ ଜହ୍ନ ଉଠି ନ ଥିଲେ ବି ତାର ଆଲୁଅଟା ଅନ୍ଧାରରେ ମିଳେଇ ଯାଇଥିଲା। ତଥାପି ଜହ୍ନ ନିଶ୍ଚେ ଉଠିବ। ଏକ୍ୱେଫି ଏଥର ବେଜୁଣୀର ଛବି ଆଉ ତାର ପିଠିର ବୋଝକୁ ଦେଖି ପାରିଲା। ସେ ସୁସ୍ତେଇ ଚାଲିଲା ଯେପରିକି ବେଜୁଣୀ ବେଶୀ ଦୂର ଆଗେଇ ଯିବ। ଯଦି ଚିଏଲୋ ହଠାତ୍ ପଛକୁ ଫେରି ତାକୁ ଦେଖି ପକାଏ ତା ହେଲେ କଣ ହେବ ଭାବି ସେ ଡ଼ରିଗଲା।

ଜହ୍ନ ଉଠିବା ପାଇଁ ସେ ପ୍ରାର୍ଥନା କରିଥିଲା। କିନ୍ତୁ ଏବେ ଦେଖିଲା ମଳିଚିଆ ଜହ୍ନର ଧୀମା ଆଲୁଅଟା ଅନ୍ଧାରଠାରୁ ବେଶୀ ଭୟଙ୍କର। ତାର ସ୍ଥିର ଦୃଷ୍ଟିର ବଳୟ ତଳେ ପୃଥିବୀ ସାରା ଆତ ଯାତ ଅସ୍ପଷ୍ଟ, ଅଦ୍ଭୁତ ଆକୃତିମାନ ମିଳେଇ ଯାଇ ପୁଣି ନୂଆଁ ରୂପରେ ଉଭା ହେଲେ। ମଝିରେ ଏକ୍ୱେଫି ଏତେ ଡ଼ରିଗଲା ଯେ ତାକୁ ସଙ୍ଗ ଦେବା ପାଇଁ ଆଉ ମଣିଷ ପଣିଆର ଆହା ପଦଟିଏ ପାଇଁ ସେ ଚିଏଲୋକୁ ଡ଼ାକିବା ଉପରେ ଥିଲା। ମଣିଷର ଆକୃତିଟିଏ ତାଳ ଗଛକୁ ଚଢ଼ିବାର ସେ ଦେଖିଲା। ତାର ମୁଣ୍ଡଟା ମାଟି ଆଡ଼କୁ ଆଉ ଗୋଡ଼ ଦୁଇଟା ଆକାଶ ଆଡ଼କୁ ହେଇଥାଏ। କିନ୍ତୁ ଠିକ୍ ସେତିକି ବେଳେକୁ ଚିଏଲୋର କାଳିସୀ ମନ୍ତଟା ପୁଣି ଆସିଗଲା। ଆଉ ଏକ୍ୱେଫି ଜାକିଜୁକି ହେଇ ରହିଲା। କାରଣ ସେଠି ମଣିଷପଣିଆ ନ ଥିଲା। କେବେ କେବେ ତା ସାଙ୍ଗରେ ହାଟପାଳିରେ ବସି ଝିଅ ଡ଼ାକୁଥିବା ଏଜିନ୍‌ମା ପାଇଁ ଶିମ୍ବ ପିଠା କିଣି ଦଉଥିବା ଚିଏଲୋ ଇଏ ନୁହଁ। ଇଏ ଗୋଟେ ଭିନ୍ନ ସ୍ତ୍ରୀ ଲୋକ – ଏଗ୍‌ବାଲା, ପାହାଡ଼ ଓ ଗୁମ୍ଫାର ଶୂନ୍ୟବାଣୀ ବକ୍‌ତି ପାରୁଥିବା ବେଜୁଣି। ଏକ୍ୱେଫି ଏ ଦୁଇଟା ଭୟ ଭିତରେ ଘୋଷାରି ହେଉଥାଏ। ତାର କୋଳମରା ପାଦର ଶବ୍ଦ ତା ପଛରେ ଆସୁଥିବା ଆଉ କାହାର ପାଦ ଶବ୍ଦ ପରି ଶୁଭିଲା। ତାର ହାତ ଦୁଇଟା ଖୋଲା ଛାତି ଉପରେ ଛନ୍ଦି

ହେଇଥାଏ । ଭାରି କାକର ପଡୁଥାଏ । ପବନ ବି ବହୁତ ଥଣ୍ଡା । ସେ ଆଉ କିଛି ଭାବି ପାରିଲା ନାହିଁ । ଏପରିକି ରାତିର ଆତଙ୍କ ବି ନୁହଁ । ସେ ଅଧା ନିଦରେ ବାଟ ଚାଲୁଥାଏ । କେବଳ ଚିଏଲୋ ମନ୍ତ୍ର ପଢ଼ିଲା କ୍ଷଣି ପୁରା ଚେତି ଉଠେ ।

ଶେଷରେ ଗୋଟେ ବୁଲାଣି ଦେଇ ସେମାନେ ଗୁହା ଆଡ଼କୁ ମୁହାଁଇଲେ । ସେଇଠୁ ଚିଏଲୋ ତାର ମନ୍ତ୍ର ପଢ଼ା କେତେବେଳେ ଆଉ ବନ୍ଦ କଲା ନାହିଁ । ସେ ତାର ଦେବତାକୁ ସହସ୍ର ନାଁରେ ଡ଼ାକୁଥାଏ – ଭବିଷ୍ୟତର ମାଲିକ, ଧରତୀର ଦୂତ, ଜୀବନର ପ୍ରିୟ ମୂହୁର୍ତ୍ତରେ ଜୀବନକୁ ଛଡ଼େଇ ନେଉଥିବା ଠାକୁର । ଏକ୍ସେଫି ଚେତିଲା ଆଉ ତା ସହିତ ତାର କାଲୁଆ ଭୟମାନ ପୁଣି ଚେଇଁ ଉଠିଲେ ।

ଜହ୍ନ ଉଠିଥିଲା । ସେ ଚିଏଲୋ ଓ ଏଜିନ୍‌ମାକୁ ପରିଷ୍କାର ଦେଖି ପାରିଲା । ଏତେ ବଡ଼ ଛୁଆଟାକୁ ସ୍ତ୍ରୀ ଲୋକଟାଏ ଏତେ ସହଜରେ, ଏତେ ସମୟ ପୁଣି ଏତେ ବାଟ ବୋହି ଚାଲିବାଟା ସତରେ ଗୋଟେ ଯାଦୁ କିମିଆଁ ପରି ଅଦ୍ଭୁତ । ସେଇ ରାତିରେ ଚିଏଲୋ ସାଧାରଣ ତିର୍ଲା ନ ଥିଲା ।

"ଏଗ୍‌ବାଲା ଡ଼ୋ-ଓ-ଓ-ଓ- ଏଗ୍‌ବାଲା ଇକେନି ଓ-ଓ-ଓ ! ଚି ନେଗ୍‌ବୁ ମାଡୁ ଉବୋସି ଏଣ୍ଡୁ ୟା ନାଟୋ ଉଟୋ ଡ଼ାଲୁଓ-ଓ-ଓ !..."

ଜହ୍ନ ଆଲୁଅରେ ଅସ୍ପଷ୍ଟ ପାହାଡ଼ ସବୁକୁ ଏକ୍ସେଫି ଦେଖି ପାରିଲା । ସେ ସବୁ ଗୋଲାକାର ପରିଧିଟିଏ ପରି ଲାଗୁଥାଏ । ପରିଧି ମଝିରେ ଫାଙ୍କଟିଏ । ସେଇ ଫାଙ୍କରେ ପାଦଚଲା ରାସ୍ତାଟିଏ ଗୋଲେଇ ମଝିକୁ ଲମ୍ବିଥାଏ ।

ପାହାଡ଼ର ଗୋଲେଇକୁ ପାଦ ଦେଲାକ୍ଷଣି ଗଳାର ଦମ୍‌ଟା ଦୁଇ ଗୁଣ ବଢ଼ି ଯାଇ ଚାରିଆଡ଼େ ପିଟି ହେଲା । ସେଇଟା ସତେ ଗୋଟେ ବଡ଼ ଦେବତାର ପୀଠ । ଏକ୍ସେଫି ଖୁବ୍ ଧୀରେ ଓ ସନ୍ତର୍ପଣରେ ତାର ରାସ୍ତା ଧରିଲା । ତାର ଏଠିକି ଆସିବାଟା ଠିକ୍ ନା ଭୂଲ ସେ ନେଇ ଧନ୍ଦି ହେବାକୁ ଲାଗିଲା । ଏଜିନ୍‌ମାର କିଛି ହେବ ନାହିଁ, ସେ ଭାବିଲା । ଆଉ ଯଦି ତାକୁ କିଛି ହୁଏ, ସେ କଣ ଅଟକେଇ ପାରିବ ? ସେ ମାଟିତଳ ଗୁମ୍ଫାକୁ ପଶିବାର ସାହସ କରି ପାରିବନି । ତାର ଆସିବାଟା ବୃଥା ହେଇଗଲା, ସେ ଭାବିଲା ।

ଏସବୁ କଥା ତା ମନକୁ ଘାରୁ ଘାରୁ ସେ ଯେ କେତେବେଳୁ ଗୁମ୍ଫା ମୁହଁରେ ଆସି ହେଲାଣି ତାର ଖିଆଲ ନାଇଁ । କୁକୁଡ଼ାଟିଏ ପଶି ପାରୁଥିବା ଭଳି ଗୋଟେ କଣା ଦେଇ ବେଜୁଣୀ ପିଠିରେ ଏଜିନ୍‌ମାକୁ ଧରି ଗଳି ଯାଉଥିବା ବେଳେ ଏକ୍ସେଫି ଗୋଟେ ରକମ ପଛ ପଟୁ ଦୌଡ଼ିଗଲା, ଯେମିତି ତାକୁ ଅଟକାଇ ଦେବ । ସେ ଦୁଇ ଜଣଙ୍କୁ ଗିଳି ଦେଇଥିବା ଗୋଲାକାର ଅନ୍ଧାରକୁ ଛିଡ଼ା ହେଇ ଚାହୁଁ ଚାହୁଁ ଏକ୍ସେଫିର

ଆଖିରୁ ଲୁହ ଛୁଟିଲା। ଆଉ ମନ ଭିତରେ ପଣ କଲା ଯେ ଯଦି ସେ ଏଜିନ୍‌ମା କାନ୍ଦିବା ଶୁଣେ, ଦୁନିଆଁର ସବୁ ଦେବା ଦେବୀଙ୍କ କବଳରୁ ରକ୍ଷା କରିବା ପାଇଁ ସେ ଗୁହା ଭିତରକୁ ଦୌଡ଼ିଯିବ । ସେ ତା ସହିତ ମରିବ।

ଏଇ ପଣ କରି ସେ ଗୋଟେ ପଥର ଚଟାଣ ଉପରେ ବସି ପଡ଼ିଲା ଓ ଅପେକ୍ଷା କଲା। ତାର ଭୟ ଉଭେଇ ଗଲା। ସେ ବେଜୁଣୀର ସ୍ୱର ଶୁଣି ପାରିଲା। ଗୁମ୍ଫାର ବିରାଟ ଶୂନ୍ୟତା ସେଇ ସ୍ୱରର ଲୁହାଟିଆ-ଟାଣ କୁ କାଢ଼ି ନେଇଥିଲା। ସେ ତାର କୋଳ ସନ୍ଧିରେ ମୁହଁ ଗୁଞ୍ଜି ଟାକି ରହିଲା।

ସେ ଯେ କେତେ ବେଳ ଯାଏଁ ଟାକି ରହିଥିଲା ତାର ମନେ ନାହିଁ। ବହୁତ ବେଳ ହେଇଥିବ। ପାହାଡ଼ରୁ ଲମ୍ବିଥିବା ପାଦଚଲା ରାସ୍ତାକୁ ସେ ପଛକରି ବସିଥାଏ। ତା ପଛରେ କଣ ଗୋଟେ ଆବାଜ ଶୁଣିଲା ନା କଣ ସେ ଚଟ୍‌କିନା ପଛକୁ ବୁଲି ପଡ଼ିଲା । ହାତରେ ହତିଆର ମୁଣା ଧରି ପୁରୁଷ ଜଣେ ଆସି ଠିଆ। ଏକ୍ୱେଫି ପାଟିଟାଏ କରି ପାହା ଟେକି ଠିଆ ହେଇଗଲା। 'ମୁର୍ଖାମୀ କର ନାଇଁ', ଓକୋଙ୍କୋର ସ୍ୱର ଶୁଭିଲା। 'ମୁଁ ତ ଭାବିଲି ତୁ ଚିଏଲୋ ସହିତ ପୂଜା ବେଦୀ ଭିତରକୁ ଯାଉଛୁ' ଓକୋଙ୍କୋ ଚିଡ଼େଇଲା।

ଏକ୍ୱେଫି କିଛି ଉତ୍ତର ଦେଲା ନାହିଁ। ତାର ଆଖିରେ କୃତଜ୍ଞତାର ଲୁହ ଭରିଗଲା । ତାର ଝିଅ ଏବେ ସୁରକ୍ଷିତ, ସେ ଜାଣିଲା।

'ଘରକୁ ଯା ଆଉ ଶୋଇପଡ଼', ଓକୋଙ୍କୋ କହିଲା। 'ମୁଁ ଏଠି ଟାକିବି।'

'ମୁଁ ବି ଟାକିବି।' ପାହାନ୍ତିଆ ହେବା ଉପରେ । ପହିଲି କୁକୁଡ଼ା ଡ଼ାକିଲାଣି।

ଦୁହେଁ ଏକାଠି ଠିଆ ରହିଲେ। ଏକ୍ୱେଫିର ମନଟା ଜୁଆନ୍ ବେଳକୁ ଫେରିଗଲା। ବାହା ହେବାକୁ ଓକୋଙ୍କୋର ସକ୍ଷ ନ ଥିବାରୁ ସେ ଏନେନେକୁ ବାହା ହେଲା। ଏନେନେକୁ ବାହା ହେବାର ଦୁଇ ବର୍ଷ ପରେ ସେ ଆଉ ରହି ପାରିଲାନି ଆଉ ଓକୋଙ୍କୋ ପାଖକୁ ପଳେଇ ଆସିଲା। ଭୋର୍ ସକାଳ। ଜହ୍ନ ଚିକ୍ ମାରୁଥାଏ। ଝୋଲାକୁ ସେ ପାଣି ପାଇଁ ଯାଇଥାଏ। ଝୋଲାକୁ ଗଲା ବାଟରେ ଓକୋଙ୍କୋର ଘର। ସେ ଭିତରକୁ ଯାଇ ତା କବାଟରେ ହାତ ମାରିଲା। ଓକୋଙ୍କୋ ବାହାରକୁ ଆସିଲା। ଜୁଆନ୍ ବେଳେ ବି ସେ ବେଶୀ କଥାବାର୍ତ୍ତା କରୁ ନ ଥାଏ। ସେ ସେମିତି ତାକୁ ତାର ଖଟକୁ ନେଇଗଲା ଆଉ ଅନ୍ଧାରରେ ଲୁଗାର ଗଣ୍ଠି ଫିଟେଇବାକୁ ଅଣ୍ଟା ଚାରିପଟେ ହାତ ବୁଲାଇଲା।

॥ ୧୨ ॥

ତା'ପରଦିନ ସକାଳେ ସାରା ସାଇ ପଡ଼ିଶା ଉତ୍ସବ ମୁଖର। କାରଣ ଓକୋଙ୍କୋର ସାଙ୍ଗ ଓବେରିକା ତାର ଝିଅର 'ଉରି' ମନାଉଥିଲା। ସେଦିନ ତାର ବର ପାତ୍ର (ଅଧିକାଂଶ ପରିମାଣ ଝୋଲା-ଟଙ୍କା ଦେଇ ସାରିଲା ପରେ) ଖାଲି ତାର ବାପା ମାଁ ଓ ନିକଟ ସଂପର୍କୀୟମାନଙ୍କ ପାଇଁ ନୁହେଁ, ବରଂ ପୁରା ଜ୍ଞାତି କୁଟୁମ୍ବର ଖାନ୍‌ଦାନ୍ ବା ଉମୁନ୍ନା ପାଇଁ ଖଜୁରୀ ମଦ ନେଇ ଆସିବ। ସମସ୍ତଙ୍କୁ ଡ଼କା ହେଇଥାଏ - ପୁରୁଷ, ସ୍ତ୍ରୀ ଓ ପିଲାଛୁଆ ସଭିଙ୍କୁ। କିନ୍ତୁ ପ୍ରକୃତରେ ଏଇଟା ମାଇକିନାଙ୍କ ପରବ୍। କନିଆଁ ଝିଅ ଆଉ ତାର ମାଁ ସେଇ ପରବ୍‌ର ଅସଲ ଲୋକ।

ସକାଳ ପାହିଲା ମାତ୍ରେ ତର ତର ହେଇ ଜଳଖିଆ ଖାଇଦେଇ ସ୍ତ୍ରୀ ଛୁଆମାନେ ଓବେରିକାର ପାଚିରୀ ଭିତରେ ଜମା ହେବାରେ ଲାଗିଲେ। ସାରା ଗାଁ ଟା ପାଇଁ ଆଜି ଝିଅର ମାଁ ରନ୍ଧାବଢ଼ା କରିବ। ଖୁସିର କାମ ହେଲେ ବି ସହଜ କଥା ନୁହଁ। ତାକୁ ସେଥିରେ ସାହାଯ୍ୟ କରିବାକୁ ପଡ଼ିବ।

ସାଇ ପଡ଼ିଶାର ଅନ୍ୟ ପରିବାର ପରି ଓକୋଙ୍କୋର ପରିବାରଟା ବି ଚଳଚଞ୍ଚଳ ହେଇ ଉଠିଲା। ଓକୋଙ୍କୋର ସାନ ତିର୍ଲା ଆଉ ନୋୟେର ମାଁ ତାଙ୍କର ସବୁ ଛୁଆପିଲାଙ୍କୁ ନେଇ ଓବେରିକା ଘରକୁ ଯିବା ପାଇଁ ସଜ ହେଇ ବାହାରିଲେ। ନୋୟେର ମାଁ ଝୁଡ଼ିଏ କନ୍ଦଆଳୁ, ଗୋଟେ ମୁଣ୍ଡା ଲୁଣ ଆଉ ଶୁଖା ମାଛ ଓବେରିକାର ସ୍ତ୍ରୀକୁ ଭେଟି ଦେବା ପାଇଁ ନେଇକି ଗଲା। ଓକୋଙ୍କୋର ସବା ସାନ ତିର୍ଲା ଓଜୁଗୋ ଝୁଡ଼ିଏ କଦଳୀ, କନ୍ଦଆଳୁ ଓ ବାଟିଏ ତେଲ ନେଇକି ଗଲା। ପିଲାମାନେ ପାଣି ମଟ୍‌କା ଧରିଲେ।

ଆଗ ରାତିର କ୍ଳାନ୍ତିକର ଘଟଣାରେ ଏକ୍ୱେଫି ଏକଦମ୍ ଥକି ଯାଇଥିଲା। ତାକୁ ନିଦ ନିଦ ଲାଗୁଥାଏ। ଏଇ ଘଡ଼ିଏ ଆଗରୁ ସେମାନେ ଫେରିଥାନ୍ତି। ଶୋଇଲା ଏଜିନ୍‌ମାକୁ ପିଠିରେ ଧରି ବେଙ୍ଗୁଣୀ ସାପ ପରି ପେଟେଇ ପେଟେଇ ପୂଜା ପୀଠରୁ

ଗୁରୁଣ୍ଡି ଆସିଲା । ସେ ଓକୋଙ୍କୋ ଓ ଏକ୍ୱେଫିକୁ ସେଠି ଦେଖିଲା ପରି ଲାଗିଲାନି କିମ୍ବା ଗୁମ୍ଫା ମୁହଁରେ ଦୁହିଁଙ୍କୁ ଦେଖି ଆଚମ୍ବିତ ହେଲା ପରି ଲାଗିଲା ନାହିଁ। ତାର ମୁହଁ ସିଧାରେ ସେ ଗାଁକୁ ଫେରିଲା । ଓକୋଙ୍କୋ ଓ ତାର ସ୍ତ୍ରୀ ଖଣ୍ଡେ ଦୂର ପଛରେ ରହି ତାର ପିଛା କଲେ। ସେମାନେ ଭାବିଲେ, ବେଜୁଣୀ ତାର ଘରକୁ ଯିବ। କିନ୍ତୁ ସେ ଓକୋଙ୍କୋର ପାଚିରୀକୁ ଗଲା । ତାର ଓବି ଦେଇ ଏକ୍ୱେଫିର ବସାକୁ ପଶିଲା ଆଉ ତାର ଶୋଇବା ଘରକୁ ଗଲା । ଏଜିନ୍‌ମାକୁ ଯତ୍ନରେ ଖଟ ଉପରେ ରଖି ଦେଲା ଆଉ କାହାକୁ କିଛି ପଦଟିଏ ସୁଦ୍ଧା ନ କହି ସିଧା ଘରୁ ବାହାରି ଗଲା ।

ଏଜିନ୍‌ମା ଆହୁରି ଶୋଇଥାଏ । ଅନ୍ୟମାନେ ସମସ୍ତେ ଚଞ୍ଚଳ । ତାର ଯିବାରେ ଟିକେ ଡ଼େରି ହେବ, ଏକଥା ଓବେରିକାର ସ୍ତ୍ରୀକୁ ଜଣାଇ ଦେବା ପାଇଁ ଏକ୍ୱେଫି ନୋୟେର ମାଁ ଓ ଓଜୁଗୋକୁ କହିଲା । ସେ ଗୋଟେ ଝୁଡ଼ି କନ୍ଦଆଳୁ ଆଉ ମାଛ ନେବା ପାଇଁ ରଖିଥାଏ । ହେଲେ ଏଜିନ୍‌ମାର ନିଦ ଭାଙ୍ଗିବା ଯାଏଁ ତାକୁ ଟାକିବାକୁ ହେବ ।

'ତୋର ବି ଶୋଇବା ଦରକାର । ଭାରି ହାଲିଆ ଲାଗୁଛୁ', ନୋୟେର ମା କହିଲା ।

ଏମିତି କଥା ହେଲାବେଳକୁ ଏଜିନ୍‌ମା ତାର ପତଳା ଦିହକୁ ଭିଡ଼ିମୋଡ଼ି ଆଉ ଆଖି ରଗଡ଼ି ରଗଡ଼ି ବାହାରିଲା । ଅନ୍ୟ ପିଲାଙ୍କ ହାତରେ ପାଣି ମଟ୍‌କା ଦେଖି ଓବେରିକାର ଡିର୍ଲା ପାଇଁ ପାଣି ନେଉଥିବା କଥା ତାର ମନେ ପଡ଼ିଲା । ଘର ଭିତରକୁ ଯାଇ ସେ ତାର ମଟ୍‌କା ଆଣିଲା ।

'ଭଲ କରି ଶୋଇଲୁ ତ ?' ତା ମାଁ ପଚାରିଲା ।

'ହଁ, ଚାଲ ଯିବା' ସେ ଉତ୍ତର ଦେଲା ।

'ଜଳଖିଆ ଖାଇକରି ଯା', ଏକ୍ୱେଫି କହିଲା ଆଉ ଗଲା ରାତିରେ ରାନ୍ଧିଥିବା ପରିବା ଝୋଳକୁ ଗରମ କରିବାକୁ ଭିତରକୁ ଗଲା ।

'ଆମେ ତା ହେଲେ ଯାଉଛୁ', ନୋୟେର ମାଁ କହିଲା, 'ତୁ ପରେ ଆସିବୁ ବୋଲି ମୁଁ ଓବେରିକାର ସ୍ତ୍ରୀକୁ କହିଦେବି ।' ତାର ଚାରିଟା ଛୁଆ ସହିତ ନୋୟେ ମାଁ, ଓଜୁଗୋ ଆଉ ତାର ଦୁଇଟା ଛୁଆ ସମସ୍ତେ ଓବେରିକାର ଘରକୁ କାମ ଦାମରେ ହାତ ଦେବା ପାଇଁ ଗଲେ ।

ସେମାନେ ଦଳ ବାନ୍ଧି ଓକୋଙ୍କୋର ଓବି ବାଟ ଦେଇ ଯାଉ ଯାଉ ସେ ପଚାରିଲା, 'ମୋର ଦିନଓଳି ପାଇଁ କିଏ ରାନ୍ଧିବ ?'

'ମୁଁ ଫେରିଆସି ରାନ୍ଧି ଦେବି ଯେ', କହିଲା ଓଜୁଗୋ ।

ଓକୋଙ୍କୋକୁ ବି ଭାରି ଥକା ଆଉ ନିଦୁଆ ଲାଗୁଥିଲା। କାରଣ କଥାଟା କେହି ଜାଣି ନ ଥିଲେ ହେଁ ସେ ତ ଗଲା ରାତି ସାରା ଜମାରୁ ଶୋଇ ନାହିଁ। ବ୍ୟସ୍ତ ଲାଗୁଥିଲେ ବି ସେ ବାହାରକୁ ଦେଖାଇ ନ ଥିଲା। ବେଜୁଣୀର ପଛେ ପଛେ ଏକ୍ୱେଫି ଯେତେବେଳେ ବାହାରିଲା ସେ ତାକୁ ଯିବାକୁ ଦେଲା। ଟିକେ ଭାବିଚିନ୍ତି ପାଦ ବଢ଼େଇବାଟା ମରଦର ବୁଦ୍ଧି – ସେ ଭାବେ। ଘଡ଼ିଏ ପରେ ସେ ହତିଆର ମୁଣା ନେଇ ଦେବୀ-ଆସ୍ଥାନକୁ ଗଲା। ଭାବିଲା, ସେମାନେ ସେଇଠି ଥିବେ। ସେଠି ପହଞ୍ଚିଲା ପରେ ତା ମୁଣ୍ଡକୁ ଜୁଟିଲା ଯେ ବେଜୁଣୀ ଗାଁର ଭାଉଁରେ ପ୍ରଥମେ ବୁଲିଥିବ। ସେଠୁ ଫେରି ଆସି ଓକୋଙ୍କୋ ଘରେ ଟାକିଲା। ବହୁତ ବେଳ ଟାକିଲାଣି ପରି ଲାଗିଲାରୁ ସେ ପୁଣି ଦେବୀପୀଠକୁ ଗଲା। କିନ୍ତୁ ପାହାଡ଼, ଗୁମ୍ଫା ସବୁ ମରଣ ପରି ନିଶ୍ଚୁପ ଥିଲେ। ଚାରି ଥର ଗଲାପରେ ଯାଇ ସେ ସେଠି ଏକ୍ୱେଫିକୁ ପାଇଲା, ସେ ଯାଏଁ ଭାରି ଶଙ୍କାରେ ସେ ଘାରି ହେଉଥାଏ।

ଉଇହୁଙ୍କା ପରି ଓବେରିକାର ହତାଟାରେ ଗହଳ ଚହଳ ଲାଗିଥାଏ। ଖୋଲା ଜାଗା ମାନରେ ଶୁଖିଲା ମାଟି-ଇଟାରେ ତିନି ପଖିଆ ଚୂଲା ତିଆରି ହେଲା। ସେଥିରେ ନିଆଁ ଧରେଇ ତଳ-ଉପର ହାଣ୍ଡି ବସା ହେଲା। ଶହ ଶହ କାଠ ଘୋରଣାରେ ଭର୍ତ୍ତା ପାଇଁ ଦେଶୀ ଆଳୁ ଚକଟା ହେଲା। କେତେଜଣ ତିର୍ଲା ଖମ୍ବଆଳୁ, ମାଟିଆଳୁ ରାନ୍ଧିଲେ, ଆଉ କେତେଜଣ ପରିବା ଝୋଳ ବନେଇଲେ। ଜୁଆନ ପିଲାମାନେ ରନ୍ଧାପାଇଁ କାଠ ଚିରା କି ଆକୁ ଚକଟାରେ ଲାଗିଲେ। ଝୋଲାରୁ ଛୁଆଙ୍କର ଅଛିଣ୍ଡା ପାଣି ବୁହା କାମ ଚାଲିଥାଏ।

ତିନି ଜଣ ଜୁଆନ୍ ପିଲା ଓବେରିକାକୁ ଛେଳି କାଟିବାରେ ସାହାଯ୍ୟ କଲେ। ଛେଳି ମାଂସର ଝୋଳ ତିଆରି ହେବ। ସବୁଯାକ ମାଉଁସିଆ ମୋଟା ଛେଳି। ସବୁଠୁ ଗୁଦ୍‌ମା ଛେଳିଟା ପାଚିରୀ କାନ୍ଥ ପାଖରେ ଗୋଟେ କାଠ କିଲାରେ ଦଉଡ଼ି ଭିଡ଼ି ବନ୍ଧା ହେଇଥାଏ। ସେଇଟା ଗୋଟେ ଛୋଟ ଗାଈ ପରି ବଡ଼। ଓବେରିକା ତାର ଜଣେ ସଂପର୍କୀୟକୁ କାହିଁ କେତେଦୂର ଉମୁକେ ଗାଁକୁ ଛେଳିଟେ କିଣି ଆଣିବା ପାଇଁ ପଠାଇଥିଲା। ଏଇ ଛେଳିଟାକୁ ହିଁ ତେ ତାର ସମୁଦି ଘରକୁ ଭେଟି ଦବ।

'ଉମୁକେର ହାଟ ଭାରି ବଢ଼ିଆ ଜାଗା', ଓବେରିକା ବଡ଼ ଛେଳିଟାକୁ କିଣିବାକୁ ପଠାଇଥିବା ପିଲାଟା କହିଲା। 'ହାଟରେ ଲୋକେ ଏମିତି ହାଉ ଯାଉ ଯେ ମୁଠାଏ ବାଲି ପଡ଼ିବାକୁ ବି ଜାଗା ନାଇଁ।'

'ସେଇଟା ଖାସ୍ କାଉଁରୀ ଓଷଦ ଲାଗି', ଓବେରିକା କହିଲା। ଉମୁକେ ଗାଁର ଲୋକେ ଅନ୍ୟ ପାଖର ହାଟ ପାଳିକୁ ମୂଳପୋଛ କରି ନିଜର ବଜାର ଟେକିବାକୁ

ଚାହିଁଲେ। ସେଥିପାଇଁ ସେମାନେ ଗୋଟେ ଭାରି କାମକରା କାଉଁରୀ ଓଷଧ ବନାଇଲେ। ପ୍ରତି ହାଟଦିନ ପହିଲି କକୁଡ଼ା ରାବ ଦେବା ଆଗରୁ କାଉଁରୀ ଓଷଧିଟା ପଙ୍ଖାଟିଏ ଧରିଥିବା ଗୋଟେ ବୁଢ଼ୀ ବେଶରେ ହାଟ ପଡ଼ିଆରେ ଛିଡ଼ା ହୁଏ। ସେଇ କୁହୁକ ପଙ୍ଖାରେ ସେ ଅନ୍ୟ ପାଖର ସବୁ ବଂଶର ଲୋକଙ୍କୁ ଠାରି ଡ଼ାକେ। ଆଗ ପଛ, ବାଁ ଡ଼ାହାଣ ସବୁଆଡ଼କୁ ପଙ୍ଖାରେ ଠାର ମାରେ।'

'ଆଉ ସେଥିପାଇଁ ସଭିଏଁ ଆସନ୍ତି', ଆଉ ଜଣେ ଲୋକ କହିଲା, 'ଚୋର, ସାଧୁ ସମସ୍ତେ। ସେଇ ହାଟରେ ତ ତମ ଅଣ୍ଟାରୁ ଲୁଗା ଚୋରେଇ ନେଲେ ବି ଜଣା ପଡ଼େନି।'

'ହଁ', କହିଲା ଓବେରିକା। ମୁଁ ନ୍ୱାକୋକୁ ଆଖି କାନ ତରକି ରହିବା ପାଇଁ କହିଥିଲିଟି। ଥରେ ଜଣେ ଲୋକ ସେଠିକି ଗୋଟେ ଛେଳି ବିକିବା ପାଇଁ ଗଲା। ମୋଟା ଦଉଡ଼ିରେ ଛେଳିଟାକୁ ବାନ୍ଧି ଅଗଟାକୁ ତାର କଟଟିରେ ଗୁଡ଼ାଇ ଧରିଲା। ହେଲେ ବଜାର ଭିତରେ ଗଲାବେଳେ ପାଗଲାଟାକୁ ଆଙ୍ଗୁଠି ଦେଖାଇଲା ପରି ବାଗରେ ଲୋକେ ତା ଆଡ଼କୁ ଦେଖାଇବାର ଜାଣିଲା। ହଠାତ୍ ସେ କିଛି ବୁଝି ପାରିଲାନି। ପଛକୁ ଲେଉଟି ଦେଖିଲା ବେଳକୁ ପଘା ଖିଲରେ ଛେଳି ନାହିଁ, ବଡ଼ କାଠ ଗଣ୍ଡିଯାଏ ବନ୍ଧା ହେଇଛି।'

'ଜଣେ ଚୋର କଣ ଏକୁଟିଆ ସେମିତି କାମ କରିପାରିବ?' ନ୍ୱାକୋ ପଚାରିଲା।

'ନା, କହିଲା ଓବେରିକା। 'ସେମାନେ ନିଶ୍ଚେ କାଉଁରୀ ଓଷଧ ଲଗାଇଥିବେ।'

ଛେଳି ଗୁଡ଼ାକର ବେକ କାଟି ସେମାନେ ବେଲାଟାରେ ରକ୍ତକୁ ଢ଼ାଳି ରଖିଲେ, ତାପରେ ରୁମତକ ପୋଡ଼ିବା ପାଇଁ ନିଆଁ ଧୂନିରେ ଦେଖାଇଲେ। ରନ୍ଧା ବାସ୍ନା ସାଙ୍ଗରେ ରୁମ ପୋଡ଼ାର ବାସ୍ନା ମିଶିଗଲା। ମାଇକିନାଯାକ ସେଥିରେ ଝୋଳ ତିଆରି କରିବା ପାଇଁ ସେମାନେ ତାକୁ ଧୋଇ ଧାଇ କାଟି ରଖି ଦେଲେ।

ଉଇ ହୁଙ୍କାର ହାଉ ଯାଉ ପରି କାମ ଦାମ ଭିତରେ ହଠାତ୍ କଣ ଗୋଟାଏ ଘଟିଲା। ଦୂରରୁ ପାଟିଟାଏ ଶୁଭିଲା: ଓଜି ଓଡୁ ଅଚୁ ଇଇଜି – ଓ – ଓ ! (ମାଛି ଘଉଡ଼ାଇବାକୁ ଯିଏ ଲାଞ୍ଜ ହଲାଏ!) ଯିଏ ଯାହା ରନ୍ଧାବଢ଼ା କରୁଥିଲେ ସବୁ ଛାଡ଼ି ମାଇକିନା ମାନେ ସମସ୍ତେ ପାଟି ଶୁଭୁଥିବା ଦିଗ ଆଡ଼େ ଧାଇଁଲେ।

'ଚୂଲିରେ ହାଣ୍ଡି ବସାଇ ଆମେ ଏମିତି ଚାଲିଯିବାଟା ଠିକ୍ କଥା ନୁହଁ। ରନ୍ଧା ପୋଡ଼ି ଯିବନି?' ବେଜୁଣୀ ଚିଏଲୋ ପାଟି କଲା।' ଆମ ଭିତରୁ ତିନି ଚାରି ଜଣ ରହିବା ଦରକାର।'

'ହଁ ସତକଥା। ଆମେ ତିନି ଚାରି ଜଣ ଏଠି ରହିଯିବା।' ଆଉ ଜଣେ କହିଲା।

ପାଞ୍ଚଅଜଣ ତିର୍ଲା ରନ୍ଧା ଦେଖିବାକୁ ରହିଗଲେ। ବାକିମାନେ ସମସ୍ତେ ପଘାଫିଟା ଗାଈ ଦେଖିବାକୁ ଦୌଡ଼ିଲେ। ତାକୁ ଦେଖିଲାକ୍ଷଣି ମାଲିକ ପାଖକୁ ଘଉଡ଼ାଇ ଆଣିଲେ। ମାଲିକ ସଙ୍ଗେ ସଙ୍ଗେ ବେଶ୍ ଜୋରିମାନା ଦେଲା। ପଘାରୁ ଫିଟି ଗାଈ ସାଇ ପଡ଼ିଶା କାହାର ଚାଷ ଖାଇଦେଲେ ଗାଁ ବାଲା ମାଲିକ ଉପରେ ଜୋରିମାନା ପକାନ୍ତି। ଜୋରିମାନା ଆଦାୟ କରିସାରିଲା ପରେ ତିର୍ଲାମାନଙ୍କ ଭିତରେ ପାଟି ଶୁଣି ଆଉ କିଏ ସବୁ ବାହାରି ନାହାନ୍ତି ତାର ତଦାରଖ ହେଲା।

'ଏମ୍ୟୋଗୋ କୁଆଡ଼େ ଗଲା ?' ତାଙ୍କ ଭିତରୁ ଜଣେ ପଚାରିଲା।

'ସେ ବେମାର ପଡ଼ିଛି', ଏମ୍ୟୋଗୋର ପଡ଼ିଶା ମାଇକିନା କହିଲା। ତାକୁ 'ଇବା' ଧରିଛି।

'ଖାଲି ଉଡେନ୍‌କୋ ଆସିପାରି ନାହିଁ । ତାର ଛୁଆକୁ ଏ ଯାଏଁ ଅଠେଇଶ ଦିନ ପୁରି ନାହିଁ।'

ଯୋଉ ତିର୍ଲାମାନଙ୍କୁ ଓବେରିକାର ସ୍ତ୍ରୀ ରାନ୍ଧିବା ପାଇଁ ଡ଼ାକି ନ ଥିଲା ସେମାନେ ଯେ ଝା ଘରକୁ ଫେରିଗଲେ। ବାକିମାନେ ଦଳ ହେଇ ଓବେରିକାର ହତାକୁ ଆସିଲେ।

'କାହାର ଗାଈ କି?' ରନ୍ଧା ପାଇଁ ସେଠି ରହିଯାଇଥିବା ସ୍ତ୍ରୀ ଲୋକମାନେ ପଚାରିଲେ।

'ମୋ ସ୍ୱାମୀର', ଇଜେଲାବୋ କହିଲା। 'କିଏ ଜଣେ ଛୋଟ ପିଲା ଗୁହାଳର ବାଟ ଖୋଲି ଦେଇଥିଲା।'

ଉପରବେଳା ଓବେରିକାର ସମୁଦିଘରୁ ପ୍ରଥମେ ଦୁଇ ହାଣ୍ଡି ଖଜୁରୀ ମଦ ଆସି ପହଞ୍ଚିଲା। ତାକୁ ତିର୍ଲାମାନଙ୍କୁ ଭେଟି ଦିଆଗଲା। ସେମାନେ ସେଥିରୁ କପେ କି ଦୁଇ କପ୍ ଲେଖାଏଁ ସମସ୍ତେ ପିଇଲେ। ରନ୍ଧାଟା ଏଥର ଫୁର୍ତ୍ତିରେ କରିହେବ। କନ୍ୟା ପାତ୍ରୀର ମୁଣ୍ଡରେ ତାର ସାଙ୍ଗ ସରିସା ସନ୍ତର୍ପଣରେ ଛୁରୀ ଲଗାଇ ବାଳ ସଜାଉଥାନ୍ତି। ପୁଣି କାମ୍ କାଠର ପାଉଡ଼ର ଲଗେଇ ତାର ନରମା ଦିହକୁ ରଙ୍ଗାଉଥାନ୍ତି। ସେମାନଙ୍କୁ ବି ସେଥିରୁ କିଛି ପିଇବାକୁ ଦିଆଗଲା।

ଖରାର ତେଜ ନରମି ଗଲାପରେ ଓବେରିକାର ପୁଅ ମାଡ୍ଡୁକା ଗୋଟେ ବଡ଼ ଝାଡ୍ଡୁଧରି ତାର ବାପାର ଓବି ସାମ୍ନା ଜାଗାଟାକୁ ଝାଟେଇ ଦେଲା। ସେଇ କାମଟିକୁ ଟାକିଥିଲା ପରି ଓବେରିକାର ବନ୍ଧୁବାନ୍ଧବ, ସାଙ୍ଗ ସାଥୀ ଆସି ପହଞ୍ଚିଗଲେ। ସମସ୍ତଙ୍କ ଗୋଟେ କାନ୍ଧରେ ଛେଳି ଚମଡ଼ାର ମୁଣା ଝୁଲୁଥାଏ। କାଖରେ ଗୁଡ଼ା ହେଇଥିବା ମଶିଣା ଖଣ୍ଡେ ଜାକି ଧରିଥାନ୍ତି। କେତେ ଜଣ ସାଙ୍ଗରେ ପୁଅମାନଙ୍କୁ ନେଇକି

ଆସିଥାନ୍ତି ଯୋଉମାନେ ତାଙ୍କ ପାଇଁ ଖୋଦେଇରେ କମକୁଟକରା ଖଟୁଲିମାନ ଧରି ଆସିଥାନ୍ତି। ଓକୋଙ୍କୋ ତାଙ୍କ ଭିତରୁ ଜଣେ। ଅଧା ଗୋଲେଇରେ ବସିଯାଇ ସେମାନେ ନାନା କଥା ଗପିଲେ। ବନ୍ଧୁ-ସମୁଦି ଆସିବା ଯାଏଁ ଏମିତି ଗପସପ ଟିକେ ଚାଲିବ।

ଓକୋଙ୍କୋ ତାର ନାଶ ଡ଼ିବାଟା କାଢ଼ି ତା ପାଖରେ ବସିଥିବା ଉବେଫି ଇଜେନ୍ୱାକୁ ଯାଚିଲା। ଇଜେନ୍ୱା ନେଲା, ବୋତଲଟାକୁ ଆଣ୍ଠୁ ହାଡ଼ରେ ଠୁକୁଡ଼େଇଲା। ନାଶ ଢ଼ାଳିବା ଆଗରୁ ବାଁ ପାପୁଲିକୁ ଦିହରେ ଘଷି ଶୁଖା କରିଦେଲା। ଏସବୁ ସେ ଜାଣି ଶୁଣି କରୁଥାଏ ଆଉ ସେମିତି କରୁ କରୁ ସିଏ କହିଲା –

'ମୁଁ ଭାବୁଛି ଆମର ବନ୍ଧୁଘର ଗୁଡ଼ାଏ ମଦ ହାଣ୍ଡି ନେଇ ଆସିବେ। ଅବଶ୍ୟ ସେଇଟା ଗୋଟେ ଶୁଣ୍ଡା ଗାଁ। ଏକଥା ସଭିଙ୍କୁ ଜଣା। ହେଲେ ସେମାନେ ଜାଣିବା ଦରକାର ଯେ ଆକୁକେ ଗୋଟେ ରଜାର ଯୋଗ୍ୟ ପାତ୍ରୀ।'

'ତିରିଶ୍ ହାଣ୍ଡିରୁ କମ୍ ସେମାନେ ଆଣିବାର ଦୁଃସାହସ କରିବେନି। ଆଉ ଯଦି ସେଇୟା କରନ୍ତି ମୁଁ ସିଧା ମୁହଁ ଫିଟାଇ କହିଦେବି,' ଓକୋଙ୍କୋ କହିଲା।

ସେତିକିବେଳେ ଓବେରିକାର ପୁଅ ମାଡୁକା ବଡ଼ ଛେଳିଟାକୁ ଭିତର ଦୁଆରୁ ବନ୍ଧୁବାନ୍ଧବଙ୍କୁ ଦେଖାଇବା ପାଇଁ ଘେନି ଆସିଲା। ଛେଳିକୁ ଦେଖି ସମସ୍ତେ ବାହାବା ଦେଲେ। କାମଟା ଏମିତି ଠାଟ୍‌ବାଟ୍‌ରେ କରିବା କଥା, ସେମାନେ ମତ ଦେଲେ। ଛେଳିଟାକୁ ପୁଣି ସେ ଭିତର ଦୁଆରକୁ ନେଇଗଲା।

ତା ପରେ ପରେ ସମୁଦି ଘରୁ ଲୋକେ ଆସି ପହଞ୍ଚିଗଲେ। ପ୍ରଥମେ ଜୁଆନ୍ ଆଉ ଛୋଟ ପିଲା ହାତରେ ହାଣ୍ଡିଏ ଲେଖାଏଁ ମଦ ଧରି ଗୋଟେ ଧାଡ଼ିରେ ଆସିଲେ। ସେମାନେ ଆସିଲାବେଳକୁ ଓବେରିକାର ବନ୍ଧୁବାନ୍ଧବ ହାଣ୍ଡି ଗଣୁଥାନ୍ତି। କୋଡ଼ିଏ, ପଚିଶ। ମଝିରେ ଧାଡ଼ି ଭାଙ୍ଗିଲା। କର୍ତ୍ତାଲୋକ ପରସ୍ପର ମୁହଁ ଚାହାଁଚାହିଁ ହେଲେ। ଯେମିତିକି କହୁଥିଲେ – 'ମୁଁ କହୁଥିଲି ନା'। ତାପରେ ଆହୁରି ହାଣ୍ଡି ଆସିଲା। ତିରିଶ, ପଇଁତିରିଶ, ଚାଳିଶ, ପଇଁଚାଳିଶ। କର୍ତ୍ତାମାନେ କଥାଟିକୁ ସମର୍ଥନ କରି ମୁଣ୍ଡ ଟୁଙ୍ଗାରିଲେ: 'ଏବେ ସେମାନେ ମରଦ ପରି କାମଟା କରିଛନ୍ତି।' ସବୁ ମିଶି ପଚାଶ ହାଣ୍ଡି ମଦ ହେଲା। ହାଣ୍ଡିଧରାଙ୍କ ପଛରେ ଆସିଲା ଇବେ, ଖୋଦ୍ ବର ପାତ୍ର। ତା ପଛରେ ଆସିଲେ ତାର ପରିବାରର ବୟସ୍କ ଲୋକମାନେ। ଅର୍ଦ୍ଧ ଚନ୍ଦ୍ରକାରରେ ବସି ପଡ଼ି ସେମାନେ କର୍ତ୍ତାମାନଙ୍କ ସହିତ ଗୋଟିଏ ସମ୍ପୂର୍ଣ୍ଣ ପରିଧି କରିଦେଲେ। ମଝିରେ ମଦ ହାଣ୍ଡିମାନ ଥୁଆ ହେଇଥାଏ। ତାପରେ କନ୍ୟାପାତ୍ରୀ, ତାର ମାଁ ଆଉ ଛଅ ସାତ ଜଣ ଝିଅ ଭିତର ଖଞ୍ଜାରୁ ବାହାରିଲେ ଓ ଗୋଲେଇ ଚାରିପାଖେ ବୁଲି ବୁଲି ସମସ୍ତଙ୍କ

ସହିତ ହାତ ମିଳାଇଲେ। ଆଗରେ ଥାଏ ଝିଅର ମା, ତା ପଛକୁ ଝିଅ ଆଉ ଅନ୍ୟ ତିର୍ଲାମାନେ। ବାହାଚୁଡ଼ା ହେଇଥିବା ତିର୍ଲାମାନେ ତାଙ୍କର ସବୁଠୁ ଭଲ ପେଢ଼ି ଲୁଗା ପିନ୍ଧିଥାନ୍ତି। ଝିଅମାନେ ନାଲି ଓ କଳା ରଙ୍ଗର କମର-କଣ୍ଠି ଆଉ ପିତଳର ପଇଁରି ପିନ୍ଧିଥାନ୍ତି।

ତିର୍ଲାମାନେ ସେଠୁ ଗଲାପରେ ଓବେରିକା ତାର ସମୁଦି ଘରଲୋକଙ୍କୁ କୋଲା ଚଣା ଭେଟି ଦେଲା। ତାର ସବା ବଡ଼ ଭାଇ ପ୍ରଥମେ ଭାଙ୍ଗିଲା। 'ଆୟୁଷ୍ମାନ ହୁଅ, ଦୁଇ ପରିବାର ଭିତରେ ବନ୍ଧୁଭାବ ରହିଥାଉ', ଭାଙ୍ଗୁ ଭାଙ୍ଗୁ ସେ କହିଲା।

ଭିଡ଼ ତାର ଉତ୍ତର ଦେଲା : 'ଇଇ-ଇ-ଇ!'

'ଆଜି ଆମେ ତମକୁ ଆମର ଝିଅକୁ ଦଉଛୁ। ତମ ପାଇଁ ସେ ଜଣେ ଭଲ ପତ୍ନୀ ହେବ। ଆମ ଗାଁ ମାଁ ପରି ସେ ନଅଟା ପୁଅ ଜନ୍ମ କରିବ।'

'ଇଇ – ଇ – ଇ !'

ଅତିଥିମାନଙ୍କ ଭିତରୁ ସବୁଠୁ ବୟସ୍କ ଲୋକ ଜଣେ ଉତ୍ତର ଦେଲା : 'ଏଥିରେ ତମର ଆମର ଦୁଇ କୁଳର ହିତ ହେବ।'

'ଇଇ – ଇ – ଇ !'

'ତମ ଝିଅକୁ ବାହା କରିବା ପାଇଁ ମୋ ଲୋକମାନେ ପ୍ରଥମ କରି ଆସି ନାହାନ୍ତି। ମୋ ମା ତମ ଘର ଝିଅ।'

'ଇଇ – ଇ – ଇ !'

ଏତିକିରେ ଆମର ବନ୍ଧୁ ସଂପର୍କଟା ଶେଷ ହେଇଯିବ ନାହିଁ। କାରଣ ତମେ ଆମକୁ ଜାଣ ଆଉ ଆମେ ତମକୁ ଜାଣୁ। ତମେ ଗୋଟେ ନାଁ କରା ପରିବାର।'

'ଇଇ – ଇ – ଇ !'

'ଦୌଲତ୍‌ଦାର, ଇଜ୍ଜତଦାର, ଲଢୁଆ ବୀର ପୁରୁଷ ଗଣ', ସେ ଓକୋଙ୍କୋ ଆଡ଼କୁ ଚାହିଁଲା। 'ତମ ଝିଅ ତମ ପରି ପୁଅ ଆମ ପାଇଁ ଜନ୍ମ କରୁ।'

'ଇଇ – ଇ – ଇ !'

କୋଲା ଖିଆ ସରିଲାପରେ ମଦ ପିଆ ସୁରୁ ହେଲା। ଚାରି ପାଞ୍ଚ ଜଣ ମରଦ ମଝିରେ ହାଣ୍ଡିଏ ମଦ ରଖି ବସି ପଡ଼ିଲେ। ସଞ୍ଜ ଗଡ଼ି ଆସୁଣୁ କୁଣିଆଁ ମାନଙ୍କୁ ଖାଇବା ପରଷା ହେଲା। ବଡ଼ ବଡ଼ ହାଣ୍ଡିରେ ଆଳୁ ଭର୍ତ୍ତା, ବାମ୍ଫଉଠା ଗରମ ଝୋଳ ହାଣ୍ଡି ଅଣା ହେଲା। ହାଣ୍ଡି ହାଣ୍ଡି ଖମ୍ବ ଆଳୁର ବହଳ ଝୋଳ। ଭାରି ବଡ଼ ଭୋଜିଟାଏ ସତରେ।

ରାତି ହେଲା। ତିନି କାନିଆ କାଠରେ ଜଳନ୍ତା ଦିହୁଡ଼ି ଖଞ୍ଜା ହେଲା। ଯୁବକମାନେ ଗୀତ ଗାଇଲେ। ବୟସ୍କମାନେ ଗୋଲେଇ କରି ବସିଲେ।

ଗାହାକମାନେ ତାଙ୍କରି ଚାରିକଡ଼େ ବୁଲି ବୁଲି ଗୀତ ଗାଇଲେ। ଗୀତ ଗାଉ ଗାଉ ଯେଉଁ ଲୋକଟାର ସାମ୍ନାକୁ ଆସିଲେ, ତାରି ପ୍ରଶଂସାରେ ଗୀତର ସୁଅ ଛୁଟାଇଲେ। ପ୍ରତ୍ୟେକ ଲୋକ ବିଷୟରେ ତାଙ୍କର କିଛି ନା କିଛି କହିବାର ଥାଏ। କେଉଁମାନେ ନାମଜାଦା ଚାଷୀ ତ ଆଉ କେଉଁମାନେ ବାକ୍‌ପଟୁ ବଂଶର ମୁଖ ପାତ୍ର। ତାଙ୍କ ଭିତରେ ଓକୋଙ୍କୋ ଥିଲା ସବୁଠୁ ବଡ଼ ଲଢୁଆ ବୀର ଓ ଯୋଦ୍ଧା। ଗୋଲେଇକୁ ଘୁରି ସାରିଲା ପରେ ସେମାନେ ମଝିରେ ବସି ପଡ଼ିଲେ। ଭିତର ଖଞ୍ଜାରୁ ଝିଅମାନେ ନାଚିବାକୁ ଆସିଲେ କନ୍ୟା ପାତ୍ରୀ ତାଙ୍କ ସହିତ ପହିଲାରୁ ଆସିଲାନି। କିନ୍ତୁ ଶେଷରେ ଯେତେବେଳେ ସେ ଡ଼ାହାଣ ହାତରେ ଗଞ୍ଜାଟିଏ ଧରି ସେଠିକି ଆସିଲା, ସମବେତ ଭିଡ଼ ଆନନ୍ଦରେ କୁରୁଳି ଉଠିଲା। ବାକିସବୁ ନାଚ୍‌ନୀମାନେ ତା ପାଇଁ ବାଟ ଛାଡ଼ି ଦେଲେ। ଗାହାକ ଆଉ ବଜ୍‌ନିଆମାନଙ୍କୁ ଗଞ୍ଜାଟା ଭେଟି ଦେଇ ସେ ନାଚିବା ଆରମ୍ଭ କଲା। ନାଚୁ ନାଚୁ ତାର ପିତ୍ତଳ ପଇଁରି ଝଣ୍‌ଝାଣ୍ କରୁଥାଏ। ହାଲୁକା ହଳଦିଆ ଆଲୁଅରେ କାମ୍ କାଠ ରଙ୍ଗରେ ଚିତ୍ରିତ ତାର ଦେହଟା ଚିକ୍‌ମିକ୍ କରୁଥାଏ। ବଜ୍‌ନିଆମାନେ ତାଙ୍କର କାଠ, ମାଟି ଆଉ ଧାତୁ ତିଆରି ବାଦ୍ୟଯନ୍ତ୍ରରେ ଗୀତରୁ ଗୀତକୁ ସୁର ଛୁଟେଇ ଚାଲିଥାନ୍ତି। ସମସ୍ତେ ଖୁସିରେ ମସଗୁଲ୍। ଗାଁରେ ଏବେ ଏବେ ଫନ୍ଦା ଗୀତଟାକୁ ସେମାନେ ଗାଇଲେ:

‘ଯେବେ ମୁଁ ଧରେ ତା ହାତକୁ
କହେ ସିଏ, ‘ଛୁଅଁନା!’
ଯେବେ ମୁଁ ଧରେ ତା ପାଦକୁ
କହେ ସିଏ, ‘ଛୁଅଁନା!’
ହେଲେ ଯେବେ ମୁଁ ଧରେ ତା ଅଣ୍ଟାସୁତା
କରେ ଛଳନା –
ସତେ କି ସେ କିଛି ଜାଣେନା।’

ବେଶ୍ ରାତି ହେଇଯାଇଥିଲା। କୁଣିଆଁମାନେ ଏଥର ଯିବାକୁ ବାହାରିଲେ। ସାଙ୍ଗରେ କନ୍ୟା ପାତ୍ରୀକୁ ନେଇକି ଯିବେ। ସେଠି ବର ପାତ୍ରର କୁଟୁମ୍ବ ସାଙ୍ଗରେ ସାତଟା ହାଟପାଳି ରହିବ। ଯାଉ ଯାଉ ଗୀତ ଗାଇଲେ। ଗାଁ ଛାଡ଼ିବା ଆଗରୁ ଗଲା ବାଟରେ ଓକୋଙ୍କୋ ପରି ମାନ୍‌ତା ଲୋକଙ୍କ ଘରକୁ ଶିଷ୍ଟାଚାର ଦୃଷ୍ଟିରୁ ଅଳ୍ପ ସମୟ ପାଇଁ ବୁଲି ଗଲେ। ଓକୋଙ୍କୋ ସେମାନଙ୍କୁ ଗଞ୍ଜା ଦୁଇଟା ଭେଟି ଦେଲା।

॥ ୧୩ ॥

ଗୋ-ଡ଼ି-ଡ଼ି-ଗୋ-ଗୋ-ଡ଼ି-ଗୋ। କେହି ଜଣେ ଏକ୍ୱେ ବଜାଇଲା। ବଂଶଲୋକ ଶିଖିଥିବା ଅନେକ କଥା ଭିତରୁ ଏଇ ଫମ୍ପା ଯନ୍ତ୍ରଟାର ଭାଷା ବୁଝିବାଟା ଗୋଟିଏ। ଡ଼ିମ୍! ଡ଼ିମ୍! ଡ଼ିମ୍! ମଝିରେ କମାଣର ଗୁରୁଗମ୍ଭୀର ଶବ୍ଦ ଶୁଭିଲା।

ପହିଲି କୁକୁଡ଼ା ଡ଼ାକି ନ ଥିଲା। ଉମୋଫିଆକୁ ନିଦ ଓ ନୀରବତା ଘୋଡ଼େଇ ରଖିଥିଲା। ସେତିକିବେଳେ ଏକ୍ୱେ ବାଜିବା ଆରମ୍ଭ ହେଲା। କମାଣଟା ନୀରବତାକୁ ଚୂନାଚୁନା କରିଦେଲା। ବାଉଁଶ ଖଟିଆରେ ପୁରୁଷମାନେ ଚେଇଁ ଉଠି ଉତ୍କଣ୍ଠାରେ କାନ ଡ଼େରିଲେ। କେହି ଜଣେ ମରିଯାଇଛି। କମାଣ ଆକାଶ ଫଟା ଶବ୍ଦ କରୁଥାଏ। ଡ଼ି-ଗୋ-ଗୋ-ଡ଼ି-ଗୋ-ଡ଼ି-ଡ଼ି-ଗୋ-ଗୋ ଖବର ଭରା ରାତି ପବନରେ ଭାସୁଥାଏ। ଦୂରରେ ମାଇକିନାଙ୍କର କ୍ଷୀଣ ଅସ୍ପଷ୍ଟ କାନ୍ଦଣା ମାଟି ଉପରେ ଦୁଃଖର ଖାଦ ପରି ବସିଗଲା। କେତେବେଳେ କେମିତି କେହି ଜଣେ ପୁରୁଷ ମଲା ଜାଗାକୁ ସଙ୍ଖୋଳିବାକୁ ଆସିଲେ ତିର୍ଲୀମାନେ ଛାତି କୋଡ଼ି ହେଇ କାନ୍ଦିବାର ଶୁଭିଲା। ପୁରୁଷ ସୁଲଭ ଦୁଃଖରେ ସେ ଥରେ ଦୁଇ ଥର ସ୍ୱର ଟେକିଲା। ତାପରେ ଅନ୍ୟ ପୁରୁଷଙ୍କ ସହିତ ବସିପଡ଼ି ସ୍ତ୍ରୀଲୋକଙ୍କର ଅଛିଣ୍ଡା କାନ୍ଦବୋବାଳି ଆଉ ଏକ୍ୱେର ବିଶେଷ ବାର୍ତ୍ତାର କଥାଭାଷାକୁ ଶୁଣିଲା। ଥରକୁଥର କମାଣ ଗର୍ଜିଲା। ମାଇକିନାଙ୍କ କାନ୍ଦବୋବାଳି ଗାଁ ସେପାରିରେ ଶୁଭେ ନାହିଁ। କିନ୍ତୁ ଏକ୍ୱେ ଖବରଟା ସାରା ନଅ ଗାଁକୁ, ଏପରିକି ତା ବାହାରକୁ ବାହିନେଲା। ଏଥର, କୁଳର ନାଁ ଧରିଲା: ଉମୋଫିଆ ଓବୋଡ଼ୋ ଡ଼ିକେ – 'ସାହସୀମାନଙ୍କ ଭୂଇଁ'। ଉମୋଫିଆ ଓବୋଡ଼ୋ ଡ଼ିକେ! ଉମୋଫିଆ ଓବୋଡ଼ୋ ଡ଼ିକେ। ବାର ବାର ସେଇ କଥା କହିଲା। ସେଇ ରାତିରେ ଅନେକ ସମୟ ଧରି ସେଇ କଥାକୁ ଦୋହରାଇଲାବେଳେ ବାଉଁଶ ଖଟିଆରେ ଗଡ଼ିଥିବା ସଭିଙ୍କ ଛାତିରେ ଉତ୍କଣ୍ଠା ମାଡ଼ି ବସିଲା। କଥାଟା ଏଥର ପାଖକୁ ପାଖକୁ

ଆସିଲା ଆଉ ଗାଁର ନାଁ ଧରିଲା: ହଳଦିଆ ଘୋରଣା-ପଥରର ଇଗ୍ୱୋଡ଼ୋ ! ସେଇଟା ଓକୋଙ୍କୋର ଗାଁ। ଇଗ୍ୱୋଡ଼ୋ ନାଁ ବାରବାର ଡ଼କା ହେଲା। ନଅ ଖଣ୍ଡ ଗାଁରେ ଲୋକେ ରୁଦ୍ଧଶ୍ୱାସ ହେଇ ଟାକି ବସିଲେ। ଶେଷରେ ଲୋକଟାର ନାଁ କୁହାଗଲା ଆଉ ଲୋକେ ଦୀର୍ଘଶ୍ୱାସ ଛାଡ଼ିଲେ 'ଇ-ଉ-ଉ, ଏଜେଉଡୁ ମରିଗଲା। ତା ସାଙ୍ଗରେ ଲୋକଟାର ଶେଷ ଦେଖାଟା ମନେ ପଡ଼ିଗଲା କ୍ଷଣି ଓକୋଙ୍କୋର ମେରୁ ହାଡ଼ରେ ଗୋଟେ ଶୀତଳ ଶିହରଣ ଖେଳିଗଲା। 'ପିଲାଟା ତତେ ବାପା ଡ଼ାକେ', ସେ କହିଥିଲା, 'ତାର ମୃତ୍ୟୁରେ ତୋର ହାତ ଲଗା ନାହିଁ।'

ଏଜେଉଡୁ ମାନ୍ୟତା ମୁଣ୍ଡରେ ଗଣା ଥିଲା। ତେଣୁ ବଂଶର ସବୁଲୋକ ତାର ଶୁଦ୍ଧିକ୍ରିୟାରେ ଥିଲେ। ମରଣ-ତାଳର ଧୂନ୍ ପିଟୁଥିବା ପୁରୁଖା ଦିନର ଢ଼ୋଲ ବାଜିଲା, ବନ୍ଧୁକ କମାଣ ଫୁଟିଲା, ଆଉ ଉନ୍ମାଦ ପୁରୁଷମାନେ ଆଖିରେ ଗଛ, ବୃକ୍ଷ, ପଶୁ, ପକ୍ଷୀ ଯାହା ପଡ଼ିଲା କାଟି ପକାଇଲେ। କାନ୍ଥବାଡ଼ ଡ଼େଇଁ ଛାତ ଉପରେ କୁଦିଲେ। ଜଣେ ବୀରର ଅନ୍ତ୍ୟେଷ୍ଟି। ସକାଳୁ ସନ୍ଧ୍ୟା ଯାଏ ବିଭିନ୍ନ ବୟସ ବର୍ଗର ଯୋଦ୍ଧାମାନେ ଆସିଲେ ଆଉ ଗଲେ। ସେମାନେ ସମସ୍ତେ ଧୂଆଁ କଳା, ତାଳ-ଖଦୀର ଘାଗରା ପିନ୍ଧିଥାନ୍ତି। ଖଡ଼ି ଓ ପୋଡ଼ା ଅଙ୍ଗାରରେ ତାଙ୍କର ଦେହ ଚିତ୍ରିତ ହେଇଥାଏ। ଘଡ଼ିକିଘଡ଼ି ଜଣେ ପୂର୍ବ ପୁରୁଷର ଆତ୍ମା କିମ୍ବା ଇଗ୍ୱୁ ମାଟି ତଳୁ ଆସି ଉଭା ହେଉଥାଏ। ତାଳ ଖଦୀରେ ପୁରାପୁରି ଘୋଡ଼ି ହେଇ କମ୍ପିତ ଓ ଅଶରିରୀ ସ୍ୱରରେ ବକ୍ତି ଚାଲିଥାଏ। ତାଙ୍କ ଭିତରୁ କେତେଟା ହିଂସ୍ର ହେଇ ପଡୁଥିଲେ। ସେଦିନ ତ ଜଣେ ମୁନିଆଁ ହତିଆର ଧରି ଉଭା ହେଇଗଲା। ଭୟରେ ଆଶ୍ରା ପାଇଁ ଲୋକେ କିଲିବିଲି ହେଇ ଏଠି ସେଠି ଧାଇଁଲେ। କାହା ଉପରେ କିଛି ଅଘଟଣ କରିବାରୁ ତାକୁ ବିରତ କରିବା ପାଇଁ ଦୁଇ ଜଣ ଲୋକ ତାର ଅଣ୍ଟାରେ ଖଣ୍ଡେ ଟାଣ ରସି ବାନ୍ଧି ଦେଲେ। ବେଳେବେଳେ ସେ ବୁଲିପଡ଼ି ସେଇ ଲୋକଙ୍କୁ ଗୋଡ଼ାଇଲାରୁ ସେମାନେ ଜୀବନ ବିକଳରେ ଧାଇଁଲେ। କିନ୍ତୁ ପୁଣି ଫେରିଆସି ତାର ପଛରେ ଲମ୍ବିଥିବା ରସି ଖଣ୍ଡକୁ ଧରିପକାଉ ଥିଲେ। ଗୋଟେ ଭୟଙ୍କର ସ୍ୱରରେ ସେ ଗାଇଲା। ଇକ୍ୱେଞ୍ଚୁ ବା ଦୁଷ୍ଟ ଆତ୍ମା ତାର ଆଖି ଭିତରକୁ ପ୍ରବେଶ କରିଥିଲା।

ତେବେ ସବୁଠୁ ଭୟାନକଟା ଆସିବାକୁ ଆହୁରି ବାକି ଥିଲା। ସବୁବେଳେ ସେ ଏକୁଟିଆ ଆଉ ଗୋଟେ କଫିନ ବାଗର ବେଶ ଧାରଣ କରି ଆସେ। ଯୁଆଡ଼େ ସେ ଯାଏ ପବନରେ ରୋଗ ବ୍ୟାଧିର ଗନ୍ଧ ମାରେ; ତା ପଛରେ ଭଣଭଣ ମାଛି ଗୋଡ଼ାଉଥାନ୍ତି। ସବୁଠୁ ବଡ଼ ନାଁ କରା ଗୁଣିଆଁ ବି ତାକୁ ଦେଖିଲେ ଭୟରେ ଧାଇଁ ପଳାଏ। ଅନେକ ବର୍ଷ ତଳେ ଆଉ ଜଣେ ଇଗ୍ୱୁ ତା ସାମ୍ନାକୁ ଆସିବାର ଦୁଃସାହସ

କରିଥିଲା। ସେଇ ଗୋଟେ ଜାଗାରେ ସେ ଦୁଇ ଦିନ ଧରି ଲାଖି ରହିଗଲା। ସେଇଟାର ଗୋଟେ ହାତ ଥିଲା ଆଉ ସେଇ ହାତରେ ଝୁଡ଼ିଏ ପାଣି ଧରିଥିଲା।

କିନ୍ତୁ ଇଗ୍ବୁ ଭିତରୁ କେତେଜଣ କାହାରି କିଛି କ୍ଷତି କରନ୍ତିନି, ତାଙ୍କ ଭିତରୁ ଜଣେ ଏତେ ବୁଢ଼ା ଆଉ ଅପାରୁ ଯେ ବାଡ଼ିଟା ଉପରେ ପୁରା ନଇଁ ଯାଇଥାଏ। ଶବ ରଖା ହେଇଥିବା ଜାଗାକୁ ସେ ଟଳମଳ ହେଇ ଗଲା, ଟିକେ ସମୟ ଚାହିଁଲା ଓ ପୁଣି ଚାଲିଗଲା - ପାତାଳପୁରୀକୁ। ଜିଇଁଲା ଲୋକଙ୍କ ଜାଗାଟା (ମର୍ତ୍ତ୍ୟଲୋକ) ଅଶରିରୀ ପିତୃପୁରୁଷଙ୍କ ମୂଲକ (ପିତୃଲୋକ) ଠାରୁ ବେଶୀ ଦୂର ନୁହଁ। ସେମାନଙ୍କ ଭିତରେ ଯିବା ଆସିବା ଲାଗିଥାଏ, ବିଶେଷତଃ ପର୍ବ ପର୍ବାଣୀ ଆଉ ବୁଢ଼ାଲୋକର ମଲା ମୁର୍ଚ୍ଛୁକିଆରେ। କାରଣ ବୁଢ଼ାଟିଏ ପିତୃ ପୁରୁଷର ପାଖଲୋକ। ଜନ୍ମ ଠାରୁ ମୃତ୍ୟୁ ଯାଏଁ ମଣିଷର ଜୀବନଟା ରୀତି ପରିବର୍ତ୍ତନର ଧାରାଟିଏ। ଏଇ ଧାରା ତାକୁ ପିତୃଲୋକ ଆଡ଼କୁ କ୍ରମଶଃ ପାଖେଇ ପାଖେଇ ନେଇଯାଏ।

ଏଜେଉଡୁ ଗାଁର ସବୁଠୁ ବର୍ଷିୟାନ ଥିଲା। ସେ ମଲାପରେ ସାରା ବଂଶରେ ଆଉ ମାତ୍ର ତିନି ଜଣ ବୟସ୍କ ରହିଲେ ଆଉ ତାରି ବୟସର ଚାରି ପାଞ୍ଚ ଜଣ ଥିଲେ। କୁଳର ଅନ୍ତ୍ୟେଷ୍ଟି ନାଚରେ ଟଳଟଳ ପାଦ ପକାଇବା ପାଇଁ ଏଇ ପୁରୁଖାମାନଙ୍କ ଭିତରୁ କେହି ଭିଡ଼ ଭିତରକୁ ଆସିଲେ, ଅପେକ୍ଷାକୃତ କମ ବୟସର ଲୋକ ତାକୁ ବାଟ ଛାଡ଼ି ଦିଅନ୍ତି, ହୋ ହାଲ୍ଲା ଥମିଯାଏ।

ଏଇଟା ଗୋଟେ ବିଶାଳ ଅନ୍ତ୍ୟେଷ୍ଟି କ୍ରିୟା ଥିଲା। ଜଣେ ମହାନ ଯୋଦ୍ଧାର ଯୋଗ୍ୟ ବିଦାୟ, ଭବ୍ୟ ସମ୍ମାନ। ସନ୍ଧ୍ୟା ପାଖେଇ ଆସୁଥାଏ, ତା ସହିତ କୋଳାହଳ, ଚିତ୍କାର, ତୋପ କମାଣ, ଢ଼ୋଲ ପିଟା, ହତିଆର ପ୍ରଦର୍ଶନ, କମାଣ ପେଡ଼ିର ଠଣ୍ ଠଣ୍ ଶବ୍ଦ ବଢ଼ି ଚାଲିଥାଏ।

ଏଜେଉଡୁ ତାର ଜୀବନ କାଳରେ ତିନିଟା ଶିରିପା ହାସଲ କରିଥିଲା। ଏଇଟା ଗୋଟେ ବିରଳ ସଫଳତା। ବଂଶରେ ମାତ୍ର ଚାରିଟା ଉପାଧି ଥାଏ। କୋଉ କୋଉ ପିଢ଼ିର ଜଣେ କିମ୍ବା ଦୁଇ ଜଣ ଚାରିଟାଯାକ ଶିରିପା ହାସଲ କରିଥିଲେ। ସେଇ ଉପାଧି ପାଇ ସାରିଲା ପାରେ, ସେମାନେ ମୂଲକର ମାଲିକ ହେଇଥିଲେ। ଶିରିପା ହାସଲ କରିଥିବାରୁ ଏଜେଉଡୁକୁ ଅନ୍ଧାର ହେଲାପରେ କବର ଦିଆଯିବ। ଏଇ ଶୁଦ୍ଧି ଉତ୍ସବକୁ ଆଲୋକିତ କରିବା ପାଇଁ ଜଳନ୍ତା କାଠର ମଶାଲ ଲାଗିବ।

କିନ୍ତୁ ଏଇ ଗମ୍ଭୀର ଓ ଅନ୍ତିମ କ୍ରିୟା ଆଗରୁ କୋଳାହଳ ଆହୁରି ଦଶ ଗୁଣ ବଢ଼ିଗଲା। ଉଶୃଙ୍ଖଳ ଢ଼ୋଲ ବାଜିଲା। ଉନ୍ମାଦ ପୁରୁଷ ତଳ ଉପର ଡେଇଁଲେ। ଚାରିଆଡ଼େ ବନ୍ଧୁକର ଗୁଳି ଫୁଟିଲା। ଯୋଦ୍ଧାମାନଙ୍କର ସଲାମରେ କମାଣ ଏକାଠି ଠଣ୍

ଠଣ୍ ଘଷି ହେଇ ଚାରିଆଡ଼େ ନିଆଁର ସ୍ଫୁଲିଙ୍ଗ ଛିଟିକିଲା। ପବନରେ ଧୂଳି ଆଉ ବାରୁଦର ଗନ୍ଧ ଭର୍ତ୍ତି। ଆଉ ଏତିକିବେଳେ ଏକହାତିଆ ପ୍ରେତଟା ଝୁଡ଼ିଏ ପାଣି ନେଇ ଆସିଲା। ଲୋକେ ଚାରିପଟୁ ତାକୁ ବାଟ ଛାଡ଼ିଲେ। ପାଟିଗୋଳ ଥମିଗଲା। ଏବେ ପବନରେ ମିଶିଥିବା ବାନ୍ତି-ଉକାଳର ମରକଟିଆ ଗନ୍ଧରେ ବାରୁଦର ଗନ୍ଧ ବି ମିଳେଇଗଲା। ଅନ୍ତ୍ୟେଷ୍ଟି ତାଳରେ ସେ ଟିକେ ନାଚିଲା ଆଉ ତାପରେ ଶବକୁ ଦେଖିବାକୁ ଗଲା।

'ଏଜେଉଡୁ!' ସେ ତାର ମୋଟା ଘାଗଡ଼ା ସ୍ୱରରେ କହିଲା। 'ଯଦି ଗଲା ଜନ୍ମରେ ତୁ ଗରୀବ ହେଇଥାନ୍ତୁ, ଆଉ ଥରେ ଆସିଲାବେଳେ ମୁଁ ତତେ ଧନୀ ହେବାକୁ କହିଥାନ୍ତି। ତୁ ଯଦି ଡ଼ରପୋକ ହେଇଥାନ୍ତୁ, ତତେ ସାହସ ନେଇ ଏଠିକି ଆସିବାକୁ କହିଥାନ୍ତି। କିନ୍ତୁ ତୁ ଜଣେ ନିର୍ଭୀକ ଯୋଦ୍ଧା ଥିଲୁ। ଅଧା ବୟସରେ ମରିଯାଇଥିଲେ ମୁଁ ଆଇଷ ଧରି ଆସିବାକୁ କହିଥାନ୍ତି। କିନ୍ତୁ ତୋର ଜୀବନଟାକୁ ତୁ ଜିଇଁ ସାରିଛୁ। ତେଣୁ ତୁ ଯେମିତି ଗତ ଥର ଆସିଥିଲୁ, ପୁଣି ସେମିତି ଆସିବାକୁ ମୁଁ ତତେ କହୁଛି। ତୋର ମରଣଟା ଯଦି ପ୍ରକୃତିର ନିୟମ, ତା ହେଲେ ଶାନ୍ତିରେ ଯା। କିନ୍ତୁ ଯଦି ମଣିଷ ହାତରେ ହେଇଛି, ତା ହେଲେ ଗୋଟେ ମୁହୂର୍ତ୍ତ ପାଇଁ ବି ତାକୁ ରଖନା।'

ଢ଼ୋଲ ବାଜା ଓ ନାଚ ପୁଣି ଆରମ୍ଭ ହେଲା। ଆଉ ତାର ତାତି ବଢ଼ିଲା। ଅନ୍ଧାର ମାଡ଼ିଆସିଲା। ମଶାଣି ପାଖେଇ ଆସିଲା। ବନ୍ଧୁକରେ ଶେଷ ତୋପ ସଲାମୀ ଫୁଟିଲା। କମାଣରେ ଆକାଶ କମ୍ପିଲା। ଆଉ ତା ପରେ ଉନ୍ମାଦର ଉତ୍ତେଜିତ ପ୍ରକୋପ ମଝିରୁ ଯନ୍ତ୍ରଣା ଭୟାର୍ତ୍ତ ଚିତ୍କାରଟିଏ ଶୁଭିଲା। ଯେମିତି କିଏ ମନ୍ତ୍ର ଛାଟିଦେଲା। ସବୁକିଛି ନୀରବ। ଭିଡ଼ ମଝିରେ ରକ୍ତ ଜୁଡୁବୁଡୁ ପିଲାଟିଏ। ମରିଯାଇଥିବା ଲୋକର ଷୋହଳ ବର୍ଷର ପୁଅ। ପ୍ରଥା ଅନୁସାରେ ବାପାକୁ ବିଦାୟ ଜଣାଇ ସେ ତାର ଭାଇ ଓ ସାବତ ଭାଇମାନଙ୍କ ସାଙ୍ଗରେ ନାଚୁଥିଲା। ଓକୋଙ୍କୋର ବନ୍ଧୁକ ଫାଟିଯାଇ ଲୁହା ଖଣ୍ଡିଏ ତାର ଛାତି ଭିତରେ ଗଳିଗଲା।

ତାପରେ ଯେଉଁ ହୋହଲ୍ଲା ପାଟିଗୋଳ ହେଲା, ଉମୋଫିଆର ଇତିହାସରେ ତାର ତୁଳନା ନ ଥିଲା। ଅନେକ ଭୟାନକ ମୃତ୍ୟୁ ଘଟିଥିଲା, କିନ୍ତୁ ଏମିତି କେବେ ହେଇ ନ ଥିଲା।

ବଂଶରୁ ପଳେଇ ଯିବାଟା ହିଁ ଏବେ ଓକୋଙ୍କୋର ଏକମାତ୍ର ପନ୍ଥା। ନିଜ ବଂଶର ଲୋକକୁ ମାରିବାଟା ଧରତୀ ଦେବୀ ବିରୁଦ୍ଧରେ ଗୋଟେ ଅପରାଧ। ଯେଉଁଲୋକ ଏଇ ଅପରାଧ କରେ, ସେ ଜାଗା ଛାଡ଼ି ନିଶ୍ଚେ ପଳାଇବ। ଅପରାଧଟା ଦୁଇ ପ୍ରକାରର - ପୁରୁଷ ଜାତୀୟ ଓ ସ୍ତ୍ରୀ ଜାତୀୟ। ଓକୋଙ୍କୋର ସ୍ତ୍ରୀ-ଜାତୀୟ ଅପରାଧ ଥିଲା। କାରଣ ତାର ଅଜାଣତରେ ସେଇଟା ଘଟିଥିଲା। ସାତ ବର୍ଷ ପରେ ଯାଇ ସେ ବଂଶକୁ ଫେରି ପାରିବ।

ସେଇ ରାତିରେ ଓକୋଙ୍କୋ ତାର ସବୁ ମୂଲ୍ୟବାନ ଜିନିଷପତ୍ରକୁ ବାନ୍ଧି ଗଣ୍ଠିଲି କଲା। ତାର ସ୍ତ୍ରୀମାନେ ବିକଳ ହେଇ କାନ୍ଦୁଥାନ୍ତି। ଯାର କାରଣ କିଛି ନ ଜାଣି ପିଲାମାନେ ବି ତାଙ୍କ ସହିତ କାନ୍ଦିବାରେ ଲାଗିଥାନ୍ତି। ଓବେରିକା ଓ ଆହୁରି ଛଅ ସାତ ଜଣ ଲୋକ ତାକୁ ବୁଝା ସୁଝା କରିବାକୁ, କିଛି ସାହାଯ୍ୟ କରିବାକୁ ଆସିଲେ। ସେମାନେ ସମସ୍ତେ ନଅ ଦଶ ଥର କରି ଓକୋଙ୍କୋର ଖାଦ୍ୟ ଆଳୁତକ ଓବେରିକାର ଅମାରକୁ ବୋହିନେଲେ। କୁକୁଡ଼ା ଡ଼ାକିବା ଆଗରୁ ଓକୋଙ୍କୋ ତାର ପରିବାର ସହ ଗାଁ ଛାଡ଼ି ତାର ମାଁ ଘରକୁ ଗଲା। ସେଇ ଛୋଟିଆ ଗାଁର ନାଁ ଏମ୍ବାଣ୍ଟା, ଏମ୍ବାନୋ ଗାଁ ମୁଣ୍ଡର ଠିକ୍ ସେପାଖେ।

ସକାଳ ପାହିଲା କ୍ଷଣି ଏଜେଉଡୁ ପଟରୁ ବିରାଟ ସଂଖ୍ୟାରେ ପୁରୁଷମାନେ ଯୁଦ୍ଧ ବେଶରେ ଆସି ଓକୋଙ୍କୋର ପାଚିରୀ ହତାକୁ ଭାଙ୍ଗିରୁଜି ଦେଲେ। ସେମାନେ ତା ଘରେ ନିଆଁ ଲଗାଇଦେଲେ, ନାଲି କାନ୍ଥକୁ ଭାଙ୍ଗି ଦେଲେ, ଜୀବଜନ୍ତୁଙ୍କୁ ମାରିଦେଲେ ଆଉ ତାର ଅମାର ନଷ୍ଟ କରିଦେଲେ। ଏଇଟା ଦର୍ତନୀ ଦେବୀର ବିଚାର, ସେମାନେ ଖାଲି ତାର ନିମିତ୍ତ ମାତ୍ର। ଓକୋଙ୍କୋ ପ୍ରତି ତାଙ୍କ ମନ ଭିତରେ ରୋଷ ନ ଥିଲା। ତାର ସବୁଠୁ ଭଲ ବନ୍ଧୁ ଓବେରିକା ମଧ୍ୟ ସେମାନଙ୍କ ମଧ୍ୟରେ ଥିଲା। ସେମାନେ କେବଳ ମାଟିକୁ ଶୁଦ୍ଧ କରୁଥିଲେ ଯାହାକୁ ଓକୋଙ୍କୋ ନିଜ ବଂଶ ଲୋକର ରକ୍ତରେ କଳୁଷିତ କରିଦେଇଥିଲା।

ଓବେରିକା ସବୁ ବିଷୟରେ ଚିନ୍ତା କରିବାର ଲୋକ। ଦେବୀର ଇଚ୍ଛା ପୂରଣ କରିସାରିଲା ପରେ ଓବେରିକା ତାର 'ଓବି' ରେ ବସି ବନ୍ଧୁର ବିପର୍ଯ୍ୟୟରେ ମନଦୁଃଖରେ ଆଉଟୁ ପାଉଟୁ ହେଲା। ଅଜାଣତରେ କରିଥିବା ଦୋଷଟିଏ ପାଇଁ ଜଣେ ଲୋକ ଏତେ ଯାତନା କାହିଁକି ଭୋଗିବ? ହେଲେ ଯଦିଓ ସେ ଗୁଡ଼ାଏ ବେଳ ଧରି ଏ କଥା ଭାବିଲା, ଯାର କିଛି ଉତ୍ତର ଖୋଜି ପାଇଲା ନାହିଁ। ତାର ମନଟା ଆହୁରି ଗୁଡ଼େଇ ତୁଡ଼େଇ ହେଲା। ତାର ସ୍ତ୍ରୀର ଜାଆଁଳା ଛୁଆ ଦୁଇଟା କଥା ତାର ମନେ ପଡ଼ିଲା ଯୋଉମାନଙ୍କୁ ସେ ଫିଙ୍ଗି ଦେଇଥିଲା। ସେମାନେ କି ଅପରାଧ କରିଥିଲେ ? ଦର୍ତନୀ ଦେବୀର ବିଚାରରେ ସେମାନେ ଏଇ ମୂଳକ ପାଇଁ ଅନିଷ୍ଟ, ସେମାନଙ୍କୁ ନଷ୍ଟ କରିବା ଜରୁରୀ। ଆଉ ଏତେ ବଡ଼ ଦେବୀ ବିରୁଦ୍ଧରେ ଘଟିଥିବା ଅପରାଧର ଦଣ୍ଡ ବିଧାନ ଯଦି ବଂଶଲୋକେ ନ କଲେ, ତା ହେଲେ ତାର କୋପ ଖାଲି ଜଣକ ଉପରେ ନୁହେଁ, ସାରା ମୂଳକରେ ଚହଟିଯିବ। ଯେମିତି ପୁରୁଖା ଲୋକେ କହନ୍ତି, ଗୋଟେ ଆଙ୍ଗୁଠିରେ ତେଲ କାଢୁ କାଢୁ ସବୁ ଆଙ୍ଗୁଠି ତେଲିଆ ହୁଏ।

ଦ୍ୱିତୀୟ ଭାଗ

॥ ୧୪ ॥

ଏମ୍ବାଣ୍ଟାରେ ଓକୋଙ୍କୋକୁ ତାର ମାଁ ଘର ଲୋକେ ଆଦରରେ ପାଛୋଟି ନେଲେ। ସେଇ ପରିବାରରେ ଜୀବିତ ଥିବା ସବୁଠାରୁ ବର୍ଷିୟାନ୍ ଲୋକ ଜଣକ ତାକୁ ପାଛୋଟି ନେଲା। ସେ ତାର ମାଁର ସାନ ଭାଇ, ନାଁ ଉଚ୍ଛେଣ୍ଡୁ। କୋଡ଼ିଏ ପୁରି ଦଶ ବର୍ଷ ତଳେ ନିଜ ଲୋକଙ୍କ ଗହଣରେ କବର ପାଇବା ପାଇ ଉମୋଫାରୁ ଅଣା ହେଉଥିବା ତାର ମାଁକୁ ଇଏ ହିଁ ପାଛୋଟି ନେଇଥିଲା। ସେତେବେଳେ ଓକୋଙ୍କୋ ପିଲାଟିଏ। "ମା, ମା, ମା ମୋର ଯାଉଛି": ରୀତି ଅନୁସାରେ ଓକୋଙ୍କୋର ଏଇ ବିଦେଇ କାନ୍ଦଣା ଉଚ୍ଛେଣ୍ଡୁର ଏବେ ବି ମନେ ଅଛି।

ସେଇଟା ଅନେକ ବର୍ଷ ତଳର କଥା। ଆଜି ଓକୋଙ୍କୋ ତାର ମା'କୁ ତାର ନିଜ ଲୋକଙ୍କ ଗହଣରେ ପୋତିବା ପାଇଁ ଆଣୁ ନ ଥିଲା। ତିନି ଜଣ ସ୍ତ୍ରୀ ଆଉ ଏଗାର ଜଣ ଛୁଆପିଲାର ପରିବାର ଧରି ତାର ମାତୃଭୂମିରେ ଆଶ୍ରୟ ଲୋଡ଼ିବାକୁ ଯାଉଥିଲା। ଉଚ୍ଛେଣ୍ଡୁ ତାକୁ ତାର ବିକଳ ଓ କ୍ଲାନ୍ତ ସହଚର ମାନଙ୍କ ସହିତ ଦେଖୁ ଦେଖୁ ଘଟଣାଟି କଣ ଜାଣିଗଲା। କିଛି ପଚାରିଲାନି। ତା ପରଦିନ ଓକୋଙ୍କୋ ପୁରା ଘଟଣାଟି ତାକୁ କହିଲା। ସେ କଥାଟିକୁ ଆମୂଳଚୁଳ ଚୁପ୍ ଚାପ୍ ଶୁଣିଲା ପରେ ଗୋଟେ ରକମ ଆଶ୍ୱାସ ଦେଇ କହିଲା : 'ଏଇଟା ଗୋଟେ ମାଈ 'ଓଚୁ' ର କାମ'। ଆଉ ତା ପରେ ସେଥିପାଇଁ ଆବଶ୍ୟକୀୟ ପୂଜାବିଧି ଓ ବଳି ପାଇଁ ଯୋଗାଡ଼ କଲା।

ନିଜର ହତା ତିଆରି କରିବା ପାଇଁ ଓକୋଙ୍କୋକୁ ଖଣ୍ଡେ ଜମି ଦିଆଗଲା। ଆସନ୍ତା ଋତୁରେ ଚାଷ କରିବା ପାଇଁ ଦୁଇ ତିନି ଖଣ୍ଡ ଜମି ଚଷିବାକୁ ଦିଆଗଲା। ତାର ମାଁର ଜ୍ଞାତି କୁଟୁମ୍ବଙ୍କ ସହିତ ମିଶି ସେ ତା ପାଇଁ ଗୋଟେ 'ଓବି' ଓ ସ୍ତ୍ରୀ ମାନଙ୍କ ପାଇଁ ତିନିଟା କୁଡ଼ିଆ ତିଆରି କଲା। ତା ପରେ ସେଠି ସେ ତାର ଇଷ୍ଟ ଦେବତା ଓ ପିତୃପୁରୁଷଙ୍କ ଚିହ୍ନ ଥାପନା କଲା। ଉଚ୍ଛେଣ୍ଡୁର ତିନି ପୁଅ ଯାକ ଜଣକା ତିନି ଶହ

ଲେଖାଏଁ ମାଟିଆଳୁ ବିହନ ରୋଇବା ପାଇଁ ତାକୁ ଦେଲେ। କାରଣ ପହିଲି ବର୍ଷା ପଡୁ ପଡୁ ଚାଷ କାମ ଆରମ୍ଭ ହୋଇଯିବ।

ଶେଷରେ ବର୍ଷା ଆସିଲା। ଯେମିତି ଅଚାନକ, ସେମିତି ଜୋର୍ ସୋର୍। ଦୁଇ ତିନି ପକ୍ଷ ଯାଏଁ ସୂର୍ଯ୍ୟ ବଳ ସାଉଁଟିବାର ପରି ଲାଗିଲା। ତା ପରେ ପୃଥ୍ୱୀ ଉପରେ ତାର ଖର ନିଶ୍ୱାସ ଛୁଟାଇଲା। କେତେଦିନୁ ସାବୁଜା ରହୁଥିବା ଗଛମାନ ବି ଧୂଳି ଧୂସର ଲୁଗା ପିନ୍ଧିଲେ। ପକ୍ଷୀମାନ ଜଙ୍ଗଲ ଭିତରେ ନିରବି ଗଲେ। ତତଲା ହାଓ୍ୱା ସଂଚରଣରେ ସମଗ୍ର ବସୁଧା ଝାଳନାଳ ହୋଇଗଲା। ତାପରେ ତାଳିମାଡ଼ ଦେଇ ଘଡ଼ଘଡ଼ି ମାଡ଼ି ଆସିଲା। ସେଇଟା ବର୍ଷା ଋତୁର ତଡ଼ିତ୍ ପ୍ରବାହ ପରି ଗଭୀର ଓ ତରଳ ନ ଥିଲା। ସେଇଟା ରୁଖା ଶୁଖା ଶୋଷିଲା ରୋଷାଗ୍ନିର ତାଳିମାଡ଼ ଥିଲା। ପ୍ରବଳ ଝଡ଼ ବତାସ ଉଠି ଚାରିଆଡ଼ ଧୂଳିମୟ ହୋଇଗଲା। ପବନଟା ତାଳ ପତ୍ର ସବୁକୁ କୁଣ୍ଡାଇ ଉଡ଼ନ୍ତା ଚୂଳ ଗୁଚ୍ଛ ପରି ବିଚିତ୍ର ମନୋହର କେଶ ପରିପାଟୀରେ ସଜାଇଲା ବେଳେ ତାଳଗଛ ମାନ ଦୋହଲୁ ଥାନ୍ତି।

ଶେଷରେ କରା ପଥର ଧରି ବର୍ଷା ଆସିଲା। ବରଫ ପାଲଟିଥିବା ଏଇ ପାଣି ବୁନ୍ଦାକୁ ଲୋକ କହନ୍ତି 'ସ୍ୱର୍ଗ ପାଣିର ବରକୋଳି'। ଦିହରେ ପଡ଼ିଲେ ବେଶ୍ ମାଡ଼ ହୁଏ। ହେଲେ ପିଲାଛୁଆମାନେ ଦୌଡ଼ି ଦୌଡ଼ି ଗୋଟେଇ ଆଣି ପାଟିରେ ପୁରାଇ ଦଉଥାନ୍ତି। ବରଫ କୋଳି ପାଟି ଭିତରେ ମିଳେଇ ଯାଉଥାଏ।

ଚାହୁଁ ଚାହୁଁ ବସୁଧା ଚଳଚଞ୍ଚଳ ହୋଇଉଠିଲା। ଜଙ୍ଗଲରେ ପକ୍ଷୀମାନେ ଢ଼େଣା ଝାଡ଼ିଲେ। ଉଲ୍ଲାସରେ କିଚିରି ମିଚିରି କଲେ। ଜୀବନ ଓ ସବୁଜ ବନସ୍ପତିର ଫିକା ବାସ୍ନାଟିଏ ପବନରେ ବିଚ୍ଛୁରିତ ହୋଇଗଲା। ଏଥର ବର୍ଷା ଛୋଟ ଛୋଟ ପାଣି ବୁନ୍ଦାରେ ପଡ଼ିଲା। ବର୍ଷାର ବେଗ ବି ଧୀରେଇ ଗଲା। ପିଲାମାନେ ଆଶ୍ରା ଖୋଜିଲେ। ସମସ୍ତେ ପ୍ରଫୁଲ୍ଲିତ ହେଲେ, ସତେଜ ଦିଶିଲେ ଆଉ କୃତ୍ୟକୃତ୍ୟ ହୋଇଗଲେ।

ଓକୋଙ୍କୋ ଓ ତାର ପରିବାର ନୂଆ ଚାଷ ଜମି ତୟାରିରେ ବହୁତ ମେହେନତ କଲେ। କିନ୍ତୁ ସେଇଟା ଯୌବନର ଶକ୍ତି ଓ ଉଦ୍ଦାମତା ବିନା ପୁଣିଥରେ ନୂଆଁ କରି ଜୀବନ ଆରମ୍ଭ କରିବା ପରି ଥିଲା। ଯେମିତି ବୁଢ଼ା ଦିନେ ବାଁ ହାତିଆ ହେବାକୁ ଅଭ୍ୟାସ କଲା ପରି। ଆଗ ପରି ଖଟଣି ତାକୁ ଆଉ ଖୁସି ଦଉ ନ ଥାଏ। କାମ ନ ଥିଲେ ସେ ଚୁପ୍‌ଚାପ୍ ଅଧା ନିଦରେ ବସିଥାଏ।

ତାର ଜୀବନଟା ଗୋଟେ ବିରାଟ ଆବେଗରେ ପରିଚାଳିତ ହୋଇ ଆସୁଥିଲା– ବଂଶର ଜଣେ କୁଳ ପୁରୁଷ ହେବା। ସେଇଟା ହିଁ ତାର ଜୀବନର ଉତ୍ସ ହୋଇ ରହି ଆସୁଥିଲା। ଆଉ ସେ ସଫଳତାର ସେଇ ପାହାଚଟା ଚଢ଼ିବା

ଉପରେ ଥିଲା। ତା ପରେ ସବୁ କିଛି ଭାଙ୍ଗି ଚୂରମାର୍ ହେଇଗଲା। ଶୁଖିଲା ତତଲା ବାଲି ଶେଯରେ ମାଛଟିଏ ଛଟପଟ ହେଇ ଫଡ଼କିଲା ପରି ତାକୁ ବଂଶରୁ ବାହାର କରି ଦିଆଗଲା। ଗୋଟେ କଥା ସ୍ପଷ୍ଟ ହେଇଯାଏ ଯେ ତାର ଇଷ୍ଟ ଦେବତା କିମ୍ବା 'ଚି' ଏତେ ଉଚ୍ଚାକାଂକ୍ଷାର ପକ୍ଷରେ ନ ଥିଲା। ଜଣେ ଲୋକ ତାର 'ଚି'ର ନିର୍ଦ୍ଧାରିତ ଭାଗ୍ୟ ବାହାରକୁ ଯାଇପାରେ ନାହିଁ। ପୁରୁଖା ଲୋକଙ୍କର କଥାର କିଛି ସତ୍ୟତା ନ ଥିଲା - ଏଇ ଯେ ଜଣେ ଲୋକର ହଁ ରେ ତାର 'ଚି' ହଁ ମାରେ। ଆଉ ଏଇ ଲୋକଟାକୁ ଦେଖ, ସେ ହଁ କହିଲେ ବି ତାର 'ଚି' ନାସ୍ତି ବାଣୀ ଶୁଣାଇଦେଲା।

ଉଚ୍ଛେଣ୍ଡୁ ପାଚିଲା ବୟସର ଲୋକ। ଓକୋଙ୍କୋକୁ ଏମିତି ନିରାଶ ହେବାର ଦେଖି ଭାରି ମନ କଷ୍ଟ କଲା। ଭାବିଲା, 'ଇସା-ଇଫି' ପରବ୍ ପରେ ତା ସହିତ କଥାବାର୍ତ୍ତା କରିବ।

ଉଚ୍ଛେଣ୍ଡୁର ପାଞ୍ଚ ପୁଅ ଭିତରୁ ସବା ସାନ ପୁଅ ଆମିକୁ ନୂଆଁ ତିର୍ଲାଟିଏ ବାହା ହେଉଥାଏ। ଝୋଲା-ଟଙ୍କା ଦିଆ ସରିଥାଏ। ଖାଲି ଶେଷ ପରବ୍‌ଟା ବାକି ଥାଏ। ଓକୋଙ୍କୋ ଏମ୍ବାଣ୍ଟାକୁ ଆସିବା ଆଗରୁ, ପ୍ରାୟ ଦୁଇ ପକ୍ଷ ଆଗରୁ ଆମିକୁ ଓ ତାର ଲୋକବାକ ପାତ୍ରୀ ଘରକୁ ଖଜୁରୀ ମଦ ନେଇ ଯାଇଥିଲେ। ଏବେ ଖାଲି ନିର୍ବନ୍ଧର ଶେଷ ଉତ୍ସବର ବେଳ।

ଘରର ସବୁ ଝିଅମାନେ ସେଠି ଥାନ୍ତି। ତାଙ୍କ ଭିତରୁ ଅନେକ ଦୂର ଗାଁରୁ କେତେ ବାଟ ଚାଲି ଚାଲି ଆସିଥାନ୍ତି। ଉଚ୍ଛେଣ୍ଡୁର ବଡ଼ଝିଅ ଓବୋଡ଼ୋରୁ ଆସିଥାଏ। ଏଠିକି ଅଧା ଦିନର ଚଲାବାଟ ହେବ। ଉଚ୍ଛେଣ୍ଡୁର ଭାଇର ଝିଅମାନେ ବି ଆସିଥାନ୍ତି। 'ଉମୁଡ଼ା'ର ଗହଳି, ଯେମିତି କାହାର ମଲା ମୁର୍ତ୍ତୁକିଆରେ ସବୁ ଘରଲୋକ ଜମା ହୋଇଥାନ୍ତି। ସବୁ ମିଶି ବାଇଶ ଜଣ ଥିଲେ।

ସେମାନେ ଗୋଟେ ବଡ଼ ଗୋଲେଇରେ ତଳେ ବସି ପଡ଼ିଲେ। ଗୋଲେଇ ମଝିରେ କନ୍ୟା ପାତ୍ରୀ ଡ଼ାହାଣ ହାତରେ କୁକୁଡ଼ାଟିଏ ଧରିବସିଲା। ଉଚ୍ଛେଣ୍ଡୁର ଘରର ପିତୃପୁରୁଷର ଭାର ଦଣ୍ଡଟାକୁ ଧରି ତା ପାଖରେ ବସିଲା। ବାକି ସବୁ ପୁରୁଷ ଦେଖଣାହାରୀ ହେଇ ଗୋଲେଇ ବାହାରେ ବସିଲେ। ତାଙ୍କର ତିର୍ଲାମାନେ ବି ଦେଖୁଥାନ୍ତି। ସନ୍ଧ୍ୟା ପ୍ରାୟ। ସୂର୍ଯ୍ୟ ବୁଡ଼ି ଯାଉଥାଏ।

ଉଚ୍ଛେଣ୍ଡୁର ବଡ଼ ଝିଅ ନିଜିଡ଼େ ପ୍ରଶ୍ନ ପଚାରିଲା।

'ମନେରଖ , ଯଦି ପ୍ରଶ୍ନର ଉତ୍ତର ତୁ ସତ ସତିକା ନ ଦେଉ, ତା ହେଲେ ତୁ ଦୁଃଖ ପାଇବୁ। ଏପରିକି ଛୁଆ ଛନ୍ନ କଲାବେଳେ ମରିଯିବୁ', ସେ ଆରମ୍ଭ

କଲା। 'ମୋ ଭାଇ ତତେ ବାହା ହେବା ପାଇଁ କହିବା ଆଗରୁ କେତେ ଜଣ ଲୋକ ତୋ ସାଙ୍ଗରେ ଶୋଇଥିଲେ ?'

'କେହି ନାହିଁ', ସେ ସରଳ ଭାବରେ ଉତ୍ତର ଦେଲା।

'ସତ କଥା କହ', ଅନ୍ୟ ତିର୍ଲାମାନେ ଜୋର୍ ଦେଇ କହିଲେ।

'କେହି ନାହିଁ ?' ପଚାରିଲା ନିଜିଢ଼େ।

'କେହି ନାହିଁ', ସେ ଉତ୍ତର ଦେଲା।

'ମୋର ପିତୃପିତାର ଏଇ ବାଡ଼ିଟାକୁ ଛୁଇଁ ଶପଥ କର, ଉଛେଣ୍ଡୁ କହିଲା।

'ମୁଁ ରାଣ ନିୟମ କରି କହୁଛି', କନ୍ୟା-ପାତ୍ରୀ କହିଲା।

ଉଛେଣ୍ଡୁ ତା ହାତରୁ କୁକୁଡ଼ାଟି ନେଇ ଗୋଟେ ଧାରୁଆ ଛୁରିରେ ତାର ବେକ କାଟି ଦେଲା। ସେଥିରୁ କେଇ ବୁନ୍ଦା ରକ୍ତ ତାର କୁଳ ଦଣ୍ଡ ଉପରେ ଥିପେଇଲା।

ସେଇ ଦିନଠୁ ଆମିକୁ ନୂଆଁ ବୋହୁଟାକୁ ତାର କୁଡ଼ିଆକୁ ଭାରିଯା କରି ନେଲା। ଘରର ଝିଅମାନେ ସଙ୍ଗେ ସଙ୍ଗେ ତାଙ୍କ ଘରକୁ ଫେରିଗଲେ ନାହିଁ। ବରଂ ନିଜ ଜ୍ଞାତି ପରିଜନଙ୍କ ମେଳରେ ଆଉ ଦୁଇ ତିନି ଦିନ ରହିଲେ।

ଦ୍ୱିତୀୟ ଦିନ ଉଛେଣ୍ଡୁ ତାର ପୁଅ, ଝିଅ ଓ ଭଣଜା ଓକୋଙ୍କୋକୁ ଡ଼ାକିଲା। ମରଦମାନେ ନିଜର ଛେଳି ଛାଲ ଆସନି ପକାଇ ତଳେ ବସିଲେ। ତିର୍ଲାମାନେ ଗୋଟେ ମାଟି ପିଣ୍ଡାରେ ପଡ଼ିଥିବା ଶିଶଳ ମଶିଣାରେ ବସିଲେ। ଉଛେଣ୍ଡୁ ଥିର୍‌କିନା ତାର ପାଚିଲା ଦାଢ଼ିକୁ ସାଉଁଳି ଆଣି ଦାନ୍ତ ଠକର ଠକର କଲା। ତା'ପରେ ଭାରି ସନ୍ତର୍ପଣରେ କଥା କେଇପଦ ବାଗେଇ ପୁଣି ଖୁବ୍ ଶାନ୍ତ ଭାବରେ ଭାବିଚିନ୍ତି କହିଲା:

'ବିଶେଷ କରି ମୁଁ ଓକୋଙ୍କୋ ସହିତ କଥାବାର୍ତ୍ତା କରିବାକୁ ଚାହେଁ, ସେ କହିବା ଆରମ୍ଭ କଲା। 'କିନ୍ତୁ ମୁଁ ଯାହା କହୁଛି ତାହା ତମେ ସମସ୍ତେ ଶୁଣିବା ଦରକାର ବୋଲି ଚାହୁଁଛି। ମୁଁ ଜଣେ ବୁଢ଼ା ଲୋକ ଆଉ ତମେ ସବୁ ପିଲାମାନେ। ତମମାନଙ୍କ ଅପେକ୍ଷା ମୁଁ ଦୁନିଆ ବେଶୀ ଦେଖିଛି, ବେଶୀ ଜାଣିଛି। ଯଦି ତମ ମାନଙ୍କ ଭିତରୁ କିଏ ମୋଠୁ ନିଜକୁ ବେଶୀ ଜାଣିଥିବାର ଭାବେ ତା ହେଲେ ସେ ଛିଡ଼ା ହେଇ କହୁ।' ସେ ଟିକିଏ ତୁନି ପଡ଼ିଲା। କିନ୍ତୁ କେହି କହିଲେ ନାହିଁ।

'ଆଜି ଓକୋଙ୍କୋ ଏଠି କଣ ପାଇଁ? ଏଇଟା ତାର କୁଳ ନୁହେଁ। ଆମେ ଖାଲି ତାର ମାଁର ଲୋକମାନେ। ସେ ଏଠିକାର ଲୋକ ନୁହେଁ। ସାତ ବର୍ଷ ଯାଏଁ ଅଜଣା ଦେଶରେ ରହିବା ପାଇଁ ତାକୁ ଦେଶାନ୍ତରୀ ଦଣ୍ଡ ଦିଆଯାଇଛି। ଆଉ ସେଥିପାଇଁ ସେ ଦୁଃଖରେ ଭାଙ୍ଗିପଡ଼ିଛି। କିନ୍ତୁ ମୁଁ ଖାଲି ତାକୁ ଗୋଟେ ପ୍ରଶ୍ନ ପଚାରିବି। ଓକୋଙ୍କୋ, ତୁ ମତେ କହି ପାରିବୁକି ଯେ ଆମେ ଛୁଆଙ୍କୁ ପ୍ରାୟ ଗୋଟେ ସାଧାରଣ

ନାଁ ଏନେକା ବା 'ମା ସବୁଠୁ ବଡ଼' କାହିଁକି ଦେଇଥାଉ ? ଆମେ ସମସ୍ତେ ଜାଣୁ ଯେ ପୁରୁଷ ହଉଛି ପରିବାରର ମୁଖିଆ। ତିର୍ଲାମାନେ ତାର ବୋଲ ମାନନ୍ତି। ଗୋଟେ ଛୁଆର ଉପରେ ତାର ବାପାର ଓ ତାର ଘର ଲୋକର ଅଧିକାର ରହିଥାଏ। ତାର ମାଁର କିମ୍ବା ତାର ମାମୁଁଘର ଲୋକର ରହି ନ ଥାଏ। ଜଣେ ଲୋକର ଭିଟା ମାଟି ତାର ପିତୃଭୂମି, ତାର ମାତୃଭୂମି ନୁହେଁ। ଆଉ ତା ପରେ ବି ଆମେ କହୁ ଏନେକା – 'ମାଁ ସବୁଠୁ ବଡ଼'।

ସମସ୍ତେ ନୀରବ। 'ଓକୋଙ୍କୋ ମୋର ପ୍ରଶ୍ନର ଉତ୍ତର ଦଉ', ଉଚ୍ଛେଣ୍ଡୁ କହିଲା।

'ଉତ୍ତରଟା ମୁଁ ଜାଣି ନାହିଁ', ଓକୋଙ୍କୋ ଉତ୍ତର ଦେଲା।

'ତୁ ଉତ୍ତର ଜାଣିନୁ ? ତା'ହେଲେ ଦେଖ୍, ତୁ ତ ଛୁଆଟାଏ। ତୋର ଗୁଡ଼ାଏ ସ୍ତ୍ରୀ ଛୁଆ ଅଛନ୍ତି – ମୋଠୁ ଅଧିକା। ତୋ ବଂଶରେ ତୁ ଜଣେ ନାମଜାଦା ଲୋକ। ହେଲେ ତୁ ଆହୁରି ପିଲା ଅଛୁ, 'ମୋ' ପିଲା। ମୋ କଥା ଶୁଣ, ତତେ କହୁଛି। ତେବେ ମୋର ଆଉ ଗୋଟେ ପ୍ରଶ୍ନ ପଚାରିବାର ଅଛି। ଜଣେ ସ୍ତ୍ରୀ ଲୋକ ମରିଗଲା ପରେ ତାକୁ ତାର ନିଜ ଲୋକଙ୍କ ଗହଣରେ କବର ଦେବା ପାଇଁ କାହିଁକି ତା ଘରକୁ ନିଆଯାଏ ? ତା ସ୍ୱାମୀର ଲୋକବାକଙ୍କ ମେଳରେ ତାକୁ ପୋତା ଯାଏ ନାହିଁ। ସେଇଟା କଣ ପାଇଁ ? ତୋର ମାଁ କୁ ଘରକୁ ମୋ ପାଖକୁ ଅଣାଯାଇ ତାକୁ ମୋ ଲୋକବାକ ଭିତରେ ପୋତାଗଲା, ସେମିତି କାହିଁକି ହେଲା ?'

ଓକୋଙ୍କୋ ମୁଣ୍ଡ ହଲାଇଲା।

'ସେ ସେଇଟା ବି ଜାଣେନି', ଉଚ୍ଛେଣ୍ଡୁ କହିଲା, 'ଆଉ ସେଥିରେ ପୁଣି ମନ ଦୁଃଖରେ ଭାଙ୍ଗିପଡୁଛି। କାରଣ କେତେଟା ବର୍ଷ ତାର ମାଁର ଗାଁରେ ସେ ରହିବାକୁ ଆସିଛି ବୋଲି।' ଶୁଖିଲା ହସ ଧାରେ ଖେଳାଇ ସେ ଏଥର ତା ପୁଅ ଝିଅ ଆଡ଼କୁ ମୁହଁ କଲା। 'ଆଚ୍ଛା, ତମେ ସବୁ ? ମୋ ପ୍ରଶ୍ନର ଉତ୍ତର କିଏ ଦେଇ ପାରିବ ?'

ସେମାନେ ସମସ୍ତେ ମୁଣ୍ଡ ହଲାଇଲେ।

'ତା'ହେଲେ ମୋ କଥା ଶୁଣ', ସେ ଗଳା ଝାଡ଼ି ଆରମ୍ଭ କଲା। 'ଏଇଟା ସତ ଯେ ଛୁଆଟିଏ ତା ବାପାର। କିନ୍ତୁ ବାପାଠୁ ମାଡ଼ ଖାଇଲେ ସେ ସ୍ନେହ ସହାନୁଭୂତି ଲୋଡ଼ିବା ପାଇଁ ମାଁର କୁଡ଼ିଆକୁ ଧାଇଁଯାଏ। ଜୀବନରେ ସବୁକିଛି ଠିକ୍ ଠାକ୍ ଓ ସ୍ୱାଭାବିକ ହସ ଖୁସି ଥିଲେ ସେ ବାପ ଘରର। କିନ୍ତୁ ଦୁଃଖ ଦୁର୍ଦ୍ଦଶା ବେଳରେ ସେ ତା ମାଁ ଘରେ ହିଁ ଆଶ୍ରା ପାଏ। ତୋର ମାଁ ତତେ ଏଠି ଘଣ୍ଟ ଘୋଡ଼େଇ ରଖିଛି। ସେ ଏଠି ପୋତା ହେଇଛି। ଆଉ ସେଇଥିପାଇଁ ଆମେ କହୁ ଯେ ମାଁ ସବୁଠୁ ବଡ଼। ଆଉ

ଓକୋଙ୍କୋ, ତୋରି ମାଁ ସାମ୍ନାରେ ତୁ ଏମିତି ମୁହଁ ଶୁଖାଇ ରହିବାଟା ଠିକ୍ କଥା କି ? ଯେତେ ବୁଝେଇ କହିଲେ ବି ନ ଶୁଣିବାଟା କଣ ଭଲ କଥା କି? ଏ କଥାକୁ ହେଜି ରଖ, ନ ହେଲେ ମଲା ଲୋକଙ୍କୁ ଅଶାନ୍ତି କରିବୁ। ଏଠି ତୋର ସ୍ତ୍ରୀ ଛୁଆଙ୍କର ହେପାଜତ କରି ସାତ ବର୍ଷ ପରେ ତୋର ବାପଘରକୁ ତାଙ୍କୁ ନେଇଯିବାଟା ତୋର କର୍ତ୍ତବ୍ୟ। କିନ୍ତୁ ତୁ ଯଦି ଏମିତି ଦୁଃଖରେ ସଢ଼ି ସଢ଼ି ମରିଯାଉ, ତା ହେଲେ ସେମାନେ ସମସ୍ତେ ଦେଶାନ୍ତରୀ ହେଇ ଜୀବନ ହାରିବେ।' ଟିକିଏ ରହିଯାଇ ସେ ପୁଣି କହିଲା, 'ଏବେ ଏମାନେ ସମସ୍ତେ ତୋର ନିଜର ଲୋକବାକ।' ସେ ତାର ପୁଅ ଝିଅ ଆଡ଼କୁ ହାତ ଦେଖାଇଲା। 'ତୁ ଭାବୁଛୁ ଦୁନିଆଁରେ ତୋର ହିଁ ସବୁଠୁ ବେଶୀ ଦୁଃଖ। ଜାଣିଛୁ, କେତେ ଲୋକଙ୍କୁ ସାରା ଜୀବନ ଦେଶାନ୍ତରୀ ହେବାକୁ ପଡ଼େ ? ଆହୁରି ଜାଣିଛୁ, ବେଳେ ବେଳେ ଲୋକେ ସବୁ ଚାଷବାସ ହରାଇ ଦିଅନ୍ତି ଆଉ ଏପରିକି ସବୁ ପିଲାଛୁଆ ବି ହରାଇ ଦିଅନ୍ତି? ଦିନ ଥିଲା, ମୋର ଛଅଟା ସ୍ତ୍ରୀ ଥିଲେ। ଏବେ ଭଲ ମନ୍ଦ କିଛି ଜାଣି ନ ଥିବା ସେଇ ଝିଅଟା ଛଡ଼ା ଆଉ କେହି ନାହାନ୍ତି। କେତେଟା ଛୁଆଙ୍କୁ- ମୋର ଜୁଆନ୍ ବେଳର ବପୁ ଆଉ ଦମ୍‌ରେ ଜନ୍ମ ଦେଇଥିବା କେତେ ଛୁଆଙ୍କୁ ମୁଁ ମାଟିରେ ପୋତିଛି ? ବାଇଶଟା। ମୁଁ ଦଉଡ଼ି ଦେଇ ମଲି ନାହିଁ, ମୁଁ ତଥାପି ବଞ୍ଚିଛି। ଯଦି ତୁ ଭାବୁ ଯେ ତୁ ହିଁ ଦୁନିଆରେ ସବୁଠୁ ବେଶୀ ଦୁଃଖ ଭୋଗ କରୁଛୁ, ତା ହେଲେ ମୋର ଝିଅ ଆକେନିକୁ ପଚାର – ସେ କେତେଟା ଯାଆଁଳା ଜନ୍ମ କରି ଫିଙ୍ଗିଛି। ସ୍ତ୍ରୀ ଲୋକଟିଏ ମରିଗଲେ ବୋଲାଯାଉଥିବା ଗୀତଟା ତୁ କଣ ଶୁଣିନୁ ?

"କାହା ପାଇଁ ଏ ଜୀବନଟା ପୁରା ଭଲ, କାହା ପାଇଁ ପୁରା ଭଲ?
ଏମିତି କେହି ନାହିଁ ଯା ପାଇଁ ପୁରା ଭଲ।"

'ତତେ ମୋର ଆଉ କିଛି କହିବାର ନାହିଁ।'

॥ ୧୫ ॥

ଓକୋଙ୍କୋ ଦେଶାନ୍ତରୀ ହେବାର ଦ୍ୱିତୀୟ ବର୍ଷ ତାର ବନ୍ଧୁ ଓବେରିକା ତାକୁ ଭେଟିବାକୁ ଆସିଲା। ସାଙ୍ଗରେ ଦୁଇଜଣ ଭେଣ୍ଡା ବୋଝିଆ ନେଇକି ଆସିଥିଲା। ଦୁହେଁ ଯାକ ମୁଣ୍ଡରେ ଓଜନଦାର ବସ୍ତା ବୋହିଥିଲେ। ଓକୋଙ୍କୋ ହାତ ବଢ଼ାଇ ତାଙ୍କ ମୁଣ୍ଡରୁ ବୋଝ ଉତାରିଲା। ବସ୍ତାରେ କଉଡ଼ି ଭର୍ତ୍ତି ହେଇଥିବାର ଜଣାପଡୁଥାଏ।

ଓକୋଙ୍କୋ ଅତି ଆନନ୍ଦରେ ତାର ବନ୍ଧୁକୁ ପାଛୋଟି ନେଲା। ତାର ସ୍ତ୍ରୀ ଛୁଆମାନେ ମଧ୍ୟ ଭାରି ଖୁସି ହେଲେ। ତାର ସମ୍ପର୍କୀୟ ଭାଇ ଓ ସେମାନଙ୍କ ସ୍ତ୍ରୀ ମାନେ ମଧ୍ୟ ବନ୍ଧୁ କୁଣିଆଁ ଖବର ପାଇ ଆସି ଭାରି ଖୁସି ହେଲେ।

'ମୁଣ୍ଡିଆ ମାରିବା ପାଇଁ ତାକୁ ତୁ ଆମ ବାପାଙ୍କ ପାଖକୁ ନିଶ୍ଚେ ନେଇକି ଯିବୁ', ଭାଇମାନଙ୍କ ଭିତରୁ ଜଣେ କହିଲା।

'ହଁ', ଓକୋଙ୍କୋ ଉତ୍ତର ଦେଲା। 'ଆମେ ସିଧା ସେଠିକି ଯିବୁ ଯେ'। କିନ୍ତୁ ଯିବା ଆଗରୁ ସେ ତାର ପ୍ରଥମ ସ୍ତ୍ରୀ କାନରେ କଣ ଫିସ୍‌ଫିସ୍ ହେଇ କହିଲା। ସେ ମୁଣ୍ଡ ଟୁଙ୍ଗାରିଲା। ସଙ୍ଗେ ସଙ୍ଗେ ପିଲାମାନେ ତାଙ୍କ ଗଞ୍ଜା ଭିତରୁ ଗୋଟିକର ପିଛାରେ ଧାଇଁଲେ।

ଓକୋଙ୍କୋ ଘରକୁ ତିନିଜଣ ଅଚିହ୍ନା ଲୋକ ଆସିଥିବାର କଥା ଉଚ୍ଛେଣ୍ଡୁକୁ ତାର ନାତିନାତୁଣୀ ଭିତରୁ ଜଣେ କହିଥିଲା। ସେଥିପାଇଁ ସେ ତାଙ୍କୁ ପାଛୋଟିବାକୁ ଟାକି ଥିଲା। ସେମାନେ ତାର ଓବିକୁ ଆସିଲାରୁ ସେ ହାତ ବଢ଼ାଇଲା। ହାତ ମିଳାଇ ସାରିଲା ପରେ ସେ ଓକୋଙ୍କୋକୁ ତାଙ୍କର ପରିଚୟ ପଚାରିଲା।

'ଇଏ ମୋର ପ୍ରିୟ ବନ୍ଧୁ ଓବେରିକା। ତା ବିଷୟରେ ମୁଁ ତମକୁ ଆଗରୁ କହିଛି।'

'ହଁ', ଓବେରିକା ଆଡ଼କୁ ମୁଁ ବୁଲାଇ ବୁଢ଼ାଜଣକ କହିଲା। 'ମୋ ପୁଅ ତୋ

ବିଷୟରେ ମତେ କହିସାରିଛି। ତୁ ଆମକୁ ଭେଟି ଆସିଥିବାରୁ ମୁଁ ବହୁତ ଖୁସି। ମୁଁ ତୋର ବାପା ଇଏକାକୁ ଜାଣେ। ସେ ଭାରି ନାମଜାଦା ଲୋକ ଥିଲା। ଏଠି ତାର ବହୁତ ସାଙ୍ଗ ସାଥୀ ଥିଲେ। ପ୍ରାୟ ସେ ତାଙ୍କୁ ଭେଟିବାକୁ ଆସୁଥାଏ। ସେତେବେଳର କଥା ଅଲଗା। ଦୂର ଭାଇ ବନ୍ଧୁ କୁଟୁମ୍ବ ସାଙ୍ଗରେ ଭେଟଘାଟ, କେତେ ଖୁସିବାସିଆ ଦିନ। ତମ ପିଢ଼ିକୁ ସେତକ ଜଣା ନାଇଁ। ତମେମାନେ ସବୁ ଘରଟା ଭିତରେ ଜାକି ହେଇ ରହୁଛ। ପାଖ ପଡ଼ିଶା ସାଙ୍ଗରେ ବି ମିଶିବାକୁ ଡ଼ର। ଆଜିକାଲି ତ ନିଜ ମାଁ ଘର ବି ମଣିଷ ପାଖରେ ଅଚିହ୍ନା ହେଇଯାଉଛି।' ସେ ଓକୋଙ୍କୋ ଆଡ଼କୁ ଚାହିଁଲା। 'ମୁଁ ତ ବୁଢ଼ା ହେଲିଣି। ଏବେ ଏମିତି ଖାଲି ବକବକ ହେବାଟା ମୋର କାମ।' ସେ ଭାରି କଷ୍ଟରେ ଉଠିଲା, ଭିତର ଘରକୁ ଯାଇ ଗୋଟେ କୋଲା ନେଇ ଆସିଲା।

'ତମ ସାଙ୍ଗରେ ଏଇ ପିଲାମାନେ କିଏ ?' ଛେଳି ଛାଲ ଆସନିରେ ବସୁ ବସୁ ସେ ପଚାରିଲା। ଓକୋଙ୍କୋ ତାଙ୍କର ପରିଚୟ ଦେଲା।

'ଆରେ, ମୋ ପିଲାମାନେ ଆସ, ଆସ।' ସେ ତାଙ୍କୁ କୋଲା ଦେଲା। କୋଲା ପାଇଁ ତାଙ୍କୁ ସୁକ୍ରିୟା ଜଣାଇ ସେମାନେ ଖାଇବା ପାଇଁ ସେଇଟା ଭାଙ୍ଗିଲେ।

'ଭିତରକୁ ଯା', ସେ ଆଙ୍ଗୁଠି ଦେଖାଇ ଓକୋଙ୍କୋକୁ କହିଲା।। 'ସେଠି ହାଣ୍ଡିଏ ମଦ ଅଛି।'

ଓକୋଙ୍କୋ ମଦ ହାଣ୍ଡିଟା ଆଣିଲା। ସେମାନେ ପିଇବା ଆରମ୍ଭ କଲେ। ମଦଟା ଗୋଟେ ଦିନର ପୁରୁଣା ଆଉ ବେଶ୍ କଡ଼ା ଥିଲା।

'ହଁ', ଘଡ଼ିଏ ବେଳ ତୁନି ରହି ଉଛେଣ୍ଡୁ କହିଲା, 'ସେ କାଳ ଲୋକେ ବେଶୀ ଯା ଆସ କରୁଥିଲେ। ଆଉ ଏଇ ଇଲାକାରେ ଏମିତି ଗୋଟେ ବଂଶ ନାହିଁ ଯାହାକୁ କି ମୁଁ ଭଲ କରି ଜାଣି ନାହିଁ। ଅନିଣ୍ଟା, ଉମ୍ବାଜୁ, ଇକୋଟା, ଇଲୁମେଲୁ, ଆବାମେ – ମୁଁ ସମସ୍ତିଙ୍କି ଜାଣେ।'

'ଆବାମେ ଆଉ ନାହିଁ – କଥାଟା ଶୁଣିଛ ତ ?' ଓବେରିକା ପଚାରିଲା।

'ସେଇଟା କେମିତି ?' ଉଛେଣ୍ଡୁ ଓ ଓକୋଙ୍କୋ ଏକା ଥରକେ ପଚାରିଲେ।

'ଆବାମେ ପୁରା ମୂଳପୋଛ ହେଇଯାଇଛି', ଓବେରିକା କହିଲା। ବଡ଼ ବିଚିତ୍ର ଆଉ ଦୁଃଖର ଘଟଣା। ସେଠୁ ଜୀବନ ଧରି ଖସି ଆସିଥିବା ଲୋକଙ୍କୁ ଯଦି ମୁଁ ନିଜେ ମୋ ଆଖିରେ ଦେଖି ନ ଥାନ୍ତି ଆଉ ତାଙ୍କ ମୁହଁରୁ ଘଟଣାଟା ନିଜେ ମୋ କାନରେ ଶୁଣି ନ ଥାନ୍ତି, ତା ହେଲେ ମୁଁ ବିଶ୍ୱାସ କରି ନ ଥାନ୍ତି। ଇକେ ଦିନଟାରେ ସେମାନେ ଉମୋଫାକୁ ଭାଗି ଆସିଥିଲେ ତ?' ସେ ସାଙ୍ଗରେ ଆସିଥିବା ଦୁଇ ଯୁବକଙ୍କୁ ପଚାରିଲା। ସେମାନେ ମୁଣ୍ଡ ଟୁଙ୍ଗାରିଲେ।

'ତିନି ପକ୍ଷ ଆଗରୁ ଇକେ ହାଟ ଦିନ ଗୋଟେ ଦଳ ପଳାତକ ଆମ ଅଞ୍ଚଳର ବଜାର ପେଣ୍ଠକୁ ଆସିଲେ। ତାଙ୍କ ଭିତରୁ ଅଧିକାଂଶ ଆମ ଆଡ଼ିକା ପିଲା। ତାଙ୍କରି ମାଁ ମାନେ ଆମରି ଭିତରେ ପୋତା ହେଇଥିଲେ। ଆଉ କେତେଜଣ ସେଠି ସାଙ୍ଗ ସାଥି ଥିବାରୁ ଆସିଥିଲେ। ବାକିମାନେ ଆଉ କୋଉଠିକି ପଳେଇବା ପାଇଁ ଜାଗା ନ ପାଇ ଚାଲି ଆସିଥିଲେ। ସେମାନେ ଉମୋଫାକୁ ଗୋଟେ କରୁଣ କାହାଣୀ ଧରି ପଳେଇ ଆସିଥିଲେ। ସେ ତାର ମଦ ଢ଼ୋକିଲା, ଓକୋଙ୍କୋ ତାର ଶିଙ୍ଗାରେ ଆହୁରି ଢ଼ାଳି ଦେଲା। ସେ କହି ଚାଲିଲା :

'ତଳିରୁଆ ଋତୁରେ ତାଙ୍କ ବଂଶକୁ ଗୋରା ଲୋକଟାଏ ଆସିଥିଲା।'

'ଗୋଟେ ଧୋବ ଚମଡ଼ିଆ କଏରୁ ତ', ଓକୋଙ୍କୋ ବୁଝାଇଲା।

'ନା, ସିଏ ପୁରା କଏରୁ ନ ଥିଲା। ଟିକେ ଭିନେ ରକମ ଥିଲା।' ସେ ମଦ ଢ଼ୋକିଲା। 'ଆଉ ସେ ଗୋଟେ ଲୁହାର ଘୋଡ଼ା ଚଢ଼ିଥିଲା। ପହିଲା ତାକୁ ଦେଖୁ ଦେଖୁ ଥୋକେ ଧାଇଁ ପଳାଇଲେ। ହେଲେ ସେ ଛିଡ଼ା ହୋଇ ଡ଼ାକୁଥାଏ। ଶେଷରେ ଯୋଉମାନେ ନିଡ଼ର ସେମାନେ ତା ପାଖକୁ ଗଲେ। ଏପରିକି ତାକୁ ଛୁଇଁଲେ ମଧ୍ୟ। ପୁରୁଖା ଲୋକେ ଦୈବବାଣୀ ସହିତ ପରାମର୍ଶ କଲେ। ସେ ତାଙ୍କୁ କହିଦେଲା ଯେ ଏଇ ଅଦ୍ଭୁତ ଲୋକଟା ତାଙ୍କର ବଂଶ ଭାଙ୍ଗିଦେବ ଆଉ ତାଙ୍କ ଭିତରେ ବରବାଦି ବିଛେଇ ଦେବ।' ଓବେରିକା ପୁଣି ଟିକେ ମଦ ପିଇଲା। 'ତେଣୁ ସେମାନେ ଗୋରା ଲୋକଟାକୁ ମାରିଦେଲେ ଆଉ କାଳେ ଲୁହାର ଘୋଡ଼ାଟା ପଳେଇ ଯାଇ ଲୋକଟାର ସାଙ୍ଗସାଥିଙ୍କୁ ଖବର କରିଦେବ ଭାବି ସେଇଟାକୁ ବି ତାଙ୍କର ଦେବାଳ-ଗଛରେ ବାନ୍ଧି ଦେଲେ। ଦୈବବାଣୀର ଆଉ ଗୋଟେ କଥା ମୁଁ ତମକୁ କହିବାକୁ ଭୁଲି ଯାଇଥିଲି। ସେ ଆହୁରି କହିଲା କି ଆହୁରି ଗୋରା ଲୋକ ଆସିବା ବାଟରେ। ସେମାନେ ସବୁ ପଙ୍ଗପାଳ। ପହିଲା ଆସିଥିବା ଲୋକଟା ତାଙ୍କର ଅଗ୍ରଦୂତ। ବାଟ ଘାଟ ଦେଖିକି ଆସିବା ପାଇଁ ତାକୁ ଆଗୁଆ ପଠା ହେଇଥିଲା। ଆଉ ସେଥିପାଇଁ ସେମାନେ ତାକୁ ମାରିଦେଲେ।'

'ସେମାନେ ତାକୁ ମାରିବା ଆଗରୁ ଗୋରା ଲୋକଟା କଣ କହିଲା ? ଉଚ୍ଛେଣ୍ଡୁ ପଚାରିଲା।

'ସେ କିଛି କହିଲାନି', ଓବେରିକା ସାଙ୍ଗରେ ଆସିଥିବା ପିଲା ଭିତରୁ ଜଣେ କହିଲା।

'ସେ କିଛି ଗୋଟେ କହିଲା। ଖାଲି ସେମାନେ ତା କଥା ବୁଝି ପାରିଲେ ନାହିଁ। ସେ ତାର ନାକରେ କହିଲା ପରି ଲାଗୁଥିଲା, ଓବେରିକା କହିଲା।

'ମତେ ଜଣେ କହିଲା ଯେ ସେ କୁଆଡ଼େ ଏମ୍ବାନୋ ପରି ଶୁଭୁଥିବା ଗୋଟେ ପଦକୁ ବାର ବାର କହି ଚାଲିଥାଏ। ବୋଧହୁଏ, ସେ ଏମ୍ବାନୋକୁ ଯିବା ବାଟରେ ବାଟବଣା ହୋଇ ଯାଇଥିଲା।' ଆର ପିଲାଟା କହିଲା।

'ଯାହା ବି ହେଉ', ଓବେରିକା ପୁଣି ଆରମ୍ଭ କଲା, 'ସେମାନେ ତାକୁ ମାରିଦେଲେ ଆଉ ତାର ଲୁହା ଘୋଡ଼ାଟିକୁ ଗଛରେ ବାନ୍ଧି ଦେଲେ। ଏଇଟା ପହ୍ଲୁ ରୁଆ ଆଗର କଥା। ଅନେକ ଦିନ ଧରି କିଛି ହେଲା ନାହିଁ। ବର୍ଷା ଆସିଲା। ଖମ୍ବଆଳୁ ଜଗା ହେଲା। ଦେବାଳ-ଶିମିଳି ଗଛଟାରେ ଲୁହା ଘୋଡ଼ାଟା ସେମିତି ବନ୍ଧା ହେଇଥାଏ। ତାପରେ ଦିନେ ସକାଳେ ତିନିଜଣ ଗୋରା ଲୋକଙ୍କୁ ଦଳେ ତମ ଆମ ପରି ସାଧା ଲୋକ ବାଟ କଢ଼ାଇ କୁଳ ପାଖକୁ ଘେନି ଆସିଲେ। ସେମାନେ ଲୁହା ଘୋଡ଼ାଟିକୁ ଦେଖି ପୁଣି ଚାଲିଗଲେ। ଆବାମେର ଅଧିକାଂଶ ମରଦ ଆଉ ତିର୍ଲାମାନେ କ୍ଷେତକୁ ଯାଇଥାନ୍ତି। ଅଳ୍ପ କେତେଜଣ ଖାଲି ଏଇ ଗୋରାଲୋକ ଆଉ ତାଙ୍କର ଅନୁଚର ମାନଙ୍କୁ ଦେଖିଲେ। ଗୁଡ଼ାଏ ହାଟପାଳି ଯାଏଁ କିଛି ହେଲା ନାହିଁ। ତମେ ତ ଜାଣିଛ ଯେ ଆବାମେରେ ପ୍ରତି ଆଫୋ ଦିନ ବଡ଼ ବଜାର ବସେ। ସାରା ବଂଶ ସେଠି ଜମା ହୁଅନ୍ତି। ଘଟଣାଟା ସେଇ ଦିନ ହେଲା। ତିନି ଜଣ ଗୋରାଲୋକ ଆଉ ଅନ୍ୟଗୁଡ଼ିଏ ଲୋକ ବଜାରକୁ ଘେରିଗଲେ। ବଜାର ଭରିବା ଯାଏଁ ସେମାନେ ନିଜେ ଅଦୃଶ୍ୟ ହେଇ ରହିବାକୁ ନିଶ୍ଚେ କିଛି କାଟୁକରା ଔଷଧି ବ୍ୟବହାର କରିଥିବେ। ତା ପରେ ସେମାନେ ଗୁଳି ମାରିବାକୁ ଲାଗିଲେ। ଘରେ ଥିବା ବୁଢ଼ା, ବୁଢ଼ୀ, ବେମାରିଆ କେତେଟାକୁ ଛାଡ଼ି ସମସ୍ତଙ୍କୁ ମାରିଦେଲେ। ବାକି ଯେଉଁ କେତେଜଣଙ୍କର 'ଚି' ଚେଇଁ ରହି ତାଙ୍କୁ ବଜାର ବାହାରକୁ ନେଇ ଆସିଲା ସେମାନେ ଥୋକେ ବଞ୍ଚିଗଲେ।' ସେ ଟିକେ ରହିଗଲା।

'ତାଙ୍କର ବଂଶଟା ପୁରା ନିପାତ ହେଇଗଲା। ତାଙ୍କର ରହସ୍ୟମୟ ହ୍ରଦରେ ଥିବା ଦେବାଳ-ମାଛ ସବୁ କୁଆଡ଼େ ଉଭାନ୍ ହେଇଗଲେ। ହ୍ରଦର ପାଣି ରକ୍ତ ପରି ଲାଲ ପାଲଟିଗଲା। ଦେଶକୁ ଗୋଟେ ଭୟଙ୍କର କାଳ ମାଡ଼ି ବସିଛି। ଦୈବବାଣୀ ଏଇୟା ସତର୍କ କରି କହିଥିଲା।'

ଘଡ଼ିଏ ବେଳ ସମସ୍ତେ ଚୁପ୍‌ଚାପ୍। କାନକୁ ଶୁଭିଲା ପରି ଉଚ୍ଛେଣ୍ଡୁ ଦାନ୍ତ ରଗଡ଼ିଲା। ତା ପରେ ପାଟିକଲା :

'କିଛି କହୁ ନ ଥିବା ଲୋକକୁ କେବେ ମାରିବ ନାହିଁ। ଆବାମେର ସେଇ ଲୋକମାନେ ସୁଦ୍ଧୁ ମୁର୍ଖ। ସେଇ ଲୋକଟା ବିଷୟରେ ସେମାନେ କଣ ଜାଣିଥିଲେ? ସେ ପୁଣି ଦାନ୍ତ କଡ଼ମଡ଼ କରି ତାର ବିଚାରକୁ ପ୍ରମାଣସିଦ୍ଧ କରିବା ପାଇଁ ଗୋଟେ

କାହାଣୀର ଅବତାରଣା କଲା। 'ଥରେ ମାଁ ଚିଲ ତାର ଝିଅକୁ ଚରା ଆଣିବା ପାଇଁ ପଠାଇଲା। ଝିଅ ଗୋଟେ ଛୋଟ ବତକ ଛୁଆ ନେଇକି ଆସିଲା। 'ବାଃ, ଭାରି ବଢ଼ିଆ କାମଟାଏ କରିଛୁ', ମାଁ ଚିଲ କହିଲା ତା ଝିଅକୁ, 'ହେଲେ ଏଥର କହ, ଏଇ ଛୁଆଟାକୁ ତୁ ଝାମ୍ପି ଆଣିଲା ବେଳେ ତାର ମାଁ କଣ କହିଲା ? 'ସେ କିଛି କହିଲାନି। ଖାଲି ସେମିତି ପଳେଇଗଲା', ଚିଲ ଛୁଆ କହିଲା। 'ତୁ ଏ ବତକ ଛୁଆକୁ ନେଇ ଫେରେଇ ଦେ। ଏମିତି ନୀରବତା ଗୋଟେ ଅଶୁଭ ଲକ୍ଷଣ। ଚିଲ ଝିଅ ବତକ ଛୁଆଟାକୁ ନେଇ ଫେରାଇ ଦେଲା ଆଉ ଗୋଟେ କୁକୁଡ଼ା ଛୁଆ ଉଠାଇ ଆଣି ଆସିଲା।

'କୁକୁଡ଼ା ଛୁଆର ମାଁ କଣ କଲା ?' ଚିଲ ବୁଢ଼ୀ ପଚାରିଲା, 'ସେ ଗର୍ଜନ ତର୍ଜନ କରି ମତେ ସମ୍ପାକଟା କଲା', ଝିଅ କହିଲା। 'ତା ହେଲେ ଆମେ କୁକୁଡ଼ା ଛୁଆଟାକୁ ଖାଇ ପାରିବା। ଯିଏ ପାଟିତୁଣ୍ଡ କରେ ତା ପଟୁ ଆଉ ଡ଼ର ନ ଥାଏ।' ତା ମାଁ କହିଲା। ଆବାମେର ସେଇ ଲୋକମାନେ ନିହାତି ମୂର୍ଖ।'

'ନିହାତି ମୂର୍ଖ', ଟିକିଏ ରହି ଓକୋଙ୍କୋ କହିଲା। ଆଗକୁ ବିପଦ ଥିବାର ସୁରାକ ପାଇଥିଲେ। ତେଣୁ ହାଟକୁ ଗଲାବେଳେ ସେମାନେ ବନ୍ଧୁକ ଆଉ ହତିଆର ମୁଣା ନେଇକି ଯିବାର ଥିଲା।'

'ତାଙ୍କର ମୂର୍ଖାମୀର ଫଳ ସେମାନେ ଭୋଗିଲେ', ଓବେରିକା କହିଲା। 'ହେଲେ ମୁଁ ତ ଭୀଷଣ ଡ଼ରିଯାଇଛି। ଗୋରାମାନେ କେମିତି ଶକ୍ତିଶାଳୀ ବନ୍ଧୁକ ଆଉ କଡ଼ା ମଦ ତିଆରି କରନ୍ତି ଆଉ ପୁଣି ସମୁଦ୍ର ପାରି କରି ଗୋଲାମ ନେଇ ଯାଆନ୍ତି, ଆମେ ଏଇ ବିଷୟରେ ନାନା କାହାଣୀ ଶୁଣିଛେ। ହେଲେ କେହି ଏସବୁ କାହାଣୀକୁ ସତ ଭାବି ନ ଥିଲେ।'

'ଏମିତି କାହାଣୀ ନାହିଁ, ଯୋଉଟା ସତ ନୁହେଁ', ଉଛେଣ୍ଡୁ କହିଲା। 'ଦୁନିଆଁଟା ଅସରନ୍ତି। ଏଠି ଯୋଉଟା ଲୋକଙ୍କ ପାଇଁ ଭଲ, ଆଉ କୋଉଠିର ଲୋକଙ୍କ ପାଇଁ ସେଇଟା ଅତି ଘୃଣାର କଥା। ଆମ ଭିତରେ ବି କଏରୁମାନେ ରହିଛନ୍ତି। ସେମାନେ ଯେ ଭୂଲ୍‌ରେ ଆମ କୂଳକୁ ଆସି ଯାଇଥିଲେ। ତାଙ୍କ ପରି ସବୁ ଲୋକ ସମାନ ଥିବାର ଦେଶକୁ ଯାଉଯାଉ ବାଟ ବଣା ହେଇ ଯାଇଥିଲେ। ତମେ ଏ କଥା ଭାବୁନ କି ?'

ଓକୋଙ୍କୋର ପହିଲି ସ୍ତ୍ରୀ ଯା ଭିତରେ ରୋଷେଇ ସାରି କୁଣିଆଁ ମାନଙ୍କ ସାମ୍ନାରେ ଠାଆକୁ ଠାଆ ବାଢ଼ିଦେଲା। ଖମ୍ବଆଳୁ ଭର୍ତ୍ତା, ପିତା-ପତ୍ରର ଝୋଳ ଆଉ କେତେ କଣ। ଓକୋଙ୍କୋର ପୁଅ ନୋୟେ ସବୁଠୁ ଉଚ୍ଚ ଖଜୁରୀ ଗଛରୁ ନିଗିଡ଼ା ରସରେ ତିଆରି ମିଠା ମଦ ହାଣ୍ଡିଟେ ନେଇ ଆସିଲା।

'ତୁ କେଡ଼େ ବଡ଼ ମରଦଟେ ହେଇ ଗଲୁଣି ରେ', ଓବେରିକା ନୋୟେକୁ କହିଲା।' ତୋ ସାଙ୍ଗ ଏନେ ତୋ କଥା ପଚାରୁଥିଲା।

'ସେ କେମିତି ଅଛି ?' ନୋୟେ ପଚାରିଲା।

'ହଁ, ଆମେ ସବୁ ଭଲ ଅଛୁ,' ଓବେରିକା କହିଲା।

ହାତ ଧୋଇବାକୁ ଏଜିନ୍‌ମା ତାଙ୍କ ପାଇଁ ପାଣି ବେଲାଏ ଆଣି ରଖିଦେଲା। ତା ପରେ ସେମାନେ ଖିଆ ପିଆ ଆରମ୍ଭ କଲେ ଓ ତା ସହିତ ମଦ ପିଇଲେ।

'ଘରୁ ତମେମାନେ କେତେବେଳୁ ବାହାରିଲ ?' ଓକୋଙ୍କୋ ପଚାରିଲା।

'କୁକୁଡ଼ା ଡ଼ାକିବା ଆଗରୁ ଆମେ ବାହାରିବାକୁ ଠିକ୍ କରିଥିଲୁ। କିନ୍ତୁ ଫିକା ପାହାନ୍ତି ହେବାଯାଏଁ ନ୍ୱେକେର ଦେଖା ନାହିଁ। ନୂଆଁ ବାହା ହୋଇଥିବା ଲୋକଟା ସାଙ୍ଗରେ ବଡ଼ି ଭୋରରୁ ଭେଟ ପଡ଼ିବାଟା କାଠିକର।' ସେମାନେ ସମସ୍ତେ ହସିଲେ।

'ନ୍ୱେକେ ଗୋଟେ ଟିର୍ଲା ବାହା ହେଇଛି କି ?' ଓକୋଙ୍କୋ ପଚାରିଲା।

'ସେ ଓଡ଼ିଗ୍‌ବୋର ଦ୍ୱିତୀୟ ଝିଅକୁ ବାହା ହେଇଛି', ଓବେରିକା କହିଲା।

'ଭଲ କଥା', ଓକୋଙ୍କୋ କହିଲା। ତା ହେଲେ କୁକୁଡ଼ା ଡ଼ାକ ଶୁଣି ନ ପାରିବାର ଦୋଷ ଦେଇହେବ ନାହିଁ।'

ଖାଇ ସାରିଲା ପରେ ଓକୋଙ୍କୋ ଓଜନିଆ ବସ୍ତା ଦୁଇଟାକୁ ଆଙ୍ଗୁଠି ଦେଖାଇଲା।

'ସେଇଟା ତୋର ଖମ୍ବ ଆଳୁର ଟଙ୍କା', ସେ କହିଲା। ତୁ ଗଲା ପରେ ବଡ଼ ବଡ଼ ଖମ୍ବଆଳୁ ଯାକ ମୁଁ ବିକିଦେଲି। ପରେ କିଛି ବିହନ ବିକିଲି ଆଉ କିଛି ଭାଗ ଚାଷୀଙ୍କୁ ଦେଲି। ତୁ ଫେରିବା ଯାଏଁ ମୁଁ ସବୁ ବର୍ଷ ସେମିତି କରୁଥିବି। କିନ୍ତୁ ତୋର ଟଙ୍କା ଦରକାର ହେଇପାରେ ଭାବି ମୁଁ ନେଇ ଆସିଲି। କାଲି କଣ ଘଟିବ ସେ କଥା କିଏ ଜାଣେ ? ବୋଧହୁଏ ସାଗୁଆ ଲୋକ ଦଳେ ଆମ ବଂଶକୁ ଆସି ଆମକୁ ଗୁଳି ମାରିଦେବେ।

'ପ୍ରଭୁ ସେମିତି ହେବାକୁ ଦେବେନି', ଓକୋଙ୍କୋ କହିଲା। 'ମୁଁ ତୋର ଋଣ କେମିତି ଶୁଝିବି ଜାଣି ପାରୁନି।'

'ମୁଁ ତତେ ବତାଉଛି,' କହିଲା ଓବେରିକା। 'ତୋର ପୁଅମାନଙ୍କ ଭିତରୁ ଜଣକୁ ମୋ ପାଇଁ ବୋଦା ଚଢ଼େଇ ଦେ।'

'ସେଇଟା ବି ଯଥେଷ୍ଟ ନୁହେଁ', ଓକୋଙ୍କୋ କହିଲା।

'ତା ହେଲେ ନିଜ ବଳିରେ ମରିଯା', ଓବେରିକା କହିଲା।

'ମାଫ୍ କରିଦେ', ଓକୋଙ୍କୋ ହସି କହିଲା। ତୋର ଋଣ ଶୁଝିବା କଥା ମୁଁ ଆଉ କହିବି ନାହିଁ।

॥ ୧୬ ॥

ପାଖାପାଖି ଦୁଇ ବର୍ଷ ପରେ ଓବେରିକା ତାର ବନ୍ଧୁକୁ ଭେଟିବାକୁ ଆସିଲା ବେଳକୁ ପରିସ୍ଥିତି ଭଲ ନ ଥିଲା। ଉମୋଫିଆକୁ ମିଶନାରୀ ମାନେ ଆସିଥିଲେ। ସେଠି ସେମାନେ ତାଙ୍କର ଗୀର୍ଜା ତିଆରି କରିଥିଲେ। କେତେଜଣଙ୍କୁ ଧର୍ମାନ୍ତର କରିଥିଲେ ଆଉ ଆଖ ପାଖ ଗାଁ ଗଣ୍ଡା ସହରକୁ ଧର୍ମ ପ୍ରଚାରକ ପଠାଇ ସାରିଥିଲେ। ଏଇଟା ବଂଶର ମୁଖିଆ ମାନଙ୍କ ପାଇଁ ଗୋଟେ ବଡ଼ ଦୁଃଖର କାରଣ ଥିଲା। ତେବେ ତାଙ୍କ ଭିତରୁ ଅଧିକାଂଶ ବିଶ୍ୱାସ କରୁଥିଲେ ଯେ ଗୋରା ଲୋକର ଠାକୁର ଆଉ ଏ ବିଚିତ୍ର ଧର୍ମ ବିଶ୍ୱାସଟା ବେଶୀ ଦିନ ତିଷ୍ଠି ରହିବ ନାହିଁ। ଧର୍ମ ପରିବର୍ତ୍ତନ କରିଥିବା କୋଉ ଜଣକର କଥା ବି ସଭାରେ କେହି ଶୁଣୁ ନ ଥିଲେ। ତାଙ୍କ ଭିତରୁ କେହି ବି ଗୋଟେ ଶିରିପା ହାସଲ କରି ନ ଥିଲେ। ବଂଶରେ କି ସମାଜରେ ତାଙ୍କର କିଛି ବି ପତିଆରା ନ ଥିଲା। ଯାହାକୁ କହନ୍ତି ଇଫୁଲେଫୁ, ସେମାନେ ସେଇ ରକମ ଲୋକ – ବେକାରିଆ, ଯାର କିଛି ମୂଲ୍ୟ ନ ଥାଏ। କୁଳର ପରିଭାଷାରେ ଜଣେ ଇଫୁଲେଫୁର ଛବି ହେଉଛି ଯିଏ କମାଣ ବିକି ତରବାରୀର ଖୋଳ ଧରି ଯୁଦ୍ଧକୁ ଯାଏ। ଏଗ୍‌ବାଲାର ବେଜୁଣୀ ଚିଏଲୋ କହେ, ଧର୍ମାନ୍ତର ହେଉଥିବା ଲୋକସବୁ ବଂଶର ଗୁହ, ଆଉ ଏଇ ନୂଆଁ ଧର୍ମବିଶ୍ୱାସଟା ଗୋଟେ ପାଗଳ କୁକୁର ଯିଏ ଏଇ ଗୁହ ଖାଇବାକୁ ଆସିଛି।

ଓକୋଙ୍କୋର ପୁଅ ନୋୟେ ହଠାତ୍ ମିଶନାରୀ ମାନଙ୍କ ଭିତରେ ଅନ୍ତର୍ଦ୍ଧାନ ହେଇଯିବାର ଦୁଃସମ୍ବାଦଟା ଓବେରିକାକୁ ଏତେ ବ୍ୟଥିତ କଲା ଯେ ସେ ଗୋଟେ ପ୍ରକାର ଓକୋଙ୍କୋ ପାଖକୁ ଟାଣି ହେଇଗଲା।

'ତୁ ଏଠି କଣ କରୁଛୁ?' ଭାରି କଷ୍ଟରେ ମିଶନାରୀ ମାନେ ପିଲାଟାକୁ ଦେଖା କରିବାର ଅନୁମତି ଦେଲାପରେ ସେ ପଚାରିଲା।

'ମୁଁ ତାଙ୍କ ଭିତରୁ ଜଣେ', ନୋୟେ ଉତ୍ତର ଦେଲା।

'ତୋର ବାପା କେମିତି ଅଛି ?' ପିଲାଟାକୁ କଣ କହିବ ଜାଣି ନ ପାରି ଓବେରିକା ପଚାରିଲା ।

'ମୁଁ ଜାଣିନି । ସେ ମୋର ବାପା ନୁହଁ', ନୋୟେ ଅସନ୍ତୋଷରେ କହିଲା ।

ଆଉ ସେଥିଲାଗି ଓବେରିକା ଏମ୍ବାଣ୍ଟାରେ ତାର ବନ୍ଧୁକୁ ଭେଟିବା ପାଇଁ ଗଲା । ସେଠି ଦେଖିଲା ଯେ ଓକୋଙ୍କୋ ତା ସହିତ ନୋୟେ ବିଷୟରେ କଥା ହେବାକୁ ଚାହୁଁନି । ନୋୟେର ମାଁ ଠାରୁ ସେ ଘଟଣାଟିର କିଛି ଦର ଖଣ୍ଡିଆ କଥା ଶୁଣିବାକୁ ପାଇଲା ।

ଏମ୍ବାଣ୍ଟା ଗାଁରେ ମିଶନାରୀ ଆସିବାଟା ବେଶ୍ ଚହଲ ମଚେଇ ଦେଲା । ସେମାନେ ଛଅ ଜଣ ଥିଲେ । ତାଙ୍କ ଭିତରୁ ଜଣେ ଗୋରା ଲୋକ ଥିଲା । ଗୋରା ଲୋକଟାକୁ ଦେଖିବା ପାଇଁ ସବୁ ମରଦ ମାଈକିନା ବାହାରି ଆସିଲେ । ଯୋଉଦିନ ଗୋରାଲୋକଙ୍କୁ ଏବାମେରେ ମାରିଦେଇ ତାର ଲୁହା ଘୋଡ଼ାଟାକୁ ଦେବାଳ-ଶିମିଳି ଗଛରେ ବାନ୍ଧି ଦିଆଗଲା, ସେଇ ଦିନଠାରୁ ଏଇ ବିଚିତ୍ର ଲୋକମାନଙ୍କୁ ନେଇ ନାନା କଥା-କଥାଣି ଚାରିଆଡ଼େ ଖେଳି ବୁଲିଲା । ସେଇଥିଲାଗି ସମସ୍ତେ ଗୋରାଟାକୁ ଦେଖିବାକୁ ଆସିଲେ । ବର୍ଷ ଭିତରେ ଏଇଟା କାମରୁ ଛୁଟି ବେଳ । ଫସଲ ଅମଳ ସରିଥାଏ । ତେଣୁ ସମସ୍ତେ ଘରେ ଥାନ୍ତି ।

ସମସ୍ତେ ଜମା ହେଲା ପରେ ଗୋରା ଲୋକଟା କହିବା ଆରମ୍ଭ କଲା । ଜଣେ ଇବୋ ଜାତିର ଅନୁବାଦକର ସାହାଯ୍ୟ ନେଇ ସେ କହୁଥାଏ । ତାର ଭାଷାଟା ଏମ୍ବାଣ୍ଟାର କାନକୁ ଅଲଗା ଆଉ ରୁକ୍ଷ ଶୁଭୁଥାଏ । ଶବ୍ଦର ଅଦ୍ଭୁତ ବ୍ୟବହାର ଦେଖି ବହୁତ ଲୋକ ତାର ଭାଷାକୁ ହସିଲେ । 'ମୁଁ' କହିବା ପରିବର୍ତ୍ତେ ସବୁବେଳେ 'ମୋ ପିଚା' କହୁଥାଏ । ହେଲେ ତାର ରଙ୍ଗଢ଼ଙ୍ଗ ଠାଣିମାଣିରୁ ଗୋଟେ ଦମ୍ ଥିବାରୁ ବଂଶର ସବୁଲୋକ ତା କଥା ଶୁଣିଲେ । ସେ ତାଙ୍କରି ଭିତରୁ ହିଁ ଜଣେ, ସେ କହିଲା । ତାର ରଙ୍ଗ ଆଉ ତାର ଭାଷାରୁ ସେମାନେ ଏଇଟା ଜାଣି ପାରିବେ । ଆଉ ଚାରି ଜଣ କଳା ଲୋକ ବି ତାର ଭାଇମାନେ, ଯଦିଓ ତାଙ୍କ ଭିତରୁ ଜଣେ ଇବୋ କହିବା ଜାଣେନି । ଗୋରା ଲୋକଟା ମଧ୍ୟ ତାଙ୍କର ଭାଇ, କାରଣ ସେମାନେ ସମସ୍ତେ ଈଶ୍ୱରଙ୍କ ସନ୍ତାନ । ଆଉ ସେ ତାଙ୍କୁ ଏଇ ନୂଆଁ ଈଶ୍ୱର କଥା କହିଲା, ଯିଏକି ସବୁ ବିଶ୍ୱବ୍ରହ୍ମାଣ୍ଡ ଓ ସ୍ତ୍ରୀ ପୁରୁଷର ସୃଷ୍ଟିକର୍ତ୍ତା । ସେ ତାଙ୍କୁ କହିଲା ଯେ ସେମାନେ ମିଛ ଈଶ୍ୱରଙ୍କୁ ପୂଜା କରୁଛନ୍ତି । ସେ ସବୁ କାଠ ପଥରର ଦେବତା । ସେ ଏ କଥା କହିଲା କ୍ଷଣି ଭିଡ଼ ଭିତରେ ବେଶ୍ ଗୁଞ୍ଜରଣ ଖେଳିଗଲା । ସେ ତାଙ୍କୁ କହିଲା କି ପ୍ରକୃତ ଈଶ୍ୱର ଉପରେ ରହନ୍ତି । ମରିଗଲା ପରେ ସବୁ ମଣିଷ ବିଚାର ହେବାକୁ ତାଙ୍କ ପାଖକୁ ଯାଆନ୍ତି । ଯେତେସବୁ ଦୁଷ୍ଟ ଲୋକ

ଆଉ ଅଜ୍ଞାନତାରେ କାଠ ପଥରକୁ ମୁଣ୍ଡିଆ ମାରୁଥିବା ମୂର୍ତ୍ତିପୂଜକମାନଙ୍କୁ କଡ଼ କଡ଼ ହେଇ ଫୁଟୁଥିବା ପାମ୍ ତେଲ ପରି ଜଳନ୍ତା ନିଆଁ ଭିତରକୁ ଫିଙ୍ଗି ଦିଆଯାଏ। କିନ୍ତୁ ଅସଲି ଈଶ୍ୱରଙ୍କୁ ପୂଜା କରୁଥିବା ଭଲ ଲୋକମାନେ ସବୁଦିନ ପାଇଁ ଈଶ୍ୱରଙ୍କ ସୁଖ-ସାମ୍ରାଜ୍ୟରେ ରହନ୍ତି। 'ତମ ମାନଙ୍କୁ ଏଇ କୁ ପଥରୁ ଓ ନକଲି ଈଶ୍ୱର ପାଖରୁ ନେଇ ତାଙ୍କ ଆଡ଼କୁ ମୁହାଁଇବା ପାଇଁ ଏଇ ମହାନ୍ ଈଶ୍ୱର ଆମକୁ ଏଠିକି ପଠାଇଛନ୍ତି। ତା'ପରେ ଯାଇ ମଲାପରେ ତମେ ରକ୍ଷା ପାଇବ', ସେ କହିଲା।

'ଆମ ଭାଷା ତୋର ପିଚାଟା ବୁଝିଥାଉଚି ତ', କିଏ ଜଣେ ଗମାତରେ କହିଲା। ଭିଡ଼ରେ ସମସ୍ତେ ହସିଲେ।

'ସେ କଣ କହିଲା?' ଗୋରା ଲୋକଟା ଅନୁବାଦକକୁ ପଚାରିଲା। ସେ କିଛି ଉତ୍ତର ଦେବା ଆଗରୁ ଆଉ ଜଣେ ଗୋଟେ ପ୍ରଶ୍ନ ପଚାରିଲା: 'ଗୋରା ଲୋକଟାର ଘୋଡ଼ା କାହିଁ?' ଇବୋ ଧର୍ମ ପ୍ରଚାରକମାନେ ନିଜ ଭିତରେ ପରାମର୍ଶ କରି ସ୍ଥିର କଲେ ଯେ ଲୋକଟା ବୋଧହୁଏ ବାଇସାଇକେଲ କଥା ପଚାରୁଛି। ସେମାନେ ଗୋରା ଲୋକକୁ ସେଇୟା କହିଲେ, ଆଉ ସେ ସଦୟ ହେଇ ହସିଲା।

'ତାଙ୍କୁ କହ', ସେ କହିଲା, 'ଯେ ଆମେ ତାଙ୍କ ସହିତ ରହିଲା ପରେ ମୁଁ ଗୁଡ଼ାଏ ଲୁହାର ଘୋଡ଼ା ଆଣିବି। ତାଙ୍କ ଭିତରୁ କେତେଲୋକ ସେଇଟା ନିଜେ ବି ଚଢ଼ି ପାରିବେ।' ଏଇଟା ତାଙ୍କୁ ବୁଝାଇ ଦିଆଗଲା। କିନ୍ତୁ ବହୁତ କମ୍ ଲୋକ ଶୁଣିଲେ। ଗୋରା ଲୋକଟା ତାଙ୍କ ଭିତରେ ରହିବା କଥାକୁ ନେଇ ନିଜ ନିଜ ଭିତରେ ସରଗରମ ଆଲୋଚନା ଚାଲିଥାଏ। ଏ କଥା ସେମାନେ ଭାବି ନ ଥିଲେ।

ଠିକ୍ ଏତିକିବେଳେ ଜଣେ ଲୋକ ତାର କିଛି ପଚାରିବାର ଅଛି କହିଲା। 'ତମ ଠାକୁରଟା କୋଉଟା', ସେ ପଚାରିଲା, 'ମାଟିର ଦେବତା, ଆକାଶର ଦେବତା, ଘଡ଼ଘଡ଼ିର ଆମାଡ଼ିଓରା, ନା ଆଉ କଣ?'

ଅନୁବାଦକ ଗୋରାଲୋକକୁ କହିଲା ଆଉ ସେ ସଙ୍ଗେ ସଙ୍ଗେ ଉତ୍ତର ଦେଲା। ଯେଉଁ ସବୁ ଦେବତା ନାଁ ତମେ ଧରିଲ, ସେ ସବୁ ଆଦୌ ଠାକୁର ନୁହଁନ୍ତି। ସେମାନେ ସବୁ ଠକ, ଶଠମାନଙ୍କର ଠାକୁର ଯିଏ ନିଜ ଲୋକଙ୍କୁ ମାରିଦିଏ ଆଉ ନିରୀହ ଛୁଆମାନଙ୍କୁ ଧ୍ୱଂସ କରିଦିଏ। କେବଳ ଜଣେ ହିଁ ପ୍ରକୃତ ଈଶ୍ୱର ଅଛନ୍ତି ଯିଏ ମାଟି, ଆକାଶ, ତମକୁ, ମତେ ଆଉ ସମସ୍ତଙ୍କୁ ଗଢ଼ିଛନ୍ତି।'

'ଆମେ ଯଦି ଆମର ଦେବତାକୁ ଛାଡ଼ି ତମର ଦେବତାଙ୍କୁ ପୂଜା କରୁ', ଆଉ ଜଣେ ପଚାରିଲା, 'ଆମେ ଅଣଦେଖା କରିଥିବା ପିତୃପିତା ଆଉ ଦେବତାର କୋପରୁ ଆମକୁ କିଏ ରକ୍ଷା କରିବ ?'

‘ତମର ଦେବତାମାନଙ୍କର ଜୀବନ ନାହିଁ।’ ସେମାନେ ତମର କିଛି କ୍ଷତି କରି ପାରିବେ ନାହିଁ। ସେମାନେ ସବୁ ନିର୍ଜୀବ କାଠ ପଥର। ଗୋରା ଲୋକଟା ଉତ୍ତର ଦେଲା।

ଏମ୍ବାଣ୍ଟାର ଲୋକମାନଙ୍କୁ ଏ କଥା ବୁଝାଇଦେଲାରୁ ସେମାନେ ବିଦ୍ରୂପରେ ହସି ହସି ବେଦମ୍ ହୋଇଗଲେ। ଏଇ ଲୋକଗୁଡ଼ା ନିଶ୍ଚେ ପାଗଳ, ସେମାନେ ଆପଣା ଭିତରେ କଥା ହେଲେ। ନ ହେଲେ ଅନି ଆଉ ଆମାଡ଼ିଓରା କିଛି କ୍ଷତି କରିପାରିବେନି ବୋଲି କହି ପାରନ୍ତେ ଭଲା କିପରି ? ପୁଣି ଇଡ଼େମିଲି ଆଉ ଓଗ୍ବୁ ବି ? କେତେଲୋକ ସେଠୁ ଯିବାକୁ ଲାଗିଲେ।

ତା’ପରେ ମିଶନାରୀମାନେ ଗୋଟେ ଗୀତ ଗାଇ ପକାଇଲେ। ଧର୍ମ ପ୍ରଚାରର ଆନନ୍ଦମୟ ଓ ଉଲ୍ଲସିତ ସଙ୍ଗୀତର ସେଇ ମୂର୍ଚ୍ଛନାରେ ଜଣେ ଇବୋ ଲୋକର ଅସ୍ପଷ୍ଟ ଓ ନୀରବ ହୃଦୟତନ୍ତ୍ରୀକୁ ଟୋଳି ରଖିବାର ଶକ୍ତି ନିହିତ ଥିଲା। ଅନୁବାଦକ ଜଣକ ଶ୍ରୋତାମାନଙ୍କୁ ପ୍ରତିଟି ପଦର ଅର୍ଥ ବୁଝାଇ ଦେଲା। ଏଥର ତାଙ୍କ ଭିତରୁ କେତେଜଣ ମନ୍ତ୍ରମୁଗ୍ଧ ହୋଇ ଠିଆ ହେଲେ। ଅଜ୍ଞାନ, ଅନ୍ଧକାର ଓ ଭୟରେ ରହି ଈଶ୍ୱରଙ୍କ ପ୍ରେମ ଜାଣି ପାରି ନ ଥିବା ଭାଇମାନଙ୍କ ବିଷୟରେ ଗୋଟେ କାହାଣୀ ସେଥିରେ ଥିଲା। ଈଶ୍ୱରଙ୍କ ଦ୍ୱାର ଦେଶରୁ ଦୂରେଇ ଯାଇ, ପୁଣି ମେଷପାଳକର ସ୍ନେହସିକ୍ତ ଯତ୍ନରୁ ଦୂରେଇ ଯାଇ ପାହାଡ଼ ଉପରେ ଏଣେତେଣେ ବୁଲୁଥିବା ମେଷଟିଏର କାହାଣୀ ସେଥିରେ କୁହାଯାଇଥିଲା।

ଗୀତ ପରେ ଅନୁବାଦକ ଜଣକୁ ଈଶ୍ୱରଙ୍କ ପୁତ୍ର ବିଷୟରେ କହିଲା। ଯାର ନାମ ଯେଶୁ କ୍ରିଷ୍ଟି। ଏଗୁଡ଼ାକୁ ଶେଷରେ ବେତ ଛାଟ ମାରିମାରିକା ଗାଁରୁ ଘଉଡ଼ାଇବାକୁ ପଡ଼ିପାରେ, ଏଇୟା ଭାବି ଏଥର ଓକୋଙ୍କୋ କହିଲା:

‘ତମେ ନିଜ ମୁହଁରେ କହିଲ ଯେ କେବଳ ଜଣେ ମାତ୍ର ଈଶ୍ୱର ଅଛି। ଏବେ ପୁଣି ତାର ପୁଅ କଥା କହିଲଣି। ତାମାନେ ତାର ସ୍ତ୍ରୀ ଟେ ପୁଣି ନିଶ୍ଚୟ ଥିବ।’ ଲୋକେ ଏ କଥାରେ ଏକମତ ହେଲେ।

‘ମୁଁ ତାଙ୍କର ସ୍ତ୍ରୀ ଥିବା କଥା କହି ନାହିଁ’, ଅନୁବାଦକଟା ଗୋଟେ ରକମ ଅବିଶ୍ୱାସ୍ୟ ଢ଼ଙ୍ଗରେ କହିଲା।

‘ତା ହେଲେ ତୋର ଗାଣ୍ଡି କହିଲାକି ତାର ଗୋଟେ ପୁଅ ଅଛି’, ଜଣେ ଜୋକର୍ କହିଲା। ‘ତାର ମାନେ ତାର ନିଶ୍ଚୟ ଗୋଟେ ଟିର୍ଲା ଥିବ ଆଉ ସେଇ ସମସ୍ତଙ୍କର ପିଚାଟିମାନ ଥିବ।’

ମିଶନାରୀମାନେ ତା କଥାକୁ ନଜର ଦେଲେ ନାହିଁ ଆଉ ଖ୍ରୀଷ୍ଟିଆନ୍ ଧର୍ମର

ତ୍ରିମୂର୍ତ୍ତି: ପିତା, ପୁତ୍ର ଓ ଦୈବୀଶକ୍ତି ବିଷୟରେ କହି ଚାଲିଲେ। ଶେଷରେ ଓକୋଙ୍କୋର ପୁରା ବିଶ୍ୱାସ ହେଲା ଯେ ଲୋକଟା ନିଶ୍ଚେ ପାଗଳ। ସେ ତାର କାନ୍ଧ ନଚାଇ ତାର ଉପର ଓଳିର ଖଜୁରୀ ମଦ କାଢ଼ିବା ପାଇଁ ସେଠୁ ଚାଲିଗଲା।

କିନ୍ତୁ ଜଣେ ଯୁବକ ସେଥିରେ ବଶୀଭୂତ ହେଇଗଲା। ତାର ନାଁ ନୋୟେ। ଓକୋଙ୍କୋର ବଡ଼ ପୁଅ। ତ୍ରିମୂର୍ତ୍ତିର ଉନ୍ମାଦ ତର୍କ ଶାସ୍ତ୍ର ତାକୁ ବିମୋହିତ କରି ନ ଥିଲା। ସେ ତାକୁ ବୁଝି ନ ଥିଲା। ନୂଆଁ ଧର୍ମର କବିତା ହିଁ ତାର ଅସ୍ଥିର ମଜ୍ଜାକୁ ଛୁଇଁ ଯାଇଥିଲା। ଅଜ୍ଞାନ ଅନ୍ଧାର ଓ ଭୟରେ ରହିଥିବା ଭାଇମାନଙ୍କ ବିଷୟରେ ସ୍ତୋତ୍ରଟା ତାର ଯୁବକ ଆତ୍ମାକୁ ଏତେ ଦିନ ଧରି ଅସ୍ପଷ୍ଟ ଓ ଅନବରତ ଭାବରେ ଘାରୁଥିବା ପ୍ରଶ୍ନଟିଏର ଉତ୍ତର ପରି ମନେ ହେଲା - ବୁଦା ମୂଳରେ କାନ୍ଦୁଥିବା ଯାଆଁଳାର ପ୍ରଶ୍ନ ଆଉ ଇକେମେଫୁନାର ପ୍ରଶ୍ନ ଯାହାକୁ ମାରି ଦିଆଯାଇଥିଲା। ତାର ଶୁଖିଲା ଫଟା ଆତ୍ମା ଉପରେ ସ୍ତୋତ୍ରଟା ଢ଼ାଳି ହେଇ ତାକୁ ନିଜ ଭିତରଟା ଉଶ୍ୱାସ ଲାଗିଲ। ଧଇଁ ସଇଁ ହେଉଥିବା ପୃଥିବୀର ଶୁଖିଲା ଥାଳି ଉପରେ ମିଳେଇ ଯାଉଥିବା ବର୍ଷାର ବରଫ କଣିକା ପରି ସ୍ତୋତ୍ରର ଶବ୍ଦମାନ ଥିଲା। ନୋୟେର ଅନଭିଜ୍ଞ ମନଟା ଭାରି ଗୋଟେ ଗୋଲକଧନ୍ଦାରେ ପଡ଼ିଗଲା।

॥ ୧୭ ॥

ମିଶନାରୀନେ ପହିଲି ଚାରି ପାଞ୍ଚ ରାତି ବଜାର ଛକରେ କଟେଇଲେ। ସକାଳୁ ଧର୍ମ ପ୍ରଚାର କରିବାକୁ ଗାଁ ଭିତରକୁ ଗଲେ। ସେମାନେ ଗାଁର ରାଜା କିଏ ପଚାରିଲେ। କିନ୍ତୁ ଗାଁ ଲୋକେ ତାଙ୍କୁ କହିଲେ ଯେ ସେଠି କେହି ରାଜା ନାହାନ୍ତି। ଆମର ବଡ଼ ବଡ଼ ଶିରିପା ହାସଲ କରିଥିବା ଲୋକ, ମୁଖିଆ ଦେହେରୀ ଆଉ ପୁରୁଖା ଲୋକ ଅଛନ୍ତି, ସେମାନେ କହିଲେ।

ପ୍ରଥମ ଦିନର ଉତ୍ତେଜନା ପରେ ଶିରିପା ବନ୍ଧା ଲୋକ ଓ ବୟସ୍କ ଲୋକଙ୍କୁ ଏକାଠି ପାଇବାଟା ସେତେ ସହଜ ହେଲା ନାହିଁ। ତେବେ ମିଶନାରୀମାନେ ତାଙ୍କର ଚେଷ୍ଟା ଜାରି ରଖିଲେ। ଶେଷରେ ସେମାନେ ଏମ୍ବାଣ୍ଡାର ମୁଖିଆମାନଙ୍କଠାରୁ ଆଦର ଅଭ୍ୟର୍ଥନା ପାଇଲେ। ତାଙ୍କର ଚର୍ଚ୍ଚ ତିଆରି କରିବା ପାଇଁ ସେମାନେ ତାଙ୍କୁ ଜମି ଖଣ୍ଡେ ମାଗିଲେ।

ସବୁ କୁଳ ଆଉ ଗାଁର ନିଜର 'କାଳ ବଣ' ଥାଏ। ଯୋଉମାନେ କୁଷ୍ଠରୋଗ ଓ ବସନ୍ତ ପରି କାଳ ରୋଗରେ ମରିଯାଆନ୍ତି, ସେଠି ସେମାନଙ୍କୁ କବର ଦିଆହୁଏ। ନାମକରା ବଇଦ ଗୁଣିଆଁମାନେ ମରିଗଲା ପରେ ତାଙ୍କର ଯେତେକ ଯନ୍ତ୍ରମନ୍ତ୍ର ଆଉ ପୂଜା ଜିନିଷ ସେଠି ଫୋପଡ଼ା ହୁଏ। ସେଥିପାଇଁ 'କାଳ ବଣ'ରେ ସବୁବେଳେ ଡ଼ାଆଣୀ, ଚିରୁଗୁଣୀ, ଭୂତ, ପ୍ରେତ ପରି କାଳ ପିଶାଚମାନେ ଅହରହ ଆତ ଯାତ ହେଉଥାନ୍ତି। ଏମ୍ବାଣ୍ଡାର ମୁଖିଆ ମାନେ ସେମିତି ଖଣ୍ଡେ ଜାଗା ମିଶନାରୀମାନଙ୍କୁ ଦେଲେ। ସେମାନେ ତାଙ୍କୁ ନିଜ ବଂଶ ମେଳରେ ରଖିବାକୁ ଚାହିଁଲେନି। ତେଣୁ ଏମିତି ଅଜାଗା-ଜାଗା ଖଣ୍ଡେ ତାଙ୍କୁ ଦେଲେ ଯାହା କେହି ବି ତାର ଠିକ୍ ହୋସହୱାସ୍‌ରେ ଥିଲେ ନେବାକୁ ମଙ୍ଗିବନି।

'ପୂଜା ବେଦୀ ତିଆରି କରିବା ପାଇଁ ତାଙ୍କର ଖଣ୍ଡେ ଜମି ଲୋଡ଼ା', ନିଜ

ଭିତରେ ପରାମର୍ଶ କଲାବେଳେ ଉଚ୍ଛେଣ୍ଟୁ ତାର କୁଳୀନ ସମ୍ପ୍ରଦାୟକୁ କହିଲା। 'ଆମେ ତାଙ୍କୁ ଖଣ୍ଡେ ଜାଗା ଦେବା।' ସେ ଟିକେ ରହିଗଲା। କଥାଟିରେ ଅମତ ଓ ଆଶ୍ଚର୍ଯ୍ୟ ହେଇ ସମସ୍ତେ ଭୁଟୁରୁ ଭାଟର ହେଲେ। 'କାଳ ବଣରୁ ଖଣ୍ଡେ ଆମେ ତାଙ୍କୁ ଦେଇ ଦେବା। ସେମାନେ ତ ମରଣ ଉପରେ ଜୟ କରିବାର ବାହାଦୁରୀ କାଢ଼ନ୍ତି। ଚାଲ, ଆମ ତାଙ୍କୁ ତାଙ୍କର ବିଜୟ ବାହାଦୁରୀ ଦେଖାଇବା ପାଇଁ ଅସଲି ଯୁଦ୍ଧ କ୍ଷେତ୍ରଟିଏ ଦେବା।' ସମସ୍ତେ ହସିଲେ ଓ ରାଜି ହେଲେ। ମିଶନାରୀଙ୍କୁ ସେଠିକି ଆସିବାକୁ ଖବର କଲେ। ଆପଣା ଭିତରେ ଫୁସୁରଫାସର ହେବା ପାଇଁ ସେମାନେ ଘଡ଼ିକ ପାଇଁ ମିଶନାରୀମାନଙ୍କୁ ସେଠୁ ଟିକେ ବାହାରକୁ ପଠାଇ ଦେଇଥିଲେ। 'କାଳବଣ' ରୁ ମନଇଚ୍ଛା ଜମି ନେବା ପାଇଁ ସେମାନେ ଯାଚିଲେ। ତାଙ୍କୁ ଆଶ୍ଚର୍ଯ୍ୟ କରିଦେଇ ମିଶନାରୀମାନେ କୃତ୍ୟକୃତ୍ୟ ହେଇ ଗୀତ ଗାଇଲେ।

'ସେମାନେ ବୁଝି ନାହାନ୍ତି, କେତେ ଜଣ ପୁରୁଖା କହିଲେ, 'କିନ୍ତୁ କାଲି ସକାଳେ ତାଙ୍କର ଜମିକୁ ଗଲାପରେ ବଳେ ବୁଝିଯିବେ ଯେ।' ସେମାନେ ଯେ ଝା ବାଟରେ ଘରକୁ ବାହୁଡ଼ିଲେ।

ତା ପରଦିନ ସକାଳେ ସତକୁସତ ସେଇ ଆଡ଼ବାୟା ଲୋକମାନେ ତାଙ୍କ ଘର ତିଆରି ପାଇଁ ଜଙ୍ଗଲରୁ ଖଣ୍ଡେ ସଫା କରିବାକୁ ଲାଗିଲେ। ଏମ୍ୱାଣ୍ଟାର ଅଧିବାସୀମାନେ ଭାବିଲେ ଚାରି ଦିନ ଭିତରେ ସେମାନେ ସମସ୍ତେ ମରିଯିବେ। ପ୍ରଥମ ଦିନ ଗଡ଼ିଲା, ଦ୍ୱିତୀୟ ଦିନ ଗଡ଼ିଲା, ତାପରେ ତୃତୀୟ ଆଉ ତାପରେ ଚତୁର୍ଥ, ଆଉ ତାଙ୍କ ଭିତରୁ କେହି ମଲେ ନାହି। ସମସ୍ତେ ଆଶ୍ଚର୍ଯ୍ୟ ଚକିତ ହେଇଗଲେ। ଆଉ ତା ପରେ ଜଣାଗଲା ଯେ ଗୋରା ଲୋକଟାର ମନ୍ତ୍ରଯନ୍ତ୍ରରେ ଅବିଶ୍ୱସନୀୟ ଶକ୍ତି ରହିଥିଲା। ଭୂତପ୍ରେତମାନଙ୍କୁ ଦେଖିପାରିବା ପାଇଁ ଓ ତାଙ୍କ ସହିତ କଥାବାର୍ତ୍ତା ହେବା ପାଇଁ ସେ କୁଆଡ଼େ ଆଖିରେ କାଚ ପିନ୍ଧିଥାଏ। ତାର ଅଳ୍ପ କିଛିଦିନ ପରେ ସେ ତାର ପ୍ରଥମ ତିନି ଜଣ ଧର୍ମାନ୍ତରୀଙ୍କୁ ଜିଣିନେଲା।

ଯଦିଓ ନୋୟେ ପ୍ରଥମ ଦିନରୁ ହିଁ ନୂଆଁ ଧର୍ମ ପ୍ରତି ଆକର୍ଷିତ ହୋଇଥିଲା, ସେ କଥାଟିକୁ ଗୁପ୍ତ ରଖିଥିଲା। ତା ବାପାର ଭୟରେ ସେ ମିଶନାରୀମାନଙ୍କ ପାଖକୁ ଯିବାକୁ ସାହସ କଲା ନାହିଁ। କିନ୍ତୁ ବଜାର ଛକ କିମ୍ୱା ଗାଁ ମେଳଣ ପଡ଼ିଆକୁ ସେମାନେ ଯେତେବେଳେ ବି ଧର୍ମ ପ୍ରଚାର ପାଇଁ ଆସନ୍ତି, ନୋୟେ ସେଠି ଥାଏ। ସେମାନେ କହୁଥିବା କେତୋଟି ସରଳ କାହାଣୀମାନ ସେ ଯା ଭିତରେ ବୁଝିପାରୁଥାଏ।

'ଆମେ ଏମେ ଗୋଟେ ଚର୍ଚ୍ଚ ତିଆରି କରିଛୁ', ଅନୁବାଦକ ମି: କିଆଗା

କହିଲେ । ସେ ଏବେ ପ୍ରାଥମିକ ଧର୍ମ ସଭାର ଦାୟିତ୍ୱରେ । ଗୋରା ଲୋକଟା ଉମୋଫ଼ାକୁ ଫେରି ଯାଇଥିଲା । ସେଠି ତାର ମୁଖ୍ୟ କାର୍ଯ୍ୟାଳୟ ତିଆରି କରି ସେଇଠୁ ଏମ୍ବାଣ୍ଟାରେ ମି: କିଆଗାଙ୍କର ସମ୍ମିଳନୀକୁ ନିୟମିତ ପରିଦର୍ଶନରେ ଆସୁଥାଏ ।

'ଆମେ ଏବେ ଗୋଟେ ଚର୍ଚ୍ଚ ତିଆରି କରିଛୁ । ଆମେ ଚାହୁଁ ଯେ ତମେମାନେ ପ୍ରତି ସପ୍ତାହ ଶେଷରେ ପ୍ରକୃତ ଈଶ୍ୱରଙ୍କୁ ଉପାସନା କରିବା ପାଇଁ ଏଠିକି ଆସ', ମିଃ କିଆଗା କହିଲେ ।

ତା'ପର ରବିବାର ଦିନ ନୋୟେ ନାଲି ମାଟିରେ ତିଆରି ଛୋଟିଆ କୁଡ଼ିଆ ଘର ସାମ୍ନାରେ ବାର ବାର ଯା ଆସ ହେଉଥାଏ । ଭିତରକୁ ଯିବାକୁ ତାର ସାହସ ହେଉ ନ ଥାଏ । ଭିତରୁ ଅଳ୍ପ କେତେଜଣ ଲୋକ ବେଶ୍ ପରିଷ୍କାର ଆଉ ସ୍ଥିର ଗଳାରେ ଗୀତ ଗାଇବାର ସେ ଶୁଣିଲା । କାଳ ବଣର ଆଁ ପାଟି ପରି ଚର୍ଚ୍ଚଟା ଗୋଟେ ଗୋଲେଇ ପଦାରେ ଠିଆ ହେଇଥାଏ । ସମସ୍ତଙ୍କୁ ଏକା ସାଙ୍ଗରେ ଦାନ୍ତରେ କାମୁଡ଼ି ଧରିବା ପାଇଁ ଟାକି ରହିଛି କି ? ଚର୍ଚ୍ଚ ପାଖରେ ଘଡ଼ିଏ ଯା ଆସ ହେଇ ନୋୟେ ଘରକୁ ଫେରିଲା ।

ଏମ୍ବାଣ୍ଟାର ଲୋକଙ୍କ ଭିତରେ ଏ କଥା ଭଲ କରି ଜଣା ଥିଲା ଯେ ତାଙ୍କର ଦେବ ଦେବୀ ଆଉ ପିତୃପୁରୁଷମାନେ ବେଳେ ବେଳେ ବହୁତ ଦିନ ଧରି କଷ୍ଟ ସହିଥାନ୍ତି । ଜଣେ ଲୋକକୁ ଜାଣି ଶୁଣି ତାଙ୍କୁ ଅମାନ୍ୟ କରିବାକୁ ସୁଯୋଗ ଦିଅନ୍ତି । ହେଲେ ସେଇ କ୍ଷେତ୍ରରେ ମଧ୍ୟ ସେମାନେ ସାତଟା ହାଟ ପାଳି କିମ୍ବା ଅଠେଇଶ ଦିନର ଗୋଟିଏ ସମୟ ନିର୍ଘଣ୍ଟ ରଖିଥାନ୍ତି । କୌଣସି ଲୋକ ସେଇ ସୀମା ପାରି କରିପାରେ ନାହିଁ । ସେଇ ଉଦ୍ଧତ ଧୃଷ୍ଟ ମିଶନାରୀମାନେ କାଳ ବଣରେ ତାଙ୍କର ଚର୍ଚ୍ଚ ତିଆରି କରିବାର ସାତ ସପ୍ତାହ ପାଖେଇ ଆସୁ ଆସୁ ଗାଁରେ ଉତ୍ତେଜନା ବଢ଼ି ଚାଲିଲା । ଏଇ ଲୋକମାନଙ୍କ ଆସନ୍ନ ଅନିବାର୍ଯ୍ୟ ସର୍ବନାଶ ବିଷୟରେ ଗାଁ ଲୋକେ ଏତେ ନିଶ୍ଚିତ ହେଇ ଯାଇଥିଲେ ଜଣେ ଦି ଜଣ ଧର୍ମାନ୍ତରୀ ନୂଆଁ ଧର୍ମ ପ୍ରତି ତାଙ୍କର ଆନୁଗତ୍ୟକୁ ରୋକିବା କଥା ଚିନ୍ତାକଲେ ।

ଶେଷରେ ଯେଉଁଦିନ ସବୁ ମିଶନାରୀମାନେ ମରିଯବା କଥା ସେଇ ଦିନଟା ଆସିଲା । କିନ୍ତୁ ସେମାନେ ତଥାପି ବଞ୍ଚିଥିଲେ ଆଉ ତାଙ୍କର ଶିକ୍ଷକ ମିଃ କିଏଗା ପାଇଁ ନାଲିମାଟି ଆଉ ଝାଟିର କୁଡ଼ିଆ ଘରଟିଏ ତିଆରି କରୁଥିଲେ । ସେଇ ସପ୍ତାହରେ ସେମାନେ ଆହୁରି ପୁଞ୍ଜାଏ ଧର୍ମାନ୍ତରୀ ହାସଲ କଲେ । ପ୍ରଥମ ଥର ପାଇଁ ସେମାନେ ଜଣେ ସ୍ତ୍ରୀଲୋକ ପାଇଲେ । ତାର ନା ନ୍ନେକା, ଆମାଡ଼ିର ସ୍ତ୍ରୀ । ଆମାଡ଼ି ଜଣେ ବେଶ୍ ଧନୀ ଚାଷୀ । ସେ ଗର୍ଭବତୀ ଥିଲା ।

ୟା ଆଗରୁ ନ୍ନେକା ଚାରି ଥର ଗର୍ଭଧାରଣ କରି ଛୁଆ ଜନ୍ମ କରିଥିଲା। ପ୍ରତିଥର ସେ ଯାଆଁଳା ଜନ୍ମ କରୁଥିବାରୁ ସେମାନଙ୍କୁ ସଙ୍ଗେ ସଙ୍ଗେ ଫିଙ୍ଗି ଦିଆଯାଉଥିଲା। ତାର ସ୍ଵାମୀ ଓ ପରିବାର ଲୋକ ଏପରି ଜଣେ ସ୍ତ୍ରୀ ଲୋକ ବିଷୟରେ ସନ୍ଦିହାନ୍ ଥିଲେ। ତେଣୁ ଖ୍ରୀଷ୍ଟିଆନ୍ ମାନଙ୍କ ସହିତ ମିଶିଯିବା ପାଇଁ ପଳେଇଯିବାରୁ ସେମାନେ ଅଯଥାରେ ଆଉ ସେଥିରେ ମୁଣ୍ଡ ଖେଳାଇଲେ ନାହିଁ। ଗୋଟେ ରକମର ନିସ୍ତାର ମିଳିଲା।

ଦିନେ ସକାଳେ ଓକୋଙ୍କୋର ସମ୍ପର୍କୀୟ ଭାଇ ଆମିକୁ ପାଖ ଗାଁରୁ ସେଇ ଚର୍ଚ୍ଚ ବାଟ ଦେଇ ଫେରୁଥାଏ। ସେଠି ନୋୟେକୁ ଖ୍ରୀଷ୍ଟିଆନ୍ ମେଳରେ ଦେଖିଲା। ଏକଦମ୍ ଆଶ୍ଚର୍ଯ୍ୟ ହୋଇ ସେ ସିଧା ଓକୋଙ୍କୋ କୁଡ଼ିଆକୁ ଗଲା ଓ ଯାହା ଦେଖିଲା ସେଇଟା କହିଲା। ତିର୍ଲାମାନେ ଉତ୍ୟକ୍ତ ହେଇ କଥା ହେବାକୁ ଲାଗିଲେ। କିନ୍ତୁ ଓକୋଙ୍କୋ ଅଚଳ ହେଇ ବସି ରହିଲା।

ନୋୟେ ଫେରିଲାବେଳକୁ ଅପରାହ୍ଣ ଗଡ଼ିବା ଉପରେ। ଓବି ଭିତରକୁ ଯାଇ ସେ ତାର ବାପାକୁ ଓଳଗି ହେଲା। ସେ କିଛି କହିଲାନି। ନୋୟେ ଭିତର ଅଗଣାକୁ ଯିବାକୁ ବୁଲି ପଡ଼ିଲାବେଳକୁ ହଠାତ୍ ତାର ବାପା ରାଗରେ ମାଡ଼ି ଆସି ତାର ବେକଟାକୁ ଚିପି ଧରିଲା।

'କୋଉଠି ଥିଲୁ?' ସେ ଥର ଥର ହେଇ କହିଲା

ନୋୟେ ତାର ରୁନ୍ଧିଲା ହାତମୁଠାରୁ ଛଡ଼େଇ ହେବାପାଇଁ ପ୍ରାଣପଣେ ଚେଷ୍ଟା କଲା।

'ମୋ କଥାର ଜବାବ ଦେ, ନହେଲେ ମାରିଦେବି କହୁଛି!' ଓକୋଙ୍କୋ ଗର୍ଜି ଉଠିଲା। ବାଙ୍ଗରା କାନ୍ଥ ଉପରେ ପଡ଼ିଥିବା ବଡ଼ ବାଡ଼ିଯାଏ ଝିଙ୍କି ଆଣି ତାକୁ କଷି କରି ଦୁଇ ତିନି ପାହାର ବସେଇ ଦେଲା।

'ଜବାବ ଦେ!' ସେ ପୁଣି ଗର୍ଜିଲା। ନୋୟେ ତାକୁ ସେମିତି ଖାଲି ଚାହିଁ ରହିଲା। ପଦଟିଏ ବି କହିଲାନି। ସ୍ତ୍ରୀଲୋକମାନେ ବାହାରେ ପାଟି କରୁଥାନ୍ତି। ଡ଼ରରେ ଭିତରକୁ ଯାଉ ନ ଥାନ୍ତି।

'ପିଲାଟାକୁ ଛାଡ଼ିଦେ !' ବାହାର ହତାରୁ ଜଣଙ୍କର ସ୍ଵର ଶୁଭିଲା। ସେ ଓକୋଙ୍କୋର ମାମୁଁ ଉଛେଣ୍ଡୁ। 'ତୁ ପାଗଳ ନା କଣ?'

ଓକୋଙ୍କୋ କିଛି କହିଲାନି। ହେଲେ ସେ ନୋୟେକୁ ତା ମୁଠିରୁ ଛାଡ଼ିଦେଲା। ନୋୟେ ଚାଲିଗଲା। ଆଉ କେବେ ଫେରିଲାନି।

ସେ ଚର୍ଚ୍ଚକୁ ଫେରିଯାଇ ମିଃ କିଆଗାଙ୍କ ପାଖରେ ତାର ମନକଥା କହିଲା।

ସେ ଉମୋଫାକୁ ଯିବାକୁ ସ୍ଥିର କରିଛି ଯୋଉଠି ଗୋରା ମିଶନାରୀମାନେ ଖ୍ରୀଷ୍ଟିଆନ୍ ପିଲାମାନଙ୍କୁ ଲେଖା ପଢ଼ା ଶିଖାଇବା ପାଇଁ ଗୋଟେ ସ୍କୁଲ ବସେଇଥିଲେ।

ମି: କିଆଗାର ଖୁସି କହିଲେ ନ ସରେ। 'ଯିଏ ମୋରି ପାଇଁ ତାର ବାପା ମାଁଙ୍କୁ ଛାଡ଼ିଦିଏ, ସେହିଁ ଆଶିର୍ବାଦ ପ୍ରାପ୍ତ ହୁଏ। ଯେଉଁମାନେ ମୋ କଥା ଶୁଣନ୍ତି, ସେମାନେ ମୋର ବାପା ମା', ସେ ଜୋର୍‌ଦେଇ କହିଲେ।

ନୋୟେ ଭଲକରି ବୁଝି ପାରିଲାନି। ତେବେ ବାପାକୁ ଛାଡ଼ି ଆସିଥିବାରୁ ସେ ଖୁସି ଥିଲା। ସେ ତା ମାଁ ଭାଇ ଭଉଣୀ ପାଖକୁ ଫେରିଯାଇ ତାଙ୍କୁ ଏଇ ନୂଆଁ ଧର୍ମରେ ଦିକ୍ଷୀତ କରିବ।

ସେଇ ରାତିରେ ଜଳନ୍ତା କାଠଗଣ୍ଡିଟାକୁ ଚାହିଁ ରହି ଓକୋଙ୍କୋ କଥାଟିକୁ ଭାବିଲା। ହଠାତ୍ ତା ଭିତରେ ପ୍ରଚଣ୍ଡ କ୍ରୋଧଟାଏ ମାଡ଼ି ଆସିଲା। ଇଚ୍ଛା ହେଲା, କମାଣ ନେଇ ଚର୍ଚ୍ଚକୁ ଯିବ ଆଉ ପୁରା ଖଳ ଦଳଟାକୁ ସଫା କରିଦେବ। କିନ୍ତୁ ପରେ ଭାବିଲା, ନୋୟେ ସାଙ୍ଗରେ ଭଲା ଲଢ଼ିବ କଣ ପାଇଁ ଯେ। କାହିଁକି ଲଢ଼ିବନି ? ପୁଣି ମନ ଭିତରେ ନିଜେ ପଚାରିଲା। କାହା ଭାଗ୍ୟରେ ଏମିତି ଅକର୍ମା ପୁଅଟେ ଜୁଟିଛି କି? ଏଥିରେ ତାର ଇଷ୍ଟ ଦେବତା କିମ୍ବା ଚିର କାରସାଦି ଥିବାର ସେ ପରିଷ୍କାର ଦେଖି ପାରିଲା। ଆଉ ନ ହେଲେ କେମିତି ସେ ତାର ଦୁର୍ଦ୍ଦଶା, ନିର୍ବାସନ ଆଉ ତା ଉପରେ ପୁଣି ଘୃଣ୍ୟ ପୁଅର ବ୍ୟବହାର ବୁଝେଇ ପାରିବ ? ଏବେ ଭାବିବାକୁ ବେଳ ଥିବାରୁ ତାର ପୁଅର ଅପରାଧଟା ସାମ୍ନାରେ ପାହାଡ଼ ପରି ଦିଶିଲା। ନିଜ ବାପ ଅଜାର ଦେବତାକୁ ଛାଡ଼ି ଗୁଡ଼େ ମାଇଚିଆ ଲୋକଙ୍କ ସହିତ ବୁଢ଼ା କୁକୁଡ଼ା ପରି ବଡ଼ ପାଟିଆ ରଡ଼ି ଛାଡୁଥିବା ଟା ନିହାତି ଘୃଣାର କଥା। ଯଦି ସେ ମରିଗଲା ପରେ ତାର ସବୁ ପୁଅ ନିଜର ପିତୃପୁରୁଷଙ୍କୁ ଛାଡ଼ି ନୋୟେକୁ ଅନୁସରଣ କରନ୍ତି? ଏ ଭୟଙ୍କର ସମ୍ଭାବନାକୁ ଭାବିଦେଲା କ୍ଷଣି ଓକୋଙ୍କୋ ଭିତରେ ଗୋଟେ ଶୀତଳ ଶିହରଣ ଖେଳିଗଲା। ଲାଗିଲା, ଯେମିତି ସର୍ବନାଶ ଆସନ୍ନ। ସେ ନିଜକୁ ଆଉ ତାର ବାପାକୁ ପିତୃପିତାର ବେଦୀ ଉପରେ ଜମା ହେଇ ପୂଜା ଆଉ ବଳି ପାଇଁ ଟାକିଥିବାର ଦେଖିଲା। ହେଲେ ସେଠି ହଜିଲା ଦିନର ପାଉଁଶ ଛଡ଼ା ଆଉ କିଛି ନ ଥିଲା। ତାର ପିଲାମାନେ ସେତିକିବେଳେ ଗୋରା ଲୋକର ଈଶ୍ୱରଙ୍କୁ ପ୍ରାର୍ଥନା କରୁଥାନ୍ତି। ଯଦି ଏମିତି ଅଘଟଣ କେବେ ଘଟେ, ତା ହେଲେ ସେ ନିଜେ ଓକୋଙ୍କୋ ସେମାନଙ୍କୁ ଦୁନିଆଁରୁ ପୁରା ମୂଳପୋଛ କରିଦେବ।

ଓକୋଙ୍କୋକୁ 'ଗର୍ଜିଲା ନିଆ' ବୋଲି ଲୋକେ ଡ଼ାକନ୍ତି। ଜଳନ୍ତା କାଠଗଣ୍ଡିକୁ ଦେଖି ସେଇ ନାଁକୁ ସେ ମନେ ପକାଇଲା। ସେ ଜଳନ୍ତା ନିଆଁର ଲହ

ଲହ ଲହ ଜିଭ। ତା ହେଲେ ସେ କେମିତି ନୋୟେ ପରି ଗୋଟେ ମାଇଚିଆ, ହିନୀମାନିଆ ପିଲାକୁ ଜନ୍ମ ଦେଲା ? ବୋଧହୁଏ ସେ ତାର ପୁଅ ନୁହଁ। ନା ! ସେ ହେଇ ପାରିବନି। ତାର ସ୍ତ୍ରୀ ତା ସହିତ ଛଳ କରିଛି। ତାକୁ ସେ ପାନେ ଦେବ। କିନ୍ତୁ ନୋୟେ ଓ ଓକୋଙ୍କୋର ବାପା ଉନୋକାର ଚେହେରାର ଛାପ ଆଣିଛି। କଥାଟିକୁ ସେ ମନରୁ ଆଡ଼େଇ ଦେଲା। ସେ, ଓକୋଙ୍କୋ ନିଜେ ଜଳନ୍ତା ନିଆଁର ଲହ ଲହ ଜିଭ। ସେ କେମିତି ପୁଅ ନାଁରେ ଗୋଟେ ମାଇକିନାକୁ ଜନ୍ମ ଦେବ ? ନୋୟେର ବୟସରେ ସେ ଆଖ ପାଖ ସାରା ଇଲାକାରେ ତାର ନିଡ଼ର ପଣିଆ ଆଉ କୁସ୍ତି ଲଢ଼େଇପାଇଁ ନାଁ କମେଇ ସାରିଥିଲା।

ସେ ଗହୀର ଲମ୍ବା ନିଶ୍ୱାସ ଛାଡ଼ିଲା। ତାକୁ ସହାନୁଭୂତି ଜଣାଇ ଜଳନ୍ତା ଗଣ୍ଡିଟା ବି ଦୀର୍ଘଶ୍ୱାସ ଛାଡ଼ିଲା। ଆଉ ସହସା ଓକୋଙ୍କୋର ଆଖି ଖୋଲିଗଲା। ସେ ପୁଅ କଥାଟିକୁ ପରିଷ୍କାର ଦେଖି ପାରିଲା। ଜଳନ୍ତା ନିଆଁରୁ ଜାତ ହୁଏ ଶୀତଳ, ନପୁଂସକ, ନିବୀର୍ଯ୍ୟ ପାଉଁଶ। ସେ ପୁଣିଥରେ ଦୀର୍ଘଶ୍ୱାସ ଛାଡିଲା, ଗହୀର ନିଶ୍ୱାସ।

॥ ୧୮ ॥

ଏମ୍ୱାଷ୍ଟାରେ ଗୀର୍ଜାଘର ତୋଳା ହେଉ ହେଉ ବେଶ୍ କିଛି ସମସ୍ୟା ହେଲା। ପ୍ରଥମେ ସେଠିକାର ଗୋଷ୍ଠୀ ସମ୍ପ୍ରଦାୟ ସବୁ ଭାବିନେଲେ ଯେ ସେଇଟା ବେଶୀ ଦିନ ତିଷ୍ଠିବ ନାହିଁ। ତେବେ ସେଟା ତିଷ୍ଠି ରହିଲା ଆଉ ଧୀରେ ଧୀରେ ମଜବୁତ୍ ହେବାକୁ ଲାଗିଲା। ଲୋକେ ଚିନ୍ତିତ ହେଲେ, ହେଲେ ସେତେ ବେଶୀ ନୁହଁ। ଯଦି ଦଳେ ଇଫୁଲେଫୁ କାଳ ବଣରେ ରହିବାକୁ ନିଷ୍ପତ୍ତି ନେଲେ ତା ହେଲେ ସେଇଟା ତାଙ୍କରି ଝାମେଲା। କଥାଟିକୁ ବାଗେଇ ଭାବିଲେ, କାଳ ବଣଟା ଏମିତି ଅବାଂଛିତ ଲୋକଙ୍କ ପାଇଁ ଠିକଣା ଜାଗା। ବୁଦା ଗହଳରୁ ସେମାନେ ଯାଆଁଳା ଉଦ୍ଧାର କରନ୍ତି ସତ, କିନ୍ତୁ ଗାଁ ଭିତରକୁ କେବେ ଆଣନ୍ତି ନାହିଁ। ଗାଁ ଲୋକଙ୍କ ପାଇଁ ଯାଆଁଳା ଗୁଡ଼ାଙ୍କୁ ଯୋଉଠି ଫୋପଡ଼ା ହଉଥିଲା, ସେଇଠି ରହିଲା ପରି କଥା ଥିଲା। ଏ ମିଶନାରୀମାନଙ୍କ ପାପ ପାଇଁ ଦରତନୀ ଦେବୀ ଗାଁର ନିର୍ଦ୍ଦୋଷ ଲୋକଙ୍କ ଉପରେ କେବେ କୋପ କରିବ ନାହିଁ ତ ?

କିନ୍ତୁ ଥରେ ମିଶନାରୀମାନେ ସୀମା ଅତିକ୍ରମ କରିବାକୁ ଚେଷ୍ଟା କଲେ। ତିନି ଜଣ ଧର୍ମାନ୍ତରୀ ଗାଁ ଭିତରକୁ ଯାଇ ଖୋଲାଖୋଲି ବାହାସ୍ଫୋଟ ମାରି କହିଲେ ଯେ ସବୁ ଦେବଦେବୀ ମରିଗଲେଣି। ତାଙ୍କର ଆଉ କିଛି ଶକ୍ତି ନାହିଁ। ଦେବତାଙ୍କୁ ଅବଜ୍ଞା କରିବା ପାଇଁ ସେମାନେ ସବୁ ପୂଜା ପୀଠକୁ ପୋଡ଼ି ଦେବାକୁ ତୟାର ଅଛନ୍ତି।

'ଯାଃ ତମର ମା ମାନଙ୍କର ଗାଣ୍ଡିକୁ ଯାଇ ପୋଡ଼ିପକା', ଜଣେ ମୁଖିଆ ଦେହେରୀ କହିଲା। ସେଇ ଲୋକମାନଙ୍କୁ ଧରି ଲହୁଲୁହାଣ ହେବାଯାଏଁ ମାଡ଼ ମରାହେଲା। ତାପରେ ଅନେକ ଦିନ ଯାଏଁ ଚର୍ଚ୍ଚ ଓ ସେଠିକାର ସମ୍ପ୍ରଦାୟ ଭିତରେ ଆଉ କିଛି ଘଟିଲା ନାହିଁ।

ତେବେ କେତେ କାହାଣୀ ଧୀରେ ଧୀରେ ମାଣ୍ଡେଇ ବଢ଼ିଲା। ଏଇଯେ

ଗୋରାମାନେ ଖାଲି ଗୋଟେ ଧର୍ମ ଆଣି ନାହାନ୍ତି, ସେମାନେ ଗୋଟେ ସରକାର ବି ନେଇକି ଆସିଛନ୍ତି। ତାଙ୍କ ଧର୍ମର ଅନୁଚର ମାନଙ୍କୁ ସୁରକ୍ଷା ଦେବା ପାଇଁ ଉମୋଫୀରେ ଗୋଟେ କଚେରି ବି ତିଆରି କରିଛନ୍ତି। ଏପରିକି ଜଣେ ମିଶ୍‌ନାରୀଙ୍କୁ ମାରିଥିବା ଲୋକଟାକୁ ସେମାନେ କୁଆଡ଼େ ଫାଶୀରେ ଝୁଲାଇ ସାରିଲେଣି।

ଏମିତି କେତେ କଥା ଏବେ ଶୁଣାଗଲେ ବି ଏମ୍ବାଣ୍ଟାରେ ଏସବୁ ପରୀ କାହାଣୀ ବା ଗୁଲିଖଟି ପରି ଲାଗେ ଆଉ ନୂଆଁ ଚର୍ଚ୍ଚ ଓ ସେଠାର ସମ୍ପ୍ରଦାୟର ସମ୍ପର୍କ ଉପରେ ସେ ଯାଏଁ କିଛି ପ୍ରଭାବ ପକାଇ ପାରି ନ ଥାଏ। ଏଠି ମିଶନାରୀଙ୍କୁ ମାରିବାର ପ୍ରଶ୍ନ ଉଠୁ ନାହିଁ। କାରଣ ମି:କିଆଗା ତାର ପାଗଳାମି ସତ୍ତ୍ୱେ କାହାର କ୍ଷତି କରିବା ପରି ଲୋକ ନୁହଁ। କୁଳରୁ ବାହାରି ଧର୍ମାନ୍ତରୀମାନଙ୍କୁ କେହି ମାରିବ ନାହିଁ। କାରଣ ଯେତେ ଫାଲତୁ ହେଲେ ବି ସେମାନେ ତଥାପି ତ କୁଳର ଲୋକ। ଗୋରା ଲୋକର ସରକାର କିମ୍ବା ଖ୍ରୀଷ୍ଟିଆନଙ୍କୁ ମାରିବାର ପରିଣତି ବିଷୟରେ କେହି ବିଶେଷ ମୁଣ୍ଡ ଖେଳାଉ ନ ଥାନ୍ତି। ଆଗ ଅପେକ୍ଷା ଯଦି ଧର୍ମାନ୍ତରୀ ବେଶୀ ଉତ୍ପାତ କରିବେ, ତା ହେଲେ ସିଧା କୁଳରୁ ବାହାର କରି ଦିଆଯିବ।

ଛୋଟିଆ ଚର୍ଚ୍ଚଟା ସେତେବେଳେ ନିଜ ସମସ୍ୟାରେ ଘାଣ୍ଟି ହେଉଥାଏ। ଆଉ କୁଳ-ସମ୍ପ୍ରଦାୟର ପିଛା କଣ କରିବ ଭଲା। ଅଜାତିଆଙ୍କୁ ପଶେଇବାରୁ ଝମେଲାଟା ଉଠିଲା।

ନୂଆଁ ଧର୍ମଟି ଯାଆଁଳା ଆଉ ଯେତେକ ବର୍ଜିତ, ପରିତ୍ୟକ୍ତ, ଘୃଣିତଙ୍କୁ ପାଛୋଟି ନେଉଥିବାର ଦେଖି ଏଇ ଅଜାତିଆ ବା 'ଓସୁ' ଭାବିନେଲେ ଯେ ତାଙ୍କୁ ବି ସେମିତି ଗ୍ରହଣ କରାଯିବ। ଦିନେ ରବିବାରଟାରେ ସେମାନଙ୍କ ଭିତରୁ ଦୁଇଜଣ ଚର୍ଚ୍ଚ ଭିତରକୁ ଗଲେ। ସେଠି ସଙ୍ଗେ ସଙ୍ଗେ ଗୋଟେ ହଇଚଇ ହେଇଗଲା। ତେବେ ନୂଆ ଧର୍ମର ନିଅଁଟା ଏମିତି ମଜବୁତ ହେଇଥିଲା ଯେ ଅଜାତିଆ ପଶି ଆସୁ ଆସୁ ସେମାନେ ସଙ୍ଗେ ସଙ୍ଗେ ଚର୍ଚ୍ଚ ଛାଡ଼ି ବାହାରିଗଲେ ନାହିଁ। ତାଙ୍କୁ ପାଖରେ ଦେଖି କେତେଜଣ କେବଳ ଅଲଗା ଜାଗାକୁ ଉଠିଗଲେ। ଏଇଟା ଗୋଟେ ଚମତ୍କାର ଥିଲା। ହେଲେ ପ୍ରାର୍ଥନା ସରିବାଯାଏ ଚମତ୍କାରଟା ଟିକିଲା। ଚର୍ଚ୍ଚଟା ସାରା ଲୋକ ଯାର ପ୍ରତିବାଦ କରି ସେମାନଙ୍କୁ ଘଉଡ଼ାଇ ଦେଲା ବେଳକୁ ମି: କିଆଗା ଆସି ବୁଝାଇ ଦେଲେ।

'ଈଶ୍ୱରଙ୍କ ସାମ୍ନାରେ କେହି ଗୋଲାମ ନୁହନ୍ତି କିମ୍ବା କେହି ଆଜାଦ୍ ନୁହଁନ୍ତି। ଆମେ ସମସ୍ତେ ତାଙ୍କର ସନ୍ତାନ। ଆମେ ଏମାନଙ୍କୁ ଆମର ଭାଇ ଭାବରେ ଗ୍ରହଣ କରିବା ଉଚିତ୍।

'ତମେ ବୁଝିପାରୁନ', ଧର୍ମାନ୍ତରୀଙ୍କ ଭିତରୁ ଜଣେ କହିଲା। 'ଆମେ 'ଓସୁ' କୁ ଆମ ଭିତରକୁ ପଶେଇଛୁ ଜାଣିଲେ ବିଧର୍ମୀମାନେ ଆମକୁ କଣ କହିବେ?'

'ସେମାନେ ହସନ୍ତୁ। ଶେଷ ଦିନର ବିଚାରରେ ପ୍ରଭୁ ତାଙ୍କୁ ହସିବେ। ତୁଚ୍ଛା କଥାକୁ ନେଇ କଣ ପାଇଁ ଦେଶ ଜାତି ସବୁ ଉତକ୍ଷିପ୍ତ ହେଇଯାନ୍ତି? ଉପରବାଲା ଉପରେ ବସି ହସୁଥିବ। ଈଶ୍ୱର ତାଙ୍କୁ ବିଦ୍ରୁପ କରିବେ।'

'ତମେ ବୁଝୁନ,' ଧର୍ମାନ୍ତରୀ ଜଣକ ତା କଥା ରଖିଲା। 'ତମେ ଆମର ଶିକ୍ଷକ। ତମେ ଆମକୁ ନୂଆଁ ଧର୍ମ ଶିକ୍ଷା ସବୁ ବତେଇ ପାର। କିନ୍ତୁ ଏସବୁ ଭିତିରି କଥା ଆମକୁ ଜଣା।' ସେ 'ଓସୁ' ଟା କଣ ତାକୁ ବୁଝାଇଲା।

ଦେବତା ନାଁରେ ତାକୁ ଚଢ଼ା ହେଇଥାଏ। ସବୁଦିନ ଅଲଗା ରହେ – ସମାଜ ଭିତରେ ନିଷିଦ୍ଧ। ତା'ପରେ ତାର ପିଲା କବିଲା ବି ସେମିତି ରହନ୍ତି। ସମାଜ ଭିତରେ ସେ ବାହା ହେଇ ପାରିବନି କି ସମାଜର କେହି ତାକୁ ବାହା ହେବେ ନାହିଁ। ଗାଁ ବାହାରେ ପୂଜା ପୀଠ ପାଖରେ ସେ ରହେ। ସେ ଅଜାତିଆ। ଯୋଉଠିକି ଗଲେ ବି ସେ ତାର ବାସନ୍ଦର ସନ୍ତକ ଧରି ଚାଲିଥାଏ – ଲମ୍ବା ମଇଳା ଜଟିଆ ବାଳ। କ୍ଷୁର ତା ପାଇଁ ନିଷେଧ। ଜଣେ 'ଓସୁ' ସ୍ୱାଧିନ ହେଇ ଜନ୍ମିଥିବା ଲୋକଙ୍କର ସଭାରେ ଯୋଗ ଦେଇ ପାରିବନି। ଅନ୍ୟମାନେ ମଧ୍ୟ ତା ଘରେ ଆଶ୍ରୟ ନେଇ ପାରିବେନି। କୁଳର ଚାରିଟାଯାକ ଉପାଧିରୁ ସେ କୌଣସିଟି ନେଇ ପାରିବନି। ମରିଗଲାପରେ ତାରି ଜାତି ଲୋକ ତାକୁ କାଳ ବଣରେ ନେଇ ପୋତି ଦିଅନ୍ତି। ସେମିତି ଜଣେ ଲୋକ କେମିତି ଖ୍ରୀଷ୍ଟଙ୍କ ଅନୁଚର ହେଇପାରିବ ?

'ତମ ଆମ ଅପେକ୍ଷା ଖ୍ରୀଷ୍ଟ ତାର ହିଁ ବେଶୀ ଦରକାର', ମି: କିଆଗା କହିଲେ।

'ତା ହେଲେ ମୁଁ ମୋର ଗୋଷ୍ଠୀକୁ ଫେରିଯିବି', ଧର୍ମାନ୍ତରୀଟା କହିଲା। ଆଉ ସେ ଚାଲିଗଲା। ମି:କିଆଗା ଅବିଚଳିତ ରହିଲେ। ଆଉ ତାଙ୍କର ଏଇ ଅଟଳପଣ ହିଁ ଛୋଟିଆ ଚର୍ଚ୍ଚକୁ ରକ୍ଷା କଲା। ଅସ୍ଥିର କୁଣ୍ଠିତ ଧର୍ମାନ୍ତରୀମାନେ ତାଙ୍କର ଅଟଳ ବିଶ୍ୱାସରୁ ପ୍ରୋତ୍ସାହନ ଓ ସାହସ ପାଇଲେ। ସେ ସବୁ ଅଜାତିଆଙ୍କୁ ଲମ୍ବା ଜଟିଆ ବାଳ କାଟିବାକୁ ଆଦେଶ ଦେଲେ। କାଳେ ମରିଯିବ ଭାବି ସେମାନେ ପ୍ରଥମେ ଡ଼ରିଲେ।

'ତମର ବିଧର୍ମୀ ବିଶ୍ୱାସର ଚିହ୍ନ ନ କାଟିବା ଯାଏଁ ମୁଁ ତମକୁ ଚର୍ଚ୍ଚ ଭିତରକୁ ଆସିବାର ଅନୁମତି ଦେବି ନାହିଁ', ମି: କିଆଗା କହିଲେ। ତମେ ମରିଯିବେ ବୋଲି ଡ଼ରୁଛ ? ସେଇଟା କାହିଁକି ହେବ? ବାଳ କାଟୁଥିବା ଅନ୍ୟ ଲୋକଙ୍କଠୁ ତମେ କୋଉ ହିସାବରେ ଅଲଗା ? ସେଇ ଜଣେ ଈଶ୍ୱର ତମକୁ ଓ ତାଙ୍କୁ ସୃଷ୍ଟି କରିଛନ୍ତି।

କିନ୍ତୁ ସେମାନେ ତମକୁ କୁଷ୍ଠରୋଗୀ ପରି ବାସନ୍ଦ କରି ରଖିଛନ୍ତି। ଏସବୁ ଈଶ୍ୱରଙ୍କ ଇଚ୍ଛା ବିରୁଦ୍ଧ। ପ୍ରଭୁଙ୍କଠାରେ ବିଶ୍ୱାସ ରଖୁଥିବା ସବୁଲୋକଙ୍କୁ ସେ ଶାଶ୍ୱତ ଜୀବନର ପ୍ରତିଶ୍ରୁତି ଦେଇଛନ୍ତି। ବିଧର୍ମୀମାନେ କହନ୍ତି ଯେ ତମେ ଏଇଟା କଲେ କି ସେଇଟା କଲେ, ତମେ ମରିଯିବ। ସେଇ ପଡ଼ିଆରେ ଚର୍ଚ୍ଚ ତିଆରି କଲେ ମୁଁ ମରିଯିବି ବୋଲି ସେମାନେ ବି ତ କହିଥିଲେ। ମୁଁ ମରିଛି ? ଯାଆଁଳା ଛୁଆର ହେପାଜତ କଲେ ମୁଁ ମରିଯିବି, ସେମାନେ କହିଥିଲେ। ଫେର୍ ବି ତ ମୁଁ ବଞ୍ଚିଛି। ବିଧର୍ମୀଗୁଡ଼ା ଖାଲି ମିଛ କହନ୍ତି। କେବଳ ଈଶ୍ୱରଙ୍କ ବାଣୀ ହିଁ ସତ୍ୟ।'

ଅଜାତିଆ ଦୁଇ ଜଣ ତାଙ୍କର ବାଳ କାଟି ପକାଇଲେ। ଅତି ଶିଘ୍ର ସେମାନେ ନୂଆ ଧର୍ମର ସବୁଠୁ ଟାଣୁଆ ଭକ୍ତ ହେଇଗଲେ। ତା ସହିତ ଏମ୍ବାଣ୍ଡାର ପାଖାପାଖି ସବୁ 'ଓସୁ' ତାଙ୍କରି ବାଟ ବାଛିନେଲେ। ବର୍ଷକ ପରେ, ପ୍ରକୃତରେ ତାଙ୍କରି ଭିତରୁ ଜଣେ ଧର୍ମାନ୍ତରୀ ଉତ୍ସାହରେ ମାତି ଜଳଦେବତାରୁ ଉଦ୍ଭବ ହେଇଥିବା ଦେବାଳ-ଅଜଗରଙ୍କୁ ମାରିଦେଇ ଚର୍ଚ୍ଚ ଓ ସମ୍ପ୍ରଦାୟ ଭିତରେ ଭାରି ଗୋଟେ କାଣ୍ଡ ଭିଆଇଦେଲା।

ଏମ୍ବାଣ୍ଡା ଓ ତାର ଆଖପାଖର ଗୋଷ୍ଠୀ ଭିତରେ ଅହିରାଜ ଅଜଗର ସବୁଠୁ ଭକ୍ତି ଭାଜନ ଜୀବ। ତାକୁ 'ଆମର ପିତା' ବୋଲି ସମ୍ବୋଧନ କରାଯାଏ। ତାର ଯୋଉଠିକି ଇଚ୍ଛା ସେଠିକି ତାକୁ ଯିବାକୁ ଦିଆଯାଏ। ଏପରିକି ଲୋକଙ୍କର ଶୋଇବା ଖଟକୁ ବି ସେ ଅବାଧରେ ଯାଇପାରେ। ଘରର ମୂଷାତକ ଖାଇଯାଏ। ବେଳେବେଳେ କୁକୁଡ଼ା ଅଣ୍ଡା ଗିଳି ଦିଏ। ଯଦି ଗୋଷ୍ଠୀର କେହି ଲୋକ ଦୁର୍ଯ୍ୟୋଗ ବଶତଃ ଭୂଲ୍‌ରେ ଗୋଟେ ଅହିରାଜ ଅଜଗର ମାରିଦିଏ, ତା ହେଲେ ପ୍ରାୟଶ୍ଚିତ ସ୍ୱରୂପ ଜଣେ ନାକରା ଲୋକର ଶୁଦ୍ଧିକ୍ରିୟା ପରି ତାକୁ ବଳି, ପୂଜା ଆଦି କ୍ରିୟା କର୍ମ ଆଡ଼ମ୍ବର ସହିତ କରିବାକୁ ପଡ଼େ। ଜାଣିଶୁଣି ଅଜଗର ମାରିବାରେ ସେମିତି କିଛି ପ୍ରାୟଶ୍ଚିତ ବିଧି ନ ଥିଲା। କାରଣ ଏମିତି ଯେ କେବେ ଘଟିପାରେ, ଏ କଥା କେହି ଭାବି ପାରି ନ ଥିଲେ।

ବୋଧହୁଏ ଏମିତି ଘଟି ନ ଥିଲା। ଗୋଷ୍ଠୀଲୋକ ପ୍ରଥମେ କଥାଟିକୁ ସେଇ ହିସାବରେ ଦେଖିଲେ। ଲୋକଟାକୁ କେହି ସେଇ କାମ କରିବାର ଦେଖି ନ ଥିଲେ। ଖ୍ରୀଷ୍ଟିଆନ ମାନଙ୍କ ଭିତରୁ ହିଁ କଥାଟା ବାହାରିଲା।

ତା ସହିତ ଏମ୍ବାଣ୍ଡାର ମାନ୍ୟତା ପୁରୁଖାଲୋକେ ସେଇ ପ୍ରସଙ୍ଗରେ ବିହିତ ପଦକ୍ଷେପ ନେବାପାଇଁ ଏକାଠି ହେଲେ। ତାଙ୍କ ଭିତରୁ ଅନେକ ପ୍ରଚଣ୍ଡ ରାଗରେ ଆମୂଳଚୂଳ କହିଗଲେ। ଲଢ଼ିବାର ପ୍ରବୃତ୍ତିଟା ତାଙ୍କୁ ଉପରକୁ ଚଢ଼ିଲା। ମାତୃଭୂମିର ବ୍ୟାପାରରେ କିଛି ଭୂମିକା ନିର୍ବାହ କରି ବସୁଥିବା ଓକୋଙ୍କୋ କହିଲା ଯେ ଏଇ

ଘୃଣ୍ୟ ଲୋକ ଗୁଡ଼ାଙ୍କୁ ଛାଟ ବାଡ଼ି ଚାବୁକ୍ ପାହାର ଦେଇ ଖେଦି ନ ଦେଲେ ଆଉ ଶାନ୍ତି ରହିବ ନାହିଁ।

କିନ୍ତୁ ତାଙ୍କ ଭିତରୁ କେତେଜଣ ଥିଲେ ଯେଉଁମାନେ କି ପରିସ୍ଥିତିକୁ ଭିନ୍ନ ଦୃଷ୍ଟିରେ ଦେଖୁଥାନ୍ତି। ଶେଷରେ ତାଙ୍କରି ପରାମର୍ଶ ହିଁ ରହିଲା।

'ଆମର ଦେବତା ଠାକୁରଙ୍କ ପାଇଁ ଯୁଦ୍ଧ କରିବାଟା ଆମ ପ୍ରଥାରେ ନାହିଁ', ତାଙ୍କ ଭିତରୁ ଜଣେ କହିଲା। 'ଆମେ ଏବେ ସେପରି କରିବା କଥା ନୁହଁ। ଯଦି ଜଣେ ଲୋକ ଗୋପନରେ ତା ଘରେ ଦେବାଳ-ଅଜଗରକୁ ମାରିଦେଲା ତ ଏଇଟା ତାର ଆଉ ଦେବତା ଭିତରର ମାମଲା। ଆମେ ତ ଘଟଣାଟିକୁ ଦେଖି ନାହୁଁ। ଯଦି ଆମେ ଦେବତା ଆଉ ଦୋଷୀ ଭିତରେ ନାକ ଗଳାଉ ତା ହେଲେ ଅପରାଧୀ ପାଇଁ ଉଦ୍ଦିଷ୍ଟ ଦଣ୍ଡଟା ଆମକୁ ବି ମିଳିପାରେ। ଜଣେ ଲୋକ ଈଶ୍ୱରନିନ୍ଦା କଲେ ଆମେ କଣ କରୁ? ଆମେ ଯାଇ ତାର ପାଟିଟା ବନ୍ଦ କରିଦଉକି ? ନା। ବରଂ ସେଇଟା ନ ଶୁଣିବା ପାଇଁ ଆମେ ଆମର କାନ ଭିତରେ ଆଙ୍ଗୁଠି ଗେଞ୍ଜି ଦେଉ। ସେଇଟା ହିଁ ବୁଦ୍ଧିଆ କାମ।'

'ଏମିତି ଡ଼ରପୋକ ପରି ବିଚାର କରିବା କଥା ନୁହଁ', ଓକୋଙ୍କୋ କହିଲା। 'ଯଦି ଜଣେ ଲୋକ ଆସି ମୋ ଘରେ ଝାଡ଼ା କରିଦିଏ, ମୁଁ କଣ କରିବି? ମୋ ଆଖି ବନ୍ଦ କରିଦେବି? ନା! ବାଡ଼ିଟାଏ ନେଇ ତାର ମୁଣ୍ଡକୁ ଛତୁ କରିଦେବି। ସେଇଟା ଗୋଟେ ମରଦର କାମ। ଏଇ ଲୋକଗୁଡ଼ା ନିତି ଆମକୁ ନାକରା କରୁଛନ୍ତି, ଆଉ ଓକେକେ କହୁଛି କଣ ନା ଆମେ ନ ଦେଖିଲା ପରି ରହିଯିବା କଥା।' ଓକୋଙ୍କୋ ଘୃଣା ଓ ବିରକ୍ତିରେ କଥାଗୁଡ଼ା କହି ପକାଇଲା। ଏଇଟା ତୁଚ୍ଛା ମାଇଚିଆ ବଂଶଟା। ଉମୋଫିଆରେ ତାର ବାପଘର ଜାଗାରେ ଏମିତି କେବେ ହେଇ ନ ଥାନ୍ତା। ସେ ଭାବିଲା।

'ଓକୋଙ୍କୋ ଠିକ୍ କଥା କହିଛି', ଅନ୍ୟ ଜଣେ କହିଲା। 'ଆମେ କିଛି ଗୋଟେ କରିବା ଦରକାର। ଆମେ ତାଙ୍କୁ ବାସନ୍ଦ କରିଦେବା। ତା ହେଲେ ତାଙ୍କରି ଜଘନ୍ୟ କାମ ପାଇଁ ଆମେ ଆଉ ଉତ୍ତରଦାୟୀ ରହିବା ନାହିଁ।

ସଭାରେ ପ୍ରତ୍ୟେକେ କିଛି କିଛି କହିଲେ। ଶେଷରେ ଖ୍ରୀଷ୍ଟିଆନ୍ ମାନଙ୍କୁ ସାମାଜିକ ବାସନ୍ଦ କରିବାକୁ ନିଷ୍ପତ୍ତି ନିଆଗଲା। ଓକୋଙ୍କୋ ରାଗରେ ଦାନ୍ତ ରଗଡ଼ିଲା।

ସେଇ ରାତିରେ ଜଣେ ଡ଼ଗରା ଏମ୍ବାଣ୍ଟାର ଏପାଖ ସେପାଖ ଗଳି କନ୍ଦି ବୁଲି ବୁଲି ନୂଆଁ ଧର୍ମର ଲୋକଙ୍କୁ କୁଳର ସବୁ ସୁବିଧା ସୁଯୋଗରୁ ବାହାର କରାଯିବାର ଖବର ଘୋଷଣା କଲା।

ଖ୍ରୀଷ୍ଟିଆନ୍‌ମାନେ ସ୍ତ୍ରୀ ପୁରୁଷ ପିଲାଛୁଆ ସଂଖ୍ୟାରେ ବଢ଼ି ବଢ଼ିକା ଗୋଟେ ଛୋଟିଆ ଗୋଷ୍ଠୀ ହେଇ ସାରିଥାନ୍ତି। ସମସ୍ତେ କାମିକା, ଆତ୍ମବିଶ୍ୱାସୀ। ଗୋରା ମିଶନାରୀ ମି: ବ୍ରାଉନ୍ ତାଙ୍କୁ ନିୟମିତ ଦେଖା କରୁଥାନ୍ତି। 'ତମ ଭିତରେ ପ୍ରଥମେ 'ମଞ୍ଜି' ବୁଣିବାର ମାତ୍ର ଅଠର ମାସ ହେଇଛି କି ନା ପ୍ରଭୁ ଯାହା ସର୍ଜନା କଲେଣି ମୁଁ ସେଥିରେ ଆଶ୍ଚର୍ଯ୍ୟ ହେଉଛି।'

ଧାର୍ମିକ ସପ୍ତାହର ବୁଧବାର ଦିନ। ମି: କିଆଗା ସ୍ତ୍ରୀ ଲୋକମାନଙ୍କୁ ଇଷ୍ଟର ପାଇଁ ଚର୍ଚ୍ଚକୁ ଘଷା ଲିପା କରିବାକୁ ନାଲି ମାଟି ଓ ଧଳା ଖଡ଼ି ଆଣିବାକୁ କହିଲେ। ସ୍ତ୍ରୀ ଲୋକମାନେ ତିନିଟା ଦଳରେ ଭାଗ ହେଇ ଏଇ କାମରେ ଗଲେ। ସେଦିନ ସକାଳୁ ସେମାନେ ବାହାରିଲେ। କେତେ ଜଣ ପାଣି ମାଠିଆ ଧରି ଝୋଲାକୁ ଗଲେ। ଆଉ ଗୋଟେ ଦଳ ଡ଼ଲା, ଖଇଁତି ଧରି ଗାଁର ନାଲି-ମାଟି ଗାତକୁ ଗଲେ। ଅନ୍ୟମାନେ ଖଡ଼ି ପଥର ଖଣିକୁ ଗଲେ।

ମି: କିଆଗା ପ୍ରାର୍ଥନା କରୁ କରୁ ସ୍ତ୍ରୀଲୋକମାନଙ୍କୁ ଉତ୍ତେଜିତ ହେଇ କଥା ହେଉଥିବାର ଶୁଣି ପାରିଲେ। ପ୍ରାର୍ଥନାକୁ ସେଠି ଶେଷ କରିଦେଇ ଘଟଣା କଣ ବୁଝିବା ପାଇଁ ସେ ବାହାରି ଆସିଲେ। ସ୍ତ୍ରୀଲୋକମାନେ ଖାଲି ପାଣି ମାଠିଆ ଧରି ଚର୍ଚ୍ଚକୁ ଫେରି ଆସିଥିଲେ। କେତେଜଣ ଯୁବକ ଚାବୁକ ଧରି ତାଙ୍କୁ ଝୋଲାରୁ ଖେଦି ଦେଇଥିବାର ସେମାନେ କହିଲେ। ତା ପରେ ପରେ ନାଲି ମାଟି ଆଣିବାକୁ ଯାଇଥିବା ସ୍ତ୍ରୀ ଲୋକମାନେ ଖାଲି ଟୋକେଇ ଧରି ଫେରି ଆସିଲେ। କେତେଜଣଙ୍କ ପିଠିରେ ଚାବୁକ୍ ପାହାର ବସିଥିଲା। ଖଡ଼ି ଗୋଟାଳି ସ୍ତ୍ରୀଲୋକମାନେ ମଧ୍ୟ ଫେରିଆସି ସେଇ ସମାନ କଥା କହିଲେ।

'ଏ ସବୁର ମାନେ କ'ଣ?' ଗୋଟାପଣେ ଘାବରେଇ ଯାଇ ମି: କିଆଗା ପଚାରିଲେ।

'ଗାଁ ଆମକୁ ବାସନ୍ଦ କରିଛି', ସ୍ତ୍ରୀ ଲୋକ ଭିତରୁ ଜଣେ କହିଲା। 'ଗଲା ରାତିରେ ଡ଼ଗରା ଡ଼େଙ୍ଗୁରା ପିଟି କହିଥିଲା। ହେଲେ ଝୋଲାକୁ କି ପଥର ଖଣିକୁ ବାରଣ କରିବାଟା ଆମର ପ୍ରଥା ନୁହେଁ।'

ଆଉ ଜଣେ ସ୍ତ୍ରୀ ଲୋକ କହିଲା, 'ସେମାନେ ଆମକୁ ବରବାଦ କରିଦେବାକୁ ଚାହାଁନ୍ତି। ସେମାନେ କୁଆଡ଼େ ଆମକୁ ବଜାରକୁ ଯିବାକୁ ଦେବେ ନାହିଁ। ସେଇୟା କହିଛନ୍ତି।'

ମି: କିଆଗା ତାଙ୍କର ପୁରୁଷ ଧର୍ମାନ୍ତରୀମାନଙ୍କୁ ଗାଁ ଭିତରକୁ ପଠାଇବା ପାଇଁ ବାହାରୁଥିଲା ବେଳେ ସେମାନେ ଖୋଦ୍ ଆସି ପହଞ୍ଚିଲେ। ଅବଶ୍ୟ ଡ଼ଗରା କଥା

ସେମାନେ ଶୁଣିଥିଲେ। କିନ୍ତୁ ତିର୍ଲାମାନଙ୍କୁ ଝୋଲାକୁ ଯିବାର ନିଷେଧ କରିବା କଥା ସେମାନେ କେଭେଁ ଶୁଣି ନ ଥିଲେ।

'ଆସ। ସେଇ ଡ଼ରପୋକ ସବୁଙ୍କୁ ଭେଟିବାକୁ ଆମେ ତମ ସହିତ ଯିବୁ।' ସେମାନେ ସ୍ତ୍ରୀଲୋକମାନଙ୍କୁ କହିଲେ। କେତେଜଣଙ୍କ ହାତରେ ବଡ଼ ବଡ଼ ଲାଠି ଆଉ ହତିଆର ମୁଣା ଥିଲା।

କିନ୍ତୁ ମି: କିଆଗା ସେମାନଙ୍କୁ ରୋକିଲେ। ସେମାନେ ବାସନ୍ଦ ହେବାର କାରଣଟାକୁ ସେ ପ୍ରଥମେ ଜାଣିବାକୁ ଚାହିଁଲେ।

'ସେମାନେ କହୁଛନ୍ତି ଓକୋଲି ଦେବାଳ-ଅଜଗରକୁ ମାରିଛି', ଜଣେ ଲୋକ କହିଲା।

'ମିଛ କଥା। ଓକୋଲି ନିଜେ ମତେ କହିଛି ଯେ କଥାଟା ମିଛ', ଆଉ ଜଣେ ଲୋକ କହିଲା।

ୟାର ଉତ୍ତର ଦେବାକୁ ଓକୋଲି ସେଠି ନ ଥିଲା। ତା ଆଗ ରାତିରେ ସେ ବେମାର ପଡ଼ିଲା। ଦିନଟା ସରିବା ଆଗରୁ ସେ ମରିଗଲା। ତାର ମୃତ୍ୟୁ ଜଣାଇଦେଲା ଯେ ଦେବତା ମାନେ ତଥାପି ନିଜର ଯୁଦ୍ଧ ନିଜେ ଲଢ଼ି ପାରୁଛନ୍ତି। ଖ୍ରୀଷ୍ଟିଆନ୍‌ମାନଙ୍କୁ ହଇରାଣ ହରକତ କରିବାକୁ ସେଠାର ଜାତି ଆଉ କାରଣ ପାଇଲା ନାହିଁ।

॥ ୧୯ ॥

ବର୍ଷ ଶେଷର ଭାରି ବର୍ଷାଟା ପଡୁଥାଏ। ଏଇ ସମୟରେ କାନ୍ଥ ତିଆରି ପାଇଁ। ଗୋଡ଼ରେ ନାଲି ମାଟି ଦଳା ହୁଏ। କାମଟା ଆଗରୁ ହେଇ ପାରିବନି। କାରଣ ଜୋର୍ ବର୍ଷାରେ ଚକଟା ମାଟି ଗଦା ମାନ ଧୋଇଯିବ। ପରେ ବି କରି ହେବନି। କାରଣ ଫସଲ ଅମଳ ଆରମ୍ଭ ହେଇଯିବ ଆଉ ତା ପରେ ପରେ ଖରାଦିନ ଆସିଯିବ।

ଏମ୍ବାଣ୍ଟାରେ ଓକୋଙ୍କୋର ଏଇଟା ଶେଷ ଅମଳ। ସାତ ବର୍ଷର ବିଫଳ କ୍ଳାନ୍ତିକର ଦିନ ଘୋଷାରି ହେଇ ହେଇକା ଏବେ ଶେଷ ହେବା ଉପରେ। ଯଦିଓ ତାର ମା' ଘରେ ତାର ବହୁତ ଉନ୍ନତି ହୋଇଥିଲା, ତେବେ ବି ଓକୋଙ୍କୋ ଜାଣେ ଯେ ଉମୋଫିଆରେ ତାର ବାପାର ଜାଗାରେ ତାର ଆହୁରି ବଢ଼ତି ହୋଇ ପାରିଥାନ୍ତା। ସେଠି ପୁରୁଷମାନେ ବେଶ୍ ସାହସୀ ଆଉ ଲଢୁଆ। ଏଇ ସାତ ବର୍ଷ ଭିତରେ ସେ ପୁରା ଶିଖରକୁ ଚଢ଼ି ପାରିଥାନ୍ତା। ସେଥିପାଇଁ ପ୍ରବାସର ପ୍ରତିଟି ଦିନ ତାର ପଶ୍ଚାତାପରେ କଟିଛି। ଏଇ ଦୁଃସମୟରେ ତାର ମାଁର ଲୋକବାକ ତାକୁ ବେଶ୍ ସାହାପଟ ହେଲେ। ସେଥପାଇଁ ସେ ଋଣୀ। କିନ୍ତୁ ସେଇଟା ପରସ୍ଥିତିକୁ ବଦଳେଇ ଦେଲା ନାହିଁ। ପ୍ରବାସରେ ଜନ୍ମ ହେଇଥିବା ତାର ପ୍ରଥମ ଛୁଆର ନାଁ ସେ ରଖିଲା ଏନେକା – 'ମାଁ ସବୁଠୁ ବଡ଼' – ତାର ମାଁର ଜ୍ଞାତି କୁଟୁମ୍ବ ପ୍ରତି ତାର ବିନମ୍ର କୃତଜ୍ଞତାର ଚିହ୍ନ। କିନ୍ତୁ ଦୁଇ ବର୍ଷ ପରେ ଜନ୍ମିଥିବା ଆଉ ଗୋଟେ ପୁଅର ନାଁ ରଖିଲା ଏନୋଫିଆ – 'ଅପନ୍ତରାରେ ଜନ୍ମିତ'।

ଦେଶାନ୍ତରୀର ଶେଷ ବର୍ଷଟା ଆସୁ ଆସୁ ଓକୋଙ୍କୋ ତାର ପୁରୁଣା ପାଚିରୀ ଭିତରେ ଦୁଇଟା କୁଡ଼ିଆ ତିଆରି କରିଦେବା ପାଇଁ ଓବେରିକା ପାଖକୁ ଟଙ୍କା ପଠାଇଲା। ସେ ବାହାର ପାଚିରୀ ଓ ଆହୁରି କେତେଟା କୁଡ଼ିଆ ତିଆରି କରିବା ଯାଏଁ ତାର ପରିବାର ସେଠି ରହିବେ। ତାର 'ଓବି' କିମ୍ବା ପାଚିରୀ ତିଆରି କରିବା ପାଇଁ ସେ

ଅନ୍ୟ ଜଣକୁ କହି ପାରିବନି। ସେଇଟା ଜଣେ ପୁରୁଷ ନିଜେ ଗଢ଼େ କିମ୍ବା ତା ବାପା ପାଖରୁ ଅଧିକାର ସୂତ୍ରରେ ପାଇଥାଏ।

ବର୍ଷାଦିନିଆ ଛେଚାକୁଟା ବର୍ଷା ଅଜାଡ଼ିଲା। ଦୁଇଟା କୁଡ଼ିଆ ସରିଥିବାର ଖବର ଓବେରିକା ପଠାଇଲା। ବର୍ଷା ପରେ ଓକୋଙ୍କୋ ଫେରିବାର ଆୟୋଜନରେ ଲାଗିଲା। କିଛି ଦିନ ଆଗରୁ ସେ ବର୍ଷା ଛାଡ଼ିବା ଆଗରୁ ତାର ପାଚିରୀଟା ତିଆରି କରିବାକୁ ଚାହିଁଥିଲା। କିନ୍ତୁ ସେମିତିରେ ସାତ ବର୍ଷର ପ୍ରାୟଶ୍ଚିତ ଦଣ୍ଡରୁ କିଛି ଦିନ ସେ ତାରି ହାତକୁ ନେଇଯାଇଥାନ୍ତା। ସେଇଟା ତ ହେଇ ପାରିବନି। ତେଣୁ ଅଧୈର୍ଯ୍ୟ ହେଇ ସେ ଖରାଦିନକୁ ଟାକି ରହିଲା।

ଦିନ ଗୁଡ଼ା ମଠେଇ ଆସିଲା। ବର୍ଷା ଦିନକୁ ଦିନ ଧିମେଇ ପୁଣି ତେରଛା ଝରିଲା। କେବେକେବେ ବର୍ଷା ଭିତରେ ସୂର୍ଯ୍ୟ ମୁହଁ ଦେଖାଏ। ଧୀର ପବନ ବହେ। ବେଶ୍ ହାଲ୍‌କା ଫୁଲ୍‌କା ବର୍ଷା। ଇନ୍ଦ୍ରଧନୁ ଟାଣେ। ଥରେ ଥରେ ଦୁଇଟା ଇନ୍ଦ୍ରଧନୁ ଦିଶେ – ଠିକ୍ ମାଁ ଝିଅ ପରି। ଜଣେ ସୁନ୍ଦରୀ ଯୁବତୀ, ଆଉ ଜଣେ ଫିକା ଛାଇ ରଙ୍ଗରେ ବୟସ୍କା। ଇନ୍ଦ୍ରଧନୁକୁ ଆକାଶର ଅଜଗର କହନ୍ତି।

ଓକୋଙ୍କୋ ତାର ତିନି ଭାରିଯାଙ୍କୁ ଡ଼ାକି ଗୋଟେ ବଡ଼ ଭୋଜି ପାଇଁ ଜିନିଷ ପତ୍ର ସଜିଲ୍ କରିବାକୁ କହିଲା। 'ଯିବା ଆଗରୁ ମୋ ମାଁ ର ଲୋକବାକଙ୍କୁ ନିଶ୍ଚେ ସୁକ୍ରିୟା ଜଣାଇବି', ସେ କହିଲା।

ଏକ୍ୱେଫିର ଆଗ ବର୍ଷର କିଛି ମାଟିଆଳୁ ତଥାପି ତା ଜମିରେ ଥାଏ। ବାକି ଦୁଇ ସ୍ତ୍ରୀଙ୍କର ନ ଥାଏ। ତା ମାନେ ନୁହେଁ ଯେ ସେମାନେ ଦୁହେଁ ଅଳସୁଆ। କିନ୍ତୁ ତାଙ୍କର ବେଶୀ ଛୁଆ, ଖାଇବାକୁ ବେଶୀ ପେଟ। ଭୋଜି ଯାଇଁ ଏକ୍ୱେଫି ମାଟିଆଳୁ ଯୋଗାଇବ ଏଇଟା ଜଣା କଥା। ନୋୟେର ମା ଓ ଓଜୁଗୋ ଆଉ ସବୁ ଜିନିଷ ଯେମିତିକି ପୋଡ଼ା ମାଛ, ପାମ୍ ତେଲ ଆଉ ଝୋଳ ପାଇଁ କଳା ମରିଚ ଆଦି ଯୋଗାଡ଼ିବେ। ଓକୋଙ୍କୋ ଖମ୍ବଆଳୁ ଆଉ ମାଂସ କଥା ବୁଝିବ।

ସେଦିନ ବଡ଼ି ସକାଳୁ ଉଠି ଏକ୍ୱେଫି ତା ଝିଅ ଏଜିନ୍‌ମା ଓ ଓଜୁଗୋର ଝିଅ ଓବେଲି କୁ ସାଙ୍ଗରେ ଧରି ତା ଜମିକୁ କନ୍ଦଆଳୁ ଅମଳିବାକୁ ଗଲା। ତିନିହେଁ ଗୋଟେ ଲେଖାଁଏ ଲମ୍ବା ବେତ ଟୁପା, ନରମ କନ୍ଦିଳ ଡ଼େମ୍ଫକୁ କାଟିବା ପାଇଁ ଗୋଟେ କଟୁରୀ ଆଉ କନ୍ଦା ଖୋଳିବା ପାଇଁ ଗୋଟେ ଛୋଟ ଖଣତି ଧରି ଗଲେ। ଯୋଗକୁ, ରାତିରେ ପତଳା ବର୍ଷା ହେଇଥାଏ। ତେଣୁ ମାଟି ସେତେ ଟାଣ ନ ଥାଏ।

'ବେଶୀ ବେଳ ଲାଗିବ ନାହିଁ, ମନଇଚ୍ଛା ଖୋଳିନେବା ', ଏକ୍ୱେଫି କହିଲା।

'ହେଲେ ପତ୍ରଗୁଡ଼ା ଓଦା ଥିବ !' ଏଜିନ୍‌ମା କହିଲା। ତାର ଟୁପାଟା ତା ମୁଣ୍ଡରେ ସଳଖି ବସିଥାଏ। ହାତ ଦୁଇଟାକୁ ଛାତିରେ ଛନ୍ଦି ରଖିଥାଏ। ତାକୁ ଥଣ୍ଡା ଲାଗିଲା। 'ମୋ ପିଠିପଟେ ଥଣ୍ଡା ପାଣି ପଡ଼ିଲେ ମତେ ଭଲ ଲାଗେ ନାହିଁ। ସୂର୍ଯ୍ୟ ଉଠିଲେ ପତ୍ରର ପାଣିସବୁ ଶୁଖିଯିବ। ଖରା ଆସିବା ଯାଏଁ ଆମେ ଟାକିବାର ଥଲା।

ପାଣିକୁ ନାକ ଟେକିବାରୁ ଓବେଲି ତାକୁ ଡ଼ାକିଲା, 'ଲୁଣ ! ପାଣିରେ ମିଳେଇ ଯିବୁ ବୋଲି ଡ଼ରୁଛୁ କି ?'

କନ୍ଦା ଖୋଳାଟା ସହଜ ହେଲା, ଏକ୍ୱେଫି ଯେମିତି କହିଥିଲା। ନଇଁପଡ଼ି ଡ଼େମ୍ଫକୁ କାଟି କନ୍ଦା ଖୋଳିବା ଆଗରୁ ଏଜିନ୍‌ମା ଲମ୍ୱା ବାଡ଼ିଟାରେ ପ୍ରତି ଗଛକୁ ଜୋର୍‌ରେ ଝୁଣି ପକାଉଥାଏ। ଥରେ ଥରେ ଖୋଳିବା ଦରକାର ପଡୁ ନ ଥାଏ। ଟିକେ ଟାଣି ଦେଲେ ମାଟି ଉଠି ଆସେ। ତଳୁ ଚେର ଓପାଡ଼ି ହେଇ କନ୍ଦାଟା ଟାଣି ହେଇ ବାହାରି ଆସେ।

ବେଶ୍ କିଛି ପରିମାଣ ଖୋଳି ସାରି ସେମାନେ ଦୁଇ ଥର କରି ଝୋଲା ତଳକୁ ବୋହି ନେଲେ, ସେଠି କନ୍ଦା ସଢ଼େଇବା ପାଇଁ ସବୁ ମାଈକିନାଙ୍କର ଗୋଟେ ଲେଖାଏଁ ଗାତ ଚୁଆ ଥାଏ।

'ତିନି ଚାରି ଦିନରେ ଏଇଟା ବାଗେଇ ଯିବ। କଅଁଳି କନ୍ଦାସବୁ', ଓବେଲି କହିଲା।

'ସେତେଟା କଅଁଳି ନୁହଁ। ପାଖାପାଖି ଦୁଇ ବର୍ଷ ତଳେ ମୁଁ ଜମିରେ ପୋତି ଥିଲି। ଜମିଟା ସରସା ନୁହଁ। ସେଥପାଇଁ କନ୍ଦା ଯାକ ଛୋଟ ହୋଇଛି।' ଏକ୍ୱେଫି କହିଲା।

ଓକୋଙ୍କୋ କୌଣସି କାମ ଅଧାପନ୍ତରିଆ କରେ ନାହିଁ। ଭୋଜି ପାଇଁ ଦୁଇଟା ଛେଳି ଯଥେଷ୍ଟ ବୋଲି ତାର ସ୍ତ୍ରୀ ଏକ୍ୱେଫି ପ୍ରତିବାଦ କରି କହିବାରୁ ସେ ସିଧା ଶୁଣାଇଦେଲା ଯେ ଏଇଟା ତାର ମାମଲା ନୁହଁ।

ମୁଁ ଭୋଜିଟା ଦଉଛି, କାରଣ ଏଥିପାଇଁ ମୋର ଆବଶ୍ୟକ ଅର୍ଥ ଅଛି। ନଈ କୂଳରେ ବାସ କରି ପାଣି ଛିଟିକାରେ ହାତ ଧୋଇବା ଲୋକ ମୁଁ ନୁହେଁ। ମୋର ମାଆ ଘର ଲୋକ ମତେ ବହୁତ ସାହାପଟ ହେଇଛନ୍ତି। ମୁଁ ତାଙ୍କୁ ମୋର କୃତଜ୍ଞତା ଜଣାଇବା ଉଚିତ।'

ତେଣୁ ତିନିଟା ଛେଳି ହଣା ହେଲା। ଆହୁରି ଗୁଡ଼ାଏ କୁକୁଡ଼ା କଟା ହେଲା। ଗୋଟେ ବାହାଘରର ଭୋଜି ପରି ହେଲା। ଆଳୁ ଦମ୍, ଆଳୁ ଭରତା, ଖରଭୁଜ ଝୋଳ, ପିତା ଶାଗ ଝୋଳ ଆଉ ତା ସାଙ୍ଗକୁ ହାଣ୍ଡି ହାଣ୍ଡି ଖଜୁରୀ ମଦ।

ସବୁ ଉମୁନ୍ନାଙ୍କୁ ଭୋଜିକୁ ନିମନ୍ତ୍ରଣ କରା ହେଇଥିଲା। ପ୍ରାୟ ଦୁଇଶହ ବର୍ଷ ପୂର୍ବେ ବାସ କରୁଥିବା ଓକୋଲୋର ସବୁ ଦାୟାଦ ମାନଙ୍କୁ ଡ଼ାକା ହେଇଥିଲା। ଏଇ ବିରାଟ ପରିବାରର ସବୁଠୁ ବର୍ଷିୟାନ୍ ସଭ୍ୟ ଥିଲା ଉଛେଣ୍ଡୁ - ଓକୋଙ୍କୋର ମାମୁଁ। କୋଲା ଫଳଟା ତାକୁ ଭାଙ୍ଗିବାକୁ ଦିଆଗଲା। ସେ ପୂର୍ବପୁରୁଷଙ୍କୁ ପ୍ରାର୍ଥନା କଲା। ସେ ସ୍ୱାସ୍ଥ୍ୟ ଓ ସନ୍ତାନ ପାଇଁ ଗୁହାରି କଲା। 'ଆମେ ଧନସମ୍ପତ୍ତି ମାଗୁ ନାହୁଁ। କାରଣ ଯାହାର ସ୍ୱାସ୍ଥ୍ୟ ଓ ସନ୍ତାନ ଅଛି, ତାକୁ ଧନ ଅବଶ୍ୟ ମିଳିବ। ଆମେ ଅଧିକ ଟଙ୍କା ମାଗୁ ନାହୁଁ। ବରଂ ଅଧିକା ଜାତି ଭାଇ ମାଗୁଛୁ। ଆମେ ପଶୁ ଅପେକ୍ଷା ଭଲ ଅଛୁ। କାରଣ ଆମର ଜାତିଭାଇ ଅଛନ୍ତି। ଦେହ ଦରଜ କଲେ ପଶୁଟାଏ ଗଛର ଗଣ୍ଡିରେ ଘଷି ହୁଏ, ମଣିଷ ତାକୁ ଘଷି ଦେବାକୁ ତାର ଜାତିଭାଇକୁ ଡ଼ାକେ।' ସେ ବିଶେଷ କରି ଓକୋଙ୍କୋ ଓ ତାର ପରିବାର ସକାଶେ ପ୍ରାର୍ଥନା କଲା। କୋଲାକୁ ଭାଙ୍ଗି ସେଥିରୁ ଫଡ଼ାଏ ପିତୃପୁରୁଷଙ୍କ ନାମରେ ତଳେ ପକାଇ ଦେଲା।

ଭଙ୍ଗା କୋଲାଟାକୁ ସମସ୍ତଙ୍କ ଭିତରେ ବଣ୍ଟା ହେଲା ବେଳକୁ ଓକୋଙ୍କୋର ସ୍ତ୍ରୀମାନେ ତାର ଝିଅମାନେ ଓ ତାଙ୍କୁ ରୋଷେଇରେ ସାହାଯ୍ୟ କରିଥିବା ଅନ୍ୟ ଲୋକମାନେ ଖାଇବାଟା ପରଷି ବସିଲେ। ତାର ପୁଅମାନେ ମଦ ହାଣ୍ଡିମାନ ବୋହି ଆଣିଲେ। ହରେକ ରକମର ଏତେଗୁଡ଼ାଏ ଖାଇବା ପିଇବା ଚିଜ ଦେଖି ଜାତିଲୋକ କେତେଜଣ ଖୁସିରେ ସୁସୁରୀ ବଜାଇଲେ।

'ଏଇ ଛୋଟ କୋଲା ଖଣ୍ଡିଏ ଗ୍ରହଣ କରିବାକୁ ମୁଁ ତମକୁ ଅନୁନୟ କରୁଛି', ସେ କହିଲା। ୟାର ମାନେ ନୁହଁ ଯେ ଗଲା ସାତ ବର୍ଷ ଭିତରେ ତମେମାନେ ମୋ ପାଇଁ ଯାହା କରିଛ ମୁଁ ତାକୁ ଭରଣା କରୁଛି। ଝିଅଟିଏ ତାର ମାଁ କ୍ଷୀରର ଋଣ କେବେ ଶୁଝି ପାରେନା। ମୁଁ ତମମାନଙ୍କୁ ଏକାଠି ଡ଼ାକିଛି ଏଥିପାଇଁ ଯେ ଜାତିଭାଇମାନଙ୍କର ଭେଟ୍‌ଘାଟ୍ ହେବା ଭଲ।

ଅନ୍ୟ ଚିଜ ଅପେକ୍ଷା ଟିକେ ହାଲୁକା ଥିବାରୁ ମାଟି ଆଳୁର ବହଳିଆ ଝୋଳ ଆଗ ପରଷା ହେଲା ଆଉ ସବୁଥିରେ ଖମ୍ବଆଳୁ ଆଗ ଦିଆ ହୁଏ। ତା ପରେ ଭରତା ପରଷା ହେଲା କେତେଜଣ ଜାତି ଲୋକ ଖରଭୁଜ ଝୋଳ ସହିତ ଖାଇଲେ। ଅନ୍ୟମାନେ ପିତା ଶାଗ ଝୋଳ ସହିତ ମିଶାଇ ଖାଇଲେ। ତା ପରେ ଉମୁନ୍ନାର ପ୍ରତ୍ୟେକ ସଭ୍ୟଙ୍କୁ ମାଂସର ଗୋଟେ ଭାଗ ଦିଆଗଲା। ବୟସ ଅନୁକ୍ରମରେ ଉଠି ଯେଝାର ଭାଗ ନେଲେ। ଯେଉଁ କେତେଜଣ ଜାତିଭାଇମାନେ ଆସିପାରି ନ ଥିଲେ ପାଳି ଅନୁସାରେ ତାଙ୍କରି ଭାଗ ମଧ୍ୟ କାଢ଼ି ରଖାହେଲା।

ଖଜୁରୀ ମଦ ପିଉ ପିଉ ଉମୁନ୍ନାର ଜଣେ ବର୍ଷିଆନ ଲୋକ ଓକୋଙ୍କୋକୁ ଧନ୍ୟବାଦ ଜଣାଇବା ପାଇଁ ଉଠିଲା :

'ଆଜି ଏତେ ବଡ଼ ଭୋଜିଟାଏ ହେବ ବୋଲି ଭାବି ନ ଥିଲୁ କହିଲେ ବୁଝାଯିବ ଯେ ଆମ ପୁଅ ଓକୋଙ୍କୋ କେଡ଼େ ଖୋଲା ହାତିଆ ତାହା ଆମେ ଜାଣି ନ ଥିଲୁ। ଆମେ ସମସ୍ତେ ତାକୁ ଜାଣୁ। ତାଠୁ ଆମେ ଏମିତି ଦିଲ୍‌ଦାରିଆ ଭୋଜିଟାଏ ଆଶା କରୁଥିଲୁ। ହେଲେ ଆମେ ଯେତିକି ଭାବିଥିଲୁ, ଭୋଜିଟା ତାଠୁ କେଇ ଗୁଣ ଆହୁରି ବଡ଼ ହେଲା। ଧନ୍ୟବାଦ। ଠାକୁରେ କରନ୍ତୁ, ଯେତିକି ଦେଇଛୁ ତାର ଦଶ ଗୁଣ ପୁଣି ଫେରି ଆସୁ। ଆଜିକାଲିକା ଯୁଗରେ ପିଲାମାନେ ବଡ଼ମାନଙ୍କ ଅପେକ୍ଷା ନିଜକୁ ବେଶୀ ସିଆଣା ଭାବୁଥିବା ବେଳେ ଏମତି ନୀତିନିୟମ ପରମ୍ପରାରେ କାମ କରିବାର ଦେଖିଲେ ଭାରି ଭଲ ଲାଗେ। ଜାତିଲୋକ ଓପାସରେ ଥାନ୍ତି ଭାବି ତାଙ୍କୁ କେହି ଖାଇବାକୁ ଡ଼ାକେ ନାହିଁ। ଯେ'ଝା ଘରେ ସବୁଲୋକ ଖାଆନ୍ତି। ଜହ୍ନରାତିରେ ଗାଁ ପଡ଼ିଆରେ ଆମେ ସମସ୍ତେ ଏକାଠି ହେବାର କାରଣ ଜହ୍ନ ନୁହେଁ। ନିଜ ନିଜ ପାଚିରୀ ଭିତରେ ପ୍ରତି ଲୋକ ସେଇଟାକୁ ଦେଖି ପାରିବ। ଏକାଠି ମିଳାମିଶା ବସାଉଠା କରିବାଟା ଜାତିଭାଇଙ୍କ ପକ୍ଷରେ ଭଲ ବୋଲି ଆମେ ସେଇୟା କରୁ। ତମେ ପଚାରିପାର ଯେ ମୁଁ କ'ଣ ପାଇଁ ଏସବୁ କହୁଛି। ମୁଁ ଏସବୁ କହୁଛି, କାରଣ ତମର ନୂଆଁ ପିଢ଼ିଟା ପାଇଁ ମତେ ଡ଼ର ଲାଗୁଛି। ହଁ, ତମ ମାନଙ୍କ ପାଇଁ।' ସେ ଟୋକାମାନେ ବସିଥିବା ଜାଗା ଆଡ଼କୁ ହାତ ଦେଖାଇ କହିଲା। 'ମୋର ଭଲା ଏ ସଂସାରେ ଆଉ କେତେଟା ଦିନ। ସେମିତି ଉଛେଣ୍ଡୁ, ଉନାଚୁକୁ ଆଉ ଏମେଫୋ। କିନ୍ତୁ ତମ ପିଲାଙ୍କୁ ନେଇ ମୋର ଆଶାଙ୍କା ହେଉଛି। କାରଣ ଜାତିର ବନ୍ଧନ ଯେ କେତେ ବଳିଷ୍ଠ ତା ତମେ ବୁଝିପାରୁନା। ଗୋଟିଏ ସ୍ୱରରେ କଥା କହିବାଟା କଣ ତମେ ଜାଣିନା। ଫଳ କଣ ହେଲା ? ଗୋଟେ ଘୃଣ୍ୟ ଧର୍ମ ଆସି ତମରି ଭିତରେ ବସିଗଲା। ଏଥର ଜଣେ ଲୋକ ତାର ବାପକୁ ଛାଡ଼ି ଯାଇପାରେ, ତାର ଭାଇଙ୍କୁ ଛାଡ଼ି ଯାଇପାରେ। ତାର ବାପ ଅଜାର, ତାର ପିତୃପୁରୁଷର ଦେବତାକୁ ଗାଳି ଦେଇପାରେ, ଯେମିତି ଗୋଟେ ଶିକାରୀର କୁକୁର ହଠାତ୍ ପାଗଳ ହେଇ ତାରି ମାଲିକ ଉପରକୁ ଚଢ଼ି ବସେ। ମତେ ତମ ପାଇଁ ଭୟ ଲାଗୁଛି, ଜାତି ପାଇଁ ଭୟ ଲାଗୁଛି।' ସେ ଓକୋଙ୍କୋ ଆଡ଼କୁ ପୁଣି ମୁହାଁଇଲା ଓ କହିଲା, 'ଆମକୁ ଏକାଠି ଡ଼ାକି ଥିବାରୁ ତତେ ଧନ୍ୟବାଦ।'

ତୃତୀୟ ଭାଗ

॥ ୨୦ ॥

ନିଜ ଜାତି କୁଳଠୁ ସାତ ବର୍ଷ ଯାଏଁ ଦୂରେଇ ରହିବାଟା କିଛି କମ୍ ସମୟ ନୁହେଁ, ବେଶ୍ ଲମ୍ବା ସମୟ। ଜଣେ ଲୋକର ଜାଗାଟା ସବୁବେଳେ ସେଠି ତାକୁ ଟାକି ନ ଥାଏ। ସେ ଚାଲିଗଲା ପରେ ପରେ କେହି ନା କେହି ଜଣେ ଆସି ସେଇ ଜାଗା ପୂରଣ କରିଦିଏ। ଜାତି-କୁଳଟା ଗୋଟେ ଝିଟିପିଟି ପରି। ଯଦି ଲାଞ୍ଜଟିଏ ଚାଲିଯାଏ, ପୁଣି ଗୋଟେ ଲାଞ୍ଜ ଗଜୁରି ଉଠେ।

ଓକୋଙ୍କୋ ଏସବୁ ଜାଣେ। ସେ ଜାଣେ ଯେ କୁଳ-ସମ୍ପ୍ରଦାୟରେ ନ୍ୟାୟ ନିଶାପ କରୁଥିବା ନଅ ଜଣ ମୁଖାପିନ୍ଧା ପ୍ରେତ ମଧ୍ୟରେ ତାର ଆଉ ସ୍ଥାନ ନାହିଁ। ସେଠି ନୂଆଁ ଧର୍ମଟା ପ୍ରଭାବ ବିସ୍ତାର କରିଥିବା କଥା ତାକୁ ଲୋକେ କହିଲେ। ହେଲେ ନୂଆଁ ଧର୍ମ ବିରୁଦ୍ଧରେ ତାର କୁଳର ଲଢୁଆ ନେତୃତ୍ୱ ନେବାର ସୁଯୋଗ ସେ ହରାଇ ସାରିଛି। ବଂଶର ସର୍ବୋଚ୍ଚ ଉପାଧି ହାସଲ କରିପାରିବାର ସମୟଟା ସେ ହରେଇ ଦେଇଚି। ତେବେ ଏଇ କ୍ଷତି ଗୁଡ଼ିକ ଭିତରୁ କେତେଟା ଯେ ଅପୂରଣୀୟ, ତା ନୁହେଁ। ତାର ଘର ବାହୁଡ଼ାଟା ଲୋକ ଦେଖିଲା ପରି ହେବ ବୋଲି ସେ ଆରମ୍ଭରୁ ଦୃଢ଼ ନିର୍ଣ୍ଣୟ କରିଥିଲା। ସେ ସୌଭାଗ୍ୟ ଧରି ଫେରିବ ଆଉ ହାତରୁ ଖସି ଯାଇଥିବା ସାତ ବର୍ଷକୁ ପୁଣି ଫେରାଇ ଆଣିବ।

ଏପରିକି ନିର୍ବାସନର ପ୍ରଥମ ବର୍ଷରୁ ହିଁ ସେ ତାର ଫେରିବାର ଯୋଜନା କରିବା ଆରମ୍ଭ କରିଦେଇଥିଲା। ପ୍ରଥମେ ସେ ତାର ପାଚିରୀଟାକୁ ବିରାଟ ଆକାରରେ ତିଆରି କରିବ। ଆଗ ଅପେକ୍ଷା ଆହୁରି ବଡ଼ ଅମାର ଟେ ବନେଇବ। ଆଉ ଦୁଇଟା ନୂଆଁ ତିରିଲା ପାଇଁ ଘର ତୋଲିବ। ତାପରେ ତାର ପୁଅମାନଙ୍କୁ ଓଜୋ ସମାଜରେ ଦିକ୍ଷୀତ କରାଇ ତାର ଧନ ଓ ପ୍ରତିପତ୍ତି ଜାହିର କରିବ। ବଂଶରେ କେବଳ ନାମଜାଦା ଲୋକମାନେ ହିଁ ଏଇୟା କରି ପାରିଥାନ୍ତି। ତାର ମାନ ମର୍ଯ୍ୟାଦା କେତେ ଉପରକୁ

ଉଠିବ ଆଉ ପୁଣି ସେଇ ଇଲାକାର ସର୍ବୋଚ୍ଚ ଉପାଧି ସେ ହାସଲ କରିବ – ସେଇ ସବୁକୁ ସେ ସ୍ପଷ୍ଟ ଦେଖିପାରିଲା।

ଗୋଟେ ପରେ ଗୋଟେ ପରବାସୀ ବର୍ଷ ଯାଉ ଯାଉ ତାକୁ ଲାଗିଲା ଯେ ତାର 'ଚି' ଅତୀତରେ ଘଟାଇଥିବା ଦୁର୍ବିପାକ ପାଇଁ ଭରଣା କରୁଛି। ପ୍ରଚୁର ଖମ୍ବଆଳୁ ଅମଳ ହେଲା। ଖାଲି ତାର ମାଁ ମାଟିରେ ନୁହେଁ, ଉମୋଫାରେ ବି। ସେଠି ତାର ବନ୍ଧୁ ପ୍ରତି ବର୍ଷ ଭାଗ ଚଷୀକୁ ଲଗାଉଥାଏ।

ତାପରେ ତାର ପଢ଼ୁଆଁ ପୁଅ ଅଘଟଣଟାଏ କରିବସିଲା। ପ୍ରଥମେ ଲାଗିଲା ଯେମିତି ସେ ଏଇ ଦୁଃଖକୁ ଟାଳି ପାରିବ ନାହିଁ, ସେଇ ଚାପରେ ତାର ଫୁର୍ତ୍ତି ଦବିଯିବ। ତେବେ ସେଇଟା ଗୋଟେ ଦମ୍‌ଦାର୍ ଫୁର୍ତ୍ତି, ସହଜରେ ଦମନ କରିହେଲା ଭଳି ନୁହଁ। ଆଉ ଶେଷରେ ଓକୋଙ୍କୋ ସେଇ କଷ୍ଟକୁ ଟାଳି ଦେଲା। ତାର ଆହୁରି ପାଞ୍ଚଟା ପୁଅ। ତାଙ୍କୁ ତାର ଜାତି-କୁଳର ନୀତି ନିୟମ ଧାରାରେ ସେ ବଢ଼ାଇବ।

ସେ ତାର ପାଞ୍ଚ ପୁଅଙ୍କୁ ଡ଼କାଇଲା। ସେମାନେ ଆସି ତାର 'ଓବି' ରେ ବସିଲେ। ସବା ସାନ ପୁଅର ବୟସ ଚାରି ବର୍ଷ।

'ତମର ଭାଇର ଜଘନ୍ୟ କାମ ତ ତମେ ସମସ୍ତେ ନିଜ ଆଖିରେ ଦେଖିଲ। ସେ ଆଉ ମୋର ପୁଅ ନୁହଁ କି ତମର ଭାଇ ନୁହଁ। ମୋର ପୁଅ ମରଦ ହେବା ଚାହି, ଯିଏ ମୋରି ଲୋକବାକ ଭିତରେ ମୁଣ୍ଡ ଉଠାଇ ରହି ପାରିବ। ଯଦି ତମ ଭିତରୁ କିଏ ମାଇକିନା ହେବାକୁ ପସନ୍ଦ କରେ ତା ହେଲେ ସେ ଏବେ ମୁଁ ବଞ୍ଚିଥିଲା ବେଳେ ହିଁ ନୋୟେର ବାଟ ଧରୁ। ତା ହେଲେ ମୁଁ ତାକୁ ଗାଳି ଫଜିତ୍ କରିପାରିବ। ମୁଁ ମଲାପରେ ଯଦି ତମେ ମୋ ବିରୁଦ୍ଧରେ ମୁଣ୍ଡ ଉଠାଅ, ତା ହେଲେ ତମ ଉପରେ ସବାର ହେଇ ବେକ ମୋଡ଼ି ଦେବି।'

ଝିଅମାନଙ୍କ କ୍ଷେତ୍ରରେ ଓକୋଙ୍କୋ ବେଶ୍ ବଡ଼ କପାଳିଆ। ଏଜିନ୍‌ମାଟା କାହିଁକି ଝିଅଟାଏ ହେଲା ବୋଲି ତାର ସବୁବେଳେ ମନଦୁଃଖ। ସବୁ ପିଲାଛୁଆଙ୍କ ଭିତରୁ ସେ ହିଁ ତାର ମନ ବୁଝେ, ମନ ଜଗେ। ଦିନ ଗଡ଼ୁ ଗଡ଼ୁ ଦୁହିଁଙ୍କ ଭିତରେ ଦରଦୀ ବୁଝାମଣାର ଭାବଟାଏ ବଢ଼ି ଉଠେ।

ତାର ବାପାର ପରବାସରେ ଏଜିନ୍‌ମା ବଢ଼ିଲା ଆଉ ଏମ୍ବାଣ୍ଟାରେ ଅନିନ୍ଦ୍ୟ ସୁନ୍ଦରୀ ଝିଅଙ୍କ ଭିତରେ ଜଣେ ହେଇ ଗଣା ହେଲା। 'ସ୍ଫଟିକ୍ ସୁନ୍ଦରୀ', ଲୋକେ କହିଲେ। ଯୌବନରେ ତାର ମାଁକୁ ବି ସେଇୟା ଡ଼ାକୁଥିଲେ। ପିଲାଦିନେ ରୋଗ ବେମାରୀରେ ମାଁର ନିଦ ହଜାଇ ଦେଇଥିବା ଝିଅଟା ଯେମିତି ରାତିକ ଭିତରେ ଜଣେ ଡ଼ଉଲ ଡ଼ାଉଲ, ଖୁସିବାସିଆ ଧାଂଡ଼ୀଟେ ପାଲଟିଗଲା। ଅବଶ୍ୟ ଏକଥା ସତ ଯେ ମଝିରେ ମଝିରେ ତାର ଦେହ ଖରାପ ହୁଏ। ସେତିକି ବେଳେ ସେ ଘାଉଁଆ କୁକୁର

ପରି ସମସ୍ତଙ୍କ ଉପରକୁ ଝପଟି ବସେ। ଏମିତି ମାନସିକ ବିକାରଟା ହଠାତ୍ ତାକୁ ଘାରିବସେ। ବାହାରକୁ ଯାର ସେମିତି କିଛି କାରଣ ଜଣାପଡ଼େ ନାହିଁ। ତେବେ ଏଇଟା କେବେ କେମିତି ଘଟିଥାଏ ଆଉ ତା ବି ଅଳ୍ପ ସମୟ ପାଇଁ। ସେତିକିବେଳେ ତାର ବାପାକୁ ଛାଡ଼ି ଦେଲେ ଆଉ କାହାକୁ ପାଖରେ ପୁରାଇ ଦିଏ ନାହିଁ।

ଏମ୍ବଣ୍ଡାରର ଅନେକ ଯୁବକ ଓ ମଧ୍ୟବୟସ୍କ ଧନୀକ ମାନେ ତାକୁ ବାହା ହେବାକୁ ଚାହିଁଲେ। କିନ୍ତୁ ସେ ସମସ୍ତଙ୍କୁ ମନା କରିଦେଲା। କାରଣ ଦିନେ ସନ୍ଧ୍ୟାବେଳେ ତାକୁ ତାର ବାପା ଡ଼ାକିଲା ଆଉ କହିଲା; 'ଏଠି ବହୁତ ଭଲ ଓ ଧନୀ ଲୋକମାନେ ଅଛନ୍ତି। କିନ୍ତୁ ଆମେ ଘରକୁ ଫେରିଲା ପରେ ଉମୋଫାରେ ତୁ ବାହା ହେଲେ ମୁଁ ଖୁସି ହେବି।'

କଥା ସେତିକି। କିନ୍ତୁ ସେଇ କେଇ ପଦ କଥା ଭିତରେ ଲୁଚି ରହିଥିବା ତାର ବାପାର ମନ-ଭାବନା ଓ ତାର ଅର୍ଥକୁ ଏଜିନ୍ମା ସ୍ପଷ୍ଟ ଦେଖି ପାରିଲା। ଆଉ ସେ ରାଜି ହେଇଗଲା।

'ତୋର ଖୁଡ଼-ଭଉଣୀ ଓବେଲି ମୋ କଥା ବୁଝିବ ନାହିଁ। ବରଂ ତୁ ତାକୁ ବୁଝାଇ ଦେବୁ', ଓକୋଙ୍କୋ କହିଲା।

ସେମାନେ ଦୁହେଁ ସମବୟସୀ ହେଲେ ସୁଦ୍ଧା ଏଜିନ୍ମା ତାର ଖୁଡ଼-ଭଉଣୀ ଉପରେ ବେଶ୍ ପ୍ରଭାବ ଜାହିର କରେ। ସେମାନେ ଏବେ କାହିଁକି ବାହା ହେବା କଥା ନୁହଁ ସେ ତାକୁ ବୁଝାଇ ଦେଲା। ସେ ବି ରାଜି ହେଲା, ଆଉ ଦୁହେଁ ଯାକ ଏମ୍ବାଣ୍ଡାରେ ସବୁ ବିବାହ ପ୍ରସ୍ତାବ ମନା କରିଦେଲେ।

'ପୁଅଟାଏ, ହେଇଥାନ୍ତା କି', ଓକୋଙ୍କୋ ନିଜକୁ ନିଜେ କହିଲା। ସବୁ କଥାକୁ ସେ ଏତେ ସୁନ୍ଦର ବୁଝିପାରେ। ତାର ଛୁଆମାନଙ୍କ ଭିତରୁ ଆଉ କିଏ ଭଲା ଏମିତି ତାର ମନ କଥା ବୁଝିପାରିବ ? ଦୁଇଟା ବଢ଼ିଲା ଝିଅକୁ ଧରି ଫେରିଲେ ସେ ଉମୋଫାରେ ଆକର୍ଷଣର କେନ୍ଦ୍ରବିନ୍ଦୁ ହେଇଯିବ। ତାର ଭାବୀ ଜ୍ୱାଇଁମାନେ ବଂଶର ମାନ୍ୟତା ଲୋକ ହେଇଥିବେ। ଅଗାବଗା ଛୋଟକାଟିଆ ଘର ତା ଘରେ ବନ୍ଧୁ ସମ୍ବନ୍ଧ କରିବାର ସାହସ କରିବେ ନାହିଁ।

ଓକୋଙ୍କୋର ଏଇ ସାତ ବର୍ଷର ପରବାସରେ ସତରେ ଉମୋଫାରେ ଅନେକ କିଛି ବଦଳି ଯାଇଥିଲା। ଚର୍ଚ୍ଚ ଆସି ଅନେକ ଲୋକଙ୍କୁ ନଷ୍ଟ କରି ଦେଇଥିଲା। ବେଳେବେଳେ ଖାଲି ଛୋଟ ଜାତି କିମ୍ବା ଅଜାତିଆ ନୁହଁନ୍ତି, ବଡ଼ଲୋକମାନେ ମଧ୍ୟ ସେଥିରେ ମିଶିଲେ। ଉବେଫି ଉଗୋନ୍ନା ତା ଭିତରୁ ଜଣେ। ପାଗଳ ପରି ସେ ଦୁଇଟା ଉପାଧିର ପାହୁଡ଼କୁ କାଟି ଦେଇ ଖ୍ରୀଷ୍ଟିଆନ୍ ହେଇଗଲା।

ଗୋରା ମିଶନାରୀମାନେ ତାକୁ ପାଇ ଖୁବ୍ ଗର୍ବିତ ହେଲେ। ଉମୋଫାରୁ ସେ ହିଁ ପ୍ରଥମେ ଖ୍ରୀଷ୍ଟିଆନ୍ ଧର୍ମର ବ୍ରତ – ଯେମିତିକି ନାମକରଣ ଓ ପୂଜାରେ ଚଢ଼ା ରୁଟି ଓ ମଦ ପାଉଥିବା ରୀତିନୀତି କରିବାର ସୁଯୋଗ ପାଇଲା। ଇବୋ ଭାଷାରେ ଧର୍ମ-ଭୋଜି କୁହାଯାଏ। ଉବେଫି ଉଗୋନ୍ନା ଭାବିଲା, ଏଇଟା ଗୋଟେ ଖାଇବା ପିଇବାର ଆସର। ଖାଲି ଗାଁ ଭୋଜିଠାରୁ ଟିକେ ଅଧିକା ଧର୍ମୀୟ। ସେଥିପାଇଁ ସେ ତାର ଛେଳି ଚମଡ଼ାର ମୁଣାରେ ତାର ପିଇବା-ଶିଙ୍ଗାଟାକୁ ପୁରେଇ ନେଇ ଯାଇଥିଲା।

କିଂତୁ ଚର୍ଚ୍ଚ ବ୍ୟତୀତ, ଗୋରାମାନେ ଗୋଟେ ସରକାର ମଧ୍ୟ ଆଣିଥିଲେ। ସେମାନେ ସେଠି ଗୋଟେ କଚେରୀ ତିଆରି କରିଥିଲେ। ସେଠି ଜିଲ୍ଲା ଅଧିକାରୀ କିଛି ନ ଜାଣିକି ମାମଲା ଗୁଡ଼ିକର ବିଚାର କଲେ। ବିଚାର ପାଇଁ ତାଙ୍କ ପାଖକୁ ଲୋକ ଧରି ଆଣିବାକୁ ସେ କୋର୍ଟ-ଖବରୀ ରଖିଥିଲେ। ଅଧିକାଂଶ ପିଅନ ମହା-ନଦୀ କୂଳରୁ ଉମୁରୁ ଅଞ୍ଚଳର ଯୋଉଠିକୁ ଅନେକ ବର୍ଷ ତଳେ ଗୋରାମାନେ ପ୍ରଥମେ ଆସିଥିଲେ। ସେଇଠି ସେମାନେ ତାଙ୍କର ଧର୍ମ, ବ୍ୟବସାୟ ଓ ସରକାରୀ କେନ୍ଦ୍ର ସ୍ଥାପନ କରିଥିଲେ। ଏଇ କୋର୍ଟ ଖବରୀ ମାନେ ବାହାର ଲୋକ, ପୁଣି ନିହାତି ଉଦ୍ଧତ ଆଉ ଗର୍ବୀ ହେଇଥିବାରୁ ଉମୋଫାରେ ତାଙ୍କୁ ସମସ୍ତେ ଘୃଣା କରୁଥିଲେ। ସେମାନଙ୍କୁ ଲୋକେ କୋଟ୍‌ମା ଡ଼ାକୁଥିଲେ। ପାଉଁଶିଆ ରଙ୍ଗର ଛୋଟ ପ୍ୟାଣ୍ଟ୍ ପିନ୍ଧୁଥିବାରୁ ଆଉ ଗୋଟିଏ ଅଧିକ ନାଁ ଯୋଡ଼ା ହେଇଥାଏ – ପାଉଁଶିଆ ପିଚା। ସେମାନେ ଜେଲ୍ ଜଗୁଆଳୀ ହେଇଥାନ୍ତି। ଗୋରା ଲୋକର ଆଇନ ଅମାନ୍ୟ କରିଥିବା ଅପରାଧୀମାନଙ୍କୁ ନେଇ ଜେଲ୍ ଭରିଯାଇଥାଏ। ତାଙ୍କ ଭିତରୁ କେତେଜଣ ତାଙ୍କର ଯାଆଁଳା ଛୁଆ ଫୋପାଡ଼ି ଦେଇଥାନ୍ତି। ଆଉ କେତେଜଣ ଖ୍ରୀଷ୍ଟିଆନ୍‌ମାନଙ୍କୁ ହଇରାଣ ହରକରତ କରିଥାନ୍ତି। ଜେଲ୍ ଭିତରେ କୋଟ୍‌ମା ହାତରେ ନିର୍ଦ୍ଧୁମ୍ ମାଡ଼ ଖାନ୍ତି। ପ୍ରତିଦିନ ସକାଳେ ସରକାରୀ ହତା ସଫା କରନ୍ତି। ଗୋରା ଅଧିକାରୀ ଓ କୋଟ୍‌ମା ପାଇଁ ଜାଳେଣୀ କାଠ ଆଣନ୍ତି। ବନ୍ଦୀମାନଙ୍କ ଭିତରୁ କେତେଜଣ ଉପାଧି ହାସଲ କରିଥିବା ଲୋକ ଥାନ୍ତି। ଏସବୁ ନିକୁଛିଆ କାମ ସେମାନେ କରିବା କଥା ନୁହଁ। ଏପରି ଅପମାନ, ଲାଂଛନାରେ ମର୍ମାହତ ହେଇ ସେମାନେ ତାଙ୍କର ନୁଖୁରା ହେଇ ପଡ଼ିଥିବା ଚାଷ ଜମି କଥା ହେଜି କାନ୍ଦି ପକାଉଥାନ୍ତି। ସକାଳୁ ଘାସ କାଟୁ କାଟୁ ଜୁଆନ୍ ଅପରାଧୀମାନେ ହତିଆର ଠୁକୁଡ଼ାଇ ଗୀତ ଗାଆନ୍ତି:

'ପାଉଁଶ-ପିଚ୍ଚ କୋଟ୍‌ମା
ଗୋଲାମ ହେବାକୁ ଯୋଗ୍ୟ ସିଏ
ଗୋରା ଲୋକର କିଛି ବୁଦ୍ଧି ନାହିଁ
ଗୋଲାମ ହେବାକୁ ଯୋଗ୍ୟ ସିଏ'।

କୋର୍ଟ-ଖବରୀ ମାନେ ପାଉଁଶ-ପିନ୍ଧା ଡ଼ାକିବାଟା ପସନ୍ଦ କରନ୍ତିନି ଆଉ ଲୋକଙ୍କୁ ମାଡ଼ ମାରନ୍ତି। କିନ୍ତୁ ଉମୋଫିଆରେ ଗୀତଟା ଫଇଲି ଯାଇଥାଏ।

ଓବେରିକା ଠାରୁ ଏ ସବୁ କଥା ଶୁଣି ଓକୋଙ୍କୋର ମୁଣ୍ଡ ଦୁଃଖରେ ତଳକୁ ଝୁଙ୍କି ଗଲା।

'ବୋଧହୁଏ ମୁଁ ବହୁତ ଦିନ ଦୂରରେ ରହିଗଲି', ଓକୋଙ୍କୋ ପ୍ରାୟ ନିଜକୁ ନିଜେ କହିଲା। 'ତେବେ ତମ କଥା ମାନ ମୁଁ ବୁଝି ପାରୁନାହିଁ। ଆମ ଲୋକଙ୍କର କଣ ହେଲା ? ସେମାନେ ଲଢ଼ିବା ପାଇଁ ଶକ୍ତି କାହିଁକି ହରେଇ ଦେଲେ ?

'ଗୋରାମାନେ ଏବାମେକୁ ପୁରା ମୂଳପୋଛ କରିଦେବାଟା ତୁ ଶୁଣି ନାହୁଁ କି ?' ଓବେରିକା ପଚାରିଲା।

'ମୁଁ ଶୁଣିଛି', ଓକୋଙ୍କୋ କହିଲା। 'କିନ୍ତୁ ଆହୁରି ମଧ୍ୟ ଶୁଣିଛି ଯେ ଏବାମେ ଲୋକଗୁଡ଼ା ନିହାତି ଦୁର୍ବଳ ଓ ମୁର୍ଖ ଥିଲେ। ସେମାନେ ପାଲଟା ଆକ୍ରମଣ କାହିଁକି କଲେ ନାହିଁ? ତାଙ୍କ ପାଖରେ ବନ୍ଧୁକ ଆଉ ହତିଆର ନ ଥିଲା ? ଏବାମେ ଲୋକମାନଙ୍କୁ ସହିତ ଆମକୁ ତୁଳନା କରିବାଟା ଆମର ଭୀରୁତା। ଆମର ପୂର୍ବପୁରୁଷ ସାମ୍ନାରେ ସେମାନଙ୍କର ବାପ ଅଜା ଠିଆ ହେବାର ସାହସ କେବେ କରି ନ ଥିଲେ। ଏଇ ଲୋକମାନଙ୍କ ସହିତ ଲଢ଼େଇ କରି ତାଙ୍କୁ ଆମ ଜାଗାରୁ ନିକାଲି ଦେବା ଦରକାର।'

'ବହୁତ ଡ଼େରି ହେଇଗଲା', ଓବେରିକା ମନ ଦୁଃଖରେ କହିଲା। 'ଆମର ନିଜର ଲୋକ, ନିଜର ପୁଅମାନେ ଯାଇ ଅଚିହ୍ନା ବିଦେଶୀ ସହିତ ମିଶିଲେ। ସେମାନେ ତାର ଧର୍ମରେ ଯାଇ ମିଶିଲେ ଆଉ ତାରି ସରକାର ଚଳାଇବାକୁ ସବୁ ସାହାଯ୍ୟ କଲେ। ଖାଲି ଗୋରାମାନଙ୍କୁ ତଡ଼ି ଦେବାଟା ସେମିତି କିଛି କାଠିକର କାମ ନୁହଁ। ଉମୋଫିଆରେ ମାତ୍ର ଦୁଇଜଣ ଗୋରା ଅଛନ୍ତି। କିନ୍ତୁ ତାଙ୍କର ରୀତିନୀତିରେ ଚଳୁଥିବା ପୁଣି ହାତରେ କ୍ଷମତା ପାଇଥିବା ଆମ ଲୋକଙ୍କ କଥା କଣ ହେବ? ସେମାନେ ଉମୁରୁ ଯାଇ ସିପାହୀ ଡ଼ାକି ଆଣିବେ। ଆମେ ଏବାମେ-ଦଶା ଭୋଗିବା।' ସେ ଘଡ଼ିଏ ବେଳ ଚୁପ୍ ରହି ପୁଣି କହିଲା, ଏମ୍ୟାଣ୍ଟାକୁ ଶେଷ ଥର ଗଲାବେଳେ ସେମାନେ କେମିତି ଆନୋଟାକୁ ଫାଶୀ ଦେଲେ ସେ କଥା ତତେ କହିଥିଲି।'

'ସେଇ ଗଣ୍ଡଗୋଳିଆ ଜମି ଖଣ୍ଡକ କଣ ହେଲା ?' ଓକୋଙ୍କୋ ପଚାରିଲା।

'ଗୋରା କୋର୍ଟ ବିଚାର ଦେଲା ଯେ ଜମିଟା ଆନାମାର ପରିବାରର ମାଲିକାନାରେ ରହିବ ଯିଏ କି ଗୋରା-ଖବରୀ ଆଉ ଅନୁବାଦକକୁ ଗୁଡ଼ାଏ ଟଙ୍କା ଦେଇଥିଲା।

‘ଗୋରା ଲୋକଟା ଜମି ବିଷୟରେ ଆମର ରୀତି ନୀତି ଜାଣେ ?’

‘ଯେ ଆମର ବୋଲି କହିପାରୁନି ସେ ଭଲା ସେଇଟା କେମିତି ଜାଣିବ ? ତେବେ ବି ସେ ଆମର ରୀତିନୀତିକୁ ଖରାପ କହେ । ତାଙ୍କରି ଧର୍ମ ନେଇଥିବା ଆମରି ଭାଇ ବିରାଦରୀମାନେ ବି ଆମର ରୀତି ରିୱାଜ୍‌କୁ ଖରାପ କହନ୍ତି । ଆମରି ବିରୁଦ୍ଧରେ ଠିଆ ଆମରି ନିଜ ଭାଇମାନଙ୍କ ସହିତ କେମିତି ଲଢ଼ିବା କହ ? ଗୋରା ଭାରି ଚାଲାକ୍ । ଧର୍ମକୁ ନେଇ ଚୁପ୍‌ଚାପ୍ ଶାନ୍ତିରେ ଆସିଲା । ଆମେ ତାର ବୋକାମୀରେ ଫୁଲ୍‌କି ଗଲୁ ଆଉ ତାକୁ ରହିବାକୁ ଛାଡ଼ି ଦେଲୁ । ଏବେ ସେ ଆମର ଭାଇବନ୍ଧୁଙ୍କୁ ତା ଆଡ଼କୁ ଟାଣି ନେଇ ସାରିଲାଣି । ଆମ ଜାତି ଆଉ ଏକ ହେଇ କାମ କରିପାରିବନି । ଯୋଉଟା ଆମକୁ ଏକାଠି ଧରି ରଖିଥିଲା ତାରି ଉପରେ ସେ ଛୁରୀ ବସାଇଛି ଆଉ ଆମେ ଖଣ୍ଡଖଣ୍ଡ ହେଇଯାଇଛୁ ।’

‘ଫାଶୀରେ ଝୁଲାଇବାକୁ ସେମାନେ ଆନୋଟାକୁ ଧରିଲେ କେମିତି ?’ ଓକୋଙ୍କୋ ପଚାରିଲା ।

ଜମି ଗଣ୍ଡଗୋଳରେ ଉଡୁଚେକୁ ମାରିଦେଲା ପରେ ସେ ଦର୍‌ଡନୀର କୋପରୁ ରକ୍ଷା ପାଇବା ପାଇଁ ଅନିଷ୍ଟାକୁ ପଳେଇଲା । ଏଇଟା ଘଟଣାର ଆଠ ଦିନ ପର କଥା । କାରଣ ଉଡୁଚେ ମାଡ଼ ଚୋଟରେ ସେଇକ୍ଷୀଣା ମରି ନ ଥିଲା । ସାତ ନମ୍ବର ଦିନରେ ଯାଇ ସେ ମଲା । ତେବେ ସେ ମରିବ ବୋଲି ସମସ୍ତେ ଜାଣିଥିଲେ । ଆନୋଟା ପଳେଇଯିବା ପାଇଁ ତାର ଜିନିଷପତ୍ର ବନ୍ଧା ବନ୍ଧି କଲା । କିନ୍ତୁ ଖ୍ରୀଷ୍ଟିଆନମାନେ ଗୋରାକୁ ଏଇ ଅଘଟଣ ବିଷୟରେ କହିଦେଲେ । ସେ ଆନୋଟାକୁ ଧରିବାପାଇଁ ତାର କୋଟ୍‌ମା ପଠାଇଲା । ତାକୁ ତାର ପରିବାରର ସବୁ ବଡ଼ବଡୁଆଙ୍କ ସହିତ ଜେଲ୍‌ରେ ବନ୍ଦୀ କରାଗଲା । ଶେଷରେ ଉଡୁଚେ ମରିଗଲା ଆଉ ଆନୋଟାକୁ ଉମୁରୁ ନିଆଯାଇ ସେଠି ଫାଶୀ ଦିଆଗଲା । ଅନ୍ୟମାନଙ୍କୁ ଛାଡ଼ି ଦିଆଗଲା । ତେବେ ଏବେ ସୁଦ୍ଧା ତାଙ୍କର ନିର୍ଯ୍ୟାତନା କହିବାକୁ ତାଙ୍କ ମୁହଁରେ ଭାଷା ପଇଟୁ ନାହିଁ ।’

ଦୁହେଁଯାକ ଅନେକ ସମୟ ସାଏଁ ଚୁପ୍‌ଚାପ ବସି ରହିଲେ ।

॥ ୨୧ ॥

ଉମୋଫାରେ ଅନେକ ସ୍ତ୍ରୀ ପୁରୁଷ ଥିଲେ ଯୋଉମାନେ କି ଏଇ ନୂଆଁ ବିଧିବିଧାନରେ ଓକୋଙ୍କୋ ପରି ଏତେ ମାତ୍ରାରେ ପ୍ରଭାବିତ ହେଇ ନ ଥିଲେ । ପ୍ରକୃତରେ ଗୋରାଟା ବାତୁଳ ଧର୍ମଟାଏ ନେଇ ଆସିଲା । ତେବେ ତା ସହିତ ସେ ଗୋଟେ କିରାନା ଷ୍ଟୋର୍ ମଧ୍ୟ ତିଆରି କରିଥିଲା ଆଉ ପ୍ରଥମ ଥର ପାଇଁ ପାମ୍ ତେଲ ଓ ଶସ ଭାରି ମହଙ୍ଗା ଚିଜ୍ ହେଇପଡ଼ିଲା । ଉମୋଫାକୁ ପଇସାର ସୁଅ ଛୁଟିଲା ।

ଏପରିକି ଧର୍ମକୁ ନେଇ କେମିତି ଗୋଟେ ବଢ଼ନ୍ତି ଧାରଣା ହେଲା ଯେ ଯାହାବି ହେଉ ସେଥିରେ କିଛିଟା ନିଶ୍ଚେ ଥିବ । ବହୁ ମାତ୍ରାରେ ଅଭିଭୂତ କରି ପକାଉଥିବା ବାତୁଳତାର ଧାରା ସହିତ ଏଇ ଧାରଣାଟା ପାଖାପାଖି ସମାନ ।

ଏଇ ବଢ଼ନ୍ତି ଧାରଣାର ଶ୍ରେୟ ମି: ବ୍ରାଉନ୍‌ଙ୍କର । ଆରମ୍ଭରୁ ହିଁ ଏଇ ଗୋରା ମିଶନାରୀ ଜଣକ ଜାତି-ସହିତ ମାଡ଼ ଗୋଳ ପରିସ୍ଥିତି ନ କରିବାକୁ ନିଜ ଲୋକମାନଙ୍କୁ ବାରଣ କରୁଥିଲେ । ତେବେ ତାଙ୍କ ଭିତରେ ଜଣକୁ ନିୟନ୍ତ୍ରଣ କରିବା କାଠିକର କାମ ଥିଲା । ତା ନାଁ ଏନକ୍ ଆଉ ତାର ବାପା ସାପ-ଗୋତ୍ରର ପୂଜାରୀ ଥିଲା । ଏନକ୍ ଦେବାଳ-ଅଜଗରକୁ ହାଣି ଖାଇ ଦେଇଥିବାର କଥା ଶୁଣାଗଲା । ସେଥିପାଇଁ କୁଆଡ଼େ ତାର ବାପା ତାକୁ ଗାଳି ଫଜିତ କରି ସମ୍ପିଛି ।

ମି: ବ୍ରାଉନ୍ ଏମିତି ଅତିଶେ ଉସ୍‌କିଯିବାକୁ ବାରଣ କଲେ । ସବୁ କିଛି ସମ୍ଭବ । କିନ୍ତୁ କୌଣସିଟିରେ ତରତର ନ ହେବାକୁ ସେ ତାଙ୍କର କାମିକା ଲୋକଙ୍କୁ କହିଲେ । ତେଣୁ ମି: ବ୍ରାଉନ୍ ଜାତି-ଲୋକଙ୍କ ମଧ୍ୟରେ ବି ସମ୍ମାନ ଭାଜନ ହେଲେ । କାରଣ ଜାତିର ବିଶ୍ୱାସ ଉପରେ ସେ ଖୁବ୍ ଧୀରେ ଧୀରେ ଆରେଇ ଚାଲିଲେ । ଜାତିର କେତେଜଣ ମାନ୍‌ତା ଲୋକଙ୍କ ସହିତ ସେ ବନ୍ଧୁତା କଲେ । ଆଖ ପାଖ ଗାଁ ମାନଙ୍କୁ ପ୍ରାୟ ପରିଦର୍ଶନରେ ଆସୁଥିବାବେଳେ ଥରେ ଗାଁ ଲୋକେ ପଦବୀ ଓ ମର୍ଯ୍ୟାଦାର

ଚିହ୍ନ ସ୍ୱରୂପ ତାଙ୍କୁ ଖୋଦେଇ କରା ହାତୀଦାନ୍ତଟିଏ ଭେଟି ଦେଲେ। ଆକୁନ୍ନା ଗାଁର ଜଣେ ନାମଜାଦା ଲୋକ। ସେ ତାର ପୁଅମାନଙ୍କ ଭିତରୁ ଜଣକୁ ଗୋରା-ଜ୍ଞାନ ଶିଖିବା ପାଇଁ ମି: ବ୍ରାଉନ୍‌ଙ୍କ ସ୍କୁଲକୁ ପଠାଇଲା।

ଗାଁକୁ ଯେତେବେଳେ ବି ଗଲେ ମି: ବ୍ରାଉନ୍ ଅନୁବାଦକର ମାଧ୍ୟମରେ ଆକୁନ୍ନା ସହିତ ତାର ଓବିରେ ବସି ଘଣ୍ଟା ଘଣ୍ଟା ଧର୍ମ ବିଷୟରେ କଥା ହେଉଥିଲେ। କେହି କାହାକୁ ଧର୍ମ ପରିବର୍ତ୍ତନ କରିବାରେ ସଫଳ ନ ହେଲେ ମଧ୍ୟ ପରସ୍ପରର ଭିନ୍ନ ଭିନ୍ନ ବିଶ୍ୱାସ ଆଦିକୁ ଜାଣିପାରିଲେ।

'ତୁ କହୁଛୁ ଯେ ଏକମାତ୍ର ଜଣେ ପ୍ରଭୁ ଯିଏ ଆକାଶ ଓ ପୃଥିବୀ ସୃଷ୍ଟି କରିଛନ୍ତି।' ଥରେ ମି:ବ୍ରାଉନ୍ ବୁଲି ଆସିଥିଲା ବେଳେ ଆକୁନ୍ନା କହିଲା। 'ଆମେ ମଧ୍ୟ ତାରି ଉପରେ ବିଶ୍ୱାସ ରଖୁ। ଆମେ ତାକୁ 'ଚୁକ୍ୱୁ' ଡ଼ାକୁ। ସେ ସାରା ପୃଥିବୀ ଓ ଅନ୍ୟାନ୍ୟ ଦେବତା ସବୁକୁ ସର୍ଜନା କରିଛି।'

'ଆଉ ଅନ୍ୟ କେହି ଦେବତା ନାହାନ୍ତି', ମି:ବ୍ରାଉନ୍ କହିଲେ। 'ଚୁକ୍ୱୁ ଜଣେ ହିଁ ଈଶ୍ୱର ଆଉ ବାକିମାନେ ମିଛ। ତମେ ଯେମିତିକା କାଠ ଖଣ୍ଡେକୁ ଖୋଦେଇ କର (ସେ ବରଗାରେ ଝୁଲୁଥିବା ଆକୁନ୍ନାର ଖୋଦେଇ 'ଇକେଙ୍ଗା' କୁ ହାତ ଦେଖାଇଲେ) ଆଉ ତାକୁ ଦେବତା କହ। କିନ୍ତୁ ଯାହା ହେଲେ ବି ସେଇଟା ଖଣ୍ଡେ କାଠ।'

'ହଁ', କହିଲା ଆକୁନ୍ନା। 'ଏଇଟା ଖଣ୍ଡେ କାଠ, ସତ। ଯୋଉ ଗଛରୁ ଏଇଟା ତିଆରି ହେଇଛି ତାକୁ ଚୁକ୍ୱୁ ସର୍ଜନା କରିଛି, ଠିକ୍ ଯେମିତି ଅନ୍ୟ ଛୋଟ ଦେବତା ସବୁଙ୍କୁ ସେ ସୃଷ୍ଟି କରିଛି। କିନ୍ତୁ ସେ ତାଙ୍କୁ ତାର ଦୂତ ରୂପେ ସର୍ଜନା କରିଛି ଯାରି ଜରିଆରେ ଆମେ ତା ପାଖକୁ ପହଞ୍ଚିପାରିବୁ। ଠିକ୍ ତୋରି ପରି। ତୁ ତ ତମର ଚର୍ଚ୍ଚର ମୁଖିଆ।'

'ନା', ମି:ବ୍ରାଉନ୍ ପ୍ରତିବାଦ କଲେ।' ପ୍ରଭୁ ନିଜେ ହିଁ ମୋ ଚର୍ଚ୍ଚର ମୁଖ୍ୟ।'

'ମୁଁ ଜାଣେ', କହିଲା ଆକୁନ୍ନା', 'କିନ୍ତୁ ଏଇ ଦୁନିଆଁର ଲୋକଙ୍କ ଭିତରେ କେହି ଜଣେ ମୁଖିଆ ତ ନିଶ୍ଚେ ଥିବ। ତୋ ପରି ଜଣେ କେହି ତ ଏଠି ମୁଖିଆ ହେଇ ନିଶ୍ଚେ ଥିବ।'

'ସେଇ ଅର୍ଥରେ ମୋ ଚର୍ଚ୍ଚର ମୁଖ୍ୟ ଇଂଲଣ୍ଡରେ ଅଛନ୍ତି।'

'ମୁଁ ତ ସେଇ କଥା ହିଁ କହୁଛି। ତୋର ଚର୍ଚ୍ଚର ମୁଖିଆ ତୋରି ଦେଶରେ ରହିଛି। ସେ ଏଠିକି ତତେ ତାର ଦୂତ ରୂପେ ପଠାଇଛି। ଆଉ ତୁ ମଧ୍ୟ ତୋର ନିଜର ଦୂତ ଓ ଚାକର ବାକର ରଖିଛୁ। ଆଉ ଗୋଟେ ଉଦାହରଣ ଦଉଛି – ଜିଲ୍ଲା ଅଧିକାରୀ। ତାକୁ ତୋର ରାଜା ପଠାଇଛି।

'ତାଙ୍କର ଜଣେ ରାଣୀ ଅଛନ୍ତି', ଅନୁବାଦକ ଜଣକ ନିଜ ଆଡୁ କହିଲା।

'ତମର ରାଣୀ ତାର ଦୂତ ପଠାଏ – ଜିଲ୍ଲା ଅଧିକାରୀ। ସେ ବି ଏକୁଟିଆ କାମଟା କରିପାରେ ନାହିଁ। ତେଣୁ ତାକୁ ସାହାଯ୍ୟ କରିବା ପାଇଁ ସେ କୋଟ୍‌ମା ରଖେ। ଈଶ୍ୱର ଅଥବା ଚୁକ୍ବୁ ବି ଠିକ୍ ସେମିତି। ଜଣକ ପାଇଁ କାମଟା ବେଶୀ ହୋଇଯାଉଥିବାରୁ ସାହାଯ୍ୟ ପାଇଁ ସେ ଛୋଟ ଛୋଟ ଦେବତାମାନଙ୍କୁ କାମରେ ଲଗାଏ।

'ତମେ ଈଶ୍ୱରଙ୍କୁ ମଣିଷ ରୂପରେ ଭାବିବା ଉଚିତ୍ ନୁହଁ', ମି: ବ୍ରାଉନ୍ କହିଲେ। ତମେ ସେମିତି ଭାବୁଥିବାରୁ ତମକୁ ଲାଗୁଛି ଯେ ତାଙ୍କୁ କାମରେ ସାହାଯ୍ୟ କରିବା ପାଇଁ ସହକାରୀ ଦରକାର। ସବୁଠାରୁ ବାଜେ କଥା ହେଉଛି ଯେ ତମେ ସୃଷ୍ଟି କରିଥିବା ଗୁଡ଼ାଏ ମିଛ ଦେବ ଦେବୀଙ୍କୁ ତମର ସବୁ ପୂଜା ଉପାସନା ଢ଼ାଳି ଦଉଛ।'

'କଥାଟା ସେମିତି ନୁହଁ। ଅମେ ଛୋଟଛୋଟ ଦେବତାମାନଙ୍କୁ ବଳି ଚଢ଼ାଉ। କିନ୍ତୁ ସେମାନେ ନ ପାରିଲେ, ଗୁହାରୀ ଶୁଣିବାକୁ ଯେହେତୁ ଆଉ କେହି ନାହିଁ ଆମେ ଚୁକ୍ବୁ ପାଖକୁ ଯାଉ। ଏମିତି କରିବାଟା ଠିକ୍। ଆମେ ଜଣେ ବଡ଼ ଲୋକ ପାଖକୁ ତାଙ୍କର ସେବକ ଜରିଆରେ ଯାଇଥାଉ। କିନ୍ତୁ ତାଙ୍କର ସେବକମାନେ ଆମକୁ ନିରାଶ କଲେ ଆମେ ଶେଷକୁ ମୂଳ ଆଶ୍ରା ପାଖକୁ ଯାଉ। ଆମେ ଛୋଟ ଛୋଟ ଦେବାଦେବୀଙ୍କୁ ବେଶୀ ଦୃଷ୍ଟି ଦେଉ ପରିକା ଲାଗିଲେ ବି କଥାଟା ସେଇୟା ନୁହେଁ। ଆମେ ତାଙ୍କୁ ବ୍ୟସ୍ତ କରିବାର ଅର୍ଥ ଏଇ ଯେ ଆମେ ତାଙ୍କର ଉପର ମାଲିକଙ୍କୁ ବ୍ୟସ୍ତ କରିବାକୁ ଭୟକରୁ। ଆମର ବାପଅଜା ଜାଣିଥିଲେ ଯେ ଚୁକ୍ବୁ ହିଁ ସମସ୍ତଙ୍କର ମାଲିକ। ସେଥିପାଇଁ ସେମାନେ ଅନେକେ ତାଙ୍କର ଛୁଆଙ୍କର ନାଁ ଦେଇଥିଲେ ଚୁକ୍ବୁକା – 'ଚୁକ୍ବୁ ହିଁ ସର୍ବଶକ୍ତିମାନ'।

'ବେଶ୍ କୌତୁହଳଜନକ କଥାଟିଏ କହିଲୁ', ମି:ବ୍ରାଉନ୍ କହିଲେ। 'ମୋ ଧର୍ମରେ ଚୁକ୍ବୁ ଜଣେ ସ୍ନେହଶୀଳ ପିତା। ତାଙ୍କରି ଇଚ୍ଛାରେ ପରିଚାଳିତ ହେଉଥିବା ଲୋକମାନେ ତାଙ୍କୁ ଭୟ କରିବାର କିଛି ଆବଶ୍ୟକତା ନାହିଁ।'

'କିନ୍ତୁ ତାଙ୍କ ଇଚ୍ଛା ଅନୁସାରେ ନ ଚଳିଲେ ଆମେ ତାଙ୍କୁ ନିଶ୍ଚେ ଡ଼ରିବା' ଆକୁନ୍ନା କହିଲା। ଆଉ ତାଙ୍କରି ଇଚ୍ଛାଟା କିଏ କହିବ ? ଏଇଟା ଜାଣିବାଟା ବି ଭାରି ଗହନ କଥା।'

ଏହିପରି ଭାବରେ ମି:ବ୍ରାଉନ୍ ଜାତି-କୁଳର ଧର୍ମ ବିଷୟରେ ଗୁଡ଼ାଏ କଥା ଜାଣିବାକୁ ପାଇଲେ। ଆଉ ସେ ଏଇ ସିଦ୍ଧାନ୍ତରେ ଉପନୀତ ହେଲେ ଯେ ଯାରି ଉପରେ ସମ୍ମୁଖ ଆକ୍ରମଣ ବିଶେଷ ଫଳପ୍ରଦ ହେବ ନାହିଁ। ତେଣୁ ସେ ଉମୋଫାରେ

ଗୋଟେ ସ୍କୁଲ ଓ ଛୋଟ ହସ୍‌ପିଟାଲ୍‌ଟେ ତିଆରି କଲେ । ସେ ଘରକୁ ଘର ବୁଲି ବୁଲି ସେମାନଙ୍କର ପିଲାମାନଙ୍କୁ ସ୍କୁଲକୁ ପଠାଇବା ପାଇଁ ମିନତି କଲେ । କିନ୍ତୁ ପହିଲାରୁ ସେମାନେ କେବଳ ତାଙ୍କର ଗୋଲାମ କିମ୍ବା ଅଳସୁଆ ଛୁଆମାନଙ୍କୁ ପଠାଇଲେ । ମି:ବ୍ରାଉନ୍ ମିନତି କଲେ, ଯୁକ୍ତି କଲେ ଓ ଭବିଷ୍ୟତ ବାଣୀ କଲେ । ସେ କହିଲେ ଯେ ଭବିଷ୍ୟତରେ ଯୋଉମାନେ ଲେଖାପଢ଼ା ଶିଖିଥିବେ ସେଇମାନେ ହିଁ ଏଇ ଜାଗାର ଶାସକ ହେବେ । ଯଦି ଉମୋଫିଆ ତାର ପିଲାମାନଙ୍କୁ ସ୍କୁଲକୁ ପଠାଇବାରେ ବିଫଳ ହୁଏ, ତା ହେଲେ ଅନ୍ୟ ଜାଗାର ଅପରିଚିତ ଲୋକମାନେ ଆସି ତାଙ୍କୁ ଶାସନ କରିବେ । ସେମାନେ ଦେଶୀୟ କୋର୍ଟରେ ତାହା ଫଳିବାର ଦେଖି ସାରିଥିଲେଣି । ସେଠି ଜିଲ୍ଲା ଅଧିକାରୀଙ୍କ ଚାରିପଟେ ତାରି ଭାଷା କହୁଥିବା ଅପରିଚିତ ଲୋକେ ଘେରି ବସିଥାନ୍ତି । ଏଇ ଅପରିଚିତ ଭିତରୁ ଅଧିକାଂଶ ଦୂର ସହର ଉମୁରୁରୁ ଆସିଥାନ୍ତି । ମହା-ନଦୀ ଖଣ୍ଡିରେ ଉମୁରୁ ସହର ଯୋଉଠିକି ପ୍ରଥମେ ଗୋରା ଯାଇଥିଲା ।

ଶେଷରେ ମି:ବ୍ରାଉନ୍‌ଙ୍କ ଯୁକ୍ତିର ପ୍ରଭାବ ପଡ଼ିବା ଆରମ୍ଭ କଲା । ଆହୁରି ଆହୁରି ଅଧିକ ଲୋକ ତାଙ୍କ ସ୍କୁଲକୁ ଶିଖିବାକୁ ଆସିଲେ । ସେ ସେମାନଙ୍କୁ ଗାମୁଛା ଓ ଫତେଇ ଆଦି ଉପହାର ଦେଇ ଉତ୍ସାହିତ କଲେ । ଲେଖାପଢ଼ା ଶିଖିବାକୁ ଆସୁଥିବା ଏଇ ଲୋକମାନେ ସମସ୍ତେ ପିଲା ନ ଥିଲେ । ତାଙ୍କ ଭିତରୁ କେତେଜଣଙ୍କୁ ତିରିଶ ବର୍ଷ କିମ୍ବା ତାଠୁ ବେଶୀ ମଧ୍ୟ ହେଇଥାଏ । ସକାଳେ ବିଲରେ କାମ କରି ଅପରାହ୍ନରେ ସେମାନେ ସ୍କୁଲକୁ ଯାଉଥାନ୍ତି । ଗୋରା ଲୋକର ଔଷଧ ଜଲ୍‌ଦି କାମ କରୁଥିବାରୁ ଚର୍ଚ୍ଚ ବି କିଛି ଦିନ ଆଗରୁ ଆରମ୍ଭ ହେଇଥାଏ । ମି:ବ୍ରାଉନ୍‌ଙ୍କ ସ୍କୁଲଟା ବେଶ୍ ଜଲ୍‌ଦି ଫଳ ଦେଲା । ସ୍କୁଲରେ କେତେଟା ମାସ ରହିଲା ପରେ ଜଣେ କୋର୍ଟ-ଖବରୀ କିମ୍ବା କୋର୍ଟ-କିରାଣୀ ମଧ୍ୟ ହେଇ ପାରିଲା । ଯେଉଁମାନେ ବେଶୀ ଦିନ ରହିଲେ ସେମାନେ ଶିକ୍ଷକ ହେଲେ । ଆଉ ଉମୋଫିଆରୁ ଶ୍ରମିକମାନେ ପ୍ରଭୁଙ୍କର ଅଙ୍ଗୁର ବଗିଚା ଭିତରକୁ ଗଲେ । ଆଖପାଖର ଗାଁ ଗୁଡ଼ିକରେ ନୂଆଁ ଚର୍ଚ୍ଚମାନ ପ୍ରତିଷ୍ଠା ହେଲା । ତା ସହିତ କେତେଟା ସ୍କୁଲ ତିଆରି ହେଲା । ଆରମ୍ଭରୁ ହିଁ ଧର୍ମ ଓ ଶିକ୍ଷା ହାତକୁ ହାତ ମିଳାଇ ଚାଲିଲେ ।

ମି:ବ୍ରାଉନ୍‌ଙ୍କ ଧର୍ମ ପ୍ରଚାର ସଂସ୍ଥାଟି ସଫଳତାର ପାହାଚ ପରେ ପାହାଚ ଉଠିଲା । ନୂଆଁ ପ୍ରଶାସନ ସହିତ ଏହାର ସଂପର୍କ ଯୋଗୁଁ ଏହା ନୂତନ ସାମାଜିକ ମର୍ଯ୍ୟାଦା ହାସଲ କଲା । କିନ୍ତୁ ମି:ବ୍ରାଉନ୍‌ଙ୍କର ସ୍ୱାସ୍ଥ୍ୟର ଅବନତି ଘଟୁଥାଏ । ପ୍ରଥମେ ସେ ଯାର ଲକ୍ଷଣକୁ ଅଣଦେଖା କଲେ । କିନ୍ତୁ ଶେଷରେ ଭଗ୍ନ ସ୍ୱାସ୍ଥ୍ୟ ଓ ବିଷର୍ଣ୍ଣ ମନରେ ଲୋକଙ୍କୁ ଛାଡ଼ି ଗଲେ ।

ପହିଲି ବର୍ଷା ଋତୁରେ ଓକୋଙ୍କୋ ଉମୋଫାକୁ ଫେରିଲା ପରେ ଯାଇ ମି: ବ୍ରାଉନ୍ ତାଙ୍କ ଘରକୁ ବାହୁଡ଼ି ଗଲେ। ପାଞ୍ଚ ମାସ ଆଗରୁ ଓକୋଙ୍କୋ ଫେରି ଆସିବାର ଜାଣି ମିଶନାରୀ ଜଣକ ସଙ୍ଗେ ସଙ୍ଗେ ତାକୁ ଭେଟିବାକୁ ଆସିଥିଲେ। ସେ ଓକୋଙ୍କୋର ପୁଅ ନୋୟେକୁ ସେଇମାତ୍ର ଉମୁରୁଠାରେ ଶିକ୍ଷକଙ୍କ ପାଇଁ ଥିବା ଟ୍ରେନିଂ କଲେଜକୁ ପଠାଇଥିଲେ। ଏବେ ନୋୟେର ନାଁ ଆଇଜାକ୍। ଆଉ ସେ ଆଶା କରିଥିଲେ ଯେ ଖବରଟା ଶୁଣି ଓକୋଙ୍କୋ ଖୁସି ହେବ। କିନ୍ତୁ ଓକୋଙ୍କୋ ତାଙ୍କୁ ତଡ଼ି ଦେଲା। ଧମକ ଦେଇ କହିଲା ଯେ ପୁଣି ଥରେ ତା ହତା ଭିତରେ ପାଦ ରଖିଲେ ସେ ସେଇଠୁ ବୁହାହେଇ ଯିବ।

ଓକୋଙ୍କୋ ତାର ଭିଟାମାଟିକୁ ଫେରିବାଟା ଯେତିକି ସ୍ମରଣୀୟ ହେବ ବୋଲି ଭାବିଥିଲା ସେମିତି ହେଲା ନାହିଁ। ଏ କଥା ସତ ଯେ ତାର ଦୁଇଟା ବଢ଼ିଲା ସୁନ୍ଦର ଝିଅ ପାତ୍ରମାନଙ୍କ ଭିତରେ ବେଶ୍ କୌତୁହଳର ଚମକ ଆଣିଲେ। ଦେଖୁ ଦେଖୁ ବିବାହ ପ୍ରସ୍ତାବ ମାନ ଆସିଲା। କିନ୍ତୁ ତା ବ୍ୟତୀତ, ଲଢୁଆ ବୀରର ଘର ବାହୁଡ଼ାରେ ଉମୋଫା କୌଣସି ବିଶେଷ ଆଗ୍ରହ ଦେଖାଇଲା ପରି ଲାଗିଲା ନାହିଁ। ତାର ପରବାସ ସମୟ ଭିତରେ ଜାତି-କୁଳ ଏତେ ବଦଳି ଯାଇଥାଏ ଯେ ତାହା ଚିହ୍ନିବା ମୁସ୍କିଲ। ଲୋକଙ୍କ ଦୃଷ୍ଟିରେ, ମନରେ ଖାଲି ନୂଆଁ ଧର୍ମ ଓ ସରକାର ଏବଂ କିରାନା ଷ୍ଟୋର୍ ଛାଇ ହେଇ ରହିଥାଏ। ଏବେ ବି ଅନେକ ଲୋକ ଥିଲେ ଯେଉଁମାନେ ନୂଆଁ ଅନୁଷ୍ଠାନଗୁଡ଼ିକୁ ଅପଶକୁନ ଭାବନ୍ତି। କିନ୍ତୁ ସେମାନେ ମଧ୍ୟ ଏ ବିଷୟରେ ବେଶୀ କିଛି ଶୋଚନା କିମ୍ବା ଆଲୋଚନା କରୁ ନ ଥାନ୍ତି। ଆଉ ଓକୋଙ୍କୋର ଘର ବାହୁଡ଼ା ବିଷୟରେ ତ ଆଦୌ ନୁହେଁ।

ଏଇ ବର୍ଷଟା ବି ବେଠିକଣିଆ ହେଇଗଲା। ତାର ଯୋଜନା ଅନୁସାରେ ଯଦି ଓକୋଙ୍କୋ ତାର ଦୁଇ ପୁଅଙ୍କୁ 'ଓଜୋ' ସମାଜରେ ଦୀକ୍ଷା ଦେଇଥାନ୍ତା, ତା ହେଲେ ସେ ଗୋଟେ କିଛି ଆଲୋଡ଼ନ ଚହଟେଇ ପାରିଥାନ୍ତା। କିନ୍ତୁ ଉମୋଫାରେ ଦୀକ୍ଷା-ବିଧିଟା ତିନି ବର୍ଷରେ ଥରେ କରାଯାଇଥାଏ। ତେଣୁ ପରବର୍ତ୍ତୀ ଦୀକ୍ଷା ଉତ୍ସବର ପାଳି ପାଇଁ ତାକୁ ପାଖାପାଖି ଦୁଇବର୍ଷ ଟାକିବାକୁ ପଡ଼ିଲା।

ଓକୋଙ୍କୋକୁ ଭାରି କଷ୍ଟ ଲାଗିଲା। ଏଇଟା ଖାଲି ତାର ବ୍ୟକ୍ତିଗତ ଦୁଃଖଟିଏ ନୁହେଁ। ସେ ଜାତି-କୁଳ ପାଇଁ କାନ୍ଦିଲା। ଜାତି ଖଣ୍ଡ ଖଣ୍ଡ ହେଇ ଭାଙ୍ଗିରୁଜି ନଷ୍ଟ ହେଇ ଯିବାର ସେ ଦେଖିଲା। ଆଉ ସେ ଉମୋଫାର ଲଢୁଆ ପୁରୁଷଙ୍କ ପାଇଁ କାନ୍ଦିଲା ଯୋଉମାନେ ବିନା କିଛି ଉତ୍ତର ଦାୟିତ୍ୱରେ ମାଇକିନା ପରି ନରମା ହେଇଯାଇଥିଲେ।

॥ ୨୨ ॥

ମି:ବ୍ରାଉନ୍‌ଙ୍କ ଉତ୍ତରାଧିକାରୀ ହେଇ ରେଭରେଣ୍ଡ ଜେମ୍‌ସ ସ୍ମିଥ୍ ଆସିଲେ। ସେ ଭିନ୍ନ ରକମର ଲୋକ। ମି: ବ୍ରାଉନ୍‌ଙ୍କର ସାଲିସ୍ ଓ ବୁଝାମଣାର ଯୋଜନାକୁ ସେ ଖୋଲା ଖୋଲି ସମାଲୋଚନା କଲେ। ସେ ସବୁ ଜିନିଷକୁ କଳା ଓ ଧଳା ହିସାବରେ ଦେଖନ୍ତି। ଆଉ କଳାଟା ଖଳ। ସେ ପୃଥିବୀକୁ ଏକ ଯୁଦ୍ଧ କ୍ଷେତ୍ର ରୂପେ ଦେଖନ୍ତି ଯୋଉଠି ଆଲୋକର ସନ୍ତାନମାନେ ଅନ୍ଧାରର ପୁତ୍ରମାନଙ୍କ ସହିତ ଏକ ଆମରଣ ସଂଘର୍ଷରେ ବାନ୍ଧି ହେଇଛନ୍ତି। ତାଙ୍କ ପ୍ରବଚନରେ ସେ ଛେଳି, ମେଣ୍ଢା, ଗହମ ଓ ତା ଭିତରେ ବଢ଼ିଥିବା ଅନାବନା ଘାସ ବିଷୟରେ କହନ୍ତି। ମୂର୍ତ୍ତିକା ପୂଜାର ଧର୍ମ ପ୍ରବର୍ତ୍ତକମାନଙ୍କୁ ହତ୍ୟା କରିବାର ସପକ୍ଷରେ ସେ ମତ ରଖନ୍ତି। ସେମାନେ ସଇତାନ।

ନିଜ ଦଳ ଭିତରେ ଲୋକଙ୍କର ଅଜ୍ଞତା ଦେଖି ସେ ମର୍ମାହତ ହେଇ ପଡ଼ିଲେ। ତାଙ୍କରି ଭିତରୁ ଅନେକେ ତ୍ରିଶକ୍ତି ଓ ଖ୍ରୀଷ୍ଟିଆନ୍ ଧର୍ମର ବ୍ରତ ବିଷୟରେ ମଧ୍ୟ କିଛି ଜାଣି ନ ଥିଲେ। ତାର ଅର୍ଥ ଏମାନେ ପଥୁରିଆ ମାଟିରେ ବୁଣା ହେଇଥିବା ମଞ୍ଜି ପରି। ମି:ବ୍ରାଉନ୍ ଅନ୍ୟ କିଛି ନ ଭାବି ଖାଲି ସଂଖ୍ୟା ବଢ଼ାଇବାରେ ଲାଗିଲେ। ତାଙ୍କର ଜାଣିବାର ଥିଲା ଯେ ଈଶ୍ୱରଙ୍କ ସାମ୍ରାଜ୍ୟ ବିରାଟ ସଂଖ୍ୟାର ଲୋକ ସମାବେଶ ଉପରେ ନିର୍ଭର କରେ ନାହିଁ। ଆମର ପ୍ରଭୁ ନିଜେ ସ୍ୱଳ୍ପତା ଉପରେ ଗୁରୁତ୍ୱ ଆରୋପ କରିଥିଲେ। ସଂକୀର୍ଣ୍ଣ ରାସ୍ତା ଓ ସ୍ୱଳ୍ପ ସଂଖ୍ୟା। ଈଶ୍ୱରଙ୍କ ପବିତ୍ର ମନ୍ଦିରକୁ ଛଡ଼ାଫୁଲ ଭୋଗରାଗ ପାଇଁ ପାଟିତୁଣ୍ଡ ହୋହଲ୍ଲା କରୁଥିବା ମୂର୍ତ୍ତି ପୂଜକଙ୍କ ଭିଡ଼ରେ ଭରିଦେବାଟା ମୁର୍ଖାମିର ଚିହ୍ନ। ତାର ଫଳ ବହୁ ଦିନ ଯାଏ ରହିବ। ଆମ ଈଶ୍ୱର ତାଙ୍କ ଜୀବନରେ ଥରେ ମାତ୍ର ଚାବୁକର ବ୍ୟବହାର କରିଥିଲେ – ତାଙ୍କ ଚର୍ଚ୍ଚରୁ ଲୋକଭିଡ଼କୁ ଘଉଡ଼ାଇ ଦେବାକୁ।

ଉମୋଫାକୁ ଆସିବାର କିଛି ସପ୍ତାହ ଭିତରେ ମି: ସ୍ମିଥ୍ ଜଣେ ଯୁବତୀକୁ ଚର୍ଚ୍ଚରୁ ନିଲମ୍ବନ କଲେ। ନୂଆଁ ବୋତଲରେ ପୁରଣା ମଦ ଢ଼ାଳିବାର ଦୋଷରେ। ସ୍ତ୍ରୀ ଲୋକଟି ତାର ମଲା ଛୁଆଟିକୁ ମୋଡ଼ି, ମକଚି ବିକୃତ କରିବାକୁ ତାର ବିଧର୍ମୀ ସ୍ୱାମୀକୁ ଅନୁମତି ଦେଇଥିଲା। ଛୁଆଟା ଗୋଟେ 'ଓବାଞ୍ଜେ' ଥିଲା। ମଲା ପରେ ବାର ବାର ତାର ମାଁର ଗର୍ଭକୁ ପ୍ରବେଶ କରି ତାକୁ ଦହଗଞ୍ଜ କରି ମାରୁଥିଲା। ଏଇ ଛୁଆଟା ଚାରି ଥର ତାର ସୈତାନୀ ଖେଳ ଦେଖାଇ ସାରିଥିଲା। ଆଉ ଥରେ ତାର ଆସିବାଟାକୁ ରୋକିବା ପାଇଁ ତାକୁ ମୋଡ଼ି ମାଡ଼ି ବିକୃତ କରି ଦିଆଗଲା।

ଘଟଣା ଶୁଣି ମି: ସ୍ମିଥ୍ ରାଗରେ ଅଗ୍ନିଶର୍ମା। ତାଙ୍କର ବିଶ୍ୱାସୀ ପାଖ ଲୋକଙ୍କଠାରୁ ଶୁଣିଥିବା କାହାଣୀକୁ ବି ସେ ବିଶ୍ୱାସ କଲେ ନାହିଁ। ଯେମିତିକି - ଯଦି ଏମିତି ଖଳ ଛୁଆସବୁଙ୍କୁ ମୋଡ଼ା ମକଚା କରି ନ ଅଟକାଇଲେ ସେମାନେ ପୁଣି ଦିହରେ ନାନା ଚିହ୍ନ ଧରି ଆଉ ଥରେ ଜନ୍ମ ହୁଅନ୍ତି। ପୃଥିବୀରେ ମଣିଷକୁ ବିପଥଗାମୀ କରିବାପାଇଁ ଏଇଟା ସୈତାନର କାରସାଦୀ, ସେ ଉତ୍ତର ଦେଲେ।. ଏଇ ସବୁଥିରେ ବିଶ୍ୱାସ କରୁଥିବା ଲୋକେ ଈଶ୍ୱରଙ୍କ ପାଖରେ ପହଞ୍ଚିବାର ଯୋଗ୍ୟ ନୁହଁନ୍ତି।

ଉମୋଫାରେ ଗୋଟେ କହାବତ୍ ରହିଛି ଯେ ଜଣେ ଲୋକ ଯେମିତି ନାଚେ, ବାଜା ସେମିତି ବାଜେ। ମି: ସ୍ମିଥ୍ ତାଣ୍ଡବ ନାଚିଲେ, ବାଜା ବି ସେମିତି ଉଦ୍ଦଣ୍ଡ ବାଜିଲା। ମି:ବ୍ରାଉନ୍‌ଙ୍କ ନିୟନ୍ତଣର କବ୍‌ଜାରେ ରହିଥିବା ଉତ୍‌ପାତିଆ ଧର୍ମାନ୍ତରୀମାନେ ଏଥର ପୁରା ଦମ୍‌ରେ ମାତିଲେ। ସର୍ପ-ଦେବତାର ପୂଜକର ପୁଅ ଏନକ୍ ତା ଭିତରୁ ଜଣେ ଯିଏ ଦେବାଳ-ଅଜଗରକୁ ମାରି ଖାଇଦେବାର ଶୁଣାଯାଇଥିଲା। ନୂଆଁ ଧର୍ମ ପ୍ରତି ମି: ବ୍ରାଉନ୍‌ଙ୍କ ଅପେକ୍ଷା ବି ଅଧିକ ଭକ୍ତି ଦେଖି ଲୋକେ କହିଲେ ପ୍ରିୟଜନର ମୃତ୍ୟୁରେ ଶୋକାତୁର ଲୋକର ଦୁଃଖ ଅପେକ୍ଷା ବାହାରିଆ ଲୋକର ସକେଇ ଦୁଃଖଟା ବେଶୀ।

ଦେଖିବାକୁ ଏନକ୍ ଗେଡ଼ା ବାଙ୍ଗରା ରକମର। ସବୁବେଳେ ତୁର୍‌ତୁରିଆ। ପାଦଗୁଡ଼ା ଚଟକା ଆଉ ଛୋଟିଆ। ଠିଆ ଉଠିଲେ କିମ୍ବା ଚାଲିଲେ ଗୋଇଠି ମିଶିଯାଇ ପାଦ ଦୁଇଟା ବାହାକୁ ଫରକଟେଇ ମେଲିଯାଏ – ଯେମିତିକି କଳିଗୋଳ ଲାଗି ଯେଝା ବାଟେ ପଳେଇବାକୁ ତୟାର। ଏନକ୍‌ର ଛୋଟିଆ ଗେଡ଼ା ଗେଟ୍‌ମା ଦିହରେ ଚାପି ହେଇ ରହିଥିବା ବଳ ଆଉ ଫୁର୍ତ୍ତି ଝଗଡ଼ା ଝାଟି, ମାଡ଼ପିଟ୍‌ରେ ଉଦ୍‌ଗାରି ହେଇ ବାହାରି ଆସେ। ସେ ଭାବେ ଯେ ରବିବାରର ପ୍ରବଚନମାନ ତାର ଶତ୍ରୁର ଲାଭ ଉଦ୍ଦେଶ୍ୟରେ ଦିଆଯାଉଛି। ଯଦି କେବେ ସେ ତାଙ୍କରି ପାଖରେ ବସିଥାଏ, ତା ହେଲେ ମଝିରେ ମଝିରେ ସେମାନଙ୍କ ଆଡ଼କୁ ଅର୍ଥପୂର୍ଣ୍ଣ ଚାହାଁଣୀ ଝାଡ଼େ। ସତେ ଅବା

ସେ ଚାହାଁଣୀରେ କହେ, 'ମୁଁ ତମକୁ କହିଥିଲି ନା' । ମି: ବ୍ରାଉନ୍ ଗଲା ପରେ ଚର୍ଚ୍ଚ ଓ ଜାତି-କୁଳ ଭିତରେ କୁହୁଳି ଆସୁଥିବା ସଂଘର୍ଷକୁ ଏନକ୍ ହିଁ ଚାହାଲି ଦେଲା ।

ମାଟି – ଦେବତାର ପୂଜା ପାଇଁ ହେଉଥିବା ବାର୍ଷିକ ଉତ୍ସବରେ ଘଟଣାଟି ଘଟିଲା । ଏଇ ସମୟରେ ମଲାବେଳେ ଦରତନୀ ପ୍ରତି ସମର୍ପିତ ପୂର୍ବ ପୁରୁଷମାନେ ଛୋଟିଆ ଉଇ ହୁଙ୍କା ବାଟ ଦେଇ ପୁଣି ଥରେ ଇଗ୍ୱୋଗୁୟୋ ରୂପରେ ବାହାରନ୍ତି ।

ସମସ୍ତଙ୍କ ସାମ୍ନାରେ ଇଗ୍ୱୋଗୁୟୋର ମୁଖା ଖୋଲି ଦେବାଟା କିମ୍ବା ସମାଜରେ ଦୀକ୍ଷିତ ହେଇ ନ ଥିବା ଲୋକଙ୍କ ସାମ୍ନାରେ ତାର ଚିରନ୍ତନ ମର୍ଯ୍ୟାଦାକୁ କ୍ଷୁର୍ଣ୍ଣ କଲା ଭଳି କିଛି କହିବା କିମ୍ବା କିଛି କରିବାଟା ଜଣେ ମଣିଷର ସବୁଠୁ ବଡ଼ ଅପରାଧ । ଆଉ ଏନକ୍ ଏଇଟା ହିଁ କଲା ।

ମାଟି ଦେବତାର ବାର୍ଷିକ ପୂଜାଟା ରବିବାରରେ ପଡ଼ିଥାଏ । ମୁଖାଧାରୀ ପ୍ରେତମାନେ ବାହାରେ ଥାନ୍ତି । ସେଥିପାଇଁ ଚର୍ଚ୍ଚକୁ ଯାଇଥିବା ଖ୍ରୀଷ୍ଟିଆନ୍ ସ୍ତ୍ରୀଲୋକମାନେ ଘରକୁ ଯାଇ ପାରୁ ନ ଥାନ୍ତି । ତାଙ୍କର ମରଦ ମାନେ ଯାଇ 'ଇଗ୍ୱୋଗୁୟୋକୁ' ଘଡ଼ିକ ପାଇଁ ଅର୍ନ୍ତଦ୍ଧାନ ହେଇ ତିର୍ଲାମାନଙ୍କୁ ଆସିବାକୁ ଦେବାପାଇଁ ମିନତି କଲେ । ସେମାନେ ରାଜି ହେଇ ଯିବାକୁ ବାହାରିଲା ବେଳକୁ ଏନକ୍ ମଝିରେ ଆସି ଦଖଲ ଦେଲା । ଖ୍ରୀଷ୍ଟିଆନ୍ ମାନଙ୍କ ଉପରେ ଟିପ ଦେବାର ଦୁଃସାହସ ନ କରିବାକୁ ସେ ଫୁଟାଣି ମାରି ରଡ଼ିଲା । ସେଇଠୁ ସେମାନେ ଫେରି ଆସିଲେ ଆଉ ତାଙ୍କ ଭିତରୁ ଜଣେ ସାଙ୍ଗରେ ସବୁବେଳେ ଧରିଥିବା ବେତରେ ଏନକ୍ ଉପରେ ଆଚ୍ଛା ପାହାରେ କଷି ଦେଲା । ଏନକ୍ ତା ଉପରକୁ କୁଦି ପଡ଼ି ତାର ମୁଖାଟା ଚିରି ଦେଲା । ସ୍ତ୍ରୀ ଲୋକ ଓ ଛୁଆମାନଙ୍କର ଛୋଟ ନଜରର ଆଢୁଆଳରେ ରଖିବାକୁ ଯାଇ ବାକି ଇଗ୍ୱୋଗୁୟୋମାନେ ଅଶୁଦ୍ଧ ହୋଇଯାଇଥିବା ତାଙ୍କର ସାଥୀ ଚାରିପଟେ ଘେରିଗଲେ ଓ ତାକୁ ସେଠୁ ନେଇଗଲେ । ଏନକ୍ ଗୋଟେ ପିତୃପୁରୁଷର ଆତ୍ମାକୁ ମାରିଦେଲା । ସାରା ଉମୋଫିଆରେ ହଇଚଇ ମଚିଗଲା ।

ସେଇ ରାତିରେ ନିହତ ପୁଅ ପାଇଁ ବିକଳରେ କାନ୍ଦି କାନ୍ଦି ପ୍ରେତାତ୍ମାଙ୍କର ମାଁ ବଂଶର ଏକଡ଼ ସେ କଡ଼ ବୁଲିଲା । ଭାରି ଭୟଙ୍କର ରାତି । ଉମୋଫିଆରେ ସବୁଠୁ ପୁରୁଖା ଲୋକ ବି ଏମିତି ଭୟାନକ ଓ ବିକଟ ଶବ୍ଦ କେବେ ଶୁଣି ନ ଥିଲା । ଆଉ ପୁଣି ଥରେ ଏଇଟା କେବେ ମଧ୍ୟ ଶୁଣାଯିବ ନାହିଁ । ସତେ ଯେପରି ଗୋଟେ ଭୟଙ୍କର ଆସନ୍ନ ଅପଶକୁନ ପାଇଁ ତାର ନିଜର ମୃତ୍ୟୁ ପାଇଁ ଜାତିର ଆତ୍ମା ବିଳପି ଉଠୁଥାଏ ।

ତା ପରଦିନ ବଜାର ଛକରେ ଉମୋଫିଆର ସବୁ ମୁଖାଧାରୀ 'ଇଗ୍ୱୋଗୁୟୋ' ଜମା ହେଲେ । ଜାତିର ସବୁ କୋଣ ଅନୁକୋଣରୁ ଏପରିକି ପାଖ ଗାଁରୁ ମଧ୍ୟ

ସେମାନେ ସମସ୍ତେ ଆସିଥିଲେ। ଏମୋରୁ ଭୟାନକ ଓଟାକାଗୁ ଆସିଥିଲା । ଉଲିରୁ ଗୋଟେ ଧଳା କୁକୁଡ଼ା ଝୁଲାଇ ଇକ୍ୱେଂସୁ ଆସି ପହଞ୍ଚିଲା। ସେଇଟା ଗୋଟେ ବିକଟ ସମାବେଶ। ଅସଂଖ୍ୟ ପ୍ରେତଙ୍କର ରହସ୍ୟମୟ ଅଦ୍ଭୁତ ସ୍ୱର, ତାଙ୍କ ଭିତରୁ କେତେଜଣଙ୍କ ପଛରେ ଘଣ୍ଟି ଘାଗୁଡ଼ିର ଶବ୍ଦ, ପରସ୍ପରକୁ ଦଣ୍ଡବତ କରି ଆଗପଛ ଧାଁ ଧଉଡ଼ କଲାବେଳେ ହତିଆର ଘର୍ଷଣର ଶବ୍ଦ - ସବୁଯାକ ମିଶି ଛାତି କମ୍ପେଇ ଦେଲା। ଜୀବନ୍ତ ମଣିଷର ସ୍ମୃତିରେ ପ୍ରଥମ ଥର ପାଇଁ ସ୍ପଷ୍ଟ ଦିବାଲୋକରେ ଦେବାଳ କ୍ଷଣର ସିଂହ ଗର୍ଜନ ଶୁଣାଗଲା।

ଉତ୍କ୍ଷିପ୍ତ ଦଳଟା ବଜାର ଛକରୁ ଏନକ୍‌ର ହତା ଆଡ଼କୁ ମୁହାଁଇଲା। ଢ଼େଉଁରିଆ, ତାବିଜ ଆଦି ଗୁଡ଼ାଏ ରକ୍ଷାକବଚ ପିନ୍ଧି ବଂଶର କେତେ ବୟସ୍କ ଲୋକ ତାଙ୍କ ସାଥିରେ ଗଲେ। ଏଇ ଲୋକମାନଙ୍କର ବାହୁମାନ ଓଗ୍ୱୁ ବା ଔଷଧରେ ମଜବୁତ ହେଇଥାଏ। ବାକି ସାଧାରଣ ସ୍ତ୍ରୀ ପୁରୁଷ ନିଜ କୁଡ଼ିଆର ସୁରକ୍ଷିତ ଥାନରୁ ସବୁ ଶୁଣୁଥାନ୍ତି।

ଆଗ ରାତିରେ ମି: ସ୍ମିଥ୍‌ଙ୍କ ବାସସ୍ଥାନରେ ଖ୍ରୀଷ୍ଟିଆନ୍ ନେତାମାନେ ଏକାଠି ଜମା ହୋଇଥିଲେ। ବିଚାର ଆଲୋଚନା କରୁ କରୁ ସେମାନେ ମୃତ ପୁତ୍ର ପାଇଁ ପ୍ରେତାତ୍ମାଙ୍କର ମାଁର ବିଳାପ ଶୁଣି ପାରିଲେ। ହତାଶିଆ ସ୍ୱରଟା ମି:ସ୍ମିଥ୍‌ଙ୍କୁ ପ୍ରଭାବିତ କଲା। ପ୍ରଥମ ଥର ପାଇଁ ସେ ଡ଼ରିଲା ପରି ମନେ ହେଲା।

'ସେମାନେ କଣ କରିବାକୁ ଯାଉଛନ୍ତି ?', ସେ ପଚାରିଲେ। କେହି ଜାଣି ନ ଥିଲେ। କାରଣ ଏପରି ଆଗରୁ କେବେ ଘଟି ନ ଥିଲା। ମି:ସ୍ମିଥ୍ ଜିଲ୍ଲା ଅଧିକାରୀ ଓ କୋର୍ଟ ଖବରୀମାନଙ୍କୁ ଡ଼କାଇଥାନ୍ତେ, କିନ୍ତୁ ସେମାନେ ଆଗ ଦିନରୁ ଟୁର୍‌ରେ ଯାଇଥିଲେ।

'ଗୋଟେ କଥା ସ୍ପଷ୍ଟ ବୁଝାପଡୁଛି ଯେ ଆମେ ତାଙ୍କ ସହିତ ହାତାହାତି ହେଇ ପାରିବା ନାହିଁ,' ମି: ସ୍ମିଥ୍ କହିଲେ। 'ପ୍ରଭୁଙ୍କ ହାତରେ ଆମର ଶକ୍ତି ରହିଛି।' ସେମାନେ ଆଣ୍ଠେଇ ପଡ଼ି ବିପଦରୁ ଉଦ୍ଧାର କରିବା ପାଇଁ ଈଶ୍ୱରଙ୍କୁ ପ୍ରାର୍ଥନା କଲେ।

'ହେ ପ୍ରଭୁ! ତମରି ଲୋକଙ୍କୁ ତମେ ରକ୍ଷା କର', ମି: ସ୍ମିଥ୍ ବଡ଼ ପାଟିରେ କହିଲେ।

'ଏବଂ ତମର ଉତ୍ତରାଧିକାରକୁ ଆଶିର୍ବାଦ କର', ଲୋକମାନେ ଉତ୍ତର ଦେଲେ।

ସେମାନେ ସ୍ଥିର କଲେ ଯେ ଏନକ୍‌କୁ ଦିନେ ଦୁଇ ଦିନ ପାଇଁ ଏଠି ଧର୍ମଯାଜକଙ୍କ ବାସସ୍ଥାନରେ ଲୁଚାଇ ରଖାଯିବ। ଏକଥା ଶୁଣି ଏନକ୍ ନିଜେ ଭାରି

ମନ ଖରାପ କଲା । କାରଣ ସେ ଭାବିଥିଲା ଯେ ଏଥର ଧର୍ମ ଯୁଦ୍ଧ ଆସନ୍ନ । ଆଉ କେତେଜଣ ଖ୍ରୀଷ୍ଟିଆନ୍ ମଧ୍ୟ ତାରି ପରି ଭାବୁଥିଲେ । କିନ୍ତୁ ପ୍ରଭୁ ଭକ୍ତଙ୍କ ଦଳରେ ଜ୍ଞାନ ଉଦୟ ହେଲା ଓ ସେଥିରେ ଅନେକ ଜୀବନ ରକ୍ଷା ପାଇଗଲା ।

ଭୟଙ୍କର ଘୂର୍ଣ୍ଣିବାତ୍ୟା ପରି 'ଇଗ୍ବୋଗୁୟୋ' ଦଳ ଏନକ୍‌ର ହତା ଭିତରକୁ ମାଡ଼ିଗଲେ । ନିଆଁ ଓ ହତିଆରରେ ତାକୁ ଛାରଖାର କରି ପାଉଁଶ ଗଦାଟିଏ କରିଦେଲେ । ଧ୍ୱଂସର ଉନ୍ମାଦରେ ମାତି ସେମାନେ ସେଠୁ ଚର୍ଚ୍ଚ ଆଡ଼କୁ ମୁହାଁଇଲେ ।

ମୁଖାଧାରୀ ପ୍ରେତ ଆସୁଥିବାର ଖବର ଶୁଣିଲାବେଳକୁ ମି:ସ୍ମିଥ୍ ଚର୍ଚ୍ଚରେ ଥିଲେ । ଚର୍ଚ୍ଚର ହତାକୁ ବାଟ ଯାଇଥିବା ଦୁଆର ମୁହଁରେ ସେ ଯାଇ ଚୁପ୍‌ଚାପ୍ ଠିଆ ହେଲେ । ଚର୍ଚ୍ଚ ହତା ଭିତରକୁ ପ୍ରଥମ ତିନି ଚାରିଟା ଇଗ୍ବୋଗୁୟୋ ଆସିଲା କ୍ଷଣି ସେ କବାଟ ବନ୍ଦ କରିଦେବା ଉପରେ ଥିଲେ । ସେ ନିଜକୁ ରୋକି ନେଲେ ଓ ପଳାଇ ଯିବା ପରିବର୍ତ୍ତେ ସେ ଚର୍ଚ୍ଚକୁ ଯାଇଥିବା ଦୁଇ ପାହାଚ୍‌ରେ ପାଦ ରଖିଲେ ଓ ପାଖେଇ ଆସୁଥିବା ପ୍ରେତାତ୍ମା ଆଡ଼କୁ ଆଗେଇଲେ । ସେମାନେ ସୁଅତୋଡ଼ରେ ମାଡ଼ି ଆସିଲେ । ଚର୍ଚ୍ଚ ଚାରିପଟେ ଘେରା ଲମ୍ବା ବାଉଁଶ ବେଢ଼ା ଭାଙ୍ଗି ଭୁଷୁଡ଼ି ଗଲା । ଘଣ୍ଟି ଘାଗୁଡ଼ି ବେତାଳିଆ ବେଢ଼ଙ୍ଗିଆ ହେଇ ରଣଝଣ ବାଜିଲା, ହତିଆର ଠନ୍ ଠାନ୍ ଘଷି ହେଲା । ଧୂଳି ସହିତ ବିକଟ ଅଦ୍ଭୁତ ଶବ୍ଦ ଆଉ ବିଚିତ୍ର ରହସ୍ୟମୟ ସ୍ୱରରେ ବାୟୁମଣ୍ଡଳ ଭରିଗଲା । ମି: ସ୍ମିଥ୍ ପଛରୁ କାହାର ପାଦ ଶବ୍ଦ ଶୁଣିଲେ । ସେ ବୁଲି ପଡ଼ି ଦେଖିଲେ । ସେ ଓକେକେ – ତାଙ୍କର ଅନୁବାଦକ । ରାତିରେ ଚର୍ଚ୍ଚର ନେତାମାନଙ୍କର ସଭାରେ ଏନକ୍‌ର ବ୍ୟବହାରକୁ ସେ କଡ଼ା ସମାଲୋଚନା କଲାପରଠୁ ତାର ମାଲିକଙ୍କ ସହିତ ଓକେକେର ସଂପର୍କ ସେତଟେ ଭଲ ନ ଥିଲା । ଧର୍ମଯାଜକଙ୍କ ବାସସ୍ଥାନରେ ଏନକ୍‌କୁ ଲୁଚାଇ ରଖା ନ ଯାଉ ବୋଲି ସେ କହି ଦେଇଥିଲା । କାରଣ ତା ଦ୍ୱାରା ଧର୍ମଯାଜକଙ୍କ ଉପରେ ଜାତିଲୋକ ରୋଷ ରଖିବେ । ମି:ସ୍ମିଥ୍ ତାକୁ ବେଶ୍ କଡ଼ା କରି ଗାଳି ଦେଇଥିଲେ ଓ ସକାଳେ ତାର ପରାମର୍ଶ ଲୋଡ଼ିଲେ ନାହିଁ । କିନ୍ତୁ ଏବେ ସେ ଆସିଲା ଓ ଉଗ୍ର ପ୍ରେତାତ୍ମାଙ୍କୁ ସାମ୍ନା କରି ତାଙ୍କ ପାଖରେ ଠିଆ ହେଲା । ସେ ତାକୁ ଦେଖିଲେ ଆଉ ହସିଲେ । ମ୍ଳାନ ହସ । କିନ୍ତୁ ସେଥିରେ ଗଭୀର କୃତଜ୍ଞତା ରହିଥିଲା ।

ଦୁଇ ଜଣଙ୍କର ଆଶାତୀତ ଶାନ୍ତ ଅବସ୍ଥା ଦେଖି ପ୍ରେତାତ୍ମାର ସ୍ରୋତଟା କ୍ଷଣିକ ପାଇଁ ଅଟକି ଗଲା । କିନ୍ତୁ ବଜ୍ରପାତ ପୂର୍ବର ଅଶାନ୍ତ ନୀରବତା ପରି ସେଇଟା କ୍ଷଣସ୍ଥାୟୀ ଥିଲା । ପ୍ରଥମ ଅପେକ୍ଷା ଦ୍ୱିତୀୟ ଖର ଭିଡ଼ଟା ଆହୁରି ବିରାଟ ଥିଲା । ଭିଡ଼ଟା ଦୁଇ ଜଣଙ୍କୁ ଗିଳି ପକାଇଲା । ତାପରେ ପାଟିତୁଣ୍ଡ ହୋ ହାଲ୍ଲା ଭିତରୁ ଜଣକର ସ୍ୱଷ୍ଟ ଓ

ଦମ୍ଭିଲା ସ୍ୱର ଶୁଣାଗଲା। ସଙ୍ଗେ ସଙ୍ଗେ ନୀରବତା ଛାଇଗଲା। ସେଇ ଦୁଇ ଜଣ ଲୋକଙ୍କ ପାଖରେ ଜାଗା କରାହେଲା ଓ ଆଜୋଫା କହିବା ଆରମ୍ଭ କଲା।

ଆଜୋଫା ହେଉଛି ଉମୋଫାର ନେତୃସ୍ଥାନୀୟ ଉଗ୍ୱୋଗୁୟୋ। ଜାତି କୁଳରେ ନ୍ୟାୟ ପ୍ରଦାନ କରୁଥିବା ନଅ ଜଣ ପୂର୍ବପୁରୁଷଙ୍କର ସେ ପ୍ରବକ୍ତା। ତାର କଣ୍ଠସ୍ୱର ପରିଷ୍କାର ଓ ଦାମ୍ଭିଲା ଥିବାରୁ ତାହା ଉତ୍ୟକ୍ତ ପ୍ରେତାତ୍ମାମାନଙ୍କୁ ସଙ୍ଗେ ସଙ୍ଗେ ଶାନ୍ତ କରିଦେଲା। ତାପରେ ସେ ମି: ସ୍ମିଥ୍‌ଙ୍କୁ ସମ୍ବୋଧନ କଲା। କହିଲାବେଳେ ତାର ମୁଣ୍ଡରୁ ଧୂଆଁର ମେଘ ଉଠୁଥାଏ।

'ଗୋରା ମଣିଷର ପିଣ୍ଡ, ମୁଁ ତତେ ଦଣ୍ଡବତ କରୁଛି', ଅଶରୀରୀ ଅମରାତ୍ମା ମାନେ ମଣିଷ ସହିତ ଯେଉଁ ଭାଷାରେ କଥା ହୁଅନ୍ତି, ସେ ସେଇ ଭାଷାରେ କହିଲା।

'ଗୋରା ମଣିଷର ପିଣ୍ଡ, ତୁ ମତେ ଜାଣୁ କି ?' ସେ ପଚାରିଲା।

ମି:ସ୍ମିଥ୍ ତାଙ୍କର ଅନୁବାଦକକୁ ଚାହିଁଲେ। କିନ୍ତୁ ଓକେକେ କାହିଁ ଦୂର ଉମୁରୁର ବାସିନ୍ଦା ହୋଇଥିବାରୁ ସେ ମଧ୍ୟ ହତବୁଦ୍ଧି ହେଇଗଲା।

ଆଜୋଫା ତାର ଘାଗଡ଼ା ଗଳାରେ ହସିଲା। କଳଙ୍କିଲଗା ଧାତବ ହସ ପରି ଲାଗିଲା। 'ସେମାନେ ଅପରିଚିତ ବିଦେଶୀ', ସେ କହିଲା, 'ଆଉ ସେମାନେ ଅଜ୍ଞାନୀ। କିନ୍ତୁ ସେଇଟା ଛାଡ଼।' ସେ ତାର ସହକର୍ମୀମାନଙ୍କ ଆଡ଼କୁ ବୁଲି ପଡ଼ିଲା ଓ ତାଙ୍କୁ ଉମୋଫାର ପିତା ସମ୍ବୋଧନ କରି ଦଣ୍ଡବତ କଲା। ତାର ମୁନିଆଁ ବର୍ଚ୍ଛାଟାକୁ ସେ ମାଟି ଭିତରକୁ ଗାଡ଼ି ଦେଲା କ୍ଷଣି ଧାତବ ସକ୍ରିୟତାରେ ସେଇଟା ହଲିଗଲା। ତାପରେ ସେ ପୁଣିଥରେ ଧର୍ମଯାଜକ ଓ ଅନୁବାଦକ ଆଡ଼କୁ ବୁଲି ପଡ଼ିଲା।

'ଗୋରା ଲୋକଟାକୁ କହିଦେ ଯେ ଆମେ ତାର କିଛି କ୍ଷତି କରିବୁ ନାହିଁ', ସେ ଅନୁବାଦକକୁ କହିଲା। 'ତାକୁ ତାର ଘରକୁ ଫେରିଯିବାକୁ କହି ଦେ ଆଉ ସେ ଆମକୁ ଆମ ବାଟରେ ଛାଡ଼ିଦେଉ। ତା ଆଗରୁ ଏଠିକି ଆସିଥିବା ତାର ଭାଇକୁ ଆମେ ଭଲ ପାଇଥିଲୁ। ସେ ନିର୍ବୁଦ୍ଧିଆ ହେଲେ ସୁଦ୍ଧା ଆମେ ତାକୁ ପସନ୍ଦ କରୁଥିଲୁ। ତାରି ଦ୍ୱାହିରେ ଆମେ ଯାର କିଛି କ୍ଷତି କରିବୁ ନାହିଁ। କିନ୍ତୁ ସେ ତିଆରି କରିଥିବା ଏଇ ପୂଜା ପୀଠକୁ ନିଶ୍ଚୟ ଧ୍ୱଂସ କରାଯିବ। ଆମରି ଭିତରେ ଏଇଟାକୁ ରହିବାକୁ ଆମେ ଦେବୁ ନାହିଁ। ଯାରି ଯୋଗୁଁ ଅସରନ୍ତି ଘୃଣା ସଞ୍ଚାରିତ ଆଉ ଆମେ ସେଥିରେ ପୂର୍ଣ୍ଣଚ୍ଛେଦ ପକାଇବାକୁ ଆସିଛୁ। ତାପରେ ସେ ତାର ସହକର୍ମୀମାନଙ୍କ ଆଡ଼କୁ ମୁହଁ ବୁଲାଇ କହିଲା, 'ଉମୋଫାର ପିତୃପିତାମାନେ, ତମକୁ ମୁଁ ଦଣ୍ଡବତ କରୁଛି'। ସେମାନେ ମିଳିତ ଘାଗଡ଼ା ସ୍ୱରରେ ଉତ୍ତର ଦେଲେ। ସେ ପୁଣି ମିଶନାରୀ ଆଡ଼କୁ ବୁଲିପଡ଼ିଲା। 'ଆମର ଚାଲିଚଳଣି ଯଦି ତତେ ଭଲ ଲାଗୁଛି, ତୁ ଆମ ସାଙ୍ଗରେ ରହିପାରୁ। ତୁ

ତୋର ଦେବତାଙ୍କୁ ପୂଜା କରିପାରୁ। ନିଜ ପିତୃପୁରୁଷର ଆତ୍ମା ଓ ନିଜର ଦେବତାମାନଙ୍କୁ ପୂଜା କରିବାଟା ଜଣେ ଲୋକ ପକ୍ଷରେ ଭଲ। ନିଜର ଜୀବନ ନିରାପଦ ରଖିବାକୁ ହେଲେ ତୁ ତୋର ଘରକୁ ଫେରିଯା। ଆମର ଭୀଷଣ ରାଗ। କିନ୍ତୁ ତୋ ସହିତ କଥାବାର୍ତ୍ତା କରିବା ପାଇଁ ଆମେ ରାଗକୁ ଦବେଇ ରଖିଛୁ।'

ମି:ସ୍ମିଥ୍ ତାଙ୍କର ଅନୁବାଦକକୁ କହିଲେ : 'ତାଙ୍କୁ ଏଇଠୁ ପଳେଇ ଯିବାକୁ କହିଦେ। ଏଇଟା ଈଶ୍ୱରଙ୍କ ଆବାସ। ମୁଁ ବଞ୍ଚି ଥାଉ ଥାଉ ଏହାକୁ ଅଶୁଦ୍ଧ କରିବାକୁ ଦେବି ନାହିଁ।'

ଓକେକେ ଚାଲାକିରେ ଉମୋଫିଆର ପ୍ରେତାତ୍ମା ଓ ନେତାମାନଙ୍କୁ କଥାଟିକୁ ବୁଝାଇ ଦେଲା: 'ଗୋରା ଲୋକ କହୁଛି ଯେ ତମେମାନେ ବନ୍ଧୁ ପରି ତମର ଅସୁବିଧା ତାକୁ ଆସି କହିଥିବାରୁ ସେ ଖୁସି। ତେବେ କଥାଟିକୁ ତା ହାତରେ ଛାଡ଼ିଦେଲେ ସେ ଖୁସି ହେବ।'

'ଆମେ କଥାଟିକୁ ତାର ହାତରେ ଛାଡ଼ି ଦେଇ ପାରିବୁ ନାହିଁ। କାରଣ ସେ ଆମର ରୀତି ନୀତି ବୁଝେ ନାହିଁ। ଠିକ୍ ଯେପରି ଆମେ ତାର ରୀତି ନୀତି ବୁଝୁନା। ଆମରି ଚାଲିଚଳଣି ସେ ଜାଣି ନ ଥିବାରୁ ଆମେ ତାକୁ ମୂର୍ଖ କହୁ। ଆଉ ବୋଧହୁଏ ଆମେ ତାର ଚାଲିଚଳଣି ଜାଣି ନ ଥିବାରୁ ସେ ଆମକୁ ମୂର୍ଖ କହେ। ବରଂ ସେ ଚାଲିଯାଉ।

ମି:ସ୍ମିଥ୍ ତାଙ୍କ ଜାଗାରେ ଅଟକି ରହିଲେ। କିନ୍ତୁ ସେ ତାଙ୍କର ଚର୍ଚ୍ଚକୁ ରକ୍ଷା କରିପାରିଲେ ନାହିଁ। 'ଇଗ୍ୱୋଗୁୟୋ' ଚାଲିଗଲା ପରେ ମି:ବ୍ରାଉନ୍ ତିଆରି କରିଥିବା ନାଲି ମାଟିର ଚର୍ଚ୍ଚଟା ମାଟି ଓ ପାଉଁଶର ଗଦାଟିଏ ହେଇଗଲା। ଆଉ ସେଇ ଘଡ଼ିକ ପାଇଁ ଜାତିର ଆତ୍ମା ପ୍ରଶମିତ ହେଲା।

॥ ୨୩ ॥

ବହୁତ ବର୍ଷ ଭିତରେ ପ୍ରଥମ କରି ଓକୋଙ୍କୋର ପ୍ରାୟ ପାଖାପାଖି ଖୁସିର ଅନୁଭୂତିଟିଏ ହେଲା। ତାର ପରବାସ ଭିତରେ ଏତେ ବେହିସାବ ବଦଳି ଯାଇଥିବା ସମୟଟା ଘୁରି ଘୁରିକା ପୁଣି ତାରି ପାଖକୁ ଆସୁଥିବାର ପରି ଲାଗିଲା। ତା ପ୍ରତି ଅସତ୍ ହେଇଥିବା ଜାତି-କୁଳ ଏବେ ତାର ଭରଣା କରୁଥିବା ପରି ମନେ ହେଲା।

ତାଙ୍କର କାର୍ଯ୍ୟାନୁଷ୍ଠାନ ବିଷୟରେ ସ୍ଥିର କରିବାକୁ ବଜାର ଛକରେ ଏକାଠି ଜମା ହେଲା ବେଳେ ସେ ଉଗ୍ର ଭାବରେ ଜାତିଲୋକଙ୍କୁ କହିଲା। ସେମାନେ ମର୍ଯ୍ୟାଦାର ସହିତ ତା କଥା ଶୁଣିଲେ। ଲାଗିଲା, ଯେମିତି ସେ ସୁଖଦ ପୁରୁଣା ଦିନ ମାନ ପୁଣି ଫେରି ଆସିଛି – ଯେତେବେଳେ ଜଣେ ଯୋଦ୍ଧା ମାନେ ହିଁ ଯୋଦ୍ଧା। ଯଦିଓ ମିଶ୍‌ନାରୀଙ୍କୁ ମାରିବା ପାଇଁ କିମ୍ବା ଖ୍ରୀଷ୍ଟିଆନ୍‌ମାନଙ୍କୁ ଘଉଡ଼ାଇ ଦେବାକୁ ସେମାନେ ରାଜି ହେଲେ ନାହିଁ, ସେମାନେ କିଛି ଖାସ୍ କରିବାକୁ ସହମତ ହେଲେ। ଆଉ ସେମାନେ ସେଇଟା କଲେ। ଓକୋଙ୍କୋ ପୁଣି ଥରେ ପ୍ରାୟ ଖୁସି ହେଲା।

ଚର୍ଚ୍ଚ ଧ୍ୱଂସ ହେବାର ଦୁଇ ଦିନ ଯାଏଁ କିଛି ହେଲା ନାହିଁ। ଉମୋଫିଆର ପ୍ରତି ଲୋକ ବନ୍ଧୁକ କିମ୍ବା ହତିଆର ଧରି ବୁଲିଲେ। ଏବାମୋ ଲୋକ ପରି ଅଜାଣତରେ ସେମାନେ ଧରାପଡ଼ିଯିବେ ନାହିଁ।

ତାପରେ ଜିଲ୍ଲାର କମିଶନର ଟୁର୍‌ରୁ ଫେରିଲେ। ମି:ସ୍ମିଥ୍ ସଙ୍ଗେ ସଙ୍ଗେ ତାଙ୍କ ପାଖକୁ ଗଲେ। ଦୁହେଁ ଦୀର୍ଘ ସମୟ ଧରି ଆଲୋଚନା କଲେ। ଉମୋଫିଆର ଲୋକମାନେ ଏହାକୁ ଲକ୍ଷ୍ୟ କଲେ ନାହିଁ। ଆଉ ଯଦିବା କଲେ, ସେମାନେ ଏକଥାକୁ ଗୁରୁତ୍ୱପୂର୍ଣ୍ଣ ଭାବିଲେ ନାହିଁ। ମିଶନାରୀ ପ୍ରାୟ ତାର ଗୋରାଭାଇଙ୍କୁ ଭେଟିବାକୁ ଯାଏ। ଏଥିରେ ଅଦ୍ଭୁତ କଥା କିଛି ନାହିଁ।

ତିନି ଦିନ ପରେ ଜିଲ୍ଲା କମିଶନର ତାଙ୍କର କଅଁଳ କୁହା ଖବରୀକୁ ଉମୋଫିଆର

ନେତାଙ୍କ ପାଖକୁ ପଠାଇଲେ। ତାଙ୍କ ମୁଖ୍ୟ କାର୍ଯ୍ୟାଳୟରେ ସେମାନେ ତାଙ୍କୁ ଭେଟିବାକୁ ଖବର ପଠାଇଲେ। ସେଇଟା ବି ଅଜବ ନ ଥିଲା। କାରଣ ସେ ପ୍ରାୟ ଏମିତି ତୁଚ୍ଛାଟାକୁ ଭଲମନ୍ଦ ପଚାରିବାକୁ ଭେଟଘାଟ ପାଇଁ ଡ଼ାକିଥାଏ। ସେ ଡ଼ାକିଥିବା ଛଅ ଜଣ ନେତା ଭିତରେ ଓକୋଙ୍କୋ ଜଣେ।

ଓକୋଙ୍କୋ ଅନ୍ୟମାନଙ୍କୁ ପୁରା ସଶସ୍ତ୍ର ହେଇ ଯିବାକୁ ସତର୍କ କରି ଦେଇଥିଲା। 'କିଏ ଡ଼ାକିଲେ ଉମୋଫିଆର ମରଦ ମନା କରିପାରେ ନା', ସେ କହିଲା। 'ତାକୁ ଯାହା କରିବାକୁ କହିଲେ ତାହା ସେ ନ କରି ପାରେ। ଡ଼ାକିବାଟାକୁ ସେ ମନା କରିପାରିବନି। ତେବେ ବେଳ କାଳ ବଦଳି ଯାଇଛି, ଆଉ ଆମେ ପୁରା ସଜିଲ୍ ହେଇ ଯିବା କଥା।'

ଆଉ ତେଣୁ ଛଅ ଜଣ ନେତା ନିଜର ହତିଆର ଧରି ଜିଲ୍ଲା କମିଶନରଙ୍କ ପାଖକୁ ଦେଖା କରିବାକୁ ଗଲେ। ସେମାନେ ବନ୍ଧୁକ ଧରିଲେ ନାହିଁ। କାରଣ ସେଇଟା ଅଖାଡୁଆ ଲାଗିବ। ସେମାନଙ୍କୁ କୋର୍ଟଘରକୁ କଢ଼େଇ ନିଆଗଲା। ସେଠି ଜିଲ୍ଲା କମିଶନର ବସିଥାନ୍ତି। ସେ ତାଙ୍କୁ ଭଦ୍ର ଭାବରେ ସ୍ୱାଗତ କଲେ। ସେମାନେ ତାଙ୍କର ଛେଳିଚମ ମୁଣା ଓ ଖୋଳରେ ଢ଼ଙ୍କା ହତିଆରକୁ କାନ୍ଧରୁ ଖସାଇ ଚଟାଣରେ ରଖିଦେଲେ ଓ ତଳେ ବସି ପଡ଼ିଲେ।

'ମୁଁ ତମକୁ ଆସିବା ପାଇଁ କହିଥିଲି', କମିଶନର ଆରମ୍ଭ କଲେ, 'ମୋର ଅନୁପସ୍ଥିତିରେ ଘଟିଥିବା ଘଟଣା ବିଷୟରେ ପଚାରି ବୁଝିବା ପାଇଁ। ମୁଁ ଏ ବିଷୟରେ କିଛି ଶୁଣିଛି। କିନ୍ତୁ ତମ ପକ୍ଷରୁ କିଛି ନ ଶୁଣିଲା ଯାଏଁ ମୁଁ ସେ କଥା ବିଶ୍ୱାସ କରିବି ନାହିଁ। ଏଥର ଆମେ ବନ୍ଧୁ ପରି ଏଇ ପ୍ରସଙ୍ଗର ବିଚାର ଆଲୋଚନା କରିବା ଆଉ ଯେମିତି ପୁଣି ଥରେ ଏହା ଆଉ ନ ଘଟେ ତାର ଉପାୟ ବାହାର କରିବା।'

ଓବେଫି ଇକ୍ୱିମେ ଠିଆ ହେଇ କଥାଟି କହିବା ଆରମ୍ଭ କଲା।

'ଟିକେ ରହ', କମିଶନର କହିଲେ। ମୁଁ ମୋ ପକ୍ଷର ଲୋକମାନଙ୍କୁ ବି ଏଠିକି ଆଣିବାକୁ ଚାହେଁ। ତା ହେଲେ ସେମାନେ ତମର ଅସୁବିଧା ଅଭିଯୋଗ ଶୁଣିବେ ଓ ଭବିଷ୍ୟତରେ ସାବଧାନ ହେବେ। ତାଙ୍କ ଭିତରୁ ଅନେକ ଲୋକ ବହୁତ ଦୂରରୁ ଆସିଛନ୍ତି। ସେମାନେ ତମର ଭାଷା କହୁଥିଲେ ମଧ୍ୟ ତମର ରୀତି ନୀତି ବିଷୟରେ କିଛି ଜାଣି ନାହାନ୍ତି। ଜେମ୍ସ ! ଯାଇ ସେଇ ଲୋକ ମାନଙ୍କୁ ଡ଼ାକି ଆଣ।' ତାଙ୍କର ଅନୁବାଦକ କୋର୍ଟ ରୁମରୁ ବାହାରି ଯାଇ ବାର ଜଣଙ୍କୁ ନେଇ ଶିଘ୍ର ଫେରି ଆସିଲା। ସେମାନେ ଉମୋଫିଆ ଲୋକଙ୍କ ସହିତ ଏକାଠି ବସିଲେ। ଏଥର ଓବେଫି ଇକ୍ୱିମେ କେମିତି ଏନକ୍ ଗୋଟେ 'ଇଗ୍ୱୋଗୁୟୋକୁ' ହତ୍ୟା କଲା ସେଇ କାହାଣୀ କହିବା ଆରମ୍ଭ କଲା।

ୟା ଭିତରେ ଏଇଟା ଏତେ ଜଲ୍‌ଦି ଘଟିଗଲା ଯେ ଛଅ ଜଣ ଯାକ ଟିକେ ବି ତାର ସୁରାକ ପାଇ ପାରିଲେ ନାହିଁ। ଟିକେ ଧସ୍ତା ଧସ୍ତି ଠେଲା ପେଲା ହେଲା। ସେଇଟା ଏତେ ଅଳ୍ପ ସମୟ ପାଇଁ ଯେ ସେମାନେ ଖୋଳରୁ ହତିଆର ବାହାର କରିବାକୁ ସୁଯୋଗ ପାଇଲେ ନାହିଁ। ଛଅ ଜଣଙ୍କୁ ହାତକଡ଼ି ପିନ୍ଧାଇ ଗାର୍ଡ଼ରୁମ୍‌କୁ ନିଆଗଲା।

'ଆମେ ତମର କିଛି କ୍ଷତି କରିବୁ ନାହିଁ, ପରେ ସେମାନଙ୍କୁ ଜିଲ୍ଲା କମିଶନର କହିଲେ, 'ଯଦି ତମେ କେବଳ ଆମକୁ ସହଯୋଗ କର, ଆମେ ତମ ପାଇଁ ଓ ତମ ଲୋକମାନଙ୍କ ପାଇଁ ଗୋଟେ ଶାନ୍ତିପୂର୍ଣ୍ଣ ଶାସନ ବ୍ୟବସ୍ଥା ଆଣିଛୁ ଯୋଉଥିରେ ତମେମାନେ ସୁଖରେ ରହିବ। କୌଣସି ଲୋକ ତମକୁ ଖରାପ ବ୍ୟବହାର କଲେ, ଆମେ ତମକୁ ଉଦ୍ଧାର କରିବୁ। କିନ୍ତୁ ଆମେ ତମକୁ ଅନ୍ୟମାନଙ୍କୁ ଖରାପ ବ୍ୟବହାର ପାଇଁ ସୁଯୋଗ ଦେବୁ ନାହିଁ। ମୋ ଦେଶରେ ଜଣେ ମହାରାଣୀ ଶାସନରେ ଯେମିତି କରାହୁଏ, ଠିକ୍ ସେମିତି ଏଠି ମାମଲାର ବିଚାର କରି ନ୍ୟାୟ ଦେବା ପାଇଁ ଆମେ ଆଇନ୍‌ର ଗୋଟେ କୋର୍ଟ ରଖିଛୁ। ମୁଁ ତମମାନଙ୍କୁ ଏଠିକି ଅଣାଇବାର କାରଣ ତମେମାନେ ଏକାଠି ମିଶି ଅନ୍ୟମାନଙ୍କୁ ହଇରାଣ ହରକତ କରିଛ, ଲୋକଙ୍କ ଘର ଓ ଉପାସନା ପୀଠ ଜାଳି ପୋଡ଼ି ଦେଇଛ। ପୃଥିବୀର ସବୁଠୁ କ୍ଷମତାଶାଳୀ ଶାସକ ଆମର ମହାରାଣୀଙ୍କ ରାଜ୍ୟରେ ଏମିତି ଆଦୌ ହେବା କଥା ନୁହଁ। ମୁଁ ନିଷ୍ପତ୍ତି କରିଛି ଯେ ତୁମେ ସବୁ ଦୁଇ ଶହ ବସ୍ତା ଲେଖାଏଁ କଉଡ଼ି ଜୋରିମାନା ଦେବ। ଏଥିରେ ରାଜିହେଲେ ତମକୁ ଛାଡ଼ି ଦିଆଯିବ। ତାପରେ ତମ ଲୋକଙ୍କଠାରୁ ଜୋରିମାନା ଆଦାୟ ପାଇଁ ତମେ କାଗଜରେ ଖଣ୍ଡେ ରାଜିନାମା ଲେଖିଦେବ। ଏଥିରେ ତମେ କଣ କହୁଛ କୁହ?'

ଛଅ ଜଣ ଯାକ ବିରକ୍ତି ଅସନ୍ତୋଷରେ ଚୁପ୍ ରହିଲେ। କମିଶନ୍‌ର ଅଳ୍ପ ସମୟ ପାଇଁ ତାଙ୍କୁ ଛାଡ଼ି ଦେଇ ଗଲେ। ଗାର୍ଡ଼ରୁମ୍ ଛାଡ଼ିଲା ବେଳେ ସେ କୋର୍ଟ-ଖବରୀମାନଙ୍କୁ ସେଇ ଲୋକମାନଙ୍କୁ ସମ୍ମାନର ସହିତ ବ୍ୟବହାର ଦେଖାଇବାକୁ କହିଲେ। କାରଣ ସେମାନେ ଉମୋଫିଆର ନେତା। 'ୟେସ୍ ସାର' କହି ସେମାନେ ସଲାମ କଲେ।

ଜିଲ୍ଲା କମିଶନର ଗଲା ପରେ ପରେ ବନ୍ଦୀମାନଙ୍କର ଭଣ୍ଡାରୀ ଦାୟିତ୍ୱରେ ଥିବା ମୁଖ୍ୟ-ଖବରୀ ତାର ଖୁର ଆଣି ସେଇ ଲୋକଙ୍କର ମୁଣ୍ଡବାଳ କାଟି ଦେଲା। ସେମାନଙ୍କ ହାତରେ ଯେ ଯାଏଁ ହାତକଡ଼ି ଥାଏ। ସେମାନେ ବିଷର୍ଣ୍ଣ ହେଇ ଖାଲି ବସି ରହିଲେ।

'ତମ ଭିତରୁ ସର୍ଦ୍ଦାର କିଏ?' କୋର୍ଟ – ଖବରୀ ମଜାରେ ପଚାରିଲା।

ଉମୋଫୀର ଭିକାରୀ ବି ପାଦରେ ଉପାଧି - ପାହୁଡ଼ ପିନ୍ଧିଥିବାର ଦେଖିବାକୁ ମିଳୁଛି। କଉଡ଼ି ଦଶଟାରେ ସେଇଟା ମିଳିଯାଏ ନା କଣ ?'

ଛଅ ଜଣ ଲୋକ ସେଇ ଦିନ ସାରା ପୁଣି ତା ପରଦିନ କିଛି ଖାଇଲେ ନାହିଁ। ତାଙ୍କୁ ପିଇବାକୁ ପାଣି ମଧ୍ୟ ଦିଆଗଲା ନାହିଁ। ପରିସ୍ରା ଲାଗିଲେ ବାହାରକୁ ଛଡ଼ା ଗଲା ନାହିଁ କିମ୍ବା ଝାଡ଼ା ଲାଗିଲେ ବୁଦା ମୂଳକୁ ଯିବାକୁ ଦିଆଗଲା ନାହିଁ। କୋର୍ଟ-ଖବରୀମାନେ ରାତିରେ ଆସି ତାଙ୍କୁ ଟିହେଇ ଟିହେଇ କଥା କହିଲେ ଓ ପରସ୍ପରର ଲଣ୍ଡାମୁଣ୍ଡକୁ ଠୁଙ୍କା ଠୁଙ୍କି କଲେ।

ଏକୁଟିଆ ଥିଲାବେଳେ ବି ପରସ୍ପର ସହିତ କଥା ହେବାକୁ ତାଙ୍କ ମୁହଁରେ ଆଉ ଭାଷା ନ ଥିଲା। ତୃତୀୟ ଦିନ ସେମାନେ ଆଉ ଭୋକ ଅପମାନ ସହିପାରିଲେ ନାହିଁ। ସେମାନେ ହାର ମାନିଯିବା ପାଇଁ କଥାବାର୍ତ୍ତା ଆରମ୍ଭ କଲେ।

'ମୋ କଥା ଯଦି ଶୁଣିଥାନ୍ତ, ତା ହେଲେ ଆମେ ଗୋରାଟାକୁ ଖତମ୍ କରିଦେଇଥାନ୍ତେ', ଓକୋଙ୍କୋ ଘାଉଁ ଘାଉଁ ହେଇ କହିଲା।

'ଏଇନେ ଯାଇ ଉମୁରୁରେ ଫାଶୀ ପାଇବାକୁ ଟାକି ବସିଥାନ୍ତା ଯେ', ଜଣେ ତାକୁ କହିଲା।

'କିଏ ଗୋରାକୁ ମାରିବ କହିଲା ?' କୋର୍ଟ-ଖବରୀ ଧଡ଼ାସ୍ କି ନା ଭିତରକୁ ପଶି ଆସୁ ଆସୁ କହିଲା। କେହି କିଛି କହିଲେନି।

'ଗୋଟେ ଦୋଷ କରି ତମର ମନ ଆହୁରି ଭରିନାଇଁ ଯେ ତା ଉପରେ ପୁଣି ଗୋରାକୁ ମାରିବ।' ଗୋଟେ ବଡ଼ ବାଡ଼ି ନେଇ ସମସ୍ତଙ୍କ ମୁଣ୍ଡରେ ପିଠିରେ କେତେ ପାହାର କୁଟି ଦେଲା। ଘୃଣାରେ ଓକୋଙ୍କୋ ରୁନ୍ଧି ହେଇଗଲା।

ଛଅ ଜଣଙ୍କୁ ହାଜତରେ ପୁରାଇ ସାରିଲା ପରେ କୋର୍ଟ ଖବରୀ କେତେଜଣ ଉମୋଫୀକୁ ଯାଇ ସେଠିକା ଲୋକଙ୍କୁ କହିଲେ ଯେ ଦୁଇ ଶହ ପଚାଶ ବସ୍ତା କଉଡ଼ି ଜରିମାନା ନ ଦେବାଯାଏଁ ତାଙ୍କର ନେତାମାନେ ଜେଲ୍‌ରୁ ଖଲାସ ହେଇ ପାରିବେନି।

'ଯଦି ତୁରନ୍ତ ଜରିମାନା ନ ଦିଅ, ତା ହେଲେ ଆମେ ତମର ନେତାମାନଙ୍କୁ ଉମୁରୁର ବଡ଼ ଗୋରା ଲୋକପାଖକୁ ନେଇଯିବୁ। ସେଠି ତାଙ୍କୁ ଫାଶୀରେ ଝୁଲାଇ ଦେବୁ।' ମୁଖିଆ କୋର୍ଟ-ଖବରୀ କହିଲା।

ଖବରଟା ଚାହୁଁ ଚାହୁଁ ଗାଁ ମାନଙ୍କରେ ଖେଳିଗଲା। କଥାରେ କାହାଣୀ ଯୋଖି ହେଇ ଆଗକୁ ବଢ଼ିଲା। କେତେଜଣ କହିଲେ ଯେ ସେମାନଙ୍କୁ ଉମୁରୁକୁ ନିଆଗଲାଣି। ତା ପରଦିନ ଫାଶୀ ଦିଆଯିବ। ଆଉ କେତେ ଲୋକ କହିଲେ କି ତାଙ୍କର ପରିବାର ଲୋକଙ୍କୁ ବି କୁଆଡ଼େ ଫାଶୀରେ ଝୁଲା ଯିବ। ଅନ୍ୟମାନେ

କହିଲେ, ଉମୋଫିଆରେ ସମସ୍ତଙ୍କୁ ଗୁଳି କରିଦେବାକୁ ଫୌଜି ଅଧା ବାଟରେ ପହଞ୍ଚିଲେଣି, ଯେମିତି ଏବାମୋରେ ସେମାନେ କରିଥିଲେ।

ପୂର୍ଣ୍ଣିମା ରାତି। ହେଲେ ଛୁଆଙ୍କର ପାଟି ଶୁଭୁ ନ ଥାଏ। ଜହ୍ନ ଖେଳ ପାଇଁ ସେମାନେ ଏକାଠି ଜମା ହେଉଥିବା ଗାଁ 'ଆଇଲୋ'ଟା ଶୂନ୍‌ଶାନ୍ ପଡ଼ିଥାଏ। ପରେ ଗାଁରେ ଦେଖାଇବାକୁ ଇଗ୍ୱେଡ଼ୋର ଟିର୍ଲା ମାନେ ଗୋପନରେ ନୂଆଁ ନାଚ ଶିଖିବାକୁ ଆଉ ଗଲେ ନାହିଁ। ଜହ୍ନରାତିରେ ବାହାରେ ବୁଲୁଥିବା ଜୁଆନ୍ ପିଲାମାନେ ଘର ଭିତରେ ବାନ୍ଧି ହୋଇ ରହିଲେ। ତାଙ୍କର ସାଙ୍ଗସାଥୀ କି ଧାଂଡ଼ୀ ପାଖକୁ ଗଲାବେଳେ ଗାଁ ଦାଣ୍ଡରେ ତାଙ୍କର ମରଦିଆ ସ୍ୱର ଆଉ ଶୁଣାଗଲା ନାହିଁ। ଭୟରେ କାନ ଡ଼େରି ହେଇଥିବା ଆତଙ୍କିତ ପଶୁଟିଏ ପରି ଉମୋଫିଆ ନୀରବରେ ନାକିମାରି ପବନରେ ଅଶୁଭ-ଅମଙ୍ଗଳର ଗନ୍ଧ ବାରୁଥାଏ ଆଉ କୋଉବାଟେ ଧାଇଁ ପଳେଇବ ଜାଣି ପାରୁ ନ ଥାଏ।

ଗାଁ ଡ଼ଗରାର ଗୁରୁଗମ୍ଭୀର 'ଓଜିନ୍' ବାଜାରେ ନୀରବତା ଭାଙ୍ଗିଗଲା। ସକାଳୁ ଖାଇସାରିଲା ପରେ ହାଟ ଛକରେ ସଭାରେ ଯୋଗଦେବାକୁ ସେ ଆକାନ୍ନା ବୟସର ଉପରକୁ ସବୁ ପୁରୁଷଙ୍କୁ ଡ଼ାକୁଥାଏ। ଗାଁର ଏମୁଣ୍ଡରୁ ସେ ମୁଣ୍ଡ ବୁଲି ବୁଲି ଡ଼ାକୁଥାଏ। ଗାଁ ମଝା-ଖୁଲିର କୌଣସି ଜାଗା ସେ ଛାଡ଼ୁ ନ ଥାଏ।

ଓକୋଙ୍କୋର ପାଚେରୀ ହତାଟା ପରିତ୍ୟକ୍ତ ଘରବାଡ଼ି ପରି ଦିଶୁଥାଏ। ଯେମିତିକି ତା ଉପରେ ଥଣ୍ଡାପାଣି ମାଡ଼ି ଯାଇଚି। ତାର କୁଟୁମ୍ବ ଲୋକ ସମସ୍ତେ ଥାନ୍ତି। କିନ୍ତୁ ସମସ୍ତେ ଛିପିଲା ଆବାଜରେ କଥାବାର୍ତ୍ତା କରୁଥାନ୍ତି। ତାର ଝିଅ ଏଜିନ୍‌ମା ତାର ବାପାର ଜେଲଯିବା ଖବର ଓ ଫାଶୀଦଣ୍ଡ ପାଇଥିବା କଥା ଶୁଣିଲା ମାତ୍ରେ ତାର ଭାବୀ ସ୍ୱାମୀର ଘରକୁ ଅଠେଇଶ ଦିନିଆ ରହଣି ଭେଟକୁ ବନ୍ଦ କରିଦେଲା ଓ ଘରକୁ ଫେରି ଆସିଲା। ଆସିଲାମାତ୍ରେ ସେ ଏ ବିଷୟରେ ଲୋକ କଣ କରୁଛନ୍ତି ବୁଝିବାକୁ ଓବେରିକା ଘରକୁ ଗଲା। କିନ୍ତୁ ସେଦିନ ସକାଳୁ ଓବେରିକା ଘରେ ନ ଥାଏ। ସେ ଗୋଟେ ଗୁପ୍ତ ସଭାକୁ ଯାଇଥିବା କଥା ତାର ସ୍ତ୍ରୀମାନେ କହିଲେ। ଯା ହେଉ କିଛି ଗୋଟେ କରାଯାଉଛି। ଏଜିନ୍‌ମା ଟିକେ ଉଶ୍ୱାସ ହେଲା।

ଗାଁ ଡ଼ଗରାର ଡ଼ାକ ଶୁଣିଲା ପରେ ଉମୋଫିଆରେ ପୁରୁଷମାନେ ହାଟ-ଛକରେ ଜମା ହେଲେ ଓ ଗୋରାକୁ ତୁଷ୍ଟି କରିବାକୁ ଆଉ ଡ଼େରି ନ କରି ଦୁଇ ଶହ ପଚାଶ ବସ୍ତା କଉଡ଼ି ଚାନ୍ଦା ଅସୁଲ୍ କରିବାକୁ ସ୍ଥିର କଲେ। ସେଥିରୁ ଯେ ପଚାଶ ବସ୍ତା କଉଡ଼ି କୋର୍ଟ ଖବରୀମାନଙ୍କ ହାତକୁ ଯିବ, ଏକଥା ସେମାନେ ଜାଣିଲେ ନାହିଁ। କୋଟ୍‌ମାଯାକ ସେଥିପାଇଁ ଜରିମାନା ବଢ଼ାଇଥିଲେ।

॥ ୨୪ ॥

ଜରିମାନା ଦିଆଗଲା ପରେ ଓକୋଙ୍କୋ ଓ ତାର ସାଥୀ ସହବନ୍ଦୀମାନେ ଖଲାସ ହେଲେ। ଜିଲ୍ଲା କମିଶନର ପୁଣି ତାଙ୍କୁ ବିଖ୍ୟାତ ମହାରାଣୀ ଏବଂ ଶାନ୍ତି ଓ ସୁଶାସନ ବିଷୟରେ କହିଲେ। କିନ୍ତୁ ଲୋକମାନେ ଶୁଣିଲେ ନାହିଁ। ସେମାନେ ବସି ତାଙ୍କୁ ଓ ଅନୁବାଦକକୁ ଖାଲି ଚାହିଁଲେ। ଶେଷରେ ତାଙ୍କୁ ତାଙ୍କର ମୁଣା ଓ ଖୋଳ ଲଗା ହତିଆର ସବୁ ଫେରାଇ ଦେଇ ଘରକୁ ଯିବାକୁ କୁହାଗଲା। ସେମାନେ ଉଠି କୋର୍ଟ-ଘରୁ ଚାଲି ଆସିଲେ। କେହି କାହା ସହିତ କଥାବାର୍ତ୍ତା ନାହିଁ।

ଚର୍ଚ୍ଚ ପରି କୋର୍ଟ-ଘରଟା ଗାଁରୁ ଟିକେ ବାହାରେ ତିଆରି ହେଇଥିଲା। ଗାଁ ସହିତ ତାକୁ ଯୋଡୁଥିବା ପାଦଚଲା ରାସ୍ତାଟା ସବୁବେଳେ ଭିଡ଼। କାରଣ କୋର୍ଟ ପାରିହେଇ ସେଇ ରାସ୍ତା ଝୋଲାକୁ ଲମ୍ବିଛି। ଖୋଲା ବାଲିଆ ରାସ୍ତା। ଶୁଖିଲା ଦିନେ ପାଦଚଲା ରାସ୍ତାମାନ ଖୋଲା ବାଲିଆ ହେଇ ରହେ। ବର୍ଷା ଆସିଲେ ଦୁଇ କଡ଼େ ବୁଦିବୁଦିକା ଗଛ ଲତା ବଢ଼ି ରାସ୍ତା ବୁଜି ହେଇଯାଏ। ଏବେ ଶୁଖିଲା ଋତୁ।

ଗାଁ ବାଟ ଧରୁ ଧରୁ ଛଅ ଜଣ ଯାକ ବାଟରେ ଝୋଲାକୁ ମାଠିଆ ଧରି ଯାଉଥିବା ସ୍ତ୍ରୀ ଛୁଆମାନଙ୍କୁ ଭେଟିଲେ। କିନ୍ତୁ ଲୋକମାନଙ୍କର ଭୟାତୁର ବିଷର୍ଣ୍ଣ ମୁହଁ ଦେଖି ସେମାନେ ତାଙ୍କୁ 'ନ୍ନୋ' କିମ୍ବା 'ସ୍ୱାଗତ' ମଧ୍ୟ କହିଲେ ନାହିଁ, ବରଂ କରେଇ ହେଇ ତାଙ୍କୁ ଯିବାକୁ ବାଟ ଛାଡ଼ିଦେଲେ। ବେଶ୍ କିଛି ବଡ଼ ପଟୁଆର ହେବା ଯାଏଁ ଗାଁରେ ଛୋଟ ଛୋଟ ପୁରୁଷ ଦଳ ତାଙ୍କ ସହିତ ମିଶିଲେ। ସେମାନେ ଚୁପ୍‌ଚାପ୍ ଚାଲୁଥାନ୍ତି। ଛଅ ଜଣ ଯାକ ନିଜ ନିଜ ହତା ଭିତରକୁ ପଶିଲା ବେଳେ ପ୍ରତ୍ୟେକଙ୍କ ପଛରେ ଭିଡ଼ରୁ ଥୋକେ ଲେଖାଏଁ ଯାଇଥାନ୍ତି। ଶୂନଶାନିଆ ଛିପିଲା ଦବିଲା ବାଗରେ ଗାଁଟି ପୁଣି ଚହଲି ଉଠିଲା।

ଛଅ ଜଣ ଯାକ ଖଲାସ ହେବାର ଖବର ପାଇଲା ମାତ୍ରେ ଏଜିନ୍‌ମା ତାର

ବାପା ପାଇଁ କିଛିଟା ରନ୍ଧାରନ୍ଧି କରିଥିଲା। ସେ ସେଇଟାକୁ 'ଓବି'ରେ ବାପା ପାଖକୁ ନେଇଗଲା। ଓକୋଙ୍କୋ ଅନ୍ୟ ମନସ୍କ ହେଇ ଖାଉଥାଏ। ତାର ଭୋକ ନ ଥାଏ। ଖାଲି ଝିଅର ମନ ରଖିବା ପାଇଁ ଖାଉଥାଏ। ଆଉ ଓବେରିକା ତାକୁ ଜୋର୍ କରି ଖୁଆଉଥାଏ। ଆଉ କେହି କିଛି କହିଲେନି। କିନ୍ତୁ ଓକୋଙ୍କୋର ପିଠିରେ ପଡ଼ିଥିବା ଲମ୍ବା ପଟା ଚିହ୍ନକୁ ନଜର କଲେ। ୱାର୍ଡ଼ରର ଚାବୁକ ମାଡ଼ରେ ତାର ପିଠି ଫାଟି ଯାଇଥାଏ।

ରାତିରେ ପୁଣି ଗାଁ ଡ଼ଗରା ବାହାରିଲା। ସେ ଲୁହା ଘଣ୍ଟ ବଜାଇ ଘୋଷଣା କଲା ଯେ ସକାଳେ ଆଉ ଗୋଟେ ସଭା ହେବ। ସମସ୍ତେ ଜାଣିଲେ ଯେ ଯାହାସବୁ ଘଟି ଯାଇଛି ତାରି ବିଷୟରେ ଏଥର ଉମୋଫିଆ ମୁହଁ ଖୋଲିବ।

ରାତିରେ ଓକୋଙ୍କୋ ଅଳ୍ପ ଶୋଇଲା। ତାର ଭିତରର ତିକ୍ତତା ଏବେ ଗୋଟେ ରକମ ବାଳକ-ସୁଲଭ ଉଦ୍ଦୀପନାରେ ମିଶିଗଲା। ଶୋଇବାକୁ ଯିବା ଆଗରୁ ସେ ତାର ଯୁଦ୍ଧ ପୋଷାକ କାଢ଼ିଲା। ପରବାସରୁ ଫେରିଲା ପରଠୁ ସେ ତାକୁ ଛୁଇଁ ନ ଥିଲା। ତାଳ ପଟରେ ତିଆରି ଧୂଆଁ-ଗାଢ଼ ରଙ୍ଗର ଘାଗରାକୁ ଝାଡ଼ିଲା, ଉଚ୍ଚା ପର-ଶିରସ୍ତ୍ରାଣ ଓ ଢାଲକୁ ପରଖିଲା। ସବୁ ଠିକ୍ ଅଛି, ସେ ଭାବିଲା।

ବାଉଁଶ ଖଟିଆରେ ଶୋଇ ଶୋଇ ସେ ଗୋରା-କୋର୍ଟରେ ପାଇଥିବା ଦୁର୍ବ୍ୟବହାର କଥା ଭାବିଲା ଆଉ ବଦ୍‌ଲା ନେବାକୁ ପଣ କଲା। ଉମୋଫିଆ ଲଢ଼େଇ ପାଇଁ ରାଜି ହେଲେ ସବୁ କିଛି ଠିକ୍ ହେଇଯିବ। କିନ୍ତୁ ସେମାନେ ଡ଼ର୍‌ପୋକ ପରି ଘର ଭିତରେ ଜାକି ହେଲେ ସେ ନିଜେ ବାହାରି ବଦ୍‌ଲା ନେବ। ଅତୀତର ଯୁଦ୍ଧ ବିଷୟରେ ସେ ଭାବିଲା। ଇସିକେ ବିରୁଦ୍ଧରେ ଲଢ଼େଇଟା ସବୁଠୁ ଉତ୍କୃଷ୍ଟ ଥିଲା, ସେ ଭାବିଲା। ସେତେବେଳେ ଓକୁଡ଼ୋ ବଞ୍ଚିଥିଲା। ଓକୁଡ଼ୋ ଯେଉଁଭଳି ଢ଼ଙ୍ଗରେ ଯୁଦ୍ଧ ଗୀତି ଗାଉଥିଲା, ଆଉ କେହି ସେପରି ପାରୁ ନ ଥିଲେ। ସେ ଯୋଦ୍ଧା ନ ଥିଲା। କିନ୍ତୁ ତାର ଗଳାର ଯାଦୁ ପ୍ରତି ପୁରୁଷକୁ ସିଂହରେ ପରିଣତ କରି ଦେଉଥିଲା।

'ଆଉ ଯୋଗ୍ୟ ଲୋକ ନାହାନ୍ତି', ସେଇ ହଜିଲା ଦିନ ହେଜୁ ହେଜୁ ଓକୋଙ୍କୋ ଦୀର୍ଘଶ୍ୱାସ ଛାଡ଼ିଲା। 'ସେଇ ଯୁଦ୍ଧରେ ଆମେ କେମିତି କେତେ କେତେ ଲୋକଙ୍କୁ ମାରି ଦେଇଥିଲୁ ତାହା ଇସିକେ କେବେ ଭୁଲି ପାରିବ ନାହିଁ। ଆମେ ତାଙ୍କର ବାର ଜଣଙ୍କୁ ମାରିଥିଲା ବେଳେ ସେମାନେ ଆମ ଭିତରୁ ମାତ୍ର ଦୁଇ ଜଣଙ୍କୁ ମାରି ପାରିଥିଲେ। ଚାରି ହାଟପାଳି ଶେଷ ହେବା ଆଗରୁ ସେମାନେ ବୁଝାମଣା ପାଇଁ ଆବେଦନ କରିଥିଲେ। ସେ କାଳେ ପୁରୁଷମାନେ ପୁରୁଷ ଥିଲେ।

ଏ ସବୁ ଭାବୁ ଭାବୁ ସେ ଦୂରରୁ ଲୁହା ଘଣ୍ଟର ଆବାଜ ଶୁଣିଲା। ସେ

ସନ୍ତର୍ପଣରେ ଶୁଣିଲା ଆଉ ଖାଲି ଡ଼ଗରାର ସ୍ୱର ଶୁଣି ପାରିଲା। ସେଟା ଅସ୍ପଷ୍ଟ ଶୁଭୁଥାଏ। ସେ ଖଟରେ କଡ଼ ଲେଉଟାଇଲା। ପିଠିର ବଥା ତାକୁ ଚିର୍‌ଚିରେଇ ଦେଲା। ସେ ଦାନ୍ତ ଚିପିଲା। ଡ଼ଗରାର ଡ଼ାକ କ୍ରମଶଃ ପାଖେଇ ଆସୁ ଆସୁ ଓକୋଙ୍କୋର ହତା ପାରି ହେଲା।

'ଉମୋଫିଆରେ ସବୁଠୁ ବଡ଼ ପ୍ରତିବନ୍ଧକ ହେଉଛି ସେଇ ଡ଼ରପୋକ ଇଗ୍ୱୋନ୍ନେ।' ଓକୋଙ୍କୋ ବିରକ୍ତିରେ ଭାବିଲା। 'ତାର ମିଠା କଥା ନିଆଁକୁ ଶୀତଳ ପାଉଁଶ କରିଦେବ। ମିଠା କଥାରେ ସେ ଆମର ମରଦମାନଙ୍କୁ ନଂପୁସକ କରିଦିଏ। ଯଦି ପାଞ୍ଚ ବର୍ଷ ଆଗରୁ ସେମାନେ ତାର ମାଇଚିଆ ବୁଦ୍ଧିକୁ ଏଡ଼େଇ ଦେଇଥାନ୍ତେ, ତା ହେଲେ ଆଜି ଆମର ଅବସ୍ଥା ଏମିତି ହେଇ ନ ଥାନ୍ତା। ସେ ଦାନ୍ତ ରଗଡ଼ିଲା। 'କାଲି ସିଏ ସେମାନଙ୍କୁ କହିବ ଯେ ଆମର ପୂର୍ବପୁରୁଷ କେବେ 'ଅପନିନ୍ଦାର ଯୁଦ୍ଧ' ଲଢ଼ି ନ ଥିଲେ। ଯଦି ସେମାନେ ତା କଥା ଶୁଣନ୍ତି, ତା ହେଲେ ମୁଁ ତାଙ୍କୁ ଛାଡ଼ିଦେବି ଓ ମୋ ବାଟରେ ପ୍ରତିଶୋଧର ଯୋଜନା କରିବି।'

ଡ଼ଗରାର ଡ଼ାକଟା ପୁଣିଥରେ ଅସ୍ପଷ୍ଟ ହେଇ ଆସୁଥାଏ। ଦୂରତାଟା ଲୁହାର ଘଣ୍ଟି ଉପରେ ମାଡ଼ି ପଡୁଥାଏ। ପିଠିର ବଥାରୁ ଗୋଟେ ରକମର ସୁଖ ପାଇବାକୁ ଓକୋଙ୍କୋ ଏକଡ଼ ସେକଡ଼ ହେଲା। 'କାଲି ଇଗ୍ୱୋନ୍ନେ ଅପନିନ୍ଦାର ଯୁଦ୍ଧ' କଥା କହୁ, ତାପରେ ମୁଁ ତାକୁ ମୁଁ ମୋର ମୁଣ୍ଡ ଓ ପିଠି ଦେଖାଇ ଦେବି।' ସେ ଦାନ୍ତ ରଗଡ଼ିଲା।

ସୂର୍ଯ୍ୟ ଉଠିଲା ମାତ୍ରେ ବଜାର-ଛକ ଗହଳିରେ ଭରିଗଲା। ଓବେରିକା ତାର 'ଓବି' ରେ ଟାକିଥାଏ। ଓକୋଙ୍କୋ ଆସି ତାକୁ ଡ଼ାକିଲା। ସେ ତାର ଛେଳିଚମ ମୁଣା ଓ ଖୋଳ ଲଗା ହତିଆର କାନ୍ଧରେ ଝୁଲାଇ ତା ସହିତ ବାହାରିଗଲା। ଓବେରିକାର ବସାଟା ରାସ୍ତାକୁ ଲାଗିଥାଏ। ବଜାର ଛକକୁ ଯାଉଥିବା ପ୍ରତି ଲୋକକୁ ସେ ଦେଖୁଥିଲା। ସକାଳେ ସିଆଡ଼େ ଯାଉଥିବା କେତେଜଣଙ୍କ ସାଙ୍ଗରେ ଭଲମନ୍ଦ କଥାବାର୍ତ୍ତା ବି ହେଇଥିଲା।

ଓକୋଙ୍କୋ ଓ ଓବେରିକା ସଭା ଜାଗାରେ ପହଞ୍ଚିଲା ବେଳକୁ ସେଠି କାହିଁରେ କେତେ ଭିଡ଼। ଏତେ ଲୋକ ଗହଳି ଯେ ତଳେ ବାଲି ପଡ଼ିବାକୁ ଜାଗା ନାହିଁ। ସାରା ନଅ ଖଣ୍ଡ ଗାଁରୁ ଆହୁରି ଲୋକେ ସେଠିକି ଛୁଟୁଥାନ୍ତି। ଏତେ ସଂଖ୍ୟାରେ ଲୋକ ଦେଖି ଓକୋଙ୍କୋର ମନଟା ଉଲୁସି ଗଲା। କିନ୍ତୁ ସେ ଖାଲି ଜଣେ ଲୋକକୁ ଖୋଜୁଥାଏ, ଯୋଉ ଲୋକର କଥାକୁ ସେ ଡ଼ରେ ଓ ଏତେ ଘୃଣା କରେ।

'ତାକୁ ଦେଖୁଛୁ?' ସେ ଓବେରିକାକୁ ପଚାରିଲା।

'କାହାକୁ ?'

'ଇଗ୍ୱୋନ୍ନେ', ସେ କହିଲା। ତାର ଆଖି ଦୁଇଟା ଏତେ ବଡ଼ ବଜାର ହାଟର ଏ କୋଣରୁ ସେ କୋଣ ଦରାଣ୍ଡି ଆଣୁଥାଏ। ଅଧିକାଂଶ ଲୋକ ଛେଳି ଛାଲ ଉପରେ ତଳେ ବସିଥାନ୍ତି। ଆଉ କେତେଜଣ ସାଙ୍ଗରେ ଆଣିଥିବା କାଠ ଖଟୁଲି ଉପରେ ବସିଥାନ୍ତି।

'ନା' ଭିଡ଼ ଭିତରକୁ ଆଖି ପକାଇ ଓବେରିକା କହିଲା। 'ହଁ ହଁ, ସେଠି, ସେଇ ଶିମିଳି ଗଛ ତଳେ ସେ ବସିଛି। ଲଢ଼େଇ ନ କରିବାକୁ ଆମକୁ ମତାଇବ ବୋଲି ତୁ ଡ଼ରୁଛୁ କି ?'

'ଡ଼ରିବି ?' ତତେ ସେ କଣ କରୁଛି ମୁଁ ଖାତିର କରେ ନାଇଁ। ମୁଁ ତାକୁ ଘୃଣା କରେ ଆଉ ଯିଏ ତା କଥା ଶୁଣେ ତାକୁ ବି ଘୃଣା କରେ। ଇଛା ହେଲେ ମୁଁ ମୋର ଏକୁଟିଆ ଲଢ଼ିବି।

ସେମାନେ ବଡ଼ ପାଟିରେ କଥା ହେଉଥାନ୍ତି। କାରଣ ସେଠି ସମସ୍ତେ ଯେଝା ବାଟରେ କଥା ହେଉଥାନ୍ତି। ବଡ଼ ବଜାର ହାଟର ଘୋ ଘୋ ପରି ଚାରିଆଡ଼େ ଶୁଭୁଥାଏ।

'ସେ କହି ସାରିଲା ପର୍ଯ୍ୟନ୍ତ ମୁଁ ଟାକିବି। ତାପରେ ମୁଁ କହିବି', ଓକୋଙ୍କୋ ଭାବିଲା।

'କିନ୍ତୁ ତୁ କେମିତି ଜାଣିଲୁ ଯେ ସେ ଲଢ଼େଇ ବିରୋଧରେ କହିବ ?' ଓବେରିକା ଟିକିଏ ପରେ ପଚାରିଲା।

'କାରଣ ମୁଁ ଜାଣେ ଯେ ସେ ଗୋଟେ ନିହାତି ଡ଼ରପୋକ', ଓକୋଙ୍କୋ କହିଲା। ବାକି ଆଉ କଣ ସେ କହିଲା ଓବେରିକା ଶୁଣିଲା ନାହିଁ। କାରଣ ସେତେବେଳକୁ କିଏ ଜଣେ ପଛରୁ ତା କାନ୍ଧରେ ହାତ ମାରିଲା। ସେ ବୁଲି ପଡ଼ି ପାଞ୍ଚ ଛଅ ଜଣ ସାଙ୍ଗ ସାଥୀଙ୍କ ସହିତ ହାତ ମିଳାଇ ଦି'ଚାରି ପଦ ଭଲ ମନ୍ଦ କଥାବାର୍ତ୍ତା ହେଲା। ସ୍ୱରରୁ ସେ ଚିହ୍ନି ପାରିଲେ ସୁଦ୍ଧା ଓକୋଙ୍କୋ ପଛକୁ ଅନାଇଲା ନାହିଁ। କାହା ସାଙ୍ଗରେ ଭାବ ସୁଖରେ କଥା ହେବା ପାଇଁ ତାର ମନ ନ ଥିଲା। କିନ୍ତୁ ଜଣେ ତାର କାନ୍ଧ ଟିପି ତାକୁ ତା ଘରର ହାଲ୍‌ଚାଲ୍ ପଚାରିଲା।

'ସେମାନେ ଭଲ ଅଛନ୍ତି', ସେ ନିରୁତ୍ସାହିତ ସ୍ୱରରେ କହିଲା।

ସେଦିନ ସକାଳେ ଉମୋଫାକୁ ସବା ଆଗ ଯିଏ ସମ୍ବୋଧନ କଲା ସିଏ ହେଉଛି ଓକିକା। ଜେଲ୍ ଯାଇଥିବା ଛଅ ଜଣଙ୍କ ଭିତରୁ ଜଣେ। ଓକିକା ଜଣେ ନାମକରା ଲୋକ ଓ ଜଣେ ଭଲ ବକ୍ତା। ତେବେ କୁଳ-ସଭାରେ ସମସ୍ତଙ୍କୁ ଚୁପ୍

କରାଇ କହିଲା ପରି ତାର ଗୁରୁ ଗମ୍ଭୀର ସ୍ୱର ନ ଥିଲା। ନୋୟେକାର ସେଇ ମାଫିକ୍ ଗଳା ଥିଲା। ତେଣୁ ଓକିକା କହିବା ଆରମ୍ଭ କରିବା ଆଗରୁ ତାକୁ ଉମୋଫିଆକୁ ଦଣ୍ଡବତ କରିବାକୁ କୁହାଗଲା।

'ଉମୋଫିଆ କ୍ୱେନୁ'। ବାଁ ହାତ ଉପରକୁ ଉଠାଇ ଖୋଲା ହାତରେ ପବନକୁ ଠେଲି ସେ ବଡ଼ ପାଟିରେ ରଡ଼ି ଛାଡ଼ିଲା।

'ୟା!' ଉମୋଫିଆ ଗର୍ଜିଲା।

'ଉମୋଫିଆ କ୍ୱେନୁ!' ପ୍ରତି ଥର ଗୋଟେ ନୂଆଁ ଦିଗକୁ ମୁହଁ କରି ସେ ବାର ବାର ରଡ଼ି ଛାଡ଼ିଲା। ସମବେତ ଜନତା ଉତ୍ତର ଦେଲେ, 'ୟା!'।

ଜଳନ୍ତା ନିଆଁରେ ଥଣ୍ଡା ପାଣି ଢ଼ାଳିଲା ପରି ସଙ୍ଗେ ସଙ୍ଗେ ନୀରବତା ଛାଇଗଲା।

ଓକିକା ପାହା ଉଠାଇ ଚାରି ଥର ଜାତି-ଲୋକଙ୍କୁ ଦଣ୍ଡବତ କଲା। ତାପରେ ସେ କହିବାକୁ ଆରମ୍ଭ କଲା :

'ଯୋଉ ସମୟରେ ଆମେ ଅମାର ତିଆରି କରିବା କଥା କିମ୍ବା ଆମର ଛପର ମରାମତି କରିବା କଥା ଅଥବା ପାଚିରୀ-ହତା ସଜଡ଼ା ସଜଡ଼ି କରିବାର କଥା, ସେଇ ସମୟରେ ଆମେ ଯେ କାହିଁକି ଏଠି ଜମା ହେଇଛୁ ତାହା ତମେ ସମସ୍ତେ ଜାଣ। ମୋ ବାପା ମତେ କହିଥିଲା: ଦିନର ଖୋଲା ଆଲୁଅରେ ଯଦି କେବେ ବେଙ୍ଗଟାଏ ଡ଼େଉଁଥିବାର ଦେଖୁ, ତେବେ ଜାଣିବୁ ଯେ ବେଙ୍ଗକୁ ଜୀବନ ପ୍ରତି ବିପଦ ରହିଛି। ଆଜି ସକାଳେ ଆମ ଜାତି-କୁଳର କୋଣ ଅନୁକୋଣରୁ ଏଇ ସଭାକୁ ଲୋକ ଛୁଟି ଆସୁଥିବାର ଦେଖି ମୁଁ ଜାଣିଗଲି ଯେ ଆମ ଜୀବନ ପ୍ରତି ବିପଦ ରହିଛି।' ସେ ଟିକିଏ ରହିଗଲା ଓ ପୁଣି ଆରମ୍ଭ କଲା: 'ଆମର ସବୁ ଦେବଦେବୀ କାନ୍ଦୁଛନ୍ତି। ଇଡ଼େମିଲି କାନ୍ଦୁଛି। ଇଗ୍ବୋଗୁୟୋ କାନ୍ଦୁଛି। ଏଗ୍‌ବାଲା କାନ୍ଦୁଛି – ସେମିତି ଅନ୍ୟମାନେ। ଆମ ଆଖିରେ ଦେଖିଥିବା ଲାଂଛନା ଓ ଲଜ୍ଜାଜନକ ଅଧାର୍ମିକ ଅପମାନ ଭୋଗି ଆମର ମୃତ ପିତୃପୁରୁଷମାନେ କାନ୍ଦୁଛନ୍ତି।' ତାର ଥରିଲା ଗଳାକୁ ସ୍ଥିର କରିବାପାଇଁ ସେ ପୁଣି ଅଟକି ଗଲା।

'ଏଇଟା ଗୋଟେ ମହା ସଭା। ଆଉ କୌଣସି ଜାତି ୟାଠାରୁ ଅଧିକ ବଳ ବୀର୍ଯ୍ୟ ଦେଖାଇ ପାରିବ ନାହିଁ। କିନ୍ତୁ ଏଠି ଆମେ କଣ ସମସ୍ତେ ଅଛୁ? ମୁଁ ତୁମକୁ ପଚାରୁଛି: ଉମୋଫିଆର ସମସ୍ତ ପୁତ୍ର ଆମ ସହିତ ଏଠି ଅଛନ୍ତି କି?' ଭିଡ଼ ଭିତରେ ଗୋଟେ ଗହୀରିଆ ଗୁଞ୍ଜାରଣ ଖେଳିଗଲା।

'ସେମାନେ ନାହାନ୍ତି', ସେ କହିଲା। ସେମାନେ କୁଳ ଲଂଘି ଯେଝା ରାସ୍ତା ଧରିଛନ୍ତି। ଆଜି ସକାଳେ ଏଠି ଆମେ ଯେଉଁମାନେ ଅଛୁ, ଆମେ ଆମର ପିତୃପୁରୁଷ ପ୍ରତି ବିଶ୍ୱସ୍ତ ରହିଛୁ। କିନ୍ତୁ ଆମର ଭାଇମାନେ ଆମକୁ ପରିତ୍ୟାଗ କରି ଚାଲିଯାଇଛନ୍ତି ଓ ଜଣେ ଅପରିଚିତ ବିଦେଶୀ ସହିତ ମିଶି ତାଙ୍କର ପିତୃଭୂମିକୁ ଅଶୁଦ୍ଧ, ଅପରିଚ୍ଛନ୍ନ କରିଛନ୍ତି। ଯଦି ଆମେ ବିଦେଶୀ ସହିତ ଲଢ଼େଇ କରୁ, ତା ହେଲେ ସେଥିରେ ଆମେ ଆମର ଭାଇମାନଙ୍କୁ ମାରିବା ଆଉ ବୋଧହୁଏ ଆମର ଜାତି ଲୋକର ରକ୍ତ ବୋହିବ। କିନ୍ତୁ ଆମକୁ ତାହା ନିଶ୍ଚେ କରିବାକୁ ହେବ। ଆମର ବାପ ଅଜା ଏ କଥା ସ୍ୱପ୍ନରେ ସୁଦ୍ଧା ଭାବି ନ ଥିଲେ। ସେମାନେ କେବେ ତାଙ୍କର ଭାଇମାନଙ୍କୁ ମାରି ନ ଥିଲେ। ତେବେ ଗୋରାଲୋକ ଜଣେ କେବେ ତାଙ୍କ ପାଖକୁ ଆସି ନ ଥିଲା। ତେଣୁ ଆମର ବାପଅଜା ଯାହା କେବେ କରି ନ ଥାନ୍ତେ ଆମେ ତାହା ନିଶ୍ଚେ କରିବା। ଇନେକେ ପକ୍ଷୀକୁ ପଚରାଗଲା ଯେ ସେ ସବୁବେଳେ କାହିଁକି ଉଡୁଥାଏ, ଆଉ ସେ ଉତ୍ତର ଦେଲା: "ମଣିଷ ମାନେ ନିଶାନା ନ ହରେଇ ଗୁଳି କରିବା ଶିଖିଗଲେ ଆଉ ସେଥିପାଇଁ ମୁଁ ବି ଗଛ ଡ଼ାଳରେ ବିଶ୍ରାମ ନ କରି ଖାଲି ଉଡିବା ଶିଖିଗଲି।" ଆମେ ଏଇ ପାପାଚାରକୁ ସମୂଳେ ଓପାଡ଼ି ଦେବା। ଆଉ ଯଦି ଆମର ଭାଇମାନେ ପାପର ପକ୍ଷ ନେବେ, ତା ହେଲେ ସେମାନଙ୍କୁ ମଧ୍ୟ ଓପାଡ଼ି ଦେବା। ଆଉ ଆମେ 'ବର୍ତ୍ତମାନ' ସେଇଟା ନିଶ୍ଚୟ କରିବା। ବେଳ ଥାଉଁ ଥାଉଁ ବନ୍ଧ ବାନ୍ଧିବାଟା ବୁଦ୍ଧିଆ କାମ...'।

ଠିକ୍ ସେତିକିବେଳେ ହଠାତ୍ ଭିଡ଼ ଭିତରେ ହଇଚଇ ହେଲା। ସମସ୍ତଙ୍କ ଆଖି ଗୋଟେ ଦିଗକୁ ଘୁରିଗଲା। ବଜାର ଛକରୁ ଗୋରା କୋର୍ଟ ଆଉ ତାକୁ ପାରି ହେଇ ଝୋଲାଯାଏଁ ଲମ୍ବିଥିବା ରାସ୍ତାରେ ଗୋଟେ ବୁଲାଣି ବାଙ୍କ ଅଛି। ତେଣୁ ପାଞ୍ଚ ଜଣ କୋର୍ଟ ଖବରୀ ବୁଲାଣି ବାଙ୍କ ଦେଇ ଭିଡ଼ କଡ଼ରୁ କିଛି ଫର୍ଲଙ୍ଗ ଦୂରକୁ ଆସିବାଯାଏଁ କେହି ଦେଖି ପାରିଲେ ନାହିଁ। ଓକୋଙ୍କୋ ଭିଡ଼ର ଶେଷ କଡ଼ରେ ବସିଥାଏ।

ସେ କିଏ ଦେଖିଲା ମାତ୍ରେ ଓକୋଙ୍କୋ ପାହା ଉଠାଇ ଠିଆ ହେଲା। ଘୃଣା ଓ ରାଗରେ ଥରିଯାଇ ପଦଟିଏ କଥା କହି ନ ପାରି ସେ ମୁଖିଆ ଖବରୀକୁ ସାମ୍ନା କଲା। ସେଇ ଲୋକଟା ବେଧଡ଼କ ସେଠି ଛିଡ଼ା ହେଇଥାଏ। ତାରି ପଛରେ ତାର ଚାରି ଜଣ ଲୋକ ଧାଡ଼ି ହେଇଥାନ୍ତି।

ସେଇ ଘଡ଼ିକ ସାରା ପୃଥିବୀ ସ୍ଥାଣୁ ହେଇ ଟାକିଲା ପରି ମନେ ହେଲା। ସବୁ ନିଶ୍ଚୁପ-ନୀରବ। ବିରାଟ ଗଛ ଲତାର ସ୍ତବ୍ଧ ଜଡ଼ ପୃଷ୍ଠପଟରେ ଉମୋଫିଆର ପୁରୁଷମାନେ ମିଶିଯାଇ-ଟାକି ରହିଲେ।

ମନ୍ତ୍ରମୁଗ୍ଧ ନୀରବତାକୁ ମୁଖିଆ ଖବରୀ ଭାଙ୍ଗିଲା। 'ମତେ ଯିବାକୁ ଦେ!' ସେ ଆଦେଶ ଦେଲା।

'ତୋର ଏଠି କଣ ଦରକାର?'

'ଗୋରା ଲୋକର କ୍ଷମତାକୁ ତୁ ଭଲ କରି ଜାଣୁ। ସେ ଏଇ ସଭା ବନ୍ଦ କରିବା ପାଇଁ ଆଦେଶ ଦେଇଛି।'

ଆଖି ପିଛୁଳାକେ ଓକୋଙ୍କୋ ତାର ହତିଆର କାଢ଼ି ଆଣିଲା। ମୁଖିଆ ଚୋଟକୁ ଆଡ଼େଇ ଯିବାକୁ ଆଣ୍ଠୁ ବଙ୍କେଇ ନଇଁ ପଡ଼ିଲା। ସେଇଟା ନିଷ୍ଫଳ ହେଲା। ଓକୋଙ୍କୋର ହତିଆର ଦୁଇ ଥର ଚୋଟ ମାରିଲା ଆଉ ସେଇ ଲୋକର ମୁଣ୍ଡଟା ତାର ଖାକି ପିନ୍ଧା ଗଣ୍ଡି ପାଖରେ ପଡ଼ି ରହିଲା।

ଅପେକ୍ଷା କରିଥିବା ପୃଷ୍ଠପଟ କୋଳାହଳରେ ମାତି ସକ୍ରୀୟ ହେଇ ଉଠିଲା। ସଭାଟା ବନ୍ଦ ହେଇଗଲା। ଓକୋଙ୍କୋ ଛିଡ଼ା ହେଇ ମଲା ଲୋକଟାକୁ ଚାହିଁ ରହିଲା। ସେ ଜାଣିଲା ଯେ ଉମୋଫିଆ ଲଢ଼େଇ କରିବ ନାହିଁ। ସେ ଜାଣିଲା, କାରଣ ବାକି ଖବରୀମାନଙ୍କୁ ସେମାନେ ଖସିଯିବାକୁ ଦେଲେ। ଲଢ଼େଇ କରିବା ପରିବର୍ତ୍ତେ ସେମାନେ ହାଉ ଚାଉ କେଳାହଳ ରେ ମାତି ଗଲେ। ତାର ଅର୍ନ୍ତଦୃଷ୍ଟିରେ ସେ ବିକ୍ଷୁବ୍ଧ କୋଳାହଳ ଭିତରେ ଆକସ୍ମିକ ଆତଙ୍କ ଦେଖିପାରିଲା। ସ୍ୱରମାନ ପଚାରୁଥିବାର ସେ ଶୁଣି ପାରିଲା: 'ସେ କାହିଁକି ଏଟା କଲା?'

ବାଲିରେ ସେ ତାର ହତିଆର ପୋଛିଲା ଆଉ ଚାଲିଗଲା।

॥ ୨୪ ॥

ଗୋଟେ ସଶସ୍ତ୍ର ସେନା ଓ କୋର୍ଟ-ଖବରୀମାନଙ୍କର ମୁଖ୍ୟ ହେଇ ଜିଲ୍ଲା କମିଶନର ଓକୋଙ୍କୋର ଘର ପାଚିରୀରେ ପହଞ୍ଚିଲା ବେଳକୁ ସେଠି ତାର ଓବିରେ ଦଳେ ପୁରୁଷ ଚିନ୍ତିତ ଅବସନ୍ନ ହେଇ ବସିଥିବାର ଦେଖିଲେ। ସେ ତାଙ୍କୁ ବାହାରକୁ ଆସିବା ପାଇଁ ଆଦେଶ ଦେଲେ। କିଛି ଉଁ ଚୁଁ ନ କରି ସେମାନେ ଆଦେଶ ମାନି ବାହାରି ଆସିଲେ।

'ତମ ଭିତରୁ କାହା ନାଁ ଓକୋଙ୍କୋ ?' ସେ ତାଙ୍କର ଅନୁବାଦକ ମାଧ୍ୟମରେ ପଚାରିଲେ।

'ସେ ଏଠି ନାହିଁ', ଓବେରିକା ଉତ୍ତର ଦେଲା।

'ସେ କୋଉଠି ଅଛି ?'

'ସେ ଏଠି ନାହିଁ !'

ରାଗରେ କମିଶନରଙ୍କ ମୁହଁ ଲାଲ ପଡ଼ିଗଲା। ସେ ଲୋକମାନଙ୍କୁ ଧମକ ଦେଇ କହିଲେ ଯେ ଯଦି ସଙ୍ଗେ ସଙ୍ଗେ ସେମାନେ ଓକୋଙ୍କୋକୁ ଆଣି ହାଜର ନ କରନ୍ତି, ତା ହେଲେ ସେ ସମସ୍ତଙ୍କୁ ହାଜତରେ ଠୁଙ୍କି ଦେବେ। ଲୋକମାନେ ନିଜ ଭିତରେ ଭୁଟୁର ଭାଟର ହେଲେ ଆଉ ପୁଣି ଥରେ ଓବେରିକା କହିଲା।

'ସେ ଯେଉଁଠି ଅଛି, ଆମେ ତତେ ସେଇ ଜାଗାକୁ ନେଇଯିବୁ। ଆଉ ବୋଧହୁଏ ତୋର ଲୋକମାନେ ଆମକୁ ସାହାଯ୍ୟ କରିବେ।'

ଓବେରିକାର କଥା – 'ତୋର ଲୋକମାନେ ଆମକୁ ସାହାଯ୍ୟ କରିବେ' କମିଶନର ବୁଝି ପାରିଲେ ନାହିଁ। ଏମାନଙ୍କର ସବୁଠୁ ବିରକ୍ତିକର ଅଭ୍ୟାସ ହେଉଛି ଅଯଥା ଶବ୍ଦର ଆଡ଼ମ୍ବର କରିବା, ସେ ଭାବିଲେ।

ପାଞ୍ଚ ଛଅ ଜଣଙ୍କ ସହିତ ଓବେରିକା ବାଟ କଢ଼େଇ ନେଲା। କମିଶନର ଓ ତାଙ୍କର ଲୋକମାନେ ପଛେ ପଛେ ଚାଲିଲେ। ତୋପ କମାଣ ସଜିଲ ହେଇଥାଏ।

ସେ ଓବେରିକାକୁ ଧମକ ଦେଇ କହିଲେ ଯେ ଯଦି ସେ ଓ ତାର ଲୋକମାନେ କିଛି ମାଙ୍କଡ଼ାମି କରନ୍ତି, ତାକୁ ଗୁଳି କରି ଦିଆଯିବ। ଆଉ ସେମାନେ ଗଲେ।

ଓକୋଙ୍କୋର ହତା ପଛ ପଟେ ଗୋଟେ ଛୋଟିଆ ଝାଡ଼ ଥିଲା। ନାଲିଆ ମାଟି କାନ୍ଥରେ ଥିବା ଛୋଟିଆ ଗୋଲ କଣାଟା ହିଁ ହତାରୁ ଝାଡ଼କୁ ଗୋଟେ ବାଟ। ସେଇ କଣା ବାଟେ କୁକୁଡ଼ାମାନ ଭିତର ବାହାର ହେଇ ଦିନରାତି ଚରା ଖୋଜୁଥାନ୍ତି। କଣା ବାଟେ ମଣିଷ ଗଳି ପାରିବ ନାହିଁ। ଓବେରିକା ସେଇ ଝାଡ଼କୁ କମିଶନର ଓ ତାଙ୍କ ଲୋକଙ୍କୁ ନେଇଗଲା। କାନ୍ଥ କଡ଼କୁ ଲାଗି ପାଚିରୀ ସୀମାର ଚାରିପଟେ ଘୁରିଲେ। ତାଙ୍କର ପାଦ ତଳେ ଦଳି ହେଉଥିବା ଶୁଖିଲା ପତ୍ରର ଆବାଜ ହିଁ ଖାଲି ଶୁଭୁଥାଏ।

ତାପରେ ସେମାନେ ସେଇ ଗଛଟା ପାଖକୁ ଆସିଲେ। ସେଠି ଓକୋଙ୍କୋର ଦେହଟା ଝୁଲୁଥାଏ, ଆଉ ସେମାନେ ମଲା ପରି ଥମ୍ ହେଇ ରହିଗଲେ।

'ତମ ଲୋକମାନେ ତାକୁ ତଳକୁ ଓହ୍ଲାଇ ଆଣି କବର ଦେଇଦେଲେ, ତାହା ଆମକୁ ଗୋଟେ ରକମ ସାହାଯ୍ୟ ହେବ', ଓବେରିକା କହିଲା। 'ଏଇ କାମ ପାଇଁ ଆମେ ଅନ୍ୟ ଗାଁରୁ ଅଚିହ୍ନା ବିଦେଶୀ ଲୋକଙ୍କୁ ଖବର ପଠେଇଛୁ। ତେବେ ସେମାନେ ଆସୁ ଆସୁ ଉଛୁର ହେଇଯିବ।'

ଜିଲ୍ଲା କମିଶନର ସେଇକ୍ଷଣି ବଦଳିଗଲେ। ତାଙ୍କ ଭିତରେ ଥିବା ଟାଣୁଆ ପ୍ରଶାସକ ଆଦିମ ସାମାଜିକ ପ୍ରଥାର ଛାତ୍ରକୁ ବାଟ ଛାଡ଼ିଦେଲା।

'ତମେମାନେ ନିଜେ କାହିଁକି ତାକୁ ଓହ୍ଲାଇ ପାରିବନି ?' ସେ ପଚାରିଲେ।

'ଏଇଟା ଆମର ପ୍ରଥା ବିରୁଦ୍ଧ', ତାଙ୍କ ଭିତରୁ ଜଣେ କହିଲା। 'ନିଜର ଜୀବନ ନିଜେ ନେବାଟା ଜଣେ ଲୋକ ପକ୍ଷରେ ଜଘନ୍ୟ ଅପନିନ୍ଦାର ବିଷୟ। ମାଟି ଦେବତା ବିରୁଦ୍ଧରେ ଏଇଟା ଗୋଟେ ଅପରାଧ। ଯେଉଁ ଲୋକ ଏଇ ଅପରାଧ କରେ, ସେ ତାର ଜାତିଲୋକଙ୍କ ହାତରେ କବର ପାଏ ନାହିଁ। ତାର ପାପ ଶରୀର। ତେଣୁ ଖାଲି ବିଦେଶୀମାନେ ତାକୁ ଛୁଇଁ ପାରିବେ। ସେଥିପାଇଁ ଆମେ ତମ ଲୋକଙ୍କୁ ତାକୁ ଓହ୍ଲାଇ ଆଣିବାକୁ କହୁଛୁ। କାରଣ ତମେମାନେ ବିଦେଶୀ।'

'ତାକୁ କଣ ଅନ୍ୟ ଲୋକ ପରି କବର ଦେବ ?'କମିଶନର ପଚାରିଲେ।

'ଆମେ ତାକୁ ପୋତି ପାରିବୁ ନାହିଁ। କେବଳ ବିଦେଶୀମାନେ କରିପାରିବେ। ତମ ଲୋକଙ୍କୁ ଆମେ କାମର ପାଉଣା ଦେଇଦେବୁ। ସେ ପୋତା ହେଲା ପରେ ଆମେ ତା ପାଇଁ ଆମର କର୍ତ୍ତବ୍ୟ କରିବୁ। ଅପବିତ୍ର ହେଇ ଯାଇଥିବା ଭୂଇଁକୁ ଶୁଦ୍ଧି କରିବାକୁ ଆମେ ବଳି ଚଢ଼ାଇବୁ।'

ବନ୍ଧୁର ଝୁଲନ୍ତା ଶରୀରକୁ ଏକ ଲୟରେ ଚାହିଁ ରହିଥିବା ଓବେରିକା ହଠାତ୍ ଜିଲ୍ଲା କମିଶନରଙ୍କ ଆଡ଼କୁ ବୁଲି ପଡ଼ିଲା ଅଡେ ଭୀଷଣ ରାଗରେ କହିଲା: 'ସେଇ ଲୋକଟା ଉମୋଫିଆରେ ସବୁଠୁ ନାମକରା ଲୋକ ଭିତରେ ଜଣେ ଥିଲା। ଆତ୍ମହତ୍ୟା କରିବା ପାଇଁ ତମେ ହିଁ ତାକୁ ଠେଲି ଦେଇଛ, ଆଉ ଏବେ ସେ ଗୋଟେ କୁକୁର ପରି ପୋତା ହେବ...' ସେ ଆଉ କିଛି କହିପାରିଲା ନାହିଁ। ତାର ଗଳା ଥରିଲା ଓ ଶବ୍ଦମାନ ରୁନ୍ଧି ହେଇ ରହିଗଲା।

'ଚୁପ୍ କର!' ପିଆଦା ଭିତରୁ ଜଣେ ପ୍ରାୟ ଅନାବଶ୍ୟକ ଭାବରେ କହିଲା।

'ଶବଟାକୁ ଓହ୍ଲାଇଆଣ', କମିଶନର ତାଙ୍କର ମୁଖିଆ ପିଆଦାକୁ ଆଦେଶ ଦେଲେ', ଆଉ ଏଇ ସବୁ ଗାଁ ଲୋକଙ୍କୁ କୋର୍ଟକୁ ନେଇଚାଲ।'

'ୟେସ୍ ସାର୍', ସଲାମ ମାରି ପିଆଦା କହିଲା।

ସାଙ୍ଗରେ ତିନି ଚାରି ଜଣ ସିପାହୀ ଧରି କମିଶନର ଚାଲିଗଲେ। ଆଫ୍ରିକାର ବିଭିନ୍ନ ପ୍ରାନ୍ତକୁ ସଭ୍ୟତା ଆଣିବା ପାଇଁ ଅନେକ ବର୍ଷ ଧରି କରିଥିବା ପ୍ରଚେଷ୍ଟା ଭିତରେ ସେ ଗୁଡ଼ାଏ କଥା ଶିଖିଥିଲେ। ତା ଭିତରୁ ଗୋଟେ ହେଉଛି ଯେ ଜଣେ ଡ଼ିଷ୍ଟ୍ରିକ୍ଟ କମିଶନର ଗଛରୁ ମଲା ଲୋକଟାକୁ କାଟି ଆଣିବା ପରି ଛୋଟ ମୋଟ ଫାଲ୍ତୁ କଥାକୁ ଆଦୌ ଗୁରୁତ୍ୱ ଦେବା କଥା ନୁହଁ। ଏସବୁ ଟିକିନିଖି ଦେଖିଲେ ଦେଶୀଆଙ୍କ ଦୃଷ୍ଟିରେ ତାଙ୍କର ବ୍ୟକ୍ତିତ୍ୱ ଓ ପଦ ମର୍ଯ୍ୟାଦା କ୍ଷୁର୍ଣ୍ଣ ହେବ। ସେ ଲେଖିବାକୁ ଯୋଜନା କରିଥିବା ବହିଟାରେ ଏଇ କଥାକୁ ଜୋର୍ ଦେବେ। କୋର୍ଟକୁ ଫେରୁ ଫେରୁ ସେ ସେଇ ବହି ବିଷୟରେ ଭାବିଲେ। ପ୍ରତିଟି ଦିନ ତାଙ୍କୁ କିଛି ନା କିଛି ନୂଆଁ ଉପାଦାନ ଯୋଗାଉଥାଏ। ଜଣେ ପିଆଦାକୁ ହତ୍ୟା କରି ନିଜେ ଆତ୍ମହତ୍ୟା କରିଥିବା ଲୋକଟାର କାହାଣୀଟା ବେଶ୍ କୌତୁହଳଜନକ ହେବ। ତା ଉପରେ ଜଣେ ପୁରା ଗୋଟିଏ ଅଧ୍ୟାୟ ଲେଖି ପାରିବ। ଗୋଟେ ଅଧ୍ୟାୟ ନ ହେଲେ ବି ଅନ୍ତତଃ ବେଶ ଭଲ ପରିଚ୍ଛେଦଟେ ଲେଖି ପାରିବ। ସେଥିରେ ଗୁଡ଼ାଏ ଜିନିଷ ଅନ୍ତର୍ଭୁକ୍ତ କରିବାର ଅଛି। ଏମିତି ପୁଙ୍ଖାନୁପୁଙ୍ଖ ବର୍ଣ୍ଣନାକୁ କାଟଛାଟ କରିବା ଦରକାର। ବହୁତ ମନନ ଚିନ୍ତନ ପରେ ସେ ବହିଟାର ଶିରୋନାମା ବାଛିଲେ : ଆଫ୍ରିକାର ଆଦିମ ମଣିଷମାନଙ୍କୁ ଦମନ କରିବାର କାହାଣୀ (*The Pacification of the Primitive Tribes of the Lower Niger*)।

■■

BLACK EAGLE BOOKS

www.blackeaglebooks.org
info@blackeaglebooks.org

Black Eagle Books, an independent publisher, was founded as a nonprofit organization in April, 2019. It is our mission to connect and engage the Indian diaspora and the world at large with the best of works of world literature published on a collaborative platform, with special emphasis on foregrounding Contemporary Classics and New Writing.